SCIENCE FICTION

Herausgegeben
von Wolfgang Jeschke

Von Ralph Sander erschienen in der Reihe
HEYNE SCIENCE FICTION & FANTASY:

Das Star Trek-Universum (Stand 1990) · 06/4670
Das Star Trek-Universum
(Erweiterte und aktualisierte Neuausgabe, Stand 1991) · 06/4900
Das Star Trek-Universum
(Erweiterte und aktualisierte Neuausgabe in zwei Bänden, Stand 31. 12. 1993) · 06/5150
Der Garten · (in Vorb.)

In der FILMBIBLIOTHEK:

Wer ist wer in Star Trek · (in Vorb.)

RALPH SANDER

DAS STAR TREK™ UNIVERSUM

Das erste deutsche Handbuch
zur erfolgreichsten Multimedia-SF-Serie
der Welt

Mit einer Filmographie von
Norbert Stresau (†), Ronald M. Hahn
und Ralph Sander

Vollständig überarbeitete, erweiterte
und aktualisierte Neuausgabe in zwei Bänden

Redaktionsschluß: 31. 12. 1993

BAND 1

WILHELM HEYNE VERLAG
MÜNCHEN

HEYNE SCIENCE FICTION & FANTASY
Band 06/5150/1

2. Auflage

Redaktion: Wolfgang Jeschke

Printed in Germany 1994
Umschlagbild: Paramount Pictures
Umschlaggestaltung: Atelier Ingrid Schütz, München
Technische Betreuung: Manfred Spinola
Satz: Schaber Satz- und Datentechnik, Wels
Druck und Bindung: Presse-Druck, Augsburg

ISBN 3-453-07759-8

Inhalt

Gewidmet ist dieses Buch allen, denen ich gleichzeitig für ihre (aktive/passive) Unterstützung danke, die mir zuteil wurde:

- meiner Frau Sabine (neben vielen anderen Dingen dafür, daß sie während der Vorbereitung der Erstausgabe dieses Buchs die ständige Berieselung durch die Schreibmaschine über sich hatte ergehen lassen; mittlerweile ist die Schreibmaschine einem Computer gewichen, der zur allgemeinen Freude deutlich weniger Lärm macht);
- meinen Eltern (›Enterprise ahoi!‹);
- meiner Oma für zahlreiche Original-Episoden auf BRT 1;
- meinem Schwiegervater;
- den Sterns in Bossier City für die schnelle Reaktion zum Beginn der Next Generation und den Andersons für Informationen;
- allen Verwandten in Nord, Süd, West und Ost;
- Conny, Alf, Mucki, Tana, Hennes, Paulchen, Robby;
- in memoriam Tina, Trixi, Zonki, Tappi, Cäsar, Kiwi, Ludwig, Amadeus, Hannibal, Herkules, Kunibert, Püppi und Teddy und vielen anderen;
- allen im Broadway-Kino in Landstuhl;
- einem japanischen Kanadier in Kaiserslautern-Einsiedlerhof, den ich nach seinem Namen zu fragen vergaß;
- allen bei Tradis, besonders Ulrike Lehn und Ralf Grundmann;
- in memoriam Herrn Gunther Heyder für seine wertvollen Ratschläge;
- Herrn Hermann Urbanek für seine stets prompte Versorgung mit wertvollen Informationen zu den verlorenen Episoden und zu den Comics;
- Frau Katarina Dietrich und Frau Bettina Köckler von Merchandising München für alle Bemühungen;
- Alex aus Wiesbaden, dem einzig wirklich zuverlässigen ›Episodenlieferanten‹;

- Jurij Gagarin, Neil A. Armstrong, Michael Collins und Edwin E. ›Buzz‹ Aldrin jr. und allen anderen, die uns den Weltraum ein Stück nähergebracht haben;
- der Challenger-Besatzung, die sterben mußte, bevor sie ihren Traum hatte verwirklichen können;
- und natürlich Herrn Wolfgang Jeschke, Frau Gisela Frerichs und Frau Friedel Wahren und allen anderen bei Heyne, die auf die eine oder andere Weise mit der Entstehung dieses Buchs zu tun hatten;
- und last not least, leider aber in memoriam, Gene Roddenberry, dem ungewöhnlichsten Ehevermittler in dieser Hälfte des Universums, ohne den ich meine Frau Sabine vielleicht nie kennen- und liebengelernt hätte.

Vorwort

Als dieses Buch 1990 nach einem langen und zähen Kampf mit Paramount um die Rechte endlich erschien, war es unter der Vorgabe entstanden, einen Umfang von rund 300 Seiten nicht zu überschreiten. Die Erfahrungen mit anderen Sekundärwerken in der SF-Reihe mahnten zur Vorsicht. Es wurde dann zwar doch ein wenig dicker als die geplanten 300 Seiten, aber die Überschreitung hielt sich in vertretbaren Grenzen und machte bereits zu dieser Zeit deutlich, daß eine ausführliche Darstellung des Phänomens ›Star Trek‹ wesentlich mehr Volumen erfordert, als zu Beginn kalkuliert worden war.

Die beträchtliche Nachfrage und die unaufhaltsam voranschreitende Informationsflut zum Thema machten schon bald eine Erweiterung und Aktualisierung notwendig, die nach etwas mehr als einem Jahr erschien und fast 600 Seiten umfaßte. Der anhaltende Erfolg des Buches machte klar, daß dem Leser bei einer erneuten Erweiterung deutlich mehr geboten werden sollte. Damit ging aber eine andere Zwangsläufigkeit einher, nämlich die einer Aufteilung des Buchs in zwei Bände. Da das Buch in der erweiterten Auflage mit knapp 600 Seiten bei häufiger Benutzung stark in Mitleidenschaft gezogen wurde, war eine Erweiterung praktisch nicht möglich. Oder sie wäre in minimalster Form verwirklicht worden, was dem Leser aber nicht von Nutzen gewesen wäre, da er auf diese Weise nur wenige neue Informationen bekommen hätte.

Die angesichts dieser Fakten vorgenommene Aufteilung erlaubte es mir, zahllose bei den beiden ersten Ausgaben unter den Tisch gefallene Fakten nun zu berücksichtigen. Das vorliegende Buch ist damit nicht nur der umfassendste Stand der Fakten, der zusammenzutragen war, ohne damit allzu oberflächliche Informationen mitaufzunehmen. Es ist darüber hinaus eine vollständig überarbeitete Fassung, die mit den beiden Vorgängern in vielen Punkten nur noch sehr wenig gemein hat.

Die Aufteilung in einen ersten Band, der sich ausschließlich mit den TV-Serien befaßt, und einen zweiten Band, der die Kinofilme und zahlreiche andere Medien präsentiert, in denen ›Star Trek‹ vertreten ist, war die bestmögliche Lösung, eine rein chronologische Reihenfolge der Kapitel war nicht realisierbar, da bei einer gleichen Seitenzahl beider Bände die Trennung mitten in der Next Generation stattgefunden hätte.

Inhaltlich gab es diverse Änderungen. So sind die Abkürzungen STTMP, STTNG etc. für die verschiedenen Serien und Filme einer vollständig ausgeschriebenen Version gewichen. Alle kursiv gesetzten Begriffe beziehen sich auf die jeweilige Serie. So kennzeichnet *Star Trek* die erste Fernsehserie aus den sechziger Jahren, während Star Trek das Phänomen insgesamt betrifft.

Zur besseren Unterscheidung wurden auch die *Star Trek*-Episodennummern mit einem Buchstaben versehen, in diesem Fall ein ›C‹ (für ›Classic‹, die inoffizielle Bezeichnung für die Originalserie). ›A‹-Episoden gehören zur Trickfilmreihe, ›N‹-Episoden beziehen sich auf *Star Trek — The Next Generation,* ›D‹-Episoden auf *Star Trek — Deep Space Nine.*

Erstmalig finden sich in dieser Neuausgabe auch Anmerkungen am jeweiligen Kapitelschluß. Diese Veränderung war notwendig, da die nunmehrigen Anmerkungen an ihrer ursprünglichen Stelle im laufenden Text den Lesefluß störten.

Obwohl ich mich wie stets darum bemüht habe, ein sorgfältigst recherchiertes Werk vorzulegen, sind Fehler nie ganz auszuschließen, da aus der immensen Fülle an Informationen in den verschiedenen Medien nur selten zu erkennen ist, was wahr und was unwahr ist. Ich habe jedoch auch diesmal versucht, so sachlich wie möglich zu sein.

Köln, Dezember 1993

Ralph Sander

Am Anfang war...
Gene Roddenberry

Gene Roddenberry wurde als Eugene Wesley Roddenberry am 19. August 1921 in El Paso, Texas, geboren und wuchs in Los Angeles auf. Er brach ein Ingenieurstudium ab und trat 1941 in die U.S. Air Force ein, wo er zum Piloten ausgebildet wurde. In Guadalcanal wurde er dann als Pilot von B-17-Bombern eingesetzt. In dieser Zeit begann er zu schreiben, verkaufte Geschichten an Luftfahrtmagazine und Gedichte an verschiedene Zeitungen, so auch an die ›New York Times‹. Nach dem Zweiten Weltkrieg arbeitete Roddenberry kurzzeitig in Washington bei der Untersuchung von Flugzeugabstürzen mit. Er selber überlebte einen solchen Absturz nur mit knapper Not, nachdem er zu PanAm gewechselt hatte.

1949 verließ er PanAm und zog schließlich nach Los Angeles, wo er sich als Mitarbeiter des L.A. Police Department zu einem Experten auf dem Gebiet des Drogenmißbrauchs entwickelte. Er wurde Untersuchungsleiter des Los Angeles Office of Chief of Police und bereitete Reden für seinen Vorgesetzten Chief Parker vor.

1951 verkaufte er bereits sein erstes Manuskript für die Krimiserie ›Dragnet‹, 1952 folgte das SF-Drehbuch ›The Secret Defense of 117‹, das später in der Reihe ›Chevron Theater‹ gezeigt wurde.[1]

Weitere Drehbücher für die Serien ›Dr. Kildare‹[2], ›Naked City‹[3] und ›The U.S. Steel Hour‹[4] folgten und forderten ihm bald einen Vollzeitjob ab, so daß er 1953 angesichts der erfolgversprechenden Karriere im TV-Geschäft seinen Job bei der Polizei aufgab und Chefschreiber für die Westernserie ›Have Gun Will Travel‹ wurde.

Diese Arbeit machte ihm klar, daß er eigene Ideen realisieren wollte, anstatt sich im vorgegebenen Rahmen anderer Serien zu bewegen. Da war zunächst 1959 sein Pilotfilm zu ›333 Montgomery‹, einer Anwaltsserie mit DeForest Kelley in der Hauptrolle.

1963 stellte sich ein weiterer Erfolg ein, als Roddenberry eine erste Serie an MGM verkaufen konnte, ›The Lieutenant‹, zu der er von seiner Arbeit an der Serie ›The West Point Story‹[5] inspiriert worden war. Er avancierte zum Ausführenden Produzenten seiner eigenen Serie mit Robert Vaughn und Gary Lockwood in den Hauptrollen. ›The Lieutenant‹ spielte in der Marine in Friedenszeiten und betrachtete das Militärleben aus einem neuen, nicht von Krieg bestimmten Blickwinkel. Die Serie hielt sich von September 1963 bis September 1964. Robert Vaughn wurde durch die sich zeitlich nahtlos anschließende Spionageserie ›The Man from U.N.C.L.E.‹ (dt. ›Solo für O.N.C.E.L.‹) weltbekannt, während Gary Lockwood nur noch in ›2001 — A Space Odyssey‹ (dt. ›2001 — Odyssee im Weltraum‹) eine maßgebliche Rolle spielte. Zwar war er auch später immer wieder in Serien und Filmen zu sehen, aber der große Durchbruch kam nie.

Bei den Arbeiten zu ›The Lieutenant‹ lernte Roddenberry Dorothy C. Fontana kennen, die für ihn als Sekretärin arbeitete. Sie hatte 1959 als Produktionssekretärin für Samuel Peeples begonnen, der einige Jahre später den zweiten Pilotfilm zu dem kommenden Roddenberry-Projekt namens *Star Trek* schreiben sollte. Fontanas erste Geschichte wurde in der Serie ›The Tall Man‹ verfilmt.[6]

Als das Ende der Serie gekommen war, fragte MGM bei Roddenberry an, ob er Ideen für eine neue Serie hatte. Er legte sein Konzept für eine SF-Serie vor, eine Art Verlagerung des Pionierwesens aus den Gründerjahren der Vereinigten Staaten in die Zukunft und in den Weltraum. Die letzte Grenze, die es zu erforschen galt, sollte nicht mehr ein unbekanntes Land, sondern das All sein. Ihr Titel: *Star Trek.* Roddenberrys Idee war bereits sehr ausgefeilt: Captain des Raumschiffs sollte Robert T. April sein, ein willensstarker und facettenreicher Mann, an seiner Seite ein weiblicher Erster Offizier, eine sehr effizient arbeitende, aber zugleich gefühlskalte Frau. Der Navigator sollte José ›Joe‹ Tyler sein, ein brillanter, aber manchmal ein wenig unreif erscheinender Lieutenant.

Ein weiterer Offizier auf der Brücke war Mr. Spock, ein Außerirdischer von satanischem Äußeren, das durch seine rötliche Haut noch verstärkt wurde, der aber zugleich überraschend gute Manieren besaß.

Der Schiffsarzt Dr. Philip ›Bones‹ Boyce war ein Mann mit zynischen Zügen. Und zu guter Letzt war da noch Yeoman J. M. Colt, Aprils Mädchen für alles.

Alle aufgeführten Charaktere hatten eines gemeinsam, sie waren Mitglieder von Starfleet, der Sternenflotte, die von der Föderation der vereinten Planeten aufgebaut worden war, um den Weltraum friedlich zu erforschen. Die Föderation war von Roddenberry als ein Bund aller Planeten angelegt, die die Raumfahrt entwickelt hatten oder die zumindest in der Lage waren, mit anderen Intelligenzen in Kontakt zu treten. Eines der wesentlichen Merkmale dieser Föderation war die Hauptdirektive, die die Einmischung in jede weniger entwickelte Gesellschaft verbot, um die natürliche Entwicklung zu fördern und einen Kulturschock zu vermeiden. Trotz aller Friedfertigkeit war auch Roddenberrys zukünftiges Universum nicht ohne Widersacher, aber sie sollten erst in späteren Folgen eine Rolle spielen: die Klingonen und die Romulaner, deren Hoheitsgebiet von der Föderation durch die sogenannte Neutrale Zone abgegrenzt wurde. Beide Rassen waren als kriegerisch angelegt.

Aber nicht nur in der Konstruktion dieses Universums unterschied sich Roddenberry von anderen Film- und TV-Autoren in Sachen SF. Auch die von ihm geschaffene Technik der Zukunft war anders. Um Geld und Zeit zu sparen, wenn ein Raumschiff auf einem Planeten landete, setzte er das ›Beamen‹ mit einem Materietransmitter ein, der den zu transportierenden Körper in seine Atome zerlegte und über einen Energiestrahl an einen anderen Ort beförderte, um ihn dort wieder zusammenzusetzen.

Roddenberry hatte jedoch den falschen Zeitpunkt erwischt, als er das Projekt vorlegte. Das Publikum verlangte nach Action-Serien, und MGM zeigte demzufolge kein Interesse an dieser Serie, von der neben der Grundidee lediglich zwei Bestandteile des Originalkonzepts in die endgültige Serie gelangten: Mr. Spock und das T. aus dem Namen des ersten Captain, Robert T. April, das später in James T. Kirk wieder Verwendung fand. Die anderen geplanten Charaktere schafften es dagegen nur bis zum ersten Pilotfilm.

Im April 1964 fand Roddenberry nach weiteren, vergeblichen Bemühungen endlich einen möglichen Abnehmer, die an Serien-Ideen aller Art interessierten DESILU-Studios[7], die mit ihm einen Dreijahresvertrag für die Produktion von Pilotfilmen für potentielle Serien abschlossen. DESILUs einzige aktuelle Serie in dieser Zeit war ›I Love Lucy‹, eine erfolgreiche Produktion, die für das Studio die maßgebliche Einnahmequelle darstellte. *Star Trek* war also damit immer noch in Gefahr, unterzugehen, wenn das Undenkbare geschehen sollte und ›I Love Lucy‹ aus dem Programm genommen würde. Auf der Suche nach Geldgebern für die Finanzierung des Pilotfilms setzte sich DESILU auch mit CBS in Verbindung, wo man aber dankend ablehnte und darauf verwies, daß man bereits eine SF-Serie im Programm hatte, ›Lost in Space‹. Für CBS war SF bestenfalls (seichte) Unterhaltung, mehr jedoch nicht.

Dann kam ein entscheidender Wandel, als im Mai 1964 das Konzept Mort Werner, einem der wichtigeren Leute bei NBC, vorgelegt wurde. Er bewegte NBC dazu, Roddenberry 20 000 Dollar zur Verfügung zu stellen, der auf der Basis seiner Idee drei Geschichten entwickeln sollte, aus denen NBC eine aussuchen und verfilmen würde. Roddenberry holte sich Dorothy Fontana zur Unterstützung, Ende Juni legte er die drei ausgearbeiteten Geschichten vor. Ausgesucht wurde trotz großer Bedenken, ob DESILU tatsächlich in der Lage sein würde, eine SF-Serie zu produzieren, ›The Cage‹. Ende September legte Roddenberry das Drehbuch vor.

Das übliche Budget für eine TV-Episode betrug in dieser Zeit zwischen 160 000 und 180 000 Dollar. Aber allein die Brücke des von Roddenberry entworfenen Raumschiffs benötigte sechs Wochen Arbeitszeit und kostete rund 60 000 Dollar.

Im Oktober 1964 begannen dann endlich die Vorbereitungen für die Produktion des Pilotfilms. Zu den aussichtsreichsten Kandidaten für die Rolle des Captain Christopher Pike[8] — die im übrigen als letzte besetzt wurde, nachdem allen anderen Rollen bereits Schauspieler zugeordnet waren — gehörte auch Lloyd Bridges, der aber ablehnte. Statt dessen fiel die Wahl auf den 1925 geborenen Jeffrey Hunter, der in der Filmbranche ebenfalls kein Unbekannter war. In den fünfziger Jahren hatte er als Vertragsschauspieler für 20th Century Fox gearbeitet und konnte auf eine stattliche Liste an Filmrollen verweisen. Den größten Bekanntheitsgrad hatte ihm das MGM-Monumentalwerk ›King of Kings‹ (dt. ›König der Könige‹) verliehen, in dem er die Rolle des Jesus von Nazareth spielte.

Für den Part der Number One, also des Ersten Offiziers, nahm Roddenberry die am 23. Februar 1930 in Columbus, Ohio, geborene Majel Barrett unter Vertrag, die in der Besetzungsliste für ›The Cage‹ mit ihrem Mädchennamen M. Leigh Hudec aufgeführt wurde und die Roddenberry schon drei Jahre zuvor kennengelernt hatte.

Majel Barrett hatte mit zehn Jahren erstmalig auf der Bühne des Cleveland Playhouse gestanden. Später zog sie nach New York, wo sie in verschiedenen Theateraufführungen mitwirkte, zog dann aber nach Hollywood und wurde für ein Jahr bei DESILU unter Vertrag genommen.

Es folgten drei Filme für Paramount, dann schlossen sich mehrere Jahre in der Werbebranche an. Zu Majel Barretts bekanntesten Filmen zählten ›Black Orchids‹ und ›The Buccaneer‹ (beide 1959).

Die dritte Rolle für den Pilotfilm — und damit gleichbedeutend mit der drittrangigen Rolle — war der Halbvulkanier Spock, für die Roddenberry unter anderem Martin Landau[9] in Betracht gezogen hatte. Mangels Interesse an der Rolle bei allen Wunschkandidaten fiel die Entscheidung schließlich zugunsten von Leonard Nimoy aus, in dem Roddenberry zu dieser Zeit nicht die beste Lösung sah, aber seine Meinung sollte sich schon bald ändern.

Marc Daniels, der später auch für *Star Trek* aktiv werden sollte, kannte Nimoy von seiner Regiearbeit für eine Episode von ›The Lieutenant‹, er hatte ihn für diese Rolle verpflichtet. (Die Idee, Spocks Körper mit grünem statt rotem Blut zu ›füllen‹, stammte im übrigen von Daniels.)

Die ursprüngliche Absicht, den Charakter von einem Farbigen oder einem Liliputaner spielen zu lassen, verwarf Roddenberry schon sehr schnell. Spock sollte zwar ein Außenseiter sein, der auf seine Weise das Verhalten der ihn umgebenden Menschen verarbeiten und reflektieren sollte, jedoch mußte der Charakter auch für das Publikum interessant sein. Und 1964 waren Farbige und Liliputaner alles andere als Publikumsmagneten, besonders dann, wenn sie nicht nur unterhalten, sondern auch noch zum Nachdenken anregen sollten.

Im Falle des Halbvulkaniers war es schon rein äußerlich erkennbar, daß er eine Sonderrolle einnahm. Geschwungene Augenbrauen und nach oben hin unübersehbar spitz auslaufende Ohren ließen ihn sofort auffallen. Aber auch in seinem Wesen war Spock von Beginn an als der Charakter angelegt, der zwischen allen Fronten stand. Als Sohn eines rein logisch denkenden vulkanischen Vaters und einer gefühlvollen irdischen Mutter akzeptierten ihn die Vulkanier nicht als einen der Ihren, da sich bei ihm die Gefühle störend bemerkbar machten, während er bei den Menschen ebenfalls auf Ablehnung stieß, da er sich bemühte, sich von der Logik leiten zu lassen, und so für gefühllos gehalten wurde.

Leonard Nimoy kam am 26. März 1931 in Boston als Sohn russischer Einwanderer jüdischen Glaubens zur Welt und sammelte bereits als Kind Bühnenerfahrung, sein erster Auftritt war die männliche Hauptrolle in ›Hänsel und Gretel‹ im zarten Alter von acht Jahren. 1954 heiratete er Sandi Zober (von der er sich nach über 30jähriger Ehe scheiden ließ). Ende der fünfziger Jahre spielte er in der Billigproduktion ›Zombies of the Stratosphere‹[10] zum ersten Mal einen Außerirdischen. Diese Serie handelte von Besuchern aus dem All, die es darauf abgesehen hatten, die Erde in die Luft zu sprengen. 1958 wurde die Serie unter dem Titel ›Satan's Satellite‹ (dt. ›Des Satans Satellit‹) noch einmal gezeigt, diesmal aber zusammengeschnitten zu einem Spielfilm. Der Erfolg war nicht größer als beim ersten Anlauf.[11]

Seine erste Hauptrolle hatte Nimoy in dem B-Film ›Kid Monk Baroni‹, es folgte ›The Balcony‹, die Filmversion des Theaterstücks ›Deathwatch‹.

1964 stand Nimoy bereits mit William Shatner vor der Kamera, der aber erst nach dem ersten Pilotfilm zu *Star Trek* stoßen sollte. Gemeinsam agierten sie in der Episode ›The Project Strigas Affair‹ aus der Spionage-Serie ›The Man from U.N.C.L.E.‹. Bezeichnenderweise wurde Shatner bereits hier im Vorspann als Gaststar genannt, während Nimoy sich noch mit einer namentlichen Erwähnung im Nachspann zufriedengeben mußte. Der Weg zu *Star Trek* führte für Nimoy über eine Gastrolle in der Roddenberry-Serie ›The Lieutenant‹.

Die Tatsache, daß Roddenberry verschiedene Rassen (Farbige, Asiaten etc.) nebeneinander agieren ließ, führte trotz aller Zuversicht in seine Idee zu Bedenken von höherer Stelle, zumal die Integration der Farbigen in den

USA noch lange keine Selbstverständlichkeit war (und im Grunde genommen auch heute noch nicht ist). Aber Roddenberry konnte alle Zweifler besänftigen und hoffte weiter auf das Publikum, das seine Vision der Zukunft annehmen würde.

Am 12. Dezember 1964 begannen dann schließlich die Dreharbeiten zu dem Projekt, das Roddenberry mehr bedeutete als alles andere und das ihm als einziges große Popularität einbringen sollte.

Das Drehbuch wurde von Roddenberry von ›The Cage‹ in ›The Menagerie‹ umgetauft, um aber dann schließlich doch ›The Cage‹ zu heißen.

Robert Butler, Regisseur des Pilotfilms — der im übrigen die Arbeit an Pilotfilmen bevorzugt, da sie ihm viel Freiheit läßt (immerhin gibt es noch keinen engen vorgegebenen Rahmen, in den die Handlung gebracht werden muß) —, hielt das Drehbuch von vornherein für obskur. Er wollte Roddenberry überreden, wenigstens ›Star Trek‹ in ›Star Track‹ zu verändern, da ihm der Klang des Titels nicht gefiel, stieß aber auf taube Ohren.

Episode C1: The Cage[12]
(Der Käfig)

Die Enterprise fängt einen Notruf von einem auf Talos IV notgelandeten Raumschiff auf. Dort angekommen lassen Captain Pike, Lt. Spock und ein Landetrupp sich auf den Planeten beamen. Sie entdecken ein bewohntes Lager. Der Leiter Dr. Theodore Haskins erklärt ihnen, daß ihr Schiff, die S.S. Columbia, vor rund zehn Jahren auf diesem Planeten abgestürzt sei. Zu der Gruppe der Überlebenden gehört auch eine junge Frau, Vina. Sie trennt Pike von der Gruppe, indem sie vorgibt, daß sie ihm zeigen will, wie die Gruppe zehn Jahre lang auf Talos IV überleben konnte. Pike gerät in eine Falle und wird von Talosiern gefangengenommen und verschleppt. Als der Landetrupp auf die Entführung aufmerksam wird, ist es bereits zu spät. Vina, Pike und die Talosier kehren durch eine Öffnung in einem Fels zurück in ihren Lebensraum, die Öffnung schließt sich, bevor der Landetrupp eingreifen kann. Spock und die anderen erkennen, daß das Lager und die Schiffbrüchigen nur eine Illusion waren. Während sie über einen Weg nachdenken, den Captain zu befreien, findet sich Pike in einem Glaskäfig wieder. Vor ihm stehen drei Talosier und unterhalten sich mittels Telepathie über ihren Gefangenen. Sie bezeichnen Pike als Vertreter einer minderwertigen Rasse und lassen ihn schließlich allein. Kurz darauf erscheint Vina in dem Käfig und erklärt, daß sie in Wirklichkeit die einzige Überlebende der Columbia ist und von den Talosiern gezwungen wurde, Pike in eine Falle zu locken.

Einige Zeit später kehren die Talosier zurück und beginnen, Vinas Aussehen zu verändern, da sie glauben, daß ihr gegenwärtiges Erscheinungsbild für Pike nicht attraktiv genug sei. Sie erklären Pike, daß sie die Enterprise nur zu ihrer Welt gelockt haben, um Menschen zu züchten, die sie als Sklaven halten können.

Währenddessen hat man auf der Enterprise den Entschluß gefaßt, Pike erforderlichenfalls mit Gewalt zu befreien. Zurückgekehrt auf Talos IV verschwindet zunächst Yeoman Colt und dann auch Number One, um in Pikes Käfig aufzutauchen. Die Talosier hoffen, daß Pike die beiden attraktiver findet als Vina. Der hat jedoch inzwischen herausgefunden, daß die Talosier keine aggressiven Emotionen empfangen können. Es gelingt ihm, einen Talosier zu überwältigen und zur Aufgabe zu zwingen, indem er ihn mit einem Phaser bedroht, der zusammen mit Number One in den Käfig gelangt war. Der scheinbar leere Phaser ist in Wirklichkeit voll funktionstüchtig, die Talosier hatten Pike und den anderen lediglich einsuggeriert, er sei nicht mehr zu benutzen, um so ihr eigenes Leben zu retten. Angesichts der Aussichtslosigkeit ihres Vorhabens ergeben sie sich. Gemeinsam kehren sie an die Planetenoberfläche zurück, wo der Talosier ihnen erklärt, daß seine Rasse vor Jahrhunderten den Planeten durch einen Atomkrieg unbewohnbar gemacht hatte. Nebenwirkungen dieser Katastrophe waren eine extrem ansteigende Intelligenz bei gleichzeitiger Unfruchtbarkeit. Eine andere Folge war ein Leben unter der Oberfläche. Der Talosier gesteht Pike, daß sie keinen ihrer Gefangenen wirklich zu Sklaven hatten machen wollen. Sie wollten lediglich einen Erben für die talosische Kultur bekommen. Als der Talosier Pike die wahre Vina zeigt — eine verkrüppelte und entstellte Frau —, bittet dieser, ihr die Illusion ihrer Schönheit zu belassen. Bevor er mit dem Landetrupp zur Enterprise zurückkehrt, sieht er, wie sein von den Talosiern geschaffenes Ebenbild mit Vina zurückkehrt in die unterirdische Welt Talos IV.

*

›The Cage‹ zeigte schon sehr deutlich, wie sich *Star Trek* von anderen SF-Serien unterschied. Zum einen fehlten Raumschlachten und Invasionsabsichten kriegerischer Außerirdischer, zum anderen waren die Talosier nicht einfach die Feinde, die es mit allen Mitteln zu bekämpfen galt und die durch und durch schlecht waren. Vielmehr handelten sie aus einem verständlichen und nachvollziehbaren Motiv heraus, aus der Verzweiflung, etwas von ihrer Rasse erhalten zu wollen. Seine Eigenständigkeit und seine besondere Stellung im Genre der Fernseh-SF hatte Roddenberry mit diesem ambitionierten Pilotfilm unter Beweis gestellt, ob er damit Erfolg haben würde, war zu dieser Zeit ungewiß.

Die Außenaufnahmen wurden in Vasquez Rock gedreht, der Teil des Los Angeles County Park nördlich von Los Angeles ist. Die gleiche Umgebung wurde später abermals für *Star Trek* (Episoden C16 ›Shore Leave‹, C19 ›Arena‹, C28 ›The Alternative Factor‹, C49 ›A Private Little War‹ und C41 ›Friday's Child‹) und sogar für *Star*

Trek — The Next Generation (Episode N52 ›Who Watches the Watchers?‹) verwendet.

Susan Oliver, die in dieser Episode die Gastrolle der Vina spielte, wurde am 13. Februar 1937 in New York City geboren. Ihr Filmdebüt legte sie in dem B-Film ›The Green-Eyed Blonde‹ (einer Warner Brothers-Produktion) ab, es folgten diverse Serienauftritte. Zu ihren weiteren Filmen zählten ›Butterfield 8‹ (1960, mit Elizabeth Taylor), ›Change of Mind‹ (1969), ›The Monitor‹ (1970), ›House of Shadows‹ (1977), ›Murder by Decree‹. 1963 war sie Delegierte des US State Department beim Moskauer Film-Festival. Sie stellte mehrere Weltrekorde als Pilotin eines Lear-Jet ohne Copilot auf, schrieb 1983 ein Buch (›Odyssey — A Transatlantic Journal‹) über einen Flug, der sie 1967 über den Nordatlantik bis zur Russischen Grenze geführt hatte. Sie arbeitete als Regisseurin von Kurzfilmen und bei den Serien ›M*A*S*H‹ und ›Trapper John M.D.‹. Gastauftritte in Serien verzeichnete sie in ›Magnum P.I.‹, ›Murder She Wrote‹, ›Our House‹ und ›Simon and Simon‹. Susan Oliver starb am 10. Mai 1990 an Krebs.

Im Februar 1965 wurde der fertiggestellte Pilotfilm an NBC übergeben, die gesamten Produktionskosten betrugen etwa 630 000 Dollar, eine immense Summe, die zum einen durch die aufwendigen Kulissen verursacht wurde, zum anderen darin begründet war, daß Roddenberry mit zwölf Drehtagen die üblichen acht (und in Ausnahmefällen zehn) Tage massiv überschritt. Außerdem war er mit einer Laufzeit von 65 Minuten rund eine Viertelstunde länger als ein normaler Pilotfilm. Nach dem bis dahin für Roddenberry erfolgreichen Verlauf kam wieder eine Niederlage und das scheinbare Aus für *Star Trek.* Zwar traf ›The Cage‹ bei NBC auf Zustimmung, aber man hielt ihn für zu anspruchsvoll und befürchtete, daß das Publikum der Handlung nicht folgen könne. Bei NBC erkannte man, daß man aus den drei vorgelegten Geschichten offensichtlich die falsche ausgesucht hatte, die zuwenig der Elemente Action und Abenteuer enthielt. Diese seltene Selbsterkenntnis, deren Fehlen bis zum heutigen Tag in allen Studios zum Scheitern unzähliger guter Ideen geführt haben mag, führte dazu, daß NBC einen zweiten Pilotfilm anforderte, mit der Auflage, ein Budget von 300 000 Dollar nicht zu überschreiten sowie die Dreharbeiten innerhalb einer Woche zu erledigen. Das war bis dahin in dieser Form einmalig gewesen. Es hatte zwar schon gelegentlich Serien gegeben, die erst beim zweiten Anlauf verwirklicht werden konnten (so z. B. bei ›The Virginian‹ — dt. ›Die Leute von der Shiloh Ranch‹ —, deren Pilotfilm zwar Ende der fünfziger Jahre scheiterte, die aber Jahre später mit diversen Veränderungen akzeptiert wurde und dann erfolgreiche neun Jahre lang lief), aber die zeitliche Nähe war üblicherweise nicht gegeben. Bemerkenswert war auch, daß das Konzept letztlich nicht verändert wurde, sondern in erster Linie lediglich aus kosmetischen Überarbeitungen bestand.

Ein Kuriosum am Rande, das an den hohen Produktionskosten nur verschwindend geringen Anteil hatte, war die Tatsache, daß etliche Meter Film falsch entwickelt wurden, da die Laboranten Susan Olivers Auftritt als grüne Sklavin nicht als solchen erkannten und statt dessen die Farben auf dem Film so lange korrigierten, bis die Schauspielerin eine gesunde Gesichtsfarbe erhalten hatte. Gleiches ereignete sich im übrigen auch bei der Entwicklung der Testaufnahmen von Majel Barrett, die man mit einem grünlichen Make-up versehen hatte.

Nachdem NBC von den vorgelegten Drehbüchern (›Omega Glory‹ — zu der Zeit noch ohne ›The‹ —, ›Mudd's Women‹, ›Where No Man Has Gone Before‹) ›Where No Man Has Gone Before‹ ausgewählt hatte, sollten am 5. Juli 1965 die Vorbereitungen für den zweiten Pilotfilm beginnen, wurden aber auf den 21. Juli 1965 verschoben. Zunächst galt es, einen neuen Schauspieler für die Rolle des Captain zu finden, da Jeffrey Hunter beim zweiten Anlauf anderweitig verpflichtet war.

Aussichtsreichster Kandidat war zu diesem Zeitpunkt der als schwierig geltende Jack Lord[13], der aber eine fünfzigprozentige Beteiligung an den Einnahmen aus der Serie forderte[14]. Diese überzogene Forderung ließ Lord scheitern, die Wahl fiel auf den am 22. März 1931 in Montreal geborenen William Shatner (der später die Ansicht vertrat, daß sich im Pilotfilm ›The Cage‹ jeder zu ernst nahm).

Shatners Anfangszeit beim Theater war seiner eigenen Aussage folgend alles andere als angenehm: »Sie [diese Tage] waren die Hölle. Ich kam nur durch sie hindurch, weil ich einen Traum vor Augen hatte: Ich hoffte ein so guter Schauspieler zu werden wie Laurence Olivier.«[15]

Der Weg nach Hollywood war noch weit, als er mit dem in seiner Heimat ausgesprochen erfolgreichen Schauspiel ›Tamburlaine‹ (Shatner hatte hier die zweite männliche Hauptrolle) von Kanada zum Broadway kam.

Dort war es bei weitem nicht so beliebt, dennoch erhielt Shatner ein Angebot von Twentieth Century Fox, einen Siebenjahresvertrag mit einem wöchentlichen Lohn von 500 Dollar. Aber er wollte nach wie vor in die Fußstapfen von Laurence Olivier treten (zumal er an der Seite von Stars wie Alec Guinness, James Mason und Anthony Quayle gespielt hatte), anstatt ein Hollywood-Schauspieler zu werden, und kehrte nach Kanada zurück. In Toronto lernte er seine erste Frau Gloria Rand kennen. Dann ging er wieder nach New York und arbeitete schließlich doch für das Fernsehen, ließ sich aber nach wie vor nicht auf ein Serienangebot ein. So lehnte er die Hauptrolle in ›Dr. Kildare‹ ab, die dann mit Richard Chamberlain besetzt wurde. Statt dessen wirkte er in fünf Episoden in einer Gastrolle mit. Nach dem Film ›The Brothers Karamazov‹ (1957) kehrte er zum Broadway zurück. Zwei Jahre lang spielte er in ›The World of Suzie

Wong‹. Weitere Filme (1961 ›Judgment at Nuremberg‹; dt. ›Das Urteil von Nürnberg‹) und Gastrollen folgten. 1961 spielte er beängstigend überzeugend einen Rassisten in Roger Cormans ›The Intruder‹, eine Rolle, die von ihm alles forderte und die ihn vor allem in die Gefahr brachte, fortan nur noch für ähnliche Rollen eingesetzt zu werden. Es blieb weitestgehend sein einziger Einsatz in dieser Richtung (wenn man von Gastrollen als Bösewicht in Krimiserien absieht), aber es scheint fast so, als sei Shatners Talent, das bei weitem nicht an Laurence Olivier heranreichte, eigentlich nur in ›The Intruder‹ zur Entfaltung gekommen.

In ›The Man from U.N.C.L.E.‹ spielte er, wie bereits erwähnt, neben Leonard Nimoy in der Episode ›The Project Strigas Affair‹ mit. Außerdem war er in zwei SF-Serien zu sehen gewesen: in der ›Outer Limits‹-Episode ›Cold Hands, Warm Heart‹ (skurrilerweise als Astronaut, der am Projekt Vulcan arbeitete) und in Rod Serlings ›The Twilight Zone‹ in den Folgen ›Nick of Time‹ und ›Nightmare at 20 000 Feet‹. Letztere wurde übrigens in der Kinoversion ›Twilight Zone — The Movie‹ (dt. ›Unheimliche Schattenlichter‹) mit John Lithgow neu verfilmt.

Dann kam *Star Trek*. Laut eigener Aussage hätte Shatner aus finanzieller Sicht sehr gut mit Gastrollen und Filmen leben können, dennoch nahm er die Rolle an, da er — wie er selber sagt — an das Potential der Serie glaubte.[16]

Roddenberry beging nicht den Fehler, Shatner lediglich als Nachfolger von Jeffrey Hunter zu betrachten, sondern schuf für ihn einen neuen, individuellen Charakter, James Tiberius Kirk. Während Pike eher als bedächtig — und für ›Action‹-Verwöhnte damit schon fast als langweilig — zu bezeichnen war, tendierte Kirk mehr zu einem Draufgängertyp, der sich auch schon mal über die Bestimmungen hinwegsetzte, die die Sternenflotte ihm auferlegt hatte. Wenn auch die U.S.S. Enterprise Kirks einzige wahre

Liebe war, ließ er es sich nicht nehmen, sie mit — lebendigen — Damen gleich reihenweise zu betrügen und so seinen Ruf als intergalaktischer Playboy zu festigen. Mit dieser grundsätzlichen Charakterisierung bildete Kirk einen stärkeren Gegensatz zu dem Logiker Spock, als dies zuvor bei Pike der Fall gewesen war.

Spock schaffte als einziger Charakter den Sprung vom ersten zum zweiten Pilotfilm, sehr zum Mißfallen von NBC, die den Vulkanier am liebsten in die Hölle geschickt hätten, wo er doch schon rein äußerlich dem Teufel glich.

In diesem Punkt blieb Roddenberry hart, er hatte aber auch das Glück, drei mehr action-orientierte Drehbücher vorzulegen, die nicht so sehr den Vulkanier in den Mittelpunkt stellten. Der geriet bei NBC damit offensichtlich in Vergessenheit. Dafür eliminierte Roddenberry die von NBC kritisierte, für ein Fernsehpublikum dieser Zeit als Frau in einer wichtigen Position unzumutbare Number One (und schichtete zugleich die Emotionslosigkeit dieses Charakters auf Spock um, der in ›The Cage‹ viel gefühlvoller war als später) und ließ die von dieser Entscheidung enttäuschte Majel Barrett über einen Umweg und eine Veränderung der Haarfarbe als Christine Chapel in die Serie zurückkehren, was für sie den Eintausch einer Hauptrolle gegen eine Statistenrolle bedeutete. Daß sie überhaupt zurückkommen konnte, lag daran, daß selbst Roddenberry sie mit blondgefärbtem Haar zunächst nicht wiedererkannte. Sie kamen zu dem Schluß, daß sie gemeinsam die Studiobosse mit dem veränderten Aussehen und einem anderen Namen an der Nase herumführen konnten. Roddenberry kommentierte dieses Vorgehen später auf ironische Weise, indem er erklärte, daß er den Vulkanier in der Serie ließ und statt dessen den Ersten Offizier (also Majel Barrett) heiratete, weil es ihm umgekehrt nicht sinnvoll erschien.

Unabhängig von dem Mißfallen bei NBC war die Rolle der Number One auch bei den Testvorführungen des Pilotfilms kaum auf Gegenliebe gestoßen, da wohl wenige Zuschauer sich eine Frau in einer so zentralen Rolle vorstellen konnten oder (vielmehr) wollten.

Daß Spock trotz dieses Manövers in der Serie blieb, war dennoch ein Wunder, zumal NBC befürchtete, durch das satanische Aussehen religiöse Gefühle zu verletzen und so einen Teil der Zuschauer zu verlieren.

Gerüchten zufolge reduzierte Roddenberry auf Wunsch von NBC die Zahl der Frauen an Bord von gut der Hälfte der Besatzung auf dreißig Prozent, da man befürchtete, daß eine zu große Anzahl Frauen die männliche Besatzung nur auf dumme Gedanken bringen würde. (Bei vernünftiger Betrachtung müßte aber eine so massiv verkleinerte Anzahl diese ›dummen Gedanken‹ eher noch verstärken.)

Dr. Boyce, der Schiffsarzt, und Navigator José Tyler wurden in ›The Cage‹ zwar vorgestellt, spielten aber insgesamt keine maßgeblichen und damit im Gedächtnis bleibenden Rollen, wenn man vom Schiffsarzt absah, dessen wenige Szenen immerhin andeuteten, daß er eine wichtigere Position einnehmen sollte.

Dr. Boyce wurde dargestellt von John Hoyt, der 1904 als John Hoysradt in Bronxville, New York, zur Welt kam. In Bühnenproduktionen der High School und der Universität sammelte er erste Erfahrungen, wurde jedoch zunächst Lehrer. Erst Ende der zwanziger Jahre kehrte er zur Schauspielerei zurück, nach diversen Broadway-Produktionen war er in vielen Filmrollen zu sehen, so in ›O.S.S.‹, ›When Worlds Collide‹, ›Flesh Gordon‹ (die nicht jugendfreie Parodie), ›Attack of the Puppet People‹, ›X – The Man with the X-Ray Eyes‹. Ein Jahr vor *Star Trek* spielte er mit Leonard Nimoy in der ›Outer Limits‹-Episode ›I, Robot‹ mit. Zweimal war er in ›Twilight Zone‹ zu sehen, ›Will the Real Martian Please Stand Up‹ und ›The Lateness of the Hour‹. Sein Urteil zum Pilotfilm war niederschmetternd, und er konnte verstehen, daß NBC den Film ablehnte. Dennoch war er enttäuscht, daß niemand daran dachte, ihn für den zweiten Pilotfilm einzuplanen. Er starb am 15. September 1991 an Lungenkrebs.

Ersetzt wurde Dr. Boyce durch Dr. Piper, gespielt von Paul Fix, geboren am 13. März 1901 in Dobbs Terry, New York. Fix war vor *Star Trek* einem breiten Publikum hinlänglich aus der Serie ›The Rifleman‹ bekannt, überstand aber trotz seiner Popularität auch nur einen Pilotfilm. Fix starb am 14. Oktober 1983.

Neben James T. Kirk wurde Chefingenieur Montgomery Scott eingebracht. Ihn spielte der am 3. März 1920 in Vancouver geborene James Doohan, Sohn irischer Emigranten, der vor Beginn seiner Karriere als Radiosprecher und Schauspieler im Zweiten Weltkrieg in die Royal Canadian Artillery eintrat und sich zum Captain hochdiente. Am Invasionstag in der Normandie am 6. Juni 1944 wurde er verwundet, nach seiner Entlassung aus dem Lazarett war er als Pilot in den Niederlanden stationiert.

1946 schied er aus der Armee aus. Die Legende besagt folgendes über Doohans anschließende Karriere: Er ärgerte sich über ein Radiodrama in London, Ontario, und ging zum Sender, um sich darüber zu beschweren, am nächsten Morgen wirkte er bereits mit. Er bewarb sich bei der neueröffneten Academy of Radio Arts und wurde praktisch sofort aufgenommen. Er erhielt ein Zweijahresstipendium, danach begann er sich im Genre Radio und im neu entstehenden Fernsehen zu etablieren. 1949 hatte er seinen ersten TV-Auftritt, seinerzeit noch Live-TV, Doohan war dabei, als in New York erstmals regelmäßig Fernsehsendungen ausgestrahlt wurden.

Von 1953 bis 1956 wirkte er in etwa dreieinhalbtausend Radioshows und zahlreichen Filmen und Fernsehserien als Gast mit, war eine Zeitlang in New York am Neighbourhood Playhouse, seinerzeit eine der besten Schauspielschulen. Nach zwei Jahren bat man ihn zu bleiben und selber zu unterrichten, was er dann für drei Jahre tat, bis er 1961 nach Hollywood zog, um dort im Lauf der Jahre in rund 350 TV-Serien mitzuspielen, also praktisch in allem, was jemals im Fernsehen lief.

Etwa zwei Wochen vor seinem ersten Vorlesen für *Star Trek* bewarb er sich um eine Rolle als Scotland Yard-Inspektor, gleichfalls eine DESILU-Produktion. Er bekam die Rolle nicht, aber der Regisseur für diese Serie meldete sich ein paar Tage später bei ihm und bat ihn, für *Star Trek* vorzusprechen, da er beim zweiten Pilotfilm Regie führen würde.

Zwei Tage, nachdem er den Vertrag für *Star Trek* unterschrieben hatte, ergab sich für ihn die Gelegenheit, in einer anderen Serie — ›Voyage to the Bottom of the Sea‹ — ebenfalls einen Ingenieur zu spielen, diesmal in einem U-Boot und ohne Akzent. Rückblickend überlegt Doohan, ob es nicht besser gewesen wäre, diese Rolle anzunehmen, da er ohne den Akzent nicht so schnell in ein bestimmtes Rollenklischee gedrängt worden wäre.

Daß Doohan die Rolle des Mr. Scott überhaupt bekam, verdankte er seiner Fähigkeit, praktisch jeden Akzent in die Texte einfließen zu lassen, darunter auch den schottischen. Beim Testlesen für *Star Trek* trug er seinen Text mit verschiedenen Akzenten vor. Die schottische Version — die er persönlich auch bevorzugte — war die Geburt des schottischen Ingenieurs der Enterprise. Doohan erhielt einen Vertrag für zunächst sechs der ersten dreizehn Episoden, seine unerwartete Popularität ließ ihn dann aber schnell zu einem Stammschauspieler werden. Dies mochte auch damit zusammenhängen, daß der Schauspieler Doohan sich wie seine Rolle als Scotty für Technik aller Art begeisterte und er so seiner Figur einen größeren Bezug zur Realität geben konnte.

Ein weiterer Neuzugang war der Physiker Hikaru Sulu, verkörpert von George Hosato Takei, geboren am 20. April 1940 in Boyle Heights, Los Angeles. Seine Familie wurde im Zweiten Weltkrieg vorübergehend interniert, dennoch blieben sie nach dem Krieg in Amerika. Takei startete seine Karriere noch während des Studiums der Architektur, als er für den japanischen SF-Film ›Rodan‹ als Synchronsprecher arbeitete. Es folgten weitere Synchronarbeiten, dann begann er Schauspielerei zu studieren und bekam eine Rolle in der Serie ›Playhouse 90‹. Während des Studiums wirkte er auch in ›Christopher‹ mit, dem ersten Film seines Kommilitonen Francis Ford Coppola. Takei verließ Hollywood, um in New York in einem Musical mitzuwirken, in dem er schon als Student am College gespielt hatte. Nach dem Ende dieses Engagements schlug er sich mit Gelegenheitsjobs durch und startete schließlich eine Fahrradtour durch Europa. Dann kehrte er nach Los Angeles zurück, um sich ganz der Schauspielerei zu widmen. Nach mehreren Filmrollen — 1953 in ›From Here to Eternity‹ (dt. ›Verdammt in alle Ewigkeit‹), in ›Josie's Castle‹, in ›The Loudmouth‹, 1959 in ›Ice Palace‹ (dt. ›Titanen‹), 1960 in ›Hell to Eternity‹ (dt. ›Aus der Hölle zur Ewigkeit‹), 1965 in ›Red Line 7000‹ (dt. ›Rote Linie 7000‹) und in ›Walk Don't Run‹ (dt. ›Nicht so schnell, mein Junge‹) — und Gastauftritten in verschiedenen Serien teilte ihm sein Agent mit, daß er für eine Rolle in dem Pilotfilm zu *Star Trek* vorsprechen sollte. Dieses erste Vorsprechen nahm anscheinend keinen guten Verlauf, weil Roddenberry offensichtlich nicht an Takei interessiert war, in Wirklichkeit war er aber daran interessiert, was für einen Menschen er vor sich hatte, nicht so sehr, wie viele Rollen derjenige schon gespielt hatte. Kurz darauf bekam Takei die Rolle. Er bezweifelte jedoch, daß der zweite Pilotfilm erfolgreich sein würde, da er so ganz anders war als das, was man üblicherweise unter SF verstand.

Nur für den zweiten Pilotfilm wurde Gary Lockwood engagiert, den Roddenberry wie zuvor Nimoy aus ›The Lieutenant‹ herübergeholt hatte. Gary Lockwood begann als Double, eine erste Rolle bekam er in ›Tall Story‹, nach weiteren Engagements folgte dann ›The Lieutenant‹. Lockwood hatte rückblickend den Pilotfilm als ein wenig bizarr in Erinnerung. Für seinen Geschmack enthielt der Film zuviel Dialog und zu wenig Action. Unmittelbar nach *Star Trek* begann er mit den Dreharbeiten für ›2001 — A Space Odyssey‹, einem Film, für den zwei Jahre lang die Dekorationen gebaut worden waren. Arthur C. Clarke und Stanley Kubrick trugen sich bereits seit 1955 mit dem Gedanken eines SF-Films, also zu einer Zeit, als *Star Trek* noch gar kein Thema war. Die Dreharbeiten benötigten aber 23 Monate, und so erschien ›2001 — A Space Odyssey‹ natürlich erst nach *Star Trek*.

Gary Lockwood spielte in ›Where No Man Has Gone Before‹ Gary Mitchell, der als guter Freund von Kirk charakterisiert wurde, zur allgemeinen Enttäuschung aber zum Ende des Films sterben mußte, womit viel erzählerisches Potential vergeudet wurde. Man lernte aus diesem Fehler und ließ fortan die wichtigeren Figuren überleben, während die Begleitpersonen, vornehmlich Angehörige des Sicherheitspersonals, zeitweise wie die Fliegen sterben mußten. In der Rolle des Frank Poole mußte Lockwood in ›2001 — A Space Odyssey‹ gleichsam sterben.

Ebenfalls nur im zweiten Pilotfilm eingesetzt wurde die am 2. Juni 1936 in Long Beach, Kalifornien, geborene Sally Kellerman, die die Rolle der Dr. Elizabeth Dehner verkörperte. Kellerman, die als Kellnerin begann und über eine Episode von ›The Outer Limits‹ zur Schauspielerei kam, spielte nach *Star Trek* in einer Reihe von Spielfilmen mit, am besten blieb sie dem Publikum jedoch in ihrer Rolle als Major ›Hotlips‹ Hooligan in der wohl gelungensten Kriegsfilm-Parodie ›M*A*S*H‹ in Erinnerung. Ihr Filmtod im zweiten Pilotfilm war jedoch genau wie bei Gary Lockwood unüberlegt, da sie ebenfalls sehr detailliert charakterisiert wurde und eine interessante Figur in späteren Episoden hätte sein können.

Dritter im Bunde derer, die den Pilotfilm nicht überlebten, war Paul Carr als Lee Kelso. Er wollte in der Serie bleiben und war verärgert darüber, daß ausgerechnet sein Charakter das Zeitliche segnen mußte. Carr zog mit 17 Jahren von New Orleans nach New York und erhielt seine erste (winzige) Filmrolle in Hitchcocks ›The Wrong Man‹. Nach seinem unfreiwilligen Ende in *Star Trek* erhielt er zwar eine wiederkehrende Rolle in ›Voyage to the Bottom of the Sea‹, dennoch zog er sich aus der Schauspielerei zurück und besitzt heute einen Produktionsbetrieb für biologisch angebaute Lebensmittel.

Die Dreharbeiten gerieten kurzzeitig in Gefahr, als William Shatner von einer Wespe eines im Studio lebenden Schwarms ins Augenlid gestochen wurde, das so stark anschwoll, daß er nicht weiterdrehen konnte. Glücklicherweise ereignete sich das am Freitag, am Montag war alles wieder normal, die Arbeiten konnten wie geplant fortgesetzt werden.

Obwohl alle unter dem Druck standen, rechtzeitig einen guten zweiten Pilotfilm abzuliefern, berichtete Sally Kellerman später von einem amüsanten Zwischenfall bei den Dreharbeiten. Als sie und Gary Lockwood als ›Götter‹ über den Planeten wanderten, trugen sie beide silberne Kontaktlinsen, durch die sie fast nichts sehen konnten. Lockwood lief in einen Teich und wartete, daß jemand von der Filmcrew ›Schnitt‹ rief. Nichts geschah, und Lockwood spielte drehbuchgerecht weiter, indem er einen Pfirsich nahm und ihn in zwei Hälften zu teilen versuchte, wobei der offensichtlich nicht mehr ganz frische Pfirsich zerplatzte. Als angesichts dieser Panne schließlich noch immer niemand ›Schnitt‹ rief, nahmen beide ihre Kontaktlinsen heraus — um festzustellen, daß die gesamte Crew sich vor Lachen auf dem Boden krümmte.

Im August 1965 war Roddenberry mit der Produktion des Pilotfilms für ›Police Story‹ (mit DeForest Kelley und mit Grace Lee Whitney, die beide kurze Zeit später erneut für Roddenberry aktiv werden sollten) beschäftigt, im September des gleichen Jahres hielt ihn der Pilotfilm für ›The Long Hunt of April Savage‹ (mit Robert Lansing, der gleichfalls noch eine Rolle spielen sollte; s. Ep. C56) davon ab, *Star Trek* mit Argusaugen zu überwachen.

Dennoch: Rechtzeitig im Januar 1966 wurde ›Where No Man Has Gone Before‹ fertiggestellt und NBC übergeben, die Produktionskosten betrugen 330 000 Dollar und überschritten damit das Budget nur geringfügig.[17]

Die Unterschiede zum ersten Pilotfilm ›The Cage‹ waren trotz der eigentlich nur kosmetischen Veränderungen beträchtlich. Die einzige Gemeinsamkeit war Spock, aber auch er hatte sich verändert. Während er in ›The Cage‹ noch deutlich menschliche Reaktionen erkennen ließ, war er nun wesentlich verschlossener. Anstatt den Charakter wie gewünscht zu streichen, war Roddenberry noch konsequenter geworden und hatte die Distanz zwischen Spock und dem Rest der Besatzung größer werden lassen. Diese verstärkte Abgrenzung machte es — wie später erst erkennbar wurde — überhaupt möglich, Spocks Charakter weiterzuentwickeln und ihn letztendlich menschlicher erscheinen zu lassen als manche der ihn umgebenden Menschen. Der Spock aus ›The Cage‹ dagegen hätte sich allenfalls von seiner menschlichen Hälfte fortentwickeln können. Das Verhältnis zwischen Spock und Kirk war noch nicht so ausgeprägt wie zum Beispiel das zwischen Spock und Pike, die sich in ›The Cage‹ erkennbar besser verstanden.

Von den Figuren des zweiten Pilotfilms wurden bei genauerer Betrachtung nur wenige eingehender charakterisiert, nämlich Kirk, Spock und Gary Mitchell und ansatzweise Dr. Dehner. Die anderen blieben sehr im Hintergrund und machten es Rodenberry so natürlich leicht, sie erneut auszuwechseln. An äußeren Veränderungen gegenüber dem Vorgänger waren neben geringfügigen Überarbeitungen an der Enterprise eine veränderte Brükke, leicht modifizierte Uniformen sowie ein Phasergewehr zu verzeichnen, das allerdings genau wie eine Laserkanone aus ›The Cage‹ nie wieder Verwendung fand.

Obwohl der zweite Anlauf keineswegs anspruchsloser war als ›The Cage‹, fand ›Where No Man Has Gone Before‹ Zustimmung bei den Verantwortlichen von NBC, und es wurde grünes Licht für den Start der ersten Season gegeben. Der zweite Pilotfilm ist heute die einzige Episode einer TV-Serie, von der sich eine Kopie im Archiv des Washingtoner Smithsonian Institute — dem Institut für amerikanische Kunst und Geschichte — befindet.

Aber auch auf dem Weg vom zweiten Pilotfilm zur Serie gab es Veränderungen, so wurde Sulu zum Steuermann, die Kostüme durchliefen eine erneute Überarbeitung.

Die wichtigste Neuerung war aber der Schiffsarzt Dr. Leonard ›Bones‹ McCoy, dargestellt von DeForest Kelley. Der wurde am 20. Januar 1920 in Atlanta, Georgia, geboren und wollte zunächst Arzt werden, überlegte es sich dann aber anders und schlug eine Karriere als Schauspieler ein, die dazu führte, daß er mit seiner *Star Trek*-Rolle der bekannteste Arzt des ganzen Universums wurde. Nach verschiedenen Bühnenauftritten wirkte er in einem Trainingsfilm der Navy für den Zweiten Weltkrieg mit, wo ihn ein Talentsucher von Paramount Pictures entdeckte. Nach seiner Hochzeit mit Carolyn Dowling am 7. September 1945, mit der er noch heute in Sherman Oaks lebt, gab er in einer Hauptrolle in der Cornell-Woolrich-Verfilmung ›Fear in the Night‹ (dt. ›Angst in der Nacht‹) 1947 sein Filmdebüt. Kelley spielte überzeugender, als er es — bedauerlicherweise — jemals wieder tat. Es folgten Gastauftritte in diversen TV-Serien (darunter mehrfach in ›Bonanza‹) und kleinere Rollen in zahlreichen Filmen, so z. B. in ›Raintree Country‹ (1957; dt. ›Das Land des Regenbaums‹, in einer kleinen, aber im Gedächtnis bleibenden Rolle als Südstaaten-Offizier), in dem Klassiker ›Gunfight at the O.K. Corral‹ (1957; dt. ›Zwei rechnen ab‹), in ›House of Bamboo‹ (1955; dt. ›Tokio Story‹) mit Robert Stack aus ›The Untouchables‹ und in ›Marriage on the Rocks‹ (1965; dt. ›Dreimal nach Mexiko‹), in ›Where Love Has Gone‹ (1964; dt. ›Wohin die Liebe führt‹) und in ›Gunfight at Comanche Creek‹ (1963; dt. ›Im Sattel ritt der Tod‹).

DeForest Kelley und Gene Roddenberry begegneten sich zum ersten Mal bei der Produktion der Episode ›333 Montgomery‹ aus der Serie ›Alcoa Goodyear Theatre‹ im Jahre 1961. Fünf Jahre später wirkte Kelley im Pilotfilm zu einer anderen Roddenberry-Serie, ›Police Story‹, mit. (›Police Story‹ ist im übrigen nicht zu verwechseln mit der gleichnamigen TV-Serie, die in den siebziger Jahren lief.) Roddenberrys Serie verkaufte sich nicht, aber Kelley blieb beim Publikum in angenehmer Erinnerung und war damit für Roddenberry ein potentieller Kandidat für *Star Trek.* Kelley lehnte es jedoch ab, die Rolle des Mr. Spock zu spielen, wie Roddenberry es für ihn versuchsweise vorgesehen hatte, und schließlich wurde er Schiffsarzt. Ironischerweise war Kelley 1959 bereits in der engeren Wahl für eine Rolle in der Serie ›The Enterprise‹, die im Zweiten Weltkrieg spielte. Sein Part hätte der eines Schiffspsychiaters sein sollen, jedoch kam es nie dazu.

Die wahre Bedeutung des Dr. McCoy für *Star Trek* konnte zu Beginn noch nicht einmal Roddenberry geahnt haben, sie entwickelte sich erst im Verlauf der Serie. Allmählich kristallisierte sich heraus, daß Dr. McCoy das fehlende Drittel zum Triumvirat Spock — Kirk — McCoy war. Dieses Triumvirat war im Grunde nichts anderes als eine dreigeteilte Persönlichkeit, Kirk als der aktive, nach außen wirkende Teil, Spock als die absolute Vernunft, die alles nach streng rationalen Gesichtspunkten entschied, und McCoy als das Gewissen, das die moralischen Aspekte beisteuerte.

Die aus Robbins, Illinois, stammende und am 28. Dezember 1933 geborene Nichelle Nichols wurde unter Vertrag genommen, obwohl die Figur, die sie spielen würde, noch gar nicht feststand und sie statt dessen Textpassagen lesen mußte, die für Spock gedacht waren. Sie erhielt schließlich die Rolle der farbigen Nachrichtenoffizierin Nyota Uhura, womit Roddenberry ein wenig an den ersten Pilotfilm anknüpfen konnte, indem er eine Frau auf eine zentrale Position auf der Schiffsbrücke setzte. Zwar war ihre Rolle deutlich kleiner als die der Number One in ›The Cage‹, aber Roddenberry war froh darüber, daß er nicht nur eine Frau auf der Brücke hatte, sondern dazu auch noch eine Farbige.

Obwohl Nichelle Nichols in erster Linie dem Jazz zugetan war — Duke Ellington entdeckte ihr musikalisches Talent, als sie sechzehn Jahre alt war —, trat sie in vielen Broadway-Shows auf und kam ebenfalls über die Serie ›The Lieutenant‹ zu *Star Trek*.

1959 hatte sie in ›Porgy and Bess‹ mitgespielt, 1965 in ›Mister Buddwing‹ (dt. ›Gesicht ohne Namen‹), 1966 in ›Doctor You've Got to Be Kidding‹ (dt. ›Doktor — Sie machen Witze‹).

Nichelle Nichols erinnerte sich auch Jahrzehnte nach der ersten Episode sehr lebhaft an ihren ersten Drehtag: Auf dem Weg zum Studio hatte sie einen Autounfall, sie wurde ambulant behandelt, Lippe und Knie mußten genäht werden. Dennoch fuhr sie dann zum Studio, wo die Szenen mit ihr zusammengefaßt wurden, um sie zu schonen. Am Ende des Tages brach sie zusammen und wurde von Shatner nach Hause gebracht.

Vorläufig letzte Neue im Bunde war die in Detroit geborene Grace Lee Whitney, die nach Auftritten in vielen Broadway-Aufführungen in den Erfolgsfilmen ›Some Like It Hot‹ (dt. ›Manche mögen's heiß‹) mit Marylin Monroe und ›Irma La Douce‹ (dt. ›Das Mädchen Irma La Douce‹) mit Shirley MacLaine und Jack Lemmon mitspielte. Zu ihren Gastrollen im Fernsehen zählen unter anderem die Serien ›77 Sunset Strip‹ und ›The Untouchables‹ (dt. ›Chicago 1930‹). In *Star Trek* spielte Grace Lee Whitney Kirks Mädchen für alles, Yeoman Janice Rand, die sie später rückblickend mit dem Titel ›Space Geisha‹ versah. Grace Lee Whitneys Kindheit war von der Erkenntnis geprägt, daß sie mit neun Jahren erfuhr, ein Adoptivkind zu sein. Einen ähnlichen Schock erlitt sie nur kurze Zeit nach Start der Serie, als ihre Rolle gestrichen wurde, ein Erlebnis, das sie in jahrelange Alkoholabhängigkeit trieb.

Die einzige Rolle, bei der es zu keiner Zeit Besetzungsprobleme gegeben hatte, war die U.S.S. Enterprise. Sie erfuhr im Lauf der Serie zwar einige wenige kosmetische Operationen, die jedoch nicht ins Gewicht fielen. Das Schiff hatte eine Länge von 289 Metern bei einem Gewicht von über 193 000 Tonnen und war im All zusammengebaut worden. Trotz der friedlichen Mission war die Enterprise bestückt mit Phasern und Photonentorpedos, um die Besatzung von 430 Personen vor unliebsamen Überraschungen zu schützen. Das Schiff verfügte über Warp-Antrieb[18], wobei Warp Eins der einfachen Lichtgeschwindigkeit entspricht, Warp Zwei der vierfachen Lichtgeschwindigkeit usw.

Für die Besatzungsmitglieder wurden die Phaser kreiert, Typ I eine Strahlenwaffe im Zigarettenschachtelformat, Typ II mit mehr Energie und einem Handgriff ähnlich einer konventionellen Schußwaffe. Weitere Ausrüstungsgegenstände waren der Communicator — ein extrem leistungsfähiges Funksprechgerät — und der Tricorder, eine Art tragbarer Computer (Jahrzehnte vor der Existenz von Laptops und Notebooks!), der alle gewünschten Daten aufzeichnete und auswertete. Für die medizinische Abteilung gab es darüber hinaus das Medikit, das eine Druckluftspritze und den berühmten Feinberger enthielt — ein salzstreuergroßes Gerät, das Auskunft über die wichtigsten Körperfunktionen eines Untersuchten gab (und tatsächlich ein Salzstreuer war).

Neben dem Transporter, dem Materietransmitter, stand ein Shuttlecraft für den Transport von maximal sieben Personen zur Verfügung.[19]

Kurios am Rande: Der Grabstein im zweiten Pilotfilm nannte irrtümlich James R. Kirk, während Roddenberry den zweiten Namen später mit Tiberius angab. Vermutlich hatte er diese Tatsache einfach übersehen. Der neue Name entstammte Gary Lockwoods Rolle in ›The Lieutenant‹: William Tiberius Rice.

Anmerkungen:

1 Der Titel dieser Serie läßt erkennen, wie sehr Fernsehen und Wirtschaft bereits zu diesem Zeitpunkt verbunden waren. So gab es unter anderem auch Serien, die den Namen ›Kraft‹ im Titel trugen. Diese Entwicklung war aber in den sechziger Jahren rückläufig und ist heute völlig verschwunden.
2 Arztserie mit Richard Chamberlain, 1961—1966.
3 Polizeiserie, 1958—1963, die auf einer Kurzgeschichte von Mark Hellinger und einem Film gleichen Namens aus dem Jahr 1948 basierte.
4 Anthologien-Serie, 1953—1963, mit dem Schwerpunkt Drama.
5 Anthologien-Reihe mit Militärhintergrund, 1956—1958.
6 Westernserie von 1960—1962, in der von ihr geschriebenen Episode wirkte Leonard Nimoy mit.
7 DESILU steht für *Desi* Arnaz und *Lu*cille Ball, Eigentümer des Studios.
8 Bis kurz vor Drehbeginn war noch immer der Name April im Spiel, nach einer kurzen Phase als Captain Winter entschied sich Roddenberry dann für Pike.
9 Martin Landau stand hier noch am Anfang seiner Karriere, statt Mr. Spock wurde er Rollin Hand in der Krimiserie ›Mission: Impossible‹ (dt. ›Kobra, übernehmen Sie‹/›Unmöglicher Auftrag‹/›In geheimer Mission‹), später kam er dann mit einer Gerry-Anderson-Produktion doch noch zur SF: ›Space: 1999‹ (dt. ›Mondbasis Alpha 1‹).

10 Ein für diese Zeit typisches Serial, das sich von Episode zu Episode durch zum Teil recht haarsträubende, nach einer Fortsetzung verlangenden Episodenenden auszeichnete. Andere, wesentlich ältere Beispiele sind die Serials ›Flash Gordon‹ und ›Buck Rogers‹.

11 Erst rund dreißig Jahre später kauften clevere Geschäftsleute die Filmrechte und vermarkteten den Film auf Videocassette, wobei sie auf die Nachfrage der Nimoy- und *Star Trek*-Fans setzten, zweifellos eine erfolgreiche Idee.

12 Die ›Star Trek Chronology‹ nennt als Jahr der Handlung 2254, der aus dem Pilotfilm entstandene Zweiteiler ›The Menagerie‹ spielt demnach 13 Jahre später.

13 1968 bekam Jack Lord die Hauptrolle in der Serie ›Hawaii Five-0‹, die sich bis 1980 im Programm halten konnte.

14 In ›Today‹ vom 16. September 1993; lt. ›Today‹ ein Auszug aus Shatners — zweiter — Biographie ›Star Trek Memories‹; dt. ›Star Trek Erinnerungen‹, München 1994, HEYNE SF & F, Band 06/5188.

15 Aus Starlog 1, 1976.

16 So in Starlog 1, 1976, S. 47.

17 An dieser Stelle müßte der Inhalt des zweiten Pilotfilms folgen. Da er jedoch nicht als erste Episode ausgestrahlt wurde, befindet er sich — um die chronologische Ordnung einzuhalten — als Episode C4 auf Seite 45.

18 In der Synchronisation des ZDF wurde aus ›Warp-Antrieb‹ ›Sol-Antrieb‹, während man in den Filmen und auf SAT 1 zu ›Warp‹ zurückkehrte.

19 Wie auch in früheren Ausgaben dieses Buchs werden technische Details hier nicht eingehend behandelt. Da es sich ausnahmslos um fiktive Technik handelt, wird diese als gegeben vorausgesetzt und entzieht sich jeder Diskussion über ihre Realisierbarkeit oder die physikalischen Gesetze, die dagegensprechen könnten.

Die Enterprise auf Jungfernflug

Die erste Season von Star Trek startete am 8. September 1966 an einem Donnerstag gegen die ABC-Serie ›Tammy Grimes Show‹, die um 20.30 Uhr startete, die aber aufgrund ihrer Kurzlebigkeit keine Konkurrenz darstellte. Ganz anders die um 21.00 beginnende Sitcom[1] ›Bewitched‹, die von 1964—1972 lief und damit für Star Trek von Anfang an eine ernste Konkurrenz war. Auf dem dritten Sendenetz lief von 1960 bis 1972 die Sitcom ›My Three Sons‹ um 20.30 sowie um 21.00 der ›CBS Thursday Night Movie‹ mit einem wöchentlichen Spielfilm.

Die Probleme, ein ausreichend großes Publikum zu gewinnen, waren damit vorprogrammiert. Den Anfang der ersten Season machte ›The Man Trap‹.

Episode C2: The Man Trap[2]

(Das Letzte seiner Art)

Kirk und McCoy besuchen den Archäologen Dr. Robert Crater, der mit seiner Frau Nancy auf dem Planeten M113 lebt. Nancy Crater ist McCoys Jugendliebe. Zweck des Besuchs ist eine routinemäßige ärztliche Untersuchung, außerdem sollen ihre Lebensmittelvorräte aufgefüllt werden. Zur Überraschung der Besucher ist das einzige, was Crater benötigt, Salz. Über den Verbleib eines extrem großen, nunmehr aber nahezu restlos aufgebrauchten Vorrats aus einer vorangegangenen Lieferung kann Crater keine Erklärung liefern. Was jedoch niemandem auffällt, ist die Tatsache, daß Nancy jedem der Anwesenden so erscheint, wie er sie sehen möchte. Tatsächlich handelt es sich bei ihr um das letzte noch lebende

Exemplar einer auf dem Planeten heimischen Rasse. Es lebt mit Dr. Crater in gegenseitiger Abhängigkeit, indem er das Wesen mit dem lebensnotwendigen Salz versorgt und dafür die Illusion erhält, es handele sich um seine schon seit langem verstorbene Frau. Das Gleichgewicht dieser Beziehung wird ganz erheblich gestört, da Kirk sich weigert, das gewünschte Salz zu liefern, solange er keine Erklärung für den hohen Bedarf erhält. In seiner Verzweiflung, ohne das Salz sterben zu müssen, tötet es zwei Mitglieder des Landetrupps, als es ihren Körpern jegliches Salz entzieht. Als McCoy-Doppelgänger gelangt es schließlich auf die Enterprise, wird aber nach langer Suche endlich entdeckt und von Spock und McCoy getötet, da es Kirk angegriffen hat und auch ihn zu töten droht.

*

Was an dieser Folge zunächst auffiel, war die Tatsache, daß McCoy — der hier zum ersten Mal zu sehen war — eine zentrale Rolle zufiel, obwohl sein Charakter zu diesem Zeitpunkt noch gar nicht als so bedeutsam für die Serie angesehen wurde.

Die Episode, geschrieben von George Clayton Johnson, der 1967 gemeinsam mit William F. Nolan den Roman ›Logan's Run‹ verfaßt hatte (dt. ›Flucht ins 23. Jahrhundert‹), war vom Ansatz her interessant, in der Ausführung erreichte sie aber letztlich nicht das von Roddenberry angestrebte Niveau und tendierte viel zu stark in Richtung ›Action‹. Unvereinbar mit seinem Star Trek-Konzept war insbesondere die Tatsache, daß alle Beteiligten (außer Dr. Crater, der dem Wesen gab, was es benötigte) nur daran dachten, das fremde Wesen zu töten, anstatt mit ihm Kontakt aufzunehmen, ihm zu helfen und etwas über diese untergegangene Kultur zu erfahren, deren letzter Zeuge es war.

Johnsons Drehbuchvorlage wurde im Gegensatz zu anderen, die nach ihm kamen, kaum verändert. Er nahm an, auch weiterhin Episoden für Star Trek zu schreiben, aber Roddenberry holte sich Gene L. Coon als Koproduzenten für die Serie. Johnson legte eine weitere Story vor, in der das Nervensystem der Enterprise plötzlich aktiviert und das Schiff lebendig wird und sich wie ein Neugeborenes verhält. Johnson wollte diese Geschichte zur Fantasy tendieren lassen, während Coon den Schwerpunkt auf die technische Seite legen wollte. Roddenberry, der zuvor schon sein Einverständnis zu Johnsons Idee gegeben hatte, machte daraufhin einen Rückzieher und bot ihm an, einen anderen Namen als Autoren einzusetzen. Johnson lehnte das ab und zahlte sogar das Honorar zurück, das er für die Vorlage erhalten hatte. Johnson erwägt noch gut dreißig Jahre später, einen Roman aus der Idee zu entwikkeln; eine Vorlage als Drehbuch für *Star Trek – The Next Generation* beabsichtigt er nicht, da er sich für die Serie nicht begeistern kann.

Nancy Crater wurde dargestellt von Jeanne Bal, geboren am 3. Mai 1928 in Santa Monica, Kalifornien, die vor allem durch die Unterhaltungsserie ›Love and Marriage‹ in den Jahren 1959 und 1960 dem amerikanischen TV-Publikum bekannt war, ein weiteres längeres Engagement hatte sie 1963 bis 1964 in ›Mr. Novak.‹

›Variety‹[3] ließ es sich nicht nehmen, ›The Man Trap‹ und damit die Serie an sich nach allen Regeln der Kunst zu verreißen: *Star Trek* sei am besten aufgehoben im Samstagmorgen-Kinderprogramm, Shatner wirke hölzern, Spocks Frisur sei bizarr. Das größte Rätsel an dieser Serie war für Variety, wie sie überhaupt einen Weg ins Fernsehprogramm gefunden hatte.

Episode C3: Charlie X

(Der Fall Charlie)

Die Enterprise bekommt als Passagier den 17jährigen Charlie Evans von dem Frachter Antares überstellt, dessen Besatzung ihn auf Thasus aufgenommen hat. Dort hatte er als einziger den Absturz eines Raumschiffs vor 14 Jahren überlebt. Kurz nach der Übergabe wird die Antares zerstört, die Ursache bleibt zunächst unklar. Kurz darauf ereignen sich auf der Enterprise mehrere seltsame, wenn auch harmlose Zwischenfälle, die zunächst wie Zufälle erscheinen. Nach und nach stellt sich heraus, daß die Vorkommnisse in Verbindung stehen mit Wünschen, die Charlie hat, die aber nicht erfüllt werden können. Kirks einsetzendes Mißtrauen wird schließlich zur Gewißheit, als Charlie Yeoman Janice Rand verschwinden läßt, nachdem sie seine Annäherungsversuche abgewiesen hat. In die Enge getrieben, gibt Charlie seine übermenschlichen Kräfte zu erkennen, gesteht die Vernichtung der Antares und übernimmt die Enterprise, damit er die Kolonie Alpha 5 erreichen kann. In diesem Moment erscheint ein Thasianer auf der Brücke. Er holt Charlie zurück und erklärt der Enterprise-Besatzung, daß er und seinesgleichen Charlie nach dem Absturz mit übermenschlichen Fähigkeiten ausstatteten, um ihm als Kind das Überleben nach dem Absturz zu ermöglichen. Da sie erkannt haben, daß der Junge nicht gelernt hat, mit seinen Fähigkeiten umzugehen, nehmen sie ihn wieder mit. Den Rest seines Lebens muß er auf Thasus verbringen, da er dort niemandem Schaden zufügen kann.

*

›Charlie X‹ übertraf den Vorläufer ›The Man Trap‹ um Längen, vor allem, weil es keine pure SF-Story war, sondern davon handelte, was passieren kann, wenn Menschen mit der ihnen verliehenen Macht nicht umgehen können. Es ist durchaus als Seitenhieb auf TV-Bosse zu werten, die gleichfalls ihre ihnen gegebene Macht nutzen, ohne stets zu wissen, was sie eigentlich tun. Einen Minuspunkt mußte sich ›Charlie X‹ aber dafür anrechnen lassen, daß unverhältnismäßig viel Zeit verstrich, ehe jemand Charlie für all die Vorfälle verdächtigte.

Robert Walker jun., der Charlie Evans spielte, war neben einigen Gastrollen im Fernsehen in nur wenigen Filmen zu sehen. Er zog sich lange nach *Star Trek* aus der Film- und Fernsehbranche zurück und wurde Geschäftsmann. So wie spätere Gaststars bringen ihn aber heute noch die Zuschauer als erstes mit seiner Rolle in *Star Trek* in Verbindung. Seit einiger Zeit versucht er im übrigen, erneut in der Filmbranche Fuß zu fassen.

Episode C4: Where No Man Has Gone Before[4]

(Spitze des Eisbergs)

Am Rand der Galaxis nimmt die Enterprise den Flugrecorder der U.S.S. Valiant an Bord, die rund 200 Jahre zuvor versucht hat, die Galaxis zu verlassen. Dabei wurde das Schiff schwer beschädigt, einige Besatzungsmitglieder kamen ums Leben. Der Captain der Valiant versuchte noch mehrfach, Informationen über ESP zu erhalten, der übersinnlichen Wahrnehmungsfähigkeit, dann gab er den Befehl zur Selbstzerstörung. Kirk wiederholt daraufhin den Versuch, die Galaxis zu verlassen, aber auch er scheitert. Die Enterprise wird schwer beschädigt und auch diesmal kommen Crewmitglieder zu Tode. Lieutenant Commander Gary Mitchell — ein alter Freund aus Kirks Zeit an der Akademie — und Dr. Elizabeth Dehner fallen in kurze Bewußtlosigkeit. Während Dr. Dehner unverletzt zu sein scheint, zeigen Mitchells Augen einen eigenartigen silbrigen Glanz, der ihn aber offensichtlich nicht stört. Statt dessen beginnt er sogar, zunächst mit unvorstellbarer Geschwindigkeit zu lesen, wenig später ist er bereits in der Lage, seine Körperfunktionen vorübergehend aussetzen zu lassen. Schließlich schlägt Spock vor, daß Mitchell getötet werden muß, bevor er so mächtig ist, daß sich niemand gegen ihn stellen kann und er die Enterprise in seine Gewalt bringt. Kirk lehnt das jedoch ab und beschließt statt dessen, ihn auf Delta Vega abzusetzen. Auf diesem Planeten werden von einer automatisch betriebenen Station Dilithium-Kristalle gewonnen, von denen die Enterprise eine Ladung an Bord nehmen soll. Mitchell wird überwältigt und betäubt auf die Station transportiert, wo man ihn zunächst in einem provisorischen Gefängnis unterbringt, aus dem er aber schon bald ausbricht. Er erklärt sich zum Gott und verläßt die Station. Kirk verfolgt ihn, und es kommt zu einem Zweikampf, den Kirk zu verlieren scheint. Da stellt sich Dr. Dehner, die mittlerweile die gleichen Fähigkeiten erlangt hat wie Kirks Freund und die nunmehr die einzige ist, die sich mit ihm messen kann, gegen Mitchell. Zwischen Dehner und Mitchell entwickelt sich ein Kräftemessen, das sie aber beide nicht überleben. Kirk kann auf die Enterprise zurückkehren.

Episode C5: The Naked Time

(Implosion in der Spirale)

Der Planet Psi 2000 wird sich in kürzester Zeit zerstören. Um einige Wissenschaftler der Föderation vor der nahenden Katastrophe zu retten, fliegt die Enterprise den Planeten an. Dort angekommen finden Spock und Lt. Tormolen nur noch die gefrorenen Leichen der Wissenschaftler vor, die allem Anschein nach unmittelbar vor ihrem Tod Amok gelaufen sein müssen. Schließlich hatte jemand die Lebenserhaltungssysteme abgeschaltet. Die zunächst rätselhaften Tode ergeben allmählich einen Sinn, als Tormolen plötzlich erste Anzeichen von Wahnsinn zeigt. Offensichtlich hat er sich auf Psi 2000 mit einem Virus infiziert, das sich jetzt schnell auf der Enterprise ausbreitet. Dieses Virus setzt die tiefsten Emotionen frei und macht alle Erkrankten handlungsunfähig, da sie zu

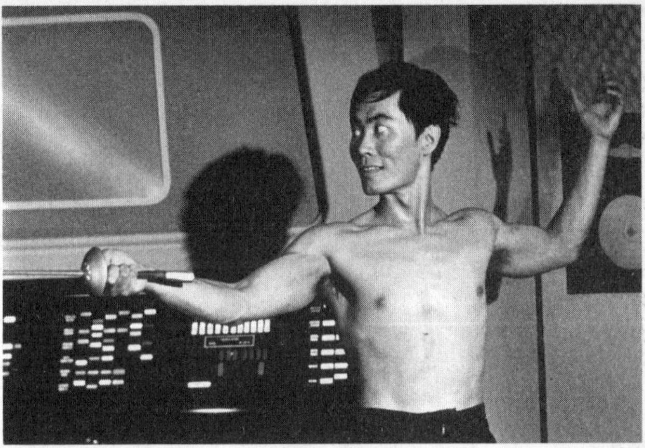

Sulu unter dem Einfluß des Psi 2000-Virus.

keinem vernünftigen Gedanken mehr in der Lage sind. Währenddessen stürzt die Enterprise auf den Planeten zu, der zu kollabieren beginnt und alle umgebende Masse an sich zieht. Unter den Infizierten befindet sich auch Lt. Kevin Riley, der von der zweiten Brücke aus die Kontrolle über das Schiff übernimmt und die Geduld der Mannschaft mit seinen ›Sangeskünsten‹ und sinnlosen Befehlen strapaziert. Selbst Spock kann sich vorübergehend nicht beherrschen und beginnt zu weinen. Er bekommt sich aber wieder unter Kontrolle und kann gemeinsam mit Kirk die Enterprise mit einem Zeitsprung in die Vergangenheit retten. Mit dem Wissen, was soeben mit ihnen geschehen ist, können sie dem instabilen Planeten und dem Virus aus dem Weg gehen, da diese Begegnung jetzt erst noch vor ihnen liegt.

*

›The Naked Time‹ präsentierte frühzeitig einen geschickt eingeleiteten, ersten tiefen Einblick in die Charaktere, allen voran Spock und Kirk. Kirk offenbarte seine gespaltenen Gefühle für die Enterprise, als er erklärte, die Enterprise vereinnahme ihn völlig und beherrsche ihn, auf der anderen Seite sei sie jedoch seine einzige wahre Liebe. Noch intensiver als Kirk wurde Spock präsentiert. Die freigesetzten Emotionen machten deutlich, wie sehr seine vulkanische Abstammung ihn daran hinderte, offen zu zeigen, was er empfand, und wie sehr seine menschliche Seite ihn quälte, indem sie immer unterdrückt werden mußte.

Kevin Riley wurde dargestellt von Bruce Hyde, der 1969 nach der Hauptrolle in der San Francisco-Aufführung des Musicals ›Hair‹ seine Schauspielerkarriere hinter sich ließ und sich der Hippie-Bewegung anschloß. Später, als er mit dieser Art zu leben nicht mehr zufrieden war, wurde er Lehrer für Kommunikation und unterrichtet noch heute.

Sein *Star Trek*-Charakter entwickelte bei den Zuschauern eine so große Popularität, daß er in der Episode ›The Conscience of the King‹ (Ep. C14) einen zweiten Auftritt erhielt.

George Takei nahm für seine Fechtszene drei Wochen vor Beginn der Dreharbeiten Fechtunterricht und machte daraus später sein Hobby.

Stewart Moss, der Lieutenant Joe Tormolen spielte, kehrte in der Rolle des Hanar in der Episode ›By Any Other Name‹ (Ep. C52) zurück. Seinen Part in ›The Naked Time‹ hielt er jedoch für wesentlich besser, was ihm der Autor dieser Episode, John D. F. Black, bestätigte, indem er sich für dessen gute schauspielerische Leistung bedankte. Auch war er in zahlreichen Serien zu sehen, z. B. in ›The Invaders‹, ›Bonanza‹, ›Cagney & Lacey‹, ›Remington Steele‹. Seine erste Filmrolle hatte er in ›In Harm's Way‹ von Otto Preminger. 1974 bekam er die Hauptrolle in ›The Bat People‹. Ein Jahr später bekam er eine feste Rolle in der Serie ›Fay‹. Seit langer Zeit ist er als Drehbuchautor tätig, so schreibt er für verschiedene Sitcoms und betätigt sich auch als Regisseur.

Episode C6: The Enemy Within

(Kirk : 2 = ?)

Im Orbit um den Planeten Alpha 177 ereignet sich ein vorübergehender Ausfall des Schiffstransporters. Da Scotty aber keine Fehlerquelle hat entdecken können und der Transporter wieder arbeitet, beamt er Kirk an Bord. Kurz darauf materialisiert unbemerkt ein zweiter Kirk. Die Fehlfunktion des Transporters hat den Captain in zwei Personen gespalten, eine absolut gute und eine absolut schlechte. Während an Bord Verwirrung entsteht über den vermeintlichen Kirk-Doppelgänger, wird ein Hund an Bord gebeamt, mit dem das gleiche geschieht. Spock wird daraufhin klar, daß dies auch mit Kirk passiert sein muß. Der Transporter muß zunächst repariert werden, bevor der noch auf Alpha 177 befindliche Landetrupp an Bord geholt werden kann. Die Zeit drängt jedoch, da die Temperaturen auf dem Planeten rasch sinken. Der negative Kirk, der genau wie der positive spürt, daß er allein nicht existieren kann, wird gefaßt, die beiden werden gemeinsam durch den Transporter geschickt und kehren erfolgreich als eine Person zurück. In letzter Minute kann der Landetrupp vor dem Erfrieren gerettet und an Bord gebeamt werden.

*

Für die *Star Trek*-Version des Dr. Jekyll/Mr. Hyde-Themas zeichnete Richard Matheson verantwortlich, zu dessen bekanntesten Werken die beiden verfilmten Romane ›I Am Legend‹ (1954, verfilmt als ›The Omega Man‹ mit Charlton Heston, 1971) und ›The Shrinking Man‹ (1956, verfilmt bereits 1957 als ›The Incredible Shrinking Man‹

unter der Regie von Jack Arnold, wie Roger Corman ein Meister des B-Films) zählten.

›The Enemy Within‹ markierte die Geburtsstunde des McCoy-Ausspruchs ›He's dead, Jim‹ (›Er ist tot, Jim‹), der im weiteren Verlauf der Serie wieder und wieder verwendet wurde, bis er DeForest Kelley als geflügeltes Wort verfolgte.

Regisseur Leo Penn löste das Problem des zweigeteilten Kirk auf simple und zugleich effektive Weise. Während der übermäßig gute Kirk zum Teil mit Weichzeichner noch weicher erschien, ließ Penn den bösen Kirk von unten beleuchten, um ihm so ein dämonisches Aussehen zu verleihen. Verstärkt wurde der Effekt durch Shatners überzeugende Darstellung des schlechten Kirk, der an Shatners bis dahin beste Rolle in Roger Cormans ›The Intruder‹ erinnerte. Seine gutmütige und bisweilen hilflose Gegenposition dagegen war bereits symptomatisch für Shatners bevorzugte weinerliche Verhaltensweise in vielen Nach-*Star Trek*-Rollen, die zugleich immer wieder Ansatzpunkt für Parodien war.

Episode C7: Mudd's Women

(Die Frauen des Mr. Mudd)

Die Enterprise verfolgt ein kleines Raumschiff, dessen Captain versucht, das Föderationsschiff abzuhängen, indem er in ein Asteroidenfeld steuert. Kurz bevor sein Raumschiff zerstört wird, kann der Captain, der sich als Harry Mudd vorstellt, zusammen mit seiner ›Fracht‹, drei (bezaubernden) Frauen, auf die Enterprise gebeamt werden. Diese riskante Rettungsaktion führt jedoch zu einer irreparablen Beschädigung der Dilithium-Kristalle, die die erforderliche Energie für die Maschinen der Enterprise liefern. Mit der letzten Reserve erreicht das Schiff schließlich einen nahe gelegenen Planeten, auf dem Dilithium abgebaut wird. Mudd, der wegen verschiedener

Verbrechen vorbestraft und von Kirk unter Arrest gestellt worden ist, kommt ihm zuvor und nimmt als erster mit den Minenarbeitern Kontakt auf. Um sich vor der Föderation zu retten, verspricht er den Arbeitern die Frauen als Tauschobjekte für seinen unbehelligten Abzug. Sie willigen ein, was dazu führt, daß sie nicht an Kirks Anliegen, neue Kristalle zu bekommen, interessiert sind. Schon bald stellen sie aber fest, daß die Frauen ihre Schönheit scheinbar lediglich mit der illegalen Venusdroge aufrechterhalten. Das Geschäft mit Mudd platzt daraufhin, Kirk bekommt den Flüchtigen und die Dilithium-Kristalle. Schließlich stellt sich aber heraus, daß die Droge keine echte Wirkung erzielt, sondern lediglich seelisch aufgebaut hatte.

*

Wie Kevin Riley erfreute sich auch Harry Mudd — vollständiger Name: Harcourt Fenton Mudd — in Fankreisen ausgesprochen großer Beliebtheit, so daß Roddenberry sogar mit dem Gedanken spielte, mit Harry Mudd in der Hauptrolle eine eigene Reihe zu starten. Aus Termingründen wurde dieses Projekt, das von NBC zudem noch gewünscht war, dann jedoch wieder fallengelassen. Mit dem Ende von *Star Trek* war auch diese Idee definitiv zum Scheitern verurteilt.

Roger C. Carmel, der Mudd spielte, wurde 1932 in Brooklyn geboren, wirkte von 1967 bis 1968 in einer festen Rolle in der TV-Serie ›The Mothers-in-Law‹ mit, die er aber nach der ersten Season aufgrund von Vertragsstreitigkeiten verließ.

1959 war er in ›North by Northwest‹ zu sehen, 1963 in ›Act One‹, 1964 in ›Goodbye Charlie‹, 1965 in ›The Art of Love‹, 1966 in ›The Silencers‹ (mit Dean Martin) sowie in ›Gambit‹ (mit Michael Caine und Shirley MacLaine), 1967 in ›The Venetian Affair‹, 1970 folgte ›Skullduggery‹ (mit Burt Reynolds), 1977 ›Thunder & Lightning‹ und

›Close Encounters of the Third Kind‹ (1977; dt. ›Unheimliche Begegnung der dritten Art‹), 1979 in ›Hardly Working‹ mit Jerry Lewis. 1981 erfolgte ein weiteres Rollenengagement in der Serie ›Fitz and Bones‹. Außerdem nahm er zahlreiche Gastauftritte in diversen Serien an, so in ›Hart to Hart‹ (dt. ›Hart aber herzlich‹). Carmel wollte eigentlich Schriftsteller werden, bis er erkannte, daß ihm dies nicht lag, und er sich auf die Schauspielerei konzentrierte.

Bemerkenswert an ›Mudd's Women‹ ist vor allem, daß NBC die Drogenthematik in der Episode beließ, möglicherweise, weil sich die Drogen als wirkungslos erwiesen. Dabei wurde aber — vor allem von Roddenberry — die umgekehrte und wesentlich gefährlichere Schlußfolgerung vergessen, nämlich die, daß — wenn diese Droge eigentlich harmlos ist — alle anderen Drogen an und für sich ebenfalls keine echte Wirkung haben, sondern schlicht und ergreifend seelisch aufbauen.

Wesentlich besser ging William Shatner mit diesem Problem Jahre später in seiner TV-Serie ›T. J. Hooker‹ um, als er in einer sich mit Drogen befassenden Episode zum Schluß aus seiner Serienrolle Hooker heraustritt und als Schauspieler Shatner die Zuschauer vor Drogen warnt.

Stephen Kandel, der das Drehbuch dieser Episode geschrieben hatte, kam zufällig zum Schreiben. Sein Vater schrieb fürs Fernsehen, er las eine seiner Geschichten und fand sie schlecht. Sein Vater forderte ihn daraufhin heraus, wenn er glaube, es sei so einfach, dann solle er selber einen Drehbuchentwurf schreiben. Gesagt, getan, seine Geschichte wurde prompt für 600 Dollar gekauft. Ein SF-Skript gelangte in Roddenberrys Finger, er traf sich mit Kandel, der schrieb als Alternative zu den Außerirdischen des ersten Pilotfilms ›Mudd's Women‹, der als zweiter Pilotfilm gleichfalls in Erwägung gezogen wurde und mit dem Kandel dem Publikum einen Charakter bieten wollte, mit dem es sich leichter identifizieren konnte, nämlich mit einem alltäglichen Hochstapler.

Episode C8: What Are Little Girls Made of?
(Der alte Traum)

Auf Exo III treffen Kirk und Christine Chapel auf den berühmten Forscher Dr. Roger Korby. Korby ist Chapels Verlobter, für den sie ihre Karriere als Biologin aufgegeben und sich zur Sternenflotte gemeldet hatte, um ihn wiederfinden zu können. Korby führt die beiden in ein Höhlenlabyrinth, in dem er sein Zuhause hat, und präsentiert ihnen stolz eine Maschine, die die einstigen Bewohner von Exo III zurückgelassen hatten. Mit dieser Maschine hat er seine Assistenten geschaffen — Dr. Brown und Andrea, beide Androiden. Schließlich versucht Korby, Kirk zu duplizieren, um so die Enterprise in seine Gewalt zu bekommen. Der gibt jedoch falsche Erinnerungen an seinen Doppelgänger weiter, woraufhin Spock mißtrauisch wird. Von einem Sicherheitstrupp begleitet, begibt er sich in das Höhlensystem, wo sich die für Kirk und Chapel bedrohliche Situation aber bereits zu deren Vorteil gelöst hat. Nachdem Kirk die Androiden gegen Korby gewandt hatte, hatte der erkannt, daß ihm in seinem eigenen künstlichen Körper seine Menschlichkeit genommen worden war. Daraufhin hat sich Korby das Leben genommen.

*

Die Episode lieferte zwar erstmalig Details über Christine Chapels Vergangenheit, was an sich schon bemerkenswert ist, handelte es sich doch um einen selten eingesetzten Charakter. Das Hauptthema des in seine Arbeit verrannten und darüber verrücktgewordenen Wissenschaftlers (gerne mit dem Etikett ›mad scientist‹ versehen) war dagegen nicht neu und vor allem nicht in einer neuen Variante verarbeitet, sondern mit den üblichen Klischees behaftet.

Für die Gesamtwirkung der Episode abträglich war auch der zweite Auftritt eines doppelten Kirk, obwohl die Drehbuchschreiber ihn nur ein paar Wochen zuvor schon einmal dupliziert hatten. Und — was noch niemand ahnen mochte — es sollte nicht der letzte doppelte Kirk bleiben.

Drehbuchautor Robert Bloch, geboren am 5. April 1917 in Chicago, machte in erster Linie als Verfasser von Horrorromanen und Krimis auf sich aufmerksam, sein wohl bekanntestes Werk ist der 1959 erschienene und von Alfred Hitchcock verfilmte Roman ›Psycho‹.

Daß er für *Star Trek* aktiv wurde, ist schon erstaunlich, wenn man seine Vorliebe für Gothic Novels bedenkt und seine kaum vorhandene Begeisterung für technisch orientierte SF dagegen stellt. Nach eigener Aussage ist er so gut wie gar nicht an der Technik interessiert und unfähig, mit ihr umzugehen bzw. sie zu handhaben.[5]

Das macht sich auch an dieser Episode bemerkbar, entspricht sie doch weitgehend dem, was er Roddenberry vorgelegt hatte. Hätte er hier Elemente des Gothic Horror einbauen können, wäre sie zweifellos um Längen besser geworden. In späteren Beiträgen zur Serie tat er das dann auch, leider scheiterten die dann an einer unglaubwürdigen Umsetzung.

Ted Cassidy, der in dieser Episode den Androiden Ruk verkörperte, wurde 1932 in Pittsburgh, Pennsylvania, geboren und spielte in den Jahren 1964 bis 1966 die Rolle des Lurch[6] in der TV-Serie ›The Addams Family‹. 1968 bis 1969 war er dann in einer festen Rolle in der Abenteuerserie ›The New Adventures of Huck Finn‹ zu sehen, außerdem erhielt er Gastauftritte in ›Lost in Space‹, ›The Man from U.N.C.L.E.‹ sowie in den Roddenberry-Pilotfilmen ›Genesis II‹ und ›Planet Earth‹. Am 16. Januar 1979 starb er.

Eine Fortsetzung der in dieser Episode erzählten Handlung findet sich in dem Pocket-Roman ›Double Double‹ von Michael Jan Friedman (s. Band 2, S. 234).

Episode C9: Miri

(Miri, ein Kleinling)

Auf einem erdähnlichen Planeten entdeckt ein Enterprise-Landetrupp unter der Leitung von Captain Kirk eine scheinbar verlassene Stadt. Überraschend stoßen sie auf jahrhundertealte Kinder, die das Ergebnis eines fehlgeschlagenen Projekts sind, das der Verlängerung des Lebens dienen sollte. Die Erwachsenen sind qualvoll gestorben, die Kinder benötigten seitdem Jahrhunderte, um älter zu werden. Mit Beginn der Pubertät steht aber auch ihnen das Schicksal ihrer Eltern bevor. Der gesamte Landetrupp mit Ausnahme von Spock ist mit dem Betreten dieses Planeten von dem Virus infiziert worden, den das Experiment seinerzeit freigesetzt hatte. Wenn McCoy nicht in kürzester Zeit ein Gegenmittel findet, werden sie sterben müssen. Da die Krankheit sich nicht ausbreiten darf, ist eine Rückkehr auf die Enterprise nicht möglich. McCoy bleibt also nichts anderes übrig, als auf dem Planeten zu versuchen, ein Gegenmittel zu finden. Diese unter besonderem Zeitdruck stehende Forschung wird immer wieder von den Kindern behindert, die den Erwachsenen mißtrauen und sie stören, wo sie nur können. Nur Miri, die sich in Kirk verliebt hat, kann ihm und den anderen ein wenig Unterstützung geben. Im letzten Moment findet McCoy ein Gegenmittel, das er im Selbstversuch testet, da die Zeit nicht mehr reicht. Es erweist sich als wirksam, womit sowohl der Landetrupp als auch die Kinder gerettet sind.

*

›Miri‹ war von der Thematik her interessant, da sie sich damit auseinandersetzt, wie weit Wissenschaftler gehen dürfen, wenn sie ein bestimmtes Ziel verfolgen. An Glaubwürdigkeit verlor die Handlung aber dadurch, daß sie auf einem Planeten spielte, der so sehr der Erde glich, daß alles schon wieder absurd wirkte.

Zudem war die massive Gefahr, die für den Enterprise-Trupp auf dem Planeten ausging, zu groß und betraf zu viele Stammschauspieler, so daß sie von vornherein unglaubwürdig war.

Das Verhalten von Janice Rand und James T. Kirk war in dieser Episode (bewußt oder unbewußt) erstmalig so, daß es Raum für Interpretationen und Spekulationen bot, daß zwischen Kirk und Janice Rand mehr sein konnte, als nur ein dienstliches Verhältnis. Mit diesem angeblichen Verhältnis wurde auch später ihr Rauswurf aus der Serie offiziell begründet. Inwieweit aber der Rauswurf rückwirkend erst eine solche Interpretation möglich erscheinen ließ, sei dahingestellt.

Adrian Spies, der ›Miri‹ schrieb, war von der Idee, eine Episode für *Star Trek* zu schreiben, nicht sonderlich angetan. Er erledigte die Arbeit nur widerwillig, was man aber der Episode nicht anmerkt.

Episode C10: Dagger of the Mind
(Der Zentral-Nervensystemmanipulator)

Die Enterprise fliegt Tantalus V an, eine von Dr. Tristan Adams geleitete Strafkolonie, die als die fortschrittlichste der Föderation gilt. Während dort Vorräte abgeliefert werden, flieht einer der Insassen auf die Enterprise und sucht um Asyl auf dem Schiff nach. Er wird als Dr. Simon van Gelder, Dr. Adams' Assistent, identifiziert. Während Kirk und die Psychiaterin Dr. Helen Noel der Kolonie einen Besuch abstatten, erfährt Spock durch eine Gedankenverschmelzung mit van Gelder, daß Adams die Kolonie Tantalus V in eine Folterkammer verwandelt hat. Kirk und Noel befinden sich jedoch bereits auf dem Planeten und können nicht auf die Enterprise zurückgeholt werden, da Tantalus V von einem Schutzschirm umgeben ist, der jeglichen Fluchtversuch verhindert. Der offenbar geistesgestörte Dr. Adams bringt Kirk in seine Gewalt, doch bevor er ihn seiner Foltermaschine aussetzen kann, unterbricht Helen Noel unter Lebensgefahr die Stromversorgung der Kolonie und schaltet so den Schutzschirm ab. Spock kann daraufhin mit einem Sicherheitsteam auf den Planeten folgen und Kirk retten. Adams stirbt dagegen an den Folgen seiner Foltermaschine, der er sich versehentlich aussetzt. Der mittlerweile geheilte Dr. van Gelder übernimmt die Leitung der Kolonie, die Enterprise kann Tantalus V verlassen.

*

›Dagger of the Mind‹ zeigte erstmalig die vulkanische Gedankenverschmelzung, ansonsten war die Episode nicht sehr interessant. Zu bemerken sei aber, daß sie in Großbritannien aufgrund ihrer zum Teil brutalen Szenen verboten wurde und den Weg zu den Fans nur über den Verkauf als Videocassette fand.

Die Idee der Episode scheiterte schon an dem Punkt, daß Dr. Adams' Geistesstörung von niemandem bemerkt worden sein sollte, was den Rest der Handlung hinfällig machte. Hinzu kam eine fast schon peinliche Vergabe beziehungsreicher Namen. Wer — außer einem Zyniker — würde ernsthaft eine besonders fortschrittliche Strafkolonie ›Tantalus‹ nennen, und warum sollte eine Frau, die Kirk auf einer Weihnachtsfeier kennengelernt hat, ausgerechnet einen Namen tragen, der der französische Begriff für Weihnachten ist, nämlich ›Noel‹? Die Krönung des Ganzen lieferte dann schließlich SAT 1 mit der deutschen Titelvergabe. ›Der Zentral-Nervensystemmanipulator‹ ist schlicht und ergreifend ein Fehlgriff des zuständigen Redakteurs.

Morgan Woodward, der in ›Dagger of the Mind‹ den Dr. van Gelder darstellte, ist seit 1955 im Filmgeschäft, im gleichen Jahr hatte er sein Debüt in der Walt Disney-Produktion ›The Great Locomotive Chase‹, hauptsächlich war er im Western-Genre aktiv, so z. B. in ›How the West Was Won‹ (›Das war der wilde Westen‹), in mehreren Episoden von ›Gunsmoke‹ (›Rauchende Colts‹), in der Serie ›The Life and Legend of Wyatt Earp‹ von 1958 bis 1961 in einer festen Rolle sowie außerhalb des Western sechs Jahre lang in ›Dallas‹. Er hatte auch eine Gastrolle in einer Episode der Shatner-Serie ›T. J. Hooker‹.

Woodward, der seine Rolle als Dr. van Gelder als die schwierigste seiner Karriere bezeichnete (er mußte sich vier Tage von den körperlichen und geistigen Anstrengungen erholen, die die Rolle ihm abverlangt hatte), die ihm immerhin eine Emmy-Nominierung einbrachte, glaubt Anfang 1988 nicht an den Erfolg von *Star Trek – The Next Generation,* Star Trek ist in seinen Augen mittlerweile ein alter Hut.

Episode C11: The Corbomite Maneuver
(Pokerspiele)

In unerforschtem Gebiet begegnet die Enterprise einer Warnboje, die Kirk vernichten läßt, da sie sich dem Schiff in den Weg stellt. Kurz darauf nähert sich ein gigantisches, kugelförmiges Raumschiff, die Fesarius. Der Commander des Schiffs, eine furchterregende Gestalt mit Namen Balok, kündigt die Vernichtung der manövrierunfähigen Enterprise in zehn Minuten an. Kirk kontert mit einem Bluff und erklärt, daß alle Schiffe der Föderation mit einem neuen Material – Corbomite – ausgerüstet sind, das eine so verheerende Explosion des Schiffs bewirkt, daß es den Angreifer mitvernichtet. Daraufhin läuft das Ultimatum ab, ohne daß etwas geschieht. Die Fesarius zieht sich schließlich zurück, lediglich eine Art Shuttle löst sich und verbleibt in der Nähe der Enterprise. Das Shuttle scheint in Gefahr zu sein, woraufhin Kirk mit einigen Besatzungsmitgliedern hinübergebeamt wird, um zu helfen. Dort angekommen müssen sie feststellen, daß das fürchterliche Bild, das sie gesehen und für den Captain der Fesarius gehalten hatten, nicht Balok war, sondern lediglich eine Puppe. Der wirkliche Balok ist dagegen nicht größer als ein Kind. Er erklärt ihnen, daß er sie nur hatte testen wollen, um festzustellen, ob die von Kirk erklärte friedliche Motivation auch den Tatsachen entspricht. Kirk und Co. können auf die Enterprise zurückkehren, lediglich Lt. Bailey bleibt auf eigenen Wunsch zurück, um Balok von der Föderation zu berichten und ihn zu begleiten.

*

Diese Episode glich das Minus wieder aus, das ›Dagger of the Mind‹ verursacht hatte, denn ›The Corbomite Maneuver‹ war wiederum eine Handlung, die auch ohne das SF-Element funktioniert hätte.

Kirk benutzte hier erstmalig einen Bluff, um sich aus einer gefährlichen Situation zu retten, und er sollte es nicht zum letzten Mal tun.

Daß die Bedrohung, die Balok für die Enterprise darzustellen versucht, sich als völlig unberechtigt erweist, läßt den Zuschauer nicht enttäuscht zurück, vielmehr ist die Auflösung der Episode ausgesprochen gelungen und überraschend.

Ärgerlich war eigentlich nur, daß Bailey nie wieder Erwähnung fand, aber es erging ihm im Grunde so wie den meisten Nebenrollen in der Serie. Das trägt verstärkt dazu bei, daß man *Star Trek* nahezu in jeder beliebigen Reihenfolge sehen kann, da es kaum aufeinander aufbauende Ereignisse gibt.

Jerry Sohl — Autor dieser Episode — veröffentlichte einen Großteil seines SF-Werkes in den fünfziger Jahren und verfaßte später ausschließlich Drehbücher.

Episode C12/C13: The Menagerie — Parts I + II
(Talos IV — Tabu; Teile I + II)

Kirk erhält einen Notruf des ehemaligen Captains der Enterprise, Christopher Pike, und läßt Kurs auf die Raumbasis 6 nehmen, wo er und Spock auf Pike treffen. Der ist allerdings verkrüppelt und völlig gelähmt und kann sich nur noch mit der Hilfe von Lichtsignalen seiner Umwelt mitteilen. Der Notruf kann also auf keinen Fall von ihm gekommen sein. In Wirklichkeit hat Spock den Notruf fingiert, um Pike auf die Enterprise zu bringen. Mit weiteren computererzeugten Befehlen übernimmt er das Kommando über die Enterprise und steuert Talos IV an. Kirk bleibt auf der Station zurück, da Spock bewußt ohne ihn nach Talos IV fliegen wollte. In Begleitung von Commodore Mendez folgt er jedoch mit einem Shuttle. Spock sieht sich schließlich gezwungen, die beiden an Bord zu holen, da die Energiereserven des Shuttles aufgebraucht sind und eine Rückkehr zur Raumbasis nicht mehr möglich ist. Es kommt zu einer Gerichtsverhandlung auf der Enterprise, in deren Verlauf Spock erklärt, daß er Pike nur entführt hat, um ihn nach Talos IV zu bringen, wo die Talosier ihm die Illusion eines gesunden Lebens geben können. Die Gerichtsverhandlung entpuppt sich jedoch unerwartet als eine von den Talosiern ausgesandte Illusion, auch Commodore Mendez ist nicht real. Kirk versteht und akzeptiert Spocks Beweggründe für dessen scheinbar unlogisches Verhalten. Er veranlaßt, daß die Sternenflotte alle mit diesem Akt der Meuterei verbundenen Anklagen gegen Spock fallenläßt, darunter auch die Todesstrafe, die über jeden verhängt wird, der Talos IV anfliegt. Als die Enterprise den Orbit um den Planeten verläßt, bleibt Pike wie geplant zurück.

*

Zwar war ›The Cage‹ zu teuer, um in einem Archiv zu verstauben, andererseits waren die Unterschiede zwischen dem ersten Pilotfilm und der Serie zu groß, als daß man das wirklich erste Enterprise-Abenteuer den Zuschauern ohne weitschweifende Erklärungen hätte vorsetzen können. Die Ideallösung war die Hinzufügung einer Rahmenhandlung, die aus der ohnehin schon überlangen Episode einen Zweiteiler machte — den einzigen in dieser Serie.

Spocks seltsames Verhalten ließ den Schluß zu, daß zwischen ihm und Kirk noch nicht ein vollkommenes Vertrauensverhältnis bestand. Die gleiche Handlung wäre in einer späteren Season nicht mehr möglich gewesen. Interessant ist dabei, daß der viel später folgende Kinofilm *Star Trek III — The Search for Spock* eine ganz ähnliche Vorgehensweise auf Kirk übertrug (siehe hierzu ausführlich Band 2, S. 85 ff.).

Jeffrey Hunter war für die Dreharbeiten der Rahmenhandlung nicht verfügbar und wurde durch den ihm sehr

Scotty in Aktion.

ähnlich sehenden 24jährigen Sean Kenney ersetzt, der zudem noch mit einer Maske versehen wurde (die jeden Tag fünf Stunden Mehrarbeit verursachte), was die wenigen Unterschiede vollends verschwinden ließ.

›The Menagerie‹ war Kenneys erste professionelle Schauspielarbeit, später tauchte er in den Episoden ›Arena‹ (Ep. C19) und ›A Taste of Armageddon‹ (Ep. C24) als Lieutenant DePaul auf. Außerdem war er 1972 in dem Horrorfilm ›The Corpse Grinders‹ zu sehen.

Hunter wurde am 27. Mai 1969 bei den Dreharbeiten zu einem Film verletzt und starb wenig später.

›The Menagerie‹ erhielt 1966 den ›International Hugo Award for Best Science Fiction Dramatic Presentation‹.

Episode C14: The Conscience of the King

(Kodos, der Henker)

Die Enterprise wird unter einem Vorwand von Dr. Thomas Leighton zum Planeten Q gerufen, um dort den Schauspieler Anton Karidian zu treffen. Leighton berichtet Kirk, daß er Karidian für den ehemaligen Herrscher von Tarsus IV, Kodos, hält. Der hatte dort ein Massaker angerichtet, in dessen Verlauf Leightons Familie komplett und Kirks Familie zum Teil ermordet wurde. Nachdem Leighton ermordet aufgefunden wird, lädt Kirk die Schauspieler auf die Enterprise ein, wo er bei einer Vorstellung Karidian genauer beobachten will. Während des Weiterflugs wird Lt. Kevin Riley, der ebenfalls ein Überlebender des Massakers von Kodos ist, vergiftet und überlebt nur knapp. Er erkennt in Karidian genau diesen Kodos. Kurz darauf finden er und Kirk jedoch heraus, daß für die Morde und Mordversuche Karidians/Kodos' Tochter Lenore verantwortlich ist, die so verhindern will, daß ihr Vater überführt wird. Versehentlich tötet sie aber auch ihn und macht so seine Verurteilung unmöglich.

*

Grace Lee Whitney war in dieser Episode zum letzten Mal in ihrer Rolle als Yeoman Janice Rand zu sehen. Offiziell verlautete, daß man sie aus der Serie genommen hatte, da sich zwischen ihr und Kirk ein engeres Verhältnis zu entwickeln drohte und damit Kirks Autorität ins Wanken geraten konnte. (Vor allen Dingen jedoch galt es, den weiblichen Fans einen ungebundenen Kirk zu bewahren.)

Grace Lee Whitney brachte dazu später allerdings eine völlig andere Version vor.[7] Demnach verschrieb ihr ihr Arzt Schlankheitstabletten, damit sie für ihre Rolle in *Star Trek* mindestens zehn Pfund abnahm. Diese Tabletten machten sie jedoch süchtig, gleichzeitig begann sie zu trinken, um ihre Probleme zu vergessen. Diesen beginnenden Alkoholismus vermutete sie als Grund für ihre Kündigung, die ihr persönlich nicht half, sondern alles noch schlimmer machte. Sie brauchte 15 Jahre, um 1981 endlich sagen zu können, daß sie ihre Abhängigkeit überwunden hatte. Wer seinerzeit an der Entscheidung, Grace Lee Whitney rauszuwerfen, beteiligt war, ließ sich später nicht nachvollziehen, jedoch war Roddenberrys Unterstützung in dieser Aktion fraglich, widersprach sie doch massiv dem von ihm propagierten Star Trek-Konzept von Toleranz und Hilfe, das er hier in die Tat hätte umsetzen können.[8]

Eine der seltenen Gelegenheiten, wo eine Verflechtung der einzelnen Episoden untereinander erzielt wurde, war der zweite Auftritt von Lt. Kevin Riley aus ›The Naked Time‹ (Ep. C5), bedauerlicherweise auch sein letzter, obwohl man ihn ohne weiteres zu einer permanenten Rolle hätte ausarbeiten können.

Die Handlung von ›The Conscience of the King‹ hatte nur wenig mit ›wirklicher‹ SF zu tun und bewies einmal mehr, daß *Star Trek* in solchen Momenten am besten war und immer noch ist und daß die Serie zu Recht eine Sonderstellung einnimmt. Daß das Publikum allerdings — wenn es vor der Alternative steht, eine Serie zu sehen, bei der man nachdenken müßte, oder lieber eine andere, in der Außerirdische die Erde überfallen, um sie sich untertan zu machen — letzteres bevorzugt, ist nun einmal eine unumstößliche Tatsache. Wie anders kann man sonst den Zulauf erklären, den mancher deutscher Privatsender verbuchen kann, obwohl das Programm allzuoft völlig niveaulos ist?

Eddie Paskey, der in dieser Episode erstmals als Lieutenant Leslie zu sehen war, spielte in fast allen *Star Trek*-Episoden mit. Er begann als Stand-in[9] für William Shatner, hin und wieder bekam er kleine Szenen, hier und da gab es für ihn eine Textzeile als Lt. Leslie. In ›Obsession‹ (Ep. C43) wurde er — obwohl er sich bemühte, bei Szenen, in denen der Charakter starb, nicht anwesend zu sein — getötet, kurz darauf aber ohne weitere Erklärung wiederbelebt. Zum Ende der letzten Season stieg er aus, da er aufgrund einer länger zurückliegenden Verletzung immer stärker unter Kopfschmerzen litt. Als er sich wieder erholt hatte, waren die Kontakte zur Filmindustrie eingeschlafen. Er hätte ganz von vorne anfangen müssen, tat es aber nicht, sondern blieb der Schauspielerei fern. Inzwischen führt er ein Geschäft für Autoklimaanlagen.

Barbara Anderson, die in dieser Episode die Rolle der Lenore Karidian spielte, wurde am 27. November 1945 in Brooklyn geboren. Sie war einem breiten Publikum bekannt als Sgt. Eve Whitfield in ›Ironside‹, eine Rolle, die sie von 1967 bis 1971 verkörperte und für die sie 1968 einen Emmy Award als beste weibliche Nebenrolle erhielt. Als Mimi Davis war sie außerdem in der letzten Season von ›Mission: Impossible‹ zu sehen. Sie erhielt eine Rolle im Pilotfilm zu ›The Six-Million-Dollar Man‹ als Freundin von Steve Austin, wurde aber in keiner Episode wieder aufgegriffen. Nach ihrer Hochzeit hat sie sich völlig von der Schauspielerei verabschiedet.

Episode C15: Balance of Terror
(Spock unter Verdacht)

Die Enterprise befindet sich auf einem Patrouillenflug entlang der Neutralen Zone, die das Hoheitsgebiet der Föderation von dem der Romulaner trennt. Plötzlich sendet ein Erdaußenposten einen Notruf, da er von Romulanern angegriffen wird. Hilflos muß Kirk mitansehen, wie die Station völlig zerstört wird. Er beschließt, das romulanische Schiff, das mit einer Tarnvorrichtung ausgestattet ist, daran zu hindern, in sein Territorium zurückzukehren, um den Romulanern zu zeigen, daß sie nicht ungestraft die Föderation angreifen können. Bei dieser Verfolgung kommt es erstmalig zu einem Bildkontakt mit den bis dahin mysteriösen Fremden, bei denen sich zur allgemeinen Überraschung herausstellt, daß sie den Vulkaniern zum Verwechseln ähnlich sehen. Diese Erkenntnis sorgt zunächst für Unruhe, da Lt. Stiles, Mitglied der Brückencrew, unumwunden zu verstehen gibt, daß Spock durchaus ein romulanischer Spion sein könnte. Bei einer späteren Rettungsaktion, bei der Spock ausgerechnet Stiles vor dem Tod bewahrt, ändert dieser aber seine Meinung. Als es zum Gefecht kommt, ist das romulanische Schiff letztlich unterlegen, dessen Commander ergibt sich jedoch nicht, sondern wählt die Selbstzerstörung.

*

Genau wie ›The Conscience of the King‹ bestach ›Balance of Terror‹ durch seine klassische Handlung, in diesem Fall eine Jäger-und-Gejagter-Story, eine Art U-Boot-Jagd im Weltall, die noch weit besser war als ›The Conscience of the King‹. Positiv schlug dabei auch zu Buche, daß der romulanische Commander nicht schlichtweg ein Feind war, der aus simplen Eroberungsmotiven handelte, sondern ein Kirk ebenbürtiger Gegner. Wie sehr sich die beiden glichen, zeigte sich durch die ganze Episode hindurch daran, daß jeder wußte, wie der andere reagieren würde, um am Schluß in dem Satz des Romulaners zu gipfeln, daß er und Kirk in einer anderen Realität hätten Freunde sein können.

Mark Lenard — am 15. Oktober 1928 in Chicago geboren und in South Haren, Michigan, aufgewachsen — hatte als romulanischer Commander seinen ersten Star Trek-Auftritt und zugleich seinen einzigen als Romulaner. Aber er sollte oft als ausgesprochen beliebter Vulkanier zurückkehren, so in ›Journey to Babel‹ (Ep. C40) sowie in *Star Trek III — The Search for Spock,* in *Star Trek IV — The Voyage Home,* in *Star Trek VI — The Undiscovered Country* und in *Star Trek — The Next Generation* (Ep. N71, ›Sarek‹, und Ep. N107, ›Unification‹). In *Star Trek — The Motion Picture* war er dann schließlich als Vertreter der dritten wichtigen Rasse im Star Trek-Universum zu sehen: als Klingone.

Zu seinen sonstigen TV- und Filmauftritten zählten ›The Greatest Story Ever Told‹ (1965), ›Hang 'em High‹ (1968, mit Clint Eastwood), seine Rolle als General Urko in der Serie ›Planet of the Apes‹ (1974) sowie eine andere permanente Rolle als Aaron Stemple in ›Here Come the Brides‹[10] (1968—1970). 1979 war er in der Serie ›The Secret Empire‹ zu sehen.

Paul Comi, der hier einen einzigen Auftritt als Stiles hatte, bekam seine erste SF-Rolle 1959 in ›Men into Space‹. Ein Jahr später war er neben Susan Oliver in der ›Twilight Zone‹-Episode ›People Are Alike All Over‹ zu sehen. Außerdem hatte er feste Rollen in den Serien ›Two Faces West‹ und ›Ripcord‹. Daß er in dieser Episode mitspielen konnte, verdankte er dem Regisseur Vincent McEveety. Comi hatte in dem Pilotfilm ›Police Story‹ einen Charakter verkörpert, der Roddenberry unangenehm in Erinnerung geblieben war. Er hielt ihn nicht für geeignet für *Star Trek.* McEveety konnte Roddenberry aber dann überreden, ihn doch zu nehmen.

Episode C16: Shore Leave

(Landeurlaub)

Auf einem paradiesischen, erdähnlichen Planeten, den man dazu ausgesucht hat, um der Besatzung der Enterprise einen erholsamen Landurlaub zu gewähren, begegnet McCoy zunächst einem großen weißen Hasen, gefolgt von einem kleinen Mädchen — Alice im Wunderland. Andere Besatzungsmitglieder der Enterprise werden auf dem Planeten von Tigern gejagt und von Rittern zum Duell herausgefordert. Kirk begegnet Finnegan, seinem Erzrivalen aus der Zeit an der Akademie, und einer früheren Freundin, Ruth. Die Erscheinungen werden immer gefährlicher, bis schließlich McCoy von einem Ritter getötet wird. Kirk und Spock vermuten, daß alles, was man sich wünscht, auf dieser Welt Realität wird. Schließlich begegnen sie dem ›Aufseher‹ des Planeten, der ihren Verdacht bestätigt und ihnen erklärt, daß sie sich in einem riesigen Vergnügungspark befinden, der alle Wünsche wahr werden läßt. Zu ihrer Erleichterung stellen sie fest, daß McCoy nicht wirklich gestorben ist. Daraufhin beschließt Kirk, daß der vorübergehend gestoppte Landurlaub doch stattfinden kann, solange allen bewußt ist, wie sie mit den Möglichkeiten, die der Planet bietet, umgehen müssen.

*

Mit einem vollautomatischen Vergnügungspark, der für seine Besucher zu einer tödlichen Bedrohung wird, nahm ›Shore Leave‹ viel von dem vorweg, was später in ›Westworld‹ (1973, mit Yul Brynner und in einer Minirolle Majel Barrett) die Handlung bestimmte. Die Warnung, daß sich Menschen zu sehr in die Hände der scheinbar allmächtigen und unfehlbaren Technik begeben können und dabei die Kontrolle verlieren, kam in dieser Episode nicht richtig zum Tragen, obwohl hier der beste Moment dafür gewesen wäre.

Zwar sank die Handlung trotz der anfänglichen Situationskomik[11] im weiteren Verlauf nicht auf ein albernes Niveau herab, sondern erreichte mit McCoys Tod einen dramatischen Höhepunkt. Seine ›Auferstehung‹ jedoch irritierte beträchtlich und stand zudem im Widerspruch zur Handlung. Hätte sich McCoy in der Sekunde vor seinem Tod nichts sehnlicher gewünscht, als weiterzuleben, ein Wunsch, der sofort hätte umgesetzt werden müssen? Und hätte der Wunsch seiner Freunde, er solle weiterleben, nicht zur Verwirklichung führen müssen? War McCoy überhaupt nicht gestorben? Oder hatte man ihn durch einen Androiden ersetzt?

›Shore Leave‹ war der erste Beitrag Theodore Sturgeons für *Star Trek*. Sturgeon (1918–1985), der seit 1939 eine fast unüberschaubare Anzahl SF-Kurzgeschichten veröffentlicht hatte, war in seinem Werk stets weniger auf die technische als auf die menschliche Seite ausgerichtet und eignete sich damit bestens für Gene Roddenberrys Konzept.

Roddenberry überarbeitete nahezu alle vorgelegten Drehbuchvorlagen, zum einen, da die Integrität der Charaktere fehlte (also unpassendes Verhalten z. B. von Spock), zum anderen, weil es aus Budgetgründen nicht immer möglich war, die Ideen umzusetzen. Als ›Shore Leave‹ vorgelegt wurde, war Roddenberry jedoch für eine Woche verreist, so daß die Aufgabe des Umschreibens einem neuen Mann zufiel, der sich zuvor damit nicht beschäftigt hatte. NBC hatte Bedenken geäußert, daß in der Geschichte der SF-Aspekt untergehen und der Fantasy-Aspekt überwiegen würde. Roddenberry teilte diese Ansicht nicht, aber der Umschreiber bekam das alles nicht so mit und überarbeitete das Manuskript in Richtung Fantasy. Als Roddenberry zurückkam, stellte er fest, daß er mit einem unmöglichen Drehbuch arbeiten mußte. Alles wurde soweit wie möglich erneut umgeschrieben, bis das Ergebnis wieder dem gleichkam, was Sturgeon vorgelegt hatte.

Episode C17: The Galileo Seven

(Notlandung auf Galileo 7)

Die Enterprise befindet sich auf dem Weg zum Planeten Makus III, um dort dringend benötigte Medikamente abzuliefern. Mit an Bord befindet sich ein Vertreter der Föderation, Commissioner Ferris. Obwohl er Gefahr läuft, eine Verzögerung bei der Ablieferung zu riskieren, ordnet Kirk die Untersuchung des quasarähnlichen Phänomens Murasaki 312 an. Zu diesem Zweck startet ein Shuttle, an Bord sind Spock, McCoy, Scotty und vier weitere Besatzungsmitglieder. Als das Shuttle auf dem Planeten Taurus II abstürzt und das Schicksal der Besatzung trotz einer umfangreichen Suchaktion ungewiß bleibt, befiehlt Ferris den Weiterflug nach Makus III. Während Kirk den Abflug hinauszögert, um weiter nach der Shuttle-Besatzung suchen zu lassen, müssen Spock und die anderen sich gegen die steinzeitlichen und sehr aggressiven Bewohner des Planeten zur Wehr setzen. Trotz der immer logischen Entscheidungen des Ersten Offiziers Spock stirbt ein Besatzungsmitglied, die Chancen, lebend den Planeten zu verlassen, stehen relativ schlecht. Nachdem sie das Shuttle repariert haben und erfolgreich Taurus II verlassen können, hat Kirk sich Ferris' Befehl beugen müssen und den Weiterflug angeordnet. Bevor das Shuttle, das nur mit Mühe aus der Planetenatmosphäre austreten kann, beim Wiedereintritt verglüht, zündet Spock die Reservetanks. Die sich daraufhin ereignende explosionsartige Verpuffung des Treibstoffs wird — wie von Spock einkalkuliert — auf der Enterprise registriert, die Shuttle-Besatzung kann im letzten Augenblick gerettet werden. Später versucht Spock, seine offensichtliche Verzweiflungstat als rein logischen Schluß zu rechtfertigen.

*

Diese Episode zeigte einen recht ungewohnten Spock, der angesichts des scheinbaren Versagens seiner Logik nicht recht wußte, wie er weiter vorgehen sollte. Aber nicht nur die Logik ließ ihn im Stich, sondern auch die, die ihm unterstellt waren, distanzierten sich von ihm – ausgenommen Scotty, der hier zu ihm hielt, was aber in späteren Episoden leider nicht wieder aufgegriffen wurde.[12]

›The Galileo Seven‹ war im Grunde eine konventionelle Geschichte verpackt in ein SF-Umfeld, vergleichbar mit einem Flugzeugabsturz in unerforschtem Gebiet.

Der deutsche Titel der Episode, ›Notlandung auf Galileo 7‹, ist haarsträubend falsch. Es ist unvorstellbar, daß derjenige, der seinerzeit den Titel ausgewählt hatte, auch nur im geringsten wußte, um was es ging. Interessant ist dabei aber auch, daß in den Programmzeitschriften der Name des Planeten, auf dem das Shuttle notlanden mußte, genannt wurde, eine Information, die gleichfalls vom Sender geliefert wird.

Episode C18: The Squire of Gothos

(Tödliche Spiele auf Gothos)

Im Orbit um einen unbekannten Planeten übernimmt ein Fremder mit Namen Trelane die Enterprise und ›lädt‹ Kirk und einige andere Besatzungsmitglieder auf sein Schloß ein, indem er sie dorthin entführt. Trelane erklärt ihnen, daß er von der Erdgeschichte beeindruckt und begeistert ist. Er beobachtet das Leben auf der Erde durch ein äußerst leistungsfähiges Teleskop, bedenkt dabei aber nicht, daß das, was er sieht, schon vor langer Zeit geschehen ist. So ist er der festen Überzeugung, Kirk und Co. entstammten der Zeit des Viktorianischen England, dementsprechend hatte er sich gekleidet, um die Gruppe zu empfangen. Als Kirk schließlich von Trelanes Maskerade genug hat, fordert er ihn zum Duell heraus. Dabei gelingt es ihm, die Energiequelle zu zerstören, die es Trelane ermöglichte, die Enterprise in seine Gewalt zu bringen. Bevor sich der empörte Trelane für diese Tat rächen kann, erscheinen seine Eltern – körperlose Wesen –, entschuldigen sich für das schlechte Benehmen ihres Kindes Trelane und nehmen ihn mit. Die Enterprise ist befreit, die Gruppe außer Gefahr.

*

›The Squire of Gothos‹ ist eine zu Beginn äußerst skurrile Episode, deren Handlung sich gegen Ende immer dramatischer entwickelt und dann Trelanes Macht wie eine Seifenblase platzen läßt, als klar wird, daß er eigentlich nur ein Kind ist, das ähnlich Charlie Evans (s. ›Charlie X‹, Ep. C3) mit der Macht, die es besitzt, nicht umzugehen versteht. Anders als ›Charlie X‹ ist diese Episode wesentlich amüsanter, da Trelanes Vergangenheit nicht annähernd so tragisch ist wie die von Charlie Evans. Beiden gemeinsam ist aber, daß sie ihr Gegenüber beeindrucken und für sich gewinnen möchten.

William Campbell wurde am 30. Oktober 1926 in Newark, New Jersey, geboren und begann 1950 mit der Schauspielerei, seine erste Rolle hatte er in dem Theaterstück ›The Man Who Came to Dinner‹. Im gleichen Jahr debütierte er im Film ›Breaking Point‹. Er stieg wegen Streitigkeiten mit dem Regisseur aus dem Film ›Operation Pacific‹ aus, obwohl er an der Seite von John Wayne schneller einem großen Publikum bekannt geworden wäre. Bevor er seinen Entschluß, ans Theater zurückzukehren, in die Tat umsetzen konnte, bekam er eine Rolle in der Anthologienserie ›The Bigelow Theatre‹. Es folgten zahlreiche Filme, darunter ›The People Against O'Hara‹, ›The Big Leaguer‹, ›Holiday for Sinners‹, ›Battle Circus‹, ›Man Without a Star‹ und ›The Naked and the Dead‹. 1956 war er gemeinsam mit Elvis Presley in dessen Film ›Love Me Tender‹ zu sehen. Eine Season in der Trucker-Serie ›Cannonball‹ schloß sich an. Ende der fünfziger Jahre ging er nach Europa und arbeitete dort als Schauspieler. 1963 war er in Francis Ford Coppolas Debütfilm ›Dementia 13‹ zu sehen. Später bekam er feste Rollen in ›Dynasty‹ und ›Crime Story‹.

Gene Coon war mit Campbells Arbeit für *Star Trek* überaus zufrieden, teilte ihm aber nach der Episode mit, daß der Charakter Trelane zu sehr im Mittelpunkt stand und somit zu stark von den Hauptcharakteren ablenkte, so daß er ihn nicht ein weiteres Mal einsetzen wollte. Das bedeutete aber nicht, daß es für Campbell keine Verwendungsmöglichkeiten mehr gab, er sollte in ›The Trouble with Tribbles‹ wieder mitspielen.

Die Produktionskosten für die Episode konnten vergleichsweise niedrig gehalten werden, da man auf reichlich vorhandene Garderobe aus vielen anderen historischen Filmen zurückgreifen konnte. Trelanes Schloß fand in ›Bread and Circuses‹ (Ep. C55) und ›Catspaw‹ (Ep. C37) erneut Verwendung.

Episode C19: Arena

(Ganz neue Dimensionen)

Die Enterprise folgt einem Notruf zur Föderationsbasis auf Cestus III. Dort angekommen, findet man die gesamte Station völlig zerstört vor. Der Landetrupp um Kirk findet einen Überlebenden, der ihnen berichtet, daß die Station so überraschend angegriffen worden sei, daß man keinen Notruf mehr habe senden können. Noch während ihnen diese Worte klarmachen, daß sie in eine Falle geraten sein müssen, wird der Landetrupp unter Beschuß genommen. Kirk und die anderen können auf die Enterprise zurückkehren, um die Verfolgung des feindlichen Raumschiffs aufzunehmen, das den Angriff ausgeführt hatte. Als die Enterprise und das fremde Schiff das Hoheitsgebiet der Metrons durchqueren, werden beide gestoppt. Die Metrons setzen Kirk und den Commander des anderen Schiffs, einen Gorn, auf einem unbewohnten Planeten aus, damit sie dort ihren Konflikt ohne ihre überlegene Technik austragen. Sieger ist, wer seinen Gegner tötet. Außerdem wird das Schiff des Verlierers vernichtet. Der Gorn ist nicht nur körperlich überlegen, er ist auch nicht an einer friedlichen Lösung des Konflikts interessiert, da sich der Föderationsposten nach seiner Aussage auf dem Hoheitsgebiet der Gorns befand. Kirk kann ihn dennoch überwältigen, weigert sich jedoch, ihn zu töten. Damit riskiert er zwar für einen Moment das Leben der gesamten Enterprise-Besatzung, er gibt den Metrons aber zugleich seine friedfertigen Absichten zu erkennen. Sie lassen seinem Wunsch folgend den unterlegenen Gorn leben und vernichten auch nicht dessen Schiff, Kirk und er können auf ihre Schiffe zurückkehren.

*

Die Handlung der Episode basierte auf der berühmten gleichnamigen Kurzgeschichte von Frederic Brown (1906–1972), der vor allem mit seinen satirischen Werken bekannt wurde, so z. B. mit den Romanen ›What Mad Universe‹ (1949) und ›Martians Go Home‹ (1955). ›Arena‹ zählte trotz der für heutige Verhältnisse lächerlichen Maske des echsenähnlichen Gorn zu einer der eindrucksvollsten Folgen. Roddenberrys pazifistische Einstellung wurde hier einmal mehr deutlich, auch wenn der friedlichen Lösung des Konflikts eine lange Zeit der Gewalttätigkeit vorausging.

Episode C20: Tomorrow Is Yesterday
(Morgen ist gestern)

Gravitationsfelder in der Nähe eines Schwarzen Lochs schleudern die Enterprise ins 20. Jahrhundert zurück, sie befindet sich in der Erdumlaufbahn. Der Airforce-Pilot

John Christopher entdeckt das Schiff von seinem Flugzeug aus, hält es für ein UFO und fotografiert es mit der Bordkamera. Um eine Veränderung im Ablauf der Geschichte zu verhindern, muß Kirk diesen Film bekommen, da der wahrscheinlich sehr genaue Abbildungen der Enterprise enthält. Mit einem Traktorstrahl wird Christophers Flugzeug festgehalten und unabsichtlich zerstört, so daß der Pilot an Bord gebracht werden muß. Dort stellt er Kirk vor ein erhebliches Problem, nachdem Spock herausgefunden hat, daß Christopher zur Erde zurückgebracht werden muß, da sein noch nicht gezeugter Sohn eine wichtige Rolle in der Raumfahrt spielen wird. Läßt man ihn nicht zurückkehren, kann das die Existenz des Universums, wie Kirk und Co. es kennen, gefährden. Kirk, Spock und Sulu lassen sich zunächst auf die Erde beamen, um an den Film zu gelangen, den die Airforce mittlerweile aus dem Flugzeugwrack geborgen hat. Nachdem sie erfolgreich zur Enterprise zurückgekehrt sind, unternehmen sie einen Zeitsprung in die jüngste Vergangenheit und beamen Christopher zurück in seine Maschine — exakt in dem Moment, in dem sie ihn zuvor an Bord der Enterprise gebeamt haben. Die ist längst in ihre Zeit zurückgekehrt, bevor sich der verwirrte Christopher orientieren kann. Da offensichtlich nichts geschehen ist, setzt er seinen Flug fort.

*

Diese Episode zählt in Fankreisen mit zu den beliebtesten, bemerkenswerterweise eine Zeitreise-Story, die aber viele Löcher aufweist. So müßte zum Beispiel eine zweite Enterprise existieren, als Kirk und Co. innerhalb ihrer Zeitreise zurückreisen, um Christopher in das Flugzeug zurückzubeamen, als er in der ursprünglichen Zeit gerade von dort fortgebeamt wird.

Ein anderes Problem war der Film, den man mit Mühe von der Erde zurückgeholt hatte. Wenn Christopher seinen Flug fortsetzen konnte, würde er trotzdem einen belichteten Film mitbringen.

Man erlebte hier einen der raren Augenblicke, da Spock sich irrte: Er bemerkte erst später, daß zwar Christopher selber für die zukünftige Vergangenheit unbedeutend war, nicht aber sein zu dieser Zeit noch nicht gezeugter Sohn.

Roger Perry, der den Captain Christopher spielte, war noch im gleichen Jahr in der Serie ›The Invaders‹ zu sehen, danach in diversen Filmen, zum Beispiel ›You've Got to Be Smart‹ (1967) und ›Heaven with a Gun‹ (1969). Nach festen Rollen in den Serien ›Harrigan and Son‹, ›Arrest and Trial‹, ›The Facts of Life‹ sowie ›Falcon Crest‹ und diversen Gastrollen, unter anderem in ›Dallas‹, verabschiedete er sich 1986 vom TV-Geschäft.

Episode C21: Court-Martial
(Kirk unter Anklage)

Kirk steht vor Gericht, die Anklage lautet auf fahrlässig herbeigeführten Tod des Besatzungsmitglieds Ben Finney. Während Kirk aussagt, daß er Finney vor einem nahenden Ionensturm gewarnt hat, belegen die Computeraufzeichnungen des Vorfalls, daß Kirk Finney nicht gewarnt hat, sondern die Gondel, in der Finney außerhalb der Enterprise Messungen durchführte, noch bei Gelbalarm absprengen ließ. Kirk dagegen ist sicher, daß er bereits Rotalarm angeordnet hatte. Obwohl alles gegen den Captain spricht, zweifelt Spock an dessen Schuld. Der stellt bei einer Schachpartie mit dem Schiffscomputer fest, daß der manipuliert worden sein muß. Er begründet das damit, daß der Vulkanier gegen den Computer im günstigsten Fall Remis spielen, jedoch nie gegen ihn gewinnen könnte. Tatsache ist aber, daß Spock gegen den Computer gewonnen hat. Demzufolge können auch die Aufzeichnungen über den Unfallhergang manipuliert worden sein. Eine daraufhin eingeleitete Suche führt dazu, daß Finney gefunden wird. Er befindet sich in einem Versteck auf der Enterprise und lebt. Seinen Tod hatte er nur vorgetäuscht, um sich an Kirk für einen lange Zeit zurückliegenden Zwischenfall zu rächen.

*

Trotz des Versuchs, eine Episode zu gestalten, die nichts mit fremden Lebensformen und anderen für das Genre typischen Elementen zu tun hatte, scheiterte ›Court-Martial‹ allein daran, daß Finney früher oder später die Enterprise verlassen mußte und entdeckt werden würde.

Wesentlich glaubwürdiger wäre die Episode geworden, wenn Finney tatsächlich ums Leben gekommen wäre und man das ganze als Mordkomplott dargestellt hätte, in dem Kirk nur eine unwissende Figur war.

Der sehenswertere Teil der Episode war die Diskussion zwischen Spock und McCoy, als letzterer sich darüber aufregte, daß der Vulkanier scheinbar nichts Besseres zu tun hatte, als Schach zu spielen, während sein Freund und Captain angeklagt wurde.

Der Autor dieser Episode, Don M. Mankiewicz, wurde seinerzeit gefragt, ob er ein Drehbuch schreiben könnte, das der Serie Geld sparen konnte. Es mußte also eine Handlung sein, die weitgehend auf eine Bühne konzentriert war. Er schlug eine Gerichtsverhandlung vor, die letztlich auch genommen wurde.

An einer Stelle der Handlung sollte Kirk einen Monolog sprechen, um ein Stück Handlung für den Zuschauer nachvollziehbar zu überspringen und noch mehr Kosten einzusparen. Mankiewicz' Idee wurde abgelehnt, wohl weil man befürchtete, die Zuschauer würden dies mit den Logbucheintragungen verwechseln. Statt dessen wurde die erklärende Szene gedreht, fiel aber wegen Überlänge der Episode wieder heraus. Der volle Titel der Episode lautete zunächst ›Court-Martial at Starbase Eleven‹.

Steven Carabatsos, Co-Autor des Drehbuchs für diese Episode, ist einer der wenigen, der ausspricht, was viele zwar denken, aber in ihrer pompösen Art verschweigen: *Star Trek* war zu dieser Zeit eine Serie wie viele andere auch, keiner kann ernsthaft gewußt haben, daß *Star Trek* etwas noch nie Dagewesenes darstellen sollte.

Carabatsos ersetzte John D. F. Black als Story Editor zu einer Zeit, als die erste Episode noch nicht ausgestrahlt war. Es existierte eine Handvoll Episoden. Er schrieb ›Court-Martial‹ nach der Vorlage von Mankiewicz, die in ihrer ursprünglichen Form nicht verwendet werden konnte. Die Hauptaspekte — das Gerichtsverfahren und ein anachronistisch wirkender Anwalt — beließ er aber in der Handlung.

Elisha Cook, jr., der in dieser Episode Kirks Verteidiger Samuel T. Cogley verkörperte, wurde am 26. Dezember 1906 in San Francisco geboren und arbeitete erstmals 1929 als Schauspieler. Er bekam unter anderem Rollen in ›The Maltese Falcon‹, ›Shane‹, ›Rosemary's Baby‹, daneben verzeichnete er eine Vielzahl TV-Auftritte, eine sporadisch wiederkehrende Rolle hatte er in ›Magnum P.I.‹.

Episode C22: The Return of the Archons

(Landru und die Ewigkeit)

Während die Enterprise den Planeten Beta III im System 6-11 umkreist, wird Sulu, der sich mit einem weiteren Besatzungsmitglied zu Beobachtungszwecken auf dem Planeten befindet, angegriffen. Zurück auf der Enterprise stellt sich heraus, daß er unter dem Einfluß einer fremden Macht steht, die sich Landru nennt. Ein Landetrupp unter der Leitung von Kirk und Spock kehrt auf den Planeten zurück, um den Vorfall näher zu untersuchen. Plötzlich beginnt die Rote Stunde, eine zwölf Stunden währende Orgie, die Landru dem ansonsten völlig von ihm kontrollierten Volk gestattet. Kirk und Spock finden heraus, daß der mysteriöse Landru in Wahrheit ein hochentwikkelter Computer ist, der vor Tausenden von Jahren von einem Wissenschaftler programmiert worden war, um für die Bevölkerung des Planeten zu sorgen und sie zu beschützen. Damit wurden aber Fortschritt und persönliche Entfaltung völlig unterdrückt. Kirk kann dem Computer klarmachen, daß er nicht mehr zum Nutzen des Volkes arbeitet, und bringt ihn schließlich dazu, sich selbst zu zerstören. Das Volk, das für einen Moment lang desorientiert ist, wird lernen, für sich zu sorgen.

*

In ›Return of the Archons‹ durfte Kirk zum ersten Mal seine bislang verborgenen Fähigkeiten unter Beweis stellen, durch Argumente einem Computer die Selbstzerstörung aufzuzwingen. Zudem verstieß er hier erstmalig gegen die Hauptdirektive der Föderation. Wie drastisch und anmaßend Kirks Eingriff eigentlich ist, kann man nachvollziehen, wenn man sich vorstellt, Außerirdische würden der Menschheit den Strom wegnehmen, weil er sie nach deren Meinung in ihrer Entwicklung hindere!

Bedauerlich war, daß George Takei trotz seines guten Eröffnungsauftritts keine weitere Gelegenheit bekam, sich zu profilieren. Das mag zusammenhängen mit einer drastischen Veränderung der Arbeitsweise, die sich in der Zeit um diese Episode herum vollzog.

Joseph Pevney berichtet später, daß während dieser Zeit bekannt wurde, daß die Serie in ein zweites Jahr gehen würde. Daraufhin begannen die Schauspieler — laut Pevneys Erinnerung unter der Leitung von Shatner —, ein größeres Mitspracherecht zu fordern. Zuvor war beispielsweise Nimoy zu Roddenberry gegangen, wenn er mit einer Passage des Drehbuchs nicht zufrieden war. Mit einem Mal gab es dann einen Tisch, an dem Shatner Platz

Kirk und Spock in ungewohnter Kleidung als ›Archonier‹.

nahm und begann, wie ein Produzent über die jeweilige Episode zu diskutieren, eine Vorgehensweise, die den Regisseur überflüssig erscheinen ließ, da er nicht länger das Sagen hatte. Außerdem war es sehr zeitraubend, zumal diese Prozedur soweit ging, daß Shatner nach jeder Aufnahme die Schauspieler zum Tisch dirigierte und mit ihnen über die nächste Szene beriet. Das wurde in der Folgezeit mit anderen Regisseuren fortgesetzt, was grundsätzlich nicht schlecht ist, da nicht jeder Regisseur, der für eine Episode einspringt, unbedingt erkennen kann, ob der Drehbuchschreiber sich mit den Charakteren auskennt. Bei *Star Trek* führte das aber schließlich dazu, daß es keine Veränderungen und Fortentwicklungen gab. Allen voran kritisierte Shatner Szenen, die für sein Empfinden nicht typisch für Kirk waren.

Episode C23: Space Seed

(Der schlafende Tiger)

Die Enterprise begegnet der S.S. Botany Bay, einem sogenannten ›Schläferschiff‹ aus dem späten 20. Jahrhundert, dessen Besatzung sich in künstlichem Tiefschlaf befindet. McCoy erweckt die Mannschaft und ihren Anführer Khan Noonian Singh, in den sich die Föderationshistorikerin Marla McGivers auf Anhieb verliebt. Spock hat mittlerweile Informationen über Khan zusammengetragen, aus denen sich ergibt, daß es sich bei ihm um einen genetisch veränderten, hochgezüchteten Supermenschen handelt, der in den neunziger Jahren des 20. Jahrhunderts über ein Viertel der Erde herrschte, nach den Eugenischen Kriegen aber verbannt und in der S.S. Botany Bay im Tiefschlaf ins All geschossen wurde. Der unerwartet überlegene Khan erlangt mit Marlas unbedachter Hilfe die Kontrolle über die Enterprise. Als sie erkennt, daß er eine Welt suchen will, auf der er wieder Herrscher sein kann, wendet sie sich aber kurzzeitig gegen ihn und ermöglicht es so Kirk, die Kontrolle über das Schiff zurückzuerlangen. Er setzt den besiegten Khan auf einem paradiesischen, aber unbewohnten Planeten aus, wo er niemandem schaden kann. Marla McGivers folgt ihm in sein Exil.

*

›Space Seed‹ setzte nach ›Balance of Terror‹ (Ep. C15) zum zweiten und innerhalb der Serie letzten Mal Kirk einen mindestens ebenbürtigen Gegner vor. Im Vergleich war Khan sogar als der Überlegene zu bezeichnen, da er trotz eines dreihundertjährigen Schlafes sofort wußte, was zu tun war, um schnellstmöglich die Kontrolle an sich zu ziehen. Bedauerlich ist in diesem Zusammenhang allerdings, daß sich in der Folgezeit niemand ernsthaft Gedanken machte, daß ein solch markanter Gegenspieler nicht nur das Niveau der Episode anhob, sondern daß er auch einen gewissen Standard setzte, der spätere, einfacher konstruierte Gegner lächerlich wirken lassen mochte. Damit würde die angebliche Gefahr für die ›Helden‹ in Richtung Null tendieren.

Ricardo Montalban, der die Rolle des Widersachers Khan überzeugend spielte, wurde am 25. November 1920 in Mexico City geboren und wurde schon in jungen Jahren, nach anfänglicher Abneigung dann dank der Überredungskünste seines Bruders, Schauspieler. Von 1945 bis 1953 war er bei MGM unter Vertrag und wirkte unter anderem 1949 in dem Esther-Williams-Film ›Neptune's Daughter‹ mit. Ferner war er in dem Monumentalfilm ›Cheyenne Autumn‹ (1964; dt. ›Cheyenne‹) zu sehen sowie in ›Escape from the Planet of the Apes‹ (1970) und in ›Conquest from the Planet of the Apes‹ (1972). Als Gaststar spielte er in vielen TV-Serien mit, so in der Episode ›Strangle Hold‹ aus der Serie ›The Untouchables‹ (dt. ›Chicago 1930‹) und als rachsüchtiger Indianer in der ›Gunsmoke‹-Episode ›Chato‹ (dt. ›Rauchende Colts‹ — ›Das Gesetz des Indianers‹), die von der Thematik her sehr der späteren Fortsetzung von ›Space Seed‹ im Kino glich.[13] Lange vor *Star Trek* hatte Montalban indirekt etwas mit Roddenberry zu tun gehabt, als er in dessen Stück ›The Secret Defense of 117‹ mitwirkte.

1977 bekam Montalban seine erste eigene Serie ›Fantasy Island‹, die sich beim Publikum über mehrere Seasons hinweg großer Beliebtheit erfreute. Später wirkte er in einer permanenten Rolle in dem ›Dynasty‹-Ableger ›Dynasty II: The Colbys‹ mit.

Die Gegner, mit denen Kirk in späteren Episoden zu tun hatte, waren nie wieder so gelungen wie Khan und wirkten stets ziemlich zweidimensional, besaßen sie doch meist nur übermenschliche Kräfte, waren aber vom Charakter her hoffnungslos unterlegen, während Khan das genaue Gegenteil war. Die ausgestrahlte Episode ›Space Seed‹ enthielt übrigens einen sogenannten Blooper, also eine Szene, die während der Dreharbeiten aus irgendeinem Grund schiefging, meist wegen vergessener Texte oder nicht rechtzeitig öffnender Türen. Hier war es ein Phaser, der Shatner zu Boden fiel, während er sich über den im Tiefschlaf befindlichen Khan beugte. Niemand außer DeForest Kelley schien es zu bemerken, und die Kamera lief weiter, während Kelley einige Augenblicke lang woanders hinsah und offenbar darauf wartete, daß jemand ›Stop‹ rief.

›Space Seed‹ basiert im groben auf einer Episode der Serie ›Captain Video‹, die Carey Wilbur, Autor von ›Space Seed‹, Jahrzehnte zuvor geschrieben hatte. Seinerzeit ging es um Figuren aus der griechischen Mythologie, die in die Zukunft gelangten. Wilbur ersetzte die Fähigkeiten, die sie in den alten Sagen hatten, durch genetische Veränderungen. Er wähnte die Handlung bei Gene Coon in guten Händen, der sie an die *Star Trek*-Gegebenheiten anpaßte, gesehen hat er das Ergebnis bis heute nicht.

Spocks Schlußbemerkung fiel in dieser Episode ungeahnt prophetisch aus, als er sich fragte, was wohl aus der

Saat geworden sein mag, wenn man in 100 Jahren wiederkäme. Er und die anderen sollten es deutlich früher erfahren.

Episode C24: A Taste of Armageddon
(Krieg der Computer)

Die Enterprise befördert den Föderationsbeauftragten, Botschafter Robert Fox, zum Planeten Eminiar VII, wo er diplomatische Kontakte mit der Regierung aufnehmen soll. Trotz der von dort eingehenden Nachricht, daß die Anwesenheit der Enterprise nicht erwünscht sei, besteht Fox darauf, mit den Bewohnern Kontakt aufzunehmen. Als Grund für die Ablehnung teilt man der Enterprise mit, Eminiar VII befinde sich im Kriegszustand mit dem Nachbarplaneten Vendikar. Es lassen sich jedoch keine Kriegshandlungen feststellen, woraufhin sich Kirk und ein Landetrupp auf den Planeten beamen lassen. Dort wird ihnen mitgeteilt, daß die Enterprise getroffen und die Besatzung getötet worden ist. Dennoch befindet sich das Schiff nach wie vor im Orbit. Es stellt sich heraus, daß Computer diesen Krieg lediglich in Form von fiktiven Angriffen führen und bestimmen, wer als Opfer zu gelten hat. Die ›Gefallenen‹ begeben sich dann freiwillig in Desintegrationskammern, um dort zu sterben. Kirk und Spock, die inzwischen festgenommen wurden, können ihren Bewachern entkommen und zerstören den Computer auf Eminiar VII. Sollte die Bevölkerung jetzt immer noch am Krieg interessiert sein, muß er auf konventionelle Weise geführt werden. Das erscheint aber sehr unwahrscheinlich, da die Schrecken eines wirklichen Krieges sie davon abhalten werden. Kirk und Co. kehren zur Enterprise zurück, während Botschafter Fox zurückbleibt, um zwischen Eminiar VII und Vendikar zu vermitteln.

*

Nach nur zwei Wochen (s. Ep. C22) griff Kirk zum zweiten Mal in eine fremde Kultur ein und verstieß damit erneut gegen die Hauptdirektive. Ein anderes Déjà-vu-Erlebnis bereitete Botschafter Fox, der sich genauso stur und an allem außer seiner Aufgabe desinteressiert zeigte, wie vor ihm (in der Episode C17, ›The Galileo Seven‹) High Commissioner Ferris. Auch wenn ein unliebsamer Charakter notwendig sein mag, um die Hauptdarsteller in noch besserem Licht erscheinen zu lassen, stellt sich die Frage, wie eine derart unflexible Verwaltung ein so zerbrechliches Gebilde wie die Föderation zusammenhalten konnte.

In der ersten Fassung der Episode geriet die Enterprise zufällig nach Eminiar *17*, da das Schiff beschädigt war und Reparaturen durchgeführt werden mußten. Trotz der Weigerung der Eminiarer ließ sich Kirk auf den Planeten beamen. Die folgende Handlung wich dann weniger stark vom Ergebnis ab.

David Opatoshu, der hier den Eminiarer Anan VII spielte, kannte Shatner bereits von den Dreharbeiten zu ›The Brothers Karamazov‹. In ›Twilight Zone‹ war er in der Episode ›Valley of the Shadow‹ zu sehen. Opatoshu wurde am 30. Januar 1918 in New York City geboren. Seinen ersten Auftritt hatte Opatoshu im Yiddish Theatre in New York in den dreißiger Jahren, seine erste Filmrolle war gleichfalls in jiddisch. Neben festen Rollen in den Serien ›Bonino‹, ›The Secret Empire‹ und ›Masada‹ trat er in zahlreichen Musicals als Sänger und Tänzer auf, war in Hitchcocks ›Torn Curtain‹ und in ›Exodus‹ zu sehen, er schrieb Drehbücher fürs Fernsehen, beim Theater führte er außerdem oft Regie.

Die am 27. Januar 1937 geborene Barbara Babcock, die in ›A Taste of Armageddon‹ als Mea zu sehen war, sollte in ›Plato's Stepchildren‹ ein weiteres Mal zum Einsatz kommen. Außerdem agierte sie als Sprecherin in ›The

Squire of Gothos‹ (als Trelanes Mutter; Ep. C18), ›The Tholian Web‹ (als Tholianer; Ep. C65) und in ›Assignment Earth‹ (als die Katze Isis; Ep. C56). In den Serien ›Dallas‹, ›Hill Street Blues‹, ›The Four Seasons‹ und ›Mr. Sunshine‹ war sie später in festen Rollen zu sehen.

Episode C25: This Side of Paradise

(Falsche Paradiese)

Die Enterprise fliegt den Planeten Omicron Ceti III an, auf dem vor längerer Zeit eine Föderationskolonie errichtet worden war. Aufgrund der auf dem Planeten registrierten Berthold-Strahlung werden die Siedler für tot gehalten, da die Strahlen über Jahre hinweg auf sie eingewirkt haben. Überraschend müssen Kirk und ein Landetrupp feststellen, daß die Kolonisten leben und bei bester Gesundheit sind. Der Leiter der Kolonie, Elias Sandoval, erklärt ihnen, daß alles in bester Ordnung ist. Die Gruppe teilt sich auf, Spock unternimmt einen Rundgang mit Leila Kalomi, einer jungen Botanikerin, die sechs Jahre zuvor mit Spock zusammengearbeitet hatte. Während sie sich unterhalten, wird der Vulkanier von Pflanzensporen getroffen, die augenblicklich die unterdrückten Gefühle seiner menschlichen Hälfte freisetzen. Er verhält sich wie ein Mensch, tobt ausgelassen umher und erklärt Leila schließlich, daß er sie liebt. Die Enterprise ist für ihn nicht länger von Bedeutung. Immer mehr Besatzungsmitglieder geraten unter den Einfluß der Sporen, bis Kirk, der gleichfalls seine Arbeit vernachlässigt, angesichts der desertierten Besatzung von einer ohnmächtigen Wut gepackt wird. Der Einfluß der Sporen hört augenblicklich auf. Ihm wird klar, daß aggressive Emotionen die Wirkung der Sporen aufheben. Unter einem Vorwand lockt er Spock zurück auf die Enterprise und verwickelt ihn in einen Streit, der den Vulkanier normalisiert. Gemeinsam finden sie eine Lösung des Problems, indem sie über einen Sender auf einer bestimmten Frequenz einen Ton senden, mit dessen Hilfe sie die Enterprise-Besatzung und die Siedler von dem Einfluß der Sporen befreien.

*

In ähnlicher Weise wie ›The Naked Time‹ (Ep. C5) offenbarte auch diese Episode viel von dem, was in den Charakteren vorging. McCoy kehrte unter dem Einfluß der Sporen seinen ›alten Landarzt‹ hervor und genoß die Natur, während Spock zum ersten Mal in seinem Leben wirklich glücklich war, nachdem er Leila Kalomi wiederbegegnet war. Daß aber diesmal ausgerechnet Kirk derjenige war, der einen Weg fand, die Sporen zu bekämpfen, ließ sich nur damit erklären, daß Spock sich nicht als gegen alles immun erweisen konnte.

Jill Ireland, die Spocks Freundin Leila Kalomi spielte, wurde am 24. April 1936 in London geboren und ging mit ihrem ersten Ehemann David McCallum in die USA, wo sie an seiner Seite in mehreren Episoden der Serie ›The Man From U.N.C.L.E.‹ mitwirkte. Nach ihrer Trennung von McCallum heiratete sie Charles Bronson, den sie Jahre zuvor bei den Dreharbeiten zu ›The Great Escape‹ getroffen hatte, ironischerweise ein Film, in dem ihr damaliger Ehemann McCallum mitspielte. Es folgten mehrere Filme mit Bronson, darunter ›Death Wish II‹, ›Breakhart Pass‹, ›Love and Bullets‹ und ›Assassination‹. Eine feste Rolle hatte sie in der Serie ›Shane‹. 1984 erkrankte sie an Krebs, den sie scheinbar besiegte. Sie schrieb zwei Bücher über ihr Leiden, ›Life Wish‹, ›Lifelines‹, mit denen sie anderen Betroffenen Mut machen wollte, aber im Mai 1990 hatte sie den Kampf verloren.

Episode C26: The Devil in the Dark

(Horta rettet ihre Kinder)

Auf Janus VI werden fortlaufend Minenarbeiter von einem mysteriösen Wesen getötet, das sich durch Stein so schnell wie durch Luft bewegt und bereits verschwunden ist, bevor man die Verfolgung aufnehmen kann. Die Enterprise fliegt Janus VI an, um den Arbeitern zu helfen. Zunächst vertritt auch Kirk die Auffassung, daß das Wesen getötet werden muß, bevor es ein weiteres Mal zuschlagen kann. Als Kirk und Spock mit dem Wesen jedoch Kontakt aufnehmen können, verstehen sie nach einer von Spock durchgeführten Gedankenverschmelzung, warum es tötet. Es handelt sich um eine Horta, eine intelligente Lebensform, die nur tötet, weil sie ihre Kinder retten will. Die Eier, aus denen diese Kinder schlüpfen, haben die Minenarbeiter bis dahin lediglich als wertlose Kugeln betrachtet und als Souvenir mitgenommen. Diese Erkenntnis bringt auch die Minenarbeiter ab von ihrer Absicht, die Horta zu töten. Es kommt zu einer Einigung, nach der die Arbeiter die Kinder fortan in Ruhe lassen und die Horta ihnen im Gegenzug Gänge gräbt, da sie dafür nur Sekunden braucht.

*

Die Episode wurde inspiriert von Janos Prohaskas Horta-Kostüm, das der ohne Vorgabe geschaffen hatte. ›The Devil in the Dark‹ war als eine Art Wiedergutmachung zu betrachten für den groben Fehler, den man in ›The Man Trap‹ (s. Ep. C2) begangen hatte, obwohl auch hier lange Zeit die Absicht überwog, das fremde Wesen zu töten, anstatt mit ihm Kontakt aufzunehmen.

Wenngleich man über das Kostüm geteilter Meinung sein kann, so muß man Prohaska zugute halten, daß er ein Wesen geschaffen hatte, das weder im Aussehen noch in seiner Art humanoid war.

Die Horta war eine der letzten Kreationen Prohaskas, der bedauerlicherweise einige Zeit nach ›The Devil in the Dark‹ bei einem Flugzeugabsturz ums Leben kam, als er sich gemeinsam mit einem Produktionsteam auf dem Weg zu Dreharbeiten befand.

In der gleichen Woche, in der ›The Devil in the Dark‹ Fernsehpremiere hatte, erschienen Shatner und Nimoy erstmalig als Kirk und Spock auf dem Titelbild der US-Programmzeitschrift ›TV Guide‹, heute ein gesuchtes Sammlerstück.

Episode C27: Errand of Mercy
(Kampf um Organia)

Die Auseinandersetzungen zwischen der Föderation und den Klingonen haben einen neuen Höhepunkt erreicht. Die Enterprise wird daraufhin nach Organia geschickt, um mit dem Rat dieses strategisch wichtigen Planeten Kontakt aufzunehmen. Der Rat macht sich aber nichts aus der Warnung, die Kirk ihm überbringt, da besetzen plötzlich die Klingonen den Planeten. Kirk und Spock wollen sich nicht als Vertreter der Föderation zu erkennen geben und tarnen sich als Händler. Der klingonische Commander Kor entlarvt sie jedoch und will sie hinrichten, da greifen die Organier ein. Sie erklären, daß sie ihre humanoide Erscheinungsform nur gewählt haben, um die Klingonen und die Föderationsvertreter nicht zu erschrecken, da sie in Wirklichkeit nur noch aus purer Energie bestehen. Sie machen durch Geisteskraft die Waffen der Kontrahenten funktionsunfähig. Föderation und Klingonen verlassen kampflos Organia, während die Organier darüber wachen, daß diese Waffenruhe eingehalten wird.

*

Diese Episode verzeichnete den ersten Auftritt der Erzrivalen der Föderation, der Klingonen. Deren Commander Kor war, verglichen mit den späteren Vertretern seiner Rasse, ein durchaus glaubhafter Charakter. Dennoch blieben die Klingonen in *Star Trek* stets *die* Feinde der Föderation, für das, was *Star Trek* in vielen Aspekten von anderen Serien unterschied, also eigentlich sehr untypisch.

Der am 10. Dezember 1928 in Toronto, Kanada, geborene John Colicos — er war mit 23 Jahren der jüngste Darsteller des König Lear auf der englischen Bühne —, der den Klingonen Kor spielte, kehrte in der wiederkehrenden Rolle des Baltar in der TV-Serie ›Battlestar Galactica‹ zur SF zurück. Seiner überzeugenden Darstellung war zu verdanken, daß der Klingone Kor in ›Errand of Mercy‹ glaubwürdig erschien. Eine andere permanente Rolle hatte Colicos in der Soap Opera ›General Hospital‹.

Episode C28: The Alternative Factor

(Auf Messers Schneide)

Im Orbit um einen unbekannten Planeten registrieren die Sensoren der Enterprise eine Art Zeitverwerfung. Da die Sternenflotte dieses Phänomen für ein Vorzeichen einer baldigen Invasion hält, ordnet sie dessen Untersuchung an.

Auf dem Planeten begegnet Kirk Lazarus, einem Wanderer im Weltraum, dessen Person gespalten ist und der immer wieder zwischen dieser und einer Existenz im negativen Universum pendelt, wobei er eine Art Korridor benutzt. Dieser Korridor ist Verursacher des auf der Enterprise beobachteten Phänomens. Lazarus muß diesen Korridor schließen und sein Alter ego auf der anderen Seite halten, dazu benötigt er jedoch Dilithium-Kristalle. Der anfangs skeptische Kirk hilft ihm, obwohl er die Enterprise in Gefahr bringt. Immerhin steht die Existenz des Universums auf dem Spiel. Es gelingt tatsächlich, den Korridor zu schließen, aber Lazarus bleibt zwischen den Universen gefangen.

*

Die Episode war von ihrer Idee her nicht schlecht, das fertige Produkt präsentierte sich dem Zuschauer im Ergebnis aber als hoffnungslos chaotisch. Grund dafür war, daß John Drew Barrymore, der die Rolle des Lazarus spielen sollte, am ersten Drehtag zugegen war, am zweiten jedoch nicht mehr erschien und nirgends auffindbar war. Robert Brown wurde kurzfristig als Ersatz verpflichtet, die Dreharbeiten starteten erneut, nun mit einer Verzögerung von zwei Tagen, die um jeden Preis aufgeholt werden mußte. Die Folge war, daß die Episode zu hastig gedreht wurde und keine Zeit für sorgfältige Arbeit ließ. (Hätte man keinen Ersatz für Barrymore gefunden, wäre die Episode kurzerhand gestrichen worden — es wäre für *Star Trek* vermutlich besser gewesen.)

Robert Brown wurde 1927 auf den schottischen Hebriden geboren und wuchs in New York City auf. 1948 bekam er seine erste Broadway-Rolle in ›Skipper Next to God‹. 1957 spielte er für ein Jahr eine feste Rolle in der Abenteuerserie ›Ivanhoe‹. Später folgte die Serie ›Primus‹ (1971) und die Rolle des Jason Bolt in der Serie ›Here Come the Brides‹, wo er neben Mark Lenard spielte. Brown und Shatner kannten sich seit Mitte der fünfziger Jahre, 1962 spielten sie gemeinsam in der ›Dick Powell Theatre‹-Episode ›Colossus‹, dem gelungenen Pilotfilm zu einer Serie, die etwa 1912, also in Hollywoods Kinderjahren spielte und Shatner als schwedischen Einwanderer zeigte. Im März 1963 wurde ›Colossus‹ im Rahmen des ›Dick Powell Theatre‹ ausgestrahlt. Die Serie wurde nicht verwirklicht, da Dick Powell verstarb, bevor er den Pilotfilm für die kommende Season vorstellen konnte.

Brown war mehrfach in ›Perry Mason‹ zu sehen, den ganz großen Sprung verpaßte er nur knapp. Eine Rolle in ›The Godfather‹ (dt. ›Der Pate‹) war in Aussicht, aber es hing von Marlon Brando ab. Wenn der die Hauptrolle nicht bekäme, würde eine ganze Gruppe von Rollen umbesetzt, einer der Kandidaten war Brown. Aber bekanntlich bekam Brando seine Rolle.

Mit seiner Rolle in *Star Trek* war Brown nicht sehr glücklich, da er das Gefühl hatte, daß die meisten ihn für

Der berühmte vulkanische Gruß.

die Verzögerungen verantwortlich zu machen schienen, nicht aber Barrymore.[14] 1976 zog sich Brown völlig von der Schauspielerei zurück, da sie sich nicht so entwickelt hatte, wie er es sich erhofft hatte. Heute verdient er sein Geld als Sprecher für Radio- und TV-Werbung.

Episode C29: The City on the Edge of Forever
(Griff in die Geschichte)

Im Orbit um einen unbekannten Planeten, auf dem seltsame Zeitstörungen und Zeitverwerfungen registriert werden, wird Sulu verletzt. McCoy behandelt ihn mit Cordrazine, einem noch im Versuchsstadium befindlichen Medikament, und injiziert sich versehentlich eine Überdosis des Mittels. An plötzlichem Verfolgungswahn leidend, beamt er sich auf den Planeten. Ein Landetrupp folgt ihm und entdeckt den ›Wächter der Ewigkeit‹, ein geheimnisvolles Portal, durch das man in jede gewünschte Epoche jeder Kultur reisen kann. Als McCoy in einem unbeobachteten Moment dieses Portal durchschreitet, verändert er damit die Geschichte derart, daß die Enterprise nicht mehr existiert. Kirk und Spock folgen ihm und landen im New York der 30er Jahre des zwanzigsten Jahrhunderts, wo sie auf der Suche nach McCoy in der Mission von Edith Keeler eine Unterkunft finden. Mit ›steinzeitlichen Mitteln‹ baut Spock eine Art Tricorder, der es ihm ermöglicht, einen Blick in die nahe Zukunft zu werfen. Dabei wird er auf zwei Zeitlinien aufmerksam, in denen Edith Keeler jeweils eine maßgebliche Rolle spielt. In der einen stirbt sie bei einem Autounfall, die Geschichte verläuft weiter in ihren bekannten Bahnen, in der anderen ereignet sich dieser Unfall nicht, sie wird Führerin einer Pazifistenbewegung, die so stark wird, daß sie die USA dazu bewegen kann, nicht in den Zweiten Weltkrieg einzutreten. Hitler gewinnt daraufhin den Krieg. Kirk wird klar, daß Edith, in die er sich längst verliebt hat, sterben muß. Als er eines Abends mit ihr ausgehen will, erzählt sie beiläufig von einem Neuankömmling in ihrer Mission, einem Mann mit Namen McCoy. Kirk rennt zurück zur Mission, um Spock zu rufen, da kommt fast gleichzeitig McCoy auf die Straße. Edith beobachtet die drei und bemerkt nicht, daß sich ihr ein Wagen nähert. Als McCoy die Gefahr erkennt und sie retten will, hält ihn Kirk zurück. Der Wagen erfaßt Edith, die sofort tot ist. McCoy, Spock und Kirk können in ihre Zeit zurückkehren, nachdem die Geschichte ›korrigiert‹ worden ist.

*

Harlan Ellison, Wegbereiter der New Wave in der SF in den USA und berühmt-berüchtigtes ›Enfant terrible‹ der amerikanischen SF-Szene, schrieb die Vorlage zur wohl besten *Star Trek*-Episode.[15] Die Fernsehfassung gewann 1967 den ›Hugo International Award for best Science Fiction Dramatic Presentation‹, das Originalmanuskript erhielt den ›Best-of-Category Award‹ der Screen Writers Guild.

Ellisons Mitwirkung bei diesem Drehbuch war aber

keineswegs unproblematisch. Roddenberrys Bitte, die Vorlage zu überarbeiten, wurde von Ellison abgelehnt, obwohl es sich nicht um Änderungen wegen inhaltlicher Probleme handelte. Vielmehr hätte seine Version Mehrkosten von 200 000 Dollar verursacht, während das Gesamtbudget pro Episode bei rund 180 000 Dollar lag.

Die am 23. Mai 1933 in London geborene Joan Collins war hier noch weit entfernt von ihrem Alexis-Image aus ›Dynasty‹ und spielte als Edith Keeler glaubwürdig eine Frau, die sich für die Armen aufopfert. Während die Zahl der Filme, in denen sie in mehr oder weniger großen Rollen mitwirkte, beeindruckend groß ist, erreichte sie die größte Popularität durch ihre einzige feste Fernsehrolle in ›Dynasty‹.

Star Trek war mit dieser Episode in Höchstform und lieferte den Beweis, wieviel SF mit Raumschlachten und Invasoren zu tun haben mußte, um wirklich gut zu sein — rein gar nichts!

Episode C30: Operation: Annihilate!
(Spock außer Kontrolle)

Auf Deneva ist eine Seuche ausgebrochen, die zunächst Wahnsinn auslöst und dann zum Tode führt. Der Landetrupp unter Kirks Leitung findet dessen Bruder George tot auf, seine Schwägerin liegt im Sterben, sein Neffe ist bewußtlos. Auslöser des Massenwahnsinns sind fledermausähnliche Tiere, die den ganzen Planeten überschwemmt haben. Beim Kontakt mit einem Menschen dringen sie in dessen Nervensystem ein und lösen so den Wahnsinn aus. Unerwartet wird Spock von einem dieser Tiere angegriffen und trägt damit das Virus in sich. Die Beobachtung, daß sie offensichtlich helles Licht meiden, veranlaßt McCoy dazu, ein Experiment an Spock durchzuführen. Die Erkenntnis, daß sie und mit ihnen die Viren mit einer für Menschen ungefährlichen Dosis ultravioletten Lichts getötet werden können, kommt allerdings zu spät und kostet Spock das Augenlicht. Nachdem über eine Satellitenschaltung ganz Deneva mit ultraviolettem Licht bestreut worden ist und die Invasoren unschädlich gemacht worden sind, stellt sich zu McCoys Erleichterung heraus, daß Spock doch nicht blind ist. Vielmehr verfügt er über ein bis dahin unbekanntes zusätzliches Augenlid, das ihn ursprünglich vor der Helligkeit der Sonne seines Heimatplaneten schützte.

*

Den Abschluß der ersten Season bildete nach ›The City on the Edge of Forever‹ eine weitere dramatische Episode. Man erfuhr etwas über Kirks Privatleben, in diesem Fall über seinen Bruder George Samuel Kirk (den William Shatner, mit gefärbten Haaren und mit Schnäuzer versehen, selbst spielte), und gewann eine neue Erkenntnis über die noch immer mysteriöse Biologie der Vulkanier.

Kirks Neffe Peter wurde dargestellt von Craig Hundley, der in der Episode ›And the Children Shall Lead‹ (Ep. C60) erneut mitspielen würde. Unter seinem Künstlernamen Craig Huxley arbeitete er später mit an den Kinofilmen *Star Trek — The Motion Picture* und *Star Trek II — The Wrath of Khan.*

›Operation: Annihilate‹ (ursprünglicher Titel ›Operation: Destroy‹; die Episode enthielt zu dieser Zeit noch nicht Kirks Bruder) wurde weitgehend von Roddenberry entworfen, Steven W. Carabatsos, der als Autor der Episode genannt wird, führte nach eigener Aussage mehr oder weniger nur aus, was an ihn herangetragen wurde.

Mit dem nahenden Ende der ersten Season geriet *Star Trek* zum ersten Mal auf die Abschußliste von NBC. Grund dafür war das relativ geringe Zuschauerinteresse, das der Serie als höchste Notierung einen Platz 52 verschaffte. Diese Bestenliste wurde — und wird noch heute — durch die sogenannten Nielsen-Ratings ermittelt, die das einzige sind, was bis zum heutigen Tag die Fernsehanstalten interessiert. Errechnet werden die Zuschauerzahlen durch scheinbar repräsentative Haushalte, die eine Nielsen-Box erhalten. Die zeichnet detailliert alle Informationen auf — welche Sendungen wie lange gesehen werden —, dann wird sie ausgewertet. Zuwenig Zuschauer sind regelmäßig das Todesurteil für eine Serie, egal wie gut oder schlecht sie nun sein mag, da die Industrie hier die Werbezeit als sinnlose Geldausgabe betrachtet und statt dessen populäre Sendungen aussucht.

Fehler in diesem System ist in den USA und auch in Deutschland die Berücksichtigung der eingeschalteten Haushalte, nicht jedoch, wie sehr man sich für die jeweilige Sendung interessiert. Das bedeutet, daß eine Sendung zwar eine hohe Einschaltquote haben kann, aber so nebenher läuft, daß auch niemand die Werbeunterbrechungen wahrnimmt, während eine Sendung mit niedriger Einschaltquote ein wesentlich aufmerksameres Publikum haben kann. Leider ist der Weg zur Erkenntnis hier noch besonders weit, so daß es vermehrt zur Bildung kleiner Sender kommt, die sich auf ein kleines, aber aufmerksames Publikum konzentrieren, während die Absahner ein breites Publikum mit immer anspruchsloseren Produktionen überschütten.

Als die geplante Streichung der Serie publik wurde, rief ›The Committee‹ — bestehend aus den SF-Größen Poul Anderson, Robert Bloch, Lester Del Rey, Harlan Ellison, Philip José Farmer, Frank Herbert, Richard Matheson, Theodore Sturgeon und A. E. van Vogt — zur ersten Briefaktion auf, die NBC davon überzeugte, daß *Star Trek* doch beliebter war, als die Nielsen-Ratings hatten glauben machen wollen. Eine zweite Season wurde angekündigt.

Im Rahmen dieser Aktion kam es zu Unterschriftensammlungen, von denen auch Nichelle Nichols auf kuriose Weise betroffen war. Ohne zu wissen, bei wem sie sich befanden, klingelten Fans auch an Nichols' Haustür. Ihr damaliger Mann öffnete und unterschrieb und rief dann seine Frau, die mit ihrem Ehenamen Johnson unterschrieb, ohne daß die Fans sie erkannten.

Anmerkungen:

1 Sitcom = Situationskomödie. Hierbei handelt es sich um eine uramerikanische TV-Unterhaltungsform, die manchmal vor Publikum gedreht wird, manchmal aber auch mit Lachern vom Band präsentiert wird. Die bis heute erfolgreichste Sitcom ist ›Cheers‹, die 1993 nach 11 Jahren auf dem Höhepunkt ihres Erfolges eingestellt wurde. (So seltsam es auch klingen mag, ›Cheers‹ wurde tatsächlich zu einem Zeitpunkt beendet, da ein Ende des Erfolgs noch lange nicht absehbar war. Hauptgrund für diese Entscheidung war der Wunsch des Hauptdarstellers Ted Danson, nicht länger für eine Fernsehserie arbeiten zu wollen.) Die ersten Erfolge erzielten amerikanische Sitcoms in Deutschland mit der ›Bill Cosby Show‹, ›Alf‹ und den ›Golden Girls‹.

2 Die ›Star Trek Chronology‹ nennt als Jahr der ersten Season 2266.

3 Variety veröffentlichte die Kritik am 14. September 1966. Der volle Originalwortlaut liest sich wie folgt: »›Star Trek‹ obviously solicits allout suspension of disbelief, but it won't work. Even within its sci-fi frame of reference it was an incredible and dreary mess of confusion and complexities at the kickoff. The interplanetary spaceship trudged on for a long hour with hardly any relief from violence, killings, hypnotic stuff and a distasteful, ugly monster. Moreover, this Norway Productions-Desilu-NBC offering lacks the virtue of at least providing an illusion of the wideopen (upper) spaces and had a crude made-in-studio look, whether lensed exterior or interior.
By a generous stretch of the imagination, it could lure a small coterie of the smallfry, though not happily time slotted in that direction. It's best suited to the Saturday morning kidvid bloc.
The performers are in there pitching, but the odds are against them

in all departments – script, direction and overall production. William Shatner, one of a star-billed pair, has a good track record in tv and legit, but as the skipper of the Enterprise spaceship appears wooden, and uncertain about his function; same goes for Leonard Nimoy, costarred as Mr. Spock, socalled chief science officer whose bizarre hairdo (etc.) is a dilly; and DeForest Kelley as chief medico, et al.

A quota of decorative females, most of them in vague roles, are involved in the out-of-this-world shenanigans. In the guesting lineup, Jeanne Bal valiantly attempted to portray a homicidal human-turned-monster, with Alfred Ryder as her grim-faced husband. They were apparently archeologists undergoing periodic medical checkup, but that's only a guess. The biggest guessing game is figuring out how this lowercase fantasia broke into the sked.«

4 Bemerkungen zu dieser Episode finden sich auf S. 34 f.

5 So in Starlog, Nr. 113, Dezember 1986, S. 28.

6 Die gleiche Rolle, die der ihm recht ähnlich sehende Carel Struycken in der Kinofassung übernimmt, der in *Star Trek – The Next Generation* mitspielt.

7 In Allan Asherman, The Star Trek Interview Book, Pocket 1987.

8 Dieser Vorfall ließ zugleich erkennen, mit welcher (Fast-)Lichtgeschwindigkeit deutsche Zeitschriften arbeiten. In der Ausgabe 19/1992 der ›Neue Welt‹, die der Regenbogenpresse zuzuordnen ist, wurde über Grace Lee Whitney berichtet: »Heute schaut sie lieber zu tief ins Glas. Grace ist Alkoholikerin, treibt sich meist in den Straßen von Los Angeles herum. ›Sie hat ihren Erfolg nie verkraftet‹, sagen Freunde.«

Dabei wurde aus nicht nachvollziehbaren Gründen verschwiegen, daß sie ihre Abhängigkeit bereits seit langem überwunden hatte. Gleichfalls unsinnig war die Bemerkung über ihren Erfolg. Niemand konnte ernsthaft behaupten, daß eine Handvoll *Star Trek*-Episoden einem großen Erfolg gleichkam.

9 Eine zumeist undankbare Rolle, die einzig dem Zweck dient, die Bühne richtig auszuleuchten, ohne dafür die Stars zu lange im heißen Scheinwerferlicht stehen zu lassen.

10 Barbara Hambly konfrontiert auf originelle Weise die *Star Trek*-Charaktere mit denen aus ›Here Come the Brides‹ in ihrem Roman ›Ishmael‹. S. hierzu Band 2, S. 241.

11 Der weiße Hase und das Mädchen, denen McCoy zu Beginn der Episode begegnet, entstammen dem 1865 entstandenen Buch ›Alice's Adventures in Wonderland‹, geschrieben von Lewis Carroll (1832–1898; eigentlich Charles Lutwidge Dodgson).

12 Erst *Star Trek III – The Search for Spock* kommt darauf zurück, als Scotty sich mit auf die illegale Suche nach dem Vulkanier begibt.

13 S. hierzu Band 2, S. 57 ff.

14 Hier weicht Brown ab von der Linie, auf der die meisten Gastschauspieler rückblickend ihre Rolle in *Star Trek* einordnen. Sie äußern sich fast ausnahmslos als von der Atmosphäre bei den Dreharbeiten begeistert, aber vielleicht hoffen sie ja auch nur auf eine Rolle in *Star Trek – The Next Generation.*

15 Das Original findet sich in: Harlan Ellison, Six Science Fiction Plays, Pocket Books, New York 1976.

Eine zweite Chance

Am 14. März 1967 erklärte NBC, daß die Serie mit Beginn der zweiten Season von donnerstags 20.30 Uhr auf freitags 20.30 Uhr verlegt werden sollte. Dieser Termin war jedoch nicht von NBC ausgewählt worden, um ein breiteres Publikum zu erreichen, das Gegenteil war beabsichtigt. Zu einem am bevorstehenden Wochenende ohnehin geringeren Publikum (das jetzt die Gelegenheit hatte, z. B. ins Kino zu gehen) kam eine nicht weniger harte Konkurrenz auf den anderen Sendern. Auf ABC begann zur gleichen Uhrzeit wie *Star Trek* die Westernserie ›Hondo‹ (die, obwohl sie auf einem Westernroman von Louis L'Amour und einem Film gleichen Namens mit John Wayne basierte, nur wenig Erfolg hatte und nach ein paar Monaten eingestellt wurde). CBS setzte um 20.30 Uhr die Sitcom ›Gomer Pyle, U.S.M.C.‹ (1964—1970) und um 21.00 Uhr die Spielfilmreihe ›CBS Friday Night Movie‹ dagegen, die ähnlich wie im Vorjahr der ›CBS Thursday Night Movie‹ eine ernsthafte Konkurrenz darstellte, da die Spielfilme anfingen, während die jeweilige *Star Trek*-Episode noch lief, so daß viele gar nicht erst NBC wählten, da sie den Schluß der Episode ohnehin nicht sehen würden, wenn sie den Spielfilm bevorzugten. Im Zuge dieses Kleinkriegs mit den Studiobossen zog sich Roddenberry bereits ansatzweise von *Star Trek* zurück und ließ als Produzenten Gene L. Coon und John Meredyth Lucas agieren.

Auch organisatorisch gab es Veränderungen. Im Sommer 1967 kaufte Gulf and Western Corporation die Studios DESILU und Paramount Pictures auf, den Ankauf überlebte nur Paramount, DESILU wurde ein Teil von Paramount.

Mit Beginn der Vorbereitungen für dic zweite Season gab es auch personelle Veränderungen auf der Enterprise.

Roddenberry fügte ein russisches Besatzungsmitglied, Pavel Chekov, hinzu und ignorierte damit erneut alle die, die ihn schon bei der Charakterisierung von Uhura und Sulu kritisiert hatten. NBC befürchtete, nach den Zuschauern, die gegen Schwarze und Japaner eingestellt waren, nun auch noch die zu verlieren, die etwas gegen Russen hatten.

Für die Rolle wählte Roddenberry den von Regisseur Joseph Pevney eingebrachten Walter Koenig aus, hielt sich aber den Rücken frei für den Fall, daß die neue Rolle sich nicht einfügte, und gab Koenig einen Vertrag, der zunächst nur von einer Woche zur nächsten lief und dessen Fortbestand von der Popularität des Charakters abhing. Die war jedoch so überwältigend, daß Koenig bald einen festen Vertrag erhielt.

Der in Chicago geborene und in New York City aufgewachsene Koenig strebte anfangs eine Karriere als Psychologe an. Da ihm das Studium aber nicht sonderlich zusagte, nahm er versuchsweise an einem Schauspielkurs der Universität teil, wo ein Professor sein Talent entdeckte und förderte. Koenigs Vater, ein Geschäftsmann, der so wie die gesamte Familie nie einen Bezug zur Schauspielerei gehabt hatte, stimmte überraschend dem Vorhaben zu. In der Folgezeit wirkte er in zahlreichen Theateraufführungen in Los Angeles und New York mit und kam schließlich — wie schon viele vor ihm — über die Roddenberry-Serie ›The Lieutenant‹ zu *Star Trek.*

Koenigs russischer Akzent in der Serie wirkt zwar ein wenig übertrieben, aber in Interviews ist schnell herauszuhören, daß er russischer Abstammung ist (sein Vater sprach zu Hause russisch).

Seine Rolle des Chekov war aber der einzige Charakter, der mit der zweiten Season neu eingeführt wurde. Auch im Folgejahr sollte es keine Veränderungen in der Stammbesetzung geben.

Das zweite Jahr begann am 15. September 1967 für *Star Trek* so gut, wie das erste geendet hatte.

Episode C31: Amok Time

(Weltraumfieber)

Spocks Leben ist in Gefahr, da er an einer Krankheit leidet, für die McCoy keine Erklärung finden kann, zumal Spock nicht kooperiert. Erst nach langem Schweigen offenbart er sich Kirk und erklärt ihm, daß er Pon Farr durchlebt, eine Art ›Brunftzeit‹, die männliche Vulkanier alle sieben Jahre über sich ergehen lassen müssen. Er muß sterben, wenn er nicht schnellstens nach Vulkan gebracht wird. Daraufhin widersetzt sich Kirk dem Befehl, Altair VI anzufliegen, und ordnet statt dessen Kurs auf Spocks Heimatplaneten an. Auf dem Weg dorthin erfährt Kirk, daß Spock bereits eine Verlobte, T'Pring, hat, die er heiraten soll. Nachdem sie Vulkan erreicht haben, nimmt Spock Kirk und McCoy mit, damit die beiden dem Ritual kon-ut-kal-if-fee, der Hochzeit, beiwohnen können. T'Pau, eine in der Föderation hochangesehene Vulkanierin, leitet die Zeremonie, die wider Erwarten einen anderen Verlauf nimmt, als Spocks Verlobte überraschend Kirk als ihren Favoriten wählt und damit den Zweikampf fordert. Erst nachdem Kirk eingewilligt hat, den scheinbar harmlosen Kampf auszutragen, erfährt er, daß das Duell bis zum Tode eines Teilnehmers geführt werden muß. Um die Wirkung der dünnen und heißen Luft des Planeten auszugleichen, injiziert McCoy Kirk ein Serum. Der Kampf beginnt und nimmt den absehbaren Verlauf: In tranceähnlichem Zustand — Plak Tow, dem Blutfieber — tötet der körperlich weit überlegene Spock seinen Captain. Als er dies erkennt, verzichtet er auf T'Pring, deren Plan sich erfüllt, da sie Spocks Rivalen Stonn heiraten wollte, ein Zweikampf zwischen diesen beiden aber gleichfalls für Spock entschieden worden wäre. Hätte Kirk gewonnen, wäre sie ebenfalls frei gewesen, da er sie nicht geheiratet hätte. Spock kehrt auf die Enterprise zurück, um sich auf die bevorstehende Gerichtsverhandlung vorzubereiten, in der er sich für die Tötung seines Captains verantworten muß. An Bord begegnet ihm unerwartet ein springlebendiger Kirk. Das Serum, das McCoy ihm verabreicht hatte, bewirkte in Wahrheit einen vorübergehenden Ausfall aller Körperfunktionen und simulierte den Tod des Captains. Spocks Leben ist durch diese Aktion gerettet, Kirks Verstoß gegen einen Befehl von oberster Stelle wird von einer nachträglichen Anforderung der Enterprise durch T'Pau gedeckt.

*

Die zweite Season eröffnete mit einer Episode für alle Spock-Fans, sehr viel über seinen Hintergrund und die Geschichte und Kultur des Planeten Vulkan wurde angedeutet, ohne langwierige und umständliche Erklärung zu erfordern. Auch wenn Spock eine Erfindung Gene Roddenberrys war, basierte der gesamte Vulkan-Mystizismus auf Theodore Sturgeons Kreativität. Er legte damit auch den Grundstein für eine sehr intensive Auseinandersetzung mit diesem Thema in den später folgenden Fanzines.

Das Thema der Episode war angemessen und weniger SF-orientiert, es ließ Spock und die Vulkanier allgemein in einem ganz neuen Licht erscheinen, wenngleich die Dekorationen, die diesmal den Planeten Vulkan darstellten, so wie immer unglaubwürdig wirkten.

Für das deutsche Publikum schien die Handlung indessen zu heikel, womit sich wieder einmal ihr Kinderserienstatus bestätigte, den man ihr beim ZDF heimlich verliehen hatte. Mit einigen, dazu noch sehr ungeschickten Schnitten wurde Spock kurzerhand ›raumkrank‹ gemacht und erlebte den Kampf mit Kirk als Alptraum, der von einem neuen Medikament gegen dieses ›Weltraumfieber‹ ausgelöst worden war. Der (fiktive) ›biologische‹ Aspekt des Originals trat damit völlig in den Hintergrund, vermutlich um die Eltern vor peinlichen Fragen ihrer Kinder zu bewahren.

Arlene Martell spielte in ›Amok Time‹ T'Pring, Spocks Verlobte. Vor *Star Trek* hieß sie Arlene Sax, dann folgte Arlene Martell, heute nennt sie sich — aus religiösen Gründen — Tasha Martell.

Sie wuchs in der Bronx auf, konnte dieses Viertel aber dank einer Initiative des Arbeitgebers ihrer Mutter gemeinsam mit ihr im Alter von acht Jahren verlassen. Sie entdeckte ihre Vorliebe für die Schauspielerei und wirkte in zahlreichen Serien als Gaststar mit. Für *Star Trek* hatte man sie schon früher einmal vorgesehen als Besetzung für die Rolle der Dr. Elizabeth Dehner im zweiten Pilotfilm ›Where No Man Has Gone Before‹ (Ep. C4), sie konnte aber die Kontaktlinsen nicht vertragen, die sie dabei hätte tragen müssen.

Episode C32: Who Mourns for Adonais?

(Der Tempel des Apoll)

Die Enterprise wird von einer gigantischen, aus purer Energie bestehenden Hand festgehalten, deren Energiequelle sich auf dem nahe gelegenen Planeten Pollux IV befindet. Ein Landetrupp läßt sich hinunterbeamen und begegnet einem Menschen, der sich ihnen als Gott Apollo vorstellt und die gesamte Enterprise-Crew als ›seine‹ Kinder bei sich behalten will, damit sie ihn anbeten. Als Kirk und seine Leute sich weigern, wird Apollo zornig und will seine Macht demonstrieren. Die Energiequelle, die sich in seinem Tempel befindet, wird stark beansprucht, sobald Apollo zornig wird. Kirk befiehlt daraufhin Lt. Carolyn Palmas, in die sich Apollo verliebt hat, ihn zurückzuweisen. Das steigert seinen Zorn so sehr, daß es zu einem vorübergehenden massiven Energieabfall kommt. Spock, der auf der Enterprise verblieben ist, befiehlt den Einsatz von Phasern, Apollos Energiequelle kann zerstört werden. Apollo verliert seine Macht und sieht ein, daß er die Enterprise-Besatzung nicht als seine Anhänger gewinnen kann. Er gibt seinen Körper auf, um sich den anderen Göttern anzuschließen, die nach seiner Aussage die Erde schon vor Jahrtausenden verlassen haben.

*

Bemerkenswert war bei ›Who Mourns for Adonais?‹, daß Scotty erstmalig die Gelegenheit bekam, sich für eine Frau — Carolyn Palmas — und nicht nur für die Maschinen der Enterprise zu interessieren.

Apollo war jedoch im Vergleich zu anderen Gegnern nicht so interessant, da sein Charakter nicht sorgfältig genug ausgearbeitet war. In seinen Reaktionen erinnerte er vielmehr an Charlie Evans, der aber deutlich besser charakterisiert worden war.

Die Schlußszene fand dagegen nicht den Weg in die Fernsehfassung: Carolyn Palmas sollte von Apollo ein Kind bekommen — ideal für eine Fortsetzung.

Lt. Palmas wurde von Leslie Parrish gespielt, die unter anderem in ›The Manchurian Candidate‹ (1962) und in ›The Candyman‹ (1968) zu sehen war.

Für die Rolle des Apollo hatte man einen britischen Schauspieler gesucht, der die Rolle mit einem deutlich britischen Akzent sprechen sollte. Man fand Michael Forest, einen Briten mit Shakespeare-Erfahrung, der die Produzenten aber davon überzeugen konnte, daß die gewünschte rein britische Aussprache unpassend sein würde. Man einigte sich statt dessen auf eine abgeschwächtere Form, die für das Theater übliche Sprechweise.

Episode C33: The Changeling
(Ich heiße Nomad)

Das ganze malurische System und mit ihm vier Milliarden Bewohner sind aus ungeklärter Ursache vernichtet worden. Als Kirk einen Kurs auf das System befiehlt, um Nachforschungen anzustellen, begegnet ihnen Nomad, eine kleine, aber sehr gefährliche Sonde. Kirk läßt sie an Bord beamen und erfährt, daß Nomad im Jahr 2020 von der Erde aus auf die Reise geschickt wurde, um in der Galaxis anderes Leben zu suchen. Nomad berichtet, daß er Tan-Ru begegnet ist, einem Roboter, der sterile Bodenproben aufbewahren sollte. Dabei wurde Nomad umprogrammiert, und er ist nun der Ansicht, er müsse fortan alle nicht perfekten Lebensformen vernichten. Dazu zählt auch die Besatzung der Enterprise. Da die Sonde jedoch Kirk mit ihrem Erschaffer Jackson Roykirk verwechselt hat, nutzt der diesen Irrtum gegen sie aus und macht ihr klar, daß sie selber unvollkommen ist und damit zerstört werden müsse. Nomad muß dieser Argumentation nach anfänglicher Weigerung folgen und vernichtet sich, nachdem Scotty ihn ins All zurückgebeamt hat.

*

Trotz einiger interessanter Aspekte verlor diese Episode erheblich an Qualität durch eine weitere Variation des bei den Produzenten offensichtlich so beliebten Themas ›Kirk argumentiert einen Computer zu Tode‹. Was hier im Vergleich zu den Vorgängern allerdings fehlte, war der sonst damit verbundene Verstoß gegen die Hauptdirektive.

Erstaunlich war insbesondere, daß die aus den bereits angeführten Gründen recht schwache Episode Jahre später die Vorlage zum Drehbuch von *Star Trek – The Motion Picture* darstellen würde, wenngleich dies trotz unübersehbarer Parallelen zwischen Film und Episode vehement bestritten wurde.[1]

Episode C34: Mirror, Mirror

(Ein Parallel-Universum)

Nach erfolglosen Verhandlungen mit dem Rat des Planeten Halkan über einen Beitritt zur Föderation werden Kirk, McCoy, Scotty und Uhura während des Beamvorgangs versehentlich in ein Paralleluniversum verschlagen. Dort finden sie sich auf einer veränderten Enterprise wieder, die Föderation ist nicht auf friedliche Erforschung ausgerichtet, sondern auf Eroberung und — bei Widerstand — auf Vernichtung. Während die gewalttätigen Gegenstücke der vier in dem für sie fremden Universum von Spock sofort durchschaut und inhaftiert werden, versuchen Kirk, McCoy, Scotty und Uhura im Paralleluniversum nicht aufzufallen. Dabei entgeht Kirk nur knapp einem Attentat, das Chekov geplant hat, um mehr Macht zu erlangen. Eine Anfrage beim Bordcomputer ergibt, daß in kurzer Zeit die beiden Universen noch einmal miteinander in Verbindung stehen werden und dann eine Rückkehr möglich ist. Die Besatzung wird jedoch mißtrauisch, da Kirk sich untypisch friedlich verhält, und fast scheint es so, als würde ihnen die Rückkehr nicht gelingen. Unerwartet finden sie im anderen Spock einen Verbündeten, der ihnen hilft, in ihre eigene Welt zurückzukehren.

*

In ›Mirror, Mirror‹ wurde eine völlig andere Variante der Föderation gezeigt, die aber keineswegs unglaubwürdig erschien und aufgrund der Intrigen dem ähnelte, was man später über das klingonische Imperium erfahren würde. Neben einem bärtigen Spock gab es in dieser Folge etwas Einzigartiges zu sehen, was bei NBC von den Zensoren entweder nicht gesehen oder anders gedeutet worden war: Marlena Moreau, gespielt von Barbara Luna, tendierte sehr stark in Richtung persönliches Callgirl für den Captain.

Die Parallelweltthematik besaß ein großes erzählerisches Potential, das auch für einen Kinofilm eine Fülle von Möglichkeiten eröffnet hätte, jedoch wurde innerhalb der Serie nie wieder darauf zurückgegriffen, wohl auch um einen Mehrteiler zu vermeiden, der bei einer intensiveren Bearbeitung der Idee zwangsläufig gewesen wäre. Erst im Rahmen der Comic-Reihe, die von DC auf den Markt gebracht wurde, griff man das Thema wieder auf, das Ergebnis war eine späte und ausgesprochen gute Fortsetzung dieser Episode.

Barbara Luna war neben Gastrollen in diversen TV-Serien — so in der Neuauflage von ›Mission: Impossible‹ — in den Filmen ›Five Weeks in a Balloon‹ (1962) und in ›Gentle Savage‹ (1978) zu sehen.

Marc Daniels, der bei ›Mirror, Mirror‹ zum fünften und letzten Mal als Regisseur bei *Star Trek* aktiv wurde und später die Zeichentrickepisode ›One of Our Planets Is Missing‹ (Ep. A2) schrieb, starb am 23. April 1989 an Herzversagen.

Der — nicht minder logische — Spock des Paralleluniversums.

Jerome Bixbys bekannteste Arbeit neben dieser *Star Trek*-Episode war sein Drehbuch zu dem Film ›The Fantastic Voyage‹, die Romanfassung schrieb dann allerdings Isaac Asimov.

Bixby legte auch ›Mother Tiger‹ als Vorschlag für eine *Star Trek*-Episode vor, die von einem in Kälteschlaf versetzten Muttertier einer außerirdischen Rasse handelt. Die Rasse war schon lange ausgestorben, das Muttertier war ihre einzige Hoffnung. Es sollte einmal eine andere Welt erreichen, wo die Rasse von neuem entstehen sollte. Die Enterprise nimmt dieses Wesen auf. Nachdem es jedoch an Bord ein ungeheures Chaos verursacht hat, setzt man es schließlich auf einem Planeten aus.

Die Idee zu ›Mirror, Mirror‹ kam Bixby durch eine eigene Kurzgeschichte, ›One Way Street‹. Eine Fortsetzung zu ›Mirror, Mirror‹ hat Bixby inzwischen geschrieben, sie heißt ›Broken Mirror‹ und ist für *Star Trek – The Next Generation* vorgesehen. Obwohl Bixby sie laut einem Interview bereits um die Jahreswende 1990/91 vorlegen wollte, scheint bis heute nichts in dieser Richtung geschehen zu sein.[2]

Episode C35: The Apple

(Die Stunde der Erkenntnis)

Auf Gamma Trianguli VI entdecken Kirk und Co. scheinbar paradiesische Zustände, bis giftige Pflanzen, explodierende Steine und mörderische Unwetter sie vom Gegenteil überzeugen. Sie treffen auf Eingeborene, die sehr naiv sind und sich als Ernährer Vaals bezeichnen. Vaal ist ihr Gott, der ihnen Regen bringt, wenn die Pflanzen ihn brauchen, und der sie so mit Lebensmitteln versorgt, von denen sie ihm allerdings einen Teil zurückgeben müssen, wenn er danach verlangt. Kirk, Spock und die anderen stellen fest, daß Vaal in Wahrheit ein Computer ist, der die Nahrung in Energie umwandelt. Um seine Existenz zu sichern, hält er seine Ernährer auf einem kulturell niedrigen Niveau. Da er in dem Enterprise-Landetrupp Gefahr für sich sieht, befiehlt er, die Eindringlinge zu töten. Dies mißlingt, und als Kirk und Co. die Fütterung verhindern, beginnt Vaals Energievorrat rapide zu sinken. Zusammen mit konzentriertem Phaserbeschuß von der Enterprise wird der Computer zerstört, die Eingeborenen sind nun auf sich selbst gestellt.

*

Nach der überaus gelungenen Episode ›Mirror, Mirror‹ markierte ›The Apple‹ die Rückkehr zu einem allmählich langweilig werdenden Thema: Kirk verstößt erneut gegen die Hauptdirektive und darf zudem wieder einmal einen Computer zerstören.

Aus dem Rahmen dieser kaum zu leugnenden Variante von ›The Return of the Archons‹ (Ep. C22) fiel allerdings die Tatsache, daß Chekov eine Freundin haben durfte, obwohl er erst in fünf Episoden mitgewirkt hatte. Sie tauchte aber später nie wieder auf, wohl weil dieser Zustand gleichfalls unerwünscht war wie ein gebundener Kirk. Immerhin hatte sich Chekov schnell großer Beliebtheit erfreut.

Unter einer hohen Perücke und dickem Make-up erkannte man erst auf den zweiten Blick David Soul. Soul wurde am 28. August 1943 in Chicago geboren und begann in den sechziger Jahren als Folksänger, in ›The Merv Griffin Show‹ wurde er regelmäßig eingesetzt. Einen ersten schauspielerischen Erfolg konnte er in der Rolle des Joshua Bolt in ›Here Come the Brides‹ verzeichnen, in der auch Mark Lenard mitgespielt hatte. 1974 folgte eine kleinere Rolle in ›Owen Marshall, Counselor at Law‹, den größten Bekanntheitsgrad erzielte er ein Jahr später in der Serie ›Starsky and Hutch‹, in der er neben Paul Michael Glaser vier Jahre lang spielte. Seitdem ist er immer wieder in Gastrollen in verschiedenen Serien zu sehen, außerdem kann er eine stattliche Zahl an Filmproduktionen vorweisen.

Episode C36: The Doomsday Machine
(Planeten-Killer)

Die Enterprise untersucht die Ursache für die völlige Zerstörung mehrerer Sonnensysteme und stößt dabei auf die schwerbeschädigte U.S.S. Constellation. An Bord befindet sich nur ein Überlebender, Commodore Matthew Decker, der unter Schock steht, da er seine Crew von Bord gebeamt hatte, um sie vor dem ›Berserker‹, einem durch das All fliegenden automatischen Zerstörer, zu retten. Wider Erwarten vernichtete dieser Berserker ausgerechnet den Planeten, auf dem sich die Constellation-Crew befand. Während Kirk und Scotty versuchen, den Antrieb des Schiffs zu reparieren, reißt der verwirrte Decker das Kommando über die Enterprise an sich, um den Berserker zu stoppen. Es gelingt Spock, Decker das Kommando zu entziehen, der daraufhin unerlaubt mit einem Shuttle die Enterprise verläßt. In der Hoffnung, etwas ausrichten zu können, steuert er das Shuttle in den Berserker. Diese Selbstmordaktion bringt Kirk auf die Idee, die Constellation ebenfalls in den Berserker zu steuern und sie dort explodieren zu lassen. Er schickt Scotty zurück auf die Enterprise, dann navigiert er die Constellation auf den Berserker zu. In letzter Minute kann Kirk auf die Enterprise zurückgebeamt werden, während die Explosion der Constellation den Berserker zerstört.

*

Das Drehbuch zu ›The Doomsday Machine‹ stammte von Norman Spinrad, zu dessen bekanntesten Werken der Roman ›Bug Jack Barron‹ (1967/68, dt. ›Champion Jack

Barron‹) zählt sowie die Satire ›The Iron Dream‹ (1972, dt. ›Der stählerne Traum‹), deren deutsche Ausgabe zu Unrecht fünf Jahre lang von der Bundesprüfstelle indiziert worden war.

›The Doomsday Machine‹ (ursprünglicher Titel ›The Planet Eater‹) war eine gelungene Variation des Themas aus ›Moby Dick‹, selbst eine Zukunftsversion des Captain Ahab war vorhanden, die von Robert Ryan gespielt werden sollte. Aus dem haßerfüllten Commodore Decker, den er hätte verkörpern sollen, machte Spinrad dann den völlig verstörten Decker, der von William Windom dargestellt wurde. Darüber hinaus wurde Deckers Persönlichkeit noch etwas mehr abgeschwächt, da man befürchtete, er könne Kirk und die anderen an die Wand spielen.

William Windom wurde am 23. September 1923 in New York City geboren, begann in den fünfziger Jahren als Bühnenschauspieler und wechselte in den sechziger Jahren zum Fernsehen, wo er seitdem in nahezu jeder Serie mindestens einen Gastauftritt verzeichnen konnte. Daneben war er in festen Rollen zu sehen in ›The Farmer's Daughter‹ (1963—1966), ›My World and Welcome to It‹ (1969—1970), ›The Girl with Something Extra‹ (1973/1974), ›Brothers and Sisters‹ (1979) und in ›Murder, She Wrote‹ (ab 1985). Im Kino war er unter anderem in ›Escape from the Planet of the Apes‹ zu sehen. In seiner Rolle als Decker in ›The Doomsday Machine‹ wirkte er trotz aller Korrekturen nach unten unglaubwürdig und übertrieben.

Norman Spinrad reichte ein weiteres Konzept ein mit dem Titel ›He Walked Among Us‹, das aber nicht verfilmt wurde (s. Band 2, S. 474), sowie eines für die geplante, aber nicht realisierte Neuauflage *Star Trek II,* ›To Attain the All‹ (s. Band 2, S. 484). Diese wurde von Gene Coon jedoch so stark verändert, daß Spinrad sich der Verfilmung entschieden widersetzte.

Episode C37: Catspaw

(Das Spukschloß im Weltall)

Sulu und Scotty werden von der Enterprise entführt, die Spur führt auf den Planeten Pyris VII. Dort entdecken Kirk, Spock und McCoy ein altes, unheimliches Schloß und später auch Sulu und Scotty, die nun beide willenlos sind. Kontrolliert werden sie von zwei Außerirdischen, Sylvia und Korob, die glauben, daß sie die Leute von der Enterprise mit abergläubischen Symbolen in Angst versetzen können. Als Korob den gefangenen Enterprise-Landetrupp befreit, stürzt sich Sylvia, die mittels eines Materieumwandlers die Gestalt einer riesigen Katze angenommen hat, auf ihn. Kirk nutzt die Gelegenheit und zerstört den Umwandler, woraufhin das Schloß verschwindet. Sylvia und Korob werden in ihr wahres Aussehen zurückverwandelt, sie sind nicht mehr als kleine, zerbrechliche Kreaturen, die ohne den Umwandler nicht existieren können. Kirk und die anderen können auf die Enterprise zurückkehren.

*

›Catspaw‹ war der *Star Trek*-Beitrag zu Halloween[3], und das machte sich auch deutlich bemerkbar. Die ganze Handlung schien eine einzige Maskerade zu sein und ließ zu keinem Zeitpunkt echte Spannung aufkommen. Der beabsichtigte, im Ergebnis aber völlig harmlose Horroreffekt der riesigen Katze kam nicht zur Wirkung, da man es versäumte, die Katze mit den Akteuren wenigstens in einer Szene gemeinsam erscheinen zu lassen. Statt dessen war sie mehrmals lediglich als großer Schatten zu sehen oder lief allein durch eine Miniaturkulisse.

Robert Bloch erklärte später, daß ›Catspaw‹ zwar inhaltlich seiner Vorlage entspräche, er aber mit der Umsetzung nicht zufrieden gewesen sei. Ursache war für ihn das relativ geringe Budget, das es nicht erlaubte, glaubhafte Effekte zu erzielen.

Episode C38: I, Mudd

(Der dressierte Herrscher)

Ein neues Besatzungsmitglied der Enterprise, Norman, gibt sich plötzlich als Android zu erkennen und übernimmt die Enterprise. Er befiehlt Kurs auf einen unbekannten Planeten, wo Kirk und Co. mit einem alten Bekannten zusammentreffen, Harry Mudd. Der hat sich zum Herrscher über die aus Androiden bestehende Bevölkerung ernannt, nachdem er nach einer halsbrecherischen Flucht auf diesem Planeten notgelandet war. Mit diesen Androiden will er nun die ganze Galaxis überschwemmen, dafür benötigt er die Enterprise, deren gesamte Besatzung er durch Androiden ersetzt. Als er selber jedoch den Planeten verlassen will, eröffnen ihm diese, daß sie ihn nicht mitnehmen werden. Statt dessen wollen *sie* die Galaxis kontrollieren, um die Menschheit vor der eigenen Unfähigkeit und Unzuverlässigkeit zu beschützen. Durch extrem unlogisches Verhalten gelingt es Kirk und den anderen, die Androiden so zu verwirren, daß Norman — der alle anderen kontrolliert — überlastet wird und sich abschaltet. Damit werden auch die übrigen Androiden handlungsunfähig, während die Enterprise-Besatzung wieder die Kontrolle übernimmt und Harry Mudd auf dem Planeten zurückläßt, gemeinsam mit Hunderten von Modellen nach dem Vorbild seiner Frau, vor der er auch geflohen war.

*

Mit ›I, Mudd‹ kehrte Roger C. Carmel zu *Star Trek* zurück, um ein zweites und gleichzeitig letztes Mal die Rolle des Harcourt Fenton Mudd zu spielen (s. Ep. C7, ›Mudd's Women‹). Am 11. November 1986 verstarb Carmel im Alter von 54 Jahren.

›I, Mudd‹ zählte ohne Zweifel zu den besten Episoden der zweiten Season, die auf eine unnachahmliche Weise eine Bedrohung für die Enterprise-Besatzung mit den Elementen einer Komödie verband. Ungeklärt blieb jedoch eine Frage: Wieso hatte niemand, allen voran McCoy, bemerkt, daß Norman gar kein Mensch war?

Auch die Fortsetzung zu ›Mudd's Women‹ stammte von Stephen Kandel in Zusammenarbeit mit David Gerrold.

Eine dritte, in Vorbereitung befindliche Episode trug den Titel ›Deep Mudd‹, die aber nicht verwirklicht wurde, da Carmel nicht verfügbar war.

Stephen Kandel erwähnte in Zusammenhang mit ›Deep Mudd‹ eine Idee für eine weitere Episode, die im Gespräch war. Hier sollte Uhura eine tragende Rolle spielen, nachdem die Enterprise auf einen Planeten trifft, dessen Bewohner militaristisch und schwarz sind und die ausschließlich mit Uhura reden wollen. Die anderen an Bord werden ignoriert.

Episode C39: Metamorphosis
(Metamorphose)

Kirk, Spock, McCoy und die lebensgefährlich erkrankte Föderationsbeauftragte Nancy Hedford befinden sich in einem Shuttle auf dem Weg zur Enterprise. Da übernimmt eine fremdartige Wolke die Kontrolle über das Shuttle und bringt es auf den Planeten Gamma Canaris N. Dort begegnen sie Zefrem Cochrane, der vor über einhundert Jahren den Warp-Antrieb erfunden hatte und der sich im Alter von 87 Jahren entschloß, im Weltraum zu sterben. Zum allgemeinen Erstaunen wirkt er jedoch nicht älter als etwa fünfunddreißig. Er erzählt ihnen, daß ihn auf dem Weg nach Alpha Centauri ebenfalls die Wolke herbrachte, die er im übrigen ›Gefährte‹ nennt. Die Absicht dieses Gefährten, Cochrane Abwechslung zu verschaffen, indem er das Shuttle herbrachte, verkehrt sich jedoch in ihr Gegenteil, als Cochrane sich in Nancy Hedford verliebt. Erst da wird deutlich, daß der Gefährte weiblichen Charakters und auf Nancy eifersüchtig ist. Als sie an ihrer Erkrankung zu sterben droht, wandert der Gefährte in ihren Körper und rettet sie, verliert damit aber gleichzeitig die eigene und Cochranes Unsterblichkeit. Der akzeptiert diesen Entschluß und bleibt mit Nancy auf Gamma Canaris N, um dort mit ihr alt zu werden und zu sterben, während Kirk, Spock und McCoy ungehindert zur Enterprise zurückkehren können.

*

›Metamorphosis‹ war eine inhaltlich durchschnittliche Episode, konnte aber nicht richtig überzeugen und bestätigte darüber hinaus wieder einmal das permanent negative Bild, das in der Serie von hochrangigen Föderationsbeauftragten gezeichnet worden war. Nancy Hedford verhielt sich die ganze Zeit ausgesprochen unsympathisch und änderte sich erst, als alles bereits für sie gelaufen war — nämlich unter dem Einfluß des Gefährten.

Die am 19. April 1937 in Tacoma, Washington, geborene Elinor Donahue, die die Föderationsbeauftragte Nancy Hedford spielte, trat bereits mit fünf Jahren in dem Kinofilm ›Mr. Big‹ auf. Sie war dem Publikum bestens bekannt aus der Serie ›Father Knows Best‹, wo sie von 1954 bis 1960 als Serientochter von Jane Wyatt (Darstellerin von Spocks Mutter in der Episode C40, ›Journey to Babel‹, und in *Star Trek IV — The Voyage Home*) zu sehen war. Nahtlos schloß sich für zwei Jahre eine feste Rolle in ›The Andy Griffith Show‹ an. Von 1972 bis 1974 wirkte sie in ›The Odd Couple‹ mit, 1977 folgte ›Mulligan's Stew‹, in den Jahren 1978/1979 war sie in ›Please Stand By‹ zu sehen. Neben Gastrollen in verschiedenen Serien spielte sie auch für gut ein Jahr in der Soap Opera ›Days of Our Lives‹ mit.

Episode C40: Journey to Babel

(Reise nach Babel)

Die Enterprise befördert Delegierte verschiedener Welten zur Babel-Konferenz, darunter auch Spocks Eltern, den vulkanischen Botschafter Sarek und seine irdische Frau Amanda. Nach der Ermordung des Botschafters der Tellariten fällt zunächst der Verdacht auf Sarek. Der erklärt jedoch, daß er zur Tatzeit handlungsunfähig war, da er einen Herzanfall erlitten hatte. Während der Befragung ereignet sich eine weitere Herzattacke, die seine Aussage untermauert, da er für die Tatzeit keine Zeugen hat. McCoy untersucht ihn und diagnostiziert, daß eine sofortige Operation notwendig ist. Spock stellt sich zunächst als Blutspender für seinen Vater zur Verfügung. Als Kirk jedoch von dem Andorianer Thelev angegriffen und schwer verletzt wird und außerdem ein Raumschiff unbekannter Herkunft die Enterprise attackiert, muß Spock das Kommando über das Schiff übernehmen. Erst als der scheinbar genesene Kirk auf die Brücke zurückkehrt, begibt sich Spock widerstrebend zur Krankenstation, während der Captain Scotty das Kommando übergibt. Die Operation verläuft erfolgreich, erweist sich aber als ausgesprochen kompliziert, da die Enterprise von dem fremden Schiff weiter angegriffen wird. Als es endlich zerstört werden kann, begeht der falsche Andorianer Thelev, der in Wahrheit ein Spion vom Orion ist, Selbstmord, da sein Plan, die Konferenz zu verhindern, gescheitert ist.

*

Diese Episode war bereits die zweite in der laufenden Season, die sich intensiv mit Spock und dessen vulkanischem Hintergrund beschäftigte. Diesmal bekam man die Personen zu Gesicht, auf die man in ›Amok Time‹ (Ep. C31) vergeblich gewartet hatte, obwohl sie dort hätten anwesend sein müssen: seine Eltern. Sarek, der jeglichen Kontakt mit seinem Sohn abgelehnt hatte, nachdem dieser ihm seinen Entschluß mitgeteilt hatte, Offizier der Sternenflotte zu werden, und Amanda[4], die Spock mit Anekdoten aus seiner Kindheit ganz offensichtlich Unbehagen bereitete.

Jane Wyatt (mit vollem Namen Jane Waddington Wyatt), die die Rolle von Spocks Mutter spielte, wurde am 12. August 1912 in Campgaw, New Jersey, geboren. Sie wuchs in New York auf, einen ihrer ersten Auftritte hatte sie in der Broadway-Aufführung ›Trade Winds‹. Sie war von dem Wechsel von der Theaterbühne zum Film zunächst nicht begeistert, zumal man sich am Broadway um sie riß. Sie blieb in New York, bis es mit Beginn der großen Depression mit den Broadway-Produktionen abwärts ging. Sie änderte ihre Einstellung und ging doch nach Hollywood, wo sie allerdings einen unvorteilhaften Vertrag mit Universal abschloß, der sie lediglich im Sommer in Hollywood beschäftigte, in der übrigen Zeit aber an den Broadway zurückbrachte. Ihr Filmdebüt hatte Wyatt 1934 in ›One More River‹, es folgte die Charles-Dickens-Verfilmung ›Great Expectations‹. 1935 heiratete sie Edgar B. Ward. Ein Jahr später war sie vorgesehen für eine Rolle in ›Dracula's Daughter‹, aber bereits in der Vorbereitungsphase gab es Probleme, so daß sie nicht zum Zuge kam. In der Folge brach der Vertrag mit Universal zusammen, da es von deren Seite keine neuen Projekte gab. Sie bekam eine Rolle in dem Columbia-Film ›Lost Horizon‹, einem Film, in dem ihr eine Nacktszene zugemutet wurde, für die sie dann aber zum größten Teil gedoubelt wurde. (Den Vertrag hatte sie akzeptiert, da sie zuerst nicht daran geglaubt hatte, daß diese Szene wirklich vorkommen würde.) 1944 war sie in ›None But the Lonely Heart‹ zu sehen, 1947 in ›Boomerang‹ und ›Gentleman's Agreement‹, 1950 in dem Fritz-Lang-Film ›House by the River‹. Von 1954 bis 1960 spielte sie an der Seite von Robert Young die weibliche Hauptrolle in der Serie ›Father Knows Best‹, für die sie dreimal mit dem Emmy-Award für die beste weibliche Hauptrolle ausgezeichnet wurde.

Mark Lenard, der in dieser Folge als Spocks Vater in Erscheinung trat, wollte Autor werden, erkannte aber, daß er in der Schauspielerei leichter Geld verdienen konnte. Er ging nach New York, wo er tagsüber bei Fernsehproduktionen arbeitete, abends dann in verschiedenen Theatern. Als er einigermaßen bekannt geworden war, ging er nach Hollywood, wo sich aber niemand für das interessierte, was er zuvor gemacht hatte, so daß er dort ganz von vorne anfangen mußte. Er wurde in Erwägung gezogen für die Rolle des Dr. Crater in ›The Man Trap‹, aber man entschied sich gegen ihn. Statt dessen spielte er in ›Balance of Terror‹ mit, eine Rolle, in der er nie einen der anderen Schauspieler auf der Enterprise zu sehen bekam.

Danach war er mehrere Male in ›Mission: Impossible‹ zu sehen, es folgte eine Zeit der Arbeitslosigkeit, bis ihm die Rolle des Sarek gegeben wurde.

Rückblickend sagt Lenard, daß seine Lieblingsrolle die des romulanischen Commanders aus ›Balance of Terror‹ ist, auf Conventions erklärte er aber, daß er Sarek bevorzuge, weil das beim Publikum besser ankam. Der romulanische Commander habe ihm mehr abverlangt, er sei interessanter gewesen.

Nicht minder beliebt als Sarek erwies sich das Sehlat – Spocks ›Kuscheltier‹, eine Mischung aus Teddybär und Säbelzahntiger: Obwohl es nur beiläufig erwähnt wurde, bildete es später die Grundlage für zahllose Fan-Stories.

Bei den Dreharbeiten ließ es sich DeForest Kelley im übrigen nicht nehmen, seine Kollegen zu narren. Während der ›Operation‹ an Mark Lenard zog er plötzlich einen der vielen Tribbles aus Lenards Körper und hatte prompt alle Lacher auf seiner Seite. Die Tribbles waren ein Überbleibsel aus der vor ›Journey to Babel‹ gedrehten, aber erst später ausgestrahlten Episode ›The Trouble with Tribbles‹ (Ep. C45) und tauchten während der Dreharbeiten in der Folgezeit zur allgemeinen Belustigung immer wieder auf, beispielsweise auch schon mal in einem Kaffeebecher, der für Aufnahmen benötigt wurde.

Episode C41: Friday's Child

(Im Namen des jungen Tiru)

Die Klingonen bereiten eine Allianz mit den Bewohnern von Capella IV vor. Es liegt an Kirk, diese Allianz zu verhindern, da die Capellaner zwar ein kulturell hochentwikkeltes, aber auch ausgesprochen kriegerisches Volk sind, die in den Händen der Klingonen denkbar falsch aufgehoben wären. Als er jedoch die Hinrichtung der hochschwangeren Eleen, der Tochter des getöteten Herrschers High Teer Akaar, verhindert, verstößt er unbeabsichtigt gegen ein capellanisches Ritual. Der Klingone Kras, der sich gleichfalls auf Capella IV befindet, um die Allianz vorzubereiten, nutzt diese Gelegenheit und stellt den En-

›Friday's Child‹: Kirk in Gefahr

terprise-Landetrupp — Kirk, Spock und McCoy — als Verbrecherbande dar, woraufhin die drei gemeinsam mit Eleen fliehen. Nachdem McCoy Eleen bei der Geburt ihres Sohnes assistiert hat, kehrt sie zu ihrem Volk zurück und erklärt, daß Kirk, Spock, McCoy und ihr Sohn tot seien. Kras ermordet daraufhin den momentanen Herrscher über Capella, um den Planeten zu übernehmen, wird aber seinerseits ebenfalls umgebracht. Da die zerstrittenen Parteien nunmehr führerlos sind, kann Eleen ihr Kind als legitimen Herrscher einsetzen. Zu Spocks großer Verwunderung tauft sie es auf den Namen Leonard James Akaar, ein Danke an McCoy und Kirk. Der Landetrupp kehrt auf die Enterprise zurück, da die Gefahr der klingonisch-capellanischen Allianz gebannt ist und diplomatische Beziehungen zur Föderation aufgenommen worden sind.

*

Nur selten gelang es, eine andere Kultur so glaubhaft darzustellen, wie die Capellaner in dieser Episode. All ihre Fremdartigkeit wirkte ohne übermäßige Erklärungen so überzeugend, daß sie in einer einzigen Episode glaubwürdiger wurden, als zum Beispiel die Klingonen, die scheinbar nur auf Konfrontation aus waren.[5]

›Friday's Child‹ war eine ausgewogene Episode, die Drama, Spannung und Humor geschickt miteinander verband. Der Humor äußerte sich insbesondere bei der Wahl des Namens für den jungen Herrscher.

Julie Newmar (deren eigentlicher Nachname bis 1954 Newmeyer war) war in ›Friday's Child‹ als Eleen zu sehen. Sie wurde am 16. August 1935 in Hollywood geboren. 1952 gab sie ihr Debüt im Musical ›Just For You‹. 1953 war sie in ›Serpent of the Nile‹ und ›Slaves of Babylon‹ zu sehen, 1954 im Musicalfilm ›Seven Brides for Seven Brothers‹. Im Fernsehen hatte sie 1964/1965 eine feste Rolle in der Serie ›My Living Doll‹, später bekam sie in der ›Batman‹-Fernsehserie die Rolle der Catwoman.

Episode C42: The Deadly Years

(Wie schnell die Zeit vergeht)

Auf Gamma Hydra IV wird ein Enterprise-Landetrupp, bestehend aus Kirk, Spock, Scotty, McCoy, Chekov und Lt. Arlene Galway, mit einer eigentümlichen Krankheit konfrontiert. Eine unbekannte Strahlung hat alle Mitglieder der Forschungsstation auf diesem Planeten rapide altern lassen, nur ein — vergreistes — Ehepaar lebt noch. Auf die Enterprise zurückgekehrt, versucht McCoy den enorm schnell ablaufenden Alterungsprozeß des Ehepaares aufzuhalten, aber die beiden sterben schon kurze Zeit später an Altersschwäche. Mit Ausnahme von Chekov setzt plötzlich bei den Mitgliedern des Landetrupps ebenfalls ein schneller Alterungsprozeß ein. Für McCoy beginnt damit eine fieberhafte Suche nach dem Auslöser dieses Phänomens, um so ein Gegenmittel herstellen zu können. Für Lt. Galway kommt jedoch alle Hilfe zu spät, da sie innerhalb kürzester Zeit als alte Frau stirbt. Commodore Stocker, der eigentlich als Passagier an Bord der Enterprise ist und zur Raumbasis 10 befördert werden soll, mißbraucht Spocks Ehrlichkeit und entzieht Kirk das Kommando wegen Dienstuntauglichkeit. Um die Basis schneller zu erreichen und die Überlebenschancen der Infizierten so zu erhöhen, befiehlt er einen Kurs, der durch die Neutrale Zone führt. Wie befürchtet wird die Enterprise kurz darauf von einem romulanischen Schiff angegriffen. In der Zwischenzeit stellt McCoy fest, daß Adrenalin das Gegenmittel ist, nachdem er nachvollzogen hat, daß Chekov auf Gamma Hydra IV einen Toten entdeckt und sich so erschreckt hatte, daß der dadurch drastisch ausgelöste erhöhte Adrenalinausstoß den Ausbruch der Krankheit bei ihm verhindert hat. Er kann noch rechtzeitig den Alterungsprozeß umkehren. Wenig später

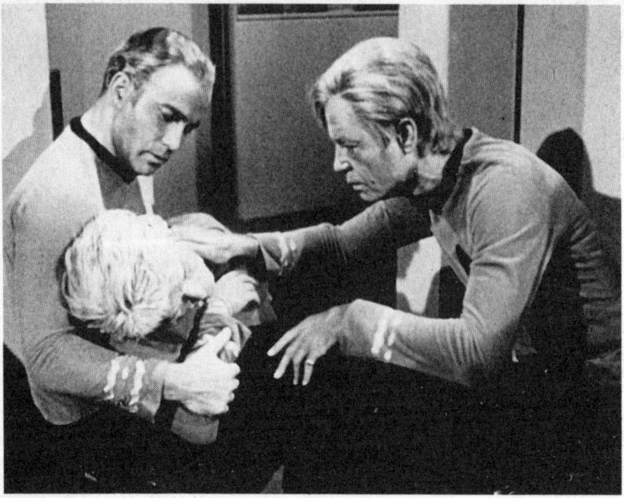

Kirk, Lt. Galway und McCoy im Greisenalter.

übernimmt der wieder diensttaugliche Kirk das Kommando über die Enterprise und kann einen vernichtenden Schlag der Romulaner verhindern, indem er seinen Corbomite-Bluff wiederholt.

*

In dieser Episode gab es einen jener seltenen Momente in *Star Trek*, der einen konkreten Zusammenhang zwischen den einzelnen Episoden herstellte, als Kirk den Bluff aus ›The Corbomite Maneuver‹ (Ep. C11) nochmals anwandte. Bedauerlicherweise wurde dies in der deutschen Synchronisation nicht mitübersetzt[6], sondern zu einem ›gewöhnlichen‹ Bluff umgearbeitet.

Erstaunlich war in ›The Deadly Years‹, daß das vermutlich jüngste Mitglied des Landetrupps als erstes sterben mußte, während insbesondere Shatners Alterungsprozeß offensichtlich nicht so schnell verlief wie bei den anderen.

Bei ihm machte er sich vielmehr auf der geistigen Ebene bemerkbar, obwohl er auch äußerlich mindestens gleichschnell hätte altern müssen.

Commodore Stocker machte leider keine Ausnahme in der Riege der sturen und rechthaberischen Vorgesetzten, wie stets mit dem gleichen Ergebnis, daß er im Unrecht war.

Episode C43: Obsession

(Tödliche Wolken)

Auf Argus IX werden mehrere Männer eines von Kirk geleiteten Landetrupps von einer Wolke getötet, die urplötzlich auftaucht und ebenso schnell wieder verschwindet. Kirk wirft dem jungen Ensign Garrovick vor, er habe zu spät reagiert und somit die Wolke entkommen lassen. Tatsächlich jedoch fühlt sich Kirk an einen Vorfall erinnert, der sich elf Jahre zuvor auf der U.S.S. Farragut zugetragen hatte. Seinerzeit war Kirk ein junger Lieutenant gewesen, der gleichfalls zu spät reagiert hatte, als das Schiff von einer gleichartigen Wolke angegriffen wurde. Kirk fühlt sich seitdem noch immer schuldig für den Tod der halben Crew der Farragut. Um sein Gewissen zu entlasten, versucht er nun, diese Schuld auf Garrovick abzuwälzen. Inzwischen hat die Wolke Argus IX verlassen, woraufhin Kirk sie mit der Enterprise jagt. Plötzlich wendet sie sich gegen ihre Verfolger und steuert auf das Schiff zu, dabei erweist sie sich als gegen Phaserbeschuß unempfindlich. Sie dringt in die Enterprise ein und greift Garrovick an, der von Spock jedoch gerettet werden kann. Als die Wolke mit dem Vulkanier in Kontakt kommt, zieht sie sich zurück und begibt sich auf ihren Heimatplaneten Tycho IV. Spock stellt die Theorie auf, daß die Wolke nur Wesen angreift, deren Blut auf Eisen basiert, während das Blut des Vulkaniers auf Kupfer basiert. Diese Erkenntnis bringt Kirk auf eine Idee. Gemeinsam mit Garrovick läßt er sich auf den Planeten beamen, wo sie die Wolke mit menschlichem Blutplasma anlocken und dann mit einer Antimateriebombe vernichten können. Sowohl Garrovick als auch Kirk sind damit von ihren Schuldgefühlen befreit, da sie erkannt haben, daß sie bei der ersten Begegnung mit der Wolke ihr auch bei rechtzeitigem Handeln mit Phaserbeschuß nichts hätten anhaben können.

*

›Obsession‹ (engl. für Besessenheit[7]) war eine interessante Charakterstudie Kirks, mit der — selten genug — gezeigt wurde, daß auch er nicht unfehlbar war. Der Vorfall in der Vergangenheit ergriff von ihm derart stark Besitz, daß er eine wirkliche Besessenheit entwickelte, so daß es schon verwunderte, wieso McCoy ihn nicht bei den ersten Anzeichen für dienstuntauglich erklärte.

Letztlich ist ›Obsession‹ aber eine untypische Episode, da Kirk und die anderen zwar alles versuchen, um die Wolke zu vernichten, jedoch so wie in ›The Man Trap‹ (s. Ep. C2) nicht versuchen, Kontakt mit ihr aufzunehmen.

Episode C44: Wolf in the Fold

(Der Wolf im Schafspelz)

Nach einer durch ein weibliches Besatzungsmitglied der Enterprise verursachten Kopfverletzung wird Scotty von Kirk und McCoy auf den Vergnügungsplaneten Argelius II mitgenommen. Dort soll er sich erholen und die Aggressionen abbauen, die sich nach dem Unfall bei ihm gegen Frauen angestaut hatten. Es kommt aber zu einer Mordserie an drei jungen Frauen, die Scotty als den offensichtlichen Täter hinstellt. Der Administrator des Planeten, Hengist, will Scotty festnehmen lassen, obwohl der sich an nichts mehr erinnern kann. Eine Séance soll klären, ob Scotty der Täter sein kann. Es ereignet sich ein weiterer Mord, dann stellt sich heraus, daß der wahre Täter Redjac heißt, ein körperloses Wesen, das vorübergehend auch von Scotty Besitz ergriffen hatte. Auf der Enterprise entdeckt man, daß Redjac unter dem Namen Jack the Ripper bereits auf der Erde gemordet hatte. Während der weiteren Untersuchung an Bord der Enterprise verläßt Redjac Scotty und wandert nach einem Umweg über den Bordcomputer zu Hengist, wo das Wesen in eine Falle gerät und ins All gebeamt werden kann. Scottys Unschuld ist damit bewiesen, während Redjacs Ende gekommen sein dürfte.

*

Die Handlung von ›Wolf in the Fold‹ war bis zu dem Moment überzeugend, da versucht wurde, einen Bezug zu unserer jüngsten Vergangenheit herzustellen, indem Redjacs frühere Inkarnation als Jack the Ripper erwähnt wurde. Das wirkte mehr wie ein krampfhafter Versuch, ein Rätsel der Erdvergangenheit ganz nebenbei zu lösen. Zu den erfreulicheren Aspekten der Episode gehörte, daß die sonst oftmals störende Pappkulisse die unheimliche Atmosphäre auf Argelius II untermalte.

Hinsichtlich der Kameraführung erschien die exzellent von oben gefilmte Séance wie eine Hommage an Hitchcocks ›Psycho‹. Die Wahrscheinlichkeit, daß es sich dabei nur um einen Zufall handelte, nimmt rapide ab, wenn man bedenkt, daß in beiden Fällen Robert Bloch die Drehbuchvorlage verfaßt hatte. Bloch lieferte mit ›Wolf in the Fold‹ seinen dritten Beitrag, nachdem man an ihn mit der Bitte herangetreten war, eine ›Jack the Ripper‹-Story zu schreiben. Seine Abneigung gegenüber der Technik führte in dieser Episode wie so oft zu einigen Änderungen, woraufhin Bloch das Interesse verlor. Die für die Serie Verantwortlichen wußten seiner Ansicht nach nicht genug über das Genre, und er hatte kein Interesse, in stundenlangen Konferenzen darzulegen, um was es eigentlich ging, und gegen die ständigen Änderungen anzukämpfen.

Episode C45: The Trouble with Tribbles
(Kennen Sie Tribbles?)

Die Enterprise wird mit höchster Priorität zur Raumstation K-7 beordert. Dort angekommen muß Kirk erfahren, daß der Föderationssekretär für Landwirtschaft, Nilz Baris, aus Angst, einer Ladung Quadrotriticale könne etwas zustoßen, diesen Notruf gesendet hatte. Er erklärt Kirk, daß Quadrotriticale, ein äußerst widerstandsfähiger Weizenhybride ist, der eine Hungersnot auf Shermans Planeten bekämpfen soll. Kirk nimmt das Anliegen Baris', das Getreide vor dem Zugriff Dritter zu schützen, nicht sehr ernst und stellt lediglich zwei Sicherheitsleute ab, die die Getreidespeicher bewachen sollen. Baris' Befürchtungen werden noch ernster, als Klingonen die Station betreten, was ihnen nach dem Friedensvertrag von Organia gestattet ist. Wirklich ernste Probleme treten aber erst auf, als der Händler Cyrano Jones Uhura einen Tribble schenkt, eine Lebensform, die praktisch nur aus Fell zu bestehen scheint und die Größe eines Wollknäuels hat. Dieser Tribble schnurrt zufrieden, wenn er sich wohlfühlt, erweist sich aber als gegen Klingonen regelrecht allergisch. Darüber hinaus stellt sich heraus, daß dieser Tribble außerordentlich gefräßig ist. Als kurze Zeit später Tausende von Tribbles die Enterprise und mittlerweile auch die Station K-7 überschwemmen, wird klar, daß die Tiere bereits schwanger zur Welt kommen und sich um so schneller vermehren, je mehr sie fressen. Über die Lüftungsschächte gelangen sie auch in die Getreidespeicher. Als Kirk diese untersuchen läßt, muß er feststellen, daß die Tribbles das gesamte Quadrotriticale gefressen und sich entsprechend vermehrt haben. Da ein Großteil der Tiere aber tot ist und die übrigen kaum noch Lebenszeichen erkennen lassen, untersucht Spock sie und kommt zu der Erkenntnis, daß das Quadrotriticale vergiftet worden war und auf Shermans Planeten ein Desaster angerichtet hätte. Kirk und Spock überführen mit Hilfe der Tribbles den Assistenten von Baris als klingonischen Spion, der für den Vorfall verantwortlich ist, und verhaften ihn. Währenddessen hat Scotty die Enterprise restlos von den Tribbles befreit und die Tiere an Bord des klingonischen Schiffs gebeamt.

*

Keine andere *Star Trek*-Episode hat jemals eine solche Beliebtheit erreicht, ein deutliches Zeichen, daß das Publikum eine gute Komödie schätzt, die es schafft, eine humorvolle Handlung zu präsentieren, ohne dabei in Albernheiten abzugleiten.

Einer der besten Momente ist die immer wiederkehrende Situation, daß offensichtlich alle wissen, was Quadrotriticale ist, nur Kirk nicht. Hier war der Zuschauer schon gefordert, der Handlung aufmerksam zu folgen.

Nicht ganz gelungen war dagegen der Charakter Cyrano Jones, der den Eindruck eines zweitklassigen Harry Mudd erweckte. Tatsächlich war Roger C. Carmel für einen dritten Auftritt in dieser Rolle vorgesehen, konnte dann aber aus Termingründen nicht mitwirken, so daß man kurzerhand eine andere, ähnliche Figur ins Leben rief, anstatt einen völlig anderen Charakter zu kreieren.

So konnte der diese Rolle verkörpernde Stanley Adams nur wenig dazu beitragen, eine andere Richtung als Carmels Präsentation von Harry Mudd einzuschlagen.

Einen zweiten Auftritt hatte William Campbell, bekannt aus der Episode ›The Squire of Gothos‹ (Ep. C18), diesmal in der Rolle des klingonischen Captain Koloth. Diese Rolle erwies sich bei den Zuschauern als ausgesprochen beliebt, so daß Campbell für eine spätere Episode erneut im Gespräch, jedoch nicht zum geplanten Zeitpunkt verfügbar war. Zum Ende der Serie hin, als noch nicht abzusehen war, daß nach der dritten Season wirklich Schluß sein würde, beabsichtigte Gene Coon, Captain Koloth als Dauerrolle in die vierte Season einzuarbeiten, was die Etablierung immer neuer, kurzlebiger Charaktere als Gegner Kirks reduziert hätte.

William Campbell trug später[8] zu den Gerüchten um William Shatners Toupet bei, als er von folgender Begebenheit erzählte. Shatner besuchte Campbell in der Zeit der Dreharbeiten zu ›The Trouble with Tribbles‹, weil er ein Drehbuch hatte, das, wie er hoffte, über Campbells Verbindung nach Jugoslawien in Produktion gehen könnte. Campbells Frau erzählte den Kindern in der Nachbarschaft, daß Captain Kirk zu Besuch komme. Am nächsten Tag wartete eine ganze Gruppe Kinder auf seine Ankunft. Campbell beobachtete die Ankunft eines glatzköpfigen Motorradfahrers, erkannte in ihm aber zunächst nicht Shatner. Der erklärte ihm daraufhin, er verzichte so oft wie möglich auf sein Toupet, weil es so bequemer sei. Den Kindern verrieten weder Shatner noch Campbell die Identität des glatzköpfigen Motorradfahrers. Sie haben nie erfahren, daß Shatner da war.

Doohans eigene Begeisterung für Technik aller Art wurde — wie eingangs erwähnt — gern genutzt, um Scottys gleichen Charakterzug zu zeigen. Sehr deutlich war das zu sehen in ›The Trouble with Tribbles‹, wo Scotty lieber Technikzeitschriften studiert, anstatt Landurlaub zu nehmen.

Episode C46: The Gamesters of Triskelion
(Meister der Sklaven)

Aufgrund einer Transporterfehlfunktion werden Kirk, Uhura und Chekov auf den weit entfernten Planeten Tris-

James Tiberius Kirk, Captain der Enterprise.

Der Vulcanier Spock, Wissenschafts- und Erster Offizier.

Das Triumvirat: McCoy, Spock und Kirk.

Der heimlichc Star, die U.S.S. Enterprise.

O K CORRAL

Die neue Enterprise.

Ein Schiff der Ferengi.

Captain Jean-Luc Picard.

Android Data, der galaktische Pinocchio.

kelion im System M-24 gebeamt. Dort werden die drei von Galt gefangengenommen, der ihnen eröffnet, daß sie zur Unterhaltung der drei ›Versorger‹ mit anderen Sklaven kämpfen müssen. Um sie gefügig zu machen, läßt Galt ihnen Halsbänder umlegen, die je nach Bedarf immense Schmerzen hervorrufen. Während Kirk, Chekov und Uhura nach einem Weg suchen, Triskelion zu verlassen, nähert sich die Enterprise dem Planeten, der Lichtjahre vom eigentlichen Ziel entfernt ist. Die ›Versorger‹ bringen die Enterprise in ihre Gewalt, weil sie die gesamte Crew versklaven möchten. Daraufhin setzt Kirk alles auf eine Karte und schlägt den ›Versorgern‹ vor, daß er allein gegen alle Sklaven gleichzeitig kämpft. Dieser hohe Einsatz macht die ›Versorger‹ neugierig, sie zeigen sich Kirk. Der stellt fest, daß es sich um Wesen handelt, die auf das Gehirn reduziert worden sind. Sie sind zu Tode gelangweilt und gehen begeistert auf Kirks Vorschlag ein, der als Preis für seinen Sieg die Freilassung aller Sklaven und der Enterprise fordert. Sie willigen ein und lassen den Kampf beginnen, den Kirk erwartungsgemäß gewinnt. Er und seine Leute können auf die Enterprise zurück, während die anderen Sklaven in die Freiheit entlassen werden.

*

Daß Walter Koenig in dieser Episode eine der zentralen Figuren spielen durfte, verdankte er einzig der Tatsache, daß George Takei nicht verfügbar war, da der mit den Dreharbeiten zu ›The Green Berets‹ (›Die grünen Teufel‹) mit John Wayne beschäftigt war.

Die Episode selber verschenkte ihr gesamtes erzählerisches Potential dadurch, daß es wieder einmal allein Kirk zufiel, die Situation zu klären, indem er einerseits seinen Charme einsetzte (gegenüber der Sklavin Shahna – gespielt von Angelique Pettyjohn) und andererseits einen an sich unmöglichen Kampf allein gegen alle anderen Sklaven bestritt und natürlich gewann. Überzeugender wäre es gewesen, diese Aufgabe gemeinschaftlich von Kirk, Chekov und Uhura lösen zu lassen.

Shatners attraktive Partnerin war Angelique Pettyjohn, die im Anschluß an diese Episode die Gunst der Stunde und ihre augenblickliche Bekanntheit nutzte, um ein Poster zu vertreiben, das sie halbnackt im Episodenkostüm zeigte. Dieses Motiv (von dem es auch eine bekleidete Version gab) kursierte lange Zeit, von NBC bzw. Paramount hatte sich niemand je darum gekümmert, daß ein solches, der Serie möglicherweise abträgliches Motiv verkauft wurde. Das zeigte deutlich, wie uninteressant *Star Trek* für sie war. Ganz anders verhielt sich eine ähnliche Begebenheit im Zusammenhang mit *Star Trek VI – The Undiscovered Country,* die aber nie so ganz publik wurde, da niemand etwas bestätigen wollte und auch keine Fotos an die Öffentlichkeit gelangten.[9]

Angelique Pettyjohn spielte 1959 erstmals in einem Film mit, ›The Mad Doctor of Blood Island‹, außerdem war sie in ›Rough Night in Jericho‹ (mit Dean Martin und George Peppard) zu sehen, im Fernsehen hatte sie Gastrollen in ›Batman‹ und ›The Girl from U.N.C.L.E.‹, außerdem arbeitete sie als Tänzerin in Las Vegas.

Die Beschreibung ihrer Rolle für *Star Trek* erforderte eine grünäugige, grünhaarige Amazone. Sie hielt sich für viel zu klein, um überzeugend eine Amazone verkörpern zu können, änderte aber ihre Meinung, als sie zunächst hörte und dann selber sah, daß Shatner wesentlich kleiner war, als sie glaubte.

Nach dieser Gastrolle nahm sie Rollenangebote für schlechte B-Filme an und landete schließlich in der Pornofilmbranche. Eine ihrer letzten Rolle hatte sie in dem drittklassigen SF/Horror-Streifen ›Biohazard‹. 1990 starb sie.[10]

Galt, der Meister der Sklaven, wurde von Joseph Ruskin gespielt, der mehrfach als Bösewicht in ›The Untouchables‹ zu sehen war. In ›Twilight Zone‹ wirkte er mit in der Episode ›The Man in the Bottle‹, außerdem in der ›Outer Limits‹-Episode ›Production and Decay of Strange Particles‹, in der auch Nimoy eine kleine Rolle hatte.

Seine *Star Trek*-Rolle erinnerte ihn an Ming, den Herrscher von Mongo aus der Comic- und Fernsehserie ›Flash Gordon‹. Als die Rolle für die Kinofassung 1980 an Max von Sydow ging, war Ruskin tief enttäuscht. Gegenwärtig (1993) ist er National First Vice President der Screen Actors Guild.

Margaret Armen, die ›The Gamesters of Triskelion‹ verfaßte, hatte die ganze erste Season über versucht, ein Drehbuch an Roddenberry zu verkaufen, erst in der zweiten Season wurde das Wirklichkeit mit einer Idee, die nur in groben Zügen existierte. Nach intensiven Gesprächen entwickelte sie daraus ›The Gamesters of Triskelion‹, die zunächst noch ›The Gamesters of Pentathlan‹ hieß. Armen kehrte im dritten Jahr zurück, das nicht von Roddenberry produziert wurde, sondern von Fred Freiberger. Armen bezeichnete später Freibergers Einstellung zu Star Trek als sexistisch.[11] Trotz der offensichtlichen Differenzen zwischen ihnen konnte sie ›The Paradise Syndrome‹ unterbringen. Freiberger war mit der Geschichte nicht zufrieden, aber Roddenberry als Ausführender Produzent der dritten Season setzte sie gegen Freibergers Willen durch. Armen wurde dann sogar überraschend ein drittes Mal aktiv, als sie die von David Gerrold geschriebene Episode ›The Cloud-Minders‹ (Ep. C77) überarbeitete, da Freiberger mehr action-orientiert war.

Für die später folgende Zeichentrickserie schrieb sie gleich zwei Episoden, ›The Ambergris Element‹ und ›The Lorelei Signal‹.

Dann legte sie ein Drehbuch zu *Star Trek II* vor, ›The Savage Syndrome‹ — siehe hierzu Band 2, S. 481 —, das sie zusammen mit Alf Harris geschrieben hatte, das aber nicht verwirklicht wurde, da die Serie nie vom Stapel lief.

Episode C47: A Piece of the Action

(Epigonen)

Einhundert Jahre nach dem Besuch durch die U.S.S. Horizon fliegt die Enterprise den Planten Iota an. Erstaunt müssen Kirk und Co. feststellen, daß die Iotaner sehr eifrig sind, andere Kulturen zu kopieren, eine eigene Kultur jedoch nicht vorweisen können. Die Besatzung der Horizon hatte seinerzeit ein Buch auf Iota zurückgelassen, ›Chicago Mobs of the Twenties‹, das die Geschichte der Banden im Chicago der zwanziger Jahre des zwanzigsten Jahrhunderts enthält. Diesem fragwürdigen Vorbild folgend, haben die Iotaner ihre gesamte Kultur umgeformt. Als Kirk, Spock und McCoy auf dem Planeten materialisieren, sind sie von bewaffneten Gangstern in Nadelstreifenanzügen umgeben und werden zu Bela Oxmyx geführt, einem der ›Bosse‹ von Iota, der einen beträchtlichen Distrikt kontrolliert. Um sein Gebiet zu vergrößern und seine Machtposition zu festigen, fordert er von Kirk die Aushändigung von Phasern. Der weigert sich, daraufhin

werden er, Spock und McCoy gefangengenommen. Sie können fliehen, aber lediglich Spock und McCoy gelingt die Rückkehr auf die Enterprise. Kirk macht in der Zwischenzeit Bekanntschaft mit Jojo Krako, Oxmyx' schärfstem Rivalen, der ebenfalls die Lieferung von Phasern fordert. Spock und McCoy kehren zurück, und gemeinsam gelingt es ihnen unter Anwendung der Gangster-Methoden, die wichtigsten Bosse von Iota zusammenzubringen. Da sie mit vernünftigen Argumenten bei ihnen nicht auf Gehör stoßen, blufft Kirk und erklärt, daß die Föderation ab sofort den Planeten kontrolliere. Er setzt Oxmyx als Präsidenten ein und erklärt, daß die Föderation regelmäßig wiederkehren wird, um sich ihren Anteil, ihr ›Stück vom Kuchen‹ abzuholen. Die Iotaner willigen ein, Kirk und Co. kehren zur Enterprise zurück, wo McCoy feststellen muß, daß er seinen Communicator vergessen hat. Bei einem weiteren Besuch des Planeten wird die Föderation mit einer abermals völlig veränderten Kultur rechnen müssen.

*

In dieser Episode sah man Kirk und Spock zum einzigen Mal in der Serie ein ›antikes‹ Fortbewegungsmittel, ein Auto, benutzen.

Zu den besten Szenen dieser überdurchschnittlichen Episode zählte ohne Zweifel die spontane Erfindung des Kartenspiels Fizzbin, die sogar Spock Spaß zu machen schien, wenngleich er das niemals zugegeben hätte.

›A Piece of the Action‹ war eine ausgesprochen vergnügliche Episode, bei der jedoch nie deutlich wurde, ob sie ernstgemeint war oder möglicherweise eine Persiflage auf ›The Untouchables‹ oder sogar auf *Star Trek* selbst sein sollte.

Die Produktionskosten konnten zur allgemeinen Erleichterung sehr niedrig gehalten werden, da bei DESILU auch die Krimiserie ›The Untouchables‹ gedreht wurde und somit Dekorationen und Kostüme ›en masse‹ vorhanden waren.

Trotz der überdurchschnittlich guten Handlung war ein erneuter Verstoß gegen die Hauptdirektive eingetreten, der diesmal jedoch relativ harmlos ausfiel, da Kirk lediglich versuchte, die Folgen eines früheren Verstoßes auszugleichen.

Episode C48: The Immunity Syndrome

(Das Loch im Weltraum)

Die Enterprise-Besatzung versucht, die Gründe für den plötzlich abgebrochenen Kontakt mit dem Sonnensystem Gamma 7A zu erforschen. Da fühlt Spock mit einem Mal die Zerstörung der ausschließlich mit Vulkaniern bemannten U.S.S. Intrepid. Einige Zeit später begegnen sie einer gigantischen, im All treibenden Amöbe, die verantwortlich ist für die Zerstörung sowohl des Sonnensystems als auch der Intrepid. Die Amöbe ist im Begriff, sich mittels Zellteilung auf natürliche Weise zu vermehren. Diese Teilung stellt aber ein erhebliches Problem dar, da jede Teilung zu einer Verdoppelung der Anzahl an Amöben führt, so daß die Existenz des Universums auf dem Spiel steht, da die Zellen alles, was sich ihnen in den Weg stellt, absorbieren. Um sie zu zerstören, dringt Spock an Bord eines Shuttles in die Amöbe vor, findet ihre schwächste Stelle und gibt die Daten an die Enterprise weiter. Von dort aus soll sie mit einer Antimateriebombe zerstört werden. Da die nächste Zellteilung unmittelbar bevorsteht, muß die Bombe gezündet werden, obwohl sich das Shuttle mitsamt Spock noch außerhalb der Enterprise befindet. Zur allgemeinen Erleichterung hat Spock die Explosion aber überlebt und wird zurück an Bord geholt.

*

Von der Thematik her war die Episode nicht sonderlich interessant, da eine galaxisweite Gefahr viel zu global war, um wirklich Aufmerksamkeit zu erregen. Viel wichtiger für den Zuschauer waren (und sind) Bedrohungen für die Hauptfiguren, mit denen sie sich identifizieren können. Bemerkenswert war allerdings der Konflikt, den Kirk mit sich allein austragen mußte, als er zu entscheiden hatte, ob McCoy oder Spock die Amöbe untersuchen sollte. Immerhin bedeutete der Flug mit dem Shuttle ein enormes Risiko, das einer von den beiden scheinbar sicher mit dem Leben bezahlen mußte. Daß Spock keineswegs so gefühllos war, wie man ihn in der Presse stets hinzustellen versuchte, wurde klar, als er auf dem Weg zur Amöbe bemerkte, McCoy hätte ihm Glück wünschen sollen, obwohl er als Vulkanier stets vorgab, nicht daran zu glauben.

Episode C49: A Private Little War
(Der erste Krieg)

Auf Neural, einem Planeten, den Kirk dreizehn Jahre zuvor bereits einmal besucht hatte, versuchen die Klingonen Fuß zu fassen, indem sie eine Bevölkerungsgruppe — die sogenannten Hügelmenschen — mit Waffen versorgen, die weit über deren Entwicklungsstand hinausgehen. Kirk, Spock und McCoy begeben sich auf die Suche nach Tyree, dem Stammesführer der anderen, pazifistischen Bevölkerungsgruppe auf Neural. Die Suche steht aber unter keinem guten Stern. Zunächst wird Spock bei einem Angriff der Hügelmenschen verletzt und muß zur Enterprise zurückgebracht werden. Als Kirk und McCoy weitersuchen, wird Kirk von einem Mugato — einer Art Bär — angegriffen und gebissen, kann aber noch rechtzeitig zu Tyree gebracht werden. Dort rettet dessen Frau Nona mit Zauberkraft Kirk vor den tödlichen Folgen des Bisses. Obwohl er selber gegen die Hauptdirektive verstößt, versucht Kirk später, Tyree zur Verwendung von Föderationswaffen zu bewegen, um die unerwartet überlegenen Hügelmenschen zu bekämpfen. Seine Überredungsbemühungen bleiben ohne Erfolg. Erst als Nona getötet wird, ist Tyree bereit zum Widerstand. Kirk versorgt ihn mit Waffen und verläßt Neural mit der unangenehmen Gewißheit, daß er den mit Sicherheit folgenden Krieg nicht hat verhindern, sondern lediglich das Gleichgewicht der Kräfte hat wiederherstellen können.

*

›A Private Little War‹ konstruierte einen Konflikt für Kirk, der eigentlich keiner war. Zwar verbot ihm die Hauptdirektive, sich in die Angelegenheiten des Planeten einzumischen, das hatte ihn aber bei zahlreichen ähnlich gelagerten Fällen in vorangegangenen Abenteuern nicht daran gehindert, gegen die Vorschriften der Föderation zu verstoßen. Gänzlich ad absurdum geführt wurde der Konflikt durch die Tatsache, daß die Klingonen sich bereits vor der Föderation in die Angelegenheiten des Planeten eingemischt hatten, indem sie einen Teil der Bevölkerung mit ihren Waffen versorgten. Nur wenige Wochen zuvor, in ›A Piece of the Action‹ (Ep. C47), war ein bereits eingetretener Verstoß gegen die Hauptdirektive für Kirk Grund genug gewesen, einen ›korrigierenden‹ zweiten Verstoß vorzunehmen. Kirks zögernde Haltung wurde noch unverständlicher, wenn man in Betracht zog, daß das Leben seines Freundes und dessen ganzen Stammes auf dem Spiel stand.

Einzig erwähnenswert an dieser schlecht ausgearbeiteten Episode ist der erste Auftritt des sporadisch wiederauftauchenden farbigen Arztes Dr. M'Benga, dessen Spezialgebiet die ›Vulkanische Biologie‹ war; gespielt wurde er von Booker Marshall.

Episode C50: Return to Tomorrow
(Geist sucht Körper)

In einer Höhle auf dem Planeten Arret begegnen Kirk, Spock, McCoy und Dr. Anne Mulhall den letzten drei Überlebenden dieser Welt, Sargon, Thalassa und Henoch. Vor Jahrhunderten hatten sie ihre Körper verlassen und ihr Bewußtsein in Glaskugeln übertragen. Sie möchten jedoch wieder in ein normales Leben zurückkehren. Um sich Androidenkörper zu bauen, in die sie dann ihren Geist übertragen können, bitten sie Kirk, Spock und Dr. Mulhall, mit ihnen vorübergehend zu tauschen, bis die Konstruktion vollendet ist. Sie willigen ein, obwohl McCoy vor dem erhöhten Metabolismus der Fremden warnt. Eine wirkliche Gefahr geht allerdings unerwartet von Henoch aus, der in Spocks überlegenem Körper bleiben will und Christine Chapel telepathisch zwingt, Sargon in Kirks Körper zu vergiften. Dann zerstört er die Glaskuppel, in der sich Spocks Bewußtsein befindet, und glaubt, damit den Geist des Vulkaniers zerstört zu haben. Der hat seine Kuppel aber bereits verlassen und sich vorübergehend in Chapels Geist versteckt. Henochs Bewußtsein kann aus Spocks Körper gelockt und vernichtet werden. Sargon und Thalassa erkennen, was sie durch ihr Anliegen ausgelöst haben und verlassen — nach einem letzten Kuß — ihre Gastkörper Kirk und Dr. Mulhall, um fortan im körperlosen Zustand durch das Universum zu reisen.

*

In ›Return to Tomorrow‹ tauchte erstmals das Konzept der überlegenen Rasse auf, die mit den menschlichen Eigenschaften nicht klarkommt und schließlich unterliegt. Die Idee an sich war ausgesprochen gut, wenn es auch zweifelhaft sein mag, daß derart hochentwickelte Lebensformen menschliche Gefühle nicht ignorieren oder zumindest kontrollieren können. Unerwünschter Nebeneffekt war, daß das Thema in späteren Episoden in wenig veränderten Variationen immer wieder auftauchte und damit bis zur Erschöpfung ausgereizt wurde.

Diana Muldaurs Auftritt als Anne Mulhall (Autor John T. Dugan benannte die Rolle nach dem Mädchennamen seiner Mutter) war zwar gut, aber hier war wohl ein anderer Gedanke verborgen. Da Kirks und Mulhalls Körper von zwei Wesen übernommen wurden, die sich liebten, war der Kuß zum Ende der Episode unvermeidlich. Wer sollte aber Kirks Partnerin spielen, wenn nicht ein Gaststar? Man konnte unmöglich ein Mitglied der Enterprise nehmen, und Uhura war zu dieser Zeit auch noch tabu. Hier traute man sich erst, einen Schritt weiterzugehen, als die Serie nichts mehr zu verlieren hatte.[12]

Für Diana Muldaur war dies der erste von zwei *Star Trek*-Auftritten, sie sollte jedoch gut zwanzig Jahre später in einer neuen Rolle in *Star Trek – The Next Generation* wiederkehren.[13]

Diana Muldaur wurde am 19. August 1943 in New York City geboren. Ihren beiden Gastauftritten in *Star Trek* folgten feste Rollen unter anderem in den Serien ›The Survivors‹ (1969/1970), ›McCloud‹ (1970–1977), ›Born Free‹ (1974), ›The Tony Randall Show‹ (1976–1978).

Geschrieben wurde diese Episode von John T. Dugan, er zeichnete verantwortlich für die Geschichte und das Drehbuch. Aber Roddenberry, der hier offenbar versuchte, sich zum Drehbuchautor zu machen, nahm verschiedene Veränderungen vor (insbesondere am Schluß), die Dugan dazu veranlaßten, sein Pseudonym John Knightsbridge zu verwenden. In der von James Blish verfaßten Bantam-Ausgabe, in der er ›Return to Tomorrow‹ in bearbeiteter Fassung veröffentlichte, wurde dann widerrechtlich sein wirklicher Name genannt, an gleicher Stelle mit Roddenberry. 1992 erfuhr er zufällig, daß die Angaben auf dem Klappentext der Videoveröffentlichung der Episode nur ›Written by Gene Roddenberry‹ auflisteten, während man in der Episode selber korrekt vorgegangen war. Im November 1992 wurde er dann endlich von Paramount mit einem Scheck für den Wirrwarr entschädigt.

Episode C51: Patterns of Force

Im Orbit um Ekos wird die Enterprise überraschend mit Atomraketen beschossen, obwohl die Bevölkerung dieses Planeten keinesfalls über das Wissen verfügen kann, das zum Bau von Kernwaffen erforderlich ist. Kirk und Spock lassen sich auf den Planeten beamen und stellen fest, daß unter der Leitung des ehemaligen Lehrers an der Akademie der Sternenflotte, John Gill, ein neues Naziregime aufgebaut worden ist. Gill hatte zwar lediglich die seiner Ansicht nach perfekte Organisationsstruktur des Dritten Reiches rekonstruieren wollen, ohne dabei die seinerzeit damit verbundene Ideologie aufleben zu lassen. Der Ekosianer Melakon hatte John Gill jedoch frühzeitig in seine Gewalt gebracht und ihn mit Drogen gefügig gemacht, um ihn dann für seine Zwecke zu mißbrauchen. Mit der Unterstützung einiger Untergrundkämpfer des Nachbarplaneten, der Ekos' erklärtes Angriffsziel ist, kann Kirk die Führungsspitze um Melakon unterwandern und bis zu Gill vordringen, der in einem letzten wachen Moment öffentlich das Mißlingen seines Projektes eingesteht und das Regime damit zu Fall bringt. In einer Verzweiflungstat tötet Melakon Gill, aber er kann die aufgebrachte Menge nicht mehr unter Kontrolle bringen und fällt ihr schließlich zum Opfer.

*

›Patterns of Force‹ war nicht nur eine deutlich schwächere Variante von ›A Piece of the Action‹, sie behandelte auch in einer unerträglich geschmacklosen Weise das Thema Nationalsozialismus. Es war schwer verständlich,

McCoy und Kirk in ›Patterns of Force‹.

wie schnell und problemlos Kirk und Spock das Nazi-Regime unterwanderten und stürzten, aber damit sollte wohl auf die Überlegenheit der Amerikaner und die Dummheit und Naivität der Nationalsozialisten bzw. Deutschen angespielt werden. Unbeabsichtigt wurde damit aber suggeriert, daß man mit dieser Bewegung im Handumdrehen hätte fertigwerden können, was letztlich dazu führen kann, daß die Gefahr in der Realität hoffnungslos unterschätzt wird. Die scheinbare Harmlosigkeit der ganzen Themenkomplexes wurde durch Spocks lakonische Bemerkung zu Kirk noch verstärkt, nachdem der eine SS-Uniform angezogen hatte, um sich zu tarnen. »Sie würden einen perfekten Nazi abgeben«, bemerkte Spock trocken, eine in ihrer Naivität geradezu erschreckende Äußerung.

Ob man Roddenberry diesen Ausrutscher verzeihen mag oder nicht, muß jeder für sich entscheiden. Von Bedeutung kann die Episode aber allenfalls sein, wenn man eine lückenlose Sammlung aller Episoden sein eigen nennen möchte. Inhaltlich ist ›Patterns of Force‹ vollkommen wertlos.

In diesem Zusammenhang sei auch darauf verwiesen — ohne Roddenberrys Ausrutscher zu rechtfertigen —, daß *Star Trek* kein Einzelfall ist. Kaum eine amerikanische Serie hat sich nicht in der einen oder anderen Weise dieses Themas angenommen, sei es nun ›The A-Team‹ oder ›Mission: Impossible‹. Bei letzterer gab es gleich eine ganze Reihe von Episoden, die sich konkret um Alt- oder Neonazis drehten, außerdem wurden immer wieder fiktive osteuropäische Länder zum Schauplatz der Handlung gemacht, die in ihrem politischen Aufbau wohl nicht rein zufällig an Nazideutschland erinnerten.

›Patterns of Force‹ ist bis auf den heutigen Tag die einzige Episode, die den deutschen Zuschauern vorenthalten blieb. Dies geschah auch 1993 bei der jüngsten Komplettwiederholung der Serie auf SAT 1. Erstaunlich ist, daß das Fehlen der Episode in der Presse oft mit dem Verlust des Filmmaterials oder mit fehlenden Rechten erklärt wird, anstatt hier deutlich Stellung zu beziehen, daß ihr Inhalt nicht die Sendezeit wert ist, die sie beanspruchen würde. Hinzu kommt, daß in der gegenwärtigen Lage eine Verharmlosung des Nationalsozialismus, wie er in ›Patterns of Force‹ vorgeführt wird, völlig fehl am Platz ist. Man hat wirklich nichts verpaßt, wenn man diese Episode nicht gesehen hat.[14]

Episode C52: By Any Other Name
(Stein und Staub)

Die Enterprise folgt einem Notruf zu einem bislang unerforschten Planeten, wird dort jedoch von dem Kelvaner Rojan und seinen Gefolgsleuten empfangen. Die sind aus einer weit entfernten Galaxis gekommen, um festzustellen, ob sich unsere Galaxis für eine Besiedlung durch das Kelvanische Imperium eignet. Der Notruf diente dabei einzig dem Zweck, ein Raumschiff anzulocken, um es unter Kontrolle zu bekommen und nach Hause zurückzukehren. Dort will Rojan dann Bericht erstatten. Kirk widersetzt sich diesem Wunsch, woraufhin Rojan seine Macht demonstriert, indem er zwei Mitglieder des Landetrupps zu kleinen Würfeln zusammenschrumpfen läßt, die nur zurückverwandelt werden können, wenn die Struktur des Würfels nicht verändert wird. Kirk bleibt somit keine Wahl und kehrt mit den Kelvanern auf die Enterprise zurück. Dort reduzieren sie bis auf Kirk, Spock, McCoy und Scotty alle Besatzungsmitglieder zu Würfeln. Die vier durchkreuzen aber die Pläne der Kelvaner, indem sie alle menschlichen Eigenschaften einsetzen, die den Kelvanern unbekannt sind. So bringt Scotty einen der Kelvaner dazu, sich zu betrinken, während Kirk Rojans Frau verführt und ihn so übermäßig eifersüchtig macht. Schließlich bekämpfen die Kelvaner sich untereinander und ermöglichen es so Kirk und den anderen, die Kontrolle über das Schiff zurückzuerlangen. Die Kelvaner erkennen, daß sie längst nicht mehr so überlegen sind, da sie zu viele menschliche Eigenschaften angenommen haben. Eine Rückkehr in ihre Welt ist somit nicht mehr möglich. Sie verwandeln die Besatzung der Enterprise zurück in ihren natürlichen Zustand. Kirk setzt sie schließlich auf einer für sie geeigneten Welt in unserer Galaxis aus.

*

Ähnlich wie in ›Return to Tomorrow‹ (Ep. C50) verlief die Handlung auch hier, wieder wurde eine überlegene Rasse vorgestellt, die mit den menschlichen Emotionen nicht zurechtkam. Jerome Bixby, der diese Episode geschrieben hatte, verfolgte mit der ursprünglichen Idee eine völlig andere Absicht. Ihm ging es hauptsächlich darum, die Reaktionen der Besatzungsmitglieder zu zeigen, die damit konfrontiert wurden, daß sie die eigene Galaxis nie wiedersehen würden, sobald die Kelvaner den Rückflug angetreten hätten. Auf dem Weg zum fertigen Drehbuch verlagerte man das Hauptaugenmerk — sehr zum Nachteil dieser Episode — auf die Kelvaner und ihre Schwierigkeiten.

Diese nicht anders als andere Episoden ablaufende Handlung wurde zu allem Überfluß auch noch mit der fast schon obligatorischen Liebesszene zwischen Kirk und — in diesem Fall — Rojans Frau angereichert.

Barbara Bouchet, die Rojans Frau Kelinda spielte, wurde 1944 als Barbara Gutsch in der Tschechoslowakei geboren und wuchs in Deutschland auf. Sie startete ihre Karriere in den USA mit Auftritten in Werbespots, es folgten diverse TV-Gastrollen. In der James-Bond-Selbstparodie ›Casino Royale‹ war sie 1967 als Miss Moneypenny zu sehen. 1969 heiratete sie und verließ Hollywood, um sich mit der Familie in Italien niederzulassen. Dort war sie weiterhin im Filmgeschäft aktiv, die Produktionen sind jedoch selten über den italienischen Sprachraum hinaus bekanntgeworden. Seit 1989 unterhält sie in Rom ein Fitneßstudio, hat eine eigene Fitneßsendung im italienischen Fernsehen und entwirft und verkauft Sportbekleidung.

Episode C53: The Omega Glory

(Das Jahr des roten Vogels)

Die Enterprise-Besatzung stößt im Orbit um Omega IV auf die führerlose U.S.S. Exeter, deren Besatzung gestorben ist, nachdem ein Virus das körpereigene Wasser entzogen hatte, so daß von ihnen nur Kristalle übriggeblieben sind, also die Körper in dehydriertem Zustand.

Kirk, Spock und McCoy begeben sich auf den Planeten und treffen auf den ehemaligen Captain der Exeter, Ronald Tracey. Der ist überzeugt, daß die Atmosphäre von Omega IV Erdbewohner unsterblich macht. Um sich eine Machtposition bei den Herrschern des Planeten, den Khoms, zu sichern, hatte Tracey sie unter Mißachtung der

Hauptdirektive mit Phasern versorgt, damit sie die feindlichen Yangs effektiver bekämpfen konnten. Da sich Kirk und Co. ihm nicht anschließen wollen und damit seine Machtposition gefährden, beschließt Tracey, sie aus dem Weg zu räumen. Er denunziert sie und stellt Spock als Inkarnation des Teufels hin. Kirk kann erst das Vertrauen der Khoms und der Yangs gewinnen, als er die ›Heiligen Worte‹ spricht, bei denen es sich um nichts anderes handelt als um eine verstümmelte Fassung der Präambel zur amerikanischen Verfassung. Gemeinsam mit Tracey kehren Kirk und die anderen zur Enterprise zurück, während auf Omega IV zwischen den Khoms und den Yangs Frieden geschlossen wird.

*

Traceys Vergleich des Vulkaniers Spock mit dem Teufel wirkte wie eine späte Rache an den NBC-Verantwortlichen, die ihn wegen seines dämonischen Äußeren am liebsten noch vor Beginn aus der Serie verbannt hätten. Das war aber weitgehend das einzige, was ›The Omega Glory‹ auszeichnete, ansonsten bewegte sich die Handlung insgesamt auf einem Niveau, das nur geringfügig über dem von ›Patterns of Force‹ (Ep. C51) lag. Nach einem vielversprechenden Anfang sank die Episode rasch ins Lächerliche ab, spätestens als klar wurde, daß Khoms für Kommunisten und Yangs für Yankees, also für Amerikaner, stand. Roddenberrys Idee einer erdähnlichen Entwicklung in allen Ehren, dies war aber dann deutlich danebengegriffen und erreichte den Tiefpunkt schließlich in der Absurdität der Präsenz der amerikanischen Flagge und der amerikanischen Verfassung. *Star Trek* erreichte mit dieser Szene den peinlichsten Augenblick überhaupt.[15]

Morgan Woodward, der in ›Dagger of the Mind‹ bereits einmal aufgetreten war, spielte hier ein zweites Mal mit, diesmal als der besessene Captain Tracey.

Episode C54: The Ultimate Computer

(Computer M5)

Dr. Richard Daystrom, Konstrukteur des Bordcomputers der Enterprise, hat M5 entwickelt, einen besseren und leistungsfähigeren Computer, der einen Großteil der Crew einschließlich Captain überflüssig machen könnte. Die Sternenflotte ist daran interessiert, M5 auf der Enterprise zu testen. Der erste Versuch verläuft auch erfolgreich, dennoch bleibt Kirk skeptisch und findet seine Zweifel schon kurz darauf bestätigt. M5 gerät außer Kontrolle und zerstört während eines Manövers das Schwesterschiff U.S.S. Excalibur. Kirk kann M5 in eine Diskussion verwickeln und versucht, ihn davon überzeugen, daß er nicht zum Nutzen seines Schöpfers arbeitet und gemordet hat. Die Zeit drängt, da andere Föderationsschiffe den Befehl haben, die Enterprise zu zerstören, nachdem sie eine unkalkulierbare Gefahr für alle anderen geworden ist. M5 läßt sich im letzten Moment überzeugen und schaltet sich ab.

*

Mit dieser Episode kam die Serie aus dem qualitativen Tief heraus, in das sie sich mit den drei vorangegangenen manövriert hatte. Roddenberry kommentierte in ›The Ultimate Computer‹ auf gelungene Weise das allgegenwärtige Problem der Automatisierung und Rationalisierung sowie der damit verbundenen Arbeitslosigkeit. Captain Kirk wurde hier drastisch vor Augen geführt, wie leicht seine Position überflüssig werden konnte.

Zwei Wochen später hätte man mit dieser Episode der Serie allerdings ein originelles Ende bereiten können. Zum Schluß der Season hätte die ganze Crew in Frührente gehen können, wenn der Test erfolgreich verlaufen wäre. Daß Daystroms Experiment so drastisch fehlschlug, wirkte sich auf die Episode nachteilig aus, da es ein gängiges Klischee war, das auch noch bei *Star Trek — The Next*

Generation sowie in zahlreichen Comics und Romanen Verwendung finden sollte.

Als Dr. Daystrom, der in der Entwicklungsphase der Episode noch als Weißer vorgesehen war, war der am 19. August 1924 in Gary, Indiana, geborene William Marshall zu sehen. Marshall trat – neben seinem Einsatz in zahlreichen Filmen und einer festen Rolle in der kurzlebigen Richterserie ›Rosetti and Ryan‹ – regelmäßig in der Titelrolle in Shakespeares ›Othello‹ auf, die ihn nicht nur quer durch die USA führte, sondern auch nach Europa.

Episode C55: Bread and Circuses
(Brot und Spiele)

Im Orbit um den Planeten 892 IV kreist das verlassene Transportschiff S.S. Beagle. Kirk, Spock und McCoy lassen sich auf den Planeten beamen, wo sie zunächst auf recht einfache Bewohner treffen, die sich als Anbeter der Sonne bezeichnen und die versteckt leben müssen. Kurz darauf werden die drei von Polizisten gefangengenommen und müssen feststellen, daß sie sich auf einer Art Parallelerde befinden, deren technischer Stand dem 20. Jahrhundert entspricht, während die Regierungsform der des Römischen Reiches gleicht, das hier nicht untergegangen ist. Kirk begegnet Merik, dem Captain der S.S. Beagle, der sich jetzt Merikus nennt und Erster Bürger geworden ist, nachdem er die Besatzung seines Schiffs in der Arena als Gladiatoren hat sterben lassen. Als Kirk sich daraufhin weigert, auch die Enterprise-Besatzung zu Gladiatorenkämpfen antreten zu lassen, wird er zum Tode verurteilt, während McCoy und Spock in der Arena zum Kampf auf Leben und Tod antreten müssen. Scotty ahnt unterdessen, daß irgend etwas nicht stimmen kann, da er zu lange nichts mehr von dem Landetrupp gehört hat. Er läßt die Energieversorgung des Planeten kurzzeitig zusammenbrechen. Merik kann Kirk einen Communicator zuspielen, wird aber dann vom Prokonsul getötet. Die Gruppe um Kirk kann entkommen und auf die Enterprise zurückkehren. Dort erfahren sie von Uhura, daß ein Mißverständnis hinsichtlich der Sonnenanbeter vorgelegen hat: In Wirklichkeit beten sie den Sohn an, stellen also das Gegenstück zu den Christen auf der Erde dar.[16]

*

Und wieder einmal begegnet die Enterprise-Crew einer erdähnlichen Kultur und dazu noch einem desertierten und offensichtlich verrückt gewordenen Captain, der seinerzeit bei den Eignungstests für die Sternenflotte gescheitert war und seitdem kommerzielle Raumflüge befehligte.

Was auf den ersten Blick aussah wie eine weitere schlechte Kopie der schon nicht berauschenden Idee aus ›Patterns of Force‹ (Ep. C51) und ›The Omega Glory‹ (Ep. C53), entpuppte sich als gelungene Episode, die Roddenberry dazu nutzte, einen Seitenhieb auf das Fernsehen zu führen, der eigentlich an den Verantwortlichen nicht unbemerkt hätte vorbeigehen dürfen: Mit Blick auf mögliche sinkende Einschaltqouten — die größte Angst aller kommerziellen Sender — werden die Gladiatoren dazu aufgefordert, besser und spannender zu kämpfen.

Ian Wolfe, der hier als Septimus auftrat, einem der ersten Bewohner des Planeten, denen der Landetrupp begegnet, wurde am 4. November 1896 in Canton, Illinois, geboren, 1919 hatte er in ›The Claw‹ neben Lionel Barrymore seinen ersten Bühnenauftritt, ab 1934 arbeitete er für Film und Fernsehen in Hollywood. Zu seinen wichtigsten Filmen zählen die Originalversion von ›Mutiny on the Bounty‹ (1935), ›Sherlock Holmes in Washington‹, ›Sherlock Holmes Faces Death‹, ›Pearl of Death‹, ›Dressed to Kill‹, ›The Raven‹ (1935), ›Mad Love‹, ›The Return of Dr. X‹, ›The Invisible Man's Revenge‹, ›Houdini‹, ›The Wonderful World of the Brothers Grimm‹ und — nach *Star Trek* — der George-Lucas-Film ›THX-1138‹. Eine größere Rolle als in ›Bread and Circuses‹ sollte Wolfe später in ›All Our Yesterdays‹ (Ep. C79) spielen.

Episode C56: Assignment: Earth
(Ein Planet, genannt Erde)

Die Enterprise kehrt zur Erde des Jahres 1968 zurück, um einen nuklearen Zwischenfall genauer zu untersuchen, da die bis ins 23. Jahrhundert erhalten gebliebenen Daten keinen exakten Aufschluß über die Umstände geben können. Dabei kreuzen sie versehentlich den Transporterstrahl von Gary Seven, einem Humanoiden, aber nicht unbedingt einem Menschen, der zusammen mit seiner Katze Isis ebenfalls die Erde aufsuchen will. Er erweist sich als gegen den vulkanischen Griff immun und kann von der Enterprise fliehen. Kirk und Spock folgen ihm, um zu verhindern, daß er die Existenz der Erde in Gefahr bringt. Seven ist aber in Wahrheit hergekommen, um den Start einer Rakete zu verhindern, die eine Atombombe im Erdorbit aussetzen soll. Mit Hilfe eines eigenen Transportersystems sucht er Cape Kennedy auf, um die Rakete zu sabotieren. Kurz bevor Scotty ihn von dort auf die Enterprise beamen kann, wird Seven versehentlich von seiner Sekretärin — die von den wahren Umständen nichts weiß — in sein Büro zurücktransportiert, obwohl er die Manipulation an der Rakete noch nicht beendet hat. Kirk und Spock stoßen zu ihm und glauben zunächst nicht, daß er wirklich die Erde beschützen will. Erst als es Spock nicht gelingt, Sevens Computer zu benutzen, um die Sabotage rückgängig zu machen, bleibt ihnen nichts anderes übrig, als zuzusehen und abzuwarten. Die Bombe detoniert, kurz bevor sie die Umlaufbahn erreicht hat. Sevens Auftrag ist damit erledigt, da er genau das erreichen sollte. Auch Kirk und Spock haben die Erklärung über den mysteriösen nuklearen Zwischenfall und können auf die Enterprise und dann in ihre Zeit zurückkehren. Gary Seven und seine Sekretärin Roberta Lincoln bleiben bis auf weiteres auf der Erde.

*

Bereits 1966 war eine TV-Serie mit dem Titel ›Assignment: Earth‹ geplant, wurde jedoch nie realisiert. *Star Trek* bot sich dazu an, den Auslöser für eine neue Serie — einen sogenannten ›spin-off‹ — in eine Episode zu integrieren. Diese Absicht erklärte auch, daß Gary Seven im Gegensatz zu vielen anderen Gaststars sehr viel mehr erzählerisches Potential versprach. Die Serie kam aber auch nach diesem Anlauf nicht zustande, und so blieb neben anderen Dingen ungeklärt, warum Gary Sevens Begleiterin nicht nur als Katze, sondern zeitweise auch als Frau zu sehen war.

Robert Lansing, der Gary Seven verkörperte, mußte von Roddenberry überredet werden, die Rolle zu übernehmen. In seinen Kreisen — er wurde am 5. Juni 1928 in San Diego, Kalifornien geboren, arbeitete vorwiegend aber in New York — betrachtete man *Star Trek* als Kinderserie, äußerstenfalls noch als Serie für ein jugendliches Publikum. Auch Roddenberrys Hoffnung auf eine eigene Serie konnte Lansing nicht sonderlich reizen, weil er eigentlich kein Serienschauspieler sein wollte.[17] Die Filmrollen kamen aber — auch schon vor *Star Trek* — nicht in dem Maße, wie er es sich gewünscht haben mochte. So war er bislang in insgesamt fünf Serien in einer festen Rolle aufgetreten: 1961/62 in ›87th Precinct‹, 1964/65 in ›Twelve O'Clock High‹, 1966/67 in ›The Man Who Never Was‹, 1983/84 in ›Automan‹ und ab 1985 in einer permanenten Rolle als Control in der exzellenten, in New York spielenden Krimiserie ›The Equalizer‹ mit Edward Woodward in der Titelrolle.

Zu seinen sonstigen Fernsehauftritten zählte auch einer

mit Mariette Hartley — die später ebenfalls in *Star Trek* mitspielen sollte — in der ›Twilight Zone‹-Episode ›The Long Morrow‹.

›Assignment: Earth‹ wurde mit insgesamt drei Katzen für die Rolle der Isis gedreht, weil man der Ansicht war, man könne Katzen nicht dressieren. Überraschend mochte aber eine der drei Lansing ganz besonders, da sie mehr oder weniger alles tat, was er von ihr wollte.

Teri Garr, die Gary Sevens Sekretärin spielte, ist bemerkenswerterweise von allen bislang in ›Starlog‹ interviewten *Star Trek*-Gaststars die einzige, die rückblickend nichts zu ihrer Rolle sagen und nicht mit der Serie in Verbindung gebracht werden möchte. Die Hintergründe für diese Weigerung bleiben damit leider auch unklar.

Mit dem Ende der zweiten Season sollte die Serie ein weiteres Mal aus dem Programm gekippt werden, da sich nach NBCs Meinung zu wenig Zuschauer für *Star Trek* interessierten. Das war aber auch nicht weiter verwunderlich, rief man sich den schlechten Sendeplatz ins Gedächtnis, den NBC für die zweite Season ausgesucht hatte.

Eine zweite Briefkampagne wurde gestartet, die alles andere in den Schatten stellte. Über eine Million Briefe empörter Fans ließen die Verantwortlichen bei NBC einen anderen Entschluß fassen, da die unerwartete Reaktion zeigte, daß *Star Trek* trotz der relativ wenigen Zuschauer ein offensichtlich recht aufmerksames Publikum besaß. Das bedeutete somit, daß auch die Werbung viel bewußter wahrgenommen wurde und so die Sendezeit zu akzeptablen Preisen der Wirtschaft angeboten werden konnte. Dennoch war NBC nach wie vor von dem Wunsch beseelt, die Serie sterben zu lassen, und setzte sie auf einen noch schlechteren Sendeplatz, am Freitagabend um 22.00 Uhr.

Das war definitiv der Todesstoß für *Star Trek*, da ein weiterer Zuschauerschwund vorprogrammiert war. Gene

Roddenberry zog sich angesichts der NBC-Entscheidung noch mehr von ›seiner‹ Serie zurück und überließ Fred Freiberger seinen Platz, der in der zweiten Season gemeinsam von Gene L. Coon und John Meredyth Lucas besetzt gewesen war.

Anmerkungen:

1 S. hierzu ausführlich Band 2, S. 24 f.
2 Möglich ist allerdings, daß man sie fallenließ, da ›Yesterday's Enterprise‹ bereits viele Elemente eines Paralleluniversums enthielt (s. S. 394)
3 Traditioneller amerikanischer Festtag, der in der Nacht vom 31. Oktober auf den 1. November stattfindet.
4 Sie wurde in der deutschen Synchronisation aus nicht nachvollziehbaren Gründen auf den Namen Emily umgetauft.
5 Dieser Fehler wurde erst viel später bei *Star Trek – The Next Generation* berichtigt.
6 Dies geschah wohl, um den Zuschauer nicht zu überfordern. Woher sollte der auch wissen, was Corbomite ist?
7 Der deutsche Titel der Episode verfehlte das Thema völlig.
8 Cinefantastique, Vol. 22, No. 3, S. 20.
9 S. hierzu ausführlich Band 2, S. 181.
10 Für diese Meldung gibt es nur zwei Hinweise. Zum einen vermerkte die Fernsehillustrierte ›Gong‹ bei der 93er Wiederholung dieser Episode auf SAT 1, Pettyjohn sei 1990 gestorben, zum anderen stand in einem amerikanischen Zeitungsausschnitt ›the late Angelique Pettyjohn‹, eine gängige Formulierung für Verstorbene, die in einer aktuellen Meldung miterwähnt werden. Eine anderweitige Bestätigung fand sich bislang nicht.
11 Nach Armens Worten bezeichnete Freiberger *Star Trek* als ›Tits in Space‹, was der Serie beim besten Willen nicht gerecht wurde. So nachzulesen in Starlog, Nr. 125, Dezember 1987.
12 S. ›Plato's Stepchildren‹, Ep. C66.
13 S. hierzu ausführlich ab S. 315.
14 Wer sie dennoch unbedingt kennenlernen möchte, sollte sich die Videokaufcassette beschaffen. Ich möchte aber noch einmal ausdrücklich darauf hinweisen, daß sie es wirklich nicht wert ist. Gegenteilige Ansichten sind in diesem besonderen Fall ausnahmsweise einmal nicht willkommen.

15 Unverständlich bleibt in diesem Zusammenhang auch, warum ausgerechnet ›The Omega Glory‹ als einzige Episode ausgesucht wurde, um einen Satz View Master-Scheiben – jene mittlerweile weitgehend in Vergessenheit geratene Produktreihe, die es mit einem dazugehörenden Betrachter ermöglichte, dreidimensionale Bilder zu sehen – zu produzieren.

16 Amerikanisches Wortspiel: Sun – Son/Sonne – Sohn.

17 Hierzu muß gesagt, daß es in den USA eine ungeschriebene strikte Trennung zwischen Fernsehen und Kino gibt. Es ist in der Regel ein Ding der Unmöglichkeit, daß sich ein Filmschauspieler für eine Serie hergibt. Umgekehrt ist es für Fernsehschauspieler recht schwierig, auf die Kinoleinwand zu wechseln. Diese Trennung versetzt vor allem englische Schauspieler immer wieder in Erstaunen (so unter anderem in Interviews mit Patrick Stewart und Edward Woodward erkennbar), da sie es aus ihrer Heimat gewöhnt sind, ihren Beruf in jedem der Metiers auszuüben, ohne dafür belächelt zu werden.

Das frühe Ende

Wie angekündigt, startete *Star Trek* 1968 in die dritte Season am Freitag um 22.00 Uhr. Sie trat damit gegen die ABC-Serie ›Judd, for the Defense‹ an, einer von 1967 bis 1969 laufenden Gerichtsserie, die ebenfalls um 22.00 Uhr startete, und abermals gegen den ›CBS Friday Night Movie‹, der wie im Vorjahr um 21.00 Uhr begann und um 23.00 Uhr endete, so daß er eine noch größere Konkurrenz darstellte als zuvor.[1]

Als sinnvolle Ergänzung der Vorbereitungen für ein baldiges Ende von *Star Trek* wählte NBC ›Spock's Brain‹ als Eröffnungsepisode, die zweifellos schlechteste Episode der dritten Season. Dabei lagen zu dieser Zeit bereits die surrealistische Episode ›Spectre of the Gun‹, die Spionage-Story ›The Enterprise Incident‹ und die gelungene Kombination von Idylle und tödlicher Gefahr in Form von ›The Paradise Syndrome‹ vor. Jede dieser Episoden war ungleich besser als ›Spock's Brain‹, aber es sah ganz so aus, als wolle man mit ihr auch noch die letzten Gelegenheitszuschauer vergraulen.

Episode C57: Spock's Brain
(Spocks Gehirn)

Während eines Routineflugs taucht auf der Brücke der Enterprise plötzlich eine Frau namens Kara auf und läßt die Besatzung in vorübergehende Bewußtlosigkeit fallen. Viele Stunden später wird Spock in der Krankenstation gefunden, McCoy diagnostiziert, daß das Gehirn des Vulkaniers verschwunden ist. Trotz lebenserhaltender Maßnahmen wird er sterben, wenn nicht innerhalb von 24 Stunden das Gehirn in seinen Körper zurückverpflanzt wird. Kirk läßt die Spur, die die mutmaßliche Diebin hinterlassen hat, verfolgen und entdeckt einen Planeten, auf dessen Oberfläche die männliche Bevölkerung — die steinzeitlich wirkenden Morg — lebt. Im Untergrund leben die Frauen, die Eymorg, in einer hochentwickelten Umgebung. Kirk und McCoy finden die Diebin, Kara, die ihnen erklärt, daß der Controller des Planeten sie beauftragt hat, Spocks Gehirn zu stehlen, damit es die Welt der Eymorg kontrolliert. Nach einigen Komplikationen gelangt Kirk in den Besitz des Gehirns, das McCoy wieder einpflanzt, nachdem der Controller ihm das Wissen dafür vorübergehend vermittelt hat. Während der Operation beginnt dieses Wissen allmählich zu verblassen, schließlich greift Spock selber ein und assistiert dem Doktor bei der Beendigung der Operation. Dann verlassen sie die Welt, deren Frauen nun hilflos sind, da mit Spocks Gehirn auch ihr Versorger von ihnen geht. Kirk erklärt ihnen, daß sie mit den Männern auf der Oberfläche des Planeten zusammenarbeiten müssen, wenn sie weiterexistieren wollen.

*

›Spock's Brain‹ war die ideale Episode, einem mit der Serie nicht vertrauten Zuschauer zu zeigen, um was es in *Star Trek* eigentlich nicht ging. Sie vereinte alles, was schlechte SF an sich schon ausmachte, und war letztlich nur dazu geeignet, die Serie durch ein Eigenprodukt lächerlich zu machen.

Nicht nur, daß Spocks Gehirn entfernt und zurücktransplantiert wurde, ohne dem Vulkanier ein Haar zu krümmen, der Gipfel des Absurden war dann aber der Augenblick, da Spock McCoy während der Operation assistierte, obwohl er der Patient war. Eine einzige erfreuliche Aussicht war mit der Episode ›Spock's Brain‹ verbunden, es konnte nur noch besser werden.

Als Kara war Marj Dusay zu sehen, die am 20. Februar 1936 in Russell, Kansas, geboren wurde. Nach *Star Trek* bekam sie nach vielen Gastauftritten eine feste Rolle in der Serie ›Brat Maverick‹.

Episode C58: The Enterprise Incident

(Die unsichtbare Falle)

Der völlig überarbeitete und erschöpfte Kirk befiehlt allen Einwänden zum Trotz Kurs auf romulanisches Territorium, wo die Enterprise innerhalb kürzester Zeit von drei mit einer geheimen Tarnvorrichtung ausgerüsteten romulanischen Schiffen gestellt wird. Kirk und Spock lassen sich auf das Flaggschiff beamen, wo der Captain der Enterprise der romulanischen Commanderin erklärt, die Anwesenheit des Föderationsschiffes sei die Folge eines technischen Defekts der Instrumente. Sie glaubt ihm zunächst, muß dann aber von Spock erfahren, daß sie alle auf Kirks ausdrücklichen Befehl hier sind. Um die Diensttauglichkeit des Captains zu überprüfen, wird McCoy auf das Schiff geholt. Er kommt aber zu spät, da Kirk bereits tot ist. Er hatte Spock in einem Wutanfall angegriffen, den der Erste Offizier nur noch mit dem vulkanischen Todesgriff abwehren konnte. Während McCoy mit Kirks Leichnam auf die Enterprise zurückkehrt, versucht die Commanderin, Spock für die romulanische Seite zu gewinnen. In der Zwischenzeit stellt sich auf der Enterprise heraus, daß der Flug in romulanisches Gebiet vorsätzlich erfolgte, um in den Besitz der Tarnvorrichtung zu kommen. Der vulkanische Todesgriff ist eine Erfindung, Kirk erfreut sich bester Gesundheit und kehrt mit falschen spitzen Ohren und in romulanischer Uniform auf das Flaggschiff zurück. Dort demontiert er die Tarnvorrichtung und kehrt mit ihr zur Enterprise zurück. Als der Diebstahl auffällt, wird Spock zurückgebeamt — zur allgemeinen Überraschung aber in Begleitung der romulanischen Commanderin. Die Enterprise aktiviert die Tarnvorrichtung und entkommt den verfolgenden Schiffen der Romulaner.

*

Basis für ›The Enterprise Incident‹ war eine klassische Agentenstory, die bis weit in die Handlung hinein nicht erkennen ließ, was wirklich vor sich ging. Wieder einmal bewies die Serie damit, daß sie dann am besten war, wenn das SF-Element weitgehend in den Hintergrund trat.

Viele Fans regten sich später über die Liebesszene zwischen Spock und der romulanischen Commanderin auf und bezeichneten sie als uncharakteristisch für den Vulkanier. Selbst D. C. Fontana distanzierte sich von dem endgültigen Drehbuch, für das sie letztlich keine Verantwortung trug. Die Aufregung auf allen Seiten war (abgesehen davon, daß diese aufgeregte Reaktion auf eine fiktive Handlung an sich schon übertrieben war) jedoch unverständlich, da Spock ganz offensichtlich im Rahmen eines Planes vorging und mit Sicherheit nicht seinen unterdrückten Gefühlen freien Lauf ließ.

Mit der — namenlosen — romulanischen Commanderin (dargestellt von der 1926 geborenen Joanne Linville) wurde ein interessanter Charakter vorgestellt, auf den im Lauf der Serie leider nie mehr zurückgegriffen wurde.

Episode C59: The Paradise Syndrome

(Der Obelisk)

Kirk, Spock und McCoy entdecken, daß auf einem erdähnlichen Planeten, der in nächster Zeit von einem Asteroiden zerstört zu werden droht, Indianer leben. Als die drei einen nahe gelegenen Obelisken untersuchen, der mit unverständlichen Hieroglyphen übersät ist, fällt Kirk durch eine nur Sekunden bestehende Öffnung in einen

Der Captain als Häuptling und Ehemann Kirok.

Raum unterhalb des Obelisken, wo Strahlen sein Gedächtnis zum größten Teil löschen. Da McCoy und Spock das nicht mitbekommen haben und ihn trotz intensiver Suche nicht finden können, kehren sie widerstrebend zur Enterprise zurück, um zunächst dem Asteroiden entgegenzufliegen und ihn mit Phasern zu zerstören, anschließend wollen sie weiter nach Kirk suchen. Der wird in der Zwischenzeit von den Indianern entdeckt, nachdem er aus dem Obelisken herausgefunden hat. Da er sich nur vage an seinen Namen erinnern kann, nennen die Indianer ihn Kirok. Als Kirk durch einfache Mund-zu-Mund-Beatmung einem Jungen des Stammes das Leben rettet, halten die Indianer ihn für einen Gottgesandten und ernennen ihn zum Häuptling. Monate vergehen, Kirk heiratet die junge Miramanee, in die er sich schon bei der ersten Begegnung verliebt hatte. Währenddessen fliegt die Enterprise mit Impulsgeschwindigkeit vor dem Asteroiden her zurück zum Planeten. Der Versuch, den Asteroiden zu zerstören, war fehlgeschlagen, eine Systemüberlastung hatte dabei den Warpantrieb vorübergehend außer

Betrieb gesetzt. Während dieser langen Rückreise kann Spock endlich die Hieroglyphen entziffern. Dabei findet er heraus, daß der Obelisk vor langer Zeit von einer hochintelligenten Rasse gebaut wurde, um einen Asteroiden zu zerstören. Außerdem entschlüsselt er, daß es sich um die Nachfahren echter Indianer handelt, die vor Jahrhunderten von Vertretern dieser mysteriösen Rasse hier ausgesetzt wurden. Das Wissen, wie der Obelisk zu bedienen ist, ist den Indianern im Lauf der Zeit jedoch abhanden gekommen. Als Spock und McCoy auf den Planeten zurückkehren, um den Obelisken zu aktivieren, treffen sie auf Kirk. Der hat kurz zuvor vergeblich versucht, die Zerstörung des Asteroiden vorzunehmen. Nun versucht eine aufgebrachte Menge, ihn zu steinigen, da er entgegen ihren Erwartungen kein Gottgesandter sein kann. Spock greift ein und zerstört rechtzeitig den Asteroiden. Kirks Frau Miramanee überlebt die Steinigung nicht, mit ihr stirbt das ungeborene Kind, dessen Vater Kirk ist.

*

Was zunächst wie eine weitere Episode in der unsäglichen Tradition von ›The Omega Glory‹ (Ep. C53) aussah, entwickelte sich sehr schnell zu einer interessanten Geschichte über Kirk und über seine Fähigkeit, sich auch in einer unbekannten Umgebung einfügen zu können und gleichzeitig die Fäden in die Hand zu nehmen.

Einen ärgerlichen Beigeschmack, wenn auch den damaligen moralischen Vorstellungen entsprechend, brachte Miramanees Tod mit sich. Sie hätte als alleinerziehende Mutter auch ohne Kirk leben können, zudem wäre diese Lösung ein idealer Ansatzpunkt für eine Fortsetzung gewesen.

Ein anderes Problem dieser Episode war die ungewöhnlich große Zeitspanne, auf die sich die Handlung erstreckte. Hier wäre ein Zweiteiler die ideale Lösung gewesen.

Episode C60: And the Children Shall Lead

(Kurs auf Markus 12)

Auf dem Planeten Triacus nimmt die Enterprise die einzigen Überlebenden einer wissenschaftlichen Forschungsstation auf, es handelt sich um die Kinder der Forscher. Deren Eltern haben sich in dem Glauben, von einer bösen Macht besessen zu sein, gegenseitig umgebracht. Der Tod ihrer Eltern scheint den Kindern jedoch nichts auszumachen. Sie sind auf Gorgan, einen scheinbar freundlichen Engel, fixiert, der in Wahrheit die Eltern in den Wahnsinn getrieben hat und nun die Gutgläubigkeit der Kinder ausnutzt, um sich über die ganze Galaxis ausbreiten zu können. Nur mit Mühe kann Kirk die Illusionen bekämpfen, die Gorgan in seinem und im Geist der anderen Besatzungsmitglieder entstehen läßt. Schließlich kann er die Kinder von der Bösartigkeit ihres Engels überzeugen. Als sie endlich einsehen, daß der für den Tod ihrer Eltern verantwortlich ist, wenden sie sich von ihm ab. Da er keine Unterstützung mehr hat, löst sich Gorgan in nichts auf.

*

›And the Children Shall Lead‹ zählte zu den Episoden, bei denen man sehr früh wußte, daß etwas nicht stimmen konnte. Dementsprechend unspektakulär verlief sie auch, außerdem nahm sie in einigen Aspekten Teile von ›Charlie X‹ (Ep. C3) auf, ohne jemals das Niveau dieser frühen Episode zu erreichen.

Der Anführer der Kinder, Tommy Starnes, wurde von Craig Hundley gespielt, der bereits als Kirks Neffe in ›Operation: Annihilate!‹ mitgewirkt hatte.

Gorgan, der Engel, den die Kinder herbeiriefen, wurde von dem 1907 geborenen Melvin Belli gespielt, der als Verteidiger des Mörders von Lee Harvey Oswald[2], Jack Ruby, bekannt wurde. Belli hatte mit dieser Episode sein

TV-Debüt, sein Sohn Caesar, der zur Zeit von ›And the Children Shall Lead‹ 10 Jahre alt war und eines der Kinder verkörperte, trat später in die Fußstapfen seines Vaters und wurde gleichfalls Anwalt.

Episode C61: Is There in Truth No Beauty?

(Die fremde Materie)

Die hochbegabte Telepathin Dr. Miranda Jones wird auf die Enterprise gebeamt, sie begleitet den Medusen Kolos. Kolos ist der Vertreter einer hochentwickelten, körperlosen Rasse, die unter anderem über hervorragende navigatorische Fähigkeiten verfügt. Da das Farbenspektrum der aus reiner Energie bestehenden Medusen bei Menschen sofort Wahnsinn auslöst, wird Kolos in einem speziellen Behältnis transportiert. Begleitet werden die beiden von Lawrence Marvick, dem Konstrukteur des Enterprise-Antriebs. Er soll die telepathisch mit Dr. Jones ausgetauschten Anweisungen des Medusen in die Tat umsetzen. Marvick, der in Miranda Jones verliebt ist, sieht in Kolos einen Rivalen und will den Medusen töten. Der Versuch schlägt jedoch fehl und bringt Marvick um seinen Verstand. In diesem Zustand erlangt er die Kontrolle über die Enterprise und steuert sie in eine andere Dimension. Um von dort zurückkehren zu können, läßt Spock den Medusen in seinen Geist eindringen, seine Augen schützt er dabei mit einer Spezialbrille. Als er diese Verschmelzung nach erfolgreicher Rückkehr rückgängig machen will, vergißt er seine Brille und schwebt in der Gefahr, wahnsinnig zu werden. Miranda Jones überwindet daraufhin ihre Eifersucht auf den ihr telepathisch weit überlegenen Spock und rettet ihn, indem sie den Geist des Medusen von dem des Vulkaniers trennt. Es stellt sich zur allgemeinen Überraschung heraus, daß Miranda Jones ohne Schutzbrille mit dem Medusen Kontakt aufnehmen kann. Sie ist blind und kann ihre Umgebung lediglich mit der Hilfe eines mit hochempfindlichen Sensoren ausgestatteten Kleides wahrnehmen.

*

›Is There in Truth No Beauty?‹ war eine solide produzierte Episode mit einer guten Handlung, wies aber keinen besonderen erzählerischen Höhepunkt auf, wenn man das abzusehende Problem mit Spock unberücksichtigt ließ.

Überschattet wurden die Dreharbeiten zu dieser Episode bereits an ihrem ersten Tag von der Mitteilung, daß die Serie die dritte Season definitiv nicht überleben würde.

Als Miranda Jones hatte Diana Muldaur nach ›Return to Tomorrow‹ (Ep. C50) ihren zweiten Auftritt in der Serie, insgesamt jedoch noch lange nicht den letzten (s. ab S. 315).

Interessant war dabei, daß mit dem Kleid von Miranda Jones ein früher Vorläufer für den bei *Star Trek – The Next Generation* vorgestellten VISOR[3] präsentiert wurde.

Episode C62: Spectre of the Gun
(Wildwest im Weltraum)

Kirk mißachtet die Warnung der Melkotianer, nicht in deren Hoheitsgebiet einzudringen. Wenig später finden er, Spock, McCoy, Scotty und Chekov sich in einer skurrilen, da nur teilweise vorhandenen Westernstadt wieder, die die Melkotianer Kirks Erinnerung entnommen haben. Offensichtlich sollen die Leute von der Enterprise die Rolle des Clanton-Clans spielen und bei der berühmten Schießerei am O.K. Corral sterben. Zunächst scheint es keinen Weg zu geben, der an der Schießerei und ihrem bekannten Ausgang vorbeiführt, bis plötzlich Chekov erschossen wird, der in seiner Rolle als Billy Clayborne aber hätte überleben müssen. Spock wird klar, daß alles

Die Elite der U.S.S. Enterprise: Kirk, Spock, McCoy, Chekov, Scotty.

nur in der Einbildung geschieht, und versetzt Kirk, McCoy und Scotty in Trance, damit sie nicht länger an die Existenz der tödlichen Geschosse glauben und diese somit wirkungslos werden. Tatsächlich gehen die Kugeln bei der unvermeidlichen Schießerei durch sie hindurch. Die Melkotianer sehen den Beweis erbracht, daß die Enterprise-Besatzung tatsächlich in der angekündigten friedlichen Absicht gekommen ist, sie erklären sich bereit, mit der Föderation diplomatische Kontakte aufzunehmen.

*

Während die typische Studio-Atmosphäre in anderen Episoden oftmals störend wirkte, war sie in ›Spectre of the Gun‹ ein wesentlicher Faktor, der die Unwirklichkeit des Schauplatzes noch verstärkte.

Funktionieren konnte die Episode aber nur, wenn man die Eröffnungsszene ignorierte, in der Kirk die Boje zerschießen läßt, da er hier wie so oft jegliche Vorschriften mißachtet. Es kann kaum im Sinne der Föderation sein, wenn die Erforschung neuer Welten mit Gewalt betrieben wird. Durch diese Aktion setzte Kirk sich und die gesamte Enterprise einer unbekannten Gefahr aus, was eigentlich zu einer disziplinarischen Maßnahme seitens der Sternenflotte hätte führen müssen.

Für DeForest Kelley war ›Spectre of the Gun‹ ein Déjà-vu-Erlebnis der besonderen Art, hatte er doch in einem Western mit dem Titel ›Gunfight at the O.K. Corral‹ (1957; dt. ›Zwei rechnen ab‹, mit Kirk Douglas und Burt Lancaster) mitgewirkt, außerdem in einer Episode einer TV-Serie, in der es um das gleiche Thema ging.

Die Melkotianer-Maske war eine Kreation von Mike Minor, der später in *Star Trek — The Motion Picture* als Assistant Art Director und in *Star Trek II — The Wrath of Khan* als Art Director und Visual Effects Designer mitarbeitete. Er starb am 4. Mai 1987 im Alter von nur 46 Jahren an der Immunschwäche AIDS.

Episode C63: The Day of the Dove

(Das Gleichgewicht der Kräfte)

Auf Beta XII-A stellt ein Enterprise-Landetrupp fest, daß die Kolonie der Föderation zerstört wurde und alle Mitarbeiter dieser Kolonie getötet worden sind. Als ein klingonischer Landetrupp ebenfalls auf den Planeten gebeamt wird, kommt es zu einer Auseinandersetzung, da Kirk glaubt, daß der klingonische Commander Kang die Kolonie angegriffen hat. Kang seinerseits macht Kirk für die Zerstörungen und Todesfälle auf seinem Schiff verantwortlich. Er nimmt den Landetrupp gefangen und verlangt, an Bord der Enterprise gebeamt zu werden, damit er das Schiff übernehmen kann. Auf ein geheimes Zeichen von Kirk hin beamt Spock die Klingonen mit zeitlicher Verzögerung an Bord, wo sie von Sicherheitspersonal in Empfang genommen werden. Der Konflikt eskaliert aber auf der Enterprise erneut, die Klingonen und die Enterprise-Besatzung bekämpfen sich mit ungewöhnlicher Härte. Die Korridore der Enterprise entwickeln sich zu einem regelrechten Schlachtfeld, Phaser verwandeln sich unerklärlicherweise in Schwerter, schwerste Verletzungen heilen fast sofort, so daß diejenigen, die eben noch verwundet waren, im nächsten Moment bereits weiterkämpfen können. Es stellt sich heraus, das diese Vorkommnisse ausgelöst werden von einem Energiewesen, das sich von aggressiven Emotionen nährt. Kirk kann nur mit Mühe Kang von der Existenz dieses Energiewesens überzeugen, dann legen sie alle die Waffen nieder. Das Wesen verläßt daraufhin die Enterprise, da es dort keine Nahrung mehr finden kann.

*

Diese Episode präsentierte nach ›Errand of Mercy‹ (Ep. C27) wieder einmal glaubwürdige Klingonen, während sie in ›The Trouble with Tribbles‹ (Ep. C45) weniger ernsthaft angelegt waren und in ›Friday's Child‹ (Ep. C41) nicht überzeugen konnten.

Für die Rolle des Kang war zunächst John Colicos vorgesehen, der seine Rolle als Kor aus ›Errand of Mercy‹ wiederaufnehmen sollte. Colicos hielt sich zu dieser Zeit für Dreharbeiten in Italien auf und war nicht verfügbar, Joseph Campanella, der nächste Kandidat, war entgegen ersten Erwartungen nicht geeignet, so daß die Rolle letztlich Michael Ansara zufiel.

Ansara wurde 1922 in Lowell, Massachusetts, geboren. Seine erste Filmrolle hatte er 1944 in ›Action in Arabia‹, bekannt wurde er 1953 in ›The Robe‹ (dt. ›Das Gewand‹). 1956 spielte er zwei Seasons in der Serie ›Broken Arrow‹ mit. Regelmäßige Auftritte verzeichnete Ansara in ›I Dream of Jeannie‹ (dt. ›Bezaubernde Jeannie‹), mit deren

Hauptdarstellerin Barbara Eden er in dieser Zeit verheiratet war.

An Michael Ansaras Seite war in ›The Day of the Dove‹ erstmalig eine Klingonin zu sehen, die von Susan Howard gespielt wurde. Howard wurde am 28. Januar 1946 in Marshall, Texas, geboren, sie hatte feste Rollen in den Serien ›Petrocelli‹ und ›Dallas‹.

Episode C64: For the World is Hollow and I Have Touched the Sky

(Der verirrte Planet)

McCoy hat überraschend festgestellt, daß er unheilbar krank ist und bald sterben wird. Als die Enterprise einem Asteroiden begegnet, der in Kürze mit einer bewohnten Welt zusammenstoßen wird, lassen sich Spock, Kirk und McCoy auf diesen Felsbrocken beamen, um ihn zu untersuchen. Der entpuppt sich aber schnell als ein gigantisches Generationenschiff, dessen Bewohner von einem Orakel geführt werden, das erst kurz vor Ende der Reise die wahre Bestimmung verkünden wird. McCoy verliebt sich in Natira, die Hohepriesterin von Yonada. Angesichts seiner Krankheit beschließt er, seinen Lebensabend auf Yonada zu verbringen. Währenddessen beschäftigen Kirk und Spock sich intensiv mit dem Orakel und entdekken, daß es sich dabei in Wirklichkeit um einen Computer handelt. Sie schaffen es, Yonada von dem Kollisionskurs abzubringen. Während ihrer Arbeit am Computer entdecken die beiden, daß sich in den medizinischen Speichern auch Angaben über ein Mittel gegen McCoys Krankheit befinden. Gemeinsam können sie auf die Enterprise zurückkehren, nachdem Yonada außer Gefahr und McCoy geheilt ist, so daß er nicht länger auf dem Planeten bleiben will.

*

Über zwei Jahre mußten vergehen, ehe McCoy nach ›The Man Trap‹ (Ep. C2) erneut eine zentrale Rolle und nicht ›nur‹ Schiffsarzt spielen durfte. Hätte DeForest Kelley zu irgendeinem Zeitpunkt mit dem Gedanken gespielt, aus der Serie auszusteigen, dann wäre hier der ideale Moment gewesen. Für die Serie vorteilhaft, da mit einer Abwechslung von der Routine verbunden, wäre gewesen, McCoy tatsächlich auf Yonada zurückzulassen und das Gegenmittel erst ein paar Folgen später zu entdecken.

Natira wurde gespielt von der Engländerin Katherine Woodville, deren Schauspielerkarriere in London am Theater begann. Sie wirkte in mehreren Filmen mit — so in dem Western ›Posse‹ von 1975 an der Seite von Kirk Douglas —, bekam nach *Star Trek* noch einige Fernsehauftritte, zog sich aber nach der Geburt ihrer Tochter völlig von der Schauspielerei zurück.

Episode C65: The Tholian Web

(Das Spinnennetz)

Die im All treibende U.S.S. Defiant wird von der Enterprise-Besatzung entdeckt. Kirk, Spock, McCoy und Chekov lassen sich auf das havarierte Schiff beamen und stellen fest, daß die gesamte Crew eines gewaltsamen Todes gestorben ist. Als sie schließlich wieder auf die Enterprise zurückkehren, driftet die Defiant in eine andere Dimension ab und zieht Kirk mit sich. Spock berechnet den Zeitpunkt, zu dem das Schiff kurzzeitig wieder aus der anderen Dimension zurückkehren wird. Unerwartet nähert sich ein tholianisches Schiff und fordert die Enterprise auf, das Hoheitsgebiet der Tholianer zu verlassen. Spock beschließt, zunächst abzuwarten. In der Zwischenzeit beginnt das tholianische Schiff, ein Energienetz um die Enterprise zu legen, das mit seiner Vollendung ein Entkommen unmöglich machen wird. Als die Defiant zum errechneten Moment nicht erscheint, wird Kirk letztlich für tot erklärt. Plötzlich jedoch taucht er in nur schwach sichtbarem Zustand auf und veranlaßt Spock, weiter zu warten. Schließlich materialisiert er im All und kann in der praktisch letzten Sekunde an Bord geholt werden. Währenddessen haben die Tholianer das Netz fast komplettiert, aber die Enterprise kann entkommen und sich zurückziehen.

*

Wie später auch in *Star Trek III — The Search for Spock* kam diese Episode größtenteils ohne einen der Hauptcharaktere aus — in diesem Fall Kirk —, ohne dadurch an Qualität zu verlieren. Wie gut sich McCoy und Spock trotz aller Wortgefechte wirklich verstanden, wurde klar, als sie nach Kirks Rückkehr gemeinsam bestritten, sein Testament gesehen zu haben, nachdem sie ihn für tot erklärt hatten.

Die erste Fassung dieser Episode — die den Titel ›In Essence Nothing‹ trug — sah Spock als denjenigen vor, der auf der U.S.S. Defiant zurückbleiben sollte, außerdem waren die unpraktischen Raumanzüge nicht vorgesehen, statt dessen sollte jeder — verblüffend einfach — einen kleinen Kraftfeldgenerator am Gürtel mit sich führen, der alle Umwelteinflüsse abschirmte.

Judy Burns, die die Episode geschrieben hatte, erzählte später, daß sie seinerzeit Geld benötigte, um als Studentin nach Afrika zu reisen. Sie kam auf die Idee, eine *Star Trek*-Episode zu schreiben, nahm telefonisch Kontakt mit NBC auf und reichte später eine Geschichte ein mit dem Titel ›A Time to Be Alive‹ (s. Band 2, S. 466). Die Drehbuchvorlage verschwand aber auf ungeklärte Weise, ›In Essence Nothing‹ war der nächste Anlauf, der dann in ›The Tholian Web‹ umbenannt wurde. Nach einer Anfrage von Burns über den Verbleib des Buchs stellte sich heraus, daß es auf dem ›Abgelehnt‹-Stapel gelandet war. Produzent Robert Justman nahm es nach einigem Hin und Her mit den oben erwähnten leichten Änderungen an.

Die nächste Idee von Burns war so gut wie gekauft und für die vierte Season vorgesehen. In dieser geplanten Episode wird eine Sonne zur Nova, Kolonisten auf einem nahen Planeten müssen evakuiert werden. Da sie aber in der Vergangenheit immer wieder umgesiedelt worden sind, weil sie nirgendwo willkommen waren, wehren sie sich diesmal vehement. Kirk unterwirft sich diversen Ritualen und wird ihr Anführer, dem sie dann folgen. Währenddessen wird die Enterprise von immenser ultravioletter Strahlung getroffen, alle außer Spock sind vorübergehend erblindet. Er muß für McCoy sehen, damit dieser ein paar Mannschaftsmitglieder operieren kann, die Spock helfen.

Die vierte Season wurde nie Wirklichkeit, gleiches widerfuhr dieser Episode.

Später bot Harve Bennett ihr an, sein Drehbuch für *Star Trek II — The Wrath of Khan* zu überarbeiten. Burns fragte ihn interessehalber, warum er es nicht selber machen wolle, was er dann auch tat. Sie vergab dadurch die Chance, bei *Star Trek II — The Wrath of Khan* aktiv zu werden. Sie überflog das Manuskript lediglich und kommentierte unpassende Handlungen der einzelnen Charaktere. Ihren Notizen ist — ihrer eigenen Aussage nach — das würdige Ende von Spock zu verdanken, Bennett hatte völlig die Beziehung zwischen Kirk und Spock außer acht gelassen, da er Star Trek nicht gut genug kannte.

Episode C66: Plato's Stepchildren
(Platos Stiefkinder)

Die Enterprise folgt einem Notruf zum Planeten Platonius. Kirk, Spock und McCoy lassen sich auf den Planeten beamen, wo sie mit dem schwerkranken Parmen zusammentreffen. McCoy kann ihn heilen, woraufhin Parmen ihm anbietet, auf Platonius zu bleiben. Der lehnt aber dieses Angebot an und zieht sich damit Parmens Zorn zu, der sich daraufhin seiner telekinetischen Fähigkeiten bedient und den Landetrupp nicht zur Enterprise zurückkehren läßt. Der kleinwüchsige Alexander, den die Platonier als eine Art Hofnarr halten, erklärt Kirk, Spock und McCoy, daß er ihnen zwar helfen möchte, aber nicht kann, da er nicht die telekinetischen Fähigkeiten der Platonianer besitzt. Parmen läßt zunächst die drei nach seinem Willen agieren, dann holt er zur allgemeinen Belustigung seines Volkes auch Christine Chapel und Lt. Uhura auf den Planeten und zwingt sie alle, sich in erniedrigender Weise zu präsentieren. Später stellt McCoy fest, daß das Element Kyronid die übernatürlichen Fähigkeiten der Platonier ermöglicht. Daraufhin stellt er ein Serum her, das hochkonzentriertes Kyronid enthält, wodurch die drei stärkere kinetische Fähigkeiten als Parmen und dessen Leute entwickeln können und sie mit ihren eigenen Waffen schlagen. Sie kehren auf die Enterprise zurück und nehmen Alexander mit, damit der nicht länger Parmens Willen ausgesetzt ist.

*

Der spektakuläre erste Kuß zwischen einem Weißen (Kirk) und einer Farbigen (Uhura), den diese Episode präsentierte, brach ein Tabu in der Welt des US-Fernsehen. *Star Trek* hatte schon längst nichts mehr zu verlieren, da das Ende der Serie praktisch beschlossen war und niemand ernsthaft an eine vierte Season glaubte.

Erwartungsgemäß strahlten verschiedene Sender in den Südstaaten der USA diese Episode nicht aus, wobei sich natürlich die Frage stellte, ob Roddenberry — unbeachtlich seiner zurückgezogenen Stellung in der dritten Season — tatsächlich Berge versetzen und aller Welt beweisen wollte, daß *Star Trek* eine ganz besondere Serie war, oder ob es ein wohlkalkulierter Schachzug war. Ein handfester Skandal und nach Möglichkeit Zensur oder sogar ein Verbot sind bis auf den heutigen Tag die besten und preiswertesten Werbeträger. Hätte sich beispielsweise wirklich jemand für ›Basic Instinct‹ interessiert, wenn nicht monatelang über die Sexszenen berichtet worden wäre, die — zumindest nach prüdem amerikanischem Standard — als sehr gewagt bewertet wurden?

Wie wenig weltbewegend der Kuß zwischen Kirk und Uhura eigentlich war, zeigte sich allzu deutlich daran, daß er unter Zwang von außen stattfand und nicht aus freien Stücken der Beteiligten. Das mochte ein Trick gewesen sein, um ihn vor den NBC-Verantwortlichen zu rechtfertigen, aber es war inkonsequent.

Liam Sullivan, der die Rolle als unsympathischer Parmen spielte, wurde am 18. Mai 1923 in Jacksonville, Illinois, geboren. Seiner Erinnerung nach mußte die Kußszene über dreißigmal wiederholt werden, da weder Shatner noch Nichelle Nichols sich des Lachens enthalten konnten. Überhaupt war Shatner laut Sullivan in dieser Episode — die wegen der komplizierten, mit der Hilfe von Drähten verwirklichten Telekinese-Effekte einen zusätzlichen Drehtag benötigte — kaum zu kontrollieren. Zu dieser Zeit war das Ende der Serie bereits absehbar, und Shatner gab sich keine Mühe, ernsthaft zu arbeiten. Er verdarb viele Aufnahmen, was für die Kollegen wohl amüsant gewesen sein mochte, was für den Regisseur der jeweiligen Episode aber keineswegs ein Vergnügen sein konnte.

Sullivan war neben einer festen Rolle in der Westernserie ›The Monroes‹ in diversen Serien als Gast zu sehen, so mit Leonard Nimoy in der U-Boot-Serie ›Silent Service‹. Er war Gast in zwei ›Twilight Zone‹-Episoden: ›The Silence‹ und ›Changing of the Guards‹. Für eine Gastrolle in ›Bonanza‹ wurde er sogar für einen Emmy nominiert, während sein Auftritt in einer Episode von ›Battlestar Galactica‹ auf eine winzige Szene zurückgeschnitten wurde.

Episode C67: Wink of an Eye

(Was summt denn da?)

Einem Notruf vom Planeten Scalos folgend, findet ein Enterprise-Landetrupp dort eine verlassene Stadt, in der sich einem eigenartigen Summen zufolge scheinbar nur Insekten aufhalten, deren Existenz sich mit den Tricordern jedoch nicht nachweisen läßt. Nachdem ein Mitglied des Landetrupps auf unerklärliche Weise verschwindet, kehrt man zur Enterprise zurück, jedoch nicht allein. Unbemerkt werden Kirk und die anderen von Deela, der Königin von Scalos, und einigen Gefolgsleuten begleitet. Deela kann eine Tasse Kaffee präparieren; als Kirk daraus trinkt, werden alle Besatzungsmitglieder um ihn herum immer langsamer und scheinen schließlich in ihren Bewegungen zu erstarren. Im Gegenzug werden die Scalosianer nun für ihn sichtbar und er erfährt von ihnen, daß er sie zunächst für Insekten gehalten hatte. Deela erklärt ihm, daß eine plötzlich aufgetretene Strahlung alle Körperfunktionen der Bewohner von Scalos rapide beschleunigt hatte. Seitdem leben sie in einer Geschwindigkeit, die das menschliche Auge nicht mehr wahrnehmen kann. Da die männliche Bevölkerung des Planeten als Folge der Strahlung unfruchtbar geworden ist, will Deela das Lebenserhaltungssystem der Enterprise manipulieren, um die Besatzung einzufrieren und mit der Hilfe der männlichen Besatzungsmitglieder Scalos wieder zu bevölkern. Kirk kann Spock mit einer Bandaufzeichnung warnen, der daraufhin mit McCoy ein Mittel entwickelt, das die Substanzen des scalosianischen Wassers enthält. Er trinkt es und kann sich der Geschwindigkeit der Scalosianer anpassen. Nachdem er Kirk gefunden hat, setzen sie gemeinsam die ungebetenen Gäste außer Gefecht und schicken sie zurück auf ihre Welt, wo sie ihrem Schicksal überlassen werden.

*

Ein weiteres Mal wurde das aus ›By Any Other Name‹ (Ep. C52) bekannte Thema variiert, ohne Neues zu enthalten. Wirklich erwähnenswert war nur, daß hier die Zensoren geschlafen hatten. Obwohl Kirk und Deela lediglich die weitere Vorgehensweise zur Übernahme der Enterprise hatten diskutieren wollen, konnte man Kirk nach einem Szenenwechsel dabei beobachten, wie er seine Stiefel anzog, während Deela sich kämmte. Üblicherweise werden jegliche körperliche Annäherungen im Ansatz angedeutet, dann folgt ein plötzlicher Kameraschwenk und ein Schnitt, die nächste Szene zeigt die beiden Beteiligten in einer unverfänglichen Situation, so daß alles, was sich dazwischen abgespielt haben mag, nur von der Phantasie des Zuschauers abhängt. Hier war das anders.

Episode C68: The Empath

(Der Plan der Vianer)

Auf einer Planetenbasis der Föderation im minarvanischen System entdecken Kirk, Spock und McCoy Aufzeichnungen, daß die Wissenschaftler, die dort abgeholt werden sollten, verschwunden sind. Bevor die drei die Station verlassen und auf die Enterprise zurückkehren können, finden sie sich plötzlich in einer unbekannten Umgebung wieder und begegnen ihren Entführern — zwei Außerirdischen namens Lal und Thann. Die drei von der Enterprise treffen kurz darauf auf Gem, eine junge, taubstumme Frau, die die Gabe besitzt, die Schmerzen anderer zu absorbieren. Das demonstriert sie eindringlich, nachdem die Fremden Kirk und Spock scheinbar grundlos foltern. Als McCoy von ihnen besonders schlimm mißhandelt wird, nimmt Gem auch ihm die Schmerzen, obwohl sie damit ihr eigenes Leben riskiert. Lal und Thann erklären daraufhin das Experiment für abgeschlossen. Kirk, Spock und McCoy erfahren von ihnen, daß das minarvanische System bald zerstört werden wird. Da aber nur eine der zwei in diesem System existierenden Rassen gerettet werden kann, hat Gem mit ihrer Opferbereitschaft gezeigt, daß ihre Rasse es wert ist, weiterzuexistieren. Kirk, Spock und McCoy dürfen auf die Enterprise zurückkehren.

*

›The Empath‹ zeigte ein für *Star Trek*-Verhältnisse ungewohnt hohes Maß an physischer und psychischer Gewalt, die aber nicht Selbstzweck war, um die Helden leiden zu lassen oder um einen Dritten zu unterhalten. Die beiden Fremden, Lal und Thann, verfolgten ein bestimmtes Ziel, indem sie mit Gem wie in einem Labor Versuche durchführten. Verwunderlich war allerdings, daß die Möglichkeiten der Vianer nur einer Rasse das Überleben erlaubten, daß sie aber Zeit und Muße hatten, einen derart aufwendigen Test durchzuführen, bei dem unbeteiligte Dritte leiden mußten.

Die Brutalität jedoch (die dazu führte, daß diese Episode nicht im englischen Fernsehen gezeigt wurde) machte klar, daß *Star Trek* keineswegs die Kindersendung war, als die ›Variety‹ sie bezeichnet hatte.

Episode C69: Elaan of Troyius

(Brautschiff Enterprise)

Um eine klingonische Intervention zu verhindern, muß zwischen den verfeindeten Föderationsplaneten Elas und Troyius Frieden geschlossen werden. Zu diesem Zweck soll die hübsche Elaan, Dohlman von Elas, mit dem troyischen Herrscher verheiratet werden. Sie ignoriert jedoch die Bedeutung dieser bevorstehenden Hochzeit und verletzt den Botschafter von Troyius, Petris, der versucht hatte, ihr Manieren beizubringen, so schwer, daß Kirk dessen Platz einnehmen muß. In der sich anschließenden Zeit kommt Kirk unbeabsichtigt in Kontakt mit den Tränen Elaans. Diese Tränen enthalten einen Wirkstoff, der jeden, der sie berührt, sich in Elaan verlieben läßt. Kirk stellt keine Ausnahme dar. Als die Enterprise mit einem klingonischen Kampfschiff zusammentrifft, stellt sich heraus, daß ein Mitglied der Delegation von Troyius ein Spion der Klingonen ist, der das Schiff sabotiert hat. Für die Behebung des Schadens sind Dilithium-Kristalle notwendig. Kirk entdeckt zufällig, daß Elaans Halskette aus unbearbeiteten Dilithium-Kristallen besteht. Damit erklärt sich auch das große Interesse der Klingonen an Elas: der Planet verfügt über riesige Ressourcen an Dilithium, deren Bedeutung den Bewohnern allerdings nicht bekannt ist. Letztlich gelingt es Kirk doch noch, Elaan von der Tragweite der Hochzeit zu überzeugen, sie willigt endlich ein. Währenddessen hat Kirk die fatale Wirkung der Tränen Elaans überwinden können, da seine einzig wahre Liebe nach wie vor die Enterprise ist.

*

Daß Kirk mit Hilfe seines Charmes eine Gefahr hatte abwenden können, war nicht neu, man denke nur an ›By Any Other Name‹ (Ep. C52), ›Wink of an Eye‹ (Ep. C67) oder ›The Gamesters of Triskelion‹ (Ep. C46). Auch daß seine Liebe zur Enterprise stärker war als zu jeder Frau, war keinesfalls neu — das hatte man bereits in ›The Naked Time‹ (Ep. C5) erfahren können. Und in ihren übrigen Bestandteilen bot diese Episode ebenfalls keine neuen Erkenntnisse.

Die in Frankreich geborene und beim Filmfestival in Cannes entdeckte France Nuyen, die die Elaan spielte, hatte 1957 ihren ersten Auftritt im Musical ›South Pacific‹, vor *Star Trek* hatte sie bereits mit William Shatner in der Broadway-Aufführung von ›The World of Suzie Wong‹ mitgewirkt. Sie erhielt Rollen in diversen Filmen und war Gast in verschiedenen TV-Serien, zuletzt spielte sie in der Krankenhausserie ›St. Elsewhere‹ in einer festen Rolle. Außerdem war sie in dem Fernsehfilm ›Return to Fantasy Island‹ zu sehen.

Episode C70: Whom Gods Destroy

(Wen die Götter zerstören)

Kirk und Spock sollen auf Elba II, der letzten psychiatrischen Anstalt der Föderation, ein Medikament übergeben. Dort angekommen erkennen sie zu spät, daß der Leiter der Station Donald Cory nicht der ist, für den sie ihn halten. In Wahrheit handelt es sich bei ihm um den Insassen der Anstalt Garth von Izar. Garth ist ein früherer, hochangesehener Captain der Föderation, der die Gabe erworben hat, jede beliebige Gestalt anzunehmen. Der einzige Gefangene dagegen ist der wirkliche Donald Cory, alle Insassen laufen frei umher. Garths Versuche, die Enterprise in seine Gewalt zu bekommen, schlagen jedoch fehl, da er die Losung nicht kennt, die Scotty erwartet, bevor er den Landetrupp zurückbeamen kann. Es ist offensichtlich, daß auf der Station etwas nicht stimmt, Scotty kann aber nicht eingreifen, da das Betreten der Station von einem Kraftfeld verhindert wird. Garth versucht, Kirk die Losung durch Folter zu entreißen, scheitert aber auch hier. Es kommt zu einem Duell zwischen Kirk und Garth, in dessen Verlauf er die Gestalt des Captains annimmt, um Spock daran zu hindern, in den Kampf einzugreifen. Dennoch gelingt es dem Vulkanier, den falschen Kirk ausfindig und handlungsunfähig zu machen. Damit ist die Situation auf Elba II wieder unter Kontrolle, Kirk und Spock können auf die Enterprise zurückkehren.

*

Nicht nachvollziehbar war, warum in dieser Episode erstmalig eine Losung benutzt wurde, als Kirk mit der Enterprise Kontakt aufnahm, um sich mit Spock zurückbeamen zu lassen. Schon vorher hatten er und Spock sich in Situationen begeben, die von vornherein mit einem gewissen Risiko behaftet waren, während es bei ›Whom Gods Destroy‹ eigentlich keinen Grund gab, an eine Gefahr zu denken, die eine solche Vorgehensweise rechtfertigte.

Neben dieser Ungereimtheit waren zwei Aspekte zu erwähnen, die auf Vorbilder in der Serie zurückgriffen, ohne sie zu variieren. Da war zum einen die Tatsache, daß mit Garth eine weitere berühmte Persönlichkeit der Sternenflotte den Verstand verloren hatte, was die Frage provozierte: Wie lange konnte es noch dauern, bis auch Kirk dieses Schicksal ereilte?

Der andere, viel ärgerlichere Punkt war die wiederholte Verdopplung von Kirk. Erwarteten die Produzenten, daß die Zuschauer davon begeistert waren, zumal von Anfang an klar war, wer der Doppelgänger war? Das hatte man bei ›The Enemy Within‹ viel geschickter angefangen, und man sollte aus solchen Fehlern für die Zukunft lernen: verschiedene Episoden von *Star Trek — The Next Generation* sollten zeigen, wie man es dramaturgisch besser lösen konnte.

Eine unverhältnismäßig brutale und für *Star Trek*-Verhältnisse unpassende Szene war Garths Demonstration der Ernsthaftigkeit seiner Absichten, indem er die Sklavin Marta kurzerhand in die Luft sprengte.

Sie wurde von Yvonne Craig gespielt, die als Batgirl in der ›Batman‹-TV-Serie der 60er Jahre mitgewirkt hatte. Sie wurde am 16. Mai 1937[4] in Taylorville, Illinois, geboren, 1956 bekam sie ihre erste Rolle in ›Rock, Pretty Baby‹, 1959 war sie in ›Gidget‹ zu sehen, die erste größere Rolle erhielt sie 1961 in ›By Love Possessed‹. 1967 war sie neben James Coburn in ›I Like Flint‹ zu sehen, dann folgte die Rolle als Batgirl in der Fernsehserie ›Batman‹.

Craig bestätigte wie William Campbell (s. S. 128) ein seit langer Zeit kursierendes Gerücht, nämlich die von Shatner-Fans immer wieder bestrittene Tatsache, daß er ein Toupet trägt. Sie hatte ihn nach den Dreharbeiten zu ›Whom Gods Destroy‹ mit »seinen Haaren in den Händen« gesehen.[5]

Auch sonst wußte sie über ihn wenig Gutes zu berichten, da sie mit ihm keine gute Erinnerung verband. Er mokierte sich fortlaufend über ihr grünes Make-up, das an seine Kleidung kam. Er wollte nicht von ihr berührt werden, obwohl eine Liebesszene das erforderlich machte. In ihren Augen verhielt sich Shatner egoistisch und seinen Schauspielerkollegen gegenüber wie ein Regisseur.

Für die Rolle des Donald Cory konnte ein ganz besonderer Gaststar engagiert werden: Keye Luke. Er wurde am

18. Juni 1904 in Canton in China geboren und kam noch in seiner Kindheit in die USA, wo er 1933 ins Filmgeschäft einstieg. Seine erste Filmrolle hatte er in ›The Painted Veil‹ mit Greta Garbo. Es folgte die Rolle des Lee Chan, Sohn des Detektivs Charlie Chan, einer Filmserie aus dem Hause 20th Century Fox. 1938 starb aber Warner Oland, der Charlie Chan gespielt hatte, woraufhin Luke die Serie verließ, da er nicht das Gefühl hatte, daß jemand Olands Platz einnehmen konnte. Der letzte mit Oland gedrehte Film — ›Mr. Moto's Gamble‹ — wurde umgeschnitten, um ihn trotz des Todes des wichtigsten Darstellers zu veröffentlichen. In den Serials ›The Green Hornet‹ und ›The Green Hornet Strikes Again‹ war Luke jeweils in der Rolle des Kato zu sehen. Einem jüngeren Publikum wurde er bekannt als blinder Meister Po in der Serie ›Kung Fu‹, in der er trotz seines hohen Alters noch so jugendlich aussah, daß er älter geschminkt werden mußte.[6] Noch 1990 übernahm er eine kleine Rolle in Woody Allens ›Alice‹. Keye Luke starb am 12. Januar 1991.

Episode C71: Let That Be Your Last Battlefield

(Bele jagt Lokai)

Der Enterprise nähert sich ein gestohlenes Shuttle, an Bord befindet sich ein Passagier. Auf der Enterprise angekommen, stellt er sich als Lokai vor, ein Humanoider vom Planeten Cheron. Eine seiner Körperhälften ist weiß, die andere schwarz. Lokai bittet um Asyl, kurz darauf wird von einem weiteren Schiff Bele an Bord gebeamt, der ebenfalls von Cheron kommt. Er ist genau umgekehrt gefärbt und erklärt Kirk, Lokai sei ein Verräter, den er ihm ausliefern müsse. Lokai hat sich jedoch keines Verbrechens schuldig gemacht, sondern wird von Bele allein wegen seiner Andersartigkeit gejagt, also aus einem typischen rassistischen Vorurteil heraus. Kirk weigert sich angesichts dieser Erkenntnis, Lokai auszuliefern, woraufhin Bele seine Macht zu demonstrieren versucht. Kirk reagiert für Bele unerwartet und aktiviert die Selbstzerstörungsautomatik und bricht sie erst in letzter Sekunde ab. Damit hat er Bele den Beweis erbracht, daß er sich nicht von ihm unter Druck setzen läßt. Aus freien Stücken befiehlt Kirk dann schließlich doch Kurs auf Cheron. Dort angekommen finden sie eine völlig zerstörte Welt vor. Die Bewohner haben sich in ihrem Haß auf die jeweils Andersartigen längst gegenseitig ausgerottet, so daß Beles Ansinnen eigentlich keinen Sinn mehr hat. Er und Lokai können aber entkommen und sich auf den Planeten beamen, wo Bele seinen ›Feind‹ uneinsichtig durch die Ruinen einer toten Welt jagt. Währenddessen verläßt die Enterprise Cheron, da hier nichts mehr zu retten ist.

*

›Let That Be Your Last Battlefield‹ ist die Episode, die man jedem zeigen sollte, der eine andere Rasse haßt, nur weil sie eine andere Hautfarbe oder eine andere Religion hat. Jeglicher Rassismus ist nach den Argumenten, die sich Bele und Lokai vorwerfen, der Lächerlichkeit preisgegeben, da er genausowenig wie in dieser Episode wirklich begründet werden kann. Drastischer als hier konnte man den Vorurteilen ihre Daseinsberechtigung nicht entziehen, und *Star Trek* stellte ein weiteres Mal unter Beweis, daß die Serie ihre qualitativen Höhepunkte dann erreichte, wenn das SF-Element Nebensache wurde und nur Mittel zum Zweck war.

Selten hat *Star Trek* eine ähnlich deutliche Botschaft übermittelt, wenn man von der generellen Tendenz, Toleranz gegenüber anderen zu wahren, einmal absieht. Vielleicht hätte ›Let That Be Your Last Battlefield‹ als Episode der ersten Season *Star Trek* bereits zu dieser Zeit zu dem Erfolg geführt, der sich so erst Jahre später einstellte. Eine der nachhaltig im Gedächtnis bleibenden Szenen war der Schluß, wenn Bele und Lokai sich auf ihrer zerstörten Heimatwelt befinden.

Die in dieser Episode erstmalig auftauchende Selbstzerstörungssequenz ist übrigens in gleicher Form, wenn auch mit veränderten Rollen, in *Star Trek III – The Search for Spock* (s. Band 2, S. 94 f.) zu sehen.

Episode C72: The Mark of Gideon
(Fast unsterblich)

Die Regierung von Gideon – einem Planeten, auf dem keine Krankheiten existieren – möchte diplomatische Beziehungen zur Föderation aufnehmen. Die Enterprise wird beauftragt, mit der Regierung in Kontakt zu treten. Kirk wird auf den Planeten gebeamt, kommt jedoch nicht dort an. Während man auf der Enterprise zunächst einen Transporterfehler vermutet, rematerialisiert Kirk auf einer offensichtlich völlig leeren Enterprise, mit der aber etwas nicht zu stimmen scheint. Kurz darauf begegnet er Odona, einer jungen Frau, von der er erfährt, daß er sich tatsächlich auf Gideon befindet. Sie erklärt ihm, daß es auf Gideon zwar tatsächlich keine Krankheiten gibt. Dadurch ist der Planet jedoch hoffnungslos überbevölkert, da niemand an etwas anderem als Altersschwäche stirbt und zudem keine Geburtenkontrolle existiert. Der Rat von Gideon hat Kirk auf die nachgebaute Enterprise gelockt und ihm dort eine Verletzung zugefügt, durch die Odona mit Veganischer Chronomenengitis infiziert wird, einer lebensgefährlichen Krankheit. Kirk hatte diese Krankheit zwar überlebt, aber er trägt nach wie vor den Erreger in seinem Blut. Der Rat ist äußerst erfreut, als er erfährt, daß Odona erkrankt ist. Er hofft, daß sie das todbringende Virus weitergeben und so eine ›natürliche‹ Reduzierung der Bevölkerung nach sich ziehen wird. Nach langer Suche stellt Spock fest, daß die zunächst angegebenen Transporterkoordinaten von den tatsächlichen abweichen. Er findet Kirk und nimmt ihn und Odona mit auf die wirkliche Enterprise, wo McCoy die Erkrankte retten kann. Dennoch kehrt sie mit der Hoffnung auf ihre Welt zurück, ihrem Auftrag entsprechend andere mit dem Virus infizieren zu können, das sie nun auch in sich trägt.

*

Die auf Gideon herrschende Überbevölkerung war in dieser Episode eindrucksvoll in Szene gesetzt worden, aber bedauerlicherweise wurde diese Tatsache durch unübersehbare Löcher im Drehbuch weitgehend verdrängt. Mindestens drei grobe Ungereimtheiten waren unbeachtet geblieben:

1. Woher hatten die Gideoner die Baupläne der Enterprise, um sie so realistisch nachzubauen, daß selbst Kirk der Unterschied nicht auffiel?

2. Woher nahmen die Gideoner den Platz für die nachgebaute Enterprise, wenn doch ihr Planet restlos überbevölkert war?

3. Sollte wirklich niemand auf der Enterprise den Zahlendreher in den Koordinaten bemerkt haben, mit dem die Gideoner Kirk auf die falsche Enterprise lockten?

Grund für diese Löcher mochte sein, daß das von George F. Slavin und Stanley Adams (der in ›The Trouble with Tribbles‹ den Händler Cyrano Jones gespielt hatte) vorgelegte Konzept in der ersten Fassung viel härter war und sich viel kritischer mit den Themen Überbevölkerung und Geburtenkontrolle befaßte als das Endprodukt. Fred Freiberger bestand auf den Änderungen, da er die Konfrontation mit Andersdenkenden scheute. Einer der gefürchtetsten Kritiker war bei den angesprochenen Themen die Kirche, da der von Slavin und Adams geplante Inhalt der Episode deutlich dem zuwiderlief, was der Papst predigte und allem Elend auf der Welt zum Trotz auch heute noch predigt.

Episode C73: That Which Survives

(Gefährliche Planetengirls)

Kirk, McCoy, Sulu und der Geologe D'Amato lassen sich auf einen bislang unerforschten Planeten beamen, um dort geologische Unregelmäßigkeiten zu untersuchen. Im Augenblick des Entmaterialisierens auf der Enterprise beobachten sie, wie eine Frau im Transporterraum erscheint und ein Crewmitglied tötet. Als sie auf dem Planeten rematerialisiert sind, können sie keinen Kontakt mit der Enterprise aufnehmen. Die wurde nach dem Erscheinen der Frau – Losira – Tausende von Lichtjahren fortgeschleudert. Nachdem D'Amato der auch auf dem Planeten erscheinenden Losira zum Opfer gefallen ist, erkennen die drei Überlebenden, daß bei jedem Auftauchen Losiras einer sterben muß und daß sie jeweils für einen bestimmten aus der Gruppe kommt. Sie schützen sich gegenseitig und entdecken in einer Höhle, daß Losira ein Hologramm ist, das von einem Computer gesteuert wird. Der war von einer längst ausgestorbenen Rasse gebaut worden, die auf dem Planeten Forschungen angestellt hatte. Als plötzlich drei Losiras vor ihnen stehen und sie bedrohen, materialisiert gerade noch rechtzeitig von der soeben zurückgekehrten Enterprise Spock und zerstört den Computer. Die Hologramme verschwinden, mit ihnen endet die Gefahr für den Landetrupp.

*

Diese Episode war recht kurios, da die tödliche Bedrohung für drei der Hauptcharaktere völlig ohne Bedeutung war. Ihnen durfte nichts zustoßen, und niemand erwartete ernsthaft, daß sich *Star Trek* in diesem Punkt von anderen Serien unterscheiden würde. Es wurde vergeblich versucht, Spannung zu erzeugen, indem man Spock erst im letzten Moment als Retter auftreten ließ, aber das rettete die Episode auch nicht. Das war um so bedauerlicher, da man mit Lee Meriwether eine hervorragende Besetzung für die Rolle der Losira gefunden hatte.

Lee Meriwether wurde am 27. Mai 1935 in Los Angeles geboren, 1955 wurde sie in Folge Miss San Francisco, Miss California und dann Miss America. Fast zwangsläufig schlossen sich Film- und Fernsehrollen an. Sie hatte eine feste Rolle in ›The Time Tunnel‹ und in ›Barnaby Jones‹, in einem Film zur Batman-Fernsehserie trat sie als Catwoman auf. Sie war außerdem in Betracht gezogen worden als Nachfolgerin von Barbara Bain nach deren Ausstieg aus ›Mission: Impossible‹, wurde aber nicht genommen, da man sich entschloß, die weibliche Rolle zunächst nicht wieder fest zu besetzen.[7]

Episode C74: The Lights of Zetar

(Strahlen greifen an)

An Bord der Enterprise befindet sich Lt. Mira Romaine, die auf Memory Alpha, der Zentralbibliothek der Föderation, abgesetzt werden soll. Ein Energiesturm unbekannter Natur tötet jedoch kurz vor der Ankunft alle Besucher auf Memory Alpha und löscht sämtliche Datenspeicher. Aus unerklärlichen Gründen kann Mira Romaine plötzlich vorhersagen, daß die Enterprise das nächste Ziel des Sturms sein wird. Trotz aller Abwehrmaßnahmen dringt die eigentümliche Energieform in die Enterprise ein und übernimmt Mira Romaine. Über sie erfahren Kirk und Co., daß es sich bei der Energieform um ein Geistkollektiv handelt. Dieses Kollektiv stellt das dar, was von der Bevölkerung des Planeten Zetar noch existiert. Das Kollektiv hat Mira als das ideale Medium ausgesucht und will dort bleiben, da es ein Recht auf Leben geltend macht, notfalls auch auf Kosten von Mira Romaine. Sie kann in eine Überdruckkammer gebracht werden, wo die an Schwerelosigkeit gewöhnte Lebensform von Zetar unterliegt und den Wirtskörper schließlich verläßt. Die befreite Lt. Romaine wird später nach Memory Alpha zurückgebracht, um dort den Wiederaufbau der Station zu leiten.

*

Obwohl Scotty ein deutlich unterschätzter und somit viel zu oft in den Hintergrund gedrängter Charakter war, erlaubte man ihm (ähnlich wie McCoy in ›For the World is Hollow And I Have Touched the Sky‹, Ep. C64) nach ›Who Mourns for Adonais?‹ ein zweites Mal, sich stärker für eine Frau zu interessieren als für seinen über alles geliebten Maschinenraum. Ein glücklicher Ausgang dieser Beziehung war aber auch diesmal nicht vorgesehen.

Die Vorlage für diese Episode stammte von Jeremy Tarcher und dessen Ehefrau Shari Lewis, einer bekannten Puppenspielerin. Sie ließ über ihren Agenten ein Treffen mit Fred Freiberger arrangieren, der von der vorgetragenen Idee begeistert war. Nach einigen von ihm vorgenommenen Änderungen war Tarcher mit dem Ergebnis nicht mehr zufrieden, bewies aber nicht die Konsequenz anderer Drehbuchautoren, die ihre Geschichte zurückforderten, nachdem ihre Ideen bearbeitet und verfremdet worden waren.

Episode C75: Requiem for Methuselah

(Planet der Unsterblichen)

Auf Holberg 917-G, einem Planeten mit großen Vorkommen an Ryetalyn, das als einziges bekanntes Mittel gegen das tödliche Rigellianische Fieber dringend benötigt wird, begegnen Kirk, Spock und McCoy einem alten Mann mit Namen Flint, der ihnen nach anfänglicher Verärgerung über den unerwünschten Besuch schließlich doch Ryetalyn geben will. Während er einen seiner Roboter damit beauftragt, Ryetalyn auf dem Planeten zu sammeln und im Labor zu raffinieren, lädt er den Enterprise-Landetrupp auf sein Schloß ein. Dort treffen sie mit der jungen Rayna Kapec zusammen. Sie und Kirk verlieben sich auf den ersten Blick, was Flint mit gemischten Gefühlen beobachtet. Als sie sich umsehen, entdecken sie verschiedene Dinge, die sie stutzig machen. So stößt Spock auf einen völlig unbekannten Walzer von Brahms. Nach einiger Zeit werden sie jedoch mißtrauisch, da die Herstellung des Ryetalyns ungewöhnlich lange dauert. Auf der Suche nach dem Roboter entdecken sie eine ganze Serie Rayna-Androiden. Vor vollendete Tatsachen gestellt, erklärt Flint, daß er unsterblich ist und auf der Erde unter anderem als Leonardo da Vinci und als Brahms gelebt hatte. Dann hatte er die Erde verlassen und sich auf Holberg 917-G niedergelassen, um sich dort ganz seiner Schöpfung Rayna widmen zu können. Um die Entwicklung ihrer Emotionen voranzutreiben, gestattete er ihr, mit Kirk zusammenzutreffen. Jetzt aber ist Flint eifersüchtig auf Kirk, und es kommt zu einem Kampf zwischen den beiden. Rayna wird von ihren Gefühlen für beide so sehr in Verwirrung gestürzt, daß sie durch einen Kurzschluß stirbt, da sie sich nicht entscheiden kann, wem von ihnen sie helfen soll. Flint gibt Kirk schließlich das Ryetalyn heraus und bittet die drei, ihn zu verlassen, da er allein sein möchte. Auf der Enterprise teilt McCoy dem untröstlichen Kirk mit, daß Flint nicht mehr lange leben wird. Seine Unsterblichkeit hat er in dem Moment verloren, als er die Erdatmosphäre verlassen hatte. Spock kommt hinzu und nimmt Kirk in einem Akt des Mitgefühls die Erinnerung an Rayna.

*

Kirks Fähigkeit, sich sehr schnell zu verlieben, wurde mit dieser Episode ein weiteres Mal unter Beweis gestellt. Auch das Hauptthema ›Unsterblichkeit‹ wirkte eher wie eine Variation der Episode ›Metamorphose‹ (Ep. C39), nicht zuletzt auch wegen des Endes, als dort Cochrane und hier Flint nicht länger unsterblich waren.

Spocks oft – und besonders in Deutschland – vorherrschendes Image des absoluten und gefühllosen Logikers erfuhr in ›Requiem for Methuselah‹ wieder mal eine drastische Korrektur, als er aus Mitgefühl Kirk die Erinnerung an Rayna nahm. Das war jedoch nicht mehr als eine nette Geste ohne langanhaltende Wirkung, da Kirk durch jeden Blick in seine Logbucheintragungen an sie erinnert werden würde. Aber oft ist es ja nur der Gedanke, der zählt.

Rayna wurde gespielt von Louise Sorel, die am 6. August 1940 in Los Angeles geboren wurde. Nach einer Vielzahl von Gastauftritten in diversen Serien bekam sie 1969 ihre erste feste Rolle in der Serie ›The Survivors‹, weitere Serienengagements folgten, in den achtziger Jahren war sie in der Soap Opera ›Santa Barbara‹ zu sehen.

Episode C76: The Way to Eden

(Die Reise nach Eden)

Die Enterprise verfolgt die gestohlene S.S. Aurora und kann deren Besatzung noch rechtzeitig an Bord beamen, bevor das Schiff aufgrund der Überlastung des Antriebs explodiert. Es handelt sich bei der Besatzung um eine Gruppe, die den Planeten Eden sucht. Angeführt werden die Frauen und Männer von Dr. Sevrin, der an einer tödlichen Krankheit leidet. Auf Spocks Anfrage erfährt der vom Computer, daß es Eden tatsächlich gibt. Nachdem Sevrin von der zweiten Brücke die Kontrolle über die Enterprise an sich gerissen und Eden erreicht hat, fliegen er und seine Leute in einem Shuttle auf den Planeten. Als Kirk mit einem Landetrupp folgt, ist aber einer aus Sevrins Gruppe bereits tot. Er ist gestorben an einer Frucht, die wie alles auf dem paradiesischen Planeten

Eden hochgradig giftig ist. Die anderen folgen enttäuscht dem Enterprise-Landetrupp. Lediglich Sevrin will sein gefundenes Paradies nicht aufgeben und ißt vorsätzlich von einer Frucht. Er stirbt im gleichen Moment.

*

Eine der Frauen aus Sevrins Gruppe war Chekovs ehemalige Freundin, ursprünglich hätte sie jedoch McCoys Tochter Joanna aus dessen geschiedener Ehe sein sollen. Zu diesem durchaus interessanten Einblick in McCoys ansonsten recht verschlossenes Privatleben kam es dann aber leider nicht. Statt dessen trat Chekov in den Vordergrund, was der Episode jedoch nicht zum Vorteil gereichte, schließlich war McCoy noch immer die populärere und stärker ausgearbeitete Figur.

Das Ende der dritten Season war greifbar nahe und entsprechend desinteressiert schien man mit den Episoden umzugehen; ›The Way to Eden‹ an sich bot jedenfalls kaum etwas, das im Gedächtnis haften blieb, ausgenommen Dr. Sevrin, der von Skip Homeier gespielt wurde. Der war bereits als Melakon in der unrühmlichen Episode ›Patterns of Force‹ (Ep. C51) zu sehen gewesen.

Episode C77: The Cloud-Minders

(Die Wolkenstadt)

Die Enterprise fliegt Ardana an, um dort eine Ladung Zienite an Bord zu nehmen. Dieses Mittel kommt auf Ardana in großen Mengen vor und ist das einzige, das eine auf Merak grassierende Seuche stoppen kann. Der Besuch von Kirk und Spock löst überraschend einen Konflikt aus, da die bislang unterdrückten Minenarbeiter, die Troglyten, sich mit einem Mal weigern, das gewünschte Zienite weiterhin an die herrschende Klasse zu liefern. Die nämlich wohnt in Wolkenstädten, fernab von den Minen und ihren giftigen Gasen, die ein Arbeiten ohne Atemschutzmaske unmöglich machen. Da Ardanas Ratsvorsitzender Plasus darauf beharrt, daß die Troglyten zu gehorchen haben, weil sie seiner Ansicht nach eine minderwertige Rasse sind, lockt Kirk ihn in die Minen und zeigt ihm dort, daß es Zeit ist, die bestehenden Verhältnisse zu ändern. Plasus verspricht ihm, das zu tun, und läßt ihn mit dem Zienite auf die Enterprise zurückkehren.

*

›The Cloud-Minders‹ wirkte wie eine schwache Kopie von Fritz Langs ›Metropolis‹ aus dem Jahr 1926, erreichte aber nicht einmal ansatzweise das vermutliche Vorbild. Statt dessen machte man auch noch einen Fehler und ließ Kirk wieder einmal Gelegenheit, sich über die Hauptdirektive hinwegzusetzen und sich nachhaltig in eine fremde Kultur einzumischen.

In die Ansammlung negativer Aspekte reihte sich letztlich dann auch ein besonders peinliches, weil viel zu offensichtliches Wortspiel ein, indem die Minenarbeiter als Troglyten bezeichnet wurden. Die Bezeichnung wurde abgeleitet aus Troglodyten, was nichts anderes bedeutet als Höhlenbewohner.

Episode C78: The Savage Curtain

(Seit es Menschen gibt)

Im Orbit um Excalbia, einem vollständig von Lava bedeckten Planeten, erscheint plötzlich Abraham Lincoln auf dem Bildschirm und lädt Kirk und Spock auf den Planeten ein. Dort wird gleichzeitig ein kleines Gebiet mit Erdatmosphäre registriert. Kirk und Spock folgen der Einladung und werden, nachdem sie auf Excalbia materialisiert sind, von Yarnek, einem Steinwesen, empfangen.

Yarnek eröffnet ihnen, daß sie an einem Kampf zwischen Gut und Böse teilnehmen sollen, andernfalls wird die Enterprise vernichtet. Gezwungenermaßen machen sie mit, zumal von der Enterprise keine Hilfe kommen kann. Auf ihrer Seite sind Abraham Lincoln und der vulkanische Philosoph Surak, Begründer der gewaltlosen Lebensweise der Vulkanier. Die — schlechte — Gegenseite besteht aus Dschingis-Kahn, dem Mörder Colonel Green, der skrupellosen Wissenschaftlerin Zora und dem Ur-Klingonen Kahless der Grausame. Nach einem regelrechten Gemetzel leben nur noch Kirk und Spock, Dschingis-Kahn und Zora, die gemeinschaftlich die Fortsetzung des Kampfes verweigern. Daraufhin gibt Yarnek nach und läßt Kirk und Spock auf die Enterprise zurückkehren.

*

Lieutenant Uhura, die ›erste Farbige im Weltall‹.

Aus Ermangelung einer besseren Idee ließ man Kirk und Spock offensichtlich nur um der Action willen zunächst wie befohlen kämpfen, um ihnen erst dann die Gelegenheit zu geben, sich den Forderungen zu widersetzen. Einen unsinnigeren Weg hätte man kaum einschlagen können. ›The Savage Curtain‹ ist kopflos und vertane Zeit und zugleich symptomatisch für viele Episoden der späten dritten Season.

Glücklicherweise konnte Mark Lenard das Angebot, Abraham Lincoln zu spielen (nicht aber Surak, obwohl das naheliegender gewesen wäre), nicht annehmen, da er mit der Serie ›Here Come The Brides‹ befaßt war und nur für eine Drehpause von vier Tagen zur Verfügung hätte stehen können. Da die *Star Trek*-Episode jedoch sechs bis sieben Tage erforderte, blieb ihm die Mitwirkung erspart, so daß er zurückblickend das Glück hatte, in zwei hervorragenden Episoden mitgespielt zu haben, aber nicht in einer schlechten.

Episode C79: All Our Yesterdays

(Portal in die Vergangenheit)

Auf Sarpeidon, einer Welt, die in Kürze von ihrer explodierenden Sonne zerstört werden wird, entdecken Kirk, Spock und McCoy eine seltsame Bibliothek. Die besteht nur aus kleinen Scheiben, auf denen verschiedene Landschaften zu sehen sind. Mr. Atoz, der Bibliothekar, stellt sich ihnen vor und erklärt, daß er rechtzeitig vor der Zerstörung Sarpeidons die Bevölkerung des Planeten in verschiedene Epochen zurückgeschickt hat. Er zeigt ihnen das Atavachron, aber bevor er der Gruppe die genaue Funktionsweise erklären kann, hört Kirk eine Frau um Hilfe rufen. Er rennt durch ein Portal und verschwindet. Spock und McCoy folgen ihm, geraten aber — anders als Kirk — in die Eiszeit Sarpeidons, wo sie auf Zarabeth treffen. Sie wurde verstoßen und muß nun allein in der Eiswüste den

Rest ihres Lebens verbringen. Spock fühlt sich mit einem Mal in die Zeit seiner barbarischen Vorfahren versetzt und beginnt, sich dementsprechend zu verhalten. Er läßt seinen Emotionen zunehmend freien Lauf, was in einem handfesten Streit mit McCoy gipfelt, bei dem der nur mit viel Glück nicht von dem Vulkanier umgebracht wird. Außerdem verliebt Spock sich in Zarabeth. In der Zwischenzeit ist es Kirk gelungen, aus dem mittelalterlichen Sarpeidon, in das er geraten war, in die Bibliothek zurückzukehren. Dort kann Atoz seine Erklärungen nachholen. Kirk nimmt Kontakt mit Spock und McCoy auf und erklärt ihnen, daß sie zurückkehren müssen. Anderenfalls werden sie sterben, da Atoz sie nicht für die Reise hatte vorbereiten können. Schweren Herzens läßt Spock Zarabeth zurück, da sie für ihre Reise präpariert wurde und nicht mehr diese Epoche verlassen kann. Gemeinsam mit McCoy kehrt er in die Bibliothek zurück, zusammen mit Kirk kehren sie auf die Enterprise zurück, während sich Atoz als letzter in eine vergangene Epoche Sarpeidons begibt, um der bevorstehenden Zerstörung zu entkommen.

*

Obwohl jeder Versuch, *Star Trek* zu retten, zu spät kam, zog man mit der vorletzten Episode der letzten Season noch einmal alle Register. Die Idee für ›All Our Yesterdays‹ war originell, die Ausführung war gelungen. Nimoy bekam eine letzte Gelegenheit, seiner Rolle einen neuen Aspekt hinzuzufügen, den des Barbaren im Vulkanier.

Die beste Namengebung in der gesamten Serie ereignete sich ebenfalls hier. Mr. Atoz, der Bibliothekar, ergab an den richtigen Stellen getrennt A-TO-Z, also A bis Z, der perfekte Name für einen Bibliothekar. Für diese Rolle konnte noch einmal Ian Wolfe gewonnen werden, der bereits in ›Bread and Circuses‹ (Ep. C55) zu sehen war. Wolfe starb am 23. Januar 1992 im Alter von 95 Jahren.

Eine der Qualität dieser Episode angemessene Fortsetzung bieten die zwei Romane ›Yesterday's Son‹ und ›Time for Yesterday‹, beide von Ann C. Crispin.[8]

Episode C80: Turnabout Intruder[9]

(Gefährlicher Tausch)

Die Enterprise wird nach Camus II gelockt, auf dem Dr. Janice Lester, eine der vielen Ex-Geliebten Kirks, eine Maschine einer alten Kultur entdeckt hat, die den Wechsel des Geistes von einem Körper in den anderen und umgekehrt ermöglicht. Sie sieht ihre Chance gekommen, sich an Kirk zu rächen, da sie ihn dafür haßt, daß er es geschafft hat, Captain eines Raumschiffs zu werden. Janice Lester hatte den gleichen Wunsch, war aber nicht erfolgreich. Ihr Plan gelingt, sie kehrt in Kirks Körper auf die Enterprise zurück, während Kirks Geist in ihrem Körper kontrolliert wird. Lesters Assistent, Dr. Coleman, wacht darüber, daß die Bewußtlosigkeit, in die ›Dr. Lester‹ gefallen ist, nicht unerwartet endet. Der scheinbare Kirk verhält sich jedoch auffallend anders, durch eine Gedankenverschmelzung erfährt der mißtrauisch gewordene Spock die Wahrheit. Daraufhin droht Janice in Kirks Körper allen die Todesstrafe an, die Spocks Behauptung Glauben schenken, gibt sich aber mit dieser für den Captain untypisch hysterischen Reaktion zu erkennen. Sie wird überwältigt, mit Spocks tatkräftiger Unterstützung wird der Tausch rückgängig gemacht.

*

Die definitiv letzte Episode verlief enttäuschend unspektakulär, niemand geriet glaubhaft in Gefahr, selbst Kirks Dilemma, in einem anderen Körper gefangen zu sein, vermochte letztlich nicht zu überzeugen. Fast schien es so, als wollte im letzten Moment eigentlich doch niemand wirklich daran glauben, daß *Star Trek* am Ende war. Alles blieb beim alten, keiner der Charaktere schied für immer aus, eine Vorgehensweise, die sich erst zehn Jahre später als richtig erweisen sollte.

Anmerkungen:

1 Es bedarf an dieser Stelle einmal einer Korrektur scheinbarer Tatsachen. Allenthalben, insbesondere in der in manchen Dingen viel zu unkritischen Presse, wird gerne die Ansicht vertreten, daß allein die Fans *Star Trek* gerettet haben, viele von ihnen vertreten die Meinung, daß es allein ihnen und ihrem Enthusiasmus zu verdanken ist, daß *Star Trek* eine dritte Season erleben durfte und nach langer Zeit ins Kino kam, um schließlich mit mittlerweile zwei Serien (*Star Trek — The Next Generation* und *Star Trek — Deep Space Nine*) auf den Bildschirm zurückzukehren. Das ist so nicht ganz richtig, da der Eindruck entsteht, in diesem besonderen Fall sei es den Fans gelungen, den TV-Verantwortlichen ihren Willen aufzuzwingen. Tatsächlich ist es jedoch so, daß man in der Chefetage von Paramount bzw. von NBC erkannt hatte, daß es ein ausreichend großes Publikum gab, das im Fernsehen für gute Einschaltquoten sorgen würde, da man beruhigt davon ausgehen konnte, daß die Briefeschreiber nur einen Teil des Gesamtpublikums der Serie ausmachten und die Werbeeinnahmen für die nächste Zeit gesichert waren. Nicht anders ging Paramount Jahre später an die Produktion der Kinofilme, hier rechnete man mit Rekordbesucherzahlen, um über diesen Weg ein noch größeres Publikum anzuziehen. Der Mythos von den so einsichtigen Bossen, die Verständnis für die Interessen der darbenden *Star Trek*-Fans hatten, sollte so schnell wie möglich ausgeräumt werden, wenn das Fandom ernstgenommen werden will. Niemand dreht einen Film oder eine Serie, nur weil eine — relativ — kleine Anzahl von Zuschauern danach verlangt. Das gab es nicht in den sechziger Jahren, das gibt es heute nicht, und das wird es auch nie geben.
Diese falsche Sichtweise sollte jedoch bei *Star Trek II — The Wrath of Khan* und bei den Vorbereitungen zu *Star Trek — The Next Generation* noch zu Problemen führen, da viele Fans im Lauf der Jahre offensichtlich zu der Einstellung gelangt waren, Star Trek sei *ihre* Serie, und nur sie hätten darüber zu bestimmen.

2 Lee Harvey Oswald war der mutmaßliche Mörder des US-Präsidenten John F. Kennedy.

3 S. hierzu S. 235.
4 Andere Quellen nennen das Jahr 1941.
5 Starlog Yearbook Vol. 8, Mai 1991.
6 So in: Tim Brooks, The Complete Directory to Prime Time TV Stars.
7 Sie wäre damit Serienpartnerin von Leonard Nimoy geworden, der im gleichen Jahr die Rolle von Barbara Bains ebenfalls aus der Serie ausgestiegenem Ehemann Martin Landau übernahm; zu den Hintergründen siehe ausführlich S. 199.
8 S. hierzu Band 2, S. 217 f.
9 Die ›Star Trek Chronology‹ nennt als Jahr der letzten Episode 2269.

Star Trek ist tot – es lebe Star Trek

Obwohl viele das Niveau der Serie mit aufsteigender Season als in gleichem Maße absinkend bezeichneten und das damit begründeten, daß Gene Roddenberry sich, verbittert über die Art und Weise, wie NBC mit *Star Trek* umging, immer mehr zurückzog und seinen Einfluß immer weniger geltend machte, war diese globale Betrachtung und die damit verbundene Kritik unberechtigt. Jede Season hatte — unabhängig davon, wie sehr Roddenberry daran beteiligt war — ihre Tiefpunkte, so die erste Season mit ›Miri‹ (Ep. C9) und besonders extrem mit ›The Alternative Factor‹ (Ep. C28) (bei dem zwar die Umstände eine maßgebliche Rolle spielten, was aber nichts an dem äußerst schwachen Resultat änderte, das die Zuschauer zu sehen bekamen), die zweite Season mit einem deutlichen Zuviel an erdähnlichen Planeten (Ep. C47, C51, C53, C55) und die dritte gleich zu Beginn mit ›Spock's Brain‹ (Ep. C57) sowie ›And the Children Shall Lead‹ (Ep. C60). Gleichermaßen waren die Glanzlichter verteilt: Die erste Season beeindruckte mit ›The Naked Time‹ (Ep. C5), ›Balance of Terror‹ (Ep. C15), ›Space Seed‹ (Ep. C23) und natürlich ›The City on the Edge of Forever‹ (Ep. C29). Die zweite Season konnte mit ›Amok Time‹ (Ep. C31), ›Journey to Babel‹ (Ep. C40) und ›The Trouble with Tribbles‹ (Ep. C45) aufwarten. In der dritten Season folgten insbesondere ›For the World Is Hollow and I Have Touched the Sky‹ (Ep. C64) und ›All Our Yesterdays‹ (Ep. C79).

Es ging mit *Star Trek* also beileibe nicht bergab, die Serie hielt sich vielmehr auf einem gleichbleibenden Niveau mit den vertretbaren Ausreißern nach oben und unten. Sie hätte sich zwar inhaltlich steigern können, das scheiterte jedoch daran, daß die Beziehungen der Charaktere untereinander nur wenig weiterentwickelt wurden. Diesen Fehler (der es erlaubte, *Star Trek* in nahezu jeder beliebigen Reihenfolge auszustrahlen, ohne Erklärungslücken zu verursachen) vermied man Jahre später zunächst in den Kinofilmen, die weitgehend aufeinander aufbauten, und dann in Vollendung in *Star Trek — The Next Generation* und in *Star Trek — Deep Space Nine,* deren Episoden man einzig in der ursprünglichen Sendereihenfolge sehen sollte, um die eingearbeiteten Querverweise auf frühere Abenteuer nachvollziehen zu können.

Mit dem zunächst endgültig scheinenden Aus begann erst das wirkliche Leben der Serie, nachdem NBC die Episoden an die zahllosen lokalen TV-Sender in den USA verkaufte. Bessere Sendezeiten brachten endlich das Publikum, auf das man seinerzeit zwar gebaut hatte, das aber angesichts der bekannt schlechten Termine nur sehr wenig von der Serie mitbekommen hatte.

Zu einem profitablen Geschäft wurde der unerwartete Erfolg der Serie jedoch nur für wenige. Während Paramount an dem Verkauf verdiente, gingen die Schauspieler weitgehend leer aus, enthielten doch deren Verträge eine Klausel, die nur für ein paar Wiederholungen eine zusätzliche Gage garantierten. Bei Vertragsunterzeichnung konnte aber niemand ahnen, daß die Zahl der Wiederholungen in die heutigen Größenordnungen geraten könnte.

Die Ausstrahlung bei den Privatsendern besaß allerdings einen Nachteil. Da die Sendezeit mit einträglicherer Werbung versehen werden konnte, fielen immer wieder Szenen der Schere zum Opfer, um ein Maximum an Werbezeit einzubauen. Das schadete zwar den einzelnen Episoden, tat der Serie insgesamt aber keinen Abbruch. Bereits 1970 gelang *Star Trek* der Sprung über den ›großen Teich‹ und wurde in Großbritannien ausgestrahlt.

In den Jahren nach 1969 zeigte sich für Roddenberry, daß *Star Trek* ein Zufallstreffer war, etwas, womit er zur rechten Zeit an der rechten Stelle vorgesprochen hatte. Weitere Versuche, mit anderen Serien erneut Fuß zu fassen, scheiterten und kamen über einen Pilotfilm nicht hinaus. ›Genesis II‹, ›Spectre‹ und ›The Questor Tapes‹ waren allesamt Roddenberry-Projekte, die niemand haben wollte.

Star Trek machte Roddenberry zwar berühmt, aber ihn ereilte das gleiche Schicksal, mit dem auch die Schauspieler nach dem Ende der Serie zu kämpfen hatten. Er war so sehr zu einem Synonym für *Star Trek* geworden, daß man ihm nichts anderes mehr abnahm, während Kollegen wie Glen A. Larson oder Stephen J. Cannell Serien am laufenden Band produzierten. Möglicherweise ist es aber auch gerade diese Massenproduktion anderer Serienerfinder, die Roddenberry diesen einsamen Platz zuteilt, da ihm seine geistigen Kinder sehr am Herz lagen und er eine schlechte Serie nur um des Geldes willen nicht produzieren wollte.

Lediglich auf dem Sektor der Vermarktung seiner Serie, dem sogenannten Merchandising, war Roddenberry wesentlich erfolgreicher. ›Star Trek Enterprises‹ hieß der Versand, der zunächst vom Memorabilia lebte, also von Dingen, die unmittelbaren Bezug zu den Episoden hatten, wie zum Beispiel originale Filmclips. Nachdem dieses einzigartige und heute kaum noch bezahlbare Material vergriffen war und ›Star Trek Enterprises‹ nunmehr ›Lincoln Enterprises‹ hieß, verlagerte man sich auf den Verkauf von serienbezogenen Nebenprodukten wie Abzeichen, Romanen, Fotos usw.[1]

Die Schauspieler traf diese starke Identifizierung mit *Star Trek* noch viel härter, da sie nur für einige Wiederholungen Geld bekamen. Sie konnten noch nicht einmal wie Roddenberry mit dem Verkauf von Serienprodukten

Geld machen, Leonard Nimoy erhielt beispielsweise nie einen Dollar für die Vermarktung von Spock, obwohl er den Charakter maßgeblich geprägt hatte und Nimoys Gesicht Grundlage für alle Spock-Abbildungen war, egal ob sie nun Thermoskannen oder Bettdecken zierten.[2]

William Shatner konnte recht früh in dem hochgelobten Fernsehfilm ›The Andersonville Trial‹ (1970) eine führende Rolle übernehmen, was die Hoffnung aufkommen ließ, daß er das Ende der Serie einigermaßen unbeschadet überstanden hatte. In der Folgezeit gab es jedoch kaum noch erwähnenswerte Produktionen, er sank mit Rollen in ›Devil's Rain‹ (1975; dt. ›Nachts, wenn die Leichen schreien‹), ›Big Bad Mama‹ (1974; dto.), ›The Hound of the Baskervilles‹ (1972; dt. ›Der Hund von Baskerville‹) und ›Kingdom of the Spiders‹ (1977; ›Mörderspinnen‹) ins untere Mittelmaß ab. Diese Filme brachten ihm zwar Geld ein, aber keinen guten Ruf. Zu besseren Rollen kam er eigentlich erst wieder, als *Star Trek* ins Kino gekommen war. 1975/76 startete er einen weiteren Versuch im Fernsehen, als er mit Doug McClure (bekannt als ›Trampas‹ aus ›The Virginian‹, dt. ›Die Leute von der Shiloh Ranch‹) in der originellen Westernserie ›Barbary Coast‹ (dt. ›Die Küste der Ganoven‹) spielte, der aber nur ein kurzes Leben beschieden war, wohl, weil sie trotz des Westernumfeldes wenige für Westernserien typische Elemente enthielt. Shatner war außerdem als Gast in zahlreichen TV-Serien zu sehen, zum Beispiel in ›Kung Fu‹ in der Episode ›A Small Beheading‹ (dt. ›Caines Begnadigung‹) und in ›Police Woman‹ in der Episode ›Smack‹ (dt. ›Mit Make-up und Pistolen‹: ›Sucht‹).

1973/74 holte ihn die Vergangenheit zum ersten Mal ein, als er für die *Star Trek*-Zeichentrickserie (s. S. 208) die Texte des gezeichneten Kirk sprach.

Leonard Nimoy hatte es ungleich schwerer, seinem Image zu entrinnen, da sein Charakter Spock eine noch viel stärker im Gedächtnis bleibende Persönlichkeit war als Shatner und die Fans in Nimoy immer wieder nur den Vulkanier sahen und sehen wollten. Ähnlich dachten auch die Produzenten, entsprechend schwer konnte Nimoy unterkommen. Um sich endlich von Spock zu lösen, veröffentlichte er sogar ein Buch mit dem Titel ›I Am Not Spock‹, das sofort ignorante Fans auf den Plan rief, die Nimoy des Verrats an der Rolle bezichtigten, die ihn populär gemacht hatte. Dies konnten aber auch nur die sagen, die außer dem Titel nichts gelesen hatten. Nimoy wandte sich in seinem Buch nicht gegen Spock, sondern versuchte, seinem Publikum zu verstehen zu geben, daß in Nimoy mehr steckte als nur diese eine Figur.

Mehr aus Zufall kam Nimoy an eine vielversprechende Rolle in der Krimiserie ›Mission: Impossible‹. 1969, nach dem Ende der dritten Season dieser Serie (gleichfalls eine Paramount-Produktion), wollte einer der Hauptdarsteller, Martin Landau, eine drastische Gagenerhöhung. Paramount bot ihm 7000 Dollar pro Episode, was einer Erhöhung von 500 Dollar gegenüber dem Vorjahr gleichkam. Damit hätte er zu Peter Graves aufgeschlossen, dem etwas wichtigeren Star der Serie, der in seiner Rolle als Jim Phelps jede Episode eröffnete und das Team aussuchte, mit dem er den jeweiligen Auftrag erledigen wollte. Statt das Angebot anzunehmen, forderte Landau für die vierte Season 11 000 Dollar pro Episode und versuchte gleichzeitig, für die fünfte Season 12 500 Dollar als Episodengage auszuhandeln. Zwar waren die Einnahmen aus den in der Serie plazierten Werbespots gut und hätten eine Anhebung nach Landaus Wünschen ermöglicht, aber es war klar, daß Peter Graves nicht übergangen werden könnte. Die Verhandlungen führten zu keinem für Landau befriedigenden Ergebnis, und die Produzenten sahen sich nach einem Nachfolger um, den sie in Nimoy entdeckten, der gerade erst *Star Trek* hinter sich hatte. Da der Erfolg von *Star Trek* noch lange auf sich warten lassen würde, konnte Paramount ihn zu einem günstigen Abschluß bewegen und mit ihm einen Fünfjahresvertrag vereinbaren, bei einer Gage von 7000 Dollar pro Episode. Die Figur des Rollin Hand, die Landau gespielt hatte, wurde ohne große Veränderungen in The Great Paris umbenannt. Im fünften Jahr wurde Nimoy mit seiner Rolle immer unzufriedener, da er für seinen Geschmack nicht genug zu tun hatte. Er schaffte es, 1971 aus dem Vertrag zu kommen, obwohl Paramount bis zum Schluß der Ansicht war, daß Nimoy lediglich mehr Geld wollte. 1970 war Nimoy in ›Assault on the Wayne‹ (dt. ›U-Boot Wayne in geheimer Mission‹, als Videoveröffentlichung unter dem Titel ›Einsatz im Pazifik‹) zu sehen, 1971 in ›Catlow‹, 1978 verwirklichte er ein ehrgeiziges Einmannprojekt – ›Vincent‹, das am 18. Mai 1978 Premiere hatte und ein durchschlagender Erfolg wurde. Obwohl man hätte meinen sollen, daß Nimoy sich damit endgültig von *Star Trek* befreit hatte, mußte man in Betracht ziehen, daß zweifellos viele Zuschauer kamen, um Nimoy zu sehen. Daß er dabei als Vincent van Goghs Bruder auftrat, spielte für sie keine so große Rolle, solange sie den Mann sehen konnten, der für sie untrennbar mit ihrem Idol Spock verbunden war.

Um seine Vielseitigkeit weiterhin unter Beweis zu stellen, veröffentlichte er Langspielplatten zum Teil mit Gesang, aber auch mit literarischen Texten[3] sowie mehrere Gedichtbände (›You & I‹, ›These Words Are for You‹, ›Will I Think of You?‹, ›Warmed by Love‹). Er moderierte zwei Fernsehserien, ›In Search of ...‹ und ›Standby ... Lights! Camera! Action!‹.

Im Vergleich zu den anderen *Star Trek*-Akteuren schnitt Leonard Nimoy qualitativ am besten ab, was seine Aktivitäten nach der Serie betraf, da er zweifellos der vielseitigste und wandlungsfähigste Schauspieler war.

DeForest Kelley war wie die meisten anderen sicher, daß mit dem Ende der dritten Season *Star Trek* für immer beendet war. Er nahm keine Rollen mehr an, da ihm nichts angeboten wurde, was ihn als Schauspieler weitergebracht hätte. Die Produzenten wollten ihn nahezu ausschließlich in Arztrollen sehen, was ihm aber nach *Star Trek* nicht paßte. Kelley konnte sich im Gegensatz zu den meisten anderen diesen Rückzug jedoch auch leisten, da seine Filmzeit schon vor der Fernsehkarriere gelegen hatte und er gut von den Einkünften aus jener Zeit leben konnte.[4]

George Takei moderierte und produzierte eine Talkshow in Los Angeles mit dem Titel ›Expression: East/West‹. Er wurde politisch sehr aktiv, war aber nach wie vor im Filmgeschäft tätig, da er in zahlreichen Serien als Gaststar mitwirkte, so zum Beispiel in ›The Six Million Dollar Man‹ und in ›Black Sheep Squadron‹.

Nichelle Nichols startete eine neue Karriere und wurde Mitarbeiterin im Astronauten-Rekrutierungsprogramm der NASA, wo sie sich um die unterrepräsentierten Gruppen bei Raumflügen kümmerte, wie zum Beispiel Frauen oder Farbige.

James Doohan verschwand genau wie Majel Barrett (die 1969 Gene Roddenberry heiratete und sich um Lincoln Enterprises kümmerte) und Grace Lee Whitney (die noch lange mit ihrer Alkoholabhängigkeit zu kämpfen hatte) nahezu völlig von der Bildfläche. Doohan machte insbesondere sein schottischer Akzent zu schaffen, den die Produzenten für echt hielten und der dazu führte, daß man ihn nur als Schotten einsetzen wollte.

Walter Koenig konnte insgesamt nur recht wenige Auftritte in Filmen und Fernsehserien vorweisen, daran änderte sich auch nichts nach *Star Trek*. Er entwickelte jedoch schriftstellerische Fähigkeiten und schrieb für diverse Serien Drehbücher, so zum Beispiel für die *Star Trek*-Zeichentrickneuauflage, und Bücher als Comicvorlagen, darunter auch für die — allerdings erst 1992 — von ihm erfundene Comicserie ›Raver‹.

Im Januar 1972 zeichnete sich erstmals ab, daß hinter *Star Trek* ein ungewöhnlich aktives Publikum stand. Die erste in dem Jahr abgehaltene *Star Trek*-Convention[5] war ein wahrer Überraschungserfolg, denn statt der erwarteten einigen hundert Fans kamen über 3000. 1973 waren es bereits über 6000, ein weiteres Jahr später mußte man eine ebensogroße Menschenmenge aussperren, nachdem die Convention mit gut 15 000 Besuchern aus allen Nähten platzte. In der Folgezeit spaltete man die Conventions auf und ließ sie zeitlich versetzt über die gesamten Vereinigten Staaten stattfinden, um so eine noch größere Anzahl Fans zu erreichen. Einen detaillierten Überblick über das Phänomen der Conventions gibt Joan Winston in ›The Making of the Trek Conventions‹.

Etwa parallel zum Convention-Trend kamen immer mehr Fanzines auf den Markt, zumeist Kurzgeschichtensammlungen, von Fans für Fans geschrieben, was sich vor allem daran zeigte, daß sie als kopierte Exemplare im A4-Format kursierten. Viele dieser Geschichten basierten auf Begebenheiten aus den Fernsehepisoden und führten dort angedeutete Geschehnisse fort, hin und wieder bewiesen sie, wie sehr die Fans auf kleinste Details achteten und sie in ihren Geschichten verarbeiteten und eigene Erklärungen lieferten. So ist die Zahl der Geschichten, die sich allein um Spocks Sehlat drehen, der in ›Journey to Babel‹ nur kurz erwähnt wurde, nicht einmal abzuschätzen, zumal der Verbreitungsgrad der Fanzines in Fankreisen völlig unterschiedlich und ziemlich unüberblickbar ist.

Aber nicht nur die Themenvielfalt war bemerkenswert, auch der Stil rangierte von gelungenen Erzählungen bis hin zu Kurzgeschichten, die eher an einen Schulaufsatz erinnerten, und zeigte, welche Bandbreite von Menschen zum Schreiben angeregt wurde, die sich vielleicht nie zugetraut hätten, eine Kurzgeschichte zu schreiben. Eine der abstrusesten Entwicklungen im Fandom war und ist das Verfassen von sogenannten ›K/S‹-Geschichten. K/S steht für *Kirk + Spock* und befaßt sich mit der — zumindest aus Sicht der zumeist weiblichen Verfasser deutlich erkennbaren — homosexuellen Beziehung zwischen den beiden. Hierbei wird einerseits permanent ignoriert, daß Kirk unumstritten der ›Galaktische Playboy‹ ist und Spock ohnehin nur alle sieben Jahre einen entsprechenden Drang verspürt, andererseits wird Männerfreundschaft bzw. Kameradschaft bedenkenlos mit Homosexualität gleichgesetzt. Und so jagt dann ein Klischee das andere, und die Fans werfen eine Vielzahl an Publikationen auf den Fanmarkt, die von recht verträumten Gedichten (deren Inhalt unter Umständen auch in andere Richtungen interpretierbar ist) über einigermaßen harmlose Handlungen bis hin zum Hardcore-Porno reichen, der je nach zeichnerischem Talent auch noch illustriert wird. Das ist bestimmt nicht im Sinne Roddenberrys, der zwar nicht gegen Homosexualität eingestellt war, aber wenn er ›K/S‹ wirklich beabsichtigt hätte, dann hätte er es bestimmt in irgendeiner Form eingebracht.

Die Aktivitäten der Fans, die schon bald den Spitznamen ›Trekker‹[6] weghatten, beschränkten sich aber nicht nur auf das Abhalten von Conventions und das Schreiben von Geschichten, sondern sie gingen auch an die Öffentlichkeit (die von den Ansammlungen uniformierter Trekker nahezu zwangsläufig Notiz nehmen mußte), eine großangelegte Briefkampagne veranlaßte den damaligen US-Präsidenten Gerald Ford, die erste wiederverwendbare Raumfähre der NASA, das Space Shuttle, auf den Namen ›Enterprise‹ taufen zu lassen. Während der Taufe waren Gene Roddenberry, Leonard Nimoy, DeForest Kelley, Nichelle Nichols, James Doohan, George Takei und Walter Koenig anwesend, eine Kapelle spielte das ›*Star Trek*-Thema‹.

Redewendungen aus der Serie hielten Einzug in den Alltag und machten *Star Trek* allgegenwärtig. Immer wieder tauchte in anderen TV-Serien der Satz »Beam me up, Scotty« (»Beam mich rauf, Scotty«) auf, obwohl gerade er in exakt dieser Form in keiner Episode gesprochen worden war. In ›Back to the Future‹ (dt. ›Zurück in die Zukunft‹) war es Michael J. Fox, der den vulkanischen Gruß zitierte.

Aber alle Bemühungen der Fans, ihre Serie wiederzubeleben, schienen aussichtslos. *Star Trek* war anscheinend mit der letzten Episode gestorben und lebte nur in der Erinnerung der Fans weiter.

Anmerkungen:

1 Siehe zum Merchandising ausführlich Band 2, ab S. 193.

2 Dieser Zustand hat sich mittlerweile sehr zum Vorteil der Schauspieler geändert, was sich insbesondere bei den Comicveröffentlichungen zeigt. Dort müssen bekannte Figuren aus der Serie, zum Beispiel Harry Mudd, so sehr verändert werden, daß zwar die Figur als solche noch erkennbar ist, aber mit dem Schauspieler keine Ähnlichkeit mehr besitzt, wenn die Herausgeber nicht das Recht bekommen, den Charakter so darzustellen, wie man ihn kennt.

3 Nimoy veröffentlichte unter anderem ›The Two Sides of Leonard Nimoy‹ und ›Mr. Spock's Music from Outer Space‹, heute gesuchte Sammlerstücke. 1993 erschien eine CD, die einen Querschnitt seines Könnens darstellte. Diese Veröffentlichung drückte den Preis der LPs, ähnlich wie bei William Shatners LP ›The Transformed Man‹, die 1992 als CD wiederveröffentlicht wurde. Auch wenn Nimoy in musikalischer Hinsicht um Längen besser ist als sein Schauspielerkollege, ist ›The Transformed Man‹ insgesamt recht hörbar, obwohl Shatners Werk in der Presse regelmäßig verrissen wird. Bemerkenswert ist dabei, daß es sich bei der LP um Shatners Versuch handelt, Texte der Weltliteratur mit umarrangierten Popsongs zu kombinieren, daß man aber gerne seine zugegebenermaßen eigenwillige Interpretation des Beatles-Songs ›Lucy in the Sky with Diamonds‹ herauspickt und kritisiert, ohne die Aufnahme im Gesamtzusammenhang zu beurteilen.

4 Es sollte jedoch nicht verschwiegen werden, daß Kelleys Mimik und Gestik oft zu wünschen übrig ließen und seine schauspielerische Wandlungsfähigkeit stark reduzierten. Während er in den Westernproduktionen noch recht souverän wirkt, geht beispielsweise sein Auftritt in ›House of Bamboo‹ völlig daneben, da er die meiste Zeit des Films damit verbringt, mit vor der Brust verschränkten Armen herumzustehen, obwohl sein Part als Mitglied einer Gangsterbande einen anderen Auftritt erfordert hätte. Jedoch sollte die Schuld nicht Kelley allein zugeschrieben werden, da es auch Sache des Regisseurs ist, die Schauspieler zu führen, was in seinem Fall offensichtlich nicht geschehen war.

5 Eine Convention ist eine Versammlung Gleichgesinnter, in diesem Fall von *Star Trek*-Fans. ›Convention‹ läßt sich noch am ehesten mit ›Versammlung‹ übersetzen, trifft aber nicht ganz den Rahmen, der um diese Versammlung herum geboten wird. Da gibt es zum einen eine Vielzahl von Wettbewerben, sei es nun ein Kostümwettbewerb oder ein Quiz, bei dem das Wissen über die Serie abgefragt wird. Es gibt außerdem regelmäßig einen Händlerraum, der jedem Besucher eine Vielzahl von *Star Trek*-Artikeln bietet. Ebenfalls regelmäßig werden — mal mehr, mal weniger bekannte — Gaststars eingeladen, die aus dem Nähkästchen plaudern. Das Spektrum einer Convention ist also breiter, als der Begriff Versammlung vermuten lassen würde. Andere Übersetzungen wie zum Beispiel Kongreß sind dagegen deutlich zu hochtrabend. Aus diesen Gründen bleibt es hier beim englischen Begriff.

6 Ob sie ihn selbst prägten oder ob die Presse dies tat, gehört in den Bereich der nicht nachvollziehbaren Entwicklungen im Fandom. Der Begriff ›Trekkie‹ wird ebenfalls verwendet, er wird aber von den selbsternannten Trekkern vehement abgelehnt, während andere Fans eine gegensätzliche Position beziehen. Die beste Bezeichnung kommt indessen von Leonard Nimoy, der sogar den Begriff ›Fan‹ ablehnt und [ganz in meinem Sinne; Anm. d. Verf.] durch ›Follower‹ ersetzt, also jemand, der der Sache folgt, ohne sich von ihr in Besitz nehmen zu lassen und umgekehrt diese Sache als sein Eigentum zu betrachten.

Punkt, Punkt, Komma, Strich – Die Enterprise auf Zeichen-Trek

1973 gelang der Serie nach dem unerwarteten Erfolg im Privatfernsehen die nächste Überraschung: Sie kehrte auf den Bildschirm zurück, aber nunmehr in Form von Zeichentrickepisoden. Nach nur zweiundzwanzig Folgen verschwand sie bereits wieder von der Bildfläche, obwohl diese Entwicklung schon zu Beginn abzusehen war. Aus dem plötzlichen Erfolg der Wiederholungen hatte man offensichtlich keine Lehren gezogen, die Zeichentrickserie wurde im morgendlichen Kinderprogramm plaziert, wo sie zusammen mit unzähligen anderen Cartoon-Shows die Kinderzimmer überflutete. Damit war der größte Teil der ehemaligen Zuschauer verloren, die sich entweder zu alt für eine scheinbare Kindersendung fühlten oder die einfach keine Zeit hatten, sich um diese Zeit vor den Fernseher zu setzen. Gleichzeitig fanden die Zeichentrickfolgen beim jungen Publikum nicht den Anklang, da man trotz allem bemüht war, inhaltlich das Niveau der Vorläuferserie zu halten. So waren Episoden wie ›Yesteryear‹, ›The Lorelei Signal‹ oder auch ›The Ambergris Element‹ für Kinder wohl schön anzusehen, von der Thematik her aber entschieden zu anspruchsvoll. Immerhin wurde die gute Absicht mit einem Emmy Award für die beste Kinderserie in der Season 1974/75 belohnt.

Wie auch in den drei Seasons der klassischen Serie gab es hier Ausreißer nach unten. ›More Tribbles, More Troubles‹ und ›Once upon a Planet‹ setzten ohne besonders originelle Ideen Episoden fort, deren Thematik zuvor beim Publikum angekommen war. Die maßgeblichste Überlegenheit der Zeichentrickserie bestand in der Möglichkeit, jede gewünschte Umgebung und jeden nur denkbaren Außerirdischen darzustellen, da weder aufwendige Dekorationen noch teure Masken hergestellt werden mußten. Bei den Masken war außerdem zu bemerken, daß so Figuren eingebracht werden konnten, die in einem Realfilm kaum darzustellen gewesen wären, so zum Beispiel der dreibeinige und dreiarmige Enterprise-Lieutenant Arex oder die Katzenfrau M'Ress, ebenfalls ein neues Crewmitglied.

Als erfreulich war zu verzeichnen, daß sich die Originalschauspieler bereiterklärten, den gezeichneten Charakteren ihre Stimmen zu leihen. Am meisten hatte James Doohan zu tun, der dank seiner wandlungsfähigen Stimme neben der Rolle des Scotty eine Vielzahl anderer Figuren sprechen durfte. Was die zeichnerische Darstellung der Personen betraf, so konnte man mit dem Ergebnis durchweg zufrieden sein, wenngleich die immer gleichen Standardzeichnungen von Zeit zu Zeit ein wenig ermüdend wirkten.

Episode A1: Yesteryear

(Die Täuschung/V: Das Zeitportal)[1]

Nachdem ein Forschungsteam mit der Hilfe des ›Wächters der Ewigkeit‹ die Geschichte des Planeten Orion erforscht hat, findet man die Gegenwart nach der Rückkehr drastisch verändert vor. Der Erste Offizier der Enterprise ist ein Andorianer, niemand außer Kirk kennt Spock, der in dieser Gegenwart scheinbar keine Funktion hat. Nachforschungen ergeben, daß Spock im Alter von sieben Jahren starb. Der Vulkanier erinnert sich daran, daß ein entfernter Cousin ihm damals das Leben rettete. Spock benutzt abermals den Wächter, um die Zeitlinie zu korrigieren, indem er als sein Cousin auftritt und sein eigenes Leben rettet. Als Spock nach diesem Eingriff in seine Gegenwart zurückkehrt, hat sich alles wieder normalisiert.

Außerdem ist ihm bei dieser Reise klargeworden, wann er begonnen hat, der logischen Hälfte seiner Persönlichkeit den Vorrang zu geben. Er hatte während des erneuten Aufenthalts auf Vulkan miterlebt, wie sein junges Gegenstück seinen schwerverwundeten Sehlat tötete, um ihm die Schmerzen zu ersparen.

*

Gleich mit der ersten Zeichentrickepisode machte man das wett, was in der Realfilmserie viel zu oft gefehlt hatte, nämlich der Bezug der Episoden untereinander. Hier bezog man den Wächter der Ewigkeit aus ›The City on the Edge of Forever‹ (Ep. C29) und Spocks Sehlat aus ›Journey to Babel‹ (Ep. C40) in die Handlung ein. Es ist zweifellos das Verdienst von Dorothy C. Fontana, die das Drehbuch geschrieben hatte, daß ›Yesteryear‹ die beste Episode der Zeichentrickserie war, was leider auch einen negativen Effekt hatte, da viele der nachfolgenden Episoden den mit ›Yesteryear‹ gesetzten Standard nicht mehr erreichen konnten.

Episode A2: One of Our Planets Is Missing

(Ein Planet wird gerettet/V: Die gefährliche Waffe)

Der Planet Mantilles wird von 82 Millionen Menschen bevölkert. Die Enterprise hat den Auftrag, diese Welt zu retten, da sie von einer mysteriösen Wolke bedroht wird. Bei dem Versuch, diesen Auftrag auszuführen, gerät die Enterprise aber ihrerseits in Gefahr, als sie von der Wolke geschluckt wird, die dem Schiff sämtliche Energie entzieht. Spock kann mit dem Gehirn der Wolke eine Gedankenverschmelzung eingehen und ihr das bereits angerichtete sowie das zu erwartende Unheil darlegen. Sie sieht ein, daß sie unabsichtlich eine Gefahr darstellt, und gibt die Enterprise frei, um dann die Galaxis zu verlassen.

*

Diese Episode fiel inhaltlich in die Kategorie ›durchschnittlich‹, da sie keine neuen Aspekte einbrachte, sondern bekannte Themen ein wenig variierte. Dazu zählte auch die Tatsache, daß Spock die Enterprise rettete. Darüber hinaus machte ›One of Our Planets Is Missing‹ deutlich, daß die Wolke als Lebensform ein sehr beliebtes Erzählelement war und auch in Nachfolgeserien noch sein sollte.

Episode A3: The Lorelei Signal

(Planet der Amazonen/V: Das Lorelei-Signal)

Die Enterprise empfängt ein Signal aus dem Taureanischen System, das alle männlichen Besatzungsmitglieder in seinen Bann zieht. Als die Enterprise den Ausgangspunkt dieses Signals erreicht hat, lassen sich Kirk, Spock und McCoy auf den fraglichen Planeten beamen. Dort werden sie von goldfarbenen Frauen gefangengenommen, die ihnen Stirnbänder anlegen, die den Trägern Energie entziehen und sie immer schneller altern lassen. Uhura stellt ein ausschließlich weibliches Team zusammen, das gegen die Wirkungen des Signals immun ist. Unter ihrer Leitung begibt sich dieses Team ebenfalls auf den Planeten. Die Führerin Theele erklärt Uhura, daß nach dem Tod der gesamten männlichen Bevölkerung des Planeten immer wieder Männer hergelockt wurden, um die Energie zu liefern, die den Frauen das Weiterleben ermöglicht.

Kirk, Spock und McCoy werden befreit, mit Hilfe des Transporters kann der Alterungseffekt umgekehrt werden, bis die drei ihren ursprünglichen Zustand erreicht haben. Die Frauen um Theele werden mitgenommen, um sie auf eine andere Welt zu bringen, wo sie ein normales Leben führen können.

*

Bedauerlich war, daß Nichelle Nichols erst Gelegenheit zu einer maßgeblichen Beteiligung an der Handlung bekam, als sie selber längst nicht mehr zu sehen war, sondern sie lediglich ihre Stimme ihrem Trickfilm-Ebenbild leihen durfte. Spätestens hier wurde klar, daß sie — offensichtlich ungerechtfertigt — in *Star Trek* stets eine völlig untergeordnete Rolle gespielt hatte.

Ein anderer interessanter Aspekt war der Einsatz des Transporters für einen anderen als den üblichen Transportzweck. Diese Möglichkeit sollte viel später bei *Star Trek— The Next Generation* ähnlich effektiv zum Einsatz kommen.

Episode A4: More Tribbles, More Troubles

(Invasion der Wollmöpse/V: Mehr Trouble mit Tribbles)

Auf Shermans Planet herrscht erneut eine Hungersnot, abermals wird Quadrotriticale benötigt. Die Enterprise befindet sich mit einer Lieferung auf dem Weg dorthin, rettet aber unterwegs unerwartet Cyrano Jones von einem klingonischen Kriegsschiff, mitsamt einer neuen Tribble-Generation. Die vermehrt sich jedoch nach Jones' Aussage nicht so wie die alte. Wieder finden die Tribbles einen Weg zum Quadrotriticale, werden diesmal aber größer statt mehr. Eine lebende Gegenwaffe, die Jones präsentiert, ein Gloomer, der sich von Tribbles ernährt, erweist sich daraufhin als wirkungslos, da der Gloomer sie nicht mehr schlucken kann. Nachdem die Klingonen Jones des Diebstahls ihres Gloomers bezichtigen und seine Auslieferung fordern, gibt Kirk ihnen das Tier zurück und anstelle von Jones einige Tribbles, die durch den Verzehr des Quadrotriticale extrem groß geworden sind. Später stellt McCoy auf der Enterprise fest, daß die großen Tribbles lediglich eine Art Container für zahllose kleine sind.

Das bedeutet, daß das klingonische Schiff erneut von Tribbles überschwemmt werden wird.

*

David Gerrolds Fortsetzung der von ihm geschriebenen Episode ›The Trouble with Tribbles‹ blieb weit hinter dem Vorgänger zurück, zumal er praktisch alle Elemente aus dem Vorläufer hier erneut einbrachte, anstatt die Tribbles in einem anderen Zusammenhang auftauchen zu lassen.

Episode A5: The Survivor

(Geliebter Spion/V: Der Überlebende)

Der seit fünf Jahren verschollene Carter Winston wird in einem schwer beschädigten Raumschiff gefunden und auf die Enterprise gebracht. Dort trifft er zu seinem Erstaunen auf seine Verlobte Lt. Anne Nored, woraufhin er scheinbar seine Identität preisgibt. Winston ist in Wahrheit ein Vendorianer, der nach Belieben sein Aussehen verändern kann. Als falscher Captain Kirk bringt er schließlich das Schiff in die Neutrale Zone, wo es augenblicklich von romulanischen Schiffen gestellt wird. Winston ist tatsächlich ein romulanischer Agent, dessen Ziel es war, die Enterprise an den Feind auszuliefern. Als die Romulaner angreifen, erkennt der Teil des Vendorianers, der noch Carter Winston ist, daß seine Verlobte in Gefahr ist. Indem er sich in einen Schutzschild verwandelt, opfert er sich, rettet Anne Nored und ermöglicht der Enterprise die Flucht zurück in Föderationsgebiet.

*

›The Survivor‹ war eine überdurchschnittlich gute Episode, die an die besten Tage von *Star Trek* erinnerte, da man hier die Personen über die Action stellte. Eigentlicher Titel war ›The Chameleon‹, er wurde aber geändert, als klar wurde, daß die Zuschauer durch ihn zu früh erkennen würden, was geschah.

Lange vor *Star Trek VI – The Undiscovered Country* (s. Band 2, S. 165 ff.) und *Star Trek – Deep Space Nine* (s. ab S. 592) war hier ein Gestaltwandler zu sehen.

Episode A6: The Infinite Vulcan

(Planet der Riesen/V: Das Superhirn)

Auf Phylos begegnet ein Enterprise-Landetrupp Keniclius V, dem riesigen Klon des gestorbenen Erdwissenschaftlers Dr. Starros Keniclius. Der ist wie Khan Noonian Singh ein Überlebender der Eugenischen Kriege auf der Erde des späten 20. Jahrhunderts. Der Riese will Spock klonen, um mit dessen Hilfe in der ganzen Galaxis Frieden zu schaffen, ignoriert dabei aber Kirks Einwand, daß bereits Frieden herrscht. Spock wird wider seinen Willen geklont, wobei das Original in Lebensgefahr gerät. Kirk kann dem Spock-Klon die Gefahr deutlich machen, in der der als Vorlage dienende Vulkanier schwebt. Der Klon rettet Spock mit einer Gedankenverschmelzung. Keniclius V und der Spock-Klon bleiben auf Phylos, nachdem ersterer eingesehen hat, daß die Mission längst ihren Sinn und Zweck verloren hat.

*

Obwohl Walter Koenig für das Drehbuch verantwortlich zeichnete, war das Ergebnis eine durchschnittliche Episode ohne besondere erzählerische Höhepunkte.

Episode A7: The Magicks of Megas-tu

(V: Das Geheimnis von Megas-Tu)

Ein galaktischer Wirbelsturm schleudert die Enterprise in eine andere Dimension, in der die Technik aus ungeklärten Gründen versagt. Ein dem Teufel ähnliches Wesen — Lucien — rettet das Schiff und erklärt Kirk, daß in dieser Dimension Magie so funktioniert, wie die Technik in der anderen. Die Crew begegnet den Meganern, einem Volk, das vor langer Zeit die Erde besucht hatte. Bei ihrer Ankunft dort zunächst als Seher bezeichnet, nannte man sie schon bald Hexer und begann, sie zu verfolgen. Lucien wurde dabei zum Symbol für den Teufel. Als die Meganer erkennen, daß die Menschen auf der Enterprise nur zufällig auf ihre Welt geraten sind und nicht, um die einstige Verfolgung weiterzuführen, helfen sie ihnen, in ihre eigene Dimension zurückzukehren.

*

›The Magicks of Megas-tu‹ hatte den gleichen Fehler wie seinerzeit ›Wolf in the Fold‹ (Ep. C44), da auch hier eine gute Handlung durch einen völlig unnötigen Bezug zur Erdgeschichte in ihrer Wirkung geschmälert wurde.

Episode A8: Once upon a Planet

(Urlaub im Wunderland/V: Phantasie oder Wirklichkeit)

Nachdem die Enterprise-Besatzung für einen weiteren Landurlaub auf den ›Shore Leave‹-Planeten zurückkehrt, werden die Crewmitglieder erneut angegriffen. Kirk und Spock finden heraus, daß der damalige Wächter des Planeten verstorben ist. Der Computer, der alle Simulationen erzeugt und kontrolliert, hat daraufhin die Macht an sich gerissen. Die beiden können ihn davon überzeugen, daß die Art, wie er die Simulationen steuert, für die Besucher eine Gefahr darstellt. Er sieht dies ein und ermöglicht der Enterprise-Besatzung einen friedlichen Landurlaub.

*

Ähnlich wie ›More Tribbles, More Troubles‹ (Ep. A4) bot auch ›Once upon a Planet‹ die denkbar schlechteste Fortsetzung einer *Star Trek*-Episode, in diesem Fall ›Shore Leave‹ (Ep. C16).

Episode A9: Mudd's Passion

(Der Liebeskristall/V: dto.)

Kirk rettet Harry Mudd vor den aufgebrachten Minenarbeitern auf dem Planeten Motherlode, denen er einen angeblichen Liebestrank verkauft hat, der aber offensichtlich nicht wirkt. Auf der Enterprise kann Mudd Christine Chapel dazu bewegen, das Mittel an Spock zu testen. Als es abermals nicht wirkt, flieht er mit einem Shuttle und nimmt Chapel als Geisel, um straffrei abziehen zu können. Entgegen allen Erwartungen beginnt der Trank Wirkung zu zeigen. In einer dramatischen Aktion rettet Spock entgegen allen logischen Grundsätzen seine ›geliebte‹ Christine. Das Mittel verliert aber schon nach kurzer Zeit seine Wirkung, und der festgenommene Harry Mudd erwartet nervös sein Gerichtsverfahren.

*

Daß man auch anders konnte, wenn es darum ging, ein Thema aus *Star Trek* wiederaufzugreifen, bewies ›Mudd's Passion‹, die exakt den Ton der Episoden ›Mudd's Women‹ (Ep. C7) und ›I, Mudd‹ (Ep. C38) traf.

Episode A10: The Terratin Incident

(Auch Kleine haben oft groß angefangen/ V: Die Rettungsmission)

Die Enterprise empfängt einen mysteriösen Hilferuf, dessen einziges verständliches Wort ›Terratin‹ ist. Plötzlich wird das Schiff von einem Blitz getroffen, der die Besatzung konstant kleiner werden läßt. Auf dem Planeten, von dem der Notruf gesendet wird, entdecken Kirk und Co. eine Miniaturstadt, deren Einwohner die Nachfahren eines irdischen Forschungsschiffes sind. Der Planet wurde seinerzeit auf den Namen Terra Zehn[2] getauft.

Als nun der Planet zu kollabieren droht, wird kurzerhand die komplette Miniaturstadt an Bord genommen. Dies geschieht gerade noch rechtzeitig, bevor die Enterprise-Crew zu klein ist, um die Instrumente zu bedienen. Nachdem das Schiff den Orbit von Terratin verlassen hat, verliert sich der verkleinernde Effekt, die Besatzung kehrt zu ihrer normalen Größe zurück.

*

›The Terratin Incident‹ — eine durchaus gelungene Episode — machte deutlich, daß vieles, was die Zeichentrickserie mühelos darstellen konnte, in einer Serie mit realen Schauspielern in dieser Zeit kaum oder nur mit immensen Kosten hätte verwirklicht werden können.

Episode A11: Time Trap

(Klingons Hinterlist/V: Die Zeitfalle)

Im Deltadreieck, dem Weltraumäquivalent zum irdischen Bermudadreieck, wird die Enterprise von einem klingonischen Schiff angegriffen und findet sich plötzlich auf einem Raumschiff-Friedhof wieder. Die Raumfahrer verschiedenster Rassen, deren Schiffe hier gestrandet sind, haben den Elysanischen Rat gebildet. Dieser Rat teilt der

Enterprise-Crew und der Besatzung des Klingonen-Kreuzers mit, daß es keinen Weg zurück gibt. Kirk gibt aber trotz dieser düsteren Aussichten nicht auf und verbündet sich mit den Klingonen, um gemeinsam mit ihnen einen Anlauf zu starten. Tatsächlich gelingt es ihnen, mit vereinten Kräften das Deltadreieck zu verlassen. Nachdem sich ihre Wege trennen, wird an Bord der Enterprise eine Bombe entdeckt und rechtzeitig entschärft — ein Abschiedsgeschenk der Klingonen.

*

Einzig bemerkenswert an dieser konventionell erzählten Handlung war die Kooperation zwischen Klingonen und Föderation, die hier noch ein Novum darstellte und erst Jahre später in *Star Trek — The Next Generation* wieder aufgegriffen werden sollte.

Episode A12: The Ambergris Element

(Das unheimliche Wesen/V: Die Entführung)

Auf Argo, einer fast völlig mit Wasser bedeckten Welt, werden Kirk und Spock entführt und unter Wasser gebracht. Während die alten Argonier glauben, daß Kirk und Spock Feinde sind, und sie sterben lassen wollen, ermöglichen die jungen Vertreter der Rasse ihnen das Überleben, indem sie sie zu Kiemenatmern umoperieren.

Als Scotty unter Wasser folgt, um vor einem Seebeben zu warnen, glauben die Alten an eine bevorstehende Invasion und bringen Kirk und Spock zurück an Land, wo sie noch rechtzeitig vor dem Erstickungstod gerettet werden können. Mit Hilfe der jungen Argonierin Rila kann McCoy die Operation rückgängig machen. Das Seebeben kann unterdessen abgewendet werden, woraufhin die jungen Argonier an Land gehen, da sie erkannt haben, daß sie sowohl Kiemen- als auch Lungenatmer sind. Nur die Alten bleiben unter Wasser.

*

Diese an sich gute Episode hatte mit einem großen Problem zu kämpfen, das ihr letztlich auch schadete: einem Maximum an Handlung stand ein Minimum an Zeit gegenüber.

Episode A13: Slaver Weapon

(V: Das Geheimnis der Stasis-Box)

Kirk, Spock und Uhura lassen sich auf einen Eisplaneten beamen, da sie erfahren haben, daß sich dort das Gegenstück zu einer Stasis-Box der Slaver befinden soll. Diese Stasis-Box enthält alles, was von den Slavers übriggeblieben ist: ein paar Informationen und einige Gegenstände, alles von unschätzbarem Wert. Sie werden jedoch von einem katzenähnlichen Wesen, einem Kzin, gefangengenommen. Die Kzin haben die Enterprise-Leute lediglich mit einer gestohlenen, leeren Stasis-Box hergelockt, um in den Besitz der Box zu gelangen, die Kirk mit sich führt. Sie unternehmen einen Fluchtversuch, aber Uhura wird wieder gefangengenommen. Kirk kehrt daraufhin zurück, um mit Chuft, dem Kzin-Commander, zu kämpfen. Während dieses Kampfes gelangt Chuft in den Besitz eines Gegenstands aus der Box. Es ist eine Waffe, die er aber nicht handhaben kann, unbeabsichtigt zerstört er das eigene Raumschiff und damit die Gegenstände der Slavers, die sich in der Box befanden, mit der die Enterprise hergelockt wurde.

*

›Slaver Weapon‹ zählte zu den Episoden, die im unteren Bereich der durchschnittlichen Episoden rangierte. Es gab keinen wirklich bemerkenswerten Aspekt.

Episode A14: Beyond the Farthest Star

(Keine Blumen für Kirk/V: Das körperlose Wesen)

Die Enterprise stößt auf ein fremdes Raumschiff, das von einem körperlosen, bösen Wesen gesteuert wird. Die ursprüngliche Crew hatte sich umgebracht, in der Hoffnung, damit auch dieses Wesen zu zerstören. Als es die Enterprise übernimmt, steuert Kirk Questar M-17 an, einen schwarzen Stern. Die Lebensform befürchtet, daß Kirk das Schiff zerstören will, und verläßt die Enterprise. Da der Abstand zu Questar M-17 aber schon zu gering ist, wird das Wesen von ihm angezogen, während die befreite Enterprise noch gerade fliehen kann.

*

Ähnlich wie ›Slaver Weapon‹ war auch diese Episode symptomatisch für viele Zeichentrickepisoden, sie bewegte sich gleichfalls auf durchschnittlichem Niveau und war weder besonders gut noch besonders schlecht, so daß beim Zuschauer auch kein rechtes Interesse geweckt werden konnte.

Episode A15: The Eye of the Beholder

(Die gejagten Jäger/V: Auf der Suche nach Überlebenden)

Kirk und ein Landetrupp suchen auf Lactra nach Überlebenden der im Orbit kreisenden, leeren Ariel. Riesige Schnecken, die Bewohner Lactras, nehmen sie gefangen und sperren sie in einen Zoo. Erst ein telepathischer Kontakt zwischen Spock und den Schnecken kann sie überzeugen, daß sie intelligente Lebensformen eingesperrt haben. Sie werden wieder freigelassen.

*

›The Eye of the Beholder‹ war bereits die dritte Episode in Folge, die inhaltlich nicht überzeugen konnte. Daß Kirk und Co. in dieser Episode ausgerechnet in einem intergalaktischen Zoo landeten, erinnerte sehr an die ›Twilight Zone‹-Episode ›People Are Alike All Over‹.

Episode A16: Jihad

(V: Das gestohlene Gehirnwellenmuster)

Die Enterprise befördert eine Gruppe Spezialisten, die auf der Suche nach dem gestohlenen Gehirnwellenmuster von Alar sind. Der hatte die kriegerischen Skom vor langer Zeit in ein friedliebendes Volk verwandelt. Nur mit diesem Muster kann ein galaktischer Heiliger Krieg — ein Dschihad[3] — verhindert werden. Als sich während der erfolgversprechend verlaufenden Suche herausstellt, daß einer der Spezialisten ein Verräter ist, der das Projekt scheitern lassen will, helfen die anderen Kirk, ihn unschädlich zu machen. Die Mission endet erfolgreich.

*

Ein Fehler, der auch später in Romanen und Comics wiederholt werden sollte, war die Konstruktion einer viel zu offensichtlichen Handlung. Wieder einmal beförderte die Enterprise Passagiere, wieder einmal kam es dabei zu einem Zwischenfall.

Episode A17: The Pirates of Orion

(Verfolgung im Weltraum/V: Die Piraten von Orion)

Die Piraten von Orion stehlen ein Serum, das das einzige bekannte Mittel gegen die tödlich verlaufende Krankheit Choriocytosis ist. Menschen sind dagegen zwar immun, nicht aber Spock. Kirk nimmt mit den Piraten Kontakt auf, die erklären, daß sie sich lieber umbringen als ihre Identität preiszugeben. Scotty kann dies jedoch verhindern, das Medikament kann zurückgeholt und Spock gerettet werden.

*

›The Pirates of Orion‹ war die erste Arbeit des späteren *Star Trek*-Buchautors Howard Weinstein, die von der Idee her zwar gut angelegt war, die aber wieder einmal versäumte, sich auf üblicherweise nicht so sehr in den Vordergrund gestellte Charaktere zu konzentrieren. Bemerkenswert war einzig, daß Spock sich ausnahmsweise einmal als derjenige erwies, der gegen eine Krankheit nicht immun war.

Episode A18: Bem

(Echsenjagd/V: Gefährliche Prüfung)

Commander Ari bn Bem wird auf Theta III von den Bewohnern des Planeten gefangengenommen, was exakt dem Szenario entspricht, mit dem er die Enterprise-Crew testen wollte. Einziger und dabei gravierender Unterschied ist die Tatsache, daß Theta III für unbewohnt gehalten wurde und somit eigentlich keine wirkliche Gefahr bestanden hätte. Als eine weibliche Stimme erklärt, daß sie Gott sei, und die Enterprise auffordert, den Orbit um Theta III zu verlassen, erkennt Bem, daß er mit seinem Test zu weit gegangen ist und alle Beteiligten in große Gefahr bringt. Verschärfend kommt hinzu, daß Kirk nicht die Absicht hat, Bem auf dem Planeten zurückzulassen. Schließlich gelingt es ihm, seinen Bewachern zu entkommen und auf die Enterprise zurückzukehren, die daraufhin den Planeten verläßt.

*

Das Dilemma, in das sich die Zeichentrickserie mit einer Reihe belangloser Episoden manövriert hatte, war noch nicht überstanden. Auch ›Bem‹ reihte sich trotz einiger guter Momente fast nahtlos in diese Serie ein, zumal wieder ein Test beinahe in einem Desaster endete.

Episode A19: Practical Joker

(Das lachende Ungeheuer/V: Wüste Scherze)

Auf der Flucht vor einem angreifenden romulanischen Schiff gerät die Enterprise in eine Wolke, die vom Schiffscomputer Besitz ergreift und der Besatzung Streiche spielt. Nachdem es Kirk gelungen ist, die Romulaner anzulocken, geht die Wesenheit, die sich in der Wolke befindet, auf das andere Schiff über. Die Enterprise kann unbehelligt weiterfliegen.

*

Diese von der Idee her recht durchschnittlich erscheinende Episode zeigte in der Ausführung einige sehr gute Momente.

Episode A20: Albatross

(V: Dr. McCoy unter Anklage)

Auf Dramia wird McCoy bei der Ablieferung von Medikamenten gefangengenommnen und angeklagt, vor Jahren auf dem Nachbarplaneten Dramia II eine Seuche ausgelöst zu haben. Kirk und Spock finden auf Dramia II Überlebende dieser Seuche, unter ihnen Koltai, dem McCoy damals das Leben rettete. Als sich die Seuche auch auf der Enterprise ausbreitet, holt der als einzige immune Spock McCoy, um mit ihm gemeinsam ein Gegenmittel zu suchen. Als dies gelingt, wird McCoy in Anbetracht dieser heldenhaften Tat von den nunmehr unglaubwürdigen Vorwürfen freigesprochen und darüber hinaus geehrt.

*

Im Ansatz recht gut, scheiterte ›Albatross‹ daran, daß es wieder einmal Spock zufiel, die Gefahr abzuwenden. Somit unterschied sie sich leider nicht sehr von den anderen durchschnittlichen Episoden der Zeichentrickserie.

Episode A21: How Sharper Than a Serpent's Tooth
(Die versunkene Welt/V: Kulkulkan — der Mächtige)

Kulkulkan, ein Astronaut, der vor Jahrtausenden die Erde besucht hatte und dort als Gott verehrt wurde, nimmt die Enterprise gefangen. Als er jedoch erkennt, daß die Enterprise-Crew in ihm keinen Gott sieht und ihn auch nicht anbeten will, gibt er das Schiff wieder frei.

*

Der Autor dieser Episode, Russell Bates, ein Nachfahre der Kiowa-Indianer, war bereits zu *Star Trek*-Zeiten mit D. C. Fontana in Kontakt gekommen, nachdem ihr Bruder ihr eine von Bates geschriebene Geschichte vorgelegt hatte, die — wäre die Serie seinerzeit nicht abgesetzt worden — gute Chancen gehabt hätte, eine Episode der vierten Season zu werden. Als die Produktion der Zeichentrickserie bekannt wurde, bat D. C. Fontana Bates um eine weitere Geschichte. Sein erster Vorschlag — ›The Patient Parasites‹ — fand keinen Anklang, der zweite — ›How Sharper Than a Serpent's Tooth‹ — wurde angenommen und verfilmt.

Inhaltlich bot diese Episode aber nicht viel mehr als eine Variation von ›Who Mourns for Adonais?‹ (Ep. C32).

Episode A22: The Counter-Clock Incident

(Weltraumkosmetik/V: Flucht aus einem anderen Universum)

Während Commodore Robert April, der der erste Captain der Enterprise war, an Bord dieses Schiffs zusammen mit seiner Frau zu seiner offiziellen Verabschiedungsfeier gebracht wird, reißt ein fremdes Raumschiff die Enterprise mit sich in ein anderes Universum, in dem die Zeit rückwärts läuft. Der Commander des fremden Schiffs bietet seine Hilfe an, aber die Enterprise-Crew hat sich bereits ins Kindesalter zurückentwickelt und ist handlungsunfähig. Commodore April übernimmt das Kommando, da er trotz der rückwärts laufenden Zeit immer noch der Älteste ist, und bringt das Schiff sicher zurück. Mit Hilfe einer Transportermanipulation wird der nun wieder normal verlaufende Alterungsprozeß beschleunigt, bis schließlich alle wieder so sind wie zuvor — einschließlich Commodore April und seiner Frau, die beide der Versuchung, noch einmal jung zu sein, widerstanden haben.

*

Erst zum Schluß schaffte die Zeichentrickserie den Sprung aus dem Mittelmaß und endete mit einer überdurchschnittlich guten Episode, die mit echten Schauspielern gar nicht hätte realisiert werden können. Ein gleichfalls gelungener Zug war die Einbeziehung von Captain April, der als Kommandant der Enterprise nur in der Entwicklungsphase der Serie im Gespräch gewesen war.

Der Versuch, *Star Trek* in Form einer Zeichentrickserie wiederzubeleben, war schon bald gescheitert, nicht zuletzt, da sie inhaltlich nur selten das Niveau erreichte, das man von der ursprünglichen Serie gewohnt war. Während dort gute und schlechte Episoden in einem ausgewogenen

Verhältnis zueinander standen, schaffte man bei der Zeichentrickserie nicht diesen Ausgleich. Zu viele Episoden wurden aneinandergereiht, die nicht überzeugen konnten.

Anmerkungen:

1 Erst nach Redaktionsschluß wurde bekannt, daß CIC Video etwa Mitte 1994 alle 22 Episoden in neuer Bearbeitung als Kaufcassetten veröffentlichte. Die Titel, die mit einem ›V‹ gekennzeichnet sind, konnten noch mitaufgenommen werden. Über die Art und Weise, wie die Episoden bearbeitet worden sind, kann erst zu einem späteren Zeitpunkt berichtet werden.

2 Engl.: Terra ten = Terratin.

3 Engl.: Jihad.

Intermezzo[1]

Mit dem Ende der Zeichentrickserie verließ Star Trek scheinbar endgültig die Welt des Fernsehens und begab sich zum Ende der siebziger Jahre in neue Gefilde, nämlich in die Welt des Kinos. Das ereignete sich jedoch erst nach einer langen Pause und unzähligen Gerüchten, die zunächst daraus hinausliefen, daß Star Trek erneut ins Fernsehen kommen sollte. Erst die endlosen Wiederholungen von *Star Trek* und der Erfolg der Kinoreihe machten deutlich, daß es ein Publikum für Star Trek gab. Obwohl viele darauf hofften, hatte niemand wirklich daran geglaubt, daß Star Trek eine zweite Chance bekommen würde. 1986 sollten sich die Hoffnungen der Fans und die Befürchtungen der Gegner erfüllen, als eine neue TV-Serie angekündigt wurde.

Anmerkung:

1 Zur Zeit ab dem ersten Kinofilm bis zur Rückkehr der Serie ins Fernsehen s. ausführlich Band 2.

Ein Schritt zurück, ein Sprung nach vorn – die nächste Generation

Gene Roddenberry bezweifelte noch 1975, daß es eine gute Entscheidung sei, eine neue Star Trek-Serie zu starten, da die alte Serie überlebensgroß geworden war und es sehr schwer sein würde, gegen diese Legende anzukommen. Er war der Ansicht, daß die beste Lösung eine Reihe von Fernsehspielfilmen sein dürfte, da man dann Zeit und Geld genug habe, um es besser zu machen.[1]

1977 erhielt er von Paramount eine Drehbuchidee mit dem Titel *Star Trek – The Academy Years*[2], in der die Enterprise von Kadetten durchs All gesteuert wird, zweifellos eine ideale Lösung, nur junge und damit völlig unbekannte Schauspieler zu engagieren. Roddenberry war jedoch von diesem Konzept nicht angetan. Als man ihm von Paramount aus erklärte, daß man zwar Interesse an einer neuen Serie mit ihm in führender Position habe, es aber für unmöglich halte, daß irgend jemand – also Roddenberry eingeschlossen – es schaffen könnte, den Erfolg von *Star Trek* zu wiederholen, fühlte er sich herausgefordert. Einer der maßgeblichen Punkte, der ihn in der Vergangenheit stets geärgert hatte, war die Eindimensionalität der Klingonen. Während *Star Trek* hatte die Zeit gefehlt, sich mit ihnen näher zu befassen. Mittlerweile hatte sich Star Trek mit den Kinofilmen etabliert, eine Rückkehr der alten Crew war aber zugleich ausgeschlossen, da niemand ernsthaft daran interessiert sein würde, sich wieder den langen Arbeitstagen unterzuordnen, die eine wöchentliche Serie mit sich bringen würde. Also mußte eine andere Idee her, zumal Star Trek in der Zwischenzeit so erfolgreich geworden war, daß eine Rückkehr auf den Fernsehbildschirm fast schon zwangsläufig war, wenn man die Einnahmen kalkulierte, die eine erfolgreiche Wiederbelebung mit sich bringen würde.

Im Sommer 1986 gab es dann auch erstmals Berichte über eine Rückkehr von Star Trek ins Fernsehen. Paramounts parallele Versuche, neben Roddenberry auch Harve Bennett und/oder Leonard Nimoy als Produzenten für eine neue Serie zu gewinnen, scheiterten aber an deren Ablehnung.[3]

Die Konzeption der neuen Serie stellte Roddenberry bereits früh vor ein erhebliches Problem. Wenn er sich zu sehr an der alten Serie orientierte, lief er Gefahr, daß die neue Serie als schlichte, uninspirierte Kopie abgetan werden würde. Auf der anderen Seite war ein völlig neues Konzept genauso riskant, da jeder, der bei dem Begriff Star Trek an Kirk und Co. dachte, ein zumindest ähnliches Konzept erwarten und Roddenberry im Falle einer umfassenden Änderung vorwerfen würde, er würde seinen Zuschauern eine Mogelpackung vorsetzen.

Ein Beispiel für eine nur vorübergehende Begeisterung war die Neuauflage von ›Mission: Impossible‹, die zu oft auf die vorhandenen rund 170 Episoden zurückgriff und alte Folgen neu verfilmte. Nach zwei Jahren und knapp über dreißig Episoden wurde sie wieder eingestellt.

Ein anderes Problem, mit dem Roddenberry kämpfte, war die Tatsache, daß viele Fans sich bereits aufgrund der Gerüchte, eine neue Serie werde ohne Kirk und Spock stattfinden, seiner Idee verweigerten. Diese Einwände ließen zwar Zweifel aufkommen, ob eine Neuauflage von Star Trek erfolgreich sein würde, aber Paramount war zuversichtlich. Über zwanzig Jahre nach dem Start von *Star Trek* gab man auf einer Pressekonferenz am 10. Oktober 1986 bekannt, daß Star Trek ins Fernsehen zurückkehren würde. Damit machte Roddenberrys Idee zwar den lange Zeit in Erwägung gezogenen Schritt zurück, indem sie von der Großleinwand des Kinos zum Fernsehbildschirm überwechselte. Für ihn war das aber ein Triumph über all jene, die Star Trek nie ernstgenommen hatten.

Noch völlig im Anfangsstadium begriffen, variierte der Abstand zu *Star Trek* zwischen 100 und 500 Jahren. Kurz darauf wurde als Obergrenze 200 Jahre festgelegt, die dann nochmals um 50 Jahre nach unten korrigiert wurde. Dieser immer noch beträchtliche Sprung nach vorne wurde als notwendig erachtet, um neue Verhältnisse zu etablieren. Zu dieser Zeit nannte sich das Projekt *Star Trek — The New Generation.*

Am 26. November 1986 lag die erste Fassung der ›Bibel‹ für *Star Trek — The New Generation* vor. Das Raumschiff sollte nach wie vor die Enterprise sein, sie sollte die Seriennummer NCC-1701-7 tragen, was aber dann in Anlehnung an Kirks neues Schiff in *Star Trek IV — The Voyage Home* in NCC-1701-G umbenannt wurde. Am 10. Dezember 1986 erging an die Künstleragenturen ein Besetzungsaufruf, der unter anderem folgende Angaben enthielt:

Der Captain der neuen Enterprise sollte Julien Picard heißen, über 50 Jahre alt sein und ein Weißer[4], in Paris geboren sein und für sein Alter jugendlich wirken, dabei in bestem gesundheitlichen Zustand sein.

Sein Erster Offizier, der wie im ersten *Star Trek*-Pilotfilm Number One genannt wurde, war William Ryker, etwa 30 bis 35 Jahre alt, in Alaska geboren, gutaussehend mit einem gewissen Sex-Appeal.

Lt. Commander Data, ein Android, sollte etwa Mitte 30 sein, an sein Aussehen wurden keine besonderen Anforderungen gestellt, lediglich ein intelligentes Erscheinungsbild war gewünscht.

An die Schiffsärztin Dr. Beverly Crusher, etwa 35 Jahre alt, wurde dagegen eine ganze Reihe von Anforderungen gestellt. Sie sollte intelligent und schön sein, eine Persönlichkeit sein und den natürlichen Gang einer Stripease-Tänzerin haben.

An ihrer Seite sollte die 16jährige Tochter mit Namen Leslie sein, wie ihre Mutter eine Weiße, mit einem bemerkenswerten Verstand und einem fotografischen Gedächtnis. Abgesehen davon sollte sie ein ganz normaler Teenager sein.

Eine weitere Frau war vorgesehen: ›Macha‹ Hernandez als Sicherheitsoffizier, Alter 26 Jahre, lateinamerikanische Abstammung, die besessen ist von ihrer Pflichterfüllung. Geistiges Vorbild war hier zweifellos die Figur der Vasquez in ›Aliens‹, eine Art weiblicher Rambo.

Mit ›Macha‹ Hernandez war die Liste der weiblichen Rollen aber noch nicht erschöpft. Ein weiteres Besatzungsmitglied sollte Lt. Deanna Troi werden, die die neue Position der psychologischen Beraterin ausfüllen sollte. Troi sollte etwa 30 Jahre alt sein, groß und schlank, von süd- oder südosteuropäischer Abstammung, was sich auch im Akzent bemerkbar machen sollte. Zwischen ihr und Ryker sollte ein Verhältnis bestehen.

Lt. Geordi LaForge sollte von einem Farbigen Anfang 20 gespielt werden. LaForge war von Geburt an blind und sollte mit der Hilfe eines speziellen Geräts sehen können, wobei die Sehfähigkeit dank des Geräts die der Menschen übertraf. Er sollte mit dem Androiden Data befreundet sein.

Roddenberry konnte D. C. Fontana im Dezember 1986 dazu bewegen, den Pilotfilm zu schreiben. Den ersten Entwurf legte sie Anfang Februar 1987 vor, während David Gerrold und John D. F. Black — beide ihres Zeichens Star Trek-Veteranen — die Drehbuchvorschläge für die erste Season sichteten.

Der ›Writer's/Director's Guide‹ vom 23. März 1987 legte dann die — nach den üblichen zahllosen Änderungen — endgültigen Rahmenbedingungen fest für die Serie, die nun endgültig *Star Trek — The Next Generation* hieß. Seit Kirk und Co. waren rund 78 Jahre vergangen, mit anderen Worten schrieb man nun das 24. Jahrhundert. Die

Enterprise — nun mit der Seriennummer NCC-1701-D — war mehr als doppelt so lang und achtmal so groß wie das Modell aus *Star Trek,* sie bot Platz für 1012 Personen (in einer ersten überarbeiteten Fassung des Writer's Guide vom 4. Februar 1987 sprach man noch von 907 Personen) und hatte neben den Crewmitgliedern auch deren Familien mit an Bord, da die neue Mission länger dauern sollte als fünf Jahre und die Besatzungsmitglieder nicht zu lange von ihren Familien getrennt leben sollten. Die Technik war — was Antriebs- und Waffensysteme betraf — grundsätzlich die gleiche geblieben, aber natürlich hatte man sie auf den neuesten Stand gebracht.

Aber auch inhaltliche Änderungen wurden endlich verwirklicht, die für die nicht realisierte Serie *Star Trek II* eingeplant waren (s. Band 2, S. 476 ff.). So war es nicht länger sinnvoll, den Captain Woche für Woche in gefährliche Situationen zu bringen und immer wieder die gleichen Probleme mit der Technik einzusetzen, um eine bedrohliche Situation entstehen zu lassen.

Die Hauptpersonen wurden nach den Änderungen, die seit dem Besetzungsaufruf durchgeführt worden waren, wie folgt festgelegt:

Captain Jean-Luc Picard war in Paris geboren, Anfang bis Mitte 50, und konnte auf eine 22jährige Mission als Captain der U.S.S. Stargazer zurückblicken. Er galt als strenge Autoritätsperson und bildete damit einen erheblichen Kontrast zu Kirk, der bisweilen doch von einer Art jugendlichem Leichtsinn getrieben zu sein schien.

Commander und Erster Offizier war der etwa 30 Jahre alte William Riker, der vom Captain üblicherweise mit Number One angesprochen wurde. Er leitete Landeteams und bereitete alles vor, so daß Picard meist nur noch entscheiden mußte. Die Beziehung zwischen Riker und Picard war als Kleiner-Bruder-Großer-Bruder-Verhältnis geplant. Das intime Verhältnis, das zwischen ihm und Deanna Troi geplant war, wurde aber bereits auf Eis gelegt.

Dritter Weisungsbefugter nach Picard und Riker war Lt. Commander Data, der äußerlich einem Menschen Mitte 30 glich, tatsächlich aber ein so hochentwickelter Android war, daß ein Testergebnis der Sternenflotte ihn als Lebensform auswies. Eine unbekannte Rasse hatte ihn vor langer Zeit konstruiert (was aber im Verlauf der Serie noch korrigiert werden sollte) und in ihm alle Erinnerungen an 411 Mitglieder einer ausgelöschten Kolonie von der Erde gespeichert. Seine Gedächtniskapazität übertraf die eines Menschen bei weitem und machte ihn damit zu einer Art ›Lexikon auf Beinen‹. Außerdem konnte er mit extrem hoher Geschwindigkeit lesen und war auch körperlich den anderen Crewmitgliedern der Enterprise überlegen. Mit seinem sehnlichsten Wunsch, menschlich zu werden, forderte er von Anbeginn den Vergleich mit der Holzpuppe Pinocchio heraus, was von Roddenberry auch ganz bewußt so angelegt worden war.

Die ebenfalls etwa 30 Jahre alte Deanna Troi übte die neue Tätigkeit einer psychologischen Beraterin aus. Ihre Abstammung war halb menschlich und halb betazoid. Betazeds wurden als Rasse beschrieben mit ungewöhnlich starker telepathischer Begabung, die aber in Deannas Fall durch den Einfluß ihres irdischen Vaters so sehr eingeschränkt war, daß sie nur noch Gefühle empfangen konnte, nicht jedoch klare Gedanken.

Aus ›Macha‹ Hernandez — einem jener grauenhaften beziehungsreichen Namen, die schon in *Star Trek* peinlich gewirkt hatten — war nach einer kurzen Änderung des Vornamens in Tanya dann endlich Natasha (›Tasha‹) Yar geworden, die mit 28 Jahren bereits Chef der Sicherheit auf der Enterprise geworden war. Diese Position verdankte sie eisernem Training, das sie der Sternenflotte gegenüber aus Dankbarkeit abgeleistet hatte, nachdem man sie von einer Erdkolonie gerettet hatte, auf der nur Brutalität das Leben bestimmte.

Der Mittzwanziger Lieutenant Geordi LaForge nahm die Position des Navigators ein und war von Geburt an blind. Seine Sehfähigkeit wurde durch eine unmittelbar über Elektroden an das Sehzentrum des Gehirns angeschlossene Spezialbrille — den VISOR (Visual Instrument & Sight Organ Replacement) — insoweit wiederhergestellt, daß er zwar nicht so wie ein Nicht-Blinder sehen konnte, sondern auf eine ganz andere Art seine Umwelt wahrnahm, mit einem anderen Farbenspektrum und mit der Fähigkeit, Stoffe zu analysieren und Strukturen zu erkennen, die dem menschlichen Auge normalerweise verborgen blieben. Geordi LaForge wurde übrigens benannt nach George LaForge, einem schwerbehinderten Trekker, der zwar 1975 schon in jungen Jahren verstarb, der sich aber mit Star Trek als Hobby lange Zeit von seinem Schicksal hatte ablenken können.

Dr. Beverly Crusher fungierte an Bord der Enterprise als Chefärztin und war etwa 40 Jahre alt. Trotz der Tatsache, daß ihr Mann an Bord der Stargazer unter dem Kommando von Picard ums Leben gekommen war, hatte sie sich um einen Posten auf der Enterprise bemüht, da sie Picard nicht die Schuld an dem Vorfall gab.

Aus ihrer sechzehnjährigen Tochter Leslie war mittlerweile der fünfzehnjährige Wesley geworden, Dr. Crushers Sohn, der sich durch überdurchschnittliche Intelligenz auszeichnete. Dadurch war es ihm auch möglich, den Antrieb der Enterprise so gut zu verstehen, daß er in der Lage war, alternative Schaltungen bei Störungen des Systems zu entwickeln. Seine hohe Intelligenz sollte dem Schauspieler aber noch zum Verhängnis werden.

Zu diesem — relativ späten — Zeitpunkt fehlte erstaunlicherweise noch ein weiterer wichtiger Charakter, Lieutenant Worf, ein Klingone. Worf wurde erst auf Zureden derer, die Roddenberry umgaben, in die Serie aufgenommen, obwohl Roddenberry keine der in der alten Serie auftauchenden außerirdischen Rassen haben wollte, was er in erster Linie tat, um den Fans zu zeigen, daß es auch ohne vertraute Gesichter ging.

Worf war als Vollwaise von einem Offizier der Sternenflotte gefunden und großgezogen worden, später hatte er dann selber die Akademie besucht. An Bord der Enterprise war er gleichrangig mit Data und LaForge und wechselte sich mit ihnen in ihren Funktionen ab. Obwohl er menschliche Adoptiveltern hatte, fühlte er immer noch wie ein Klingone und mußte besonders in Krisensituationen sein Temperament zügeln.

Zu den grundlegendsten Änderungen der Rahmenbedingungen von *Star Trek – The Next Generation* gegenüber *Star Trek* zählte die Tatsache, daß zwischen der Föderation und dem klingonischen Imperium ein Friedensvertrag geschlossen worden war.

Die Kommunikatoren hatte man modifiziert und in das Uniformabzeichen integriert, der Schiffscomputer war damit in der Lage, jede gewünschte Person zu lokalisieren und ihren Aufenthaltsort auf dem Schiff zu nennen.

Und Landeteams[5] wurden endlich nicht mehr vom Captain geleitet, sondern vom Ersten Offizier. Der Captain blieb zur eigenen Sicherheit an Bord und verließ das Schiff nur dann, wenn die Situation auf einem Planeten das zuließ oder zwingend notwendig machte.

Eine völlige Neuerung war das Holodeck[6], das jede Umgebung erzeugen konnte, eine Art hochentwickelte virtuelle Realität, die per Computer festgelegt werden konnte.

Während angesichts der Bekanntmachung von *Star Trek – The Motion Picture* seinerzeit alle Fans ausnahmslos davon begeistert waren, daß Star Trek zurückkehrte, schieden sich die Geister an *Star Trek – The Next Generation* schon sehr früh. Viele der selbsternannten Trekker, die allenthalben die Grundsätze von Star Trek hochleben ließen, zu denen auch Toleranz gehörte, entlarvten sich als intolerant und ignorant. Was bei dem vieldiskutierten Tod von Spock in *Star Trek II – The Wrath of Khan* (s. hierzu Band 2, S. 47 f.) schon angeklungen war, aber sich letztlich nicht als so extrem dargestellt hatte (da der Film qualitativ überzeugen konnte), wurde nun ins Extrem geführt. Die Aufgeschlossenheit gegenüber neuen Dingen war einer der wesentlichen Aspekte, der Star Trek von anderen Serien unterschied.

Noch bevor aber eine einzige Szene gedreht worden war, beschimpften jene Trekker *Star Trek — The Next Generation* und auch Gene Roddenberry. Ihn betrachteten sie sogar als Verräter an seiner eigenen Idee und lehnten die Serie ab, ohne sie überhaupt einmal gesehen zu haben. Und sie bemängelten angebliche Unstimmigkeiten. So regte man sich über das ›Next‹ im Titel auf und argumentierte, daß es sich bei einem zeitlichen Unterschied von letztlich 78 Jahren unmöglich um eine nächste Generation handeln konnte. Entkräften ließ sich diese ›Logik‹ zwar damit, daß beispielsweise Picard Mitte 50 sein sollte. Von den 78 Jahren abgezogen, verblieben da noch knapp über zwanzig Jahre Abstand. Zudem war bis dahin nie gesagt worden, daß diese 78 Jahre von Kirks oder Spocks Tod an gerechnet wurden. Es war bis dahin nicht einmal klar, ob Fixpunkt für die Zeitangabe einer der Filme oder der erste Pilotfilm sein würde.

Aber nicht nur die Fans wetterten gegen *Star Trek — The Next Generation,* auch viele der Stars, die mit *Star Trek* erfolgreich und reich geworden waren, sprachen sich gegen *Star Trek — The Next Generation* aus, was natürlich Wasser auf die Mühlen derer bedeutete, die sich gegen die Neuauflage wehrten.

James Doohan nannte es einen Versuch, das Publikum zum Narren zu halten. Er bedauerte, daß die neue Serie den Namen Star Trek enthalten würde, da Star Trek für sein Empfinden eng mit bestimmten Figuren verbunden war.[7]

DeForest Kelley war ähnlich voreingenommen. Für ihn war es ein Rätsel, warum Paramount eine neue Serie startete. Er vermutete, daß sie das Phänomen Star Trek am Leben erhalten wollten. Aber für ihn gab es nur ein Star

Trek. Kelley glaubte auch nicht, daß es möglich sei, mit einer neuen Besatzung das Flair der alten Serie wiederaufleben zu lassen.[8]

William Shatner hatte nicht nur ein schlechtes Gefühl angesichts der neuen Serie, er fand es auch schwer verständlich, warum die Serie ohne die bekannte und vertraute Besatzung noch Star Trek genannt wurde.[9]

Leonard Nimoy war da schon vorsichtiger und äußerte sich dahingehend, daß er nicht wisse, ob es möglich sei, einen zweiten Anlauf zu machen, da es seiner Ansicht nach sehr mit den Charakteren der Serie zu tun gehabt hatte.[10]

Nichelle Nichols war dagegen zuversichtlich, daß Roddenberry seinen Erfolg würde wiederholen können.[11]

Walter Koenig war sogar erfreut, daß *Star Trek – The Next Generation* mit so großem zeitlichen Abstand spielen würde. Sollte die Serie erfolgreich sein, dann hatte sie das auch verdient, sollte sie ein Reinfall werden, würde es nicht auf die alte Mannschaft zurückfallen.[12]

Takei hätte nichts dagegen gehabt, wenn die neue Serie zeitlich näher am Original angesetzt hätte, als Titel schlug er scherzhaft ›Captain Sulu‹ vor.[13]

Shatner sah die Qualität der Serie in Gefahr und hielt *Star Trek – The Next Generation* für einen Fehler, da diese Serie ohne die bekannte Crew und ohne das vertraute Schiff geplant war.[14]

Er neigte außerdem zu der Ansicht, daß ein Mißerfolg der Serie sich auf *Star Trek V – The Final Frontier* auswirken könnte, der zu dieser Zeit noch im Entstehen begriffen war, und daß enttäuschte Fans sich mit einem Mal insgesamt von Star Trek abwenden würden. Das war allerdings eine an den Haaren herbeigezogene Argumentation, da von *Star Trek – The Next Generation* enttäuschte Fans in Scharen ins Kino gelaufen wären, um noch einmal ihre alten Helden zu sehen. Vielmehr bestand die Möglichkeit, daß die Fans entgegen ihren ersten Mißfallensbekundungen doch von der neuen Serie begeistert sein könnten und die alte Crew darüber in Vergessenheit geraten würde, noch bevor der fünfte Film die Kinos erreicht hatte.

Allen Unkenrufen zum Trotz ging *Star Trek — The Next Generation* in Produktion, Premiere für den Pilotfilm sollte das erste Oktoberwochenende 1987 sein. Paramount wählte diesmal den ungewöhnlichen Weg des Direktverkaufs der Serie an die vielen kleinen Sender, anstatt sich an eines der großen Networks zu wenden. Und es funktionierte. Noch lange vor Fertigstellung des Pilotfilms war *Star Trek — The Next Generation* bereits an 150 Privatsender verkauft worden, womit 90 Prozent aller US-Haushalte erreicht werden konnte.

Damit war nicht nur das Problem der Sendezeit gelöst, die jeder Sender nun selbst bestimmen konnte, sondern auch das der Zensur von unerwünschten Szenen. Bei einem der Giganten hätte das bedeutet, daß eine Mißfallen erregende Szene landesweit nicht zu sehen gewesen wäre. So aber lag auch das im Ermessen jedes Senders.

Die Besetzung der Rollen begann unter der Aufsicht von Robert Justman und Rick Berman. Am 15. Mai 1987 wurden die Schauspieler bekanntgegeben, die die neuen Charaktere mit Leben erfüllen sollten.

Obwohl Roddenberry eine Zeitlang William Campbell[15] als Besetzung für die Rolle ins Auge gefaßt hatte, fiel die Entscheidung für den Darsteller des französischen Captains der Enterprise — in einer US-Serie (!) — auf den Engländer Patrick Stewart. Robert Justman hatte ihn zufällig bei einer Lesung in der Universität von Los Angeles gesehen und war begeistert. Roddenberry teilte dessen Ansicht nicht, er sah in Stewart vielmehr eine mögliche Besetzung für die Rolle von Data. Justman konnte Roddenberry aber letztendlich überzeugen. Patrick Stewart, der am 13. Juli 1940 in Mirfield, Yorkshire, geboren wurde, zählte schon lange zu den vielversprechendsten Schauspielern der britischen Bühne. Er ist Mitglied der Royal Shakespeare Company und erhielt für eine Rolle in ›Who's Afraid of Virginia Woolf?‹ den London Fringe Best Actor Award. Er war in zahlreichen britischen TV-Produktionen zu sehen, so spielte er in der 13teiligen Serie ›I, Claudius‹ (für die man eine exzellente Auswahl englischer Schauspieler hatte verpflichten können, darunter auch John Hurt als Caligula) die Rolle des Sejanus, in ›Smiley's People‹ (dt. ›Smileys Leute‹) und ›Tinker, Tailor, Soldier, Spy‹ (dt. ›Dame, König, As, Spion‹, in beiden Serien spielte er die Rolle des Agenten Karla zwar nur in wenigen Szenen, aber er war stets Gesprächsthema und blieb den Zuschauern damit auf eine ganz besondere Weise im Gedächtnis), und er war seit Tobe Hoopers ›Lifeforce‹ (1985; dt. ›Lifeforce – Die tödliche Bedrohung‹) auch im SF-Genre kein Neuling mehr. In David Lynchs Verfilmung des Frank-Herbert-Romans ›Dune‹ (dt. ›Der Wüstenplanet‹) spielte er Gurney Halleck, eine Rolle, die er von Aldo Ray übernahm, der das mexikanische Essen während der Dreharbeiten in Mexiko nicht vertrug. Für diesen Film brachte ihm der Ex-Police-Sänger und nunmehrige Solo-Künstler Sting (eigentlich Gordon Sumner) bei, ein Dune-typisches Saiteninstrument zu spielen bzw. so zu ›bearbeiten‹, daß es glaubwürdig erschien. Die gefilmten Szenen gelangten aber, mit Rücksicht auf die erhebliche Länge des Films wie viele andere auch, nicht in die Kinofassung. Er war darüber hinaus im Fantasy-Film ›Excalibur‹ sowie als Herzog von Suffolk in ›Lady Jane‹ (dt. ›Lady Jane – Königin für neun Tage‹) zu sehen. Wenngleich Roddenberry Stewart letztlich doch akzeptierte, waren seine Bedenken groß genug, Stewarts Vertrag zunächst nur auf den Pilotfilm zu beschränken, mit der Option auf 13 weitere Episoden. Dann bestand für Paramount abermals die Möglichkeit, ihn aus der Serie zu nehmen. Stewart hatte offenbar angesichts der Vertragsgestaltung keine großen Hoffnungen und lebte sechs

Wochen lang aus dem Koffer, um bei einer Absage so schnell wie möglich in Richtung England abreisen zu können.[16]

Für die Rolle des Ersten Offiziers Riker wurde nach sieben Gesprächen in sechs Wochen schließlich Jonathan Frakes ausgesucht, den Roddenberry bereits für die Rolle haben wollte, als das Studio noch nicht sicher war, ob er sich wirklich eignen würde.

Frakes war im Gegensatz zu Stewart für das US-Publikum kein Unbekannter. Er hatte in der Serie ›The Doctors‹ eine feste Rolle und war Gaststar in verschiedenen Serien, so in ›Falcon Crest‹, ›Highway to Heaven‹, und ›The Twilight Zone‹ (in der Episode ›But Can She Type?‹ mit Margot Kidder). Größere Rollen bekam er in den Miniserien ›Bare Essence‹, ›Paper Dolls‹, ›Dream West‹ (als Lt. Gillespie neben Richard Chamberlain) und als Stanley Hazard in ›North & South‹ (dt. ›Fackeln im Sturm‹). Zu seinen weniger beeindruckenden Momenten seiner Karriere zählte Frakes eine Tour für Marvel Comics, die ihn in der Maske des Captain America quer durch die Vereinigten Staaten und sogar ins Weiße Haus führte. In *Star Trek — The Next Generation* hatte er erstmals eine zentrale Rolle.

Nach weniger ruhmreichen Auftritten in kleinen Theatern verzeichnete der in Houston, Texas, geborene Brent Spiner einen ersten Erfolg in dem Theaterstück ›The Seagull‹ und spielte kurz darauf bereits in diversen Broadway- und Off-Broadway-Produktionen mit, unter anderem in ›Sunday in the Park with George‹[17] und ›Big River‹. 1984 zog er nach Los Angeles und gelangte dort ins Filmgeschäft. Er spielte in Serien wie ›The Twilight Zone‹ (in der Ep. ›Dead Run‹) mit, in ›Hill Street Blues‹ und ›Cheers‹ und erhielt sogar eine (winzige) Rolle in Woody Allens ›Stardust Memories‹. Mit *Star Trek — The Next Generation* fand er in der Rolle des Androiden Data seinen bis dahin größten Erfolg. Bevor man sein endgültiges

Make-up gefunden hatte, mußte Spiner 24 Tests über sich ergehen lassen.

Für Lieutenant Worf, die zuletzt geschaffene Rolle und den einzigen Klingonen an Bord der Enterprise, wurde der farbige Schauspieler Michael Dorn ausgesucht. Der in Luling, Texas, geborene und in Pasadena aufgewachsene Dorn war während seiner High School- und College-Zeit Mitglied einer Rockband. Einen ersten Gastauftritt hatte er in der kurzlebigen Soap Opera ›W.E.B.‹, ein halbes Jahr später erhielt er eine wiederkehrende Rolle in der Polizeiserie ›CHiPs‹, in der Folgezeit kam es zu weiteren Gastauftritten unter anderem in ›Hotel‹, ›Knots Landing‹ und ›Falcon Crest‹. Feste, wenn auch nicht lange währende Rollen bekam Dorn in den Soap Operas ›Days of Our Lives‹ und ›Capitol‹. Filmauftritte hatte er in ›Demon Seed‹ sowie im ersten Teil der ›Rocky‹-Filmreihe.

Die in Cuyahoga Falls, Ohio, geborene Gates McFadden (wirklicher Vorname Cheryl), die für die Rolle der Schiffsärztin Dr. Crusher unter Vertrag genommen wurde, begann ihre Karriere als Tänzerin. Als Kind hatte sie zwei unterschiedliche Ballettlehrerinnen, eine klassische und eine mit Zirkusvergangenheit, die beide einen unterschiedlichen Stil lehrten, was ihr ein breiteres Spektrum der Materie vermittelte als sonst üblich. Sie studierte Schauspielerei unter Jacques LeCoq in Paris. Nach ihrer Rückkehr in die USA war sie in diversen Theaterproduktionen in New York zu sehen, so zum Beispiel in ›To Gilliam on Her 37th Birthday‹, ›How to Say Goodbye‹ und ›Cloud 9‹, und wirkte in verschiedenen New Yorker Soap Operas mit. Auch in einer Episode der erfolgreichen ›The Bill Cosby Show‹ war sie zu sehen.

Später wirkte sie in Jim Hensons ›The Muppets Take Manhattan‹ mit und arbeitete erneut für Henson an dessen Film ›Labyrinth‹ (mit David Bowie und Jennifer Connelly) als Director of Choreography and Puppet Movement. Zu *Star Trek – The Next Generation* kam sie mehr zufällig, da sie sich für eine Produktion von ›The Matchmaker‹ in Los Angeles aufhielt. Als sie zurück nach New York fliegen wollte, erfuhr sie über ihren Agenten von der freien Rolle in *Star Trek — The Next Generation* und stellte sich vor. Da man sich nicht sofort entscheiden wollte, kehrte sie zunächst nach New York zurück. Sie wurde für ›The Matchmaker‹ engagiert, so daß sie die Rolle in *Star Trek — The Next Generation* zunächst absagte. Die Produzenten waren aber so sehr an ihr interessiert, daß man es ihr ermöglichte, beiden Verpflichtungen nachzugehen. Nach der Premiere von ›The Matchmaker‹ in La Jolla wurde sie nach Hollywood gefahren, um die ersten Szenen für den Pilotfilm von *Star Trek — The Next Generation* zu drehen. Dann flog sie zurück, um am Abend wieder auf der Bühne zu stehen. Diese Doppelverpflichtung führte dazu, daß sie im Pilotfilm nicht so oft zu sehen war. McFadden kannte nur zwei Episoden von *Star Trek* sowie *Star Trek IV — The Voyage Home,* was ihr den Vorteil verschaffte, daß sie nahezu völlig unvoreingenommen ihre Rolle in Angriff nehmen konnte.

Der 15jährige Wesley Crusher wurde von dem am 29. Juli 1972 in Burbank, Kalifornien, geborenen Wil Wheaton[18] gespielt, der bereits mit sieben Jahren in Werbespots zu sehen gewesen war. Neben diversen Gastrollen in TV-Serien (›Family Ties‹, ›St. Elsewhere‹, ›Highway to Heaven‹), in Fernsehfilmen (›Young Harry Houdini‹, ›A Long Way Home‹) und Kinoproduktionen (›The Last Starfighter‹; ›The Buddy System‹ von 1984, dt. ›Biete Mutter — Suche Vater‹ mit Richard Dreyfuss und Susan Sarandon; als Sprecher im Zeichentrickfilm ›The Secret of NIMH‹, dt. ›Mrs. Brisby und das Geheimnis von NIMH‹) war seine Rolle als Gordie Lachance in Rob Reiners Verfilmung einer Kurzgeschichte von Stephen King, ›Stand by Me‹ (dt. ›Stand by Me — Das Geheimnis eines Sommers‹), seine wichtigste Arbeit vor *Star Trek — The Next Generation.*

Die Enkelin von Bing Crosby, Denise Crosby, erhielt die Rolle der Sicherheitschefin Tasha Yar. Nachdem sie in London eine Zeitlang als Fotomodell für Modedesign gearbeitet hatte, kehrte sie nach Hollywood zurück und spielte in der Folgezeit in diversen Filmen kleine und kleinste Rollen (so war sie nur kurz in Blake Edwards' ›Trail of the Pink Panther‹ und ›The Man Who Loved Women‹ zu sehen, in ›48 hrs.‹ — wo sie eine Prostituierte spielte — dauerte ihr Auftritt gar nur Sekunden). Die Auftritte wurden aber allmählich länger, so zum Beispiel in dem TV-Krimi ›Stark‹, in ›Miracle Mile‹. In dem fragwürdigen SF-Streifen ›The Eliminators‹ (dt. ›Die Zerstörer‹), einer Produktion, die sich offensichtlich nicht entscheiden konnte, ob sie nun zum Genre SF, Horror, Karate oder einem neuen, mit diesem Film erfundenen, gehörte, war es sogar eine Hauptrolle. 1987 gab es dann eine weitere Hauptrolle in ›Arizona Heat‹ (dt. ›In der Hitze von Arizona‹), einem Krimi, in dem sie eine homosexuelle Polizistin darstellte, die mit einem Macho-Kollegen (Michael Parks) zusammenarbeiten muß. Die sattsam bekannte Kombination zweier unterschiedlicher Charaktere, die gezwungen sind, zusammenzuarbeiten, erfuhr in diesem Film erstmals eine interessante und durchaus sehenswerte Variation.

Die bereits weitgehend vergessene Tatsache, daß sie 1978 in der Märzausgabe des US-›Playboy‹ in einer Reihe Aktfotos, einem sogenannten Pictorial, zu betrachten war, wurde nach Bekanntwerden ihrer Mitwirkung in *Star Trek — The Next Generation* sehr schnell wieder publik gemacht und führte dazu, daß das erwähnte Pictorial von ›Playboy‹ ein zweites Mal veröffentlicht wurde, diesmal aber mit einem deutlichen Bezug zu *Star Trek — The Next Generation,* was sich in ergänzenden Fotos aus der Serie und dem Titel ›Star Treat‹ manifestierte.[19]

Daß gerade Denise Crosbys Nacktfotos so in den Vordergrund geschoben wurden, war recht erstaunlich, hatten doch bis zu diesem Zeitpunkt zahlreiche andere Schauspieler/innen aus Star Trek mehr oder weniger alle Hüllen fallen lassen: Kirstie Alley und Marina Sirtis (siehe auch unten) in ›Blind Date‹, William Shatner in ›Big Bad Mama‹ (mit Angie Dickinson), Leonard Nimoy in ›Catlow‹ (mit Yul Brynner) und Nichelle Nichols schließlich in einem sogenannten Herrenmagazin.[20] Nicht zu vergessen waren hier natürlich auch Angelique Pettyjohn (s. S. 181) und Kim Cattrall (s. Band 2, S. 130).

Marina Sirtis wurde in Nord-London als Tochter griechischer Eltern geboren, ihr Vater war Schneider und besaß ein Geschäft in der Londoner Oxford Street. Sowohl er auch als ihre Mutter waren gegen Marinas Schauspielerkarriere eingestellt. Sie setzte sich aber durch und spielte zunächst – nachdem sie ihren sehr starken Cockney-Akzent abgelegt hatte – auf britischen Bühnen und im britischen Fernsehen, dann wirkte sie in mehreren Filmen mit. In ›The Wicked Lady‹ (dt. ›Die verruchte Lady‹) spielte sie neben Faye Dunaway, ihre Rolle war zwar weitgehend unbedeutend, blieb aber im Gedächtnis haften, da sie einen Großteil der wenigen Szenen ›oben ohne‹ absolvieren mußte. Nicht besser erging es ihr in der griechischen Produktion ›Blind Date‹, in der sie einen Kurzauftritt als Prostituierte hatte und sehr schnell ein unrühmliches Ende nahm. In ›Death Wish III‹, dem dritten Aufguß der Charles-Bronson-Reihe, trug sie nur wenig zur Handlung bei.

Es folgte ein Engagement als Mitglied des europäischen Ensembles der Bühnenversion der ›Rocky Horror Picture Show‹, in der sie die Rolle der Magenta spielte und unter anderem auch in Deutschland auftrat.

Später ging sie für sechs Monate in die USA und erhielt kurz vor Ablauf ihres Besuchervisums die Rolle der Deanna Troi in *Star Trek – The Next Generation,* nachdem man sie zunächst als Besetzung für Tasha Yar vorgesehen hatte, während Denise Crosby die Rolle der Deanna Troi übernehmen sollte.

LeVar Burton, am 16. Februar 1957 in Landstuhl bei Kaiserslautern geboren, spielte den blinden Geordi La-Forge und war dem Fernsehpublikum in aller Welt längst kein Unbekannter mehr. Mit 19 Jahren hatte er den Sklaven Kunta Kinte in der preisgekrönten TV-Serie ›Roots‹ gespielt, obwohl er sechs Jahre zuvor noch die feste Absicht gehabt hatte, Priester zu werden. Nachdem er für ›Roots‹ für einen Emmy Award nominiert worden war — 1988 griff er diese Rolle noch einmal auf für die Weihnachtssondersendung ›Roots: The Gift‹, in der auch der da für Star Trek noch unbedeutende Avery Brooks mitwirkte —, häuften sich die Rollenangebote für Filme und Serien. Im Kino war er zu sehen in ›The Hunter‹ (dt. ›Jeder Kopf hat seinen Preis‹, mit Steve McQueen) und ›The Supernatural‹ (mit Nichelle Nichols) sowie in ›Looking for Mr. Goodbar‹ (mit Diane Keaton und Richard Gere). 1983 wurde er Präsentator der angesehenen Kinderserie ›Reading Rainbow‹. Zu *Star Trek — The Next Generation* kam er über Robert Justman, der den Film ›Emergency Room‹ produziert hatte. Burton spielte hier eine Hauptrolle. Während der Drehpausen unterhielten sich die beiden über Star Trek und entpuppten sich als Fans. Später, als *Star Trek — The Next Generation* spruchreif geworden war, erinnerte sich Justman an Burton und lud ihn zu einem Testlesen ein.

Er bekam die Rolle und mußte fortan den VISOR (ursprünglich eine Haarklammer) tragen, der seinem blinden Charakter das Sehen ermöglichte. So neu diese Erfindung auch sein mochte, so interessant war das, was einige Jahre zuvor in ›Blind Date‹ zu sehen war. In diesem Film erblindet ein Mann nach einem Überfall, kann aber dank eines umgebauten Walkman ein völlig anderes, an den VISOR-Effekt erinnerndes Bild seiner Umwelt wahrnehmen, das durch Impulse entsteht, die durch den Walkman über seine Ohren dem Gehirn mitgeteilt werden.

Trotz der langen Vorbereitungen kämpfte *Star Trek – The Next Generation* zu Beginn damit, rechtzeitig alle Episoden fertigzustellen. Am 6. August 1987 waren nach bereits zehn Wochen Produktionszeit erst vier Episoden fertiggestellt, so daß zu befürchten war, daß die Serie bei diesem Tempo spätestens im Februar 1988 in Verzug geraten würde.[21]

Zudem wurde diese Phase von einem sehr schnell rotierenden Personalkarussell begleitet. Eddie Milkis, der überwachende Produzent, dem Rick Berman folgte, ging im März 1987, David Gerrold ging im April, D. C. Fontana warf das Handtuch im Oktober 1987.

Robert Justman trat im Verlauf der ersten Season ebenfalls kürzer, allerdings aus gesundheitlichen Gründen. Er reduzierte seine Mitarbeit, das Team wurde umbesetzt. Rick Berman wurde Ausführender Co-Produzent. Ein Großteil des Personals wechselte noch im Verlauf der ersten Season, viele gingen, um andere Serien zu entwickeln. Diese ständigen Wechsel trafen *Star Trek – The Next Generation* zu einer Zeit, da die Serie noch nicht eine einheitliche Tendenz erreicht hatte und durch die konstanten Kündigungen und Neuzugänge nicht recht vorankam, auch die Entwicklung der Charaktere litt darunter. Mitverantwortlich für dieses Dilemma war aber Roddenberrys Idee, daß in der Zukunft Konflikte zwischen den Crewmitgliedern nicht mehr existieren würden. Das führte dazu, daß Roddenberry immer wieder Drehbücher umschrieb und die Charaktere noch keine rechte Tiefe entwickeln konnten.

Trotz aller Steine, die ihm in den Weg gelegt wurden, machte Roddenberry unbeirrt weiter, und am ersten Oktoberwochenende 1987 ging der Pilotflim wie geplant auf Sendung. Neben aller Werbung für *Star Trek – The Next Generation* in allen Medien war es ein genialer Schachzug, die Verleihcassette von *Star Trek IV – The Voyage Home,* die wenige Tage vor der Premiere von *Star Trek –*

The Next Generation veröffentlicht wurde, mit einem einminütigen Werbespot für die neue Serie zu versehen. So wurde jedem Star Trek-Interessierten, der die Vorabberichte über die Serie mit Skepsis betrachtete, der Mund wäßrig gemacht, da man natürlich nur die besten Szenen in die Ankündigung aufnahm.

Anmerkungen:

1 In Starlog 1, August 1976, S. 25.
2 So die niederländische Fernsehzeitschrift Veronica, Nr. 32/88.
3 So in Starlog 114, Januar 1987, S. 8.
4 Im englischen Sprachraum wird der Begriff ›kaukasisch‹ für einen Weißen verwendet, während Farbige dezent als ›afro-amerikanisch‹ umschrieben werden. Erstaunlicherweise forderte die ›Bibel‹ für die Rolle des LaForge einen ›black‹, also einen schwarzen Schauspieler.
5 In *Star Trek* hieß es noch ›landing party‹, was sich am besten — wie auch geschehen — mit Landetrupp übersetzen ließ, nunmehr nannte es sich ›away team‹, in der Übersetzung Landeteam, um den Unterschied zu übertragen.
6 Das Konzept geht zurück auf die Zeichentrickepisode ›The Practical Joker‹, in der eine Art Holodeck geplant wurde, aber nie über das Stadium einer Idee hinauskam.
7 In Starlog 117, April 1987, S. 9.
8 Ebenda.
9 Ebenda.
10 Ebenda.
11 Ebenda.
12 Ebenda.
13 Ebenda.
14 In Starlog 118, Mai 1987.
15 William Campbell war in *Star Trek* zweimal aufgetreten: als Trelane in ›The Squire of Gothos‹ (Ep. C18) und als Klingone in ›The Trouble with Tribbles‹ (Ep. C45).
16 So in Starlog 174, S. 28.
17 Spiners Rolle war nicht so grandios, aber er hatte das Glück, daß ausgerechnet die Produktion mit ihm als CD veröffentlicht wurde. Wer Spiner — in einer zugegeben kleinen Rolle — in diesem Musical hören will, sollte sich die RCA-Veröffentlichung (RCA RD 85042) beschaffen. Auch der wesentlich größere ›Rest‹ ist hörenswert.

18 Sein voller Name lautet Richard William Wheaton III.

19 Der Titel der Erstveröffentlichung lautete noch ›A Different Kind of Crosby‹, womit man versuchte, durch den Bezug auf ihren berühmten Großvater Schlagzeilen zu machen. Die deutsche Ausgabe des Playboy veröffentlichte erst im Juni 1990 das Pictorial unter dem belanglosen Titel ›Zügellos‹.

20 Celebrity Skin, Nr. 1.

21 Cinefantastique, Vol. 18, No. 1, Dezember 1987, S. 14.

Neue Generationen – neue Welten

Episode N1/2: Encounter at Farpoint[1, 2]

(Der Mächtige/Mission Farpoint)

Jean-Luc Picard, ehemaliger Captain der U.S.S. Stargazer, bekommt ein neues Kommando auf einem Schiff der Galaxy-Klasse, der U.S.S. Enterprise. Sein erster Flug führt ihn zur Station Farpoint, wo weitere Besatzungsmitglieder an Bord genommen werden sollen. Darunter befinden sich der neue Erste Offizier William T. Riker, die Schiffsärztin Beverly Crusher und ihr Sohn Wesley sowie der blinde Navigator Geordi LaForge, der mit einer besonderen Sehhilfe jenseits der normalen Bandbreite ›sehen‹ kann. Auf dem Weg dorthin wird die Enterprise jedoch aufgehalten, ein übermächtiges Wesen betritt die Enterprise und stellt sich als Q vor, der Picard vorwirft, daß die kriegerische menschliche Rasse sich zu weit in den Weltraum vorgewagt habe und nun umkehren müsse. Q bezieht sich auf die an Brutalitäten aller Art reiche Geschichte der Menschheit, diese Vorwürfe werden aber von Picard als der Vergangenheit angehörend zurückgewiesen. Er erklärt, daß die Menschheit sich weiterentwickelt habe, kann Q aber nicht überzeugen. Nachdem der sich kurzzeitig zurückzieht, ordnet Picard die Trennung der Untertassensektion, der sogenannten Primary Hull, vom Rumpf an. Während der abgetrennte Teil des Schiffs zur Station Farpoint weiterfliegt, begibt sich Picard mit einigen Offizieren auf die Kampfbrücke, um sich Q zu stellen. Q reagiert prompt und entführt Picard und seine Leute von der Kampfbrücke, um sie im Szenario einer Gerichtsverhandlung aus einer dunklen Phase der Menschheitsgeschichte anzuklagen. Er geht jedoch auf Picards Vorschlag, die Enterprise-Besatzung auf ihre Friedfertigkeit hin zu testen, ein und und läßt sie auf die Kampfbrücke zurückkehren. Währenddessen warten auf Farpoint Riker, Crusher mit Sohn und LaForge ungeduldig auf das Eintreffen der Enterprise. Sie wandern durch eine Art Basar, wobei sie mehrmals feststellen müssen, daß exakt die Dinge zum Verkauf angeboten werden, an die sie kurz zuvor noch gedacht haben. Sie lassen diese merkwürdigen Vorgänge aber auf sich beruhen, da sie weder von großer Bedeutung sind noch bewiesen werden können. Primary Hull und Rumpf der Enterprise treffen zu deren Erstaunen getrennt ein; nachdem Riker an Bord gebeamt worden ist, überträgt ihm der nur scheinbar mürrische Picard die Überwachung des Andockmanövers. Picard eröffnet Riker, daß er sich mit Kindern an Bord unwohl fühle, dann erst wird offensichtlich, daß er Riker vorbehaltlos akzeptiert. Mit einem unangenehmen Gefühl begegnet der Captain später Dr. Crusher, nach einer kurzen Unterhaltung wird aber klar, daß sie ihn nicht haßt, obwohl ihr Mann an Bord seines Schiffes Stargazer ums Leben kam. Auf Farpoint empfängt die telepathisch begabte Beraterin des Captain, die Betazoidin Deanna Troi, plötzlich einen starken Schmerz. Der Administrator des Planeten, Zorn, kann weder diesen Vorgang noch die anscheinend sich erfüllenden Wünsche der Besucher von Farpoint erklären, doch er scheint etwas zu verbergen. Während Troi, Riker, Data, Yar und LaForge ein unterirdisches Gewölbe entdecken, das Troi als Quelle des Schmerzes ausgemacht hat, nähert sich ein Raumschiff dem Planeten und beschießt Farpoint Station. Das Landeteam kehrt auf die Enterprise zurück, auch Q gesellt sich zu ihnen und versucht, Picard dazu zu bewegen, das Raumschiff anzugreifen. Der weigert sich aber, und kurz darauf stellt sich heraus, daß die ganze Station in Wirklichkeit ein einziges Lebewesen ist, das verletzt dort gelandet war und von den Bewohnern des Planeten gefangengenommen wurde, damit es ihnen diente und ihre

Wünsche erfüllte. Das vermeintliche Raumschiff ist nichts anderes als ein weiteres dieser Lebewesen, das hergekommen ist, um seinen Artgenossen zu retten. Picard befiehlt, dem Wesen zusätzliche Energie zuzuleiten, sein Artgenosse kann befreit werden. Dann ziehen sie sich gemeinsam zurück. Q muß enttäuscht feststellen, daß Picard und seine Mannschaft den Test bestanden haben, und zieht sich zurück.

*

›Star Trek junior‹[3] hatte seine mit Spannung erwartete Premiere absolviert. Der Pilotfilm entsprach dem Standard heutiger TV-Serien, indem er die doppelte Länge einer gewöhnlichen Episode hatte. Roddenberry wollte eine Episode mit einer Länge von sechzig Minuten für die Handlung, die einschließlich Werbung eine Dauer von 90 Minuten bekommen hätte. Paramount war jedoch gegenteiliger Ansicht und bestand auf einem Pilotfilm von zwei Stunden Dauer, also Handlung für etwa 90 Minuten und Werbung. Das Ursprungskonzept mußte daraufhin geändert werden, da es nun deutlich mehr Zeit zu füllen gab. Bezeichnenderweise war das 60-Minuten-Konzept wesentlich stärker auf Action ausgerichtet als die spätere Fassung. So wird ein zweites Schiff, die U.S.S. Starseeker, von der gefangenen Lebensform zerstört, nachdem dieses Schiff das Feuer eröffnet, da die Bewohner des Planeten, die Annoi, die Schiffsbesatzung zu Sklaven machen wollten. Dies ging verloren, statt dessen wurde der Q-Handlungsfaden aufgenommen.

Die Verlängerung des Drehbuchs wirkte sich aber nicht zum Vorteil für den Pilotfilm aus, vielmehr ließ die plötzlich entstandene Länge erzählerischen Leerlauf entstehen. Das ließ zunächst Zweifel aufkommen, ob *Star Trek — The Next Generation* tatsächlich das Potential für eine erfolgreiche Neuauflage der Serie besaß. So blieben die meisten Charaktere trotz der Episodenlänge noch sehr undifferenziert, lediglich Picard wurde genauer umrissen. Über ihn erfuhren die Zuschauer beispielsweise aus einem Gespräch mit Riker, daß er sich mit Kindern an Bord unwohl fühlte. Zwischen Riker und Deanna Troi wurde zunächst zwar wie beabsichtigt eine (vorangegangene, aber noch nicht endgültig beendete) Liebesbeziehung angedeutet, im Verlauf der ersten Season (und auch später) wurde sie aber praktisch nicht mehr aufgenommen.[4] Auch die Beziehung zwischen Picard und Riker, die zuvor wie die zwischen Brüdern angelegt worden war, wurde nicht Realität, sie verlagerte sich statt dessen mehr in Richtung Vater-Sohn-Beziehung zwischen den beiden, die dann als zweite Ebene auch zwischen Wesley Crusher und Riker entstand.

Das bestgehütete Geheimnis des Pilotfilms, über den ansonsten im voraus sehr ausführlich berichtet wurde, war DeForest Kelleys kurzer Auftritt als 137jähriger Admiral McCoy. Kelley wurde von D. C. Fontana angesprochen, die ihm die Szene zu lesen gab. Zwar hielt er sie für gelungen, dennoch war er — wohl auch mit Blick auf seine bei Ankündigung der Serie geäußerte Kritik — nicht sicher, ob er wirklich in *Star Trek — The Next Generation* auftreten sollte. Als Dankeschön an Gene Roddenberry (der gleichfalls versucht hatte, ihn zu überreden) für die Tatsache, daß er ihm zwanzig Jahre zuvor die Rolle gegeben hatte, die ihn weltberühmt machte, sagte er dann doch zu. Für die nicht ganz zwei Minuten lange Szene, in der er lediglich als ›Admiral‹ bezeichnet wurde, um alle Beteiligten ahnungslos zu lassen, benötigten die Maskenbildner immerhin drei Stunden.[5] Dafür erhielt Kelley auch die unbestreitbar beste Zeile des ganzen Pilotfilms. Als Data sich mit ihm unterhält und dabei ausschließlich logisch argumentiert, sieht McCoy ihn nachdenklich an und sagt dann: »Ich kann keine spitzen Ohren sehen, dennoch klingen Sie wie ein Vulkanier!«

Kelley bestand darauf, lediglich den Minimallohn zu

erhalten, obwohl er eine deutlich höhere Gage hätte fordern können.

Bereits im Pilotfilm war Colm Meaney — der sogar als Besetzung für Data im Gespräch war — in einer noch namenlosen Rolle zu sehen. Der in Dublin geborene Meaney, Mitglied des Irish National Theatre, der Bühnenauftritte in London, New York und Los Angeles vorweisen konnte, sollte zwar nochmals in einer namenlosen Rolle mitwirken. Nachdem er die aber absolviert hatte, ging er nach New York und spielte für neun Monate in dem Theaterstück ›Breaking the Code‹ mit. Im Sommer 1988 blieb er wegen des Autorenstreiks zunächst weiter in New York und wirkte in der Soap Opera ›One Life to Live‹ mit. Er sollte erst mit Beginn der zweiten Season zurückkehren.

Ausgesprochen erfreulich war die Tatsache, daß mit Q bereits in diesem frühen Stadium ein übermächtiger Gegner in die Serie eingeführt wurde, der bei der bloßen Beschreibung seines Charakters zunächst stark an Trelane (›The Squire of Gothos‹, Ep. C18) erinnerte. Daß Q aber keineswegs lediglich eine Reinkarnation dieser Figur wurde, war ausschließlich dem brillanten John DeLancie zu verdanken, der sich aber in kommenden Episoden erst wirklich zu Bestleistungen steigern sollte.

DeLancie, der seine Liebe zur Schauspielerei bereits mit 14 Jahren entdeckte, als er in einer Aufführung des Schultheaters Heinrich V. spielte, war in ›The Twilight Zone‹ in der Episode ›Dead Run‹ zu sehen, wo er die zweite Hauptrolle besetzte und in der auch Brent Spiner mitwirkte. Kleinere Kinoauftritte hatte er in ›The Onion Field‹ (dt. ›Mord im Zwiebelfeld‹) und in ›Loving Couples‹, drei Jahre lang spielte er in der Soap Opera ›Days of Our Lives‹, wo er als psychopathischer Killer seinen Einstand gab. Parallel zu *Star Trek — The Next Generation* wirkte er in der Sitcom ›Amigos‹ mit.

1988 war DeLancie als Profikiller in der ersten Episode der Neuauflage von ›Mission: Impossible‹ zu sehen.

Roddenberry und Rick Berman waren bereits nach drei Tagen Dreharbeiten von DeLancie so begeistert, daß sie ihm weitere Auftritte in Aussicht stellten. So hatte man ihn bereits für vier Episoden der ersten Season ins Auge gefaßt, ganz soviel wurden es dann jedoch nicht.

Tricktechnisch ließ der Pilotfilm nichts zu wünschen übrig, und endlich hatte man die Gelegenheit mitanzusehen, wie sich der Teller vom Rumpf trennte. Das konnte die alte Enterprise zwar auch, jedoch wurde es — aus Kostengründen — nie gezeigt. Die von Andrew Probert und Rick Sternbach (beide waren bereits bei *Star Trek — The Motion Picture* tätig geworden) entworfene Enterprise NCC-1701-D schien im ersten Augenblick gewöhnungsbedürftig und ist auch Jahre nach ihrem ›Jungfernflug‹ ein Zankapfel im Fandom, dennoch ließ sie viel mehr vertraute Formen erkennen, als man zunächst glauben mochte. Im Gegensatz zu allen Vorgängermodellen wirkten hier die Bestandteile viel stärker zu einer Einheit verschmolzen, und auch die Inneneinrichtung war wesentlich wohnlicher geworden, verglichen zum spartanischen Stil der alten Enterprise. Das war allerdings auch eine aus der neuen Konzeption entstandene Notwendigkeit, da man berücksichtigen mußte, daß dieses neue Schiff für wesentlich längere Reisen vorgesehen war als seinerzeit für eine Fünfjahresmission und demzufolge bequemer sein mußte.[6]

Für die Aufnahmen auf der Kampfbrücke, die sich im Rumpf des Schiffs befindet und die benutzt wird, wenn der Teller abgetrennt worden ist, wurden die leicht überarbeiteten Dekorationen der Film-Enterprise benutzt.

Bemerkenswert war auch, daß der Pilotfilm bereits eine Außenaufnahme enthielt, was bei *Star Trek* zu einer Seltenheit gehörte. Die auf dem Holodeck spielende Szene wurde im Griffith Park in Los Angeles gefilmt.

Das Zuschauerinteresse an *Star Trek — The Next Generation* übertraf sogar Roddenberrys kühnste Erwartungen, da nach wenigen Episoden bereits die zweite Season angekündigt wurde.

Bemerkenswert waren allerdings britische Kritiken an der Serie. So verriß ›News of the World‹[7] die Serie und bezeichnete Picard als langweilig und die Besatzung als einem Hammer-Horrorfilm entsprungen. Die Krönung war dabei die Vermutung, daß hinter der Änderung des Vorspanntextes von ›where no man‹ in ›where no one‹ ein Schachzug von Feministen stand.

›The Sunday Express‹[8] verhielt sich nicht besser und kam lediglich zu dem Schluß, daß Patrick Stewart mit Shatners Toupet besser bedient wäre.

Tendenziell war festzuhalten, daß es praktisch keine inhaltlichen Ansatzpunkte gab, sondern in der Regel polemische Attacken geführt wurden.

Episode N3: The Naked Now
(Gedankengift)

Die Enterprise trifft auf die S.S. Tsiolkovsky, deren Besatzung den Auftrag hatte, eine Supernova zu beobachten. Nach einem kurzen, jedoch verwirrenden Funkkontakt wird die gesamte Besatzung tot aufgefunden. Nachdem die Lebenserhaltungssysteme abgeschaltet worden waren, waren die Besatzungsmitglieder offenbar mitten in einer Orgie erfroren. Auf der Enterprise erinnert sich Riker vage an einen ähnlichen Vorfall, kann aber keine genauen Angaben dazu machen. Er läßt Data danach in den Datenbanken des Bordcomputers suchen. Währenddessen beginnt sich ein Virus auf der Enterprise auszubreiten, das die Emotionen der Besatzungsmitglieder freisetzt und das offenbar von dem Landeteam von der S.S. Tsiolkovsky mitgebracht wurde. Data findet heraus, daß Dr. McCoy von der U.S.S. Enterprise NCC-1701 seinerzeit

Beverly Crusher im Kampf gegen ein Virus in ›The Naked Now‹.

ein Gegenmittel gefunden hatte. Als Dr. Crusher das Mittel jedoch anwendet, muß sie feststellen, daß das Virus sich seitdem offenbar verändert hat und nun gegen das Medikament immun ist. Mittlerweile ist der größte Teil der Besatzung infiziert und gerät allmählich außer Kontrolle. Es gelingt dem ebenfalls infizierten Wesley, die Kontrolle über das Schiff zu erlangen, das sich zusehends der Supernova nähert. Er kann schließlich Data, der von dem Virus gleichfalls befallen ist, dazu bewegen, die Steuerungschips wieder einzusetzen, um die Enterprise wieder manövrierfähig zu machen. Die Zeit scheint nicht zu reichen, aber Wesley hat die rettende Idee und bringt die Tsiolkovsky zwischen die Enterprise und ein auf sie zurasendes Bruchstück der Supernova. Das Schiff wird vernichtet, gibt aber Data die nötigen Sekunden, um seine Arbeit zu beenden. Die Enterprise ist außer Gefahr, wenig später hat Dr. Crusher das richtige Gegenmittel gefunden, das Virus kann erfolgreich bekämpft werden.

*

Die Dreharbeiten begannen am 6. Juli 1987 mit kleinen Änderungen, so erhielt Marina Sirtis ein neues Kostüm für ihre Rolle als Deanna Troi.

Immer wieder wurde ›The Naked Now‹ als Neuverfilmung von ›The Naked Time‹ (Ep. C5) bezeichnet und deshalb erheblich kritisiert, obwohl es sich ohne Zweifel um eine Fortsetzung handelte. Sie sollte eine Hommage an *Star Trek* sein, nicht jedoch eine Kopie. Grundlage für ›The Naked Now‹ war ein unvollendetes Konzept mit dem Titel ›Revelations‹, das Roddenberry geschrieben hatte.

Das störte die Kritiker jedoch wenig, statt dessen nutzten sie diese Episode, um *Star Trek — The Next Generation* als uninspiriert und nicht mehr als einen Abklatsch der alten Serie zu bezeichnen. Daß die Episode eine ähnliche Handlung aufwies wie ihr Vorläufer, war allerdings auch kein Wunder, da in beiden Fällen ein Virus die Infizierten unkontrolliert reagieren ließ.

So wie die ganze Episode war auch die Szene, in der Tasha Yar Data verführte[9], eine Hommage an *Star Trek*,

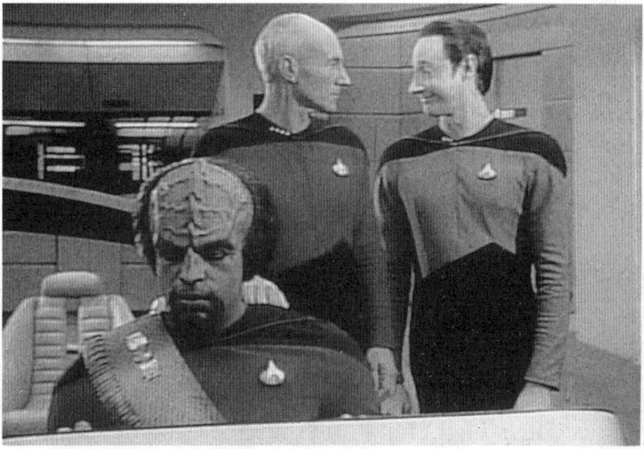

Ein infizierter Data in ›The Naked Now‹.

erinnerte sie doch an das Verhältnis zwischen Spock und Christine Chapel.

Man muß Roddenberry jedoch vorhalten, daß ›The Naked Now‹ zu einem unglücklichen Zeitpunkt ausgestrahlt wurde, zumal es in der vorangegangenen Episode mit McCoy bereits einen mehr als deutlichen Bezug zu *Star Trek* gegeben hatte. ›The Naked Now‹ war außerdem zu früh, da man noch keine rechte Beziehung zu den Personen hatte entwickeln können und ihr untypisches Verhalten noch nicht als so extrem wirkte, da sie bis auf den Pilotfilm noch keine Gelegenheit gehabt hatten, ihr normales Verhalten zu präsentieren.

Trotz aller Kritik war ›The Naked Now‹ als durchaus gelungen zu bezeichnen.

Die U.S.S. Tsiolkovsky war übrigens eine überarbeitete Version der U.S.S. Grissom aus *Star Trek III – The Search for Spock.*

Episode N4: Code of Honor

(Der Ehrenkodex)

Um ein dringend benötigtes Medikament zu erhalten, nimmt Picard Kontakt auf mit Lutan, dem Herrscher des Planeten Ligon II, und lädt ihn auf die Enterprise ein. Dort angekommen zeigt er sich in höchstem Maße von Tasha Yar beeindruckt, da sie die Sicherheit des Captains so hoch einstuft, daß sie in Kauf nimmt, Lutan zu beleidigen, bevor sie das von ihm mitgebrachte Geschenk ungeprüft an Picard weitergibt. Lutan überlistet sie und entführt sie auf seinen Planeten. Von dort erklärt er dem verärgerten Picard, daß er Yar zu seiner Frau nehmen will. Seine momentane Frau Yareena protestiert angesichts dieser Entscheidung und fordert Tasha zum Zweikampf heraus. Die willigt ein, da sie die Übergabe des Medikaments nicht weiter verzögern möchte. Beim Kampf auf Leben und Tod unterliegt Yareena scheinbar und wird sofort auf die Enterprise gebracht. Als Lutan wenig später folgt, stellt er überrascht fest, daß sie noch lebt. Da sie aber bereits klinisch tot war, gelten sie beide als nicht länger miteinander verheiratet. Sie wendet sich von ihm ab und seinem Rivalen Hagon zu, womit Lutan auch Yareenas Eigentum und seine Macht verliert. Die beiden kehren nach Ligon II zurück, Yar ist befreit, Picard erhält das Medikament.

*

Von Kritikern schnell als Variation von ›Amok Time‹ (Ep. C31) bezeichnet, war genaugenommen nur ein kurzes Stück der Handlung ähnlich, als nach einem Kampf auf Leben und Tod eine scheinbar tote Person an Bord der Enterprise wieder zum Leben erweckt wird.

Nachdem bereits in ›The Naked Now‹ ein Großteil der Handlung Denise Crosbys Rolle zugutekam, lag hier der Schwerpunkt völlig auf Tasha Yar, eine Tatsache, die sich bedauerlicherweise für viele Episoden nicht wiederholen sollte, obwohl sie zeigte, wieviel in der Rolle steckte. Leider konnte sich Roddenberry nicht dazu durchringen, diese Ressourcen in der Folgezeit auszuschöpfen, sondern wählte den entgegengesetzten Weg, so daß Tasha Yar erst in ›Skin of Evil‹ (Ep. N23) noch einmal für kurze Zeit in den Mittelpunkt der Handlung rücken würde.

Was die Episode im übrigen betraf, so war es zwar begrüßenswert, daß bei den Ligonern vollständig auf farbige Schauspieler zurückgegriffen wurde, insgesamt fühlte man sich jedoch mehr an eine klischeebehaftete und damit recht peinliche Darstellung eines afrikanischen Stammes erinnert.

Die Ligoner sollten ursprünglich eine reptilienartige Rasse mit dem Namen Tellisianer sein. Die Haltung ›Ehre ist alles‹, die sich an den Samurai orientierte, wurde zwar in die Fernsehfassung mitübernommen, bis zum Extrem sollte sie jedoch erst später in Verbindung mit einer ausgiebigen Beschäftigung mit den Klingonen verwendet werden.

Michael Dorn bezeichnete diese Episode im Rückblick nach der fünften Season als die schwächste Episode, die sie je gedreht hatten.

Episode N5: The Last Outpost

(Der Wächter)

Die Enterprise verfolgt ein Schiff der Ferengi, einer Rasse, mit der die Föderation noch nie näheren Kontakt hatte. Im Orbit um einen unbekannten Planeten finden sich beide Parteien plötzlich gefangen, woraufhin die beiden Schiffe Kontakt aufnehmen. Die Ferengi entpuppen sich dabei als skrupellose Geschäftsleute, erklären sich jedoch zu einem Bündnis bereit. Als sich aber die Vertreter beider Parteien auf dem Planeten treffen wollen, haben die Ferengi einen Hinterhalt geplant und bringen Riker, Data, Worf und LaForge in ihre Gewalt. Erst Yars Eingreifen kann die Situation zugunsten des Enterprise-Teams klären. Bevor über die weitere Vorgehensweise beraten werden kann, taucht ein Wesen namens Portal auf. Portal hatte Jahrhunderte im Tiefschlaf gelegen und ist durch die Anwesenheit der beiden Schiffe geweckt worden. Er weiß nichts von dieser Zeitspanne, sondern glaubt, daß immer noch die alten Zustände von vor Jahrhunderten herrschen. Die Ferengi versuchen sofort, Portal gegen die Enterprise-Leute aufzuwiegeln. Der erkennt jedoch die ehrlichen Absichten der Föderationsvertreter und gibt die Enterprise frei und — auf Rikers Bitte — auch das Ferengi-Schiff. Beide Teams kehren auf ihre Schiffe zurück und trennen sich friedlich.

*

Das zentrale Thema dieser Episode — die Absurdität eines Wächters, der nichts mehr zu bewachen hat, davon aber noch nichts weiß — hätte eine wesentlich bessere Episode ergeben können. Hauptproblem in ›The Last Outpost‹ waren die mit dieser Episode erstmals präsentierten Ferengi, eine neue Rasse, die allein auf materiellen Vorteil bedacht ist und glaubt, daß sie alles und jeden kaufen kann. Von der Idee [10] her nicht schlecht, scheiterten die Ferengi an ihrer überwiegenden Eindimensionalität. Zwar gab es amüsante Momente, so, als sie versuchten, Data der Föderation abzukaufen, oder ihre Entlarvung als Chauvinisten ersten Ranges beim Anblick einer *bekleideten* Frau (Tasha Yar), aber sie ließen deutlich erkennen, daß sie als originelle Idee in die Serie eingebracht worden waren, jedoch noch lange nicht ausgereift waren, um akzeptiert zu werden.[11] Die Zukunftsaussichten waren für die Ferengi nach dieser Episode mehr als zweifelhaft, erst viel später besann man sich darauf, den Figuren neben einem befremdlichen Verhalten auch eine Persönlichkeit zu verleihen.

Episode N6: Where No One Has Gone Before
(Der Reisende)

Der Wissenschaftler Kazinski und dessen Assistent kommen auf die Enterprise, um eine neue Formel für den Warpantrieb zu testen. Der Assistent führt die Reprogrammierung der Maschinen durch, während Kazinski seine Arbeit überwacht. Das Experiment schlägt jedoch fehl, die Enterprise legt unbeabsichtigt eine Strecke von über zwei Millionen Lichtjahren zurück. Für die Rückkehr würde man bei normaler Höchstgeschwindigkeit der Enterprise etwa 300 Jahre benötigen. Kazinski spielt den Ernst der Lage herunter, aber Wesley hat während des Flugs beobachtet, daß der Assistent zeitweise transparent geworden war. Obwohl damit klar ist, daß etwas nicht stimmen kann, findet er kein Gehör. Statt dessen wird ein zweiter Versuch unternommen, der die Enterprise noch weiter fort in ein Gebiet bringt, in dem Gedanken Realität werden. Der Assistent bricht daraufhin zusammen und erklärt schließlich, daß er in Wirklichkeit ein Reisender ist, der mit Gedankenkraft Energie erzeugt. Nachdem er Picard auf Wesleys noch verborgene Talente hingewiesen hat, führt er stark geschwächt den dritten Flug durch. Die Enterprise kehrt an den Ausgangspunkt der Reise zurück, der Reisende überlebt scheinbar nicht. In Anbetracht der wahren Umstände wird Kazinskis Experiment gestrichen, Picard ernennt Wesley zum Ensign.

*

Diese Episode, deren Titel eine Neuverfilmung des zweiten Pilotfilms der alten Serie suggerierte (und dabei zugleich deutlich machte, daß der Vorspanntext, in dem die Enterprise dahin vorstieß, wohin noch ›kein *Mensch*‹ gegangen war, dahingehend geändert worden war, daß die Abenteuer der Enterprise nun dahin führten, wohin noch ›*niemand*‹ gegangen war, so daß auch alle Nicht-Irdischen eingeschlossen waren), erwies sich als die bis dahin beste, die mit ihrem Beinahe-Namensvetter nichts gemeinsam hatte. Für kurze Zeit war sie sogar als Pilotfilm in Erwägung gezogen worden, wobei das Ende aber wesentlich gewaltiger ausgefallen wäre, indem die Enterprise einem Objekt im Stile des Monolithen aus ›2001 — A Space Odyssee‹ begegnet, der ein Universum vor dem Urknall darstellt. Dieses Objekt muß zur Explosion gebracht werden, damit die Enterprise-Crew in ihr Universum zurückkehren kann. Auf diese Weise kreiert die Enterprise ein neues Universum, ein witziger Seitenhieb auf die biblische Schöpfungsgeschichte, der um eine Pointe erweitert wird: Die Enterprise wurde für sechs Tage vermißt, Picard ordnet für den folgenden, *siebten* Tag einen Ruhetag an. Damit hätte Roddenberry wieder mal ein religiöses Thema aufgegriffen, das aber anders als in *Star Trek — The Motion Picture* einen ironischen Unterton bekommen hätte.

Die Episode in der vorliegenden Form war in allen Punkten gelungen, die Spezialeffekte waren überzeugend, aber nicht dominant, die Figuren wirkten glaubhaft, allen voran der Reisende, der darüber hinaus Picard die Information gab, daß er Wesley Crusher fördern solle, da er ein vielversprechender Junge sei. Nach dieser Bemerkung hätten eigentlich diejenigen von vornherein schweigen müssen, die sich nur kurze Zeit später über Wesleys mehrfache Einsätze zur Rettung des Schiffs aufregten. Aber getreu dem Motto ›Lang lebe die Intoleranz‹ waren es ausgerechnet die Fans, die alle aus Star Trek gewonnenen und zu guten Vorsätzen verarbeiteten Erkenntnisse über Bord warfen und auf Wesley schimpften.

Der Reisende wurde dargestellt von Eric Menyuk, der bei der Vorbereitung der Serie neben Brent Spiner einer der Favoriten für die Besetzung des Androiden Data war. Menyuk war zuvor Gast in diversen Serien gewesen, darunter in ›Spenser: For Hire‹[12], ›Hill Street Blues‹, ›L.A. Law‹, ›Matlock‹ und ›Cheers‹.

Einer der Gedanken, der Realität wurde, war Picards Mutter, die von Herta Ware gespielt wurde. Sie war aus ›Cocoon‹ und ›Cocoon II: the Return‹ bekannt.

Episode N7: Lonely Among Us

(Die geheimnisvolle Kraft)

Die Enterprise befördert die Repräsentanten zweier verfeindeter Rassen zu einer Friedenskonferenz. Dabei passiert das Schiff eine seltsame, aus purer Energie bestehende Wolke. Plötzlich ergreift etwas von Worf Besitz, dann von der ihn behandelnden Dr. Crusher, um schließlich die Enterprise zu übernehmen.

Die unbekannte Lebensform aus der Wolke verursacht an Bord verschiedene Fehlfunktionen und wechselt auf Picard über, der unter dem fremden Einfluß die Rückkehr zur Wolke veranlaßt. Dort angekommen, beamt er sich in die Wolke, kann jedoch nicht dort bleiben. Da sein

Picard unter fremdem Einfluß in ›Lonely Among Us‹.

Muster noch im Transporter gespeichert ist, kann er auf die Enterprise zurückgeholt werden. Erschöpft überläßt er Riker das Kommando und damit auch die komplizierte Aufsicht über die verfeindeten Delegationen.

*

›Lonely Among Us‹ versuchte erstmals zwei voneinander relativ unabhängige, sich hin und wieder aber berührende bzw. überlappende Handlungsfäden (die sogenannte A-Story bzw. B-Story) in eine Episode zu integrieren, eine Methode, die seit einiger Zeit verschiedene US-Serien beherrscht und vor allem eingeleitet wurde von Serien wie ›Hill Street Blues‹ (dt. ›Polizeirevier Hill Street‹) und ›L.A. Law‹. Von der Idee her zwar nicht schlecht, funktionierte dieses Prinzip in ›Lonely Among Us‹ aber nicht, vor allem, weil beide Geschichten miteinander nichts zu tun hatten und die Handlung um die zu transportierenden Diplomaten so unwichtig erschien, daß man sich fragen mußte, warum sie überhaupt mitaufgenommen worden war.

Die Episode wurde von Michael Halperin geschrieben, die Überarbeitung fiel dann aber Dorothy C. Fontana zu, die später selber sagte, daß sie sich an ›Journey to Babel‹ orientiert hatte, jedoch mit dem Unterschied, daß in jener Episode der Diplomatentransport das maßgebliche Element war, innerhalb dessen sich andere Dinge ereigneten, während ›Lonely Among Us‹ umgekehrt angelegt war.[13] Unglücklicherweise machte diese Umkehrung die Diplomaten-Geschichte so unwichtig, daß man gut auf sie hätte verzichten können. Trotz einiger guter Szenen, die zum einen Picard und zum anderen den Sherlock Holmes kopierenden Data betrafen, fiel die Episode recht schwach aus.

Episode N8: Justice

(Das Gesetz der Edo)

Picard schickt ein Landeteam, bestehend aus Riker, Worf, Wesley, Yar und Troi, auf den Planeten Edo, wo sie feststellen sollen, ob sich die als aufgeschlossen und freundlich geltende Bevölkerung des Planeten mit einem Landurlaub der Enterprise-Besatzung einverstanden erklärt. Das Team wird zuvorkommend begrüßt und erfährt mehr über die Kultur Edos. Dabei wird auch darauf hingewiesen, daß niemand auf Edo gegen ein Gesetz verstoße, was vom Enterprise-Landeteam zunächst nur zur Kenntnis genommen wird. Als jedoch Wesley beim Spiel mit Gleichaltrigen in ein Blumenbeet fällt, stellt sich heraus, was es mit der vorangegangenen Bemerkung auf sich hatte. Sofort eilen Aufseher herbei und wollen Wesley hinrichten, da auf dieses wie auf jedes andere Vergehen die Todesstrafe steht. Währenddessen hat sich der Enterprise eine Sonde genähert, die die Bewohner von Edo als ihre

Kinder bezeichnet. Nach einer ergebnislosen Diskussion auf dem Planeten über Wesleys Schicksal kehrt Picard mit einem edoianischen Paar auf die Enterprise zurück, wo die beiden die Sonde als Gott identifizieren. Wieder auf den Planeten zurückgekehrt, erklärt Picard, daß Wesley nicht für ein Verbrechen bestraft werden darf, das er nicht als solches erkennen konnte. Die Bewohner des Planeten lenken schließlich ein und wollen Wesley gehen lassen, da sie ohnehin nicht die Macht haben, ihn aufzuhalten. In diesem Moment greift ›Gott‹ ein, blockiert die Enterprise und fordert damit Wesleys Hinrichtung. Er gibt ihn erst frei, als Picard deutlich macht, daß Gerechtigkeit nur dann herrschen kann, wenn die Gesetze nicht absolut, sondern interpretierbar sind.

*

Hinter dem Autorennamen der Episode, Ralph Wills, verbarg sich tatsächlich John D. F. Black. Seine eigentliche Idee für ›Justice‹ war deutlich anders als das Ergebnis. Er entwarf die Kolonie Llarof, in der es Bestrafungszonen gibt, die ursprünglich eingerichtet worden waren, um Anarchie zu bekämpfen, die aber mißbraucht werden, um jeden zu bestrafen, der gegen das Gesetz verstößt. Ein Mitglied des Sicherheitsteams der Enterprise kommt ums Leben, als er zwei Kinder auf Landurlaub bewacht und — ohne es zu wissen — eine Gesetzesübertretung begeht. Er wird von einem übereifrigen Polizisten erschossen. Eine Rebellengruppe fordert Picard auf, sie in ihrem Kampf gegen das System zu unterstützen, aber die Hauptdirektive zwingt ihn, nicht Stellung zu beziehen. Als die Rebellen aber überraschend die Regierung stürzen können und eine neue Ordnung etablieren, findet Picard eine Lücke in der Auslegung der Direktive und kann helfen.

Black legte dann eine überarbeitete Fassung vor, in der die Rebellen nicht siegen und ihr Anführer hingerichtet wird, woraufhin Picard für eine neue Form der Gerechtigkeit plädiert. Black versuchte, mit dieser Geschichte die Zuschauer zum Nachdenken zu bewegen, da die Diskussion über die Abschaffung oder Beibehaltung der Todesstrafe (in den USA) immer wieder aufflammte. Sie sollten sich mit der Problematik dieser drastischsten Form von Bestrafung auseinandersetzen.

Das Endprodukt drehte sich zwar immer noch um diese extreme Gerechtigkeit, die keine Abweichungen zuließ. Durch die Verlagerung dieses Systems auf eine Art Gott, der über die Bewohner wachte, wurde aber jede Diskussion hinfällig. Schließlich war die Todesstrafe von einer höheren Instanz angeordnet und nicht von den Bewohnern selber erwünscht.

Aber auch Blacks überarbeitete Version fand keinen Anklang und wurde grundlegend umgeschrieben von Worley Thorne und Gene Roddenberry, die von der Ursprungsidee kaum etwas übrigließen. Thorne begann seine Karriere mit einem Drehbuch für die Vorschulserie ›Sesame Street‹, das verfilmt gerade 60 Sekunden lang war. Für die nicht verwirklichte Serie *Star Trek II* reichte er ›Are Unheard Melodies Sweet?‹ ein (s. Band 2, S. 500).

Der scheinbar freizügige Umgang mit der Sexualität in dieser Episode wirkte zusätzlich gegen Blacks Intentionen, zumal er extrem aufgesetzt wirkte, so als wolle man endlich zeigen, daß man neue Maßstäbe setzen könne. Das war natürlich nicht der Fall, da alle Schauspieler in zwar denkbar knappe, aber trotz allem züchtige Kostüme gekleidet waren.

Das einzig erfreuliche war Picards Umgang mit der Hauptdirektive, die die Einmischung in eine andere Kultur verbot. Während Kirk in dieser Situation kurzerhand den über dem Planeten kreisenden Gott und damit alle bestehenden Probleme mit einem gezielten Phaserschuß beseitigt hätte, versuchte Picard, die Bewohner von Edo davon zu überzeugen, daß ihr Verhalten nicht gerechtfertigt war.

Die Aufnahmen, die den Planeten Edo darstellen sollten, wurden im Tillman Water Reclamation Plant in Van Nuys im Norden von Los Angeles gemacht sowie an der Huntington Library in Pasadena.

Episode N9: The Battle

(Die Schlacht von Maxia)

Die Enterprise begegnet einem Ferengi-Schiff, dessen Commander DaiMon Bok Picard das Wrack der U.S.S. Stargazer übergibt, jenes Schiff, das Picard als damaliger Captain in der Schlacht von Maxia verloren hatte, nachdem er von einem — damals noch unbekannten — Schiff der Ferengi angegriffen worden war. Mit dem Moment der Begegnung mit den Ferengi beginnt Picard unter Kopfschmerzen zu leiden, deren Ursache die beunruhigte Dr. Crusher nicht feststellen kann. Gemeinsam mit Yar, LaForge und Worf läßt sich Picard auf die Stargazer beamen, wo alles noch so ist, wie er es notgedrungen verlassen hatte. In diesem Moment beginnt DaiMon Bok, Picard mit einem an Bord der Stargazer verborgenen Gerät zu manipulieren. Der beginnt unter Halluzinationen zu leiden, die schließlich dazu führen, daß er glaubt, er müsse ein zweites Mal die Schlacht von Maxia erleben. Er sieht in der Enterprise den Feind und greift mit der Stargazer sein eigenes Schiff an. An Bord des Ferengi-Schiffs ist man DaiMon Boks wahren Absichten auf die Spur gekommen und hat ihn seines Postens enthoben. Riker wird über den wahren Sachverhalt informiert und setzt sich mit Picard in Verbindung, dem er im letzten Moment verständlich machen kann, daß Picard nicht wirklich die Schlacht von Maxia erlebt. Er bringt ihn dazu, das Gerät zu zerstören, das ihn kontrolliert, woraufhin sich die Lage normalisiert.

*

Es hatte nur vier Wochen gedauert, bis die Ferengi (Ep. N5) zurückkehrten. Aufgrund der kurzen Zeitspanne hatte niemand auf das schlechte Abschneiden dieser Rasse in ›The Last Outpost‹ reagieren können, so daß die Ferengi auch hier in erster Linie störend waren, wenngleich sie doch eine Spur mehr an Persönlichkeit erhielten. Das war aber auch notwendig, da es hier um die Rache eines einzelnen Ferengi an Picard ging.

Ein weiterer Grund für das erneute schlechte Abschneiden der Ferengi lag darin, daß viele Szenen auf dem Ferengischiff aus Zeit- und Kostengründen aus dem Drehbuch genommen werden mußten.

›The Battle‹ war die erste Picard-Episode, die Patrick Stewart wesentlich mehr zu tun gab, als das in den vorangegangenen Episoden der Fall gewesen war.

In Anbetracht des bekannten Verhaltens war die Reaktion von Picard extrem unbedacht, die Probleme waren damit vorprogrammiert. Seine Reaktion ließ sich allenfalls damit entschuldigen, daß sein altes Schiff ihn mehr beschäftigte, als daß er sich über ein Geschenk der Ferengi Gedanken machte, die ihrerseits grundlos sicherlich nichts zu verschenken hatten. Daß sich aber auch sonst niemand von der Brückencrew an der Tatsache eines Ferengi-Geschenks störte, war da schon recht unglaubwürdig.

Die Brücke der Stargazer war ein Umbau der Brücke des klingonischen Schiffes Bird of Prey aus den Kinofilmen.

Episode N10: Hide and Q

(Rikers Versuchung)

Die Enterprise befindet sich auf dem Weg nach Quadra Sigma III, wird aber unterwegs erneut von Q aufgehalten, der Riker, Worf, Data, LaForge und Yar von der Enterprise entführt und auf einen unbekannten Planeten mitnimmt. Dort eröffnet er ihnen, daß sie für ihn ein kriegerisches Spiel spielen sollen. Während Picard auf der Enterprise feststellen muß, daß er die Brücke nicht verlassen kann, weigern sich die Entführten, Qs Spiel mitzumachen. Der schickt daraufhin Tasha auf eine seltsame Strafbank, die sie zwar auf die Enterprise zurückbringt, die aber nur einer Person Platz bietet. Wird eine weitere Person von Q auf die Strafbank geschickt, verschwindet die dort befindliche ins Nichts. Q begibt sich ebenfalls kurz auf die Enterprise und erklärt Picard, daß er Riker mit den gleichen Fähigkeiten ausgestattet habe, über die er selber verfügt. Picard garantiert ihm, daß Riker diese Fähigkeiten nicht anwenden wird. Daraufhin verspricht Q, daß er nicht auf die Enterprise zurückkehren wird, wenn Picards Aussage sich bewahrheitet. Nachdem Q auf den Planeten zurückgekehrt ist, klärt er Riker über dessen Fähigkeiten auf, der daraufhin das in Lebensgefahr schwebende Team auf die Enterprise zurückbringt. Als er dann jedoch ablehnt, weiter Gebrauch von diesen Fähigkeiten zu machen, holt Q die gesamte Brückencrew zurück und läßt Worf und Wesley sterben. Riker wendet widerwillig die ihm verliehene Kraft an, bringt die beiden ins Leben zurück und die Crew auf die Enterprise.

Als sie Quadra Sigma III erreichen, um dort eine Rettungsaktion in einer unterirdischen Kolonie durchzuführen, beherrscht sich Riker und verzichtet auf seine neuen Kräfte, obwohl er Leben retten könnte. Zurück auf der Enterprise, beginnt er jedoch allmählich die Kontrolle über sich zu verlieren und erliegt der großen Versuchung. Er macht Wesley älter, gibt Worf eine Partnerin und LaForge sein Augenlicht zurück. Sie alle lehnen aber ab, woraufhin Riker erkennt, daß er auf diese Macht verzichten muß. Zum allgemeinen Vergnügen erhält der enttäuschte Q kurz darauf Besuch von zwei weiteren Vertretern seiner Rasse, die ihn für seinen fehlgeschlagenen Plan zur Rechenschaft ziehen und schließlich mitnehmen.

*

Maurice Hurleys Script für ›Hide and Q‹ war actionorientiert, während Roddenberry davon wegwollte. Letzterer schrieb die Episode so massiv um, daß Hurley so wie vor ihm John D. F. Black ein Pseudonym benutzte, C. J. Holland, da er mit den Veränderungen nicht einverstanden war.

John DeLancies Rückkehr als Q erwies sich in dieser Episode als noch vielversprechender als sein erster Auftritt in ›Encounter at Farpoint‹ (Ep. N1/N2). Hier trat viel stärker der Zynismus zutage, der Qs wesentliches Charaktermerkmal darstellte.

Ein wenig störte da schon der vorübergehend allmächtige Riker, der auf all die Fähigkeiten verzichtete, die Q ihm gegeben hatte. Diese allzu moralische Wende, die Qs Bemühungen überflüssig machte, paßte nicht so recht zur Idee der Episode, hier hätte man besser einen neuen Charakter eingeführt, der sich Q angeschlossen hätte, anstatt die Unbestechlichkeit der Menschen zu demonstrieren.[14]

Der unverständlicherweise unbeliebteste Charakter, Wesley Crusher, wurde zur Freude mancher Zuschauer mit einem Bajonett getötet, zu deren Enttäuschung war er aber schon kurz darauf wieder springlebendig.

Episode N11: Haven

(Die Frau seiner Träume)

Die Enterprise-Besatzung soll auf Haven Landurlaub machen. Von dem Planeten wird ein Objekt — eine Metallbox mit Gesicht — an Bord gebeamt, das die Hochzeit von Deanna Troi verkündet. Deanna erklärt, daß sie einander als Kinder versprochen wurden, kurz darauf kommen der Bräutigam, Wyatt, und seine Eltern an Bord. Dann folgt Deannas Mutter Lwaxana Troi, der sie erklärt, daß sie zwar nicht wirklich heiraten will, sich aber dem Versprechen beugt. Wyatt zeigt sich unterdessen sehr erstaunt,

Wyatt, Deannas Verlobter, und die Enterprise-Crew in ›Haven‹.

daß Deanna nicht der Frau gleicht, von der er seit langem geträumt hatte. Während die Hochzeitsvorbereitungen laufen und Mutter Troi beiläufig erklärt, daß bei einer Hochzeit nach betazoidischer Tradition alle Beteiligten nackt sein müssen, nähert sich ein fremdes Schiff dem Planeten. Sein Herkunftsplanet wird als Terellia identifiziert, dessen Bewohner vor langer Zeit einen interplanetarischen Krieg ausgelöst hatten und dann scheinbar von einer Seuche völlig ausgerottet worden waren. Auf Haven entsteht Aufregung über dieses Schiff, da man befürchtet, daß die Besatzung eine Seuche mit sich bringt und auf die Bevölkerung von Haven überträgt. Man bedrängt Picard vergeblich, er möge das Schiff zerstören. Als visueller Kontakt mit dem Schiff entsteht, erkennt Wyatt, daß die Frau, von der er geträumt hatte, sich dort befindet. Er bereitet Medikamente vor, die auf das Schiff gebeamt werden sollen, um den an der Seuche erkrankten Terellianern zu helfen. Unerwartet läßt sich Wyatt aber mit auf das Schiff beamen, um dort zu bleiben und selber ein Mittel gegen die Krankheit zu suchen. Die Frau, von der er geträumt und deren Bild er immer wieder gezeichnet hat, steht ihm dort in Person gegenüber und zeigt ihrerseits die Zeichnungen, die ihn zeigen und die sie nach ihren Traumbildern angefertigt hatte. Die Hochzeit mit Deanna Troi fällt damit aus und erspart ihrer eigentlich zukünftigen Schwiegermutter die für sie peinliche Zeremonie.

*

Majel Barretts Auftritt in einer neuen Rolle als Deannas Mutter stellte alle Erwartungen in den Schatten und gab ihr mehr zu tun als ihre Rolle als Christine Chapel in allen *Star Trek*-Episoden und allen Filmen zusammengenommen. Allein ihre Anwesenheit und ihr exzentrisches Verhalten machten diese Episode — ungeachtet ihrer guten Handlung — sehenswert.

Die Vorlage, geschrieben von Lan O'Kun, trug den — eigentlich passenderen — Titel ›Love beyond Time and Space‹ (Liebe jenseits von Zeit und Raum), für die endgültige Fassung zeichnete Tracy Tormé verantwortlich, demzufolge das Buch zu ›Haven‹ umgeschrieben werden mußte, da es in seiner ursprünglichen Fassung nicht zu gebrauchen war.[15]

Anders als in ›Lonely Among Us‹ griffen hier die beiden Handlungsstränge, Deannas Vermählung und das verseuchte Schiff, wesentlich besser ineinander.

In einer recht schweigsamen, aber mindestens ebenso vergnüglichen Rolle wie Mutter Troi war Carel Struycken als ihr Diener Mr. Homn zu sehen. Struycken wurde in den Niederlanden geboren. Als er fünf Jahre alt war, wanderte seine Familie nach Curaçao aus. Jahre später kehrte er in die Niederlande zurück, um zur Filmschule zu gehen, weil er hinter der Kamera arbeiten wollte. Seinen ersten Filmauftritt hatte er 1978 in der Verfilmung des Beatles-Albums ›Sgt. Pepper's Lonely Hearts Club Band‹. Von der

Schauspielerei war er aber nicht sehr begeistert, jedoch änderte sich diese Einstellung mit seiner Rolle in ›The Ewok Adventure‹ (1984; ein Ableger aus dem Star Wars-Universum). In ›The Witches of Eastwick‹ war er neben Jack Nicholson zu sehen, in ›Twin Peaks‹ hatte er eine permanente Rolle. Außerdem war er in der Rolle des Lurch in ›The Addams Family‹ zu sehen. Ironischerweise spielte der Schauspieler, der eine gewisse Ähnlichkeit mit Struycken aufweist und in Star Trek zu sehen ist in ›What Are Little Girls Made Of‹ (Ep. C8), in der Original-TV-Serie ›The Addams Family‹ ebenfalls die Rolle des Lurch.

Wyatts Vater wurde gespielt von Robert Ellenstein, der bereits in *Star Trek IV – The Voyage Home* als Präsident der Föderation mitgewirkt hatte.

Der Regisseur dieser Episode, Richard Compton, war kein Unbekannter, er hatte 20 Jahre zuvor in *Star Trek* mitgespielt. In der Episode ›The Doomsday Machine‹ hatte er Lt. Washburn dargestellt.

Episode N12: The Big Goodbye

(Der große Abschied)

Picard hat den Auftrag, mit den Harrada Kontakt aufzunehmen, einer eigentümlichen Rasse, die sich sofort zurückzieht, wenn ein Fremder ihre äußerst komplizierte Sprache nicht beherrscht. Nach langem und intensivem Studium dieser Sprache beschließt Picard, sich bis zum in Kürze stattfindenden ersten Zusammentreffen ein wenig abzulenken. Er benutzt das Holodeck, das er auf die vierziger Jahre des 20. Jahrhunderts programmiert hat. In dem nach einem aus dieser Zeit stammenden Kriminalroman entworfenen Szenario spielt Picard die Rolle des Privatdetektivs Dixon Hill, er ist sehr erfreut, alles so überaus realistisch vorzufinden. Bei diesem ersten Besuch, bei dem er noch seine Uniform trägt, besucht ihn in seinem Büro eine Frau, die ihn um Hilfe bittet. Er verläßt für kur-

Picard und Data auf dem Holodeck.

ze Zeit das Holodeck, um sich zeitgemäß zu kleiden, dann kehrt er in Begleitung von Data und Whelan, einem Besatzungsmitglied, zurück. Wieder im Holodeck angelangt, erfährt Picard, daß die Frau in der Zwischenzeit ermordet worden ist. Die Polizei nimmt Picard mit zum Revier, um ihn zu verhören. Währenddessen nähert sich eine Sonde der Harrada, Dr. Crusher begibt sich in zeitgenössischer Kleidung zum Holodeck, um Picard zu informieren. Kurz nachdem sie das Holodeck betreten hat, tastet die Sonde die Enterprise mit Sensoren ab. Dieser Vorgang führt zu einer Fehlfunktion, die den Sprechkontakt mit dem Holodeck unmöglich macht, außerdem gibt es keine Möglichkeit mehr, diesen Bereich des Schiffs zu betreten. Das computererzeugte Szenario erleidet ebenfalls Schaden, denn als Picard, Data, Whelan und Crusher in Dixon Hills Büro zurückkehren, müssen sie feststellen, daß der Computer auf keinen Befehl mehr reagiert und sie im Holodeck festsitzen. Der Gangsterboß Cyrus Redblock folgt mit seinen Leibwächtern in Hills Büro und bedroht die Gruppe. Dabei wird Whelan angeschossen, womit deutlich wird, daß das Holodeck mit einem Mal eine reale Umgebung zu sein scheint. Endlich gelingt es LaForge, Riker und Wesley, den Computer zu überlisten und den Zugang zum Holodeck zu öffnen. Die vier sind gerettet, Picard begibt sich sofort zur Brücke, um die Harrada — erfolgreich — zu begrüßen.

*

Diese Episode zeigte erstmals die Möglichkeiten (und Gefahren) des Holodecks und dessen geistige Nähe zum Thema ›Virtuelle Realität‹, als Besatzungsmitglieder ernsthaft in Gefahr gerieten, und warf die Frage auf, inwieweit die Illusionen des Holodecks Realität werden konnten.

Hätte Regisseur Joe Scanlan seinen Willen durchsetzen können, wären die Holodeck-Szenen im ›Film noir‹-Stil in Schwarzweiß gefilmt worden, um die Atmosphäre der Filme aus jener Ära nachzuempfinden. Das wurde jedoch — leider — recht schnell wieder verworfen. Tracy Tormé wurde zu dem Drehbuch inspiriert durch den Film ›The Maltese Falcon‹ (›Die Spur des Malteserfalken‹), der Name Dixon Steele war als eine Hommage an einen Bogart-Charakter in dem Film ›In a Lonely Place‹ gedacht, die aber durch die Abwandlung des Namens in Dixon Hill hinfällig wurde. Diese Änderung erfolgte mit Rücksicht auf die TV-Serie ›Remington Steele‹, um eine Namensgleichheit zu vermeiden.

Das Büro, in dem Picard als Dixon Hill arbeitete, entsprach dem, in dem Humphrey Bogart sich in ›The Maltese Falcon‹ aufhielt.

Episode N13: DataLore

(Das Duplikat)

Im Omicron-Theta-System entdeckt ein Landeteam auf Datas Herkunftsplaneten die Bauteile für einen zweiten Androiden gleichen Aussehens. Auf der Enterprise setzen sie diese Teile zusammen und schalten den Data-Doppelgänger ein. Er erklärt ihnen, daß er Lore heißt und die verbesserte Version von Data ist, der demnach nicht mehr als ein unvollkommener Prototyp ist. Nach einiger Zeit gelingt es Lore, Data zu überlisten, ihn abzuschalten und dessen Rolle einzunehmen. Er ist auf der Suche nach einem gigantischen Kristall, der die Kolonie auf dem Planeten zerstört hatte. Die Enterprise stößt auf diesen Kristall, woraufhin der falsche Data vorschlägt, Kontakt mit ihm aufzunehmen. Zu diesem Zweck will er sich auf den Kristall beamen lassen, in Wirklichkeit jedoch will er ihm die Enterprise ausliefern. Wesley und seine Mutter entdecken den abgeschalteten Data und müssen feststellen, daß er nicht Lore ist. Sie reaktivieren ihn und folgen Lore in den Transporterraum, wo es zu einem Kampf zwischen den beiden Androiden kommt.

Lore unterliegt und wird ins All gebeamt, woraufhin sich der Kristall von der Enterprise entfernt, da mit Lore die Kontaktperson auf dem Schiff verlorengegangen ist.

*

Auf den ersten Blick schien ›DataLore‹ zu jener offensichtlich von allen Serienproduzenten geliebten Kategorie ›Doppelgänger‹ zu gehören, die dem guten Charakter ein schlechtes Alter ego gegenüberstellt. Diese alles andere als vielversprechende Ausgangssituation fand dann aber eine recht elegante Lösung. Einen zunächst schlechten Beigeschmack bescherte das Ende, in dem Lore ohne weitere Erklärungen aus dem Schiff gebeamt wurde. Das war ein sicherer Vorbote für eine Fortsetzung, die auch Wirklichkeit werden sollte, allerdings in ganz anderen Maßstäben, als man zur Zeit von ›DataLore‹ erwartet hätte (›Brothers‹, Ep. N77; ›Descent‹, Ep. N152; ›Descent Part Two‹, Ep. N153). Auch die kristalline Lebensform aus dieser Episode sollte einen weiteren Auftritt bekommen (›Silicon Avatar‹, Ep. N104).

Ein Großteil des Erfolges von ›DataLore‹ war zweifellos Brent Spiner zu verdanken, der die beiden unterschiedlichen Charaktere überzeugend darstellte, obwohl sie sich nicht annähernd so sehr voneinander unterschieden wie seinerzeit der zweigeteilte Kirk (›The Enemy Within‹, Ep. C6).

Lore war als weiblicher Android geplant, eine Liaison mit Data war vorgesehen, Spiner brachte jedoch die Idee des bösen Zwillingsbruders ein, die schließlich auch in die Episode gelangte.

Episode N14: Angel One

(Planet Angel One)

Ein Landeteam der Enterprise, bestehend aus Riker, Data, Troi und Yar, besucht den Planeten Angel One, dessen

Gesellschaft matriarchalisch orientiert ist. Sie sind auf der Suche nach Überlebenden des auf Angel One abgestürzten Frachters Odin. Nach anfänglichem Zögern gibt die Herrscherin des Planeten, Beata, zu, daß sich vier Überlebende auf dem Planeten befinden. Da sie sich aber gegen die bestehende Gesellschaftsform ausgesprochen haben, befinden sie sich auf der Flucht. Während Riker sich mit der attraktiven Beata ›beschäftigt‹, begeben sich die drei anderen Mitglieder des Landeteams auf die Suche und stoßen tatsächlich auf die Überlebenden, die sich nach gutem Zureden damit einverstanden erklären, Angel One zu verlassen. Als sie Beata gegenüberstehen, erklären sie, daß sie den Planeten entgegen ihrer ersten Aussage nicht verlassen werden. Sie droht ihnen mit der Todesstrafe. Riker und sein Team sind auf sich allein gestellt, da in der Zwischenzeit auf der Enterprise eine Grippe den größten Teil der Besatzung befallen hat. Zu den bereits bestehenden Komplikationen gesellt sich ein Notruf von einem Föderationsaußenposten, der von Romulanern angegriffen wird. Data wird als einziger gegen das Grippevirus Immuner an Bord geholt, bevor aber die Enterprise Angel One verlassen kann, findet Dr. Crusher das Gegenmittel. Riker, Troi und Yar waren in der Zwischenzeit erfolgreich und konnten die drohende Todesstrafe abwenden, da sie Beata deutlich machen konnten, daß eine solche Bestrafung den Abtrünnigen einen Märtyrerstatus verleihen würde. Da sich die Entwicklung fort von der rein matriarchalischen Gesellschaft ohnehin nicht aufhalten läßt, ist es sinnvoller, die Abtrünnigen leben zu lassen, da ihr gewaltsamer Tod die Veränderung nur beschleunigen würde. Da die Grippe auf der Enterprise unter Kontrolle ist, können Riker und die anderen auf ihr Schiff zurückkehren, das daraufhin Kurs auf den Föderationsaußenposten nimmt.

*

Patrick Barrys vorgelegtes Konzept behandelte eine Variation der Apartheid, in der nicht Andersfarbige, sondern die Geschlechter voneinander getrennt sind. In seinem Drehbuchvorschlag wird lediglich Picard krank. Riker landet währenddessen mit seinem Team auf Angel One und wird von der Führerin Victoria angegriffen, Tasha kann Riker mit einem Phaserschuß außer Gefecht setzen und rettet ihn so vor der sofortigen Exekution. Er wird ›lediglich‹ gefangengenommen, während Data als etwas Besonderes angesehen wird und nicht unter die Apartheidsregelung fällt. Riker trifft im Gefängnis auf Lucas Jones, der eine Revolte plant, die am nächsten Tag stattfinden soll. Bevor das aber geschieht, wird Jones getötet. Es kommt zu einem Streik der Gefangenen, während die Enterprise mit dem zurückgeholten Landeteam den Planeten verläßt. Riker sichert dem Captain zu, daß das Team nur Zeuge der Revolte war, nicht aber daran beteiligt war, da er sich der Bedeutung der Hauptdirektive bewußt ist. Das Ergebnis nach den Umschreibungen war im Vergleich lächerlich, einzig bemerkenswert war an der Episode nur Patricia McPherson, die vor allem aus der Serie ›Knight Rider‹ einem breiten Publikum bekannt ist.

Episode N15: 11001001

(11001001)

Die Enterprise dockt in der Sternenbasis 74 an, da der Bordcomputer überholt und die Programme auf den neuesten Stand gebracht werden sollen. Diese Arbeit wird von den Binären durchgeführt, einer Rasse, die sich in völlige Abhängigkeit von Computern begeben hat, so daß sie nur in Zweiergruppen arbeiten und leben und sich untereinander in Binärcode unterhalten. Während ein Teil der Besatzung die Gelegenheit zu einem Landurlaub nutzt, testet Riker ein neues Holodeckprogramm, das eine Jazz-Bar in New Orleans darstellt, wo Riker Trombone spielen kann. Dort begegnet er auch Minuet, einer verführerischen Frau, die ein extrem überzeugender Holodeckcharakter ist. Picard gesellt sich zu den beiden und ist gleichfalls über Minuet erstaunt. Als die sie aber zu offensichtlich am Verlassen des Holodecks hindern will, stellt sich heraus, daß sie von den Binären als Ablenkung für Riker und Picard geschaffen wurde. Die Binären haben in der Zwischenzeit eine massive Fehlfunktion im Maschinenraum simuliert, woraufhin die Enterprise evakuiert und ins All gelenkt wurde, da die Gefahr besteht, daß sie explodiert. Tatsächlich jedoch haben die Binären das Schiff entführt. Riker und Picard aktivieren die Selbstzerstörung des Schiffs, als sie aber die Brücke erreichen, müssen sie feststellen, daß die Binären offenbar im Sterben liegen. Die beiden erfahren von ihnen, daß eine Naturkatastrophe ihre Heimatwelt bedroht, die die Speicherbanken des Zentralcomputers irreparabel schädigen kann. Um eine komplette Datensicherung vorzunehmen, benötigen sie die Speicherkapazität des Enterprise-Computers. Daher borgten sie sich kurzerhand das Schiff, da sie befürchteten, auf eine formelle Anfrage hin abgewiesen zu werden. Mittlerweile hat sich die Katastrophe ereignet, aber die Daten befinden sich im Computer der Enterprise. Noch rechtzeitig gelingt es Riker und Picard, den Zentralcomputer der Binären neu zu starten und die Daten zurückzuübertragen. Das Leben der Binären ist gerettet, die Enterprise kann zur Basis zurückkehren.

*

Nach ›The Big Goodbye‹ (Ep. N12) kam in dieser Episode das Holodeck erneut zum effektiven Einsatz, Spezialeffekte wurden hier jedoch minimal eingesetzt, statt dessen wurde das Hauptaugenmerk auf die Charaktere gelegt. Jonathan Frakes überraschte überdies mit einem unerwartet musikalischen Riker.

Gene Dynarski, der in dieser Episode als Commander Quinteros zu sehen war, war ein alter Bekannter. In *Star Trek* war er als Ben Childress in ›Mudd's Women‹ und als Krodak in ›The Mark of Gideon‹ zu sehen gewesen.

Die Binären waren in etwa das, was man als V'gers Enkel hätte bezeichnen können. ›11001001‹ erhielt einen Emmy Award für ›Best Sound Editing‹.[16]

Episode N16: Too Short a Season

(Die Entscheidung des Admirals)

Die Enterprise fliegt den Planeten Mordan IV an, dessen Befehlshaber Karnas der Föderation mitgeteilt hat, daß Terroristen einen Botschafter als Geisel genommen haben und nur mit Admiral Mark Jameson sprechen wollen. Der hatte bereits 45 Jahre zuvor eine Geiselnahme auf diesem Planeten unblutig beendet. Jameson, der mittlerweile 85 Jahre alt ist, begibt sich auf die Enterprise, wo er auf dem Weg nach Mordan IV immer jünger wird. Als er diesen Vorgang nicht länger leugnen kann, gesteht er, daß er dies mit Hilfe einer illegalen Droge erreicht. Ferner erklärt er, daß er zwar 45 Jahre zuvor die Geiseln befreit hatte, die von Karnas gefangengenommen worden waren, daß er aber auf dessen Forderungen eingegangen war und Karnas mit Föderationswaffen beliefert hatte. Da er damit gegen die Hauptdirektive verstoßen hatte, versuchte er, dieses Vergehen auszugleichen, indem er auch die Gegenseite mit Waffen versorgte. Diese beiden Lieferungen bildeten dann die Grundlage für einen 40 Jahre währenden Krieg. Es stellt sich heraus, daß Karnas Jameson nur haben will, um sich an ihm zu rächen. Sie lassen sich auf den Planeten beamen, wo es zunächst zu einem Gefecht kommt. Schließlich stehen sie Karnas gegenüber, der zunächst nicht glauben will, daß der junge Mann, der ihm gegenübersteht, tatsächlich Jameson ist. Der stirbt aber kurz darauf an einer Überdosis der Verjüngungsdroge, Karnas glaubt letztlich dem Enterprise-Landeteam. Er hat seine Rache bekommen und gibt die Geiseln frei.

*

Anstatt sich auf die Verjüngungsdroge und die mit ihr verbundenen Konsequenzen zu konzentrieren, verpackte man die Geschichte in ein Geiseldrama, das aber völlig farblos blieb, da jeglicher Zusammenhang zur Enterprise-Crew fehlte. Die eigentliche Geschichte wies einige Abweichungen auf. So wollte Michael Michaelian, der das Buch verfaßt hatte, das Thema Wechseljahre und die Wirkungen auf einen Mann zeigen, er sollte dennoch jünger werden. In seiner Version stirbt er nicht, sondern bringt Gouverneur Zepec und den Hohepriester, die verfeindet sind, an einen Tisch. Er verjüngt sich bis zum vierzehnten Lebensjahr und verliert die Erinnerung an seine Frau. D. C. Fontana schrieb das Konzept um und fügte die Terroristen-Handlung hinzu, die aber die Handlung nicht verbesserte, wenngleich argumentiert wurde, daß es keinen anderen Weg gab, Jameson auf die Enterprise zu bringen, als mit der Hilfe der Terroristen-Geschichte.

Unglaubwürdig wirkte in der verfilmten Fassung der Schluß, als Karnas von völliger Ablehnung des ihm vorgestellten Jameson binnen Sekunden in absoluten Glauben an dessen Identität verfällt.

Der Episode gleichermaßen abträglich war Jamesons Anteil an der Handlung. Er stand vom ersten Moment an im Mittelpunkt, er trieb die Handlung voran und ließ die eigentlichen Hauptpersonen lediglich reagieren, was auch von den Stammschauspielern kritisiert wurde. Zudem war Clayton Rohners (der Jameson spielte) Make-up als 85jähriger nicht gelungen, erst in den späteren Stufen wirkte es glaubhafter.

Der verjüngte Admiral Jameson (mit Picard)...

Michael Pataki (der die Rolle des Karnas hatte) war bereits als Klingone Korax in ›The Trouble with Tribbles‹ (Ep. C45) zu sehen gewesen.

Der Rollstuhl, in dem Jameson saß, kostete 10 000 Dollar, funktionierte dann aber doch nicht, so daß alle Kameraeinstellungen um ihn herum angeordnet werden mußten, da er nicht bewegt werden konnte.

...und sein Widersacher Karnas.

Episode N17: When the Bough Breaks

(Die Sorge der Aldeaner)

Die Enterprise nimmt Kontakt mit den Bewohnern des Planeten Aldea auf, die dem Landeteam ein unfaßbares Angebot machen, als sie dem Enterprise-Team die Freigabe ihres technischen Wissens im Austausch gegen einige der an Bord befindlichen Kinder vorschlagen. Das Landeteam kehrt fassungslos über das Gehörte auf das

Schiff zurück, da werden einige Kinder entführt, unter ihnen auch Wesley. Während sie bei verschiedenen aldeanischen Familien untergebracht werden, die sich aufmerksam um sie kümmern, fordert Picard die sofortige Freilassung der Kinder. Das lehnen die Aldeaner ab, aber er kann ein Treffen zwischen Dr. Crusher und ihrem Sohn arrangieren. Sie händigt ihm unbemerkt einen Scanner aus, mit dem Wesley heimlich die biologischen Daten der Aldeaner aufzeichnet. Schließlich kehrt sie mit den Daten zurück auf die Enterprise, die von den Aldeanern so weit vom Planeten fortgeschleudert wird, daß man für die Rückreise drei Tage benötigt. Crusher wertet die aufgezeichneten Daten aus und kommt zu der Erkenntnis, daß nach dem Verlust der schützenden Ozonschicht des Planeten die Bewohner durch daraufhin aufgetretene Strahlung unfruchtbar geworden sind und bald sterben werden. Um ihre Kultur weiterleben zu lassen, haben sie die Kinder entführt. Während Picard und Dr. Crusher dies nach der Rückkehr zum Planeten den Aldeanern klarzumachen versuchen, übernehmen Riker und Data die Kontrolle über den Zentralcomputer von Aldea. Vor vollendete Tatsachen gestellt, bleibt den Aldeanern nichts anderes übrig, als die Kinder freizulassen. Picard bietet ihnen trotz dieser Aktion Hilfe an bei der Lösung der Umweltprobleme des Planeten.

*

›When the Bough Breaks‹ startete als völlig andere Episode. D. C. Fontana hatte eine Drehbuchvorlage geschrieben, in der die aus nicht näher dargelegten Gründen vom Rumpf getrennte Untertassensektion der Enterprise als Geisel genommen werden sollte. Hannah Louise Shearer bearbeitete diese Vorlage, bis sie schließlich in die Form gelangt war, die dann auch verfilmt wurde. Zeitweise war zwar die Geiselnahme noch im Gespräch, wurde aber dann endgültig fallengelassen, sehr zum Nachteil dieser

Episode, da die Freilassung der Kinder zum Ende unumgänglich war, andererseits bis auf (den von vielen ohnehin gehaßten) Wesley Crusher keine der Hauptpersonen beteiligt war und so das Zuschauerinteresse doch relativ gering war. Selbst das Problem der Aldeaner erschien keineswegs so drängend, zumal man konstant das Gefühl hatte, daß es nur die wenigen Bewohner auf Aldea gab. Bemerkenswert war darüber hinaus eine auffallende Parallele zu der Handlung von ›The Cage‹ (Ep. C1).

Ein wenig wurde allerdings auf den Pilotfilm angespielt, in dem Picard geäußert hatte, er fühle sich unwohl mit Kindern an Bord. Egal, wie seine Einstellung zu Kindern sein mochte, hier war er gefordert, alles zu unternehmen, um Wesley und die anderen zu retten.

Darüber hinaus stellte ›When the Bough Breaks‹ eine der wenigen Gelegenheiten in der ersten Season dar, die daran erinnerten, daß sich an Bord der Enterprise tatsächlich Familien befanden. Roddenberrys Konzept erwies sich in diesem Punkt nicht von Vorteil, da alle Episoden, in denen die Familien in den Vordergrund gestellt worden wären, einen deutlich reduzierten Einsatz der Hauptpersonen bedeutet hätten. Das war aber mit Blick auf die Zuschauer, die lieber die vertrauten Gesichter sehen wollten, kaum machbar und wurde weitgehend fallengelassen.

Unter den Geiseln befanden sich Wil Wheatons jüngerer Bruder Jeremy und seine jüngere Schwester Amy, eine weitere Geisel wurde von der Tochter des Maskenbildners Michael Westmore, McKenzie, gespielt.

Episode N18: Home Soil

(Ein Planet wehrt sich)

Routinemäßig besucht die Enterprise auf Velara III eine Terraforming-Kolonie, also eine Forschergruppe, die sich mit der Umwandlung der vorhandenen leblosen Materie zu fruchtbarer und nützlicher Materie beschäftigt. Der Leiter Kurt Mandel versichert, es sei alles in bester Ordnung, da wird ein Mitarbeiter von einem Laserbohrer so schwer verletzt, daß er an den Folgen dieses scheinbaren Unfalls stirbt. Data sucht nach der Ursache für diese Fehlfunktion und wird gleichfalls von dem Laser attakkiert, kann ihn aber aufgrund seines deutlich besseren Reaktionsvermögens zerstören. Dabei entdeckt er in einem der gebohrten Tunnels ein seltsames Leuchten. Er nimmt eine Bodenprobe mit auf die Enterprise, wo sich herausstellt, daß es sich um eine anorganische Lebensform handelt und der Planet damit für Terraforming tabu ist. Die kristallähnliche Lebensform erweist sich sogar als intelligent, als sie mit der Enterprise-Crew Kontakt aufnimmt. Mandel hat in der Zwischenzeit zugegeben, daß er von der Existenz einer Lebensform auf dem Planeten wußte, daß er aber das Projekt nicht aufgeben wollte. Damit hat er sich jedoch den Zorn dieser Lebensform zugezogen, die nun auch die Enterprise vernichten will. Picard kann sie besänftigen und auf den Planeten zurückbringen. Die Kolonie wird stillgelegt, ihre Mitarbeiter werden auf der Enterprise mitgenommen.

*

Die Parallelen zu ›Devil in the Dark‹ (Ep. C26) waren unübersehbar, in der man der Horta, einer gleichfalls anorganischen Lebensform, begegnet war. Diese Tatsache machte es schwer nachvollziehbar, warum alle Beteiligten in ›Home Soil‹ so erstaunt waren, einer anorganischen Lebensform gegenüberzustehen.

Der Grund mag darin gelegen haben, daß das Drehbuch mehrfach, sogar während der Dreharbeiten umgeschrieben wurde. Alles in allem wurde ›Home Soil‹ zu einer unausgewogenen Episode, die mit Terraforming zwar ein interessantes Thema aufgriff und vielversprechend angelegt war, der man aber die Unklarheit über das wirklich Wesentliche der Episode anmerkte.

V'ger hatte in *Star Trek — The Motion Picture* der Menschheit schon einen beträchtlichen Dämpfer verpaßt, als er sie als simple ›Kohlenstoffeinheiten‹ bezeichnete. Die kristalline Lebensform in ›Home Soil‹ ging noch weiter und nannte die Menschen »häßliche Säcke, die zum größten Teil aus Wasser bestehen«!

Walter Gotell, der hier Kurt Mandel spielte, war bestens bekannt als General Gogol aus der James Bond-Filmreihe.

Episode N19: Coming of Age
(Prüfungen)

Auf Relva VII nimmt Wesley Crusher mit drei Konkurrenten an einem Eignungstest teil, der ihm den Zugang zur Akademie der Sternenflotte ermöglichen kann. Obwohl er alle Tests mit Bravour besteht, fällt die Entscheidung zugunsten eines anderen Kandidaten aus. Die drei abgelehnten können es in einem Jahr wieder versuchen. Zur gleichen Zeit führt Admiral Quinn zusammen mit Commander Remmick auf der Enterprise eine umfangreiche Untersuchung durch, über deren Zweck er sich zunächst ausschweigt. Im Verlauf seiner Nachforschungen befragt er mehrere Besatzungsmitglieder über Picard und dessen Verhalten in bestimmten Situationen. Picard wird zwar von allen Befragten gelobt, dennoch scheint es so, als wolle Quinn belastendes Material gegen den Captain zusammentragen. Überraschend stellt sich aber heraus, daß Quinn glaubt, daß innerhalb der Sternenflotte etwas nicht stimmt, und er jemanden benötigt, dem er blind vertrauen kann. Er bietet Picard an, die Leitung der Akademie zu übernehmen, aber der lehnt dankend ab. Quinn verläßt enttäuscht die Enterprise, gleichzeitig kehrt Wesley von seiner Prüfung zurück. Er teilt Picard das schlechte Ergebnis mit und muß überrascht hören, daß Picard selber es beim ersten Anlauf auch nicht geschafft hatte.

*

Deutlich besser als manche vorangegangene Episode verknüpfte ›Coming of Age‹ zwei voneinander unabhängige Handlungsstränge, einerseits Wesleys Test, zum anderen Admiral Quinns Untersuchung. Beide Geschichten führten überdies zu einem überraschenden, weil negativen Ende, da sowohl die Untersuchung auf der Enterprise nicht Quinns gewünschtes Ziel erreichte, nämlich Picards Wechsel zur Akademie, als auch Wesley seine Prüfung unerwartet nicht bestand.

Was man hier noch nicht ahnen konnte, war eine Wiederaufnahme der Handlung um die scheinbar seltsamen Vorgänge im Hauptquartier der Sternenflotte. ›Conspiracy‹ (Ep. N25) sollte das in nicht absehbarer Weise fortführen.

Bei der Befragung der Enterprise-Crew durch Quinn wurde in großem Maß auf die Erlebnisse in vorangegangenen Episoden zurückgegriffen, was der Serie eine stärkere innere Verbundenheit verlieh, als es bei *Star Trek* mit Ausnahme der dort erwähnten Einzelfälle der Fall gewesen war.

Gaststars in dieser Episode waren Ward Costello als Quinn und — bestens bekannt aus der Gerichtsmediziner-Serie ›Quincy‹ — Robert Ito als der Prüfungsleiter Chang.

Episode N20: Heart of Glory
(Worfs Brüder)

Im Wrack eines tolarianischen Frachtschiffs entdecken Riker, LaForge und Data drei Überlebende, bei denen es sich zum allgemeinen Erstaunen um Klingonen handelt.

Kurz bevor das Schiff explodiert, werden sie gemeinsam auf die Enterprise gebeamt. Der verletzte der drei Klingonen stirbt in der Krankenstation, seine beiden Kameraden, Koris und Kunivas, setzen zu einem Totengeheul an, in das Worf einstimmt. Später erklären die beiden Klingonen — die über Worfs Anwesenheit auf der Enterprise sehr erstaunt sind —, daß sie lediglich Passagiere auf dem Schiff waren, das überraschend von Ferengi angegriffen wurde. Picard zweifelt an ihren Worten und findet diese Zweifel schon bald bestätigt, als ein klingonisches Schiff mit der Enterprise Kontakt aufnimmt. Picard erfährt, daß seine beiden Gäste Flüchtlinge sind, deren Auslieferung gefordert wird. Währenddessen glaubt Tasha irrtümlich, daß einer der Klingonen ein Kind als Geisel nehmen will, und stellt beide unter Arrest. Um der unehrenhaften Auslieferung an ihre eigenen Leute aus dem Weg zu gehen, brechen sie aus. Bei der Flucht kommt Kunivas ums Leben. Koris begibt sich in den Maschinenraum und droht damit, die Dilithium-Kristalle zu zerstören. Nachdem er vergeblich versucht, Worf auf seine Seite zu bekommen, tötet der ihn mit einem Phaserschuß, um das Schiff zu retten. Damit sind beide ehrenhaft gestorben, das klingonische Schiff wird von den beiden Todesfällen in Kenntnis gesetzt.

*

›Heart of Glory‹ eröffnete die seit den ersten Tagen von *Star Trek* längst überfällige eingehendere Beschäftigung mit den Klingonen und ihrem historischen Hintergrund, hier wurde aus den einstigen ›Nur‹-Feinden (das betraf auch bis dahin die Kinofilme) endlich eine Rasse, die erst durch die Fremdartigkeit ihrer Rituale und ihrer moralischen Vorstellungen — insbesondere der klingonischen Ehre — glaubwürdig werden konnte (wenngleich der Aspekt der Ehre später von Zeit zu Zeit ein wenig überstrapaziert wurde). ›Heart of Glory‹ sollte die Grundlage für viele weitere Episoden werden und in gewisser Weise auch auf *Star Trek VI – The Undiscovered Country* Auswirkungen haben, da hier neben vielen anderen Dingen erstmals der klingonische Außenposten auf Khitomer erwähnt wurde.

Neben diesen Aspekten gestattete die Episode Michael Dorn erstmals einen großen Auftritt, mit dem hier gleichfalls die maßgebliche Grundlage für die Andersartigkeit Worfs geschaffen wurde, die erstmals deutlich machte, daß er nicht nur ein Offizier von vielen ist, sondern etwas Besonderes darstellt.

Während es von *Star Trek* eine Vielzahl Bloopers — also fehlgeschlagene Aufnahmen — gab, hält man sich bei *Star Trek – The Next Generation* auffallend bedeckt. In dieser Episode gab es aber doch einen zwar nicht gezeigten, aber zumindest mündlich überlieferten: Beim Ausstoßen des klingonischen Schreis nach dem Tod des Kameraden fallen Dorns falsche Zähne heraus.

Episode N21: The Arsenal of Freedom

(Die Waffenhändler)

Auf der Suche nach der vermißten U.S.S. Drake fliegt die Enterprise Minos an, einen berühmt-berüchtigten Planeten, der für seinen massiven Waffenhandel bekannt war. Erstaunt stellt Picard fest, daß es kein intelligentes Leben mehr auf Minos gibt. Riker, Data und Yar lassen sich auf den Planeten beamen und begegnen dort unerwartet dem Captain der Drake, der sich jedoch als Illusion erweist. An seiner Stelle befindet sich im nächsten Moment ein kleiner fliegender Roboter, der um Riker ein Energiefeld legt und ihn bewegungsunfähig macht. Dr. Crusher und Picard folgen auf den Planeten, während Data versucht, das Energiefeld abzuschalten. Als sie sich beim Angriff eines weiteren Roboters aufteilen müssen, stürzen Dr. Crusher und Picard in eine Höhle. Bei diesem Sturz verletzt sich die Ärztin so schwer, daß Picard sie nach ihren Anweisungen verarzten muß. In der Zwischenzeit zwingt ein unsichtbarer Angreifer die Enterprise, den Orbit um Minos zu verlassen. Nachdem Data endlich das Feld abgeschaltet hat, werden er, Riker und Yar von immer neuen Robotern angegriffen, die mit jeder Stufe taktisch besser werden. In der Höhle entdeckt Picard unterdessen ein Hologramm, das einen Verkäufer für perfekte Waffen darstellt. Er erkennt, daß dieses Hologramm alles ist, was von den Bewohnern dieser Welt übriggeblieben ist. Die haben sich unabsichtlich selbst vernichtet, als sie das perfekte, sich jedem Gegner sofort anpassende Waffensystem entwickelt hatten. Picard findet den einzigen, skurril erscheinenden Weg, die Demonstration zu beenden, indem er erklärt, daß er das Waffensystem kauft. Das Hologramm ist zufrieden und beendet die Vorführung. Die Enterprise kann nach Minos zurückkehren und das Landeteam zurück an Bord holen.

*

Robert Lewin hatte ›The Arsenal of Freedom‹ als Liebesgeschichte zwischen Picard und Beverly Crusher angelegt. In seiner Fassung sollte Picard verletzt werden, und die Ärztin sollte ihm ihre Gefühle für ihn erklären. Roddenberry lehnte dagegen Lewins Geschichte in dieser Form ab, obwohl diese Entwicklung hin zu einem Zustand, der ohnehin schon latent bestand, nur ein konsequenter Schritt gewesen wäre. Das zeigt aber wieder einmal, daß Roddenberrys Idee zwar erfolgreich war und ist, daß aber an seinem Widerstand manche begrüßenswerte Weiterentwicklung der Charaktere scheiterte.

Die Absurdität, daß die Bedrohung der Enterprise eigentlich gar keine war, sondern daß es sich ›nur‹ um eine Verkaufspräsentation handelte, war für *Star Trek — The Next Generation* ein Novum. Nicht, daß es der Serie an

Humor fehlte, aber der Mut zum Grotesken, der in *Star Trek* seine beste Präsentation in ›I, Mudd‹ (Ep. C38) fand, hatte bislang gefehlt.

Die Rolle des Waffenverkäufers wurde mit Vincent Schiavelli besetzt, der für die Rolle eingeladen wurde, während andere Schauspieler Schlange stehen, um einen Auftritt in *Star Trek – The Next Generation* zu bekommen. Schiavelli, der aus Brooklyn kommt und Schauspielerei studiert hatte, hatte sein Filmdebüt in Milos Formans Film ›Taking Off‹, einem noch breiteren Publikum bekannt wurde er mit seiner Rolle in ›One Flew over the Cuckoo's Nest‹ (›Einer flog übers Kuckucksnest‹), wo er neben Christopher Lloyd zu sehen war, der seinerseits schon vor Schiavelli für Star Trek aktiv wurde (in *Star Trek III – The Search for Spock*). Er war ebenfalls in ›Adventures of Buckaroo Banzai‹ zu sehen (wiederum mit Christopher Lloyd). Seine neueste Produktion ist ›Character Actor: The Vincent Schiavelli Story‹, eine Komödie, die erst nach seinem Tod beginnt und einen Rückblick auf sein Leben darstellt, was insofern schon ungewöhnlich ist, da Schiavelli zwar bekannt, aber nicht gerade ein weltberühmter Schauspieler ist.

Episode N22: Symbiosis
(Die Seuche)

Die Enterprise empfängt einen Notruf von einem kleinen Frachtschiff von Ornara, das sich als das letzte flugtaugliche Schiff dieses Planeten entpuppt. Dessen Captain hat offensichtlich keine Ahnung, was er tun muß, um eine bestehende Fehlfunktion zu beheben. An Bord befinden sich außer ihm ein weiterer Ornaraner und zwei Brekkaner. Die beiden letzteren bestehen darauf, daß zuerst die Fracht des Schiffs, eine große Menge Felisium, auf die Enterprise gebeamt wird, dann folgen sie. Über diese my-

Die Ferengi.

steriöse Fracht und darüber, wer ihr rechtmäßiger Eigentümer ist, entbrennt schon bald ein Streit. Dr. Crusher teilt unterdessen Picard mit, daß die Ornaraner ein seltsames Virus in sich tragen. Dessen Symptome sind zwar erkennbar, die Ursache kann sie jedoch nicht feststellen. Da die beiden darauf drängen, wenigstens ein wenig Felisium zu bekommen, das sie als Medikament für ihre Krankheit bezeichnen, kann Picard den beiden Brekkanern zwei kleine Portionen entlocken. Die erklären ihm übereinstimmend, daß es sich bei der Fracht um ein Medikament handelt, das gegen eine auf Ornara herrschende Krankheit wirkt, das sie aber nur im Austausch gegen Maschinen und ähnliche technische Geräte abgeben. Als die beiden Ornaraner ihr Felisium erhalten haben, beobachtet Dr. Crusher bei ihnen Verhaltensweisen, die für Drogenabhängige typisch sind. Sie kommt zu dem Schluß, daß auf Ornara keine Krankheit grassiert, sondern daß die gesamte Bevölkerung drogenabhängig ist und daß die Brekkaner diese Abhängigkeit ausnutzen, indem sie das Felisium nur gegen Ware tauschen, die sie selber nicht herstellen können, da ihnen das Wissen dafür fehlt. Um nicht in die schwächere Position zu geraten, lassen sie die Ornaraner in dem Glauben, daß sie tatsächlich krank sind. Trotz dieser Erkenntnis sind Picard die Hände gebunden, da ein Einschreiten gegen die Brekkaner ein Verstoß gegen die Hauptdirektive bedeuten würde. Er findet aber einen Weg, der das gleiche Ergebnis haben wird. Picard verweigert die Übergabe der von Ornara angeforderten Ersatzteile für die reparaturbedürftigen Schiffe des Planeten. Da mit dem havarierten Schiff auch die letzte Möglichkeit genommen ist, Fracht von Brekka abzuholen, wird der unfaire Handel bereits in Kürze zusammenbrechen. Die Ornaraner werden zuerst glauben, daß sie ohne Felisium sterben müssen, sobald ihre Körper aber entwöhnt sind, werden sie die wahren Zusammenhänge erkennen.

*

Spätestens mit dieser Episode wurde deutlich, mit welcher Konsequenz Picard die Hauptdirektive vertrat, was aber nicht bedeutete, daß er alle ihrem Schicksal überließ. Vielmehr beschritt er Wege, die zwar keine Einmischung darstellten, die aber auf einem Umweg zum gleichen Ergebnis führten.

Bemerkenswert war bei ›Symbiosis‹ außerdem noch, daß sowohl Judson Scott als auch Merritt Butrick Gastrollen hatten, nachdem sie beide bereits in *Star Trek II — The Wrath of Khan* mitgewirkt hatten, seinerzeit ebenfalls in gegnerischen Parteien. Für Judson Scott war dies einer seiner zahlreichen TV-Auftritte. Er war unter anderem auch in ›The A-Team‹ zu sehen und spielte eine Hauptrolle in der Serie ›The Phoenix‹, der jedoch kein langes Leben beschieden war.

Für Merritt Butrick dagegen war dies der letzte Auftritt bei Star Trek, da er am 17. März 1989 im Alter von 29 Jahren in Los Angeles an den Folgen der Immunschwäche AIDS starb.

›Symbiosis‹ verhinderte die Verfilmung der Geschichte ›The Dream Pool‹ von Tracy Tormé, die sich ebenfalls mit Sucht und Drogen befaßte. Erfreulich war, daß in ›Symbiosis‹ das Thema der Drogenabhängigkeit ohne Verwendung von Symbolen behandelt wurde, ärgerlich war allerdings die Ahnungslosigkeit, die Wesley Crusher in dieser Thematik besaß.

Episode N23: Skin of Evil

(Die schwarze Seele)

Ein Shuttle mit Deanna Troi an Bord ist auf Vagra II abgestürzt. Als ein Landeteam, bestehend aus Riker, Data, Dr. Crusher und Yar, sich auf den Planeten beamen läßt, um sie zu retten, wird der Weg zum Shuttle jedoch von einer schwarzen, öligen Masse versperrt. Die verändert ihre Position, sobald einer aus der Gruppe versucht, sie zu umgehen, schließlich baut sie sich vor dem Landeteam auf und präsentiert sich als monströse Gestalt, die wie aus Teer gegossen aussieht. Diese Gestalt nennt sich Armus. Als Yar ein weiteres Mal versucht, Armus zu umgehen und zum Shuttle zu gelangen, greift er sie an und tötet sie. Sie wird zwar sofort auf die Enterprise zurückgebeamt, die dort eingeleiteten Wiederbelebungsversuche bleiben jedoch erfolglos. Armus teilt später der im Shuttle festsitzenden Troi mit, daß Yars Tod ihn hatte amüsieren sollen. Das ist aber nicht geschehen, nun ist er enttäuscht. Dann erfährt sie von ihm, daß er das konzentrierte Böse ist, das die Bevölkerung von Vagra II förmlich abgestreift hatte, bevor sie den Planeten verließ. Picard folgt in der Zwischenzeit auf den Planeten und schickt das Landeteam zurück auf die Enterprise. Er täuscht vor, daß er Armus mitnehmen will. Der beginnt daran zu glauben und läßt ihn Kontakt mit Troi aufnehmen. Nachdem er erfahren hat, daß sie wohlauf ist, erklärt er Armus, daß er ihn auf keinen Fall mitnehmen wird. Der fühlt sich betrogen und gerät daraufhin so in Wut, daß er für einen Moment nicht an das Kraftfeld denkt, das das Shuttle abschirmen soll. Troi und der Shuttle-Pilot können an Bord gebeamt werden, ebenso der Captain, während der vor Wut rasende Armus zurückbleibt. Auf der Enterprise findet später eine Trauerfeier für Tasha Yar statt.

*

In ›Skin of Evil‹ (einer Episode, die in früheren Stadien ihrer Entstehung zeitweise mit ›The Shroud‹, dann wieder mit ›Tour-de-Force‹ betitelt war) mußte erstmalig in einer Star Trek-Fernsehserie eine Hauptfigur durch Tod ausscheiden, der definitiv genug war, um eine Rückkehr ausschließen zu können. Dennoch fanden die Drehbuchautoren später zwei Gelegenheiten, Denise Crosby in der gleichen[17] und einer verwandten[18] Rolle wieder mitspielen zu lassen. Die ebenfalls in Erwägung gezogene Rückkehr mit der Hilfe von Q hätte zwar die Fans ruhiggestellt, die mit der Entscheidung alles andere als glücklich waren, sie wäre aber unglaubwürdig gewesen.

Mit einer sehr kurzen und sehr drastischen Szene gleich zu Beginn wurde Tasha Yar ins Jenseits befördert, um dann zum Schluß der Episode in einer eindrucksvollen Holodeck-Rede, die sie in weiser Voraussicht aufgezeichnet hatte, die Tränendrüsen der Zuschauer zu strapazieren, die bis zuletzt gehofft hatten, daß sich bis zum Ende der Episode ein Weg finden würde, sie zurückzubringen.

Dieser Episode vorausgegangen war ein langes Hin und Her zwischen Denise Crosby und Gene Roddenberry, da sie sich schon früh darüber beklagt hatte, ihre Rolle fordere sie nicht genug. Die einzigen Episoden, die ihr wirklich Handlungsspielraum gegeben hatten, waren ›The Naked Now‹ (Ep. N3) und ›Code of Honor‹ (Ep. N4). Ihre Beschwerden führten dazu, daß Roddenberry ihr eröffnete, er wolle sich aus Tradition auf die drei Hauptcharaktere Picard, Riker und Data konzentrieren.[19] Zudem war es bei neun ständigen Rollen und oftmals zwei Handlungsfäden pro Episode nicht mehr möglich, jedem zu jeder Zeit gerecht zu werden. Denise Crosby hatte eigener Aussage zufolge diverse Angebote ablehnen müssen, da ihre Rolle bei *Star Trek – The Next Generation* ihr trotz der geringen Beteiligung keine Zeit ließ, nebenbei tätig zu werden. Roddenberry wollte sie nicht zurückhalten und akzeptierte dann schweren Herzens ihre Entscheidung, aus der Serie auszusteigen, gemeinsam einigten sie sich auf ein unwiderrufliches Ende: den Tod ihrer Serienrolle. Ihre durch die Serie sprunghaft gestiegene Popularität verhalf ihr dann in der unmittelbaren Zeit nach dem Ausstieg auch zu den erhofften Filmangeboten. Ihre Hoffnung, die ihr in Aussicht gestellte Rolle als Arnold Schwarzeneggers Partnerin in ›Total Recall‹, erfüllte sich jedoch nicht, statt dessen erhielt sie eine Hauptrolle in ›Pet Sematary‹ (dt. ›Friedhof der Kuscheltiere‹), außerdem eine kleine

Rolle in ›Tennessee Nights‹. In Blake Edwards' ›Skin Deep‹ bekam sie eine Rolle, die sie zu Beginn des Films vielversprechend auftreten ließ, danach fand sich aber in diesem Film keine weitere Verwendung mehr für sie. Daß sie die Rolle aufgrund ihres Talents erhielt oder einer anderen bemerkenswerten Fähigkeit verdankte, ist ohnehin zumindest ein wenig zweifelhaft, da Denise Crosby seit 1984 mit Geoff Edwards verheiratet ist, dem Sohn von Blake Edwards.

Darüber hinaus verliert die Rolle der Tasha Yar ohnehin immer stärker an Bedeutung, je mehr Episoden ohne sie stattfinden. Mit Worf wurde ihre Position in der Folgezeit deutlich besser besetzt, da er von Natur aus kriegerisch ist und so als Sicherheitsoffizier viel stärker in Konflikt geraten kann, als Tasha Yar mit ihrer zwar aufbrausenden Art, aber doch der Sternenflotte loyalen Ergebenheit.

Änderungen im Drehplan ließen Denise Crosby nach ihrem Filmtod noch einmal für *Star Trek – The Next Generation* aktiv werden, da die Episode ›Symbiosis‹ noch gedreht werden mußte.

Tashas Tod (den Roddenberry so sinnlos erscheinen lassen wollte, wie er dann auch zu sehen war, weil er daran erinnern wollte, daß auch im tatsächlichen Leben Menschen einen sinnlosen Tod sterben und nicht stets noch eine Heldentat vollbringen) sollte ursprünglich später in der Episode stattfinden, außerdem legte das Drehbuch größeren Wert auf Armus selber, anstatt sich mit den Reaktionen der Crew auf Armus zu befassen.

Episode N24: We'll Always Have Paris

(Begegnung mit der Vergangenheit)

Die Enterprise empfängt einen Notruf von Vandor IV, einem Planeten, auf dem Dr. Paul Manheim Zeitexperimente durchführt. Nur er und seine Frau Jenice, eine ehe-

Picard, Dr. Crusher und Deanna Troi.

malige Freundin von Picard, können lebend geborgen werden. Dr. Manheims Zustand ist sehr ernst, und es scheint sogar, daß er sich als Folge dieser Experimente zum Teil in einer anderen Dimension befindet. Währenddessen wird die Enterprise-Crew von immer neuen und verwirrenden Zeitstörungen heimgesucht. Als Dr. Manheim sich ein wenig erholt hat, erklärt er, wie die Sicherheitseinrichtungen seines Labors überwunden werden können. Außerdem erklärt er, daß durch seine Experimente ein Riß im Universum entstanden ist, der unbedingt mit Antimaterie geschlossen werden muß. Da Data der einzige an Bord ist, der sich von den Zeitstörungen nicht verwirren läßt, wird er in das Labor gebeamt und kann seinen Auftrag erfolgreich erledigen.

*

›We'll Always Have Paris‹ zeigte, daß Picard keineswegs so verschlossen war, wie die Kritiker der Serie gerne hervorzuheben versuchten (wohl auch um Kirk mehr als Mann der Tat darzustellen). Wie anders hätte er zu einer Ex-Geliebten kommen können?

Michelle Phillips, am 6. April 1944 in Long Beach, Kalifornien, geboren, spielte die Rolle der Jenice. Sie war in den sechziger und siebziger Jahren Mitglied der Popgruppe The Mamas and The Papas. Neben diversen Auftritten in TV-Serien und festen Rollen in den Serien ›Aspen‹ und ›Knots Landing‹ war sie 1984 in dem TV-Film ›Secrets of a Married Man‹ neben einem anderen Star Trek-Schauspieler zu sehen: William Shatner.

Phillips wurde von dem Regisseur dieser Episode, Robert Becker, vorgeschlagen, der sie von seiner Regiearbeit bei ›Knots Landing‹ her kannte. Anschließend war er mit seinem Vorschlag nicht mehr so zufrieden und hatte das Gefühl, daß eine andere Schauspielerin der Rolle womöglich besser entsprochen hätte.

Die ursprüngliche Handlung war deutlich stärker romantisch orientiert, Picard verbrachte eine Nacht mit Jenice (die zu dieser Zeit noch Laura hieß). Diese Episode wurde jedoch bereits von dem Streik der Drehbuchautoren 1988 betroffen, der auch die zweite Season in Mitleidenschaft ziehen sollte. Das überarbeitete Drehbuch war nicht rechtzeitig fertig, für die Schlußszenen waren die Dialoge noch nicht geschrieben, so daß per Telefon die Informationen von den Drehbuchautoren erfragt werden mußten und die Episode lediglich auf der Basis von knappen handschriftlichen Notizen fertiggestellt werden konnte.

Dieser Hektik mag es auch zu verdanken sein, daß trotz der von Roddenberry unerwünschten Beziehung zwischen Picard und Beverly Crusher die Ärztin eifersüchtig blicken durfte, als sie die wahre Identität von Jenice Manheim erfuhr.

Episode N25: Conspiracy

(Die Verschwörung)

Nachdem Picard eine codierte Mitteilung von Captain Walker Keel empfangen hat, läßt er den Kurs der Enterprise ändern und einen verlassenen Planeten anfliegen. Dort trifft er heimlich mit Walker Keel, Captain Rixx und Captain Tryla Scott zusammen. Von ihnen erfährt er, daß verschiedene beunruhigende Vorfälle in der letzten Zeit auf eine bevorstehende Invasion des Hauptquartiers der Sternenflotte schließen lassen. Picard kehrt zur Enterprise zurück und sucht Rat bei Troi. Da werden plötzlich Wrackteile von Captain Keels Schiff gefunden, was die Invasionstheorie untermauert. Picard läßt daraufhin Data die Mitteilungen der Sternenflotte aus den letzten Monaten auswerten, der zu dem Schluß kommt, daß tatsächlich die Vorbereitungen für eine Invasion laufen könnten. Die Enterprise nimmt daraufhin Kurs auf die Erde. Dort angekommen, wird Admiral Quinn an Bord gebeamt, während Picard auf der Erde mit der Führungsspitze der Sternenflotte zusammentrifft. Auf der Enterprise wird Quinn plötzlich gewalttätig, kann aber von Dr. Crusher kampfunfähig gemacht werden. In der Krankenstation entdeckt sie an seinem Nacken einen Auswuchs, der sich bewegt. Eine nähere Untersuchung führt zu der Erkenntnis, daß es sich dabei nur um einen winzigen Teil eines Tiers handelt, das sich in Quinns Körper befindet. Eines dieser Tiere ist auch in dem Koffer, den der Admiral mitgebracht hatte, offensichtlich sollte Riker damit Bekanntschaft machen. Mittlerweile ist Picard zum Essen eingeladen worden und muß zu seinem Entsetzen feststellen, daß ihm eine Schale mit lebenden Maden vorgesetzt worden ist, die von den anderen im Hauptquartier mit Genuß verzehrt werden. Da betritt Riker den Raum und verhält sich für Picards Empfindungen sehr seltsam. Auch er beginnt die Maden zu essen, zieht dann aber unerwartet seinen Phaser und hält die anderen in Schach. Picard ist erleichtert, daß Riker nicht auf die andere Seite übergewechselt ist. Aus den Körpern der Anwesenden entweichen die bereits von Quinn her bekannten Tiere. Picard und Riker verfolgen sie und sehen mit an, wie sie in Remicks Körper verschwinden. Sie schießen auf ihn und stellen fest, daß Remick nur noch eine menschliche Hülle besaß, der Körper an sich aber von einem Muttertier der Fremden übernommen worden ist. Nachdem die beiden dieses Tier und damit auch Remick vernichtet haben, ist die Gefahr einer Invasion zumindest vorübergehend gebannt.

*

›Conspiracy‹ war die durchaus gelungene späte Fortsetzung von ›Coming of Age‹ (Ep. N19), die aber anders verlaufen sollte. Gedacht war an eine Handlung im Stile des Films ›Seven Days in May‹ (dt. ›Sieben Tage im Mai‹), in dem hochrangige Militärs vermuten, daß an oberster Stelle etwas nicht so läuft, wie es sollte. Diese erste Fassung von ›Conspiracy‹ enthielt keine außerirdischen Invasoren, die Verschwörung lief tatsächlich innerhalb der Sternenflotte ab, aber Roddenberry war nicht zufrieden und änderte das Konzept, da er die Sternenflotte nicht in einem negativen Licht erscheinen lassen wollte.

Obwohl die Fortsetzung überzeugend verfilmt worden war und tricktechnisch mit Star Trek-untypischen Horrorszenen beeindruckte[20], war die Verlagerung des Umsturzes aus den eigenen Reihen auf Außerirdische die eindeutig schlechtere Lösung, da zum einen in der Folgezeit nie wieder auf die Invasoren eingegangen wurde und zum anderen Roddenberrys Konzept einer völlig integren Sternenflotte keineswegs so glaubwürdig war, wie er dies wünschte.

Wie wenig bei ›Coming of Age‹ an eine Fortsetzung dieser Art gedacht war, zeigte sich auch daran, daß nie darauf eingegangen wurde, ob Quinn und Remick bei ihrem ersten Besuch auf der Enterprise bereits von den Außerirdischen übernommen worden waren und Picards Abwerbung zur Akademie Teil des Invasionsplans war.

Jonathan Farwell, der hier als Captain Walker Keel zu sehen war, hatte am Broadway in ›The King and I‹ mit Yul Brynner gespielt. Gegenwärtig[21] hat er eine feste Rolle in der Soap Opera ›The Young and the Restless‹.

Henry Darrow, geboren am 15. September 1933 in New York City, trat in dieser Episode als vulkanischer Admiral Savar auf. Er war vor allem als Manolito Montoya in der Westernserie ›High Chaparral‹ weltberühmt geworden.

Jonathan Frakes hatte bei den Dreharbeiten besondere Überwindungskraft bewiesen und tatsächlich eine der lebenden Maden gegessen, diese Szene war aber bedauerlicherweise nicht in die TV-Fassung gekommen.

Episode N26: The Neutral Zone

(Die Neutrale Zone)

Während Picards Abwesenheit trifft Data die Entscheidung, drei in künstlichem Schlaf liegende Menschen von einem stark beschädigten Schiff auf die Enterprise zu beamen. Nachdem Picard mit einem Shuttle eingetroffen ist, läßt er Kurs nehmen auf die Neutrale Zone, da sich einige Föderationsaußenposten nicht mehr melden und ein Angriff der seit Jahrzehnten in völliger Zurückgezogenheit lebenden Romulaner vermutet wird. Da erst erfährt er von den Passagieren, Menschen des 20. Jahrhunderts, die nach ihrem Tod tiefgekühlt wurden, um von späteren Generationen aufgeweckt und geheilt zu werden — sogenannte Cryonics. Nachdem Dr. Crusher sie aus ihrem Kälteschlaf geholt hat und ihre Krankheiten, die seinerzeit zu ihrem Tod geführt hatten, behandelt hat, überläßt Picard sie Riker, während er sich auf die mögliche Konfrontation mit den Romulanern vorbereitet. In der Zwischenzeit beginnen die drei Passagiere aktiv zu werden. Clare Raymond versucht, mit Trois Hilfe ihre Nachfahren ausfindig zu machen; Sonny Clemons versorgt sich über den Bordcomputer mit (nunmehr synthetischen) Alkoholika aller Art, die vor Jahrhunderten seinen Tod mitverursacht hatten, Ralph Offenhouse versucht mit allen Mitteln, Kontakt mit seinen Rechtsanwälten und seiner Bank aufzunehmen, muß jedoch erfahren, daß im 24. Jahrhundert materieller Reichtum keine Bedeutung mehr hat. Schließlich will er mit Picard sprechen und gelangt unbemerkt auf die Brücke, wo er in die Verhandlung mit den Romulanern platzt, der ersten seit über fünfzig Jahren. Die wissen ebensowenig etwas über das Verschwinden ihrer eigenen Außenposten wie über die der Föderation. Es kommt nicht zu dem befürchteten Konflikt, statt dessen ziehen die Romulaner sich mit der Bemerkung zurück, daß die Anwesenheit der Enterprise nicht mehr erforderlich ist, da sie jetzt zurück sind, nachdem innere Angelegenheiten sie lange Zeit davon abgehalten hatten, sich um die Grenzen ihres Imperiums zu kümmern.

So wie das romulanische Schiff zieht sich auch die Enterprise zurück und verabredet ein Treffen mit einem anderen Föderationsschiff, das die drei Passagiere zur Erde zurückbringen soll.

*

›The Neutral Zone‹ war ursprünglich völlig anders angelegt, die Handlung dieser Episode sollte nur der Anfang eines Dreiteilers sein, der die erste Season mit einem Cliffhanger, also einem offenen Ende, das eine gefährliche Situation ungeklärt läßt, beschließen sollte. Das Treffen mit den Romulanern sollte zu einer zeitlich begrenzten Allianz führen, um das Rätsel der verschwundenen Außenposten zu klären, Höhepunkt wäre dann ein Zusammentreffen mit den für das Verschwinden der Außenposten verantwortlichen Borg gewesen, die so erst viel später auftauchen sollten.[22] Aufgrund des schon laufenden Streiks der Drehbuchautoren konnte diese Idee jedoch nicht weiterverfolgt werden. Das Ergebnis dieser Änderung des Konzepts war dann auch dementsprechend ungewöhnlich und enttäuschend.

Ralph Offenhouse wurde gespielt von Peter Mark Richman, geboren am 16. April 1927 in Philadelphia. Er war neben rund 500 Gastrollen in diversen Serien in einer festen Rolle unter anderem in ›Dynasty‹ zu sehen. 1953 begann er als Schauspieler und hatte seitdem in zahlreichen Filmen mitgewirkt, seinen ersten Auftritt hatte er in ›Friendly Persuasion‹ mit Gary Cooper.

Leon Rippy, der in ›The Neutral Zone‹ als Sonny Clemons zu sehen war, gründete 1971 eine Theatergesellschaft für Kindertheater. Unter anderem war er in ›North & South‹ neben Jonathan Frakes aufgetreten, in ›The Color Purple‹ neben der von *Star Trek — The Next Generation* noch Lichtjahre entfernten Whoopi Goldberg und in ›Track 29‹ neben Christopher Lloyd aus *Star Trek III — The Search for Spock.*

So wie alle neuen Serien mußte sich *Star Trek — The Next Generation* inhaltlich den Weg suchen, den Roddenberrys zweiter Anlauf zu gehen hatte, um weiterhin erfolgreich zu sein. Dabei gab es wie bei allen Serien gute und schlechte Episoden, zu den besonderen Tiefpunkten zählten ›Code of Honor‹ (Ep. N4), ›Justice‹ (Ep. N8) und ›Angel One‹ (Ep. N14). Die Glanzlichter der ersten Season waren ›Where No One Has Gone Before‹ (Ep. N6), ›Haven‹ (Ep. N11), ›The Big Goodbye‹ (Ep. N12) und ›11001001‹ (Ep. N15).

Denise Crosbys Abwesenheit in den letzen drei Episoden kam bei genauer Betrachtung praktisch nicht zum Tragen und machte deutlich, daß sie tatsächlich einen der Rand-

Design des 24. Jahrhunderts: Die neue Enterprise.

charaktere gespielt hatte, für die in der ersten Season nicht soviel Zeit aufgewendet werden konnte, da Roddenberry die Serie nach wie vor formte. Ihr Ausscheiden war zu früh erfolgt, inwieweit sich ihr Verbleiben aber auf die Serie ausgewirkt hätte, liegt im Bereich des Spekulativen.

Data hatte sich recht schnell zur beliebtesten Figur entwickelt. Trotz der Vorbehalte und des anfänglichen Vorwurfs, nicht mehr als ein billiger Spock-Abklatsch zu sein, erwies er sich als gute Idee.

Nicht anfreunden konnten sich aber viele Zuschauer (hier aber wohl mehr die hartgesottenen Trekker als ›normale‹ Zuschauer) mit Wesley Crusher, was sogar zu regelrechten Anti-Wesley-Bewegungen führte, die sich dann auch gegen den Schauspieler Wil Wheaton richteten, womit sich wieder einmal nach Spocks Tod in *Star Trek II – The Wrath of Khan,* der Zerstörung der Enterprise in *Star Trek III – The Search for Spock* und der Ankündigung von *Star Trek – The Next Generation* zeigte, welch geringes

Maß an Toleranz manche Trekker trotz ihrer Begeisterung für eben jene Grundideen der Serie an den Tag legen — damals wie heute.

Anmerkungen:

1 Die bisherige Numerierung, die den Pilotfilm als eine Episode kennzeichnete, wird mit dieser Neuausgabe aufgegeben. Das führt dazu, daß die von Paramount gefeierte hundertste Episode auch hier als Nummer 100 aufgeführt wird. Es wäre auch für den Leser zu umständlich, immer wieder auf Hinweise zu stoßen, daß die Folge X eigentlich eine höhere Nummer trägt.

2 Die ›Star Trek Chronology‹ nennt als Jahr der Handlung 2364, da diese Jahreszahl in ›The Neutral Zone‹ erwähnt wird. Die ›Chronology‹ wandert dann mit jeder Season ein Jahr weiter, so daß 2369 für den Handlungsbeginn von *Star Trek — Deep Space Nine* angenommen werden kann

3 So in Cinefantastique, Vol. 19, No. 3.

4 Die geistige Nähe zum Verhältnis zwischen Ilia und Decker in *Star Trek — The Motion Picture* (s. Band 2, S. 26) war nicht zu übersehen. Während sich dort die weitere Darstellung mit Filmende erledigte, mußten bei *Star Trek — The Next Generation* die Zuschauer sogar bis zur sechsten Season warten, um dort in ›Second Chances‹, Ep. N150, zu erfahren, daß die Beziehung tatsächlich ihr Ende gefunden hatte.

5 Wäre Kelleys Mitwirkung vor der Premiere des Pilotfilms publik geworden, hätte man die gefilmte Szene noch herausgenommen. Grund dafür mochte sein, daß man befürchtete, durch das Interesse an Kelleys Auftritt eine unrealistisch hohe Einschaltquote zu erzielen, die sich in der Folgezeit wegen fehlender Gaststars aus *Star Trek* drastisch nach unten korrigieren würde. Durch die Geheimhaltung schalteten wirklich diejenigen ein, die den Pilotfilm sehen wollten, jedoch niemand, der nur Kelley sehen wollte.

6 Diesen Punkt ignorierte Nicolas Meyer, als er *Star Trek VI — The Undiscovered Country* filmte, gänzlich; siehe hierzu Band 2, S. 171.

7 ›News of the World‹, 30. September 1990.

8 ›The Sunday Express‹, 30. September 1990.

9 Eines der geflügelten Worte aus *Star Trek — The Next Generation* ist seitdem Datas Hinweis, er sei in *jeder* Hinsicht funktionsfähig, also ›fully functional‹.

10 Die Ferengi waren zunächst mit spitzen Ohren geplant, Roddenberry wollte das aber nicht, um sie nicht zu vulkanisch aussehen zu lassen.

11 Betrachtet man rückblickend diese Episode, muß man anerkennen, daß an den Ferengi massiv gearbeitet worden ist. Wie anders hätten sie in *Star Trek – Deep Space Nine* zu einer Hauptrolle kommen können?

12 In dieser Serie spielte der zu dieser Zeit für das Star Trek-Publikum noch unbedeutende Avery Brooks mit. Er sollte erst mit *Star Trek – Deep Space Nine* ins Rampenlicht von Star Trek rücken.

13 So in Edward Gross, Mark A. Altman: New Voyages: The Next Generation Guidebook, S. 18.

14 Das sollte viel später auch geschehen, nämlich in ›True Q‹ (Ep. N132).

15 So in Edward Gross, Mark A. Altman: New Voyages: The Next Generation Guidebook, S. 23.

16 Egal, welche Anstrengungen unternommen werden, *Star Trek – The Next Generation* wird permanent in Nebenkategorien nominiert, obwohl in späteren Seasons allein Patrick Stewarts Arbeit honoriert werden müßte. Die Gründe für dieses Verhalten sind nicht klar, aber es scheint plausibel, daß man so *Star Trek – The Next Generation* die Anerkennung versagt, eine vollwertige Fernsehserie zu sein.

17 Siehe ›Yesterday's Enterprise‹ (Ep. N63).

18 Siehe ›Redemption Part I‹ und ›Part II‹ (Ep. N100 und N101) sowie ›Unification Part I‹ und ›Part II‹ (Ep. N107 und N108).

19 Wie die kommenden Folgen zeigen sollten, verwirklichte er diese Absicht nicht so extrem, so daß er für Denise Crosby durchaus ein akzeptables Maß an Einbeziehung in die Handlung hätte bewerkstelligen können.

20 *Star Trek – The Next Generation* erhielt für diese Episode einen ›Emmy Award‹, der gerechtfertigt war, wenngleich der starke Einfluß aus ›Alien‹ unübersehbar war. Die Szene, in der das in Remicks Körper lebende Wesen gezeigt wird, wurde für die Fernsehfassung in Deutschland und England herausgeschnitten.

21 Stand dieser Information ist April 1990.

22 Siehe ›Q Who‹ (Ep. N42) und ›The Best of Both Worlds Part I‹ und ›Part II‹ (Ep. N74 und N75).

Ein neues Jahr und neue Gesichter

Die zweite Season von *Star Trek — The Next Generation* startete im Herbst 1988 und konnte mit einer Reihe von Veränderungen aufwarten, die deutlich schwerer wogen als seinerzeit bei *Star Trek.*

Lt. Worf wurde an Tasha Yars Stelle Sicherheitsoffizier, Geordi LaForge verließ seinen Platz auf der Brücke und wurde im Maschinenraum als Chefingenieur tätig, zudem wurde ihm in Aussicht gestellt, daß er in naher Zukunft möglicherweise auf seinen VISOR würde verzichten können, ein konkreter Zeitpunkt wurde jedoch nicht genannt.[1]

Wesley Crusher stieg — trotz des erwähnten und anhaltenden Fan-Widerstands — zum Acting Ensign auf und hatte damit fortan stets einen Platz auf der Brücke der Enterprise.

Riker überraschte mit einem Vollbart, der für den Darsteller Jonathan Frakes einige Unannehmlichkeiten mit sich brachte, da der Bart an manchen Stellen immer wieder gestutzt werden mußte, während man an anderen Stellen zusätzlich Haare ankleben mußte, um ein gleichbleibendes Bild zu bieten. Frakes hatte den Bart in der Drehpause im Sommer wachsen lassen, ohne die Absicht, ihn in die Serie einzubringen. Das erwies sich dann aber als ausgesprochen vorteilhaft, da Frakes zumindest in der ersten Season eine gewisse äußere Ähnlichkeit mit dem jungen Shatner besaß, die durch den Vollbart aber verschwand.

Colm Meaney kehrte mit der zweiten Season zurück und erhielt eine wiederkehrende Rolle als Transporterchef, der aber erst nach und nach seinen vollen Namen Miles Edward O'Brien erhielt. Meaney erhielt keinen Vertrag, der ihn für eine bestimmte Anzahl Episoden verpflichtete. Wenn ein Drehbuch seine Rolle vorsah, wurde geprüft, ob er verfügbar war. War das nicht der Fall, wurde die Rolle kurzerhand umgeschrieben.

Der bemerkenswerteste Neuzugang war Whoopi Goldberg, die in Chelsea, einem gemischtrassigen Stadtteil von New York City, aufwuchs. Goldberg heißt mit bürgerlichem Namen Caryn Johnson. Sie begann mit acht Jahren in den Helena Rubinstein Performing Arts Workshops in New York mit der Schauspielerei. Ausgiebige Erfahrungen mit Drogen führten dazu, daß sie mit 16 Jahren die Schule verließ. Als sie 18 war, kam ihre Tochter Alexandra zur Welt, Vater war ihr Sozialarbeiter aus der Zeit ihres Drogenmißbrauchs, die Ehe hielt aber nur wenige Jahre. Sie zog nach San Diego, wo sie als Mitwirkende in zahlreichen Theaterstücken den Grundstein für ihre Karriere legte. 1983 bekam sie — nachdem sich ihr komödiantisches Talent herauskristallisiert hatte — eine eigene Show, ›Whoopi Goldberg: Direct from Broadway‹, die auch im Fernsehen ausgestrahlt wurde. Sie war in einer Sitcom, ›Bagdad Café‹, sowie in zahlreichen Spielfilmen zu sehen, so in ›Jumpin' Jack Flash‹, ›Burglar‹, ›Fatal Beauty‹, ›Clara's Heart‹ und ›Homer and Eddie‹. 1985 erhielt sie die Hauptrolle in Steven Spielbergs ›The Color Purple‹ (dt. ›Die Farbe Lila‹), für die sie zum Oscar nominiert wurde und einen Golden Globe erhielt. Den Oscar erhielt sie 1991 für die beste weibliche Nebenrolle in ›Ghost‹ (dt. ›Ghost — Nachricht von Sam‹). 1989 wurde sie mit dem Starlight Foundation Award ausgezeichnet als Anerkennung für ihren Einsatz in Sachen Menschlichkeit und für ihre Arbeit für Kinder, Obdachlose und AIDS-Kranke.

Als langjähriger Star Trek-Fan (sie nennt Nichelle Nichols als ihre Kindheitsinspiration, Schauspielerin zu werden) hatte sie von Denise Crosbys Ausstieg gehört und ließ über LeVar Burton mitteilen, daß sie gerne mitspielen würde. Daß dieses Anliegen eine ernsthafte Anfrage war, wurde bei Paramount nicht erkannt. Erst nachdem sie ihr Angebot wiederholt hatte, begann man dem scheinbaren Gerücht Glauben zu schenken. Roddenberry schuf daraufhin speziell für sie die Rolle der Barkeeperin Guinan in dem in der zweiten Season eingeführten Kasino Ten Forward, das — wie der Name schon andeutet — im zehnten Vorderdeck zu finden war.[2] Der Name ihrer Rolle, Guinan, entstand nach der bekannten Eigentümerin eines Nachtclubs, ›Texas‹ Guinan.

Bereits im Juli 1988 war an die Öffentlichkeit gelangt, daß Gates McFadden *Star Trek — The Next Generation* hatte verlassen müssen, angeblich weil die Rolle der Schiffsärztin Beverly Crusher sich nicht so entwickelte, wie Roddenberry es sich vorgestellt hatte. Der wahre Hintergrund wurde zwar bislang noch nicht bekannt, aber es hat eher den Anschein, daß Roddenberry so die für ihn unerwünschte Beziehung zwischen Dr. Crusher und Picard ohne größere Diskussion mit den Drehbuchautoren aus der Welt schaffen konnte. Um eine spätere Rückkehr aber nicht auszuschließen, wurde sie offiziell lediglich versetzt.

Für sie kam Diana Muldaur als Dr. Katherine Pulaski, die bereits in zwei *Star Trek*-Episoden mitgespielt hatte (›Return to Tomorrow‹, Ep. C50; ›Is There in Truth No Beauty?‹, Ep. C61) sowie in dem Pilotfilm zur nicht realisierten Roddenberry-Serie ›Planet Earth‹. Eine Hauptrolle spielte sie in den Serien ›Born Free‹ und ›McCloud‹, ferner war sie unter anderem in den Spielfilmen ›The Swimmer‹ (mit Burt Lancaster), ›McQ‹ (mit John Wayne) und ›Number One‹ (mit Charlton Heston) zu sehen.

Diana Muldaurs Eintritt wurde von den Fans zwar begrüßt, da sie einen ungewohnt barschen Ton an den Tag legte, der ihrer Rolle wesentlich mehr Persönlichkeit verlieh als der vergleichsweise zurückhaltenden Beverly Crusher. Die Art und Weise, wie McFadden ausschied, traf aber auf erheblichen Widerstand.

Mit Beginn der zweiten Season hatten 216 US-Sender die Serie im Programm, womit praktisch alle Haushalte in der Lage waren, *Star Trek – The Next Generation* zu empfangen.

Episode N27: The Child

(Das Kind)

Die Enterprise befindet sich auf dem Weg zu einer Forschungsstation der Föderation, wo Proben eines tödlichen Virus an Bord genommen werden sollen. Ein Energiewesen dringt in das Schiff ein und läßt sich schließlich in Deanna Trois Körper nieder. Die neue Schiffsärztin Dr. Katherine Pulaski stellt nur kurze Zeit darauf fest, daß Troi bereits im dritten Monat schwanger ist. Nur anderthalb Tage später bringt sie einen Jungen zur Welt und nennt ihn — nach ihrem Vater — Ian Andrew. In der Zwischenzeit werden die Virenproben an Bord genommen, die zur Station Tango Sierra befördert werden sollen, wo die Forschung nach einem Gegenmittel beginnen soll. Nachdem ein Tag vergangen ist, ist Andrew bereits vier Jahre alt und kann sprechen. Auf dem Weg nach Tango Sierra scheint das Virus plötzlich zu wachsen, obwohl die speziell dafür hergestellten Container jedes Wachstum verhindern sollen, um die Besatzung der Enterprise keiner Gefahr auszusetzen. Dann stellt sich jedoch heraus, daß die Ursache für diese Anzeigenabweichungen Trois Sohn Ian Andrew ist, der mittlerweile zehn Jahre alt ist. Er erklärt, daß er sie bald verlassen wird, kurz darauf stirbt er scheinbar. Dann jedoch verwandelt sich sein Leichnam in die Energieform, als die er zuerst auf das Schiff gekommen ist, und verläßt die Enterprise. Deanna, die sich mit ihm auf telepathischem Weg verständigt hat, erklärt den anderen, daß Ian Andrew zu ihnen gekommen war, um durch Geburt, Leben und Tod alles über die Menschen zu erfahren. Seine Neugier ist nun gestillt, die Enterprise kann ungehindert Tango Sierra anfliegen.

*

›The Child‹ war ursprünglich eine Drehbuchidee für die nicht verwirklichte TV-Neuauflage *Star Trek II* (s. Band 2, S. 480 f.) und zeigte, da die Episode auch mit den Charakteren aus *Star Trek – The Next Generation* funktionierte, wie sehr Roddenberry bei der geplanten Rückkehr von Kirk und Co. das alte Konzept geändert hätte. Gleich zu Beginn der zweiten Season erhielt Marina Sirtis damit eine zentrale Rolle, die ihr mehr zu tun gab als die gesamte erste Season. Diese Tatsache verdankte sie aber in erster Linie dem Umstand, daß sich die Drehbuchautoren Hollywoods noch immer im Streik befanden und man so notgedrungen auf altes Material zurückgreifen mußte, das, wie diese Episode bewies, nicht auch zwangsläufig schlecht sein mußte.[3]

›The Child‹ war eine versteckte Behandlung des Themas Abtreibung, die aber von Deanna Troi abgelehnt wurde. Wie man dies nun interpretieren soll, bleibt unklar, da ›The Child‹ weder grundsätzlich die Abtreibung ablehnt, andererseits aber auch nicht das Selbstbestimmungsrecht der Frauen in den Mittelpunkt gestellt wird. Möglicherweise mied man auch eine konkrete Stellungnahme, da *Star Trek – The Next Generation* noch zu jung war, um im konservativen Amerika einen kontroversen Standpunkt zu beziehen, der der Serie in dieser Phase schaden konnte.

Mit einer Diskussion über die Aussprache des Namens Data[4] begann ein bemerkenswerter Zwiespalt zwischen Dr. Pulaski und dem Androiden, der sich durch die zweite Season ziehen sollte. Er erinnerte ein wenig an die end-

Commander William Riker, seit der Zweiten Season Bartträger.

losen Sticheleien zwischen Spock und McCoy, er machte aber gleichzeitig Pulaski zu einer wesentlich interessanteren Figur. Wo Crusher nur schweigend nickte oder ihren Groll unterdrückte, sagte Pulaski das, was sie dachte, auch wenn sie auf Gegenkurs zu Picard gehen mußte.

Episode N28: Where Silence Has Lease
(Illusion oder Wirklichkeit?)

Die Enterprise untersucht ein eigentümliches Phänomen, eine Art Loch im All. Plötzlich wird sie von diesem Loch geschluckt und befindet sich im Nichts. In diesem Nichts verlieren die Gesetze der Physik ihre Gültigkeit, alle Versuche, in den normalen Weltraum zurückzukehren, scheitern. Überraschend nähert sich die U.S.S. Yamato, ein Schiff der Galaxy-Klasse. Nachdem alle Versuche scheitern, mit der Besatzung Kontakt aufzunehmen, lassen sich Riker und Worf auf das Schiff beamen. Dort müssen sie feststellen, daß es völlig leer ist. Als sie jedoch versuchen, durch einen der zahlreichen Ausgänge die Brücke der Yamato zu verlassen, gelangen sie stets von einer anderen Seite zurück auf die Brücke. In der Zwischenzeit registriert Data im Nichts eine Öffnung, die die Rückkehr in den normalen Raum ermöglicht. Gleichzeitig bricht aber der Kontakt zu Worf und Riker ab, sie können nicht zurückgebeamt werden, und Picard beschließt zu warten. Die Öffnung schließt sich wieder, der Kontakt zu Riker und Worf kommt wieder zustande. Dann entstehen immer wieder kurzzeitig Öffnungen, die sich aber schließen, bevor Data einen Kurs festlegen kann. Als Dr. Pulaski sagt, daß sie sich wie eine Ratte im Labyrinth fühlt, stoppt Picard alle weiteren Versuche, das Nichts zu verlassen, und beschließt, statt dessen einfach zu warten. Kurz darauf zeigt sich auf dem Hauptbildschirm ein Wesen, das sich als Nagilum vorstellt. Es tötet ein Crewmitglied und teilt Picard mit, daß es etwa ein Drittel bis zur Hälfte der Crew sterben lassen will, um alle Arten des Todes kennenzulernen und die Reaktionen der Sterbenden zu beobachten. Um Nagilums Plan zu verhindern, aktiviert Picard gemeinsam mit Riker die Selbstzerstörung und legt als verbleibende Zeitspanne zwanzig Minuten fest, um jedem die Gelegenheit zu geben, sich auf das nahende Ende vorzubereiten. Troi und Data besuchen kurz darauf Picard in seinem Quartier und unterhalten sich mit ihm über den Tod, bis der Captain mißtrauisch wird und die beiden als Illusionen entlarvt, die Nagilum geschickt hatte, um mehr über seine Ansichten zum Tod zu erfahren. Nagilum ist mit dem Gehörten zufrieden und gibt die Enterprise frei. Aber erst, als kein Zweifel mehr besteht, daß sie nicht länger Teil einer Illusion sind, stoppt Picard die Selbstzerstörungsautomatik. Später nimmt Nagilum mit

Picard noch einmal Kontakt auf und stellt ein Wiedersehen in Aussicht.

*

Unterschwelliger Horror so wie in ›Where Silence Has Lease‹ war selten ein Thema für Star Trek gewesen, insbesondere wenn man an ›Catspaw‹ (Ep. C37) denkt, in der man mit Symbolen versuchte, Grauen zu erzielen, was aber gründlich mißlang. Der erfolgreiche Horroraspekt war eigentlich nur ein Zufallsprodukt, da permanente Finanznöte eine sogenannte ›Bottle Show‹ erforderten, also eine Episode, die ausschließlich auf dem Schiff spielt und keine neuen Dekorationen erfordert. Erst dadurch, daß die Enterprise nicht verlassen werden konnte, entstand das ausgeprägte klaustrophobische Gefühl, das dieser Episode ihre besondere Note verlieh und sie zu einem frühen Höhepunkt der zweiten Season machte.

Der Name Nagilum für das fremde Wesen entstand im übrigen dadurch, daß man den aus der Sitcom ›Soap‹ bekannten Richard Mulligan für diesen Charakter verpflichten wollte, was aber nicht geschah. Statt dessen übernahm Earl Boen die Rolle, Mulligans Name blieb — rückwärts geschrieben — erhalten.

Episode N29: Elementary, Dear Data
(Sherlock Data Holmes)

Während die Enterprise einem Treffen mit der U.S.S. Victory entgegenfliegt, betreten Data als Sherlock Holmes und LaForge als Dr. Watson das Holodeck, das auf das London des späten 19. Jahrhunderts programmiert worden ist. Der erste Besuch endet jedoch in einer Enttäuschung für LaForge, da Data den programmierten Fall bereits gelöst hat, bevor er eingetreten ist. LaForge trägt dem Computer auf, einen Fall zu kreieren, der keinem bekannten Holmes-Roman entspricht und der so gestaltet ist, daß Data ihn lösen kann. Beim zweiten Besuch werden sie von Dr. Pulaski begleitet, aber etwas stimmt nicht mit dem Programm. Zunächst wird Dr. Pulaski entführt, als Data und LaForge sie finden, befindet sie sich in der Gewalt des Holodeck-Charakters Professor Moriarty, der zu ihrer Überraschung von einer Welt außerhalb des Holodecks weiß und Details über die Enterprise kennt. Er will Dr. Pulaski nur freigeben, wenn seine Existenz nicht mit dem Ende des Programms endet. LaForge und Data verlassen das Holodeck und erstatten Picard Bericht, wobei sie bemerken, daß LaForge einen großen Fehler gemacht hatte. Er hatte den Computer angewiesen, ein Programm zu schreiben, das *Datas* Fähigkeiten entspricht, nicht jedoch — wie beabsichtigt — den Fähigkeiten des Sherlock Holmes. Damit ist eine Holodeck-Simulation entstanden, die die Besatzung vor immense Probleme stellt. Picard begibt sich schließlich persönlich zum Holodeck und trifft mit Moriarty zusammen. Nach einer langen Diskussion kann er den Professor davon überzeugen, daß es nach dem augenblicklichen Stand der Technik unmöglich ist, einen Holodeck-Charakter in die Realität überwechseln zu lassen. Nachdem er ihm versprochen hat, die Person Moriarty zu speichern und ihm zu helfen, sobald die Möglichkeit dazu besteht, gibt dieser Dr. Pulaski frei. Dann wird das Programm gelöscht, Moriarty bleibt jedoch wie zugesagt gespeichert.

*

In dieser Episode wurde Datas in ›Lonely Among Us‹ (Ep. N7) entdecktes Faible für Sherlock Holmes wieder-aufgegriffen und weiterentwickelt. Professor Moriarty erwies sich als interessanter Gegenspieler, der von seinem Darsteller Daniel Davis (unter anderem auch in ›The Hunt for Red October‹ zu sehen) so brillant in Szene gesetzt wurde, daß man sich einen Zweiteiler gewünscht hätte, der aufgrund des komplexen Drehbuchs auch realisierbar gewesen wäre. Statt dessen wurde sogar ein Drehtag gestrichen, da das mit viel Arbeit und Liebe zum Detail gestaltete Bühnenbild des alten London den Etat der Episode um 125 000 Dollar überstieg.

Ärgerlich war jedoch, daß das tatsächliche und auch gedrehte Ende dieser Episode nicht gezeigt wurde, in dem allen klar wird, daß Picard gelogen hatte, als er Moriarty erklärte, Holodeck-Materie könne das Holodeck nicht verlassen. Dies war nämlich schon geschehen, als Data und LaForge eine von Moriarty gefertigte Skizze der Enterprise mitgenommen und Picard gezeigt hatten. Roddenberry ignorierte diese Szene und erklärte, daß ihm ein solcher Charakterzug des Captain nicht gefalle, woraufhin das Ende der Episode in die bekannte Fassung geändert wurde, die Szene mit der Zeichnung jedoch verblieb und so einen aufmerksamen Zuschauer ohnehin zu dem Schluß bringen mußte, daß entweder Picard gelogen hatte oder aber die Drehbuchautoren sehr fest geschlafen hatten. Roddenberry bewies mit dieser Aktion wieder einmal seinen großen Einfluß auf die Serie, die zwar unbestritten seine Schöpfung war, er ließ aber zugleich erkennen, daß seine Entscheidungen nicht automatisch die besten und einzig gültigen sein mußten. Picard wäre wohl kaum als Lügner in die Star Trek-Geschichte eingegangen, da man es mit einer einzigen zusätzlichen Szene als Bluff hätte erklären können.

Der Widerspruch ereignete sich aber nicht nur innerhalb dieser Episode, sondern stellte andere Episoden in Frage. So verließ Wesley Crusher in ›Encounter at Farpoint‹ (Ep. N1/2) naß das Holodeck, nachdem er dort in einen computererzeugten Teich gefallen war. In ›Angel One‹ (Ep. N14) flog ein Schneeball aus dem Holodeck, ohne sich dabei aufzulösen, in ›The Big Goodbye‹ (Ep. N12) kam Picard mit Lippenstift aus dem Holodeck, der beim Kuß einer Holodeck-Frau zurückgeblieben war. So nobel

Roddenberrys Absicht in ›Elementary, Dear Data‹ war, so unüberlegt hatte man sie in die Tat umgesetzt.

Lange Zeit sah es so aus, als würde ›Elementary, Dear Data‹ der letzte Ausflug in die Welt des Sherlock Holmes bleiben, da Paramount sich im Rechtsstreit mit den Inhabern der Rechte über die Werke Sir Arthur Conan Doyles befand. Diese Situation sollte bis zur sechsten Season und der nicht minder brillanten Fortsetzung ›Ship in a Bottle‹ (Ep. N138) auch so bleiben.

Episode N30: The Outrageous Okona

(Der unmögliche Captain Okona)

Von dem manövrierunfähigen Frachter Erstwhile wird dessen einziges Besatzungsmitglied Captain Thaduin Okona an Bord der Enterprise gebeamt. Dort zieht er mit seinem Humor und seinem Charme die weiblichen Besatzungsmitglieder in seinen Bann, woraufhin Data, der diesen Humor nicht versteht, das Holodeck aufsucht, um sich das Prinzip von Witzen mit der Hilfe einer Simulation eines Komikers des 20. Jahrhunderts erklären zu lassen. In der Zwischenzeit nähern sich zwei Schiffe der Enterprise, die von den madenaischen Zwillingswelten Atlec und Straleb stammen. An Bord des einen befindet sich Commander Debin von Atlec, an Bord des anderen sind Sekretär Kushell und sein Sohn Benzan von Straleb. Beide Parteien fordern die sofortige Auslieferung von Okona, der sich mittlerweile mit verschiedenen Frauen an Bord der Enterprise vergnügt hat. Nachdem Picard von Okona keinen Grund genannt bekommt, der eine Auslieferung erklären könnte, wendet er sich an die beiden Commander. Debin erklärt daraufhin, daß Okona der Vater des Kindes sei, das Debins Tochter Yanar erwartet. Er besteht darauf, daß Okona Yanar heiratet. Kushell dagegen behauptet, Okona sei der Dieb des Heiligen Juwels von Thesia. Okona erwidert, er habe mit beiden ihm vorgeworfenen Taten nichts zu tun. Picard bleibt nichts anderes übrig, als ein Treffen zwischen allen Parteien zu arrangieren, da eine Auslieferung Okonas an eine der beiden Gruppen augenblicklich kriegerische Aktionen der jeweils anderen Seite zur Folge hätte. Bei diesem Treffen stellt sich heraus, daß Okona tatsächlich unschuldig ist. Der Vater von Yanars ungeborenem Kind ist in Wirklichkeit Benzan, Okona war lediglich Kurier zwischen den beiden. Das Juwel befindet sich zwar in Okonas Besitz, er verwahrte es aber nur für Benzan, da der das Juwel, das ein Hochzeitsgeschenk sein sollte, aufgrund der bestehenden Feindschaft zwischen den beiden Planeten nicht persönlich an Yanar übergeben konnte. Da Benzan und Yanar auch heiraten werden, wenn sie die Erlaubnis dazu nicht bekommen, lenken Debin und Kushell ein und begraben ihre Feindschaft. Okona kann als freier Mann auf sein inzwischen repariertes Schiff zurückkehren.

*

›The Outrageous Okona‹ entstand noch unter den Folgen des Drehbuchautoren-Streiks. Inhaltlich war sie recht konventionell gestrickt, wenngleich sie einige amüsante Szenen enthielt und mit dem Element der Schwangerschaft einer nichtverheirateten Frau für Star Trek im Fernsehen eine Neuigkeit war, da hier ein Thema angesprochen wurde, das 20 Jahre zuvor bei *Star Trek* noch nicht salonfähig war (s. Ep. C32 ›Who Mourns for Adonais?‹).

Datas Versuche, das Prinzip des Humors zu verstehen und anzuwenden, scheiterten hoffnungslos und zeigten, daß der Android nicht alles lernen konnte. Spätestens mit ›The Outrageous Okona‹ wurde ein maßgeblicher Unterschied zwischen Data und seinem von Kritikern gerne genannten Vorbild deutlich. Während Data offensichtlich nicht in der Lage ist, Humor an sich zu verstehen, waren dagegen Spocks Kommentare oft mit unterschwelliger Ironie angereichert.[5]

Daß Datas Holodeck-Programm nicht so gelungen war, lag hauptsächlich daran, daß Regisseur Robert Becker Jerry Lewis oder Robin Williams für den Holodeck-Komiker haben wollte, beide aber nicht verfügbar waren. Daß die Rolle mit dem vor allem aus ›Saturday Night Live‹ bekannten Joe Piscopo besetzt werden würde, war bis zum letzten Augenblick nicht bekannt. Was der dann letztlich vortrug, war ein improvisierter Text. Die Zeitnot, die die Arbeit an dieser Episode überschattete, wurde noch verstärkt, da Whoopi Goldberg kurzzeitig verfügbar war und ihre Szenen schnellstmöglich gedreht werden mußten.

William O. Campbell, der Captain Okona spielte, war aus einer Rolle in ›Dynasty‹ bekannt, sein bislang wichtigster Film ist die von der Kritik fast ausnahmslos verrissene Disney-Produktion ›The Rocketeer‹, der dank dieser Besprechungen ungerechtfertigterweise beim Publikum ebenfalls durchfiel.

Regisseur Becker war bei der Besetzung der Rolle mit Campbell sehr zufrieden gewesen, das Ergebnis gefiel ihm dann aber weniger, da er die Rolle nachträglich für viel zu wirr hielt.

Episode N31: Loud as a Whisper

(Der stumme Vermittler)

Auf Solais V tobt seit langer Zeit ein Bürgerkrieg. Um ihn zu beenden, fliegt die Enterprise Ramatis III an und nimmt den hochbegabten Vermittler Riva an Bord, der zur allgemeinen Überraschung taub ist. Er wird begleitet von einem ›Chor‹, zwei Männern und einer Frau, die telepathisch begabt sind und Rivas Gedanken in Worte umsetzen. Der erste Besuch auf Solais V endet aber in einem Desaster, als Rivas Chor von den mißtrauischen Bewoh-

Riker und Worf begleiten Riva auf den Planeten Solais V.

nern getötet wird. Er kehrt auf die Enterprise zurück und hält seine Mission für gescheitert. Während er sich mit Schuldgefühlen überlädt, versuchen Troi auf telepathischem Wege und Data mittels zwischenzeitlich erlernter Zeichensprache ihn dazu zu bewegen, sich wieder dem Konflikt auf Solais V zu widmen. Gemeinsam gelingt es ihnen dann doch noch, Riva umzustimmen. Der verläßt die Enterprise und nimmt erneut Kontakt mit den verfeindeten Parteien auf Solais V auf. Seine Aufgabe ist diesmal aber noch schwieriger, da er allen zuerst die Zeichensprache lehren muß.

*

›Loud as a Whipser‹ bezog abermals Deanna Troi stärker als bis dahin üblich in die Handlung ein, da sie sich zunächst als einzige mit Riva verständigen kann. Das anfangs scheinbar zentrale Thema — der Konflikt auf Solais V — geriet nach und nach in den Hintergrund und machte Platz für einen anderen, wichtigeren Aspekt: dem inneren

Kampf, den Riva mit sich führen mußte, nachdem er seine Assistenten verloren hatte.

Howie Seago, Darsteller des Vermittlers Riva und selber taub, trat während des Autorenstreiks mit der Idee einer Episode über einen Taubstummen an Paramount heran, weil er das Gefühl hatte, daß *Star Trek – The Next Generation* das geeignete Forum für eine solche Thematik war. Die Produzenten gaben Seago Gelegenheit, seine Idee detaillierter vorzutragen, ließen sich aber auf nichts ein. Nach über einem halben Jahr – Seago befand sich zu dieser Zeit in Deutschland – erhielt er die Mitteilung, daß Paramount sich für seinen Vorschlag entschieden hatte. Sein Konzept wurde nur minimal abgeändert, so daß er mit der endgültigen Episode ausgesprochen zufrieden war. So hatte er zunächst beabsichtigt, Riva über Nacht seine Sprachlosigkeit überwinden zu lassen, nachdem sein Chor getötet worden war. Sein Vorschlag, statt dessen den verfeindeten Parteien die Taubstummensprache zu lehren, wurde ohne Widerstand angenommen.

Das Buch zur Episode lieferte dann Jacqueline Zambrano, die sich mit der gleichen Idee getragen hatte und die mehr als zufrieden war, daß ein tauber Schauspieler die Rolle übernahm. Inwieweit aber die detaillierte Idee wirklich von Zambrano oder von Seago kam, bleibt offen, da entweder jeder der beiden versucht, seinen möglicherweise bescheidenen Anteil zu vergrößern, oder aber einer von ihnen die Tatsachen nicht sehr sorgfältig in Erinnerung hat.

Seago war unter anderem auch in einer Episode der Kriminserie ›The Equalizer‹ (dt. Episodentitel: ›Stummer Schrei‹) zu sehen, wo er, abgesehen von der Tatsache, daß er auch dort taubstumm agierte, einen Charakter spielte, der sich wie Riva ausgesprochen ungehalten benahm.

Die Frau in Rivas Chor wurde übrigens von Marnie Mosiman gespielt, Ehefrau von John DeLancie.

Episode N32: The Schizoid Man

(Das fremde Gedächtnis)

Die Enterprise folgt einem Notruf und stößt auf einem unerforschten Planeten auf den genialen Wissenschaftler Dr. Ira Graves, dessen Assistentin Kareen Brianon, die Graves liebt, aus Sorge um ihn den Notruf gesendet hatte. Graves ist schwer krank und hat nicht mehr lange zu leben, dennoch lehnt er eine ärztliche Untersuchung kategorisch ab. Deutlich mehr Interesse zeigt er statt dessen an Data, da dessen Konstrukteur Dr. Noonian Soong ein Schüler Graves' war. Er präsentiert Data noch seine neueste Entwicklung, ein Gerät, das es ermöglicht, den menschlichen Geist in einen Computer zu übertragen, dann stirbt er. Das Landeteam kehrt daraufhin auf die Enterprise zurück und nimmt Graves' Assistentin Kareen Brianon mit. Nach einiger Zeit beginnt Data, sich auffällig zu verhalten, Troi entdeckt, daß sich zwei Persönlichkeiten im Körper des Androiden befinden. Graves' letztes Experiment ist erfolgreich verlaufen, er konnte seinen Geist in den Körper des Androiden übertragen. Datas Existenz ist jedoch durch diesen Vorgang in großer Gefahr, Picard versucht, Graves zur Aufgabe zu überreden. Als dieser merkt, daß er gegen seinen Willen gewalttätig wird, wechselt er in den Bordcomputer der Enterprise und gibt Data frei. Damit bleibt zwar sein gesamtes Wissen erhalten, die Persönlichkeit des Ira Graves ist aber verloren.

*

›The Schizoid Man‹ markierte einen ersten Ausreißer nach unten, was die Qualität der Episode betraf. Grund dafür war offenbar, daß Tracy Tormé, der für das Drehbuch verantwortlich zeichnete, eine andere Data-Geschichte mit dem Titel ›Menage‹ im Sinn gehabt hatte, als das von Hans Beimler und Richard Manning verfaßte Konzept für eine Episode namens ›Core Dump‹ auf seinem Tisch landete. Nach seiner Idee sollte eine Frau an Bord kommen, die mit zwei Männern der Kolonie liiert war, deren Erinnerungen Data in sich trägt. Mit ihrem Auftritt sollten die Charakterzüge dieser beiden Männer zutage treten.

Das ihm vorliegende Konzept befaßte sich jedoch ausschließlich mit Graves' Idee, seinen Geist in Datas Körper zu übertragen. Tormé veränderte das Buch daraufhin so, daß im Gegensatz zum Original keiner von Datas Veränderung etwas wußte, obwohl es für den Zuschauer schnell offensichtlich war und für die Brückencrew ähnlich leicht hätte erkennbar sein müssen.

Zu den amüsanteren Augenblicken zählte zu Beginn dieser Episode eine Szene, in der Data kurzzeitig mit einem Vollbart à la Riker zu sehen ist, weil er herausfinden will, ob er damit würdevoller aussieht. Das eigentliche Ende dieser Episode wäre, hätte man es realisiert, gleich unterhaltend gewesen und hätte darüber hinaus andeuten können, daß auch Data Probleme mit seiner Persönlichkeit haben konnte: Eine Diskussion zwischen Picard und Riker sollte den Eindruck erwecken, Data trage wieder den Vollbart. Erst dann sollte man sehen können, daß Gegenstand der Überlegungen diesmal war, ob er mit einer Picardschen Glatze würdevoller aussähe.

Das ließ man dann aber aus, wohl auch, um den Zuschauer nicht mit der Fortsetzung einer Szene zu belasten, die er rund 55 Minuten zuvor gesehen hatte und an die er sich ganz bestimmt nicht mehr erinnern konnte. Schade, daß das Publikum permanent für so dumm gehalten wird.

Als vulkanischer Lt. Selar war Suzie Plakson zu sehen, die für diese Rolle ihre extrem langen roten Haare unter einer kurzen Perücke verbergen mußte. Plakson begann mit gelegentlichen Rollen in Off-off-Broadway-Produktionen, mied aber Soap Operas. Erste größere Produktionen wie das Musical ›Stop the World, I Want to Get Off‹

folgten, wo sie ein Paramount-Verantwortlicher entdeckte und ihr empfahl, in Hollywood für Rollen vorzusprechen. Sie war in den Pilotfilmen zu drei Serien zu sehen (›Reno & Yolanda‹, ›Miss Pendelton's Point of View‹ und ›Married to the Mob‹), aber alle Serien kamen nicht zustande. Sie nahm Gastrollen in ›Family Ties‹ und ›Murphy Brown‹ an und war in ›My Stepmother Is an Alien‹ zu sehen. Seit Herbst 1992 hat sie eine feste Rolle in der Sitcom ›Love and War‹. Daß sie in *Star Trek — The Next Generation* als Vulkanierin zu sehen war, widersprach den Vorgaben von Roddenberry für die Serie, die besagten, daß Vulkanier in der Serie keine maßgebende Rolle spielen würden. Tracy Tormé hatte sogar beabsichtigt, zwischen Lt. Selar und Worf eine Liebesbeziehung aufzubauen, aber die Idee wurde bald wieder fallengelassen.[6] Statt dessen kehrte Suzie Plakson später in einer anderen Rolle wieder zurück, bei der dann Tormés Absicht verwirklicht werden konnte.

Als Graves' Assistentin Kareen Brianon war Barbara Alyn Woods zu sehen, die über einen ›Miss Teen USA‹-Wettbewerb zur Schauspielerei gekommen war. Unter anderem war sie in ›Repossessed‹, der ›Exorzist‹-Parodie, aufgetreten und hatte Gastrollen in diversen TV-Serien, so zum Beispiel in ›Married with Children‹, ›Hooperman‹ und ›Crime Story‹.

Episode N33: Unnatural Selection

(Die jungen Greise)

Die Enterprise trifft auf die U.S.S. Lantree, deren gesamte Besatzung offensichtlich, aber unverständlicherweise an Altersschwäche gestorben ist. Picard läßt daraufhin die Föderationsstation für genetische Forschung, Darwin, anfliegen, da sich die Lantree dort zuletzt aufgehalten hatte. Das gesamte Personal der Station, die von Dr. Sara Kingsley geleitet wird, zeigt gleichfalls Symptome eines be-

Dr. Sara Kingsley, Data und Dr. Pulaski in ›Unnatural Selection‹.

schleunigten Alterungsprozesses. Dr. Kingsley ist jedoch nicht daran interessiert, ein Gegenmittel zu finden, sondern sorgt sich ausschließlich um die Kinder auf der Station. Sie sind das Resultat eines genetischen Experiments und sollen der Prototyp für einen neuen Menschen sein. Auf Dr. Pulaskis Drängen hin gibt Picard schließlich nach und erlaubt ihr, eines der Kinder an Bord zu bringen. Er besteht aber darauf, das das Kind völlig von der Außenwelt abgeschirmt sein muß, um die Enterprise-Besatzung nicht zu gefährden. Da Dr. Pulaski mit dem Jungen jedoch unmittelbaren Kontakt aufnehmen will, läßt sie sich mit ihm an Bord eines Shuttles von der Enterprise bringen. Dabei infiziert sie sich ebenfalls mit dem Virus und beginnt rapide zu altern. Sie kehren zusammen auf die Station zurück, wo sich herausstellt, daß das Virus von den Kindern ausgeht, da deren Immunsystem so verbessert worden ist, daß es aggressiv geworden ist. Ein Besatzungsmitglied der Lantree hatte eine Grippe, woraufhin das Immunsystem der Kinder aktiv wurde und Antikörper aktivierte, die so stark waren, daß sie die DNS-Kette des menschlichen Körpers angriffen und dadurch den Alterungsprozeß beschleunigten. Es gelingt anhand eines vorhandenen DNS-Musters Pulaski zu retten, indem sie den Transporter benutzt und das Virus durch einen Vergleich der DNS-Ketten herausgefiltert werden kann. Auch das Team auf der Station kann gerettet werden, das Experiment an sich ist aber fehlgeschlagen. Die Kinder stellen eine Gefahr für andere dar und müssen daher für immer isoliert untergebracht werden.

*

Daß angesichts eines stark beschleunigten Alterungsprozesses sofort Erinnerungen wachgerufen wurden an ›The Deadly Years‹ (Ep. C42), war bei dieser Thematik eigentlich nicht weiter verwunderlich. Die Parallelen zu der Zeichentrickepisode ›The Counter-Clock Incident‹ (Ep.

A22) waren jedoch viel deutlicher als die zu ›The Deadly Years‹, benutzte man dort so wie in ›Unnatural Selection‹ den Transporter, um einen Alterungs- bzw. Verjüngungseffekt umzukehren.

Außer ihrer ›Streitlust‹ mit Data wurde in dieser Episode eine weitere Eigenschaft von Dr. Pulaski deutlich, die sie noch ein Stück näher in Richtung McCoy brachte: ihre Abneigung gegenüber dem Transporter.

Der Titel der Episode war ein gelungenes Wortspiel, er basierte auf dem Begriff der natürlichen Auslese, der ›Natural Selection‹, Bestandteil der Evolutionstheorie von Charles Darwin. Perfekt dazu paßte der Name der Station: Darwin.[7]

Episode N34: A Matter of Honor

(Der Austauschoffizier)

Im Rahmen eines Austauschprogramms für Offiziere läßt sich Riker auf das klingonische Schiff Pagh versetzen, wo er ebenfalls den Rang des Ersten Offiziers hat, dessen Berechtigung er den anderen Besatzungsmitgliedern dieses Schiffes aber zunächst beweisen muß. Im Rahmen des Programms kommt der Benzite Mendon auf die Enterprise, der bemerkt, daß sich an der Außenhülle der Enterprise ein eigenartiges Virus festgesetzt hat, das die Metallhülle angreift. Er meldet seine Beobachtung jedoch nicht, da es unter seinesgleichen üblich ist, mit Ergebnissen aufzuwarten, nicht jedoch mit Beobachtungen und Spekulationen. Auch das klingonische Schiff ist von dem Virus befallen, was den Commander Kargan zu der Vermutung veranlaßt, es handele sich um eine Falle der Föderation. Als die Enterprise sich nähert, um vor dem mittlerweile festgestellten Virus zu warnen, glaubt Kargan, daß Picard sein Schiff angreifen will. Riker, der sich mittlerweile mit den Eßgewohnheiten und dem Humor der Klingonen vertraut gemacht hat, befestigt einen Sender an Kargans Kleidung, den er für einen eventuellen Notfall von Worf erhalten hatte, und aktiviert ihn. Kargan wird daraufhin auf die Enterprise gebeamt, Riker übernimmt das Kommando über die Pagh. Um die Ehre der Klingonen zu bewahren, befiehlt er Picard, sich zu ergeben. Der geht zum Schein darauf ein, Kargan kann auf sein Schiff zurückkehren, Riker begibt sich zurück auf die Enterprise. Den Klingonen wird bei der Bekämpfung des Virus geholfen, dann trennen sich ihre Wege.

*

›A Matter of Honor‹ setzte thematisch das fort, was mit ›Heart of Glory‹ (Ep. N20) begonnen worden war — eine intensive und durchaus gelungene Darstellung der klingonischen Kultur, die erstmals bewies, daß Klingonen Sinn für Humor haben.

Riker in dieser Episode auf das klingonische Schiff zu bringen, war eine ausgezeichnete Idee, da durch die so entstandene Umkehr die Situation nachvollziehbar wurde, wie sich Worf als einziger Klingone auf der Enterprise fühlen mußte.

Die Episode bot soviel Stoff, daß sie bei Fertigstellung etliche Minuten zu lang war und gekürzt werden mußte.

In dieser Folge bekam Colm Meaney endlich einen Namen für seine Rolle, O'Brien, aber es sollte noch viel Zeit vergehen, bevor er auch einen Vornamen bekommen würde.

Episode N35: The Measure of a Man

(Wem gehört Data?)

Picard erhält von der Sternenflotte den Befehl, Data auszuhändigen, damit nach seinem Vorbild weitere Androiden gebaut werden können, die bei der Erforschung des Weltraums den Platz der Menschen einnehmen sollen.

Der Spezialist für diese Arbeit, Commander Bruce Maddox, erklärt, daß Data zu diesem Zweck zerlegt und sein kompletter Speicher in einen Zentralcomputer übertragen werden muß. Das birgt zum einen die Gefahr in sich, daß die Persönlichkeit des Androiden verlorengeht. Zum anderen kann Maddox nicht garantieren, daß er Data tatsächlich wieder zu einem funktionsfähigen Androiden zusammenbauen kann. Als Data daraufhin seinen Abschied von der Sternenflotte nehmen will, erklärt Maddox den Androiden aufgrund eines alten Gesetzes zum Eigentum der Sternenflotte. Picard fordert eine Gerichtsverhandlung, in deren Verlauf es ihm schließlich gelingt, glaubhaft darzulegen, daß Data ein Selbstbewußtsein hat und daher als Lebensform nicht Eigentum der Sternenflotte sein kann. Damit werden letztlich auch Maddox' Pläne durchkreuzt, zukünftige, nach Datas Vorbild gefertigte Androiden wie Sklaven einzusetzen.

*

Obwohl die relativ kurze Inhaltsangabe eine dünne Handlung vermuten läßt, bewies die Episode das völlige Gegenteil, da sie zum größten Teil aus einer bemerkenswerten Diskussion zum Thema Androiden bestand, deren Unterton das Recht auf Leben war. ›The Measure of a Man‹ war damit nicht weniger dramatisch als vergleichbare action-orientierte Episoden.

Einen interessanten Einblick in Datas scheinbar nicht vorhandenes Gefühlsleben erlebte man mit, als er — entschlossen, seinen Dienst bei der Sternenflotte zu quittieren, um der Demontage und damit dem fast sicheren Ende seiner Existenz zu entgehen — beim Zusammenpakken seiner Habseligkeiten ein Hologramm von Tasha Yar aus einem Schrank holte und in eine Tasche packte.

Diese Episode war das TV-Debüt für Melinda Snodgrass, die bereits durch den Star Trek-Roman ›Tears of the Singers‹ in Erscheinung getreten war. Für diese Episode erhielt sie eine Nominierung für den Writers Guild Award.

Amanda McBroom, die Captain Phillipa Louvois darstellte, eine alte Flamme von Picard, spielte in einer wiederkehrenden Rolle in ›Hawaii Five-O‹ mit, 1980 gewann sie den Golden Globe als Co-Autorin von ›The Rose‹, dem Titelstück des Bette-Midler-Films. In zahlreichen Serien trat sie als Gaststar auf, so in ›Magnum P.I.‹, ›Hart to Hart‹, ›M*A*S*H‹ und ›Remington Steele‹.

Brian Brophy, der hier als Maddox zu sehen war, arbeitete zuvor für drei Jahre parallel als Rundfunkmoderator und beim Theater. Zu seinen Filmauftritten zählen Rollen in ›Shattered‹, ›Paranoia‹ und ›An Innocent Man‹, in ›Max Headroom‹ hatte er eine feste Rolle.

Episode N36: The Dauphin

(Die Thronfolgerin)

Die Enterprise soll Salia, die legitime Anwärterin auf den Herrschaftsthron des kriegführenden Planeten Daled IV, aus ihrem Exil auf ihre Heimatwelt zurückbringen, damit sie dort die Regierung übernimmt. Begleitet wird sie von Anya, einer alten Frau. Welsey Crusher verliebt sich in Salia, erfährt jedoch erst später, daß ihr menschliches Erscheinungsbild nicht der Wirklichkeit entspricht. Vielmehr ist sie, genau wie Anya, in der Lage, ihrem Körper, der eigentlich nur aus leuchtender Energie besteht, jede gewünschte Form zu geben. Das menschliche Aussehen hatten sie beide gewählt, um die Enterprise-Besatzung nicht zu erschrecken. Als sie Daled IV erreicht haben, hat Wesley Salias Eigenart akzeptiert und ihr verziehen, daß sie ihn nicht sofort über die wahren Umstände aufgeklärt hat. Dann verläßt sie die Enterprise, um sich um ihre vom Krieg zerrüttete Heimatwelt zu kümmern.

*

›The Dauphin‹ ist nach langer Zeit eine auf Wesley Crusher konzentrierte Episode, wenngleich der Charakter nie wirklich wie ein Fünfzehnjähriger behandelt wird. Das Ergebnis ist hier ähnlich peinlich wie in ›Justice‹ und paßt auch nicht zu der Episode. Während Wesleys Intelligenz für die Drehbuchautoren kein Problem zu sein scheint, wird seine körperliche Entwicklung dagegen weitgehend ignoriert, obwohl sich hier mit seiner ersten romantischen Szene ein idealer Ansatz geboten hätte, ganz nebenbei auf das Thema Pubertät einzugehen.

In einer kurzen Szene als junge Salia war Mädchen[8] Amick zu sehen, die in der Gunst des Besetzungsbüros auf Platz zwei hinter Jamie Hubbard landete, die dann die Rolle der erwachseneren Salia bekam. Amick sollte später in ›Twin Peaks‹ eine wesentlich größere Rolle spielen.

Jamie Hubbard, die in Wirklichkeit bei den Dreharbeiten dieser Episode 26 Jahre alt war, verkörperte recht glaubwürdig eine Sechzehnjährige. Hubbard, die in Deutschland geboren wurde (ihr Vater ist bei der U.S. Air Force), hat Regie und Drehbuchschreiben studiert. Neben Richard Hatch war sie in dem Film ›The Hitchhiker‹ zu sehen, abgesehen von Auftritten in Werbespots hatte sie auch eine Gastrolle in ›Ohara‹.

Die wenigen Augenblicke, in denen das wahre Aussehen der beiden Gäste zu betrachten war, wurden von Regisseur Rob Bowman (glücklicherweise) so kurz wie möglich gehalten, da er die Masken trotz aller Bemühungen als billig empfand.[9]

Episode N37: Contagion

(Die Iconia-Sonden)

In der Neutralen Zone begegnet die Enterprise der U.S.S. Yamato, die kurz darauf infolge eines technischen Defekts explodiert. Picard befiehlt Kurs auf Iconia, den sagenumwobenen Planeten, den die Yamato offenbar zuvor angeflogen hatte, um den Vorfall zu untersuchen und aufzuklären. Auf dem Weg dorthin machen der Besatzung immer zahlreicher auftretende Fehlfunktionen zu schaffen, bis LaForge erkennt, daß ein Computervirus versucht, die Enterprise-Programme umzuschreiben. Eine Sonde von Iconia hatte zuvor den Computer der Yamato infiziert, das Virus übertrug sich dann auf die Enterprise, als man die Speicher der Yamato kopierte. Picard, Worf und Data lassen sich auf den Planeten beamen und stoßen auf eine verlassene Station. Der Legende nach besaßen die Bewohner von Iconia die Fähigkeit, aus dem Nichts auf fremden Welten zu erscheinen, doch sie sind schon seit langer Zeit tot. Data verschafft sich Zugang zum Zentralcomputer von Iconia. Sie entdecken eine Art Transportersystem, das jedoch deutlich weiter entwickelt ist als das der Föderation und das die Legende erklärt. Data wird gleichfalls von dem Virus befallen, während ein romulanisches Schiff, dessen Bordcomputer auch infiziert ist, die Enterprise angreift und dem Landeteam den Rückweg versperrt. Als sie in diesem Transporter auch die Enterprise-Brücke entdecken, schickt der Captain Worf und Data zurück auf die Enterprise und bereitet die Zerstörung der Station vor, um den Start weiterer Sonden und damit deren verheerende Wirkungen zu beenden. Auf der Enterprise scheint Data an den Folgen des Virus zu sterben, plötzlich erwacht er wieder und ist voll funktionsfähig. Er erkennt, daß man den Computer der Enterprise kurzzeitig abschalten muß, um das Virus zu löschen. Der Versuch verläuft erfolgreich, das romulanische Schiff wird von dieser Vorgehensweise in Kenntnis gesetzt und kann sich ebenfalls des Virus entledigen. In der Zwischenzeit hat Picard seine Vorbereitungen abgeschlossen und benutzt ebenfalls den iconischen Transporter, um für Sekunden auf dem romulanischen Schiff zu erscheinen, von wo er sofort auf die Enterprise gebeamt wird. Die Station explodiert, Iconia ist damit keine Gefahr mehr,

Kazinski, Riker, Wesley Crusher und der ›Reisende‹.

die Enterprise und das romulanische Schiff trennen sich friedlich.

*

›Contagion‹ glich die vorangegangene schwache Episode ›The Dauphin‹ bei weitem aus und zeigte erstmals seit ›The Enterprise Incident‹ (s. Ep C58) wieder eine romulanische Raumschiff-Commanderin, Toras, gespielt von Carolyn Seymour. Damit wurde endlich nach dem unbefriedigenden Ende der ersten Season wieder auf die Romulaner eingegangen, eine Situation, die für die Zukunft hoffen ließ, da sie noch mysteriöser waren als die Klingonen.

Episode N38: The Royale
(Hotel Royale)

Im Orbit um Theta VIII entdeckt die Enterprise Wrackteile eines NASA-Schiffs aus dem 21. Jahrhundert. Als plötzlich auf dem als unbewohnbar geltenden Planeten eine Zone mit Erdatmosphäre registriert wird, lassen sich Riker, Data und Worf dorthin beamen. Überrascht finden sie sich im The Royale wieder, einem Las-Vegas-Hotel mit Spielcasino. Gleichzeitig bricht der Kontakt zur Enterprise ab. Zur Überraschung der drei werden sie bereits erwartet, während Data feststellt, daß keine der sie umgebenden Personen von seinem Tricorder als Lebensform erkannt wird. Nach einem erfolglosen Versuch, das Hotel zu verlassen, entdecken sie die sterblichen Überreste eines seit über zweihundert Jahren toten Menschen, der sich als Colonel Stephen Richey entpuppt. Ein kurzzeitiger Kontakt mit der Enterprise ergibt, daß Richey zu einem Forschungsteam gehörte, das an Bord der Charybdis am 23. Juli 2067 die Erde verlassen hatte. Data entdeckt in Richeys Zimmer ein Buch mit dem Titel ›The Hotel Royale‹ und stellt fest, daß ihre Umgebung exakt dem entspricht, was in dem Buch beschrieben wird. Aus Richeys Tagebuch erfahren sie, daß eine unbekannte Lebensform versehentlich die gesamte Besatzung der Charybdis bis auf Richey getötet hatte. Als Wiedergutmachung hatte man für Richey diese Umgebung auf der Grundlage des besagten Buchs geschaffen, um ihm ein angenehmes Leben zu ermöglichen. In Wirklichkeit war dieses Buch jedoch so schlimm, daß Richey sich 38 Jahre lang den Tod herbeigesehnt hatte, um endlich Ruhe zu finden. Data vertieft sich daraufhin noch einmal in das Buch und findet heraus, daß im weiteren Verlauf der Handlung drei Fremde das Hotel kaufen und es dann so überraschend verlassen, wie sie gekommen sind. Kurzentschlossen spielt und gewinnt Data so lange im Casino, bis er die Bank gesprengt hat. Sie kaufen das Hotel und können es, wie im Buch vorgesehen, wieder verlassen und auf die Enterprise zurückkehren.

*

Der für diese Episode als Autor genannte Keith Mills ist niemand anders als Tracy Tormé, der ein Pseudonym benutzte, nachdem Maurice Hurley massive Änderungen an dessen Buch durchgesetzt hatte, da ihm die Handlung zu surreal erschien. Der daraus sich entwickelnde Streit zwischen den beiden führte in der Konsequenz dazu, daß Tormé sich zurückzog und lediglich als Creative Consultant an drei weiteren Episoden mitarbeitete.

Tormés erste Fassung trug den Titel ›The Blue Moon Hotel‹, der Handlungsverlauf gestaltete sich wie folgt: Nachdem Data festgestellt hat, daß keiner der Anwesenden vom Tricorder als Lebensform erkannt wird, entdeckt er ein einzelnes Lebenszeichen eines Menschen im Gebäude. Sie entdecken den Astronauten, der aus dem späten 20. Jahrhundert kommt. Er weiß, daß seine Mission fehlgeschlagen ist, kann sich aber an nichts anderes erinnern, außer daß er seit ewigen Zeiten jeden Tag im Hotel verbringt. Das Enterprise-Team versucht mit dem Hotel-Manager Kontakt aufzunehmen, der ihnen telefonisch mitteilt, daß er von der Einsamkeit des Astronauten weiß und daher die Besucher von der Enterprise im Hotel behalten will. Erst dann entdecken sie das Buch und erfahren, daß der Manager in Wirklichkeit ein Außerirdischer ist. Er hatte zusammen mit anderen versucht, das insgesamt siebenköpfige Team zu retten. Der Astronaut ist wie die anderen eigentlich tot, nur sein Geist hat überlebt. Das Team wird von dem ›Manager‹ zu einem nahegelegenen Friedhof geführt, wo er ihnen sieben Gräber zeigt. Eine Frau, die dem Enterprise-Team angehörte und die kurz nach der Landung auf dem Planeten getötet wurde, hält sich mittlerweile gleichfalls als Geist im Hotel auf. Sie und der Astronaut können das Hotel nicht verlassen, da sie dann endgültig sterben. Schließlich kehrt das Enterprise-Team ohne sie zurück.[10]

Es findet sich allerdings auch eine abweichende Darstellung[11]. So sollte das Ende in Richtung ›The Cage‹ (Ep.

C1) tendieren, indem die Frau zwar das Hotel verlassen konnte, aber bei dem Astronauten blieb, um ihm Gesellschaft zu leisten, während der ›Manager‹ unsichtbar bleiben sollte.

In einer dritten Variante, die gleichfalls als Originalversion gehandelt wurde, sollte der Astronaut leben. Er wußte, daß seine Umgebung nicht real war, er wollte das Hotel jedoch nicht verlassen. Dieser Charakter entfiel, da er angeblich den anderen Schauspielern, allen voran Patrick Stewart und Jonathan Frakes, einige gute Szenen gestohlen hätte.

Die endgültige und dann auch verfilmte Version war die bislang kurioseste und amüsanteste, auch wenn sie mit Tormés Idee nur noch wenig zu tun hatte und es nachvollziehbar war, daß er seinen Namen zurückzog. Seine Fassung war von einer völlig anderen Qualität, die deutlich in die Atmosphäre von ›The Twilight Zone‹ tendierte und mindestens ebenso sehenswert gewesen wäre.

Im Rahmen der vielen Überarbeitungen ging dann auch eine Textzeile verloren, die Pulaski und McCoy noch ähnlicher hätte werden lassen. In Anlehnung an seine vielen Bemerkungen, er sei Arzt, kein … (je nach Situation zu ergänzen), sollte sie sagen: »Ich bin Ärztin, keine Zauberin.«[12]

Episode N39: Time Squared

(Die Zukunft schweigt)

Auf dem Weg zum Endicor-System nimmt die Enterprise ein Föderationsshuttle an Bord, in dem ein bewußtloser zweiter Picard sitzt. Es stellt sich heraus, daß dieses Shuttle aus der nahen Zukunft kommt, die Bordzeit des Shuttles ist der der Enterprise um nur sechs Stunden voraus. Beim Betrachten des Shuttle-Logbuchs müssen Picard und seine Offiziere mitansehen, wie die Enterprise zerstört wird und nur der andere Picard mit dem Shuttle entkommt. Über die Gründe dieses Vorfalls herrscht jedoch völlige Unklarheit, zumal der andere Picard unfähig ist zu sprechen, da er offensichtlich unter Schock steht. Da die Ursache dieser Zerstörung unklar bleibt, kann niemand Maßnahmen ergreifen, um das Ereignis zu verhindern. Kurz darauf wird die Enterprise von einem Mahlstrom erfaßt, und Picard befiehlt, mit vollem Schub zurück die Position zu halten. Während er versucht, mit seinem Doppelgänger Kontakt aufzunehmen, wird er von einer fremden Kraft attackiert. Für ihn ist klar, daß das Unbekannte, das die Enterprise anzieht, in Wirklichkeit ihn will. Als sich die Realzeit an die Zeit, aus der der Doppelgänger kommt, nähert, wird der andere Picard aktiv und will unbedingt die Enterprise verlassen. Picard setzt schließlich alles auf eine Karte und befiehlt, mit voller Energie voraus in den Mahlstrom zu fliegen. In der unendlichen Zahl der Entscheidungen, die für den einen oder anderen Verlauf der Geschichte verantwortlich sind, hält Picard es für am wahrscheinlichsten, daß sein Doppelgänger den Rückwärtsschub für den einzig richtigen Weg hielt und so die Enterprise zerstörte. Das Schiff erreicht schon bald das Zentrum der unbekannten Kraft, die es angezogen hatte, und kommt wieder frei. Die Zeitdifferenz ist aufgeholt, der andere Picard ist ebenso verschwunden wie das Shuttle aus der Zukunft.

*

›Time Squared‹ war zwar die erste Geschichte von Kurt Michael Bensmiller, die verfilmt wurde, seine erste vorgelegte hieß aber ›The Storyteller‹, die später in *Star Trek — Deep Space Nine* Verwendung finden sollte. ›Time Squared‹ trug die Arbeitstitel ›Time to the Second‹ und ›Twist of Fate‹. Sie sollte mit der später folgenden Episode ›Q Who‹ (Ep. N42) fortgesetzt werden, Q selber war hier für einen Auftritt aber noch nicht vorgesehen, es sollte sich aber herausstellen, daß er für die Ereignisse in ›Time Squared‹ verantwortlich war und die Enterprise-Crew lediglich in Verwirrung hatte stürzen wollen. ›Q Who‹ hätte dann mit dem Bild der explodierenden Enterprise begonnen, dann erst würde Picard verstehen.[13] Diese Idee scheiterte aber wie so oft an Roddenberrys Widerstand, der keine zu enge Bindung zwischen zwei Episoden wünschte.

Die Episode in der vorliegenden Form war zwar recht skurril, sie ergab zum Schluß jedoch keinen Sinn. Das hätte nur funktioniert, wenn die Episode in der geplanten Form fortgesetzt worden wäre. So ist ›Time Squared‹ einfach nur seltsam, auch wenn es manchmal interessanter sein kann, keine Lösung zu einem Vorfall zu bekommen.

Episode N40: The Icarus Factor

(Rikers Vater)

Nachdem dem Enterprise-Computer einige Fehlfunktionen unterlaufen sind, läßt Picard die Raumbasis Montgomery anfliegen, wo Riker die Beförderung zum Captain und ein eigenes Schiff, die U.S.S. Ares, erwartet. Zu seiner Überraschung erweist sich der Berater, der an Bord der Enterprise kommt, um Riker auf seine Aufgabe auf der Ares vorzubereiten, als sein Vater Kyle, den er seit fünfzehn Jahren nicht mehr gesehen hat und dem er die Schuld am Tod seiner Mutter gibt. Kyles Beteuerungen erreichen bei William Riker nichts, und er sucht schließlich Deanna Troi auf, um sich bei ihr einen Rat zu holen, kann ihr aber nicht glauben, als sie erklärt, daß William ihn nicht respektiert. William erfährt, daß sein Vater fast Katherine Pulaski geheiratet hätte, sie beide sich jedoch mit Blick auf ihre Karrieren seinerzeit anders entschieden hatten. Kyle schließt seine Arbeit an Bord der Enterprise ab. Bevor er jedoch geht, fordert er seinen Sohn zu einem Anbojitsu-Kampf heraus, der ultimativen Kampfsportart. Während dieses Kampfes erfährt William, daß sein Vater nicht schuld war am Tod seiner Mutter, und vergibt ihm. Der Erste Offizier der Enterprise lehnt später, nachdem sein Vater das Schiff verlassen hat, überraschend die Beförderung zum Captain ab.

*

›The Icarus Factor‹ stellte Riker in neuem Licht dar und machte aus der Schiffsärztin Dr. Pulaski fast seine Stiefmutter. Während die Handlung um Rikers Vater recht interessant war, wirkte eine Nebenhandlung um Worf und das Ritual, dem er sich unterwerfen mußte, aufgesetzt und war eine Wiederholung jener mißglückten Versuche aus der ersten Season, zwei voneinander vollkommen unabhängige Handlungsfäden zusammenzubringen.

Dabei bemerkenswert waren zwei Dinge: Einer der Klingonen war der Präsentator der Fernsehsendung ›Entertainment Tonight‹, John Tesh.

Zum anderen waren durch die parallel laufenden Dreharbeiten für *Star Trek V — The Final Frontier* die Klingonenkostüme knappgeworden und zwei der Schauspieler trugen Stiefel aus ›Planet of the Apes‹.[14]

Robert L. McCullough, der ›The Icarus Factor‹ überarbeitete, berichtete später, daß Patrick Stewart bereits zu dieser Zeit offensichtlich einen großen Einfluß auf die Serie und — natürlich — auf seine Rolle geltend machte. Jonathan Frakes war von dem Drehbuch begeistert, weil es seiner Rolle eine neue Seite gab und ihn außerdem in den Mittelpunkt stellte. Patrick Stewart sah sich das Drehbuch an und sagte: »Das ist absolute Scheiße.«[15]

Episode N41: Pen Pals

(Brieffreunde)

Während Picard Wesley damit beauftragt, ein geologisches Team zu leiten, das unerklärliche Geschehnisse im

Drema-System klären soll, empfängt Data auf einer Radiofrequenz eine Nachricht von Sarjenka, einem kleinen Mädchen von Drema IV. Erst sechs Wochen später, nachdem ein intensiver Gedankenaustausch zwischen den beiden stattgefunden hat, berichtet Data dem Captain von diesen Gesprächen und bittet Picard um Hilfe, da der Planet wie alle anderen Welten des Drema-Systems kurz vor der Vernichtung steht. Nach einer gründlichen Untersuchung, ob mit dieser Hilfe gegen die Hauptdirektive verstoßen werden könnte, willigt Picard schließlich ein. In der Zwischenzeit hat Wesley herausgefunden, daß instabile Dilithium-Verbindungen die Katastrophe im Drema-System verursacht haben. Mit der Hilfe speziell programmierter Photonentorpedos kann der Effekt aber umgekehrt werden. Data ist mittlerweile mit Sarjenka zusammengetroffen und hat sie mit auf die Enterprise gebracht, wo Dr. Pulaski sich um sie kümmert und ihr vor der Rückkehr nach Drema IV die Erinnerung an die Enterprise nimmt, um auszuschließen, daß die Beteiligung einer fremden Intelligenz an der Umkehr des zerstörerischen Prozesses auf Drema jemals bekannt wird. Dann bringt Data sie zurück auf die inzwischen gerettete Welt, an Bord der Enterprise entschuldigt er sich später bei Picard für sein Verhalten. Der macht ihn aber darauf aufmerksam, daß er mit seiner eigenmächtigen Aktion seinem Traum, wie ein Mensch zu sein, ein großes Stück nähergekommen ist.

*

Zentrales Thema war zwar auch hier die Hauptdirektive, dennoch wirkte die Episode nicht überzeugend. Die Idee war wohl gut, wenn auch nicht unbedingt die originellste, aber ihre Ausarbeitung konnte nicht befriedigen. Auch wenn Data hier in den Mittelpunkt rückte, gelang es nicht, ihn so gut in die Handlung zu integrieren wie bei vielen anderen Gelegenheiten.

Episode N42: Q Who

(Zeitsprung mit Q)

Q kehrt zurück und entführt Picard auf ein Shuttle, da er ihm beim letzten Besuch versprochen hatte, nicht mehr auf die Enterprise zurückzukehren. Da Picard aber auf sein Schiff zurück will, erlaubt er Q gezwungenermaßen, ihn dorthin zu begleiten. Auf der Enterprise bietet Q dann seine Dienste als Besatzungsmitglied an, weil er glaubt, daß Picard seine Hilfe gebrauchen könnte. Der lehnt dankend ab, während Guinan, die Q von einer früheren Begegnung her kennt, zu wissen glaubt, was sie erwartet. Q schleudert die Enterprise durchs All, bis sie in einer anderen Galaxis landet, wo sie erstmalig einem Schiff der Borg begegnet. Bei den Borg handelt es sich um eine Rasse von Maschinenmenschen, die ein Geistkollek-

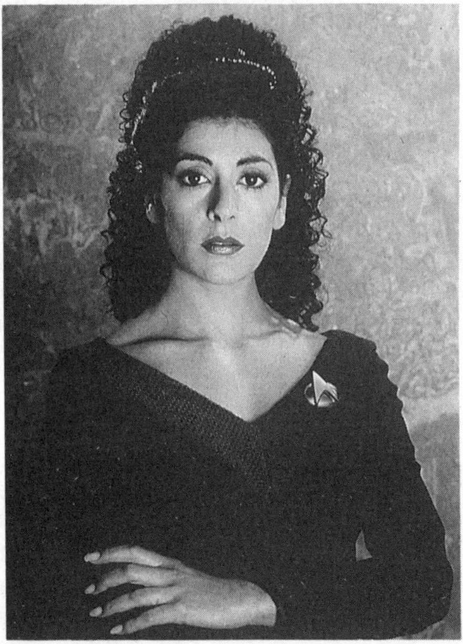

Counselor Deanna Troi.

tiv bilden und nur darauf ausgerichtet sind, möglichst viel Wissen zu sammeln. Andere Lebensformen stellen für sie keinen Wert dar. Die Enterprise versucht, das Borgschiff, das sie mit einem Traktorstrahl festhält, zu zerstören. Picard muß jedoch feststellen, daß sich alle Beschädigungen an dem anderen Schiff sofort von selbst reparieren. Riker, Worf und Data lassen sich auf das Borg-Schiff beamen, werden aber von den Borg ignoriert, da man sie offensichtlich nicht als Bedrohung betrachtet. Das Landeteam entdeckt, daß den Säuglingen bereits verschiedene Organe entnommen und durch künstliche ersetzt werden. Es gelingt, sich aus dem Traktorstrahl zu befreien und die Flucht anzutreten, aber das Borg-Schiff ist schneller und droht die Enterprise zu schlucken. Da erscheint Q und fragt erneut, ob er helfen könne. Picard weiß, daß er mit den ihm zur Verfügung stehenden Mitteln das Schiff und dessen Besatzung nicht retten kann. Er lenkt ein und bittet Q, ihm zu helfen, da er ihn brauche. Der ist zufrieden, und im nächsten Augenblick befindet sich die Enterprise wieder an der Stelle, an der sie zuvor mit Q zusammengetroffen war. Der hat inzwischen das Schiff verlassen, seine Rückkehr ist aber nur eine Frage der Zeit. Diesmal empfindet Picard aber sogar eine gewisse Dankbarkeit Q gegenüber, da der ihm gezeigt hat, daß die Föderation längst nicht allen Gefahren gewachsen ist. Die Borg sind ein willkommener Anlaß, die Verteidigungsstrukturen der Föderation zu verbessern, da ein Zusammentreffen mit ihnen zu erwarten ist, nachdem sie durch die Enterprise von der Existenz dieser Föderation erfahren haben.

*

Obwohl Q mit dieser Episode bereits zum dritten Mal in *Star Trek – The Next Generation* mitgespielt hatte, machte man nicht den Fehler, ihn immer gleich agieren zu lassen. Vielmehr schaffte man es, den Charakter aus der vorangegangenen Episode lernen zu lassen, so daß Q immer wieder ein neues Gesicht zeigte und er gleichzeitig von Mal zu Mal sarkastischer wurde. Wer in ihm unbedingt eine Reinkarnation von Trelane sehen wollte — was viele Kritiker gerne machten, um die Serie abzuwerten —, der mußte dann aber auch zugeben, daß Q eine wesentlich bessere Version war.

Die Borg, die in ersten Überlegungen als Insekten (ähnlich einem Bienenschwarm oder einem Ameisenstaat) geplant waren und so ein völlig anderes — und nach menschlichen Maßstäben irrationales — Verhalten zeigen sollten, dann aber zu der bekannten Mensch-Maschine-Kombination abgeändert wurden, verursachten eine Überschreitung des Budgets von rund 50 000 Dollar, erwartungsgemäß wurde ein Drehtag gestrichen.

Daß diese überaus negative Episode überhaupt Roddenberrys Zustimmung fand, war mehr als erstaunlich, zumal von Änderungen in der Handlung bislang nichts zu lesen war. Sie machte aber zugleich sehr drastisch deutlich, daß auch ein so positives Konzept wie das von Roddenberry wesentlich mehr negative Aspekte in der Art der Borg benötigt, um auch weiterhin glaubhaft zu bleiben.

Während Roddenberry bei der Handlung selber offenbar keine Einwände hatte, schien er in einer anderen Entscheidung ein Machtwort gesprochen zu haben. Zwar wurde mit Ensign Sonya Gomez (gespielt von Lycia Naff, die in ›Total Recall‹ mitgespielt hatte) ein neuer Charakter eingeführt, der wohl ein wenig tolpatschig war, der aber gerade deshalb so überzeugend wirkte. Gomez wurde nach einer weiteren Folge gestrichen, erst später sollte sie einen würdigen und deutlich besser erdachten Nachfolger bekommen: Lt. Endicott Reginald Barclay III., der seinen ersten Auftritt in ›Hollow Pursuits‹ (Ep. N69) haben sollte.

Ähnlich wie ›Conspiracy‹ (Ep. N25) machte auch ›Q Who‹ eine Fortsetzung nötig, mit oder ohne Q, da die

Borg weder vernichtend geschlagen noch auf andere Weise effektiv aufgehalten worden waren. Während man sich aber bei ›Conspiracy‹ nie dazu entschließen konnte, ein weiteres Kapitel zu beginnen, sollten die Borg zwar nicht bald, aber dafür um so gewaltiger zurückkehren.

Bemerkenswert am deutschen Titel war die Tatsache, daß er eine völlig andere Handlung suggerierte, als man sie dann sehen konnte. Von einem Zeitsprung war nie die Rede, lediglich eine immense räumliche Distanz wurde dank Q in kürzester Zeit zurückgelegt.

Episode N43: Samaritan Snare

(Das Herz eines Captains)

Wesley Crusher bringt Picard mit einem Shuttle zur Raumbasis 515, wo er sich einer Operation unterziehen soll. Obwohl Wesley nicht davon begeistert ist, da er glaubt, daß Picard nicht gut auf ihn zu sprechen sei, entwickelt sich das längere Beisammensein recht positiv. So erfährt Wesley, daß der Captain ein künstliches Herz hat, nachdem sein natürliches bei einer Schlägerei in jungen Jahren schwer verletzt wurde. Dieses künstliche Herz weist jedoch einen Defekt auf und muß ausgetauscht werden. Um diese kaum bekannte Tatsache vor der Besatzung der Enterprise zu verbergen, will er die Operation nicht von Dr. Pulaski vornehmen lassen, die eine Spezialistin auf diesem Gebiet ist, und sucht statt dessen die Raumbasis auf. Während Picard, auf der Raumbasis angekommen, für die Operation vorbereitet wird, nimmt Wesley an weiteren Tests teil, um zur Akademie zugelassen zu werden. In der Zwischenzeit begegnet die Enterprise, die eigentlich einen neuentstehenden Sternhaufen beobachten sollte, einem Schiff der Pakleds, einer humanoiden und raumfahrenden Rasse, die aber technisch seltsamerweise völlig unbegabt zu sein scheint. Deren Schiff ist defekt, und LaForge erklärt sich bereit, sich hinüberbeamen zu lassen, um den Pakleds zu helfen. Auf dem anderen Schiff angekommen, müssen er und die Enterprise-Besatzung feststellen, daß sie in eine Falle geraten sind. Die Pakleds nehmen LaForge als Geisel und fordern im Austausch Zugang zum Bordcomputer der Enterprise. Zum Schein befiehlt Riker, daß LaForge die Wirksamkeit der Photonentorpedos der Pakleds verbessern soll. Tatsächlich jedoch bereitet er einen Sabotageakt vor, der es ihm erlaubt, bei einem Scheinangriff der Enterprise, der eigentlich nur im Ausstoß von lilafarbenem Rauch besteht, den Pakleds zu erklären, daß die Enterprise sie geschlagen hat. Die Pakleds sehen ein, daß sie der Enterprise hoffnungslos unterlegen sind, und lassen LaForge zurückkehren. Riker befiehlt daraufhin, mit maximaler Geschwindigkeit die Raumbasis anzufliegen, da es Komplikationen bei Picards Operation gegeben hat und Dr. Pulaski eingreifen muß. Der ist von ihrer Mitwirkung nicht sehr erfreut, aber sie versichert ihm, daß niemand etwas über die wahren Hintergründe der Operation erfahren wird.

*

›Samaritan Snare‹ war eine in vieler Hinsicht bemerkenswerte Episode. So verkehrte sich das im Anfang noch recht gespannte Verhältnis zwischen Picard und Wesley hier endgültig in sein Gegenteil; die Tatsache, daß Picard ein künstliches Herz hat, war an sich schon eine gelungene Überraschung, fast noch interessanter war die Tatsache, daß er — der so kontrolliert und erhaben wirkt — dies seinem jugendlichen Leichtsinn zu verdanken hatte; LeVar Burton hatte erstmals richtig Gelegenheit, seine Rolle als LaForge ausgiebig zu spielen, mit dem Ergebnis, daß bewußt wurde, wie unterrepräsentiert Schauspieler und Rolle bis dahin vertreten waren.

Mit den Pakleds wurde eine wirklich ungewöhnliche Rasse vorgestellt, die in ihrem Drang nach mehr Wissen nicht weniger seltsame Wege einschlug. Wenn man sie genau betrachtete, wurde klar, daß sie eigentlich nicht mehr waren als ein sarkastischer Kommentar auf die gedankenlose Konsumsucht der Gegenwart. Ihre scheinbare Hilflosigkeit und ihre plötzliche Rücksichtslosigkeit waren eine willkommene Abwechslung in einer langen Reihe konventioneller Gegenspieler.

Die Namen der Pakleds, Grebnedlog und Reganod, waren nichts anderes als der rückwärts geschriebene Nachname des Autors Robert McCullough, der eigentlich Goldenberg heißt, sowie der eines Freundes, Donager. McCullough wollte eine völlig andere Rasse erfinden, die nicht in jeder Hinsicht überlegen ist und die bei der Weiterentwicklung ihrer Kultur hatte aussetzen müssen — er nennt sie (zumindest für mein Empfinden) diffamierend Dritte-Welt-Aliens —, die daher andere Wege sucht, um ebenfalls die Dinge zu bekommen, die andere bereits haben, die für sie jedoch (noch) unerreichbar sind.

Der Episode war nur eine Tatsache abträglich: Warum mußte ausgerechnet Pulaski die Spezialistin sein, die Picard als einzige operieren konnte?

Christopher Collins, der Grebnedlog spielte, war bereits als Klingone Kargan in ›A Matter of Honor‹ (Ep. N34) aufgetreten.

Die hier erwähnte Geschichte über Picards Herz sollte in einer späteren Folge (›Tapestry‹, Ep. N141) noch einmal aufgegriffen werden und eine wesentlich intensivere Behandlung erfahren.

Episode N44: Up the Long Ladder

(Der Planet der Klone)

Die Enterprise folgt einem Notruf in den Ficus-Sektor, wo Sonneneruptionen eine Kolonie auf dem fünften Planeten in Gefahr bringen. Die zweihundert Kolonisten, die

Bringloidis, die ursprünglich von der Erde kamen, werden mit ihren Tieren auf die Enterprise geholt und in einem der Frachträume untergebracht. Kurz bevor sie das System verlassen, erklärt der Leiter der Kolonie, Danilo O'Dell, daß auf einem der anderen Planeten ebenfalls eine Kolonie existiert, die sich von den Bringloidis abgespalten hatte. Bei ihnen handelt es sich um die Mariposaner, deren gesamte Bevölkerung aus Klonen besteht, die von den fünf Kolonisten abstammen, die eine Bruchlandung auf dem Planeten überlebten. Da die Mariposaner sich über die Jahre hinweg immer wieder geklont hatten, anstatt sich auf natürliche Weise fortzupflanzen, und sie mittlerweile Kopien der Kopie der Kopie sind, droht ihnen eine völlige Degeneration. Da Riker und Pulaski, die das Landeteam bilden, sich weigern, Körperzellen zur Verfügung zu stellen, um den Mariposanern die Schaffung neuer Klone zu ermöglichen, werden die beiden kurzerhand entführt und geklont. Nachdem man sie freigelassen hat, kehren sie in das Labor zurück und zerstören ihre Doppelgänger, die noch in der Entstehung begriffen sind. Picard schlägt ihnen vor, sich mit den Bringloidis zusammenzuschließen und auf einer neuen Welt eine neue Existenz zu beginnen.

*

›Up the Long Ladder‹ — als Titel waren zunächst ›Send in the Clones‹ und ›Oh Come Ye Back‹ beabsichtigt — präsentierte eine nur durchschnittliche Handlung, der neben besonderen Höhepunkten auch der Erzählrhythmus zu fehlen schien. Dies lag wieder einmal in erster Linie an einer Vielzahl Überarbeitungen, die von Melinda Snodgrass' Idee einer Episode über Einwanderer und deren Kampf mit den ihnen entgegengebrachten Vorurteilen recht wenig übrigließen.

Was in ›The Child‹ (Ep. N27) noch als Stellungnahme gegen die Abtreibung interpretiert werden konnte, wurde —

auf halbem Wege durch die zweite Season – in ›Up the Long Ladder‹ schnell korrigiert, als Riker und Pulaski die ihnen entnommenen Zellen zerstören mit dem Hinweis auf ihr Selbstbestimmungsrecht über ihre Körper. Damit wandte sich *Star Trek – The Next Generation* ganz entschieden gegen die konservativen Ansichten in den USA, die dieses Selbstbestimmungsrecht vehement ablehnen.

Episode N45: Man Hunt

(Andere Sterne, andere Sitten)

Die Enterprise befördert zwei Repräsentanten von Antede III zum Planeten Pacifica, wo sie im Rahmen einer Konferenz die Aufnahme in die Föderation beantragen wollen. Während sie sich in künstlichem Schlaf befinden, steuert ein Shuttle die Enterprise an. An Bord befindet sich Deannas Mutter Lwaxana Troi, die ebenfalls nach Pacifica will. Da sie aber augenblicklich eine Phase durchlebt, in der sich ihre sexuellen Aktivitäten vervielfachen, vergißt sie ihre eigentliche Aufgabe und versucht, Picard zu verführen. Der entkommt ihr aber und beschließt, die Zeit bis zur Ankunft auf Pacifica als Privatdetektiv Dixon Hill auf dem Holodeck zu verbringen. Mit seiner Sekretärin geht Picard in eine Bar, wird aber schon bald von Riker und Data aufgesucht, die ihm berichten, daß Lwaxana offensichtlich völlig außer Kontrolle ist. Unerwartet folgt sie ebenfalls aufs Holodeck, wo sie sich vom Barbesitzer Rex angezogen fühlt, bis sie entdeckt, daß er lediglich ein Hologramm ist. Als sie das Holodeck verlassen, hat Lwaxana ihre Phase überwunden und erinnert sich in der letzten Minute an das, was sie eigentlich hatte mitteilen wollen. Die beiden Antedianer werden von ihr als Attentäter entlarvt, die die auf Pacifica stattfindende Konferenz erheblich stören wollten. Ihre Kleidung enthält Ultreticum, einen höchst effektiven Sprengstoff, der auf Pacifica zur Explosion gebracht werden sollte. Die Antedianer müssen daraufhin auf der Enterprise zurückbleiben und sich

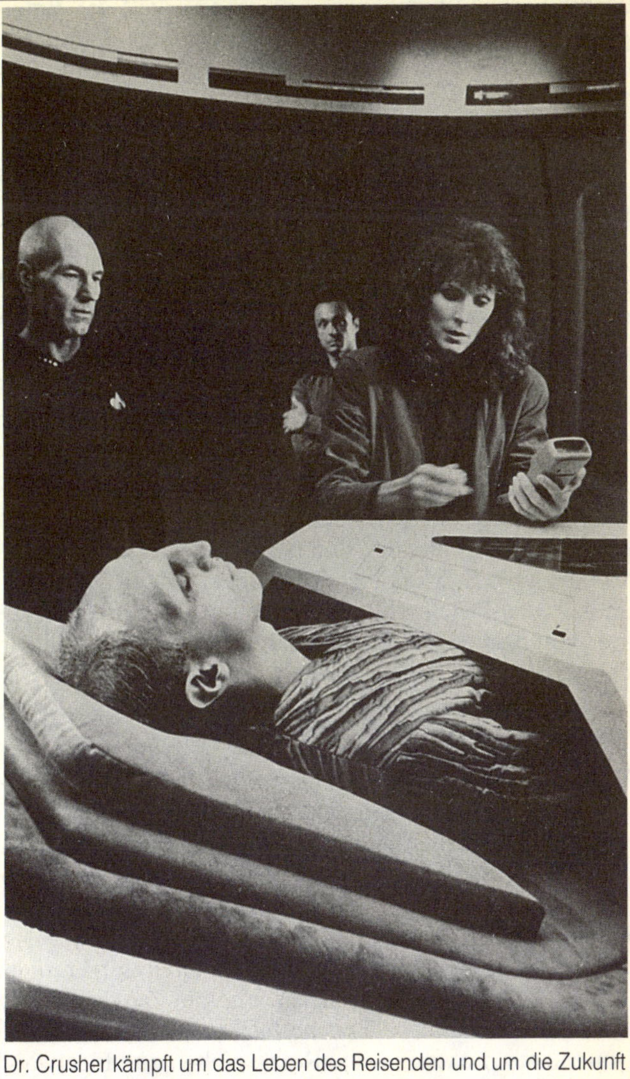

Dr. Crusher kämpft um das Leben des Reisenden und um die Zukunft der Enterprise in ›Where No One Has Gone Before‹.

einem Verhör unterziehen. Lwaxana verläßt die Enterprise, um an der Konferenz teilzunehmen, und läßt einen erleichterten Picard zurück.

*

Erneut wurden Begebenheiten aus vorangegangenen Episoden wiederaufgegriffen. In ›Man Hunt‹ war Picard erneut als Dixon Hill (s. Ep. N12) zu sehen und Majel Barrett als Lwaxana Troi (s. Ep. N11) kehrte zurück. Der Aufenthalt der beiden auf dem Holodeck ließ die eigentliche Handlung zeitweise in Vergessenheit geraten und ließ das Gefühl aufkommen, daß sie ohnehin nur Beiwerk war.

Auf dem Weg zur fertigen Episode erfolgte eine Änderung, die wieder einmal den Zuschauern ein beträchtliches Maß an Dummheit unterstellte. Picard sollte als Dixon Hill einen Monolog über die Handlung sprechen, ähnlich den Detektivfilmen aus den dreißiger und vierziger Jahren. Diese Idee wurde herausgenommen, weil man befürchtete, daß die Zuschauer verwirrt sein könnten, da solche Monologe sonst nur bei Logbucheintragungen verwendet werden.[16]

Einen Gastauftritt verzeichnete Fleetwood Mac-Schlagzeuger Mick Fleetwood, der als einer der Antedianer zu sehen, aber nicht zu erkennen war. Um unter die Maske zu schlüpfen, rasierte er sogar seinen markanten Bart ab. In diesem Fall schien es aber so, als habe er die Rolle erhalten, weil er einmal bei *Star Trek — The Next Generation* dabeisein wollte, nicht jedoch, um als zugkräftiger Name für die Serie zu werben. Für die Zuschauer war sein Auftritt nämlich eine herbe Enttäuschung, da die Antedianer praktisch keine Rolle spielten und Fleetwood durch jeden anderen mit einer entsprechenden Körpergröße hätte ersetzt werden können.

Änderungen am Drehbuch veranlaßten Tracy Tormé abermals, ein Pseudonym anzunehmen, da er mit der endgültigen Fassung nicht in Verbindung gebracht werden wollte.

Episode N46: The Emissary
(Klingonenbegegnung)

Im Boratis-System nimmt die Enterprise planmäßig eine Sonde an Bord, in der sich die halb klingonische, halb menschliche Botschafterin K'Ehleyr befindet, mit der Worf vor Jahren eng befreundet war. Ihre unterschiedlichen Karrieren hatten sie jedoch auseinandergebracht. K'Ehleyr informiert Picard, daß sich irgendwo im Boratis-System ein seit 75 Jahren vermißtes Klingonenschiff — die T'Ong — befindet, dessen Besatzung im Kälteschlaf liegt. Es besteht die Gefahr, daß die Mannschaft unkontrolliert erwacht und die Befehle jener Ära ausführt: Vernichtung. Trotz der Bedenken K'Ehleyrs will Picard Kontakt mit dem Schiff aufnehmen, anstatt es bei Entdeckung zu zerstören. Kurze Zeit darauf wird die Enterprise angegriffen. Die T'Ong befindet sich im Anflug, die klingonische Mannschaft ist bereits erwacht und will das Föderationsschiff zerstören. Picard läßt Worf einen Bluff ausführen, indem der sich als Captain des Schiffs ausgibt und K'Ehleyr als seinen Ersten Offizier vorstellt. K'Ehleyr wird das Kommando über die T'Ong übernehmen. Der Captain des anderen Schiffs, K'Temoc, ist sichtlich beruhigt, als er einen Artgenossen auf einem scheinbaren Föderationsschiff sieht, und akzeptiert die Übernahme des Kommandos durch K'Ehleyr.

*

Der unmittelbare Vergleich zwischen ›alten‹ und ›neuen‹ Klingonen wurde in ›The Emissary‹ durch die unmittelbare Gegenüberstellung erstmals möglich und bewies, daß

Roddenberry sich beim zweiten Anlauf erheblich mehr Mühe mit dem Hintergrund der Klingonen gemacht hatte. Erfreulich war, daß man die ›alten‹ Klingonen ähnlich eindimensional belassen hatte, wie man sie auch kannte.

Die bei ›The Schizoid Man‹ (Ep. N32) für Worf geplante Freundin, die zu der Zeit noch eine Vulkanierin hatte sein sollen, wurde hier endlich Wirklichkeit, jetzt aber — standesgemäß — als Klingonin K'Ehleyr, so wie zuvor Lt. Selar gespielt von Suzie Plakson.

Als weiterer Gast war Lance LeGault zu sehen, der den Klingonen K'Temoc spielte. LeGault ist bestens bekannt als erfolgloser Colonel Decker in ›The A-Team‹, so wie vor ihm Mick Fleetwood war er aber in seiner Maske praktisch nicht zu erkennen, was ein weiteres Mal den Sinn von Gaststars fragwürdig werden läßt, wenn sie so völlig unkenntlich gemacht werden.

Episode N47: Peak Performance
(Galavorstellung)

Riker, LaForge, Wesley Crusher und Worf sowie eine kleine Mannschaft wechseln auf die U.S.S. Hathaway, um von dem 80 Jahre alten Wrack aus an einem von dem Meisterstrategen Sima Kolrami überwachten Simulationsgefecht mit der Enterprise teilzunehmen. Dieses Gefecht soll die Verteidigungsfähigkeit der Föderation im Hinblick auf eine mögliche Konfrontation mit den Borg testen und Schwachstellen aufdecken. Da der Antrieb der Hathaway nicht funktionstüchtig ist, bringt Wesley heimlich ein Projekt mit an Bord, das dem Schiff für Sekunden Warpantrieb ermöglicht. In das Scheingefecht mit einem simulierten romulanischen Schiff mischt sich unerwartet ein Ferengi-Schiff ein, das in der Hathaway etwas Besonderes vermutet, da sie offensichtlich von der Enterprise beschossen wird. Um die Ferengi zu täuschen, feuert Picard ein Photonentorpedo auf die Hathaway ab, die im

Augenblick der Explosion mit Warpgeschwindigkeit aus der Gefahrenzone entkommt. Für die Ferengi sieht es so aus, als habe die Enterprise die Hathaway zerstört. Zusätzlich verändert Worf die Simulation des romulanischen Schiffs und läßt die Ferengi glauben, daß sich ein Kampfschiff der Föderation nähert. Die ergreifen daraufhin die Flucht, während die Enterprise die Hathaway ins Schlepptau nimmt und die nächste Raumbasis ansteuert.

*

Wie ›Man Hunt‹ (Ep. N45) machte auch diese Episode den deutlich größeren inneren Zusammenhang klar, da das simulierte Gefecht den Zweck verfolgte, die Kampfkraft der Föderation zu stärken, um den Borg (Ep. N42) die Stirn bieten zu können. Diese vorbereitende Aktion war zwar als sicheres Zeichen für deren Rückkehr zu werten, dennoch sollte es noch über ein Jahr dauern, ehe man die Borg wiedersehen würde. Diese lange Wartezeit war um so besser, da die Borg so allmählich in Vergessenheit gerieten und ihre Rückkehr um so überraschender sein würde.

Die Ferengi in ›Peak Performance‹ waren bereits wesentlich überzeugender als die aus früheren Episoden und zeigten, daß sie zwar zu Beginn recht nervtötend waren, daß aber mit der Zeit an ihnen gearbeitet worden war, um sie glaubhafter darzustellen.

Autor der Episode war David Kemper, der bereits während seiner Zeit als leitender Angestellter bei CBS Episodenvorlagen verfaßt hatte, die aber wegen seines Hauptberufs stets unter einem Pseudonym verfilmt wurden. Nachdem er im März 1989 CBS verlassen hatte, schrieb er ›Peak Performance‹, die erste Episode, die seinen wahren Namen im Vorspann nannte.

So begeistert er von *Star Trek — The Next Generation* war, so wenig schien er von Star Trek insgesamt zu wissen. So war er besonders stolz darauf, daß in seiner Episode niemand sterben mußte, ein Vorschlag, der Roddenberry natürlich gefiel. Kemper hielt offensichtlich nicht nur seine Idee eines Bluffs für besonders originell, er war darüber hinaus auch der Ansicht, daß das Kriegsspiel in ›Peak Performance‹ ebensogut hätte schiefgehen können, mit der Folge, daß Leute sterben und Schiffe explodieren würden. Völlig lächerlich machte er sich schließlich mit dem Hinweis, er kenne jede einzelne Originalepisode. Hatte er da nicht gemerkt, daß äußerst selten Schiffe explodierten und — gemessen an den Gemetzeln anderer Filme — relativ wenig Personen ums Leben kamen? Und wo war er, als Kirk in ›The Corbomite Maneuver‹ (Ep. C11) und in ›The Deadly Years‹ (Ep. C42) bluffte, um die Enterprise zu retten?[17]

Roy Brocksmith, der als Strategie-Experte (und als Profi des Spiels Strategema) Sima Kolrami auftrat, war bekannt aus ›Total Recall‹, ›Tango and Cash‹ und ›Arachnophobia‹. Als alter Bekannter von Brent Spiner aus Broadway-Zeiten legte letzterer ein gutes Wort für ihn ein, damit er die Gastrolle erhielt, die er im übrigen überzeugend spielte.

Die Brücke des Föderationsschiffs U.S.S. Hathaway war ein Umbau der Film-Enterprise.

Episode N48: Shades of Gray
(Kraft der Träume)

Auf Selvata IV wird Riker von einem Mikroorganismus befallen, was dazu führt, daß sich in seinem Körper ein Parasit zu entwickeln beginnt, der allmählich größer wird. Nachdem Dr. Pulaski vergeblich versucht hat, das Wachstum des Parasiten zu stoppen, fällt Riker in ein Koma. Sie beobachtet, daß das, was er träumt, Auswirkungen auf den Parasiten hat. Bei angenehmen Träumen, die mit positiven Erinnerungen verbunden sind, beginnt er schnell zu wachsen. Negative Empfindungen lassen ihn dagegen nur minimal größer werden. Dr. Pulaski erkennt, daß starke negative Empfindungen die Lösung bedeuten könnten. Sie stimuliert sein Gehirn, extrem starke negative Emotionen freizusetzen. Der Parasit wird tatsächlich getötet, Riker befindet sich auf dem Weg der Besserung.

*

Der Parasit, der sich von den positiven Gefühlen des von ihm Befallenen ernährt, war an sich ein gelungenes Konzept. Die Art, wie das verwirklicht wurde, war dagegen der Tiefpunkt der zweiten Season überhaupt. Um Rikers Erinnerung bildlich darzustellen, wurden Ausschnitte aus vorangegangenen Episoden in die Handlung integriert, was ausschließlich vor dem Hintergrund einer erheblichen Kostenersparnis geschah, da man ein Minimum an Film für die neuen Szenen verwenden mußte und überwiegend auf vorhandenes Material zurückgreifen konnte, das keine Kosten mehr verursachte. Auch wenn es kaum eine TV-Serie gibt, die ohne eine solche Rückblenden-Episode auskommt, war ›Shades of Gray‹ alles andere als ein würdiger Abschluß für eine deutlich ausgewogenere Season, als es die erste war.

Da diese Episode aber als letzte der zweiten Season kam, war das Zuschauerinteresse ungebrochen. Die dritte Season war beschlossene Sache, doch sollte sie mit einer großen Überraschung aufwarten.

Rückblickend kann man sagen, daß die zweite Season wesentlich gleichmäßiger als die erste verlief. Dabei fällt auf, daß — wie auch schon im ersten Jahr — des öfteren Episoden besonders schlecht enden, die massiv umgeschrieben und deren eigentliche Aussagen nachhaltig verändert wurden.

So blieben als mißlungen insbesondere ›The Schizoid Man‹ (Ep. N32) und ›Up the Long Ladder‹ (Ep. N44)

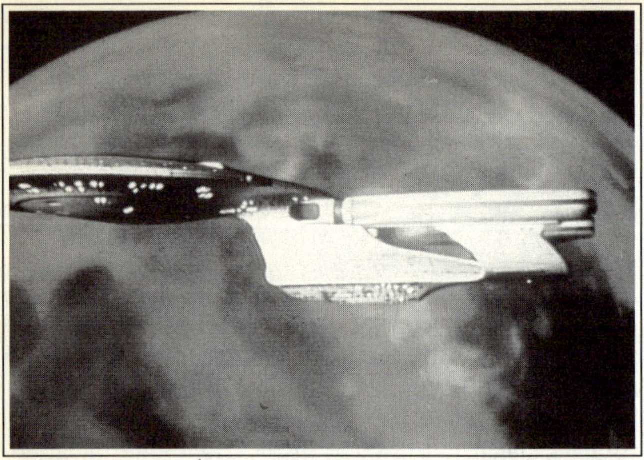

und natürlich ›Shades of Gray‹ (Ep. N48) im Gedächtnis, während stellvertretend für viele andere ›The Child‹ (Ep. N27) und ›Elementary, Dear Data‹ (Ep. N29) in angenehmer Erinnerung blieben. Als Folge des Streiks der Drehbuchautoren zu Beginn dieser Season endete sie mit nur 22 Episoden.

1988 brachte Patrick Stewart neben seiner Rolle als Picard einen weiteren Erfolg. Bereits 1985, während der Dreharbeiten zu ›Lady Jane‹, bemerkte er erstmals, daß er Charles Dickens' ›A Christmas Carol‹ zwar kannte, aber noch nie gelesen hatte. Die Lektüre dieses Buchs führte in der Folgezeit dazu, daß er bei verschiedenen Anlässen Auszüge daraus vortrug, aber erst 1988 präsentierte er in der Weihnachtsdrehpause von *Star Trek – The Next Generation* den gesamten Text als Einmannshow. Aus dieser zunächst einmaligen Sache wurde eine feste Einrichtung, die seine ganze Aufmerksamkeit beansprucht. Neben dem Erzähler, der die erläuternden Texte zusammenfaßt, spricht er auch jede der rund 30 Rollen. Das Ergebnis ist beeindruckend.[18]

Anmerkungen:

1 Diese Veränderung wurde nie realisiert.
2 Die oftmals oberflächliche und bisweilen äußerst kompliziert formulierte Synchronisation erwies hier eine ganz besonders deplazierte Feinfühligkeit, indem der Name des Kasinos eingedeutscht wurde: ›Zehn vorne‹ (!).
3 Zu den Veränderungen vom *Star Trek II*-Drehbuch zur verfilmten Handlung vgl. Band 2, S. 480.
4 Der wurde in der deutschen Synchronisation leider völlig verfehlt. Zugleich bewies man nicht genug Geschick, diesen Dialog neutral zu halten.
5 Dies betrifft auch die Originalfassungen; in der Synchronisation wurden die ironischen Untertöne gelegentlich überdreht und ihrer Wirkung beraubt.
6 So in Edward Gross, Mark A. Altman: New Voyages: The Next Generation Guidebook, S. 80.
7 Bei der deutschen Titelvergabe fiel diese Anspielung leider völlig unter den Tisch, was aber nicht das einzige Mal war. Auch andere Episoden litten darunter, so beispielsweise ›Hide and Q‹, entlehnt dem englischen Begriff für das Versteckspiel, ›Hide and Seek‹. Man muß sich wirklich fragen, was an der wörtlichen Übersetzung dieser Episode, nämlich ›Unnatürliche Auslese‹ so schlimm war, daß man sie nicht verwenden konnte.*
8 Es handelt sich um einen weiblichen amerikanischen Vornamen, seine Herkunft ist unschwer erkennbar.
9 So in Larry Nemecek, The Star Trek The Next Generation Companion, S. 78.
10 So in Edward Gross, Mark A. Altman: New Voyages: The Next Generation Guidebook, S. 69 ff.
11 In Larry Nemecek, The Star Trek The Next Generation Companion.
12 Ebenda, S. 80 f.
13 In Edward Gross, Mark A. Altman: New Voyages: The Next Generation Guidebook, S. 71 f.
14 So in Larry Nemecek, The Star Trek The Next Generation Companion.

---

* Vergleicht man die deutschen Episodentitel mit den Originaltiteln, dann fällt auf, daß die deutschen fast durchweg plumper, einfallsloser, oberflächlicher und dümmlicher sind und nicht selten jedes Verständnis für den Inhalt vermissen lassen. — *Anm. d. Hrsg.*

15 Laut McCullough: »This is absolute bullshit.« Kurz danach beendete McCullough seine Arbeit für *Star Trek – The Next Generation,* weil er es satt hatte, sich nach Stewart zu richten. So nachzulesen in Starlog, Februar 1993, S. 56.

16 So in Edward Gross, Mark A. Altman: New Voyages: The Next Generation Guidebook, S. 78 f.

17 In Starlog Star Trek The Next Generation, Nr. 24, erklärt Kemper: »It tied into Gene's (Roddenberry) whole idea of the second generation as being a kinder gentler universe that isn't always at each other's throats. This was an instance where it was anachronistic, with an alien saying, ›Let's do a war game,‹ and Picard telling him, ›We're a peaceful ship.‹ Things go wrong, aliens show up, and this was one episode where I said, ›I don't want to kill anyone. We don't need anyone phasered out of existence.‹ They don't kill, but they bluff the aliens, and no one dies. Gene liked that aspect. We could have done war games gone bad and had people dying and ships exploding.«
Wo war er, als ›The Corbomite Maneuver‹ lief – ein Bluff. Oder ›The Deadly Years‹ – ein Bluff. Nur eine Seite weiter erklärt er dann auch noch: »I know every single original episode.«

18 Wer sich von Stewarts Leistung überzeugen will, sollte sich die (natürlich ausschließlich englischsprachige) CD-Veröffentlichung beschaffen. S. hierzu auch Band 2, S. 418.

Alte Bekannte – die dritte Season

Mit der dritten Season begann das bis dahin beste Jahr für *Star Trek – The Next Generation,* die Probleme der ersten Season hatte man in der zweiten ausgebügelt und den Weg gefunden, der sich als der beste erweisen sollte.

Eine der größten Überraschungen, die diese Season mit sich brachte, war die Rückkehr von Gates McFadden als Dr. Beverly Crusher. Dieser nicht so unbedingt begrüßenswerte Schritt warf die Frage auf, warum Diana Muldaur so plötzlich gehen mußte. Die offizielle Darstellung besagt, daß der Charakter Katherine Pulaski sich nicht so in das Konzept einfügte, wie man es seinerzeit erwartet hatte, darum wollte man zu den alten Verhältnissen zurückkehren. Wahrscheinlicher ist aber die unübersehbare Tatsache, daß Diana Muldaurs Beitrag zur Handlung deutlich größer war als der von Gates McFadden. Es besteht kaum Zweifel daran, daß die Bedeutung der zentralen Charaktere Picard, Riker und Data gefährdet schien und der Entschluß, die wesentlich weniger beteiligte Dr. Crusher wieder in die Rolle aufzunehmen, eine zwingende Notwendigkeit war. Crusher schien da aber das kleinere Übel zu sein, auch wenn sich nun wieder das Problem der nach wie vor nicht definierten Beziehung zwischen ihr und Picard stellte. Wie überraschend dieser von Paramount befürwortete Entschluß zur Umbesetzung kam, zeigte sich daran, daß sämtliche Drehbuchautoren ihre Drehbücher umschreiben mußten, um Dr. Crusher einzuarbeiten, Beweis genug, wie unterschiedlich die beiden Rollen angelegt waren. Das hatte auch Auswirkungen auf Szenen, die Wesley Crusher in die Handlung einbezogen. Während der zweiten Season war er in gewisser Weise mutterlos gewesen, nun mußten die Autoren auch noch auf die Mutter-Sohn-Beziehung Rücksicht nehmen.

Obwohl sie einer Wiederaufnahme ihrer Rolle zugestimmt hatte, beklagte sich Gates McFadden (die während der zweiten Season nach New York zurückgekehrt war und unter anderem in ›The Hunt for Red October‹ mitgewirkt hatte, aus dem aber die meisten Szenen mit ihr und Alec Baldwin auf einen Miniauftritt zu Filmbeginn geschnitten wurden) nach ihrer Rückkehr zu *Star Trek – The Next Generation*, daß zu wenig Wert auf Crushers Privatleben gelegt wurde, während insbesondere Picard immer wieder neue Interessen offenbarte.

Trotz einiger guter Auftritte in späteren Seasons sollte die Rolle der Dr. Crusher weitgehend farblos bleiben, was sich durch die um Längen bessere Dr. Pulaski noch verstärkte.

Diana Muldaur wechselte zur Anwaltsserie ›L.A. Law‹, wo sie als Rosalind Shays einen ähnlich unbequemen Charakter wie in *Star Trek – The Next Generation* spielte.

Für Colm Meaney wurde 1990, also ab der zweiten Hälfte der dritten Season, ein geschäftiges Jahr. Er war zu sehen in ›Come See the Paradise‹ (mit Dennis Quaid, dessen Filmbruder er spielte), als Polizist hatte er einen extrem kurzen Auftritt in ›Dick Tracy‹, der ambitionierten, aber erfolglosen Comic-Verfilmung mit Warren Beatty, sowie in einer etwas größeren Rolle in ›Die Hard‹. Außerdem war er in den Fernsehfilmen ›Perfect Witness‹ und ›Equal Justice‹ zu sehen.

Mit der neuen Season gab es auch neue Uniformen, die jetzt zweiteilig waren anstelle von Overalls, die sich wegen der auf den Bühnen entwickelnden Hitze als ausgesprochen unpraktisch erwiesen hatten. Mit ihnen wurde auch das sogenannte ›Picard-Manöver‹ salonfähig: Bereits bei der alten Uniform hatte Stewart zeitweise das Bedürfnis, ein imaginäres, während des Sitzens hochgerutschtes Oberteil nach unten ziehen zu müssen, sobald er aufgestanden war. Was bei dem Overalls aber nur ein scheinbarer Mangel war, wurde mit den neuen Uniformen Wirklichkeit. Seitdem kann man auch Jonathan Frakes und LeVar Burton bei dieser Aktion beobachten.

Episode N49: Evolution

(Die Macht der Naniten)

Die Enterprise befindet sich mit dem Wissenschaftler Dr. Paul Stubbs an Bord im Doppelstern-System Kavis Alpha, um dort ein regelmäßig wiederkehrendes Phänomen zu beobachten. Es handelt sich dabei um einen natürlichen Kreislauf, der darin besteht, daß ein Neutronenstern einen Roten Riesen umkreist und ihm konstant Energie entzieht, bis er in einer gigantischen Eruption die gesammelte Energie an den Roten Riesen zurückgibt. Sofort beginnt der Neutronenstern, wieder Energie zu entziehen, um sie nach einem Zeitraum von exakt 196 Jahren wieder abzugeben. In der Zwischenzeit gerät ein von Wesley Crusher durchgeführtes Experiment außer Kontrolle, mit dem er die Leistungsfähigkeit der Nanites erhöhen will. Dabei handelt es sich um mikroskopisch kleine Roboter mit immenser Speicherkapazität, die in lebende Zellen eindringen und dort Schäden reparieren können. Einige dieser Nanites entweichen und gelangen in den Bordcomputer, wo sie sich festsetzen. Ihre künstlich gesteigerte Leistung hat sie in die Lage versetzt, sich zu vermehren. Innerhalb von Stunden haben sie sich um einige tausend Generationen weiterentwickelt. Stubbs sieht seine wissenschaftliche Arbeit bedroht und will die Nanites vernichten. Picard lehnt dies aber ab, da die Nanites offenbar eine Art kollektive Intelligenz besitzen. Als Stubbs auf eigene Faust versucht, sie unschädlich zu machen, manipulieren die Nanites in Notwehr das Lebenserhaltungssystem der Enterprise und bringen damit die gesamte Besatzung in Gefahr. Erst als Stubbs sich bei ihnen entschuldigt und sie eine überzeugende Erklärung für sein Verhalten bekommen, geben sie die Enterprise frei. Die Nanites werden auf einem Planeten im Kavis-Alpha-System abgesetzt, wo sie sich weiterentwickeln können. Stubbs kann seine Beobachtungen erfolgreich abschließen.

*

Obwohl McFaddens Rückkehr unverhofft kam und darüber hinaus recht spät, schafften es die Drehbuchautoren, bereits in ›Evolution‹ einen großen Teil der Handlung auf das Verhältnis zwischen Beverly Crusher und ihrem Sohn zu legen und — zumindest ansatzweise — zu berücksichtigen, daß er allmählich erwachsen wurde. Mit Blick auf die Mutter-Sohn-Beziehung war McFaddens Abwesenheit während der zweiten Season ein wesentlicher Vorteil gewesen, da sich Wesley während dieser Zeit von ihr innerlich mehr gelöst hatte, als dies bei ihrer permanenten Anwesenheit der Fall gewesen wäre.

Die Gefahr, in der die Enterprise dagegen in der Zwischenzeit schwebte, war zwar routiniert geschrieben, konnte aber wie so oft nicht wirklich überzeugen, da es zu oft diese Standardsituation gegeben hatte, um nach wie vor interessant zu sein.

Nach ihrer Fertigstellung war die Episode rund zehn Minuten zu lang, so daß ein interessanter Teil komplett entfiel: Wesleys Annäherungsversuche an ein junges weibliches Mannschaftsmitglied.

Ebenfalls an der Überlänge scheiterte eine kurze, aber vielsagende Unterhaltung zwischen Wesley und einigen Freunden, die sich darüber beklagten, wie sehr ihn seine Arbeit beanspruchte und wie wenig Privatleben er dadurch hatte. So hätte man wenigstens einmal darauf hingewiesen, daß Wesley auch ein Privatleben hatte.

Episode N50: The Ensigns of Command

(Die Macht der Paragraphen)

Die Sheliak sind eine sehr zurückgezogene Rasse, die mit der Föderation seit über 100 Jahren keinen Kontakt mehr gehabt hatte. Unverhofft teilen sie der Föderation mit, daß sie, gemäß eines Abkommens, den Planeten Tau Cygna V nun für sich beanspruchen. Obwohl der Planet wegen tödlicher Strahlung nach Föderationsaufzeichnungen als unbewohnbar galt, wird die Enterprise dorthin beordert. Als das Schiff den Planeten erreicht, entdeckt man eine Kolonie, die sich aus den Nachfahren der Besatzung der Artemis zusammensetzt, einem Föderationsschiff, mit dem der Kontakt vor 92 Jahren abbrach und das seitdem als verschollen gilt. Für Picard bedeutet die Entdekkung, daß er lediglich vier Tage Zeit hat, um alle Kolonisten zu evakuieren und auf die Enterprise zu bringen, da die Sheliak die Kolonie zerstören werden, um den Planeten für ihre Zwecke zu nutzen. Die Zahl der Kolonisten beträgt jedoch rund 15 000, so daß die Enterprise alleine die Situation nicht meistern kann, während andere Schiffe nicht innerhalb der gesetzten Frist zu Hilfe eilen können. Picard versucht, mit den Sheliak eine Verlängerung auszuhandeln. Da die auf dem Planeten herrschende Strahlung nicht nur Menschen gefährden kann, sondern auch den Schiffstransporter stört, begibt sich inzwischen Data mit einem Shuttle zu der Kolonie. Deren Anführer, Gosheven, nimmt zwar Datas Mitteilung über die Ansprüche der Sheliak zur Kenntnis, erwidert jedoch, daß die Kolonisten den Planeten nicht verlassen werden, da sie alles aus eigener Kraft erbaut haben. Nur wenige Andersdenkende schließen sich dem Androiden an, unter ihnen auch Ard'rian Mckenzie, eine Frau, die für Data mehr empfindet als Interesse an seiner außergewöhnlichen Bauweise. Als sich alle von Data vorgebrachten logischen Argumente als sinnlos erweisen, geht der Android einen Schritt weiter und zerstört die Wasserversorgung der Kolonisten, um ihnen zu zeigen, was von ihrer Welt bleibt, wenn die Sheliak den Planeten übernehmen. Sie sehen schließlich ein, daß sie keine Chance haben werden, und stimmen der Evakuierung zu. In der Zwischenzeit hat Picard im Vertrag mit den Sheliak eine Klausel gefunden, die ihm viel mehr als die drei Wochen Zeit gibt, die das nächste Transportschiff der Föderation benötigt, um Tau Cygna V zu erreichen.

*

Bereits bei *Star Trek* hatte es sich als die beste Lösung erwiesen, einen Charakter weiterzuentwickeln, indem man ihn in eine scheinbar ausweglose Situation manövrierte. Niemals hätte seinerzeit Spock sich zu einer Verzweiflungstat hinreißen lassen, wie er es in ›The Galileo Seven‹ (Ep. C17) tat, wenn es einen anderen, logischen Weg gegeben hätte.

Melinda Snodgrass, die ›The Ensigns of Command‹ geschrieben hatte, präsentierte Datas erstes Kommando, wollte aber ursprünglich die Handlung so weit treiben, daß Data seine Entscheidung in keinem Fall mehr logisch hätte treffen können. Das hätte ihrer Ansicht nach den Androiden einen Schritt weiter zur Menschlichkeit gebracht, wenngleich sich die spekulative Frage stellt, wie Data überhaupt noch reagieren konnte, wenn er keine Erfahrung hatte. Die Umarbeitung war jedoch der Idee nicht abträglich, zumal es wie bei ›The Galileo Seven‹ letzten Endes immer noch eine logische Entscheidung blieb, da sowohl Spock als auch Data ihren nächsten Schritt auf bestimmten Spekulationen begründeten.

Data sollte in ›Redemption Part I‹ und ›Part II‹ (Ep. N100 und N101) eine weitere Gelegenheit zu einem Kommando bekommen.

Der Dalai Lama besuchte mit seinem Gefolge während dieser Episode die Dreharbeiten zu *Star Trek – The Next Generation,* skurrilerweise landete ein Foto mit ihm und einem sichtlich amüsierten Brent Spiner in Maske auf dem Titelbild der englischen Kaufcassette mit dieser Episode!

Der deutsche Titel bewies wieder einmal, daß bei der Vergabe viel zu selten auf den Inhalt geachtet wird. Denn die einzige ›Macht der Paragraphen‹ lag letztlich darin, daß Picard eine Gesetzesformulierung fand, die die Sheliak zum Warten zwang.

Episode N51: The Survivors

(Die Überlebenden auf Rana-Vier)

Eine Kolonie der Föderation auf Delta Rana IV sendet einen Notruf, der die Information enthält, daß sie von einem fremden Schiff angegriffen wird. Als die Enterprise dort ankommt, ist der gesamte Planet zerstört, ausgenommen eine kleine Fläche von wenigen Hektar. Ein Landeteam entdeckt ein Haus und zwei überlebende Bewohner, das Ehepaar Kevin und Rishon Uxbridge. Die beiden bestätigen den Angriff, wollen aber den Planeten nicht verlassen. Troi beginnt kurz nach der Begegnung, eine Melodie zu hören, die ihre telepathischen Fähigkeiten blokkiert. Als im Orbit plötzlich ein fremdes Raumschiff erscheint und sofort die Flucht ergreift, befiehlt Picard die Verfolgung. Als er nach einiger Zeit jedoch das Gefühl bekommt, daß jemand sie von Delta Rana IV fortlocken will, kehren sie zurück. Dort angekommen ist auch das fremde Schiff wieder da, das nun die Enterprise angreift und zum Rückzug zwingt. Nach einiger Zeit ordnet Picard aber erneut die Rückkehr nach Delta Rana IV an, sehr zur Überraschung der Uxbridges. Picard erklärt ihnen, daß die Enterprise sie in jedem Fall beschützen wird. Daraufhin erscheint erneut das fremde Schiff und zerstört das Heim der Uxbridges. Picard glaubt nicht, was er eben gesehen hat, und beschließt zu warten. Tatsächlich taucht nach einiger Zeit die bewohnbare Fläche wieder auf. Er läßt das Ehepaar an Bord beamen, wo Kevin Uxbridge schließlich gesteht, daß seine Frau eine Illusion ist, ebenso ihr Heim auf dem Planeten. Er ist auch kein Mensch, sondern ein Douwd, ein Unsterblicher. Er hatte sich in die Kolonistin Rishon verliebt, als plötzlich die Husnock, eine feindselige Rasse, kamen und die 11 000 Kolonisten töteten. Aus krankhafter Wut vernichtete er im Gegenzug 50 Milliarden Husnocks, die ganze Rasse. Um zu verhindern, daß Troi seine wahre Identität erkennen konnte, ließ er in ihrem Geist die Illusion einer Melodie entstehen, von der er sie nun, da die Wahrheit bekannt ist, befreit. Picard beschließt, Kevin Uxbridge auf den Planeten zurückzubringen, der sein selbstgewähltes Exil darstellt.

*

Einziger Lichtblick in ›The Survivors‹ war ein weiterer von Worfs extrem knappen Kommentaren, als er den angebotenen Tee und das Haus der Uxbridges lobte. Hinzu kamen Außenaufnahmen, die in Malibu gedreht wurden und die im Vergleich zu manchen Studiolandschaften der ersten Season willkommen waren.

Dennoch war diese zu Beginn noch mysteriös wirkende Episode im Grunde genommen nur verwirrend und damit ein wenig ärgerlich, da sie bei den Zuschauern Erwartungen weckte, die nicht erfüllt wurden, und zudem Unmut durch die überflüssige Handlung erzeugte.

Kevin Uxbridge wurde von John Anderson dargestellt, auf dessen Konto über 500 Gastauftritte in zahllosen TV-Serien gehen, eine feste Rolle hatte er in der Miniserie ›Backstairs at the White House‹. Außerdem war er unter anderem in den Filmen ›Psycho‹ und ›Eight Men Out‹ zu sehen.

Picard als Dixon Hill mit Begleitung.

Episode N52: Who Watches the Watchers?

(Der Gott der Mintakaner)

Auf Mintaka III lebt eine Rasse, die den Vulkaniern sehr ähnlich ist, die sich aber noch auf der Entwicklungsstufe des Bronzezeitalters befindet. Die Föderation hat auf Mintaka III für Forschungszwecke eine getarnte Beobachtungsstation eingerichtet. Die Enterprise fliegt den Planeten an, um mit dem Forscherteam Kontakt aufzunehmen, doch bevor sie dort ankommt, ereignet sich in der Station eine Reaktorexplosion, die sowohl die Station enttarnt, als auch die drei Mitglieder des Forscherteams verletzt. Einer von ihnen, Palmer, ist von der Explosion geblendet und verläßt versehentlich die Station. Der Mintakaner Liko und seine Tochter Oji entdecken die nun ungetarnte, in einer Felswand gelegene Station. Liko klettert neugierig hinauf, erhält jedoch einen elektrischen Schlag und stürzt ab. Das Landeteam der Enterprise, das sich mittlerweile in der Station befindet und sich um die beiden Verletzten kümmert, bemerkt diesen Zwischenfall. Dr. Crusher untersucht Liko und nimmt ihn schließlich mit an Bord, um seine lebensgefährlichen Verletzungen zu behandeln. Dort nimmt er in einem wachen Moment, den niemand bemerkt, versehentlich Picard wahr und hält ihn für eine Gottheit, den Hüter des Planeten. Dr. Crusher löscht zwar vorsichtshalber Likos Erinnerung an den Zwischenfall, dennoch erzählt er nach seiner Rückkehr auf den Planeten den anderen von seiner Beobachtung und von ›dem Picard‹. In der Zwischenzeit werden Riker und Troi in Verkleidung auf den Planeten gebeamt, um nach Palmer zu suchen. Die Mintakaner sind aber schneller und finden Palmer. Sie hoffen, daß die Rückgabe von Palmer an den ›Picard‹ diesen gütig stimmt und er Verstorbene wieder zum Leben erweckt. Das getarnte Landeteam erkennt, daß etwas nicht stimmt. Troi lenkt daraufhin die Gruppe ab, so daß Riker mit Palmer auf die Enterprise zurückkehren kann. Die aufgebrachten Mintakaner befürchten, daß diese Tat den ›Picard‹ verärgert, und wollen Troi opfern, um ihn zu besänftigen. Picard hält die Zeit für gekommen, im Sinne der Hauptdirektive korrigierend einzugreifen, da die Situation auf Mintaka zu eskalieren droht. Er läßt sich auf den Planeten beamen und erklärt Liko, daß er — Picard — verwundbar und sterblich ist und somit kein Gott sein kann. Liko will beweisen, daß Picard doch ein Gott ist, indem er ihm eine tödliche Verletzung zufügen wird, die er als Gott unbeschadet überstehen wird. Oji versucht, ihn davon abzubringen, schließlich kann er Picard aber noch verletzen. Er sieht ein, daß der die Wahrheit spricht. Picard erklärt den überraschten Mintakanern, welche Funktion die Hauptdirektive für die Föderation hat, und sagt ihnen außerdem, daß ihre Entwicklung von der Föderation lediglich beobachtet wird. Sie verstehen, was Picard ihnen erklärt, dann können er und Troi zur Enterprise zurückkehren.

*

›Who Watches the Watchers?‹ treibt die mit der Hauptdirektive verbundenen Probleme auf die Spitze, als Picard für die Mintakaner zur Gottheit wird. Der Konflikt, der Picard am stärksten betrifft, scheint lange Zeit keinen Ausweg zu bieten und gipfelt in einem sehr überraschenden Ende, das diese Episode zu einer der besten überhaupt macht. Was besonders auffällt, sind ungewöhnlich antireligiöse Töne, als jede Religion als überholter und primitiver Aberglaube bezeichnet wird, um die Mintakaner zurück auf den Weg der Vernunft zu bringen. Dieser massive Angriff auf Religionen im allgemeinen ist überraschend, da er nicht unbedingt zu anderen von Roddenberry verantworteten Episoden paßt. Nicht weniger erstaunt die Tatsache, daß ›Who Watches the Watchers?‹ in der gezeigten Fassung von Paramount genehmigt wurde.

Als Drehort für die zahlreichen Außenaufnahmen wurde Vasquez Rocks ausgewählt, wo zu *Star Trek*-Zeiten bereits ›Arena‹ (Ep. C19) und ›Friday's Child‹ (Ep. C41), ›Shore Leave‹ (Ep. C16) und ›The Alternative Factor‹ (Ep. C28) gedreht wurden.

Episode N53: The Bonding

(Mutterliebe)

Ein Landeteam unter Worfs Leitung untersucht auf dem zerstörten Planeten der Koinonianer die Überreste dieser in einen langwierigen Krieg verwickelten Zivilisation. Dabei wird Lt. Marla Aster von einer aus diesem Krieg übriggebliebenen Bombe getötet. Auf der Enterprise bleibt ihr zwölfjähriger Sohn Jeremy als Vollwaise zurück. Picard überbringt die Todesnachricht, die Jeremy gefaßt aufnimmt. Plötzlich jedoch taucht seine Mutter wieder auf und will den Jungen mitnehmen auf den Planeten. Hinter dieser Erscheinung verbirgt sich ein Energiewesen, das zu einer Rasse gehört, die die gegenseitige Zerstörung der Koinonianer hilflos mitansehen mußte und seitdem niemanden mehr leiden sehen will. Picard erklärt diesem Wesen, daß nur die Enterprise wirklich für den Jungen sorgen kann und alles andere eine auf Dauer unbefriedigende Illusion wäre. Das Wesen versteht das und verläßt die Enterprise. Worf bietet Jeremy das ›Bonding‹ an, eine Art klingonischer Blutsbrüderschaft, der Junge ist einverstanden.

*

Unbestritten war eine Episode, die sich mit den Folgen befaßt, die der Tod eines ›unwichtigeren‹ Mannschaftsmitglieds nach sich zieht, seit Jahrzehnten überfällig. Was auch noch recht vielversprechend anfing, verwandelte sich aber bedauerlicherweise schon sehr schnell ins Gegenteil. So massiv wie hier war noch nie zuvor auf die Tränendrüse gedrückt worden, nicht einmal bei Spocks Tod in *Star Trek II — The Wrath of Khan.* Für ›The Bonding‹

bedeutete dies, daß sie die schlechteste, weil kitschigste Episode überhaupt wurde, da sich Star Trek hier auf ein Niveau begab, das jedem herzzerreißenden Film hätte Konkurrenz machen können.

An diesem Gesamtelend änderte auch die Einführung eines weiteren klingonischen Rituals und eine Aufarbeitung des Todes von Wesleys Vater nichts mehr, letzteres trug vielmehr noch zum allgemeinen Trauerspiel bei.

Der Autor von ›The Bonding‹ ist Ronald Moore, der mit seiner Geschichte eine ganz andere Absicht verfolgt hatte. Er wollte Jeremys Mutter auf dem Holodeck auferstehen lassen und den Jungen in eine Traumwelt plazieren, um auf die Gefahren des Holodecks hinzuweisen, indem die dort geschaffenen idealen Welten die Realität verdrängten. Daß diese gute Idee so nicht umgesetzt wurde, ist um so bedauerlicher, wenn man sich das Ergebnis ansieht.

Letzteres wäre sicher besser geworden und fand später in ›Hollow Pursuits‹ (Ep. N69) Verwendung.

Episode N54: Booby Trap

(Die Energiefalle)

Die Enterprise nähert sich Orelious IX, vor langer Zeit Schauplatz einer zwischen den Mentharern und den Promellianern bis zur totalen Vernichtung geführten Schlacht. Inmitten der noch immer im All treibenden Trümmer befindet sich ein intaktes promellianisches Schiff. Der von historischen Zeugnissen aller Art begeisterte Picard läßt sich in Begleitung von Riker und Data an Bord beamen. Nachdem sie sich umgesehen haben, kehren sie auf die Enterprise zurück, um das Schiff den Archivaren und Historikern der Sternenflotte zu überlassen. Als sie jedoch weiterfliegen wollen, bemerkt O'Brien einen Energieabfall. Dieser Energieverlust verstärkt sich sogar noch, als plötzlich gefährliche Strahlung registriert wird und die Schutzschilde aktiviert werden. Es stellt sich heraus, daß sich inmitten der Trümmer Assimilatoren befinden, simple Generatoren, die Energie absorbieren, die aber um so stärker arbeiten, je mehr Energie sie aufgenommen haben. Dieser Kreislauf führt dazu, daß dem betreffenden Schiff in konstant ansteigendem Maß Energie entzogen wird, bis keine absorbierbare Energie mehr vorhanden ist und das Schiff bewegungslos verharrt. LaForge versucht, im Holodeck einen Weg aus der Lage zu finden, indem er die Konstrukteurin des Enterprise-Antriebs, Dr. Leah Brahms, als Hologramm entstehen läßt und mit ihr über mögliche Lösungen diskutiert. Da sie aber letztlich nur eine Computer-Kreation ist, nennt sie als ideale Lösung, dem Schiffscomputer die vollständige Kontrolle über die Enterprise zu verschaffen. Picard behagt diese Lösung nicht, und er beschließt, manuell aus dem Trümmerfeld zu steuern. Um den Assimilatoren so wenig Energie wie möglich abgeben zu müssen, werden alle für den Moment unwichtigen Funktionen abgeschaltet, dann startet Picard und manövriert die Enterprise erfolgreich aus dem Schlachtfeld. Mit einer Salve Photonentorpedos wird diese Raumfalle schließlich zerstört.

*

Hauptperson dieser Episode war erstmalig in dieser Season Geordie LaForge, dessen Persönlichkeit und mangelndes Selbstvertrauen im Umgang mit Frauen Mittelpunkt der Handlung waren.[1] Das war um so erfreulicher, als ursprünglich Picard einen Weg suchen sollte, um die Falle verlassen zu können. Davon blieb dann aber nur die gelungene Szene übrig, in der er die Enterprise manuell in sicheres Gebiet steuerte.

›Booby Trap‹ markierte außerdem die erste Regiearbeit einer Frau für *Star Trek — The Next Generation,* Gabrielle Beaumont.

Interessant war Guinans Bemerkung in dieser Episode, sie finde kahlköpfige Männer attraktiv, da ihr einer in einer schlimmen Zeit beigestanden habe. Picard wurde zwar nicht ausdrücklich erwähnt, der Hinweis schien aber doch recht eindeutig zu sein. Obwohl auf diese Bemerkung auch später nicht mehr eingegangen wird, dürften ›Time's Arrow Part I‹ und ›Part II‹ (Ep. N126 und N127) die Erklärung enthalten.

Episode N55: The Enemy

(Auf schmalem Grat)

Auf Galorndon Core sucht ein Landeteam der Enterprise, bestehend aus Riker, Worf und LaForge, nach der Ursache für einen von dort empfangenen Notruf. Der Planet ist eingehüllt in eine stürmische, elektromagnetisch geladene Atmosphäre und macht Sicht- und Funkverbindungen praktisch unmöglich, dennoch finden die drei ein abgestürztes romulanisches Shuttle und einen schwerverletzten Überlebenden, Patahk. Auf dem Rückweg stürzt LaForge zunächst unbemerkt in einen Schacht. Als sein Fehlen endlich auffällt, können Riker und Worf ihn aber nicht entdecken. Sie kehren zunächst mit dem Überlebenden auf die Enterprise zurück. LaForge kann sich zwar aus dem Schacht befreien, er gerät jedoch in die Gewalt eines zweiten Romulaners, Bochra. Als LaForges Visor ausfällt, ist der einzige Weg zurück auf die Enterprise praktisch unerreichbar. Zwar hat die Enterprise in der Zwischenzeit eine Sonde auf den Planeten geschickt, um LaForge die Möglichkeit zu geben, mit einer Änderung des von der Sonde ausgesendeten Musters dem Schiff mitzuteilen, daß er noch lebt und wo er sich befindet. In der Zwischenzeit nähert sich ein romulanisches Schiff unter dem Kommando von Commander Tomalak, der die Auslieferung des Verletzten fordert. Auf dem Weg zum vereinbarten Übergabepunkt kämpft Dr. Crusher um Patahks Überleben, benötigt dazu aber eine Zelltransfusion, die allein Worf geben kann, da seine Zellstruktur der des Romulaners am ähnlichsten ist. Da die Romulaner aber Worfs Eltern auf dem Gewissen haben und Patahk auch keine Interesse an einer Spende von Worf hat, weigert der sich. Patahk stirbt kurz vor der Übergabe, ein Krieg mit den Romulanern scheint unvermeidlich. In diesem Augenblick empfängt die Enterprise von Galorndon Core das geänderte Muster der Sonde. LaForge konnte diese Veränderung aber nur durchführen, da Bochra ihm geholfen hatte. Der wird Tomalak übergeben, die Gefahr eines Krieges ist gebannt.

*

Wie ›Peak Performance‹ wurde auch ›The Enemy‹ von David Kemper geschrieben, dessen ursprüngliche Idee es war, etwas mit LaForge und seiner Fähigkeit zu machen, Dinge wie kein anderer zu sehen. Er sollte auf eine Rasse treffen, die nur er sehen kann. Man hält ihn für verrückt, während die ›Unsichtbaren‹ das Schiff übernehmen.

Nach der ersten Überarbeitung sollten LaForge und Troi auf dem Planeten gefangen sein und sich dabei besser kennenlernen, Michael Piller schrieb das jedoch alles um.

Das umgeschriebene Ergebnis war gleichfalls interessant, die umstrittenste Szene in ›The Enemy‹ ist zweifellos die Weigerung Worfs, sich als Spender für den Romulaner zur Verfügung zu stellen. Michael Dorn war von dieser Entwicklung zunächst nicht begeistert, sah aber ein, daß so wesentlich besser als in den vorangegangenen Episoden deutlich gemacht werden konnte, daß der Klingone trotz seiner Zugehörigkeit zur Sternenflotte nach seinen eigenen Moralvorstellungen handelte, nicht aber nach dem, was andere von ihm erwarteten. Sein Verhalten stand damit im krassen Gegensatz zu der positiven Entwicklung auf dem Planeten, wo LaForge und Bochra zusammenarbeiteten, um zu überleben. Dorn lief damit zwar Gefahr, in der Zuschauergunst abrupt zu sinken, die Entwicklung seiner Rolle wurde aber so akzeptiert.

Marina Sirtis sah zufällig das Originaldrehbuch zu ›The Enemy‹, in dem sie mit Geordi auf dem Planeten festsaß. Gemeinsam sollten sie den Romulaner finden. Davon blieb eine einzige Textzeile am Ende der Episode für sie übrig, die dann auch noch geschnitten wurde. Sirtis hält ihre Rolle nach wie vor für unterrepräsentiert, zumal es nach ihrer Ansicht seit Tashas Ausscheiden keine Frau in einer Position gibt, in der sie etwas zu sagen hat. Die beiden einzigen weiblichen Hauptrollen üben eine dem Rollenklischee entsprechende pflegerische Tätigkeit aus, Troi als Psychiaterin/Psychologin/Beraterin und Crusher als Chefärztin.

In der Rolle des Romulaners Tomalak war erstmals Andreas Katsulas zu sehen, der bereits in ›The Sicilian‹ (mit Christophe Lambert), in ›Someone to Watch over Me‹ (mit Tom Berenger) sowie in Blake Edwards' ›Sunset‹ (mit Bruce Willis und James Garner) mitgewirkt hatte. In ›Alien Nation‹ hatte er eine Gastrolle, in der neuen SF-Serie ›Babylon 5‹, die eine Konkurrenz für *Star Trek — The Next Generation* und *Star Trek — Deep Space Nine* sein soll, wirkt er in einer festen Rolle mit.

Katsulas sollte in späteren Episoden (›The Defector‹, Ep. N58, und ›Future Imperfect‹, Ep. N82) seine Rolle wieder aufnehmen.

Episode N56: The Price

(Der Barzanhandel)

Die Barzaner bieten die Passierrechte an einem alle 233 Minuten wiederkehrenden stabilen Wurmloch gegen Höchstgebot zum Kauf an. Dieses Wurmloch ermöglicht es, innerhalb von Sekunden eine Strecke zurückzulegen, für die man bei Warp 9 rund hundert Jahre benötigen würde. Daran interessiert sind die Föderation, die Caldonier, die Ferengi und die Chrysalianer, die durch den unabhängigen Händler Devinoni Ral vertreten werden. Ral, der seine teilweise betazoide Abstammung verheimlicht, nutzt seine schwach telepathischen Fähigkeiten und gewinnt die Verhandlungen für seine Seite. Während der Verkauf der Rechte abgeschlossen wird, erforschen Data und LaForge mit einem Shuttle das Wurmloch, ein Ferengi-Shuttle folgt den beiden. Bei diesem Ausflug stellt sich heraus, daß das Wurmloch instabil ist und nicht zu dem Zielpunkt führt, den die Barzaner genannt haben. Data und LaForge können zurückkehren und Ral ihre Erkenntnis mitteilen, aber der hat den Vertrag bereits unterzeichnet. Die beiden Ferengi haben den Rückweg nicht geschafft und befinden sich in einem unerforschten Sektor.

*

›The Price‹ brachte außer einer Affäre zwischen Deanna Troi und Ral und einem überraschenden Auftritt der Ferengi kaum interessante Aspekte. Die Ferengi waren insoweit überraschend, da ihr anfangs albernes Verhalten nun einen Hauch unfreiwilliger Komik bekommen hatte. Die wohl beste Szene dieser Episode fiel ebenfalls ihnen zu, als sie viel zu spät merkten, daß das Wurmloch sie in einen völlig falschen Sektor gebracht hatte und längst wieder verschwunden war.

Die Idee eines stabilen Wurmlochs, dem man in Star Trek erstmals in *Star Trek – The Motion Picture* begegnet (dort aber in einer instabilen Variante), wurde später wesentlicher Aspekt für *Star Trek – Deep Space Nine* (s. S. 598 und 611).

Die Erstversion des Drehbuchs enthielt kein Verhältnis zwischen Troi und Ral, da der eine Begleiterin hatte.

Matt McCoy, der die Rolle des Devinoni Ral übernahm, konnte auf eine Vielzahl Film- und Fernsehauftritte zurückblicken. Mit Jonathan Frakes war er in ›Dream West‹

zu sehen gewesen, er spielte mit in den Serien ›We've Got It Made‹, ›Penn'N'Ink‹ und ›Hot Hero Sandwich‹, mit dem zu dieser Zeit für Star Trek noch unbedeutenden René Auberjonois (s. S. 603) war er in ›Police Academy V‹ zu sehen. McCoy führte in dieser Komödie einen vulkanischen Griff und einen vulkanischen Gruß vor.

Kevin Peter Hall, der Leyor spielte und der bereits in Verkleidung in ›Predator‹ und ›Harry and the Hendersons‹ mitgewirkt hatte, starb kurz nach den Dreharbeiten.

Episode N57: The Vengeance Factor

(Yuta, die Letzte ihres Clans)

Die Enterprise fliegt einen Föderationsaußenposten an und findet ihn zerstört vor, die Spur der Täter führt zum Planeten Acamar III, einer Welt, die lange Zeit von Clans beherrscht wurde, bis diese sich zu einer gemeinsamen Regierung zusammenschlossen. Einige Acamarer wollen sich den neuen Zuständen jedoch nicht unterordnen und ziehen seitdem als Nomaden durch die Galaxis. Dabei nehmen sie sich das, was sie brauchen, nehmen aber keine Rücksicht darauf, wem es gehört. Picard kann die Führerin von Acamar, Marouk, dazu bewegen, erneut mit den Nomaden Kontakt aufzunehmen, um endlich Frieden zu schaffen. Auf Gamma Hromi II stößt man auf ein Lager der Nomaden, deren Anführer Brull sich bereiterklärt, das Friedensangebot von Marouk dem Nomadenführer Chorgan zu überbringen. Der mysteriöse Tod eines der Nomaden beschäftigt unterdessen Dr. Crusher und Data, der schließlich herausfindet, daß der Tote dem Clan der Lornack angehörte. Einen identischen Todesfall gab es bereits vor über fünfzig Jahren, seither jedoch nicht mehr. Bei den weiteren Nachforschungen stellt sich heraus, daß auch Chorgan diesem Clan angehört und daß Yuta die einzige Überlebende des Tralesta-Clans ist, der von den

Lornack praktisch vollständig ausgerottet wurde. Yuta wurde genetisch manipuliert, um ihren Alterungsprozeß soweit wie möglich aufzuhalten, damit sie Zeit hatte, ihren Clan zu rächen. Während eines Zusammentreffens mit Chorgan will sie ihn töten, aber Riker versucht, sie davon abzuhalten. Sie will aber nicht einsehen, daß das Morden ein Ende haben muß, woraufhin Riker sie tötet, da es keinen anderen Weg mehr gibt, Chorgans Leben zu retten. Die Verhandlungen zwischen den gegnerischen Parteien werden nach diesem Zwischenfall fortgeführt und lassen bereits erste Fortschritte erkennen.

*

›The Vengeance Factor‹ bot zwar eine solide und gut erzählte Handlung, ihr Fehler war jedoch, daß die Enterprise-Crew mit der ganzen Sache praktisch nichts zu tun hatte, was für den Zuschauer somit auch nicht sonderlich interessant war.

Lisa Wilcox, die die undankbare Rolle der Yuta spielte, hatte trotz der wenigen Jahre, die sie bis zu diesem Auftritt in *Star Trek — The Next Generation* in Hollywood verbracht hatte, bereits eine stattliche Reihe von Rollen vorzuweisen. So verbrachte sie drei Monate in der Dauer-Seifenoper ›General Hospital‹, wirkte im vierten und fünften Teil von ›A Nightmare on Elm Street‹ mit, außerdem in dem Kinofilm ›Wedding Bells‹ und in der TV-Produktion ›Bring Me the Head of Dobie Gillis‹ sowie als Gaststar in ›The Hogan Family‹, ›MacGyver‹ und ›Knots Landing‹.

Nancy Parsons, die hier Marouk spielte, war einem breiten Publikum durch ihre Rolle als Coach Ballbreaker in der ›Porky's‹-Filmreihe bekanntgeworden.

In einer kleinen Rolle ohne Text war Michael Lamper zu sehen, der im Juni 1992 Marina Sirtis heiratete.

Episode N58: The Defector

(Der Überläufer)

Als sich die Enterprise am Rande der Neutralen Zone aufhält, nähert sich von dort ein romulanisches Scoutschiff. Dessen Pilot, der Romulaner Setal, bittet um Asyl auf der Enterprise und wird an Bord gebeamt. Ein ihm folgendes Raumschiff kehrt um, als das Eingreifen der Föderation bemerkt wird. Setal erklärt Picard, daß die Romulaner eine Offensive vorbereiten, die von einer Basis auf Nelvana III in der Neutralen Zone aus gestartet werden soll. Die Geschichte macht aber aufgrund einiger Ungereimtheiten in der Darstellung Setals eher den Eindruck, daß die Enterprise in die Neutrale Zone gelockt werden soll. Diese Aktion könnte als aggressiver Akt gedeutet und damit von seiten der Romulaner zum Anlaß

Lieutenant Geordi LaForge, mit VISOR.

für einen Krieg genommen werden. Da Picard nicht weiß, ob er dem Romulaner glauben kann, gibt der seine wahre Identität bekannt. Er ist Admiral Jarok, was auf Anfrage von der Sternenflotte bestätigt wird, die ihn aber als unzuverlässige Quelle einstuft. Obwohl kein anderes Föderationsschiff rechtzeitig die Enterprise erreichen kann, um in einem eventuellen Gefecht beizustehen, beschließt Picard trotz aller Zweifel, Kurs auf Nelvana III zu nehmen. Dort angekommen, finden sie aber keine Basis, statt dessen sieht die Enterprise sich plötzlich mit zwei romulanischen Kriegsschiffen konfrontiert. Commander Tomalak fordert Picard auf, sich zu ergeben und das Schiff auszuhändigen. In diesem Moment erscheinen auf ein Zeichen von Worf drei klingonische Schiffe, woraufhin sich die Romulaner angesichts der deutlichen Übermacht augenblicklich zurückziehen. Jarok sieht ein, daß er von seinen eigenen Leuten lediglich als Köder benutzt wurde. Er weiß, daß er nie wieder nach Hause zurückkehren kann, und bringt sich um.

*

Ganz im Stil der Episoden ›Balance of Terror‹ (Ep. C15) und ›The Enterprise Incident‹ (Ep. C58) überzeugte auch ›The Defector‹ durch eine an sich konventionelle Spionage-Geschichte. Das SF-Element war wieder einmal völlig unbedeutend und bewies, daß sich seit *Star Trek* nichts an der Tatsache geändert hatte, daß Roddenberrys Idee dann ihre besten Momente erlebte, wenn der Science Fiction-Aspekt eine untergeordnete Rolle spielte.

Um den inneren Zusammenhalt zu wahren, wurde der romulanische Commander Tomalak (erneut von Andreas Katsulas gespielt) ein weiteres Mal eingesetzt (s. ›The Enemy‹, Ep. N55).

›The Defector‹ sollte — so wie Tomalaks zweiter Auftritt aus Gründen der Kontinuität — mit einer weiteren Sherlock Holmes-Szene eröffnen, zwei Tage vor Drehbeginn wurde jedoch publik, daß Holmes aufgrund des Rechtsstreits nicht länger als Thema zur Verfügung stand. Die dann benutzte Eröffnungssequenz aus ›Heinrich V.‹ war eine Idee von Patrick Stewart, um den Anfang zu retten. Stewart spielte in dieser Szene bis zur weitgehenden Unkenntlichkeit maskiert den Soldaten Michael Williams.

Episode N59: The Hunted

(Die Verfemten)

Picard und Riker befinden sich auf Angosia III und unterhalten sich mit dem Premierminister Nayrok über einen Beitritt des Planeten zur Föderation. Plötzlich wird der Ausbruch von Roga Danar, einem gefährlichen Gefangenen, aus der Hochsicherheitseinrichtung auf Lunar V gemeldet. Es gelingt, den taktisch überlegenen Danar auf die Enterprise zu holen, wo man ihn jedoch nur mit Mühe in die Arrestzelle bringen kann. Picard ist zunächst entschlossen, der Hauptdirektive zu entsprechen und den Gefangenen zu überstellen. Als er jedoch erfährt, daß Roga Danar kein Verbrecher ist, sondern ein Soldat aus dem erst kürzlich beendeten Tarsischen Krieg, ändert er seine Absichten. Danar wurde wie alle anderen Insassen der Einrichtung auf Lunar V seinerzeit auf Angosia III psychisch und physisch manipuliert, um als perfekte Kampfmaschine zu arbeiten und Befehle widerspruchslos auszuführen. Als er den Premierminister darauf anspricht, verweist der auf den internen Charakter dieser Angelegenheit und gibt Picard zu verstehen, daß eine Einmischung nicht erwünscht ist. Bevor Picard aber überhaupt etwas unternehmen kann, gelingt Danar die Flucht von der Enterprise. Er kann nach Lunar V zurückkehren und seine Kameraden befreien, die sich gemeinschaftlich nach Angosia III begeben. Nayrok bittet daraufhin Picard um Hilfe, der den Premierminister daran erinnert, daß es sich um eine rein interne Angelegenheit handelt und er sich nicht einmischen darf. Ein akute Gefahr für die Angosianer besteht ohnehin nicht, da die Soldaten nur dann töten, wenn sie eine Bedrohung für ihr Leben wahrnehmen. Solange sich Nayrok und seine Leute ruhig verhalten, kann ihnen nichts geschehen. Picard verläßt Angosia III und beschließt, den Planeten zu einem späteren Zeitpunkt noch einmal aufzusuchen, wenn die Bewohner möglicherweise reifer sind für einen Beitritt zur Föderation.

*

Grundlage für ›The Hunted‹ war eine Überspitzung des Problems der amerikanischen Vietnam-Veteranen, das bereits in einer Vielzahl von Filmen behandelt worden war. Hier wirkte das Thema allerdings zu offensichtlich, wennglеich es nicht so extrem vorgetragen wurde wie seinerzeit in der hoffnungslos unglaubwürdigen *Star Trek*-Episode ›The Omega Glory‹.

Die Revolte in ›The Hunted‹ sollte eigentlich im Stil der Rambo-Filme gedreht werden, aber Zeit und Geld ließen das nicht zu. Ob es für die an sich recht unspektakuläre Episode, die so nur durch Danors Verfolgung auf der Enterprise an Profil gewann, von Vorteil gewesen wäre, muß dahingestellt bleiben.

In gewohnter Konsequenz demonstrierte Picard wieder einmal, daß er zwar durch die Hauptdirektive in seinen Handlungen gebunden war, daß er dennoch einen Weg fand, ohne einen Verstoß etwas zu bewirken.

Episode N60: The High Ground

(Terror auf Rutia-Vier)

Die Enterprise liefert Medikamente auf Rutia IV ab und findet sich dort unerwartet inmitten eines Bürgerkriegs wieder. Als eine Bombe explodiert und Menschen verletzt, will Dr. Crusher sich um sie kümmern. Dabei wird sie jedoch von einem plötzlich in ihrer Nähe aus dem Nichts erscheinenden Terroristen entführt und in ein unterirdisches Versteck gebracht. Dort erfährt sie von Kyril Finn, dem Anführer der Terroristen, daß weder er noch seine Leute Terroristen sind. Sie bezeichnen sich vielmehr als Kämpfer für die Unabhängigkeit der Ansataer, des Volksstammes, dem sie angehören. Dr. Crusher wurde entführt, um zum einen den Verwundeten zu helfen. Auf der anderen Seite betrachtet Finn sie aber auch als wertvolles Druckmittel, mit dem er die Föderation dazu bewegen will, sich in den Konflikt einzuschalten und seinem Volk zu helfen. Auf der Enterprise entdecken in der Zwischenzeit Data und Wesley, daß die Ansataer ein Transportsystem benutzen, das auf Dimensionsverschiebungen beruht und das es praktisch unmöglich macht, ihnen zu folgen. Zugleich fügt dieses System dem Körper irreparable Schäden zu, die bei häufiger Benutzung des Transporters die Zellstruktur auflösen und zum Tode führen. Plötzlich erscheinen die Terroristen auch auf der Enterprise und legen eine Bombe. Dann entführen sie Picard und verschwinden wieder. Während LaForge noch rechtzeitig die Bombe entschärfen kann, machen Data und Wesley die Basis der Terroristen ausfindig. Ein Landeteam, bestehend aus Riker, Worf und der Rutianerin Alexana Devos, folgt in die Basis. Sie finden Picard und Dr. Crusher, werden aber von Finn entdeckt. Obwohl sie nicht in Gefahr sind, tötet Devos ihn kurzerhand und erklärt dem schockierten Enterprise-Team, daß dies notwendig gewesen sei. Finn sei so zum Märtyrer für seine Leute geworden, während er als Gefangener ein zusätzlicher Grund für immer neue Angriffe gewesen wäre. Da es sich um einen zweifellos internen Konflikt handelt, sind Picard die Hände gebunden, er und seine Leute verlassen den Planeten und kehren auf die Enterprise zurück.

*

Nach einer relativ schwachen Vietnam-Parallele in der Vorwoche war diese Variation des Konflikts in Nordirland überdurchschnittlich gut geraten. So gut, daß sie in Großbritannien — wie erwartet — sogar Fernsehverbot erhielt, zumal Data das Jahr 2025 als Datum für den Rückzug der Briten aus Nordirland nannte.

In der Serie angemessener Art und Weise wurden beide Seiten des Konflikts dargestellt und ließen die Gründe für den Kampf der ›Terroristen‹ nachvollziehbar werden, ohne dabei die angewendete Gewalt gutzuheißen.

Episode N61: Déjà Q

(Noch einmal Q)

Der aus seinem Orbit driftende Mond des Planeten Bre'el IV gibt der Enterprise-Besatzung ein Rätsel auf, die versucht, der von dieser unermeßlichen Katastrophe bedrohten Bevölkerung zu helfen. Zu allem Überfluß materialisiert plötzlich Q auf der Brücke, nackt und seiner Macht beraubt. Er erklärt Picard, daß man ihn aus dem Q-Kontinuum ausgeschlossen habe, da er in der Galaxis zuviel Chaos verursacht hat. Als man ihn vor die Wahl gestellt hatte, als welche sterbliche Rasse er enden möchte, hat er sich zugunsten der menschlichen Rasse entschieden und sich als Ort die Enterprise gewünscht. Als Data und Troi dem zweifelnden Picard bestätigen, daß Q wirklich ein Mensch geworden ist, darf er an Bord bleiben und sogar bei der Bewältigung des Problems helfen, das der Mond von Bre'el für alle Beteiligten darstellt. Qs Ratschläge erweisen sich jedoch als weitgehend unbrauchbar, da sie nur mit seinen ehemaligen Kräften in die Tat umgesetzt werden könnten. Außerdem erweist er sich als äußerst wehleidige Person. Die Forschungen zur Rettung Bre'els werden überraschend gestört, als eine Energieplasmawolke sich der Enterprise nähert. Es handelt sich um eine Lebensform, die sich Calamarainer nennt. Sie will sich an Q rächen für alles, was er ihnen angetan hat. Er sieht ein, daß er der Enterprise-Besatzung schaden kann, wenn er weiter auf dem Schiff bleibt und die Calamarainer gewähren läßt. Mit einem Shuttle verläßt er die Enterprise, bevor die Verfolger ihn jedoch zu fassen bekommen, greift ein zweiter Vertreter des Q-Kontinuums, Q2, ein. Er gibt Q seine Macht zurück, da man ihm lediglich eine Lektion hatte erteilen wollen und er sich darüber hinaus bewährt hat, da er sich ernsthaft für die Menschen hatte opfern wollen. Überglücklich kehrt Q auf die Enterprise zurück, um sich für alles zu bedanken, was man für ihn getan hat, merkt aber, daß er nicht willkommen ist, und geht. Zuvor jedoch rückt er den Mond zurück in seinen ursprünglichen Orbit.

*

Sobald Q im Spiel ist (und das wird in späteren Episoden — auch bei *Star Trek — Deep Space Nine* — noch deutlicher), nimmt *Star Trek — The Next Generation* sich nicht mehr ganz so ernst, was für den Zuschauer eine willkommene Abwechslung ist.

Obwohl er bereits zum vierten Mal zum Einsatz kam, zeigte Q immer wieder neue Seiten, die seinen Charakter noch vielfältiger und von Mal zu Mal glaubwürdiger machte. Eine immens amüsante Szene war Qs Abschied, als er begleitet von einer mexikanischen Band und selber passend gekleidet auf die Enterprise zurückkommt und die Wiedererlangung seiner Kräfte feiert, indem er Zigarren verteilt und Riker von zwei hübschen Frauen umgarnen läßt.

Die Szenen, in denen Q scheinbar nackt ist, wurden von DeLancie tatsächlich unbekleidet gespielt, da es nicht möglich war, die Aufnahmen so zu gestalten, daß man diesen Zustand hätte vortäuschen können.

Der erste Entwurf für diese Episode sah vor, daß Q einen Krieg zwischen der Föderation und den Klingonen vom

Zaun bricht. Den Verlust seiner übernatürlichen Fähigkeiten täuschte er dabei nur vor, um am Schluß als Held in Erscheinung zu treten, der den Konflikt beilegte.

Corbin Bernsen, der als Q2 in dieser Episode auftrat, begann seine Karriere im Alter von sieben Monaten als weiblicher Säugling in einer Pepsi Cola-Werbung. Deutlich älter war er, als er für zwei Jahre in der Soap Opera ›Ryan's Hope‹ mitwirkte. Neben diversen Filmrollen war sein bislang größter Erfolg die Rolle des Anwalts Arnold Becker in ›L.A. Law‹.

Episode N62: A Matter of Perspective

(Riker unter Verdacht)

Als Riker von einem Besuch auf der Forschungsstation im Orbit um Tanuga IV auf die Enterprise zurückkehrt, explodiert diese Station im nächsten Moment und tötet den dort arbeitenden Wissenschaftler Dr. Nel Apgar. Von Tanuga IV kommt der Kommissar Krag an Bord und wirft Riker vor, er habe Apgar ermordet. Auf dem Holodeck wird die Szene vom Computer nachvollzogen, wobei alle Beteiligten ihre Version der Vorgänge auf der Station vortragen. Aus dieser Schilderung entwickelt der Computer ein Holodeck-Programm. Nach den ersten Aussagen sieht es zur allgemeinen Überraschung tatsächlich so aus, als habe Riker den Mord begangen, zumal er sich ein wenig merkwürdig verhält. Data, LaForge und Wesley stellen jedoch in der Zwischenzeit fest, daß der die Station mit Energie versorgende Generator auf Tanuga in regelmäßigen Abständen Krieger-Wellen freisetzt, die zerstörerische Kräfte besitzen. Diese Wellen sind Teil einer von Apgar entwickelten Waffe, die entgegen seinen Angaben schon längst einsatzbereit war. Er täuschte aber vor, daß er mehr Zeit und weitere finanzielle Mittel benötige, um seine Entwicklung zu verbessern und schließlich an den Meistbietenden zu verkaufen. Der außerplanmäßige Besuch der Enterprise hatte Apgar jedoch so sehr beunruhigt, daß er beschloß, Riker mit einer dieser Energiewellen zu töten, um zu verhindern, daß der die Wahrheit sagen konnte. Die Welle wurde jedoch von dem bereits einsetzenden Transporterstrahl der Enterprise unerwartet reflektiert und zerstörte die Station. Riker wird angesichts dieser Erkenntnis von allen Anklagen freigesprochen.

*

Das Handlungsmuster war deutlich angelehnt an Serien wie ›Perry Mason‹, in denen ein Fall vor Gericht verhandelt und nebenbei geklärt wird. Diese konventionelle Vorlage hätte durchaus eine gute Episode ergeben können, zumal mit dem Holodeck die Möglichkeiten dra-

Worf, der Klingone.

stisch angestiegen waren, um etwas Besonderes aus ›A Matter of Perspective‹ zu machen. Das gelang anfangs auch noch, das Ende jedoch war absolut unbefriedigend und für *Star Trek – The Next Generation* unwürdig. Zwar war es eine Zeitlang interessant, mitanzusehen, wie das Holodeck jede Variante durchspielte. Die Lösung an sich war aber unglaubwürdig, da nur das simuliert werden konnte, was man dem Computer zuvor mitgeteilt hatte. Somit war die Szene, die Riker entlastete, letztlich nur eine andere mögliche Erklärung, die aber genauso angezweifelt werden konnte wie die Versionen der anderen Beteiligten. Daß es die glaubhafteste war, lag letztlich nur daran, daß in Roddenberrys Serie Riker unter keinen Umständen des Mordes fähig sein konnte. Viel sinnvoller wäre es da gewesen, einen Dritten zu verteidigen, von dem kein Zuschauer sagen konnte, ob er der Mörder war.

Episode N63: Yesterday's Enterprise
(Die alte Enterprise)

Die Enterprise untersucht eine Anomalie in der Nähe der Raumbasis 105, als ein plötzlich auf dem Bildschirm erscheinendes Schiff von Sicherheitsoffizier Tasha Yar als Enterprise NCC-1701-C identifiziert wird. Dieses Schiff gilt seit rund 22 Jahren als verschollen und wurde zuletzt bei dem klingonischen Außenposten Narenda III gesehen. Auf dem Schiff befinden sich 125 Überlebende, unter ihnen auch Captain Rachel Garrett. Picard weiß mit der Situation zunächst nichts anzufangen, bis er von Guinan erfährt, daß diese Gegenwart nicht die richtige sei. Ihre Bemerkung ergibt jedoch keinen Sinn, und Picard entgegnet, daß sich die Föderation seit dem Vorfall auf Narenda III im Krieg mit den Klingonen befindet. Als er jedoch noch einmal Guinans Bemerkung überdenkt, kommt er zu dem Schluß, daß die andere Enterprise durch den vollzogenen Zeitsprung möglicherweise den

Lauf der Geschichte geändert hat. Obwohl er keine Beweise für diese Theorie finden kann, vertraut er Guinan und entscheidet allein auf ihren Ratschlag hin, daß die C-Enterprise durch den Riß im Raum-Zeit-Kontinuum, durch den sie in die Gegenwart gelangt ist, zurückgeschickt werden muß. Deren Crew findet sich schließlich mit dem Schicksal ab, in einen sehr wahrscheinlichen Tod geschickt zu werden. Plötzlich attackieren die Klingonen die beiden Föderationsschiffe. Captain Garrett kommt dabei ums Leben, und Lt. Richard Castillo übernimmt das Kommando über die C-Enterprise. Tasha erfährt in der Zwischenzeit von Guinan, daß sie in der anderen Wirklichkeit einen sinnlosen Tod gestorben ist. Wenn durch die Rückkehr der C-Enterprise die korrekte Zeitlinie wiederhergestellt wird, wird sich dieser sinnlose Tod wiederholen. Sie beschließt daher, Castillo auf dessen Schiff zu begleiten, um ihm taktische Unterstützung zu leisten. Während die letzten Vorbereitungen für die Rückkehr laufen, erfolgt ein weiterer klingonischer Angriff. Die C-Enterprise kann in den Riß entkommen, die D-Enterprise steht unmittelbar vor der Zerstörung. In dem Augenblick, da die C-Enterprise in dem Riß verschwindet und in die Vergangenheit zurückkehrt, wird der Verlauf der Geschichte korrigiert. Sicherheitsoffizier Worf meldet, daß die von ihm bemerkte Schwankung der Anzeigen offensichtlich nur vorübergehender Natur war und bereits nicht mehr feststellbar ist. Nur Guinan weiß, was passiert ist.

*

›Yesterday's Enterprise‹ brachte zwar die langerwartete Rückkehr von Tasha Yar, die gestaltete sich aber völlig anders als erwartet und von manchen auch gehofft (die bis dahin in Führung liegenden Möglichkeiten waren ein Auftritt auf dem Holodeck oder ein Eingreifen von Q, der Tasha zurückbringen würde).

Das Ergebnis war von alptraumhafter und beklemmender Atmosphäre, ähnlich der in ›Mirror, Mirror‹.

Denise Crosbys zentrale Rolle entschädigte sie voll für ihren minimalen Einsatz in der ersten Season, eine Möglichkeit, sie auf Dauer wieder in die Serie einzuarbeiten, blieb aber in dieser Rolle ausgeschlossen. Das ungeklärte Schicksal der C-Enterprise sollte aber später den Grundstein legen für eine kuriose und komplexe Idee.[2]

Einzig die Tatsache, daß nur Guinan wußte, daß etwas nicht stimmte, störte den Ablauf ein wenig, hier wäre eine andere Lösung wünschenswert gewesen. So konnte man aber immerhin das Vertrauensverhältnis zwischen Guinan und Picard hervorheben, da er ihr lediglich aufgrund einer vagen Aussage Glauben schenkt.

In der ersten Fassung für die Episode kam die C-Enterprise in die Zukunft, ohne dadurch die Gegenwart der D-Enterprise zu verändern. Zu dieser Zeit war Captain Garrett noch ein Mann mit Vornamen Richard. Die übrigen Aspekte der Handlung blieben weitgehend unberührt.

Es gab aber auch noch andere Ideen für eine ganz ähnliche Handlung, in der Vulkanier bei archäologischen Forschungen auf dem Planeten des ›Wächters der Ewigkeit‹ versehentlich die Geschichte verändern. Surak, Begründer der vulkanischen Lebensart, also Logik bei gleichzeitiger Unterdrückung der Gefühle, stirbt dadurch verfrüht. Die Vulkanier bleiben gewalttätig, verbünden sich mit den Romulanern, vernichten die Klingonen und wenden sich von der Föderation ab. Sarek wird als Spion gefangengenommen und kann Picard überreden, ihn in die Vergangenheit zu schicken, um dort Suraks Platz einzunehmen und die Vergangenheit zu korrigieren.[3]

Die endgültige Fassung, die eine Kombination von Bestandteilen beider Ideen darstellte, gab Denise Crosby

Gelegenheit, ihren sinnlosen Abgang zu korrigieren und ihrer Rolle ein würdigeres Ende zu geben.

Die knappe Drehzeit war dafür verantwortlich, daß das Ende der Episode, also die Zerstörung der D-Enterprise, weit weniger ausführlich und blutrünstig ausfiel.

Episode N64: The Offspring

(Datas Nachkomme)

Nach der Teilnahme an einer Kybernetik-Konferenz hat Data in einem Enterprise-Labor einen Androiden erschaffen, der Lal heißt. Dieser ist wie Data eine Lebensform, vor die Wahl gestellt, entscheidet er sich für eine Existenz als menschliche Frau — Datas Tochter. Wie ihr Vater sieht auch sie sich mit immensen Problemen konfrontiert, als sie mit den unlogisch agierenden Menschen konfrontiert wird. Data erweist sich nicht als der ideale Vater, was den Umgang mit Menschen betrifft. Angesichts dieser Tatsache fordert Admiral Anthony Haftel von Galor IV die Herausgabe von Lal, da sie seiner Ansicht nach unter der Aufsicht der Sternenflotte besser erzogen werden könne. Als Lal davon erfährt, übertrifft sie sogar ihren Schöpfer Data und entwickelt ein Gefühl: Angst. Diese Angst ist so überwältigend, daß sie Lals Schaltkreise überlastet. Sie stirbt.

*

Wie bei ›The Measure of a Man‹ fällt auch hier die Inhaltsangabe recht kurz aus, dennoch war die Episode, bei der Jonathan Frakes erstmals Regie führte, ausgesprochen gut, da sich der größte Teil der Handlung mit den Problemen befaßte, mit denen die Androidin zu kämpfen hatte, als sie in Kontakt mit Menschen kam. Zwar flossen einige Aspekte aus ›The Measure of a Man‹ ein, die überflüssig waren, da man sie schon kennengelernt hatte, in gewisser Weise war diese Episode aber eine verschlüsselte Rückblende in Datas ›Jugend‹, dem es in der Anfangszeit nicht viel besser ergangen sein konnte.

Daß Frakes hier erstmals Gelegenheit bekam, Regie zu führen, verdankte er seiner Hartnäckigkeit den Produzenten gegenüber, die seinem Ansinnen nur noch wenig entgegensetzen konnten, nachdem er sich durch genaues Beobachten der anderen Regisseure, durch Seminare und Fachliteratur genug Wissen angeeignet hatte, um sein Debüt mit Bravour abzulegen. Von Vorteil war für ihn dabei auch, daß er das Glück hatte, eine Data-Episode zu bekommen, die sich bei den Zuschauern regelmäßig besonderer Beliebtheit erfreuen.

Episode N65: Sins of the Father

(Die Sünden des Vaters)

Im Rahmen des laufenden Austauschprogramms für Offiziere kommt der klingonische Commander Kurn auf die Enterprise. Dort entpuppt er sich kurze Zeit später als Worfs totgeglaubter jüngerer Bruder, der dem romulanischen Angriff auf den Außenposten Khitomer nur entkam, weil er sich zu dieser Zeit bei einem Freund der Familie aufhielt. Kurn ist auf die Enterprise gekommen, um Worf mitzuteilen, daß der Klingonische Hohe Rat ihren bei dem Angriff ums Leben gekommenen Vater Mogh beschuldigt hat, Khitomer an die Romulaner ausgeliefert zu haben. Worf kündigt an, daß er den Rat herausfordern wird, damit dieser die unwahren und seine Ehre verletzenden Anschuldigungen zurücknimmt. Picard befiehlt Kurs auf die Klingonische Erste Stadt. Dort angekommen begleitet er gemeinsam mit Riker die klingonischen Brüder Worf und Kurn zum Hohen Rat. Sie hören mit an, wie Duras, der Ankläger, erklärt, daß Mogh den Romulanern seinen Zugangscode zum Verteidigungssystem von Khitomer übermittelt hatte. Nachdem Picard und Riker auf die Enterprise zurückgekehrt sind, tragen sie alle Informationen zusammen, die den Vorfall auf Khitomer betreffen. In der Zwischenzeit versucht K'mpec, Vorsitzender des Hohen Rates, Worf dazu zu bewegen, die Herausforderung zurückzunehmen und den Vorfall auf sich beruhen zu lassen. Da Worf sich jedoch in seiner Ehre getroffen fühlt, weigert er sich, den Vorschlag anzunehmen. Duras lockt währenddessen Kurn in einen Hinterhalt, den dieser jedoch schwerverletzt überlebt. Auf der Enterprise stellt Data mittlerweile fest, daß das klingonische Schiff, das die neuen Erkenntnisse über die Geschehnisse auf Khitomer brachte, zu dem Zeitpunkt, als die Romulaner angeblich Moghs Code erhielten, aufgrund seiner Position nicht in der Lage war, irgendwelche Nachrichten von Khitomer mitzuhören. Als Picard dann von K'mpecs Bemühungen hört, Worf zum Rückzug zu bewegen, wird er mißtrauisch. Es wird offensichtlich, daß jemand die Geschichte zu seinen Gunsten verändern wollte und nicht damit rechnete, daß Worf den Rat herausfordern würde, um seine Ehre zu verteidigen. Eine weitere Überlebende der Attacke auf Khitomer wird gefunden, es handelt sich um Kahlest, Worfs Kindermädchen. Da sie ebenfalls von Moghs Unschuld überzeugt ist, nimmt Picard sie mit zum Hohen Rat, wo K'mpec schließlich zugibt, daß es Duras' Vater war, der seinen eigenen Code an die Romulaner übermittelte. Dessen Familie ist aber im Imperium der Klingonen so einflußreich, daß ein solcher Skandal mit großer Wahrscheinlichkeit einen Bürgerkrieg auslösen würde. Damit würde auch die Allianz mit der Föderation und letztlich sogar die Föderation selbst in Gefahr geraten, da niemand dafür garantieren kann, daß ein derartiger Konflikt nicht eskaliert. In der Hoffnung, eines Tages die Ehre seines Vaters wiederherstellen zu können, gibt Worf seine Klingonenehre auf, da man ihn und seinen Bruder ansonsten hinrichten müßte, weil Worf den Hohen Rat scheinbar zu Unrecht herausgefordert hat. Gemeinsam mit Picard kehrt Worf auf die Enterprise zurück.

*

Ähnlich wie bei den Vulkaniern in *Star Trek* wird in *Star Trek – The Next Generation* das Bild der Klingonen immer wieder um Details bereichert, die dieser Rasse eine echte Eigenständigkeit und Glaubwürdigkeit geben. So wurde auch erstmals ein Blick auf die – namenlose – klingonische Heimatwelt gewährt. Was sich hier aber noch nicht abzeichnete, war die allmählich beginnende übermäßige Beschäftigung mit den Klingonen, die in der sechsten Season die Geduld der Zuschauer merklich strapazierte.

Wiederaufgenommen wurde in ›Sins of the Father‹ das bereits in ›A Matter of Honor‹ (Ep. N34) vorgestellte Offiziersaustauschprogramm.

Charles Cooper, der hier als K'mpec seinen ersten Auftritt hatte, war bereits in *Star Trek V – The Final Frontier* zu sehen gewesen, dort als General Korrd.

Tony Todd, der Worfs Bruder verkörperte, hatte eine feste Rolle in der Serie ›Mundo Realo‹ (eine Serie über eine hispano-amerikanische Familie in New York) und war außerdem in Gastrollen in diversen TV-Serien zu sehen, so in ›Night Court‹ und ›MacGyver‹. Filmrollen hatte er in der Neuverfilmung von ›Night of the Living Dead‹, seine Rolle in Oliver Stones ›Platoon‹ legte den Grundstein für seine Karriere. Todd – Fan von *Star Trek* – hatte sich bereits viermal erfolglos für andere Rollen in *Star Trek – The Next Generation* vorgestellt, dann dreimal für die Rolle als Worfs Bruder, die er dann auch bekam. Ähnlich erfolglos sollte er auch bei *Star Trek – Deep Space Nine* sein (s. S. 603), wo er sich dreimal für die Rolle des Commander Sisko vorstellte und dann doch nicht genommen wurde.

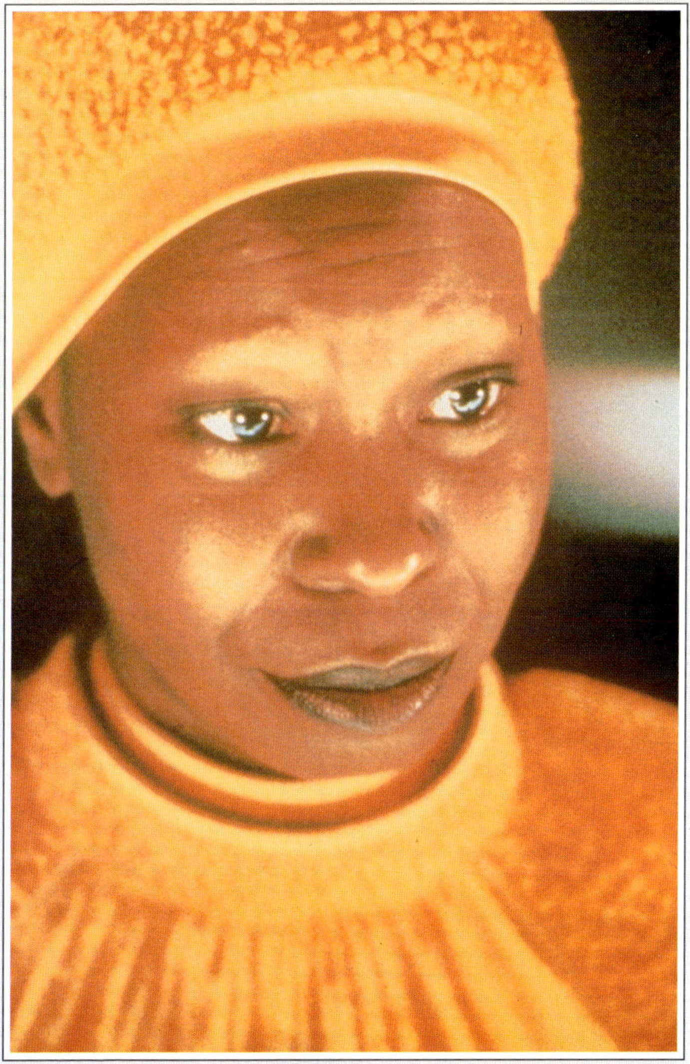

Whoopi Goldberg als mysteriöse Guinan.

Mutter und Tochter Troi, Picard, der schweigsame Mr. Homn.

Data mit der nächsten Generation der Computer-Graphiken.

›Ship in a Bottle‹.

Keiko O'Brien, Lehrerin auf Deep Space Nine.

Deanna Troi in ›A Fistful of Datas‹.

Der allgegenwärtige Q.

Guinan und Data in ›Time's Arrow‹.

Benjamin Sisko, Herr über Deep Space Nine.

Episode N66: Allegiance

(Versuchskaninchen)

Als Picard nach einem kurzen Erholungsschlaf erwacht, findet er sich in einer Zelle wieder. Bei ihm befinden sich drei weitere Gefangene, die bolianische Kadettin der Sternenflotte Mitena Haro, Kova Tholl von Mizar III und der Chalnaer Esoqq. Keiner von ihnen weiß, wo sie sich befinden. In der Zwischenzeit gibt ein Picard-Doppelgänger an Bord der Enterprise laufend ungewohnte Befehle und verhält sich völlig anders, als man es von ihm kennt. Die Offiziere des Schiffs stellen sich schließlich gegen ihn, da kein Zweifel besteht, daß mit Picard etwas nicht stimmt. Der wahre Picard hat inzwischen Haro als diejenige erkannt, die nicht die ist, für die sie sich ausgibt, da sie Picard mit einem streng geheimen Vorfall in Verbindung bringt, den kein Kadett kennen kann. In die Enge getrieben, zeigt sie ihre wahre Gestalt — sie besteht aus drei identisch aussehenden Lebensformen, die zu einer Rasse gehören, der das Prinzip eines Anführers fremd ist. Mit der Hilfe dieser drei sehr unterschiedlichen Testpersonen wollten sie das Prinzip verstehen lernen. Nachdem Picard auf die Enterprise zurückgebracht worden ist, demonstriert er den Lebensformen, die ihn begleitet haben, was sie anderen Lebewesen antun, indem er sie für einige Augenblicke in einem Kraftfeld gefangenhält. Dann schickt er sie vom Schiff.

*

Wirklich bemerkenswert war in dieser Episode lediglich ein singender Picard, ansonsten war sie recht uninteressant, da sich der Picard-Doppelgänger von Beginn an zu auffällig verhielt. Interessant war dabei aber, daß für jeden klar erkennbar wurde, wie sehr sich Beverly Crusher zu Picard hingezogen fühlte, eine Tatsache, die trotz allem auch in kommenden Episoden weitgehend ignoriert werden würde, obwohl eine Weiterentwicklung dieser Beziehung mehr als nur wünschenswert ist.

Ein Problem dieser Episode war aber auch, daß die Idee der Entführung zu Studienzwecken die erste Star Trek-Geschichte überhaupt war, nämlich Pikes Entführung in ›The Cage‹ (Ep. C1), und es allein aus diesem Grund an Originalität mangelte.

Gaststar in dieser Episode war der deutsche Schauspieler Reiner Schöne, der in seiner Rolle als Esoqq jedoch wie manch andere vor ihm nicht zu erkennen war.

Episode N67: Captain's Holiday

(Picard macht Urlaub)

Picard begibt sich auf den Planeten Risa, wo er sich bei einem Landurlaub entspannen soll. Dieser Ausflug entwikkelt sich jedoch schnell zu einem strapaziösen Abenteuer, als er Vash, einer attraktiven Frau, begegnet. Sie erzählt ihm von ihrer Suche nach einem mysteriösen antiken Objekt, dem Tox Uthat. Damit weckt sie Picards Neugier, da er sich für den gesamten Bereich der Archäologie interessiert. Das Objekt wird ebenfalls von dem Ferengi Sovak gesucht, der bei der vorangegangenen Suche Vashs Partner war und ihr nicht traut. Außerdem behaupten zwei Zeitreisende, die Vorgonen Azur und Baratas, daß Picard derjenige ist, der ihnen das Uthat gibt, das aus der Zukunft stammt und aus Gründen, zu denen sie sich nicht näher äußern, dorthin zurück muß. Während der turbulenten Suche kommen sich Picard und Vash näher, aber der Captain ahnt, daß Vash das Uthat schon längst hat und die Suche nur ein Ablenkungsmanöver ist, um Sovak glauben zu machen, daß das Objekt nicht existiert. Darauf angesprochen, bestätigt sie seinen Verdacht. Prompt erscheinen die beiden Vorgonen und fordern die Herausgabe des Uthat. Picard glaubt aber nicht, daß die Zeitreisenden die Wahrheit sprechen, und zerstört das Uthat. Die beiden erklären daraufhin, daß er genau das habe tun müssen, dann kehren sie in ihre Zeit zurück. Ob ihre Äu-

ßerungen aber jemals der Wahrheit entsprachen, bleibt auch für Picard ungeklärt, der nach dem ›Erholungsurlaub‹ auf die Enterprise zurückkehrt.

*

Wer bis zu ›Captain's Holiday‹ glaubte, daß Picard eine uninteressante Figur sei, da er — zumindest manchmal — scheinbar ohne Emotionen agierte, für den war diese Episode die beste Gelegenheit, sich vom Gegenteil überzeugen zu lassen. In bester Abenteurer-Manier à la Indiana Jones rückte Patrick Stewart sein Image zurecht, etwas, das aber auch nur in dieser Form glaubhaft war. In seiner Funktion als Captain wäre dieses Urlaubsabenteuer kaum von den Zuschauern akzeptiert worden.

Die mit Situationskomik in der genau richtigen Dosis versehene Handlung gab darüber hinaus nach langer Enthaltsamkeit und einer eher enttäuschenden Ex-Freundin (in ›We'll Always Have Paris‹, Ep. N24) Picard endlich wieder einmal eine romantische Perspektive.

Jennifer Hetrick, die Vash spielte, bildete eine ideale Ergänzung zu Picard, wenngleich die Beziehung zwischen beiden schon von vornherein als kurzlebig zu erwarten war.

Das SF-Element in ›Captain's Holiday‹ bestand lediglich in den Zeitreisenden, die bis zum Schluß mysteriös blieben und deren tatsächliche Gründe für ihre Reise nicht geklärt wurden. Daß sie eigentlich nicht so recht in die Handlung paßten, mochte daran liegen, daß diese Szenen erst später in das Drehbuch eingefügt wurden, vermutlich weil die Episode zu wenig SF enthielt.

Nach dieser Episode wurde Patrick Stewart recht schnell eine Affäre mit Jennifer Hetrick angedichtet, deren Wahrheitsgehalt aber, wie der überwiegende Teil derartiger Berichte in Boulevard- und Regenbogenpresse, zumindest Zweifel aufkommen läßt.

Episode N68: Tin Man

(Der Telepath)

Die Enterprise nimmt den Betazoiden Tam Elbrum an Bord, der im Gegensatz zu anderen Vertretern seiner Rasse bereits von Geburt an telepathisch begabt ist und nur schwer mit den Gedanken und Gefühlen der ihn umgebenden Lebewesen zurechtkommt, da er nie wirklich gelernt hat, auf diese Stimmen nur zu achten, wenn es nötig ist. Picard bringt Elbrum zu dem Stern Beta Stromgren, der sich in Kürze in eine Supernova verwandeln wird. In seinem Orbit befindet sich jedoch Tin Man, ein Objekt, das vermutlich eine Lebensform ist. Am Ziel angekommen nimmt Elbrum Kontakt mit diesem Objekt auf und erfährt, daß es sich Gomtun nennt. Zwei ebenfalls an Tin Man interessierte romulanische Schiffe nähern sich dem Objekt, das eines der Schiffe frühzeitig zerstört, bevor dieses angreifen kann. Elbrum und Data lassen sich hinüberbeamen, wo der Betazoide erfährt, daß Gomtun einst eine Besatzung hatte, mit der eine Art Symbiose bestand. Seit diese Besatzung aber gestorben ist, empfindet es nur noch Leere. Es ist zu dem sterbenden Stern gekommen, um mit dessen Vernichtung gleichfalls unterzugehen. Elbrum ist auf dem Schiff erstmals wirklich telepathisch alleine und kann zum ersten Mal in seinem Leben völlige Ruhe empfinden. Er schickt Data zurück auf die Enterprise und schleudert dieses Schiff genauso wie ein zweites romulanisches Schiff weit genug von Beta Stromgren fort, um die beiden vor dem nahenden Untergang zu bewahren.

*

›Tin Man‹, die auf dem 1979 erschienenen Roman ›Tin Woodman‹ von Dennis Putnam Bailey und David Bischoff basierte, war nach einer langen Reihe guter Episoden eine große Enttäuschung. Das Hauptproblem war der Betazoide Elbrum, der – ähnlich Admiral Jameson in ›Too Short a Season‹ (Ep. N16) – zu sehr im Mittelpunkt stand, wodurch die Hauptfiguren an den Rand gedrängt wurden und letztlich nur reagieren konnten, anstatt wie üblich zu agieren. Darüber hinaus war Elbrum von Beginn an ein unsympathischer und störender Charakter, während die Romulaner im Gegensatz zu diversen anderen Gelegenheiten über Gebühr aggressiv waren.

Harry Groener, der die undankbare Rolle des Tam Elbrum verkörperte, wurde für seine Hauptrolle in dem Broadway Musical ›Crazy for You‹ mit dem Tony Award ausgezeichnet.

Episode N69: Hollow Pursuits

(Der schüchterne Reginald)

Die Enterprise muß Medikamenten-Container nach Nahmi IV bringen, damit das dort grassierende Corellium-Fieber bekämpft werden kann. Unterdessen hat LaForge größte Schwierigkeiten mit einem seiner Mitarbeiter, Lt. Reginald Barclay, der hinter seinem Rücken mit dem Spitznamen Broccoli bezeichnet wird. Barclay ist ein sehr unsicherer Mensch, was sich besonders in seinem Umgang mit anderen Menschen äußert. Er hält sich lieber auf dem Holodeck auf, wo er sich in phantasievollen Szenarien vor der Realität versteckt und sich unter anderem mit den drei Musketieren mißt, die der Computer Barclays Wünschen zufolge als Data, Picard und LaForge darstellt. Als massive Fehlfunktionen die Enterprise-Besatzung in Lebensgefahr bringen, ist es zur allgemeinen Überraschung ausgerechnet Barclay, der die Ursache dieser Fehlfunktionen feststellt. Einer der Medikamenten-Container war leckgeschlagen, über die Besatzungsmitglieder, die mit dem Inhalt in Berührung gekommen waren, war die Substanz in den Bordcomputer gelangt und hatte die Fehlfunktionen ausgelöst. Barclay findet zudem auch noch einen Weg, wie man die Substanz neutralisieren kann. Das Schiff ist gerettet. Barclay hat durch seinen Beitrag zur Lösung des Problems Selbstvertrauen gewonnen und löscht die meisten seiner tagträumerischen Programme.

*

›Hollow Pursuits‹ war eine rundum gelungene Episode, in der zwar der Schwerpunkt auf einen Gastcharakter gelegt wurde, die aber nicht den Fehler aus ›Tin Man‹ (Ep. N68) und ›Too Short a Season‹ (Ep. N16) wiederholte, die beide unter dem Eindruck der Gastrolle die Stammschauspieler vernachlässigten. Barclay sollte noch diverse Male in späteren Episoden in Erscheinung treten und dabei die Kritiker auf die Palme treiben, da sie es für unmöglich hielten, daß eine so unsichere Persönlichkeit wie die von Barclay etwas auf einem Raumschiff zu suchen hatte. Bemerkenswert ist dabei, daß mit Barclay erstmals eine Figur geschaffen wurde, die nicht nur positive Eigenschaften besaß. Diese Tatsache an sich war schon eine Sensation, paßte sie doch gar nicht in Roddenberrys Konzept.

Daß Barclay so glaubwürdig war, wurde maßgeblich von dem am 24. November 1947 in Baltimore geborenen Dwight Schultz bewerkstelligt, der neben seiner vorwiegenden Arbeit als Theaterschauspieler dem Fernsehpublikum bereits durch seine Rolle als H. M. ›Howling Mad‹ Murdock in ›The A-Team‹ bekannt war.

Neben Gastauftritten in diversen Serien war er auch in ›Fat Man and Little Boy‹ (dt. ›Die Schattenmacher‹) mit Paul Newman zu sehen. Als langjähriger Star Trek-Fan hatte Schultz schon frühzeitig sein Interesse an einem Gastauftritt in *Star Trek – The Next Generation* bekundet.

Positiv machte sich eine stärkere Einbeziehung von LaForge bemerkbar, die beste Szene war zweifellos Picards

Versprecher, als er Barclay irrtümlich mit dessen Spitznamen Broccoli anspricht.

Einziger negativer Aspekt dieser Episode war die Tatsache, daß ausnahmslos jeder Barclays Privatsphäre verletzte und in seine — zugegeben kuriose — Holodeckphantasien eindrang.

Gerüchteweise sollte mit ›Hollow Pursuits‹ versucht werden, jene von allen Aspekten des von Roddenberry geschaffenen Universums besessenen Trekker/Trekkies wachzurütteln, so wie es bereits Shatner bei seinem Auftritt in ›Saturday Night Live‹ tat, als er auf einer für die Sendung nachgestellten Convention die detailbesessenen Fans daran erinnerte, *Star Trek* sei letztlich nur eine Fernsehserie.[4]

Eine derartige Absicht wurde bei ›Hollow Pursuits‹ aber von allen Beteiligten heftig dementiert.[5] Wer aus dem Kreis der unmittelbar Beteiligten, für die *Star Trek — The Next Generation* ihre finanzielle Existenzgrundlage bedeutete, hätte das auch zugegeben?

Autorin der Episode ist Sally Caves, die mit bürgerlichem Namen Sarah Higley heißt. Sie hat je einen Doktortitel in mittelalterlichen Sprachen und in Literatur und ist hauptberuflich Professorin für Englisch an einer Universität in New York und veröffentlicht im Rahmen dieser Tätigkeit auch öfters Arbeiten. Für *Star Trek — The Next Generation* legte sie sich ein Pseudonym zu, um zum einen die beiden Bereiche getrennt zu halten, zum anderen war sie nicht sicher, wie die Episode bei den Fans ankommen und welche Folgen eine schlechte Resonanz haben würde.

Barclays voller Name lautete Endicott Reginald Barclay III., damit klang er zwar pompös, stand aber in krassem Gegensatz zu seiner Person. Higleys Absicht war, durch Barclay, der im übrigen in dieser Fassung noch an Till Eulenspiegel angelehnt war, die Enterprise-Mannschaft mit ihren eigenen Schwächen zu konfrontieren, was sie aber nur wütend machte. Barclay sollte zum Ende der Episode in eine psychiatrische Anstalt eingeliefert werden. Damit war Paramount nicht einverstanden, die Episode sollte positiver enden. Außerdem fehlte zu dieser Zeit noch die Nebenhandlung, die sich mit der Gefahr befaßte, in der das Schiff sich befand. Paramount bewirkte hier eine Änderung, da sich die Handlung angeblich zu sehr auf die Charaktere und ihre Holodeck-Gegenstücke konzentrierte.

Higley legte außer ›Hollow Pursuits‹ zwei weitere Drehbuchvorschläge vor, ›Canticle for Babel‹ und ›When the Mouth Is Closed‹. Beide wurden bislang nicht verfilmt.

Episode N70: The Most Toys

(Der Sammler)

Um die Verseuchung des Trinkwassers der Kolonie Beta Agni III zu bekämpfen, kauft die Föderation in Ermangelung eines anderen Lieferanten von dem zibalianischen Händler Kivas Fajo eine Ladung Hytritium. Da diese Substanz relativ instabil ist, kann sie nicht mit dem Transporter von Fajos Schiff auf die Enterprise gebracht werden. Statt dessen benutzt Data ein Shuttle. Auf der letzten von mehreren Touren explodiert dieses Shuttle, auf eine sofortige Untersuchung des Zwischenfalls muß Picard aber verzichten, da die Zeit drängt. Die Enterprise bricht auf und fliegt die Kolonie mit dem bereits an Bord gebrachten Material an. LaForge befaßt sich unterwegs mit dem Unfall und stellt dabei fest, daß Data entgegen seiner üblichen Vorgehensweise beim letzten Start des Shuttles keine Logbucheintragung vorgenommen hatte. Als die Enterprise Beta Agni III erreicht hat, reicht das mitgebrachte Hytritium exakt aus, um der Verseuchung Herr zu werden. Picard wird daraufhin auch mißtrauisch und ordnet den Rückflug zu Fajos Schiff an. Tatsächlich können sie Data lebend zurück auf die Enterprise zurückholen. Fajo hatte das Shuttle unbemannt zurückgeschickt und explodieren lassen, um Datas Tod vorzutäuschen. Den Androiden hatte er bei sich behalten und seiner Sammlung exklusiver Objekte einverleibt, um sich von ihm unterhalten zu lassen. Sein Plan ist fehlgeschlagen, er wird unter Arrest gestellt und auf die Enterprise mitgenommen.

*

›The Most Toys‹ war eine überaus beeindruckende Episode, wie so oft, wenn Data in den Mittelpunkt des Geschehens rückte. Wieder einmal wurde er in eine neue Situation gebracht, die von ihm verlangte, sich weiterzuentwikkeln. Das gelang überzeugend, da Data trotz seiner logischen Argumente, die er Fajos Forderungen, sich ihm zu fügen, entgegensetzte, stets den Eindruck erweckte, als verweigere er sich aus Trotz. Am Ende der Episode war er dann vermutlich bereit, Fajo zu töten. Geklärt wird das zwar nie, aber die Tatsache, daß er Riker belügt, als er ihm erklärt, der Phaser müsse sich wohl während des Beamens aktiviert haben, läßt schon den Schluß zu, daß Data auch den letzten Schritt getan hätte, wäre ihm dazu die Zeit geblieben. Datas Verhalten ist zwar bemerkenswert, aber beim besten Willen nicht so weltbewegend und damit so diskussionswürdig, wie das im Magazin des offiziellen Star Trek-Fanclubs[6] geschieht, wo auf zwei Seiten im DIN-A4-Format darüber spekuliert wird, ob Data geschossen hätte oder nicht. Zur Untermauerung der Spekulationen werden andere Episoden herangezogen, um dort nach Verhaltensmustern des Androiden zu suchen, die die eine oder andere Variante des Themas belegen können.

Der Kanadier Saul Rubinek, der in ›The Most Toys‹ als Kivas Fajo zu sehen war, hatte eine permanente, aber unregelmäßig auftauchende Rolle in ›The Equalizer‹. Seine Rolle in *Star Trek — The Next Generation* sollte zunächst

David Rappaport spielen, der aber nach dem zweiten Drehtag einen Selbstmordversuch unternahm und daraufhin ins Krankenhaus gebracht wurde. Bei einem weiteren Versuch starb er und zwang die Produzenten zu einer Umbesetzung und dazu, mehrere Szenen mit dem neuen Schauspieler neu zu drehen.

Mit dem neuen Schauspieler wechselte auch der Charakter des Kivas Fajo; dargestellt von David Rappaport war er ein schlechter Charakter, während Rubinek ihm deutlich zynischere Züge verlieh und damit von dem nur negativen Blickpunkt der Figur abrückte.

Rubinek war ein Zufallsfund, da er sich zufällig in der Stadt aufhielt und auf dem Weg zu den Dreharbeiten zu ›Bonfire of the Vanities‹ war. Als Star Trek-Fan nahm er mit Regisseur Timothy Bond Kontakt auf, weil er die Dekorationen sehen wollte. Bond überredete Rubinek zu der Rolle des Kivas Fajo, obwohl Rubinek Gastauftritte meidet und statt dessen nach festen Engagements Ausschau hält.

Anzumerken waren bei ›The Most Toys‹ noch zwei Dinge. Da war zum einen das Wiedersehen mit Datas Tasha-Hologramm, zum anderen nutzte man die Gelegenheit zu einer dezenten Hommage an *Star Trek*, indem man das Shuttle, mit dem Data geflogen war, auf den Namen Pike taufte, den des ersten Captains der Enterprise.

Episode N71: Sarek

(Botschafter Sarek)

Auf der Enterprise soll das erste Treffen zwischen den mysteriösen Legaranern und Föderationsvertretern stattfinden. Bei letzterem handelt es sich um den mittlerweile 202 Jahre alten vulkanischen Botschafter Sarek, der von seiner neuen Frau Perrin und zwei Assistenten, Ki Mendrossen und Sakkath, begleitet wird. Sarek hat dieses Treffen 93 Jahre lang vorbereitet. Als er feststellt, daß der Konferenzraum noch immer nicht den von ihm gestellten Anforderungen entspricht, äußert er seinen Unmut darüber in einer für Vulkanier sehr untypischen, emotionalen Weise. Dann zieht er sich zurück, um sich auf das Zusammentreffen vorzubereiten, während immer mehr Besatzungsmitglieder der Enterprise auf normale Vorgänge ungewöhnlich aggressiv reagieren. Nachdem Sarek bei einem von Data veranstalteten Violinkonzert eine Träne der Rührung nicht zurückhalten kann, erfährt Picard, daß der Botschafter am Bendii-Syndrom leidet, einer Krankheit, die Vulkanier ab dem zweihundertsten Lebensjahr befallen kann. Diese Krankheit läßt den Erkrankten die Kontrolle über die Emotionen entgleiten, die auch die Außenstehenden einbeziehen und in Sareks Fall die aggressiven Emotionen freigesetzt hat. Unter diesen Umständen kann das Treffen mit den Legaranern nicht stattfinden, zumal die telepathische Unterstützung, die Sareks Assistent Sakkath leistet, nicht ausreicht, um dessen Gefühle vollständig unter Kontrolle zu halten. Da dies aber für die Begegnung mit den Legaranern von äußerster

Wichtigkeit ist, entschließt sich Picard zu einer Gedankenverschmelzung mit dem Vulkanier, um ihm so die notwendige geistige Unterstützung zu geben. Während ein Teil von Picard Sarek in die Konferenz begleitet, kann ein Teil von Sarek in Picards Körper seinen Gefühlen freien Lauf lassen. Die Verhandlungen verlaufen dank Picards Unterstützung erfolgreich, die Gedankenverschmelzung wird rückgängig gemacht. Sarek kehrt nach Hause zurück.

*

›Sarek‹ war eine in vieler Hinsicht bemerkenswerte Episode, die über eineinhalb Jahre in Planung war, ehe man die Zeit fand, sie in die Tat umzusetzen. Nicht nur, daß in 71 Episoden erst zum zweiten Mal ein Charakter aus *Star Trek* wiederverwendet wurde, womit der Beweis erbracht war, daß *Star Trek – The Next Generation* definitiv nicht zum Vehikel für die alten Stars geworden war. Genau das wurde – und wird – aber von vielen Fans gewünscht, ohne zu bedenken, daß dies die Eigenständigkeit der Serie massiv beeinträchtigt hätte.

Das wesentliche Element dieser Episode war die Abrechnung mit dem Mythos, der die Vulkanier seit *Star Trek*-Tagen umgab. Wenn die Art und Weise, wie Sarek als seniler alter Mann präsentiert wurde, bisweilen ein wenig respektlos erscheinen mochte, war es doch nötig zu zeigen, daß auch Vulkanier nicht vor solchen lästigen Erscheinungen des hohen Alters geschützt sind.

Die Schlußfolgerung mancher Fans, daß Spock geheiratet hatte, ist ›unlogisch‹, da lediglich von der Hochzeit des Sohnes von Sarek die Rede ist. Spock wird dagegen mit keinem Wort erwähnt. Und da Sarek in dieser Episode mindestens zum dritten Mal verheiratet ist, ist es durchaus möglich, daß Spock nicht sein einziger noch lebender Sohn ist, schließlich wurde dessen Halbbruder Sybok (s. Band 2, S. 131) auch jahrzehntelang ›verheimlicht‹.

Bemerkenswert ist dabei, daß Sarek nicht von Anfang an für diese Episode vorgesehen war. Während der Entwicklung der Drehbuchvorlage wurde aber offensichtlich, daß die Rolle ideal für Sarek war, zumal seine Präsenz ein beträchtliches Publikumsinteresse sicherte.

Mark Lenard nahm ein weiteres Mal seine populärste Rolle auf und verkörperte überzeugend den senilen Sarek.

Joanna Miles, die in dieser Episode als Sareks Frau zu sehen ist, hatte ihr Spielfilmdebüt 1960 in ›Butterfield 8‹ mit Elizabeth Taylor. 1975 folgten ›Ultimate Warrior‹ und ›Bug‹ (dt. ›Feuerkäfer‹). Neben Gastauftritten in ›Dallas‹, ›St. Elsewhere‹ und ›Cagney and Lacey‹ war sie auch in einer Episode der Shatner-Serie ›The Barbary Coast‹ zu sehen. Für ihre Rolle in der TV-Produktion ›The Glass Menagerie‹ erhielt sie 1973 einen Emmy Award. In der Sitcom ›The Nurses‹ hat sie eine feste Rolle. Die Rolle in ›Sarek‹ schien mit ihr aber nicht so ideal besetzt, da sie einen wesentlich distanzierteren Eindruck machte als Jane Wyatt.

Episode N72: Menage à Troi

(Die Damen Troi)

Da die Enterprise im Anschluß an eine Handelskonferenz auf Betazed lediglich eine routinemäßige kartographische Aufgabe zu erledigen hat, entschließen sich Riker und Deanna Troi zu einem Landurlaub auf Betazed, werden dabei jedoch ›zufällig‹ von Deannas Mutter Lwaxana begleitet. Kurze Zeit später läßt sich der Ferengi Daimon Tog auf den Planeten beamen, der bereits an Bord der Enterprise von Lwaxana Troi eine deutliche Abfuhr erhalten hatte, nachdem er ihr dort unmißverständlich zu verstehen gegeben hatte, daß er ihre telepathischen Fähigkeiten für seine geschäftlichen Zwecke als außerordentlich vorteilhaft erachte. Da er sich aber nicht geschlagen geben will, entführt er die drei auf sein Schiff. Dort gibt Lwaxana schließlich ihren Widerstand auf, da sie das Wohl und Leben ihrer Tochter nicht gefährden will. Während Lwaxana und Tog sich einem intensiven Liebesspiel hingeben, bei dem sich herausstellt, daß die erogensten Zonen eines Ferengi seine Ohren sind, entkommen Riker und Deanna aus ihrer Zelle und versuchen mit der Enterprise Kontakt aufzunehmen. Da sie keine direkte Sprechverbindung herstellen können, besteht die einzige Möglichkeit in einer rhythmischen Veränderung der Warpfeldphase. Die wird von den Ferengi als normales statisches Rauschen empfunden, während auf der Enterprise Wesley Crusher auf die Nachricht aufmerksam wird und Picard informiert. Da die Enterprise sofort die Verfolgung aufnehmen muß, um die drei Entführten zu befreien, verpaßt Wesley das Rendezvous mit der U.S.S. Bradbury, die ihn zur mündlichen Eignungsprüfung vor der Akademie hätte mitnehmen sollen. Mittlerweile hat sich Lwaxana bereiterklärt, sich einem gefährlichen Experiment der Ferengi zu unterziehen, das es ihnen ermöglichen soll, die telepathischen Fähigkeiten zu analysieren und zu kopieren. Lwaxanas einzige Bedingung ist die Freilassung von Riker und Deanna. In diesem Moment erreicht die Enterprise das Schiff der Ferengi, und Tog übergibt die beiden Besatzungsmitglieder. Picard fordert jedoch auch die Auslieferung von Lwaxana, die aber die Gunst der Stunde nutzt und Tog erklärt, Picard sei einer ihren ehemaligen Liebhaber, der ihr noch immer nachstelle und alle Rivalen aus dem Weg räume. Picard bleibt keine Wahl, als auf dieses Spiel einzugehen, und macht ihr eine leidenschaftliche Liebeserklärung. Tog glaubt den Bluff und schickt sie zurück auf die Enterprise, um sich Picards Zorn zu entziehen. In Anbetracht seiner überragenden Leistungen ernennt Picard Wesley zum Ensign, zumal der ein weiteres Jahr warten muß, ehe er die Akademie besuchen kann.

*

Die unbestritten beste Szene war Picards feurige Liebeserklärung an Lwaxana Troi, die er halten mußte, um sie aus den Fängen der Ferengi zu retten. Mutter Troi erwies sich so wie Q bei jedem Auftritt noch eine Spur exzentrischer und interessanter zugleich, ein sicheres Zeichen, daß die Autoren diesen sporadisch wiederkehrenden Figuren große Aufmerksamkeit schenkten.

Ebenfalls gelungen fielen auch diesmal die Ferengi aus, denen zum Beginn der ersten Season niemand ein allzu langes Leben zugetraut hatte. Aber auch hier wurde bewiesen, daß eine gründliche Überarbeitung vorgenommen worden war, um die Ferengi wesentlich überzeugender zu machen.

Für Wil Wheaton bedeutete die Beförderung von Wesley Crusher, daß er fortan die reguläre Uniform tragen durfte. Dies sollte er aber nicht allzu lange tun, da er in der folgenden Season seinen Abschied nehmen würde.

Die Szenen auf Betazed wurden in den Botanischen Gärten der Huntington-Bibliothek in San Marino gedreht, einem Vorort von Los Angeles.

Die Vorschau für diese Episode zeigte, daß Paramount zwar auf *Star Trek – The Next Generation* stolz sein konnte, daß man aber dort trotz allem das Publikum falsch einschätzte. Hervorgehoben wurden die scheinbaren ›Nacktszenen‹ mit Majel Barrett und Marina Sirtis an Bord des Ferengi-Schiffs. Zum einen waren sie nicht nackt[7], zum anderen war das kein maßgeblicher Bestandteil der Episode. Darüber hinaus wurden sie für einen Teil der Aufnahmen gedoubelt. Der gleiche Rummel, der die Aufmerksamkeit der Zuschauer erregen sollte (statt dessen jedoch Entrüstung in Teilen des Fandoms auslöste), hatte sich bereits kurz zuvor bei der Episode ›The Price‹ (Ep. N56) ereignet, in deren Vorschau eine Bettszene mit Deanna Troi und Devinoni Ral enthalten war, die sich zwar auch in der Episode befand, die aber – entsprechend den prüden amerikanischen Verhältnissen — weder etwas sehen noch erahnen ließ und zudem kein wesentliches Merkmal der Handlung war.

Episode N73: Transfigurations

(Wer ist John?)

Die Enterprise nimmt aus einer Rettungsboje, die inmitten der Überreste eines zerstörten Raumschiffs treibt, einen Schwerverletzten an Bord, dessen Verletzungen sich ohne Dr. Crushers Zutun innerhalb kürzester Zeit selbst heilen. In Ermangelung seines wirklichen Namens nennt sie ihn John Doe. Sein Gedächtnis ist ausgelöscht, und er handelt rein instinktiv. Als sich vom nahe gelegenen Planeten Zalkon ein Schiff nähert, weiß John, daß er fliehen muß, er kann sich aber an den Grund nicht erinnern. Als der Commander des zalkonischen Schiffes, Sunad, die Auslieferung von John fordert, da es sich bei ihm um einen Kriminellen handele, fragt Picard nach dem begangenen Verbrechen. Sunads Antwort läßt erkennen, daß Johns einziges Vergehen offenbar darin besteht, daß er die natürliche Ordnung auf Zalkon stört. Da kehrt Johns vollständige Erinnerung zurück, und er holt aus eigener Kraft Sunad auf die Enterprise. Er erklärt ihm und der Enterprise-Besatzung, daß er nur einer von vielen ist, die eine Mutation durchmachen. Da man sie für eine Bedrohung der Autorität auf Zalkon hält, werden sie von der Regierung verfolgt. Wenige Augenblicke später verwandelt sich John in ein Energiewesen und kehrt auf den Planeten zurück, um den anderen von der bevorstehenden Veränderung zu berichten.

*

›Transfigurations‹ war an sich schon eine sehr durchschnittliche Episode, um so schlechter wirkte sie nach der vorangegangenen Episode mit Lwaxana Troi.

Diese Episode war als die angesichts des unklaren Verhältnisses zu Picard längst fällige Liebesgeschichte für Beverly Crusher angelegt, dieser Aspekt wurde jedoch drastisch reduziert und auf einen späteren Zeitpunkt verschoben, wobei es sich hier erfreulicherweise tatsächlich um ein Aufschieben handelte (s. ›The Host‹, Ep. N97), während manch andere Idee durch solche Aktionen in Vergessenheit geriet.

Da aber niemand trotz aller unerwarteter Veränderungen, die in die Serie einflossen, ernsthaft glauben mochte, daß sich zwischen Crusher und John eine Beziehung entwickeln sollte, scheiterte die Episode schon im Ansatz. Auch das Thema der Verfolgung scheinbar Andersartiger kam der Episode nie richtig zugute.

Episode N74: The Best of Both Worlds Part I
(In den Händen der Borg)

Nachdem ein Landeteam der Enterprise auf den Planeten Jouret IV gebeamt worden ist, stellt sich heraus, daß New Providence, die dort angesiedelte Kolonie der Föderation, vollständig verschwunden ist. Kurze Zeit später kommen Admiral Hanson und Lt. Commander Shelby an Bord. Shelby ist eine karriereorientierte Frau, die Riker — der erneut die Möglichkeit, ein eigenes Kommando zu übernehmen, zugunsten seiner Position auf der Enterprise ausgeschlagen hat — klarmacht, daß sie es auf seinen Posten abgesehen hat. Sie bestätigt schon bald den Verdacht, daß die Borg in Föderationsgebiet vorgestoßen sind und die Kolonie ausgelöscht haben. Während Hanson zur Erde zurückkehrt, um der Sternenflotte von den jüngsten Erkenntnissen zu berichten, bleibt Shelby als Spezialistin an Bord der Enterprise zurück. Picard befiehlt Kurs auf die U.S.S. Lalo, die von einem Angriff der Borg berichtet hatte, mit der der Funkkontakt dann jedoch abgebrochen war. Auf dem Weg zur letzten bekannten Position des Schiffs begegnen sie den Borg. Die fordern Picard auf, sich auf ihr Schiff zu begeben, und attakkieren die Enterprise, nachdem der Captain sich geweigert hat, der Forderung der Borg nachzukommen. Die Enterprise kann mit schweren Beschädigungen in den nahe gelegenen Paulson-Nebel entkommen, wird aber von den in den Nebel feuernden Borg herausgetrieben. Die Borg entern das Schiff und entführen Picard, dem sie erklären, daß sie ihn ausgewählt haben, um als ihr Sprecher gegenüber der Menschheit zu dienen. Sie nehmen Kurs auf die Erde, die Enterprise folgt. Riker übernimmt das Kommando und schickt ein Landeteam auf das Borg-Schiff, um dort nach Picard zu suchen. Eine Modifizierung des Phaserstrahls bewirkt, daß das Landeteam einige Beschädigungen anrichten kann, bevor die Borg sich anpassen und den Strahl absorbieren können. Schließlich setzen sich die Borg aber zur Wehr und zwingen das Landeteam zum Rückzug. Im letzten Moment entdecken sie Picard, sie müssen mit Entsetzen feststellen, daß er zu einem Borg umgewandelt worden ist. Ein Versuch, ihn mitzunehmen, scheitert, das Team kehrt ergebnislos zurück auf die Enterprise. Dort hat man in der Zwischenzeit eine Waffe gegen die Borg zum Einsatz vorbereiten können, die ihnen ernsthafte Schäden zufügen sollte, da meldet sich Picard. Er nennt sich nun Locutus und fordert Riker auf, sich zu ergeben. Riker zögert einen Moment, dann gibt er den Befehl, auf das Borg-Schiff zu feuern.

*

»Fortsetzung folgt.« Mit diesen Worten endete diese Episode und gleichzeitig die dritte Season. Obwohl es sich bei ›The Best of Both Worlds Part I‹ ›lediglich‹ um den ersten Teil eines Zweiteilers handelte, stellte er alles in den Schatten, was bis dahin in drei Jahren produziert worden war.

Die Tricks hatten Kinoniveau, gleichsam überragend

war die für den Zweiteiler komponierte Musik. In dieser Episode, die die Rückkehr der über ein Jahr zuvor erstmals vorgestellten Borg markierte, stimmte fast alles. Der einzige echte Wermutstropfen war das offene Ende, das bei dem Erfolg, den die Serie bis dahin hatte verbuchen können, unangemessene Effekthascherei war. *Star Trek – The Next Generation* hatte über drei Jahre hinweg steigende Zuschauerzahlen registrieren können. Da war ein Trick, der einzig dem Zweck diente, die Zuschauer nach der Sommerpause wieder vor den Fernseher zu locken, der Serie nicht gerade angemessen.

Die offizielle Begründung für eine zwei Seasons überspannende Doppelepisode war, daß man den Zuschauern die Sicherheit geben wollte, daß *Star Trek – The Next Generation* wirklich in eine weitere Season gehen würde. So sollte man auch in den kommenden Jahren verfahren.

Als Admiral Hanson war hier George Murdock zu sehen, der bereits als ›Gott‹ in *Star Trek V – The Final Frontier* mitgewirkt hatte.

Elizabeth Dennehy, in ›The Best of Both Worlds Part I‹ als die übereifrige und alles andere als sympathische Lt. Shelby zu sehen, ist die Tochter des aus Filmen und Fernsehserien bekannten Brian Dennehy.

In einer früheren Drehbuchfassung sollten die Borg Data und Picard entführen und sie beide zu einer Einheit machen. Das wurde allerdings wieder geändert und wirkte sich für die Episode nicht nachteilig aus, zumal Data im zweiten Teil die Lösung finden sollte, was besser zu seinem analytischen Verstand paßte als zu jeder anderen Figur.

Daß lediglich Picard zu einem Borg gemacht wurde, mochte außerdem damit zusammenhängen, daß Patrick Stewart mit der viel zu geringen Inanspruchnahme seiner Rolle in den ersten beiden Dritteln nicht zufrieden war, ein Zustand, der sich erst gegen Seasonende änderte.

Patrick Stewart hatte zu diesem Zeitpunkt bereits Fernsehwerbung für den Automobilhersteller Pontiac gemacht.[8] Beim ersten Anlauf kommt er als Borg auf die Kamera zu und soll lediglich sagen »I am Locutus of Borg«, was ihm auch gelingt, dann aber redet er unerwartet und zur allgemeinen Erheiterung weiter: »Haben Sie daran gedacht, einen Pontiac zu kaufen?«[9]

Das Budget lag zum Ende der dritten Season bei durchschnittlich rund 1,3 Millionen Dollar pro Episode. Diesen Kosten standen Einnahmen aus Werbung in Höhe von rund 980 000 Dollar gegenüber, so daß pro Episode ein Defizit von 300 000 Dollar und mehr entstand. Hier wird ein Gewinn erst erzielt, wenn die Serie eingestellt worden ist und bei den Wiederholungen den Werbeeinnahmen keine Produktionskosten mehr gegenüberstehen.

Mit der dritten Season hatte *Star Trek — The Next Generation* das überlebensgroß gewordene Vorbild *Star Trek* zumindest in der Laufzeit in Jahren eingeholt. Was die Episoden betraf, so hinkte man wegen des Autorenstreiks zu Beginn der zweiten Season in der Zahl der Episoden ein wenig hinterher. Da aber eine vierte Season sicher war, war es nur noch eine Frage von Wochen, bis man *Star Trek* einholen würde.

Im Rückblick hatte sich die dritte Season zur ausgewogensten und besten entwickelt. Es gab nur wenige Episoden, die gemischte Gefühle aufkommen ließ, so zum Beispiel ›The Survivors‹ (Ep. N51) und ›Transfigurations‹ (Ep. N73). Die Mehrzahl der Episoden war überdurchschnittlich gut, die Meisterleistung war ›The Best of Both Worlds Part I‹. Viel Zeit mußte vergehen, ehe die Zuschauer erfahren durften, ob die Fortsetzung den Erwartungen entsprach, die der erste Teil aufgebaut hatte.

Anmerkungen:

1 Obwohl LaForge von den Autoren und Produzenten als Charakter umschrieben wird, der — insbesondere in Anlehnung an die Generation, die in den fünfziger und sechziger Jahren aufwuchs — seinen Chevrolet liebt, aber mit Frauen seine Schwierigkeiten hat, erinnert seine Begeisterung für den Maschinenraum der Enterprise und für technische Probleme doch sehr an Scotty.

2 Siehe ›Redemption Part I‹ und ›Part II‹ (Ep. N100 und N101) sowie ›Unification Part I‹ und ›Part II‹ (Ep. N107 und N108).

3 So in Larry Nemecek, The Star Trek The Next Generation Companion.

4 Diesen Auftritt verzieh man ihm nur mit großen Bedenken, obwohl seiner Ansicht zu folgen ist, da eine zu extreme Beschäftigung — nicht nur mit Star Trek, sondern mit allen nicht selber geschaffenen Dingen — die eigene Kreativität unterdrückt.

5 In Larry Nemecek, The Star Trek The Next Generation Companion, S. 125.

6 In Star Trek The Official Fan Club Official Magazine, Nr. 75.

7 In Cinefantastique, Vol. 22, No. 3, S. 20, wird das jedoch anders dargestellt. Majel Barrett trug demnach in der Nacktszene einen enganliegenden, hautfarbenen Anzug, Marina Sirtis dagegen nicht.

8 Bezeichnenderweise wurde er dabei aber nur als Sprecher eingesetzt, was ein deutliches Zeichen dafür war, daß seine Stimme bereits bekannt genug sein mußte, um den Werbestrategen von Pontiac zu genügen.

9 Im Original: »Have you considered buying a Pontiac?«

Triumph für die nächste Generation: Die vierte Season

Mit ›The Best of Both Worlds Part I‹ war der Beginn der neuen Season deutlich stärker festgelegt als in den Vorjahren, es waren weder Veränderungen bei der Besetzung noch bei den Dekorationen oder Kostümen möglich, die Fortsetzung mußte nahtlos anschließen an das Ende der dritten Season. Ob Picard aber nun gerettet werden konnte, war nicht mit Sicherheit zu sagen. Man erinnere sich an den plötzlichen und unspektakulären Ausstieg von Denise Crosby. Patrick Stewart hätte hier aussteigen können, indem das Borg-Schiff zu Beginn der Episode zerstört worden wäre.

Sicher war nur, daß die Borg geschlagen werden würden, da es mehr als unwahrscheinlich war, daß zu Beginn der vierten Season die Föderation von den Borg vernichtet werden konnte.

Episode N75: The Best of Both Worlds Part II

(Angriffsziel Erde)

Rikers Feuerbefehl wird ausgeführt, die Waffe zeigt jedoch keine Wirkung. Als Locutus daraufhin erklärt, daß die Borg über Picards gesamtes Wissen verfügen, da es Bestandteil des Borg-Kollektivs geworden ist, wird klar, daß jede bislang gegen sie entwickelte Taktik nutzlos ist. Deren Schiff setzt seinen Weg zur Erde fort, die Enterprise kann wegen erheblicher Schäden an einem Kühlsystem nicht sofort folgen. Admiral Hanson meldet sich bei Riker und erklärt, daß man versuchen wird, mit einem massiven Aufgebot an Schiffen die Borg im System Wolf

359 aufzuhalten. Dann ernennt er Riker zum Captain und beendet das Gespräch, um sich wenig später ein weiteres Mal mit der Enterprise in Verbindung zu setzen. Diesmal muß er jedoch mitteilen, daß der Versuch, die Borg aufzuhalten, gescheitert ist und der Rückzug angetreten wird. Riker ernennt Shelby zum Ersten Offizier, da sie die geeignetste Besetzung für diesen Posten ist. Kurz darauf kommt es zu einer Unterhaltung zwischen Riker und Guinan, in deren Verlauf sie ihm zu verstehen gibt, daß er nicht länger überlegen darf, was Picard in dieser Situation gemacht hätte. Da die Borg jede Taktik kennen, muß Riker einen eigenen Plan entwerfen. Als die Enterprise Wolf 359 erreicht, finden sie dort einen Raumschiff-Friedhof vor, die Überreste des Aufgebots der Sternenflotte. Sie holen das Borg-Schiff endlich ein, und Riker geht in die Offensive. Mit einer von ihm entwickelten Taktik gelingt es, Locutus vom Schiff der Borg zu entführen und auf die Enterprise zu bringen. Er steht aber weiterhin mit dem Borg-Kollektiv in Verbindung, was Data dazu nutzt, um einen Zugang zu der sie kontrollierenden Einheit zu finden. Er findet heraus, daß die Borg ähnlich wie ein Computer auf verschiedenen Befehlsebenen arbeiten. Die starten einen neuen Angriff auf die Enterprise, das Ende scheint gekommen. Dann wird Data klar, daß das Wort ›schlafen‹, das Locutus als einziges mehrfach wiederholt, nicht von ihm, sondern aus Picards Bewußtsein kommt. Der Android benutzt diesen offensichtlichen Befehl, und der Angriff endet abrupt. Tatsächlich hat er die Borg schlafen geschickt, zugleich hat er aber unbeabsichtigt auch die Selbstzerstörungsautomatik aktiviert. Als das Borg-Schiff explodiert, erwacht Picard und ist befreit von dem Borg-Bewußtsein. Da Riker weiterhin nicht beabsichtigt, ein eigenes Kommando anzunehmen, verläßt Shelby die Enterprise, um beim Wiederaufbau der von den Borg stark dezimierten Flotte zu helfen.

*

Der zweite Teil dieser Doppelepisode stand dem ersten in nichts nach, und zusammen betrachtet hatte ›The Best of Both Worlds‹ schon Spielfilmqualität, nicht zuletzt bedingt durch die Tatsache, daß man eine Handlung von derartiger ›Brutalität‹ nicht unbedingt in einer TV-Serie im Stile von *Star Trek — The Next Generation* erwartet hatte. Allein der Anblick der zerstörten Raumschiff-Flotte machte klar, wie verheerend diese Schlacht getobt hatte. Die hatte man aus Zeit- und Kostengründen nicht zeigen können, das sollte erst später im Pilotfilm ›Emissary‹ zur dritten Serie *Star Trek — Deep Space Nine* nachgeholt werden (s. S. 609 ff).

Die Lösung des Problems, das scheinbar keinen Ausweg bot, nämlich die Borg in den Schlaf zu schicken, war zwar unspektakulär, aber durch ihre Einfachheit um so überzeugender. Der Versuch, den menschlichen Teil in Locutus/Borg zu erreichen, erinnerte dabei ein wenig an *Star Trek — The Motion Picture* und die dortigen Versuche, den menschlichen Teil in der Ilia-Sonde zu erreichen (s. hierzu Band 2, S. 20 ff. und S. 36).

Michael Pillers Aussage, man habe bis kurz vor Drehbeginn keine Ahnung gehabt, wie der zweite Teil enden konnte und sollte, klingt dann aber doch ein wenig unglaubwürdig.

Jonathan Frakes war mit der Entscheidung, Riker ein weiteres Mal eine Beförderung zum Captain ablehnen zu lassen, nicht zufrieden, auch wenn diese Entwicklung zweifellos seinen Ausstieg aus der Serie bedeutet hätte. So aber wurde Riker unglaubwürdig und entsprach in vielem den Vorwürfen, die Shelby an ihn richtete. Letztere wurde entgegen allen Gerüchten und entgegen ersten Überlegungen doch nicht als permanente Rolle aufgenommen.

Stewart hätte sich trotz der körperlichen Strapazen, die er in der aufwendigen Borg-Maske ertragen mußte, gewünscht, daß Picard wenigstens für ein paar weitere Fol-

Beverly Crusher und Data.

gen ein Borg geblieben wäre. Das scheiterte aber letztlich daran, daß ein Zweiteiler bis dahin vertretbar war, ein Drei- oder Mehrteiler jedoch nicht in die Serie paßte.

Das Labor, in dem Locutus/Picard von Data untersucht wird, war ein Umbau der Brücke der Film-Enterprise.

Episode N76: Family

(Familienbegegnung)

Kurz nach dem Sieg über die Borg wird die beschädigte Enterprise in der Erdorbitalstation McKinley überholt. Einige Besatzungsmitglieder nutzen diese Gelegenheit zu einem Landurlaub auf der Erde, so auch Picard, der nach Frankreich reist und seinen Bruder Robert besucht. Anders als Jean-Luc lehnt Robert die mit dem Fortschritt einhergehenden Bequemlichkeiten ab, auch ist er dagegen, daß sein Sohn René sich für Raumfahrt interessiert, was durch die Anwesenheit des Captain noch verstärkt wird. Von Louis, einem Jugendfreund Picards, erfährt der von dem neuen Atlantis-Projekt, mit dem der Meeresboden für Forschungs- und Wohnzwecke erschlossen werden soll. Picard hat die Erfahrung mit den Borg noch nicht ganz verarbeitet und spielt mit dem Gedanken, die Sternenflotte zu verlassen und eine neue Karriere einzuschlagen. Robert provoziert ihn zu einer Prügelei, in der beide ihren angestauten Aggressionen freien Lauf lassen können. Das gespannte Verhältnis zwischen den Brüdern normalisiert sich, Picard erzählt von seiner Borg-Erfahrung. Dann kommt er zu dem Entschluß, seine Karriere bei der Sternenflotte nicht aufzugeben, und kehrt mit Ende des Landurlaubs auf die Enterprise zurück. Dort begegnet er Sergei und Helena Rozhenko, dem Ehepaar, das Worf großgezogen hat und das den Aufenthalt der Enterprise im Dock zu einem kurzen Besuch bei seinem Sohn genutzt hat — jedoch nicht immer zum Vergnügen des Klingonen.

*

›Family‹ war der inoffizielle dritte Teil des Zweiteilers ›The Best of Both Worlds‹ und gab Picard die Gelegenheiten, über das Erlebte nachzudenken und sich möglicherweise neu zu orientieren. Für Patrick Stewart wäre dies nach seiner Vereinnahmung durch die Borg die nächste Gelegenheit gewesen, aus der Serie auszusteigen, wenn er das wirklich gewollt hätte.

Diese Episode mußte überraschend viel Kritik einstekken, weil sie so untypisch war und nach der Ansicht mancher Fans nicht zu *Star Trek — The Next Generation* paßte. Das Gegenteil war jedoch der Fall, da ›Family‹ sich mit den Menschen befaßte, anstatt nach dem Borg-Erlebnis einfach zur Tagesordnung überzugehen.

Michael Piller war auf Widerstand gestoßen, als er sein Konzept zu ›The Best of Both Worlds‹ als Dreiteiler vorlegte, dennoch schaffte er es mit ›Family‹, dem Zweiteiler einen würdigen Abschluß anzuhängen. In seinen Augen wäre es unglaubwürdig gewesen, Picard unverzüglich ins nächste Abenteuer zu schicken, anstatt ihm Zeit zu geben, die Erfahrung als Borg zu verarbeiten. Die Episode sollte nach Rick Bermans Vorstellungen zusätzlich einen SF-Handlungsstrang enthalten, da auch er zu der Ansicht neigte, daß ›Family‹ in der vorgelegten Form nicht interessant genug sei. Er plante eine zusätzliche Geschichte über ein Kind, das sich als blinder Passagier auf der Enterprise befand, außerdem sollten Menschen ohne Grund verschwinden.[1] Aber alle Erweiterungen der Episode waren zu umfangreich, um sie mit der ausgiebigen, auf Picard konzentrierten Handlung zu verknüpfen. Schließlich kam exakt das heraus, was Piller geplant hatte.

In einer der Nebenhandlungen wurde erstmals Jack Crusher, Wesleys Vater, gezeigt, der kurz nach der Geburt seines Sohnes eine holographische Mitteilung an ihn aufgezeichnet hatte. Diese Idee hatte ursprünglich eine ganze Episode tragen sollen, was aber zweifellos zu langatmig geworden wäre. Aber selbst ihre verkürzte Form wurde reduziert. In der längeren Fassung sollte Jack Crusher unter anderem einen Vorfahren erwähnen, der auf Nimbus III Pferde gestohlen hatte — und demnach während der Zeit von *Star Trek V — The Final Frontier* unter Kirk auf der Enterprise gedient hatte.[2]

Doug Wert, der Jack Crusher spielte, nahm diese Rolle ein weiteres Mal in ›Violations‹ (Ep. N112) auf.

Darüber hinaus wartete ›Family‹ mit einer ganzen Reihe Gaststars auf: Jeremy Kemp als Picards Bruder Robert, Samantha Eggar als dessen Frau Marie, Theodore Bikel und Georgia Brown als Worfs russische Adoptiveltern.

Episode N77: Brothers

(Die ungleichen Brüder)

Auf dem Weg zur Raumbasis 416 zwingt ein scheinbarer Ausfall des Lebenserhaltungssystems der Enterprise die

Besatzung dazu, die Brücke zu räumen. Tatsächlich hat aber Data den Vorfall arrangiert, um die völlige Kontrolle über das Schiff zu übernehmen und einen unbekannten Planeten anzufliegen. Dort angekommen, verläßt Data die Brücke, ohne daß ihn jemand aufhalten kann, und beamt sich auf den Planeten. Dort begegnet er überraschend seinem Schöpfer Dr. Noonian Soong, der ihm erklärt, daß er Data mit einem Signal hergelockt hat und daß die Entführung der Enterprise nicht mit dem Wissen des Androiden geschehen ist. Zur allgemeinen Überraschung betritt kurz darauf auch Lore Soongs Labor, der entgegen seiner eigenen Aussage keine verbesserte Ausführung von Data ist, sondern das Vorläufermodell, das Soong abschalten mußte, nachdem die programmierten ›Gefühle‹ zu Fehlfunktionen geführt hatten. Soong erklärt Data, daß er ihm einen perfekten Chip einsetzen will, der ihm die fehlenden Gefühle geben wird. Zu seinem Bedauern verfügt er nur über einen Chip, da er nicht wußte, daß Lore reaktiviert worden war. Als er wenig später Data den Chip einsetzt, erkennt er zu spät, daß es Lore ist, der Data außer Gefecht gesetzt und dessen Uniform angezogen hat. Soong schafft es nicht mehr, Lore den Chip wieder abzunehmen, und wird von dem Androiden schwer verletzt. Während Lore entkommt, folgt ein Landeteam der Enterprise auf den Planeten und findet den sterbenden Soong vor. Data wird reaktiviert und kehrt auf die Enterprise zurück, während sein ›Vater‹ zurückbleibt, da er dort sterben will.

*

›Brothers‹ bot Brent Spiner die Gelegenheit, gleich in drei Rollen aufzutreten, nämlich als Data, als sein Bruder Lore und als sein eigener Schöpfer Dr. Soong. Alle drei verkörperte er gleichermaßen überzeugend, obwohl genau dies zunächst bezweifelt wurde und für die Besetzung des Dr. Soong Keye Luke (bekannt als Donald Cory in

›Whom Gods Destroy‹, Ep. C70) im Gespräch war. Das Resultat bewies aber die Vielfältigkeit Spiners, der alle Rollen mit Bravour meisterte. Die Tricktechnik tat ein übriges und kombinierte die drei separaten Bilder dem heutigen Standard entsprechend.

Mit einem ähnlichen Tempo, wie in *Star Trek III – The Search for Spock* Kirk und Co. die Enterprise aus dem Raumdock entführten, übernahm hier Data das Schiff sogar im Alleingang.

Daß Lore am Ende entkommt, war für die Episode zwar nicht vorteilhaft. Es war jedoch eine dramaturgische Notwendigkeit, da dieser Charakter nach einem nicht so überzeugenden Auftritt in ›DataLore‹ in dieser Episode so vielversprechend dargestellt wurde, daß eine Fortsetzung wünschenswert und absehbar war. Sie sollte allerdings noch lange auf sich warten lassen.[3]

Episode N78: Suddenly Human

(Endars Sohn)

Auf einem talarianischen Schiff, das einen Notruf gesendet hat, entdeckt ein Landeteam der Enterprise einen Jungen, der eindeutig ein Mensch ist. Er nennt sich Jono und beharrt darauf, ein Talarianer zu sein. Picard beschließt, ihn an Bord zu behalten, um ihm so die Möglichkeit zu geben, seine wahre Herkunft zu verstehen. Jono heißt eigentlich Jeremiah Rossa und ist der Sohn von Kolonisten einer von den Talarianern zerstörten Kolonie auf Galen 4. Da er aufgrund seiner talarianischen Erziehung keine Frauen als übergeordnete Offiziere akzeptiert, fällt die Aufgabe, sich um den Jungen zu kümmern, dem Captain zu. Der versucht sich zwar mit Händen und Füßen zu wehren, aber erfolglos. Kurz darauf kommt der talarianische Captain Endar auf die Enterprise, um die Überlebenden des havarierten Schiffs an Bord zu nehmen. Schließlich fordert er die Übergabe von Jono, den er als seinen ›adoptierten‹ Sohn bezeichnet. Picard erklärt ihm, daß Jono zur Erde mitgenommen wird, um ihn bei seinen nächsten Verwandten unterzubringen. Jono ist über die Entwicklung zutiefst unglücklich und versucht, in seiner Verzweiflung Picard zu ermorden. Der kann gerettet werden, und ihm wird klar, daß alle Beteiligten nur versucht haben, ihren Willen durchzusetzen, daß aber niemand sich wirklich dafür interessiert hat, was Jono selber wollte. Er läßt ihn zu Endar zurückkehren.

*

›Suddenly Human‹ war zwar recht gut erzählt, mit dieser Episode wurde jedoch ein Fehler wiederholt, der schon ›Too Short a Season‹ (Ep. N16) und ›Tin Man‹ (Ep. N68) hatte scheitern lassen. Wieder einmal betraf das Problem zu wenig die Enterprise-Crew, als vielmehr Jono, der aber von Beginn an ein — in der fremden Kultur begründetes — eigenartiges Verhalten an den Tag legte, das ihn den Zuschauern zumindest in der Anfangsphase der Episode unsympathisch erscheinen ließ. Wirklich sehenswert waren eigentlich nur Picards Versuche, sich vor einer allzu intensiven Beschäftigung mit dem Jungen und auch vor der damit verbundenen Verantwortung zu drücken.

Unterschwellig sprach diese Episode das Thema Kindesmißbrauch an, der aber auf eine ganz andere Ebene bezogen war, als das den meisten Zuschauern bewußt war. Die dachten nämlich, daß Jono mißhandelt worden war, und waren mit Picards Entscheidung nicht einverstanden, ihn zu Endar zurückkehren zu lassen, da sie ihn als Schuldigen betrachteten. Das war aber von Grund auf falsch. Worum es wirklich ging, war die Tatsache, daß eine andere Form von Kindesmißbrauch auch darin bestehen kann, ein Kind zu zwingen, plötzlich in einer anderen Kultur leben zu müssen, um ihm die dortigen anderen Verhaltensweisen aufzuzwingen. Das Selbstbestimmungsrecht der

Kinder, das auch in der Realität eigentlich nur ein — zumindest in manchen Aspekten — Wunschtraum ist, sollte hier angesprochen werden.

Die Episode wäre vermutlich besser verlaufen, wenn Wesley Crusher in eine andere Gesellschaft geraten wäre, die von ihm angepaßtes Verhalten gefordert hätte.

Episode N79: Remember Me

(Das Experiment)

Während die Enterprise Dr. Dalen Quaice, einen alten Freund von Beverly Crusher, von der Raumbasis 133 an Bord nimmt, ist Wesley mit einem Warpantrieb-Experiment befaßt. Dieses Experiment bricht er auf LaForges Drängen überhastet ab. Als Wesleys Mutter den Maschinenraum betritt, bemerkt Wesley auf einem Monitor ein kurzzeitiges Ausdehnen der Warpblase. Eine Auswirkung ist jedoch nicht feststellbar. Als Dr. Crusher am nächsten Morgen Quaice abholen will, muß sie feststellen, daß er nicht an Bord ist. Auch kann sich niemand daran erinnern, daß Quaice jemals an Bord gekommen ist. Auf eine Anfrage bei der Sternenflotte ergibt sich, daß überhaupt kein Dr. Quaice bekannt ist. Mit einem Mal scheint auch das gesamte Personal der Krankenstation verschwunden zu sein, jedoch kann sich niemand außer Dr. Crusher an dessen Existenz erinnern. Von Data erfährt sie daraufhin, daß sie nie Personal hatte, was bei einer Besatzung von 230 Personen auch nicht nötig sei. Sie bittet Picard, zur Raumbasis umzukehren, da etwas nicht stimmen kann. Der Captain willigt ein. Währenddessen begibt sie sich zu ihrem Büro, wo sie nur knapp einem von einem gleißenden Licht begleiteten Sog entkommt. Kurze Zeit später besteht die Besatzung der Enterprise nur noch aus 114 Personen, niemand außer der Schiffsärztin findet daran etwas merkwürdig. Schließlich ist nur noch Picard übrig, der sich ebenfalls nicht daran zu stören scheint, neben Dr. Crusher das einzige Besatzungsmitglied der Enterprise zu sein, dann verschwindet auch er. Das eigenartige Licht kehrt zurück und will Beverly erneut mit sich reißen, aber sie kann noch einmal entkommen. Vom Computer erfährt sie, daß das gesamte Universum lediglich einen Durchmesser von 750 Metern hat und sich konstant zusammenzieht. Auf der anderen Seite des Lichts versuchen unterdessen Wesley und LaForge, die Schiffsärztin zurückzuholen. Die befindet sich nämlich als Folge von Wesleys übereilt abgebrochenem Experiment in einer sich allmählich zusammenziehenden Warpblase. Der Reisende, der einen Notruf von Wesley erhalten hat, ist inzwischen auf die Enterprise zurückgekehrt und hilft Wesley, die Warpblase lange genug aufrechtzuerhalten. Im letzten Moment erkennt Beverly, daß das Licht, das sie die ganze Zeit über gemieden hatte, sie aus der Warpblase zurückbringt. Sie läßt sich von dem Licht aufnehmen und findet sich erleichtert auf einer vollständig besetzten Enterprise wieder.

*

›Remember Me‹ erinnerte an die Atmosphäre der Episoden aus der Serie ›The Twilight Zone‹, in denen man gleichfalls bis kurz vor Schluß nicht wußte, was wirklich geschah. Einziger Schwachpunkt war die Tatsache, daß Beverly Crusher als Chefärztin eines Föderationsschiffes zwar vielseitig sein muß, daß ihr Wissen über Warpfeld-Theorien aber doch recht weit hergeholt war. Davon abgesehen bot die Episode aber ein hohes Maß an Spannung und bescherte außerdem ein Wiedersehen mit Eric Menyuk, der bereits in ›Where No One Has Gone Before‹ (Ep. N6) als der Reisende zu sehen war. Sein Auftritt war nicht unbedingt erforderlich gewesen, er wurde jedoch in letzter Minute in das Drehbuch eingearbeitet, da die Situation inhaltlich so verfahren war, daß es keine bessere Lösung gab.

Die beste Szene in ›Remember Me‹ ist Picards Antwort auf Crushers Frage, warum nur sie beide an Bord sind, wenn das Schiff für über 1000 Personen gebaut worden ist: »Budgetkürzungen.«

Autor Lee Sheldon, der Jonathan Frakes von einem erfolglosen Pilotfilm mit dem Titel ›Beach Patrol‹ kannte, schrieb unter anderem auch einige Episoden der kurzlebigen Serie ›Tucker's Witch‹.[4] Sheldon hatte ›Remember Me‹ anders geplant, es sollte sich nicht um ein von Wesley Crusher gestartetes und fehlgeschlagenes Experiment handeln. Vielmehr war Grundlage ein ungewöhnliches Testprogramm, das zeigen sollte, wie die Crew mit Isolation und dem Verlust der vertrauten Umgebung umgehen würde. Dabei sollte dann etwas anders als geplant verlaufen und Data sollte alleine zurückbleiben.

Episode N80: Legacy

(Die Rettungsoperation)

Auf Turkana IV — dem Heimatplaneten von Tasha Yar — ist eine Rettungskapsel des Föderationsfrachters Arcos notgelandet, die Enterprise hat den Auftrag, diese Kapsel zu bergen. Dort angekommen, finden sie sich mitten in einem Bürgerkrieg wieder. Ein Landeteam trifft mit dem Anführer der Koalition, Hayne, zusammen und erfährt von ihm, daß die Besatzung der Rettungskapsel von der Allianz festgehalten wird. Diese Allianz hat ein Waffenlager auf dem Planeten entdeckt und wird die Oberhand über Turkana IV gewinnen, da Hayne und seine Leute sich nicht gegen diese Waffen verteidigen können. Er bietet Picard seine Hilfe an bei der Suche nach den Überlebenden, fordert aber im Austausch für diese Hilfe von der Enterprise die Aushändigung von Phasern, damit der ›Frieden‹ gewahrt werden kann. Das Team kehrt vorübergehend auf die Enterprise zurück, wo Picard erwartungsgemäß der Hauptdirektive folgt und sich weigert, Waffen an die Koalition auszugeben. Hayne meldet sich bei ihnen und stellt eine Frau vor, die die Verbindung zwischen ihm und der Enterprise aufrechterhalten soll: Ishara Yar, Schwester von Tasha. Data verbringt viel Zeit mit ihr und beginnt — wie auch die anderen Offiziere der Enterprise — ihr zu vertrauen, da alle in ihr die verstorbene Tasha sehen wollen. Dr. Crusher entfernt aus Isharas Körper einen Sender, der ihr genau wie allen anderen der Koalition eingepflanzt wurde, damit sie permanent überwacht werden können und eine Annäherung an das Gebiet der Allianz von vornherein zum Scheitern verurteilt ist. Ishara gibt vor, daß sie sich für den Dienst in der Sternenflotte interessiert. Sie will mit Hayne über ihre Zukunft reden, tatsächlich jedoch signalisiert sie ihm, daß alles exakt nach Plan verläuft. Nachdem sie für den Fall einer eventuellen Attacke einen Phaser erhalten hat, kehrt sie mit einem Landeteam auf den Planeten zurück und führt die Gruppe zu dem Raum, in dem die Besatzung der Rettungskapsel gefangengehalten wird. Dann setzt sie sich von der Gruppe zunächst unbemerkt ab und gelangt zu dem Generator, der das Verteidigungssystem der Allianz steuert. Sie manipuliert ihn so, daß er in Kürze explodieren wird. Data entdeckt sie aber noch rechtzeitig und kann ihren Plan verhindern. Er und die anderen Mitglieder des Landeteams müssen einsehen, daß sie sie alle getäuscht hat, entsprechen aber ihrem Wunsch, auf Turkana 4 zu bleiben, da die Frachterbesatzung gerettet und der eigentliche Auftrag erfolgreich erledigt werden konnte.

*

Das Zusammentreffen mit Tashas Schwester verlief zwar für die Enterprise-Crew und auch für die Zuschauer recht enttäuschend, da Ishara sich völlig anders verhielt als Tasha und alle zu täuschen verstand, was ihre Schwester nie gewagt hätte. Dramaturgisch war dies der einzig vernünftige Weg, um nicht nebenbei eine ›neue‹ Tasha ins Leben zu rufen. Hätte man das beabsichtigt, wäre eine Zwillingsschwester die beste Lösung gewesen, um der keineswegs so erfolgreichen Denise Crosby die Rückkehr zu ermöglichen. Die Rolle der Ishara Yar war zwar gut geplant, aber falsch besetzt. Beth Toussaint hatte mit Denise Crosby keine Ähnlichkeit, vielmehr erinnerte sie verblüffend an Linda Hamilton.

Über die Sorgfalt, die man der Charakterisierung von Tashas Schwester widmete, vergaßen die Drehbuchautoren weitgehend den ursprünglichen Aspekt dieser Episode, nämlich den auf Turkana IV herrschenden Bürgerkrieg.

Episode N81: Reunion

(Tödliche Nachfolge)

Die klingonische Botschafterin K'Ehleyr kommt von einem klingonischen Schiff auf die Enterprise und informiert Picard, daß K'mpec, der oberste Klingone, bald sterben wird und dann ein Bürgerkrieg über die Nachfolge ausbrechen wird. Dann trifft sie mit Worf zusammen und präsentiert ihm Alexander, ihren gemeinsamen Sohn. Picard begibt sich wenig später zu dem im Sterben liegenden K'mpec. Der bittet Picard, herauszufinden, wer ihn vergiftet hat — Gowron oder Duras —, dann stirbt er. Während sich zwei weitere klingonische Schiffe der Enterprise nähern, drängt Worf seinen Captain, nicht Duras die Nachfolge zu übertragen. Als er dann hört, daß K'mpec vergiftet wurde, ist er zutiefst erstaunt, da es eine feige und für einen echten Klingonen unpassende Methode ist, einen Gegner aus dem Weg zu räumen. Bei einem Zusammentreffen auf K'mpecs Schiff ereignet sich eine Explosion, deren Hintergrund zunächst unklar ist. K'Ehleyr schlägt Picard vor, die Bestimmung des Nachfolgers nach dem ja'chuq-Ritual vorzunehmen, in dem die Kandidaten alle ihre Kämpfe und Auszeichnungen aufzählen

Dr. Kate Pulaski, Ärztin der Zweiten Season.

müssen. Dieses Ritual gibt Picard die benötigte Zeit, um sich mit der Explosion zu befassen. LaForge und Data entdecken bei der Untersuchung, daß der Zünder romulanischer Herkunft war. Währenddessen stellt K'Ehleyr fest, daß Duras' Vater Khitomer an die Romulaner ausgeliefert hat und daß Duras selber offensichtlich auch mit dem Feind kooperiert. Als sie Duras zur Rede stellt und ihn mit der Wahrheit konfrontiert, tötet er sie. Nur wenig später findet Worf die ermordete K'Ehleyr und verfolgt Duras auf dessen Schiff, um den Mord zu rächen. Ein Enterprise-Team folgt den beiden, kann aber nicht mehr rechtzeitig eingreifen. Worf hat seine selbstauferlegte Pflicht erfüllt und Duras getötet. Gowron ist damit automatisch Nachfolger von K'mpec. Worf beschließt unterdessen, Alexander zu seinen Eltern zu bringen, damit diese ihn aufziehen.

*

Die an sich gute Idee, Worf einen unehelichen Sohn zuzuschreiben, wirkte unmittelbar nach dem Auftauchen von Tashas Schwester recht unglücklich plaziert. Darüber hinaus war es in der noch jungen Season die vierte Episode, in der Familienmitglieder und Verwandte im Mittelpunkt standen. Diese ungeschickte Anhäufung ähnlicher Rahmenbedingungen — der Einbeziehung engster Verwandte, deren Existenz bis dahin zumindest dem Zuschauer verborgen geblieben war — handelte *Star Trek — The Next Generation* den unpassenden Ruf ein, sich immer stärker in Richtung Soap Opera zu entwickeln. Hier wiederholte sich der Fehler aus der ersten Season, in der eine ebenfalls schlecht gewählte Episodenreihenfolge Wesley Crusher in kürzesten Abständen die Enterprise mehrfach retten ließ und zum Widerstand einiger Fans führte.

Wenn man diese äußeren Umstände unberücksichtigt ließ, war ›Reunion‹ eine der Geschichten, die die Klingonen wieder einmal in den Mittelpunkt rückte und deren Kultur facettenreicher machte. Dennoch war diese Episode inhaltlich ausgewogen genug, um auch die anderen Charaktere einzubeziehen. ›Reunion‹, die gleich zwei vorangegangene Episoden (›Sins of the Father‹, Ep. N65, und ›The Emissary‹, Ep. N46) fortführte, war dem klingonischen Thema entsprechend recht brutal, die Gewalt war aber — wie stets bei *Star Trek — The Next Generation* — begründet. Jonathan Frakes führte hierbei erneut souverän Regie.

Suzie Plakson hatte hier zwar einen erneuten Auftritt als K'Ehleyr, zugleich sollte es aber auch ihr letzter sein. Diese Tatsache war um so ärgerlicher, als ihr Charakter interessant genug war, um mit ihr weitere Episoden zu bestreiten. Die Entscheidung, sie sterben zu lassen, verärgerte auch Michael Dorn, der sich jedoch zu einem Teil selber die Schuld gab. Er hatte bei der Beratung über das Drehbuch geäußert, daß Worf seiner Ansicht nach nur dann zornig genug werden würde, um wie beabsichtigt den Klingonen Duras umzubringen, wenn jemand aus dem Kreis der Personen ums Leben kam, die Worf viel bedeuteten. Damit war diese Rolle als einzige Gastrolle zwangsläufig betroffen. Den Schritt, seinen Sohn beim ersten Auftritt sterben zu lassen, wagte man als Alternative zu K'Ehleyr nicht.

Worfs Sohn Alexander wird hier noch gespielt von John Steuer, später wird er ersetzt von Brian Bonsall aus ›Family Ties‹.

Charles Cooper nahm seine Rolle als K'mpec wieder auf, wie Suzie Plakson zum letzten Mal. Als Duras war erneut Patrick Massett zu sehen.

Episode N82: Future Imperfect

(Gedächtnisverlust)

Ein Landeteam unter der Führung von Riker untersucht in einer unterirdischen Höhle des als unbewohnt geltenden Planeten Alpha Onias III die Herkunft eines seltsamen Signals. Sie können jedoch nichts finden, bis plötzlich austretende giftige Gase sie zur Rückkehr auf die Enterprise zwingen. Es gibt aber ein Problem mit dem Transporter, und die Gruppe verliert das Bewußtsein. Als Riker wieder erwacht, findet er sich in der Krankenstation wieder und sieht eine veränderte, da ältere Beverly Crusher. Sie erklärt ihm, daß ein Virus die Erinnerung an die letzten sechzehn Jahre gelöscht hat. Er ist seit neun Jahren Captain der Enterprise, ist verwitwet und hat einen Sohn, Jean-Luc. Da die Verhandlungen zum Abschluß eines Friedensvertrages mit den Romulanern nahezu erledigt sind, trifft die Enterprise auf das romulanische Schiff Decius und nimmt von dort den nunmehr bärtigen Admiral Picard, dessen Assistentin Deanna Troi sowie den romulanischen Botschafter Tomalak an Bord. Obwohl Rikers Erinnerung fehlt, mißtraut er dem Romulaner. Als er wenig später eine Computeraufzeichnung sieht, die auch seine Frau zeigt, weiß er augenblicklich, daß etwas nicht stimmt. Die Aufzeichnung zeigt als seine Frau Minuet, die aber lediglich eine Holodeck-Kreation ist. Er kehrt auf die Brücke zurück und stellt Tomalak zur Rede, der schließlich nachgibt und erklärt, daß die Holodeck-Szenerie dem Zweck diente, Riker die Position des Außenpostens 23 zu entlocken, der einen zentralen Punkt in der Verteidigung der Neutralen Zone bildet. Tatsächlich sind keine sechzehn Jahre vergangen, Riker ist vielmehr ein Gefangener Tomalaks. In seiner Zelle begegnet Riker einem Jungen namens Ethan, den die Romulaner als Vorbild für das Hologramm des Riker-Sohnes Jean-Luc benutzt hatten. Als er mit Riker fliehen will, verwickelt er sich in Widersprüche, die Riker hellhörig machen und ihn erneut an der Echtheit seiner Umgebung zweifeln lassen. Er fordert erneut ein Ende des Theaters, wieder verändert sich die Umgebung. Riker befindet sich noch immer in der Höhle auf Alpha Onias III, der Junge ist in Wirklichkeit Barash, ein Außerirdischer, der von seiner Mutter zum Schutz vor einer angreifenden Rasse in dieser Höhle versteckt wurde. Scanner ermöglichen es ihm, jede gewünschte Umgebung entstehen zu lassen, was ihm aber nicht über seine Einsamkeit hinweghilft. Allein aus diesem Grund hatte er Riker auf dem Planeten festhalten wollen. Der versteht ihn und nimmt ihn mit auf die Enterprise.

*

David Bennett Carren, der diese Episode mitgeschrieben hatte, war bereits bei der Neuauflage der Serie ›The Twilight Zone‹ Anfang der achtziger Jahre beteiligt, ein Einfluß, der sich hier nicht leugnen läßt. ›Future Imperfect‹ war eine ausgesprochen originelle und von Anfang an fesselnde Episode, die lange Zeit unklar ließ, was wirklich mit Riker geschehen war, zumal die scheinbar in seiner Zukunft liegenden Ereignisse glaubhaft aus der bestehenden Serie weiterentwickelt worden waren. So war Data inzwischen zum ersten Offizier aufgestiegen, und auf der Brücke verrichtete ein Ferengi seine Dienste als Lieutenant — lange bevor die Idee zu *Star Trek — Deep Space Nine* geboren war, in der Ferengis zwar nicht Mitglied der Sternenflotte sind, aber über ihren hier noch gültigen Status als Widersacher hinausgewachsen sind. Die überraschend simple Erklärung für die mysteriösen Ereignisse wirkte sich zum Vorteil der Episode aus, da sie nicht enttäuschte und dennoch den Spekulationen der Zuschauer entgegenlief.

Neben einem Kurzauftritt von Carolyn McCormick als Minuet, die in ›11001001‹ (Ep. N15) als Holodeck-Charakter zu sehen gewesen war, gab es ein Wiedersehen mit Andreas Katsulas in seiner Rolle als Romulaner Tomalak, der bereits in ›The Enemy‹ (Ep. N55) und ›The Defector‹ (Ep. N58) zu sehen gewesen war. Katsulas nahm später eine Rolle in der Konkurrenzserie ›Babylon 5‹ an.

Katsulas berichtet auch von einem kuriosen Zwischenfall: Als das Drehbuch verlangte, daß Riker Tomalak schlägt, um zu entkommen, sollte ein Stuntdouble eingesetzt werden, aber Katsulas wollte diese Szene lieber selber spielen. Nachdem Frakes ihm einen Schlag versetzt hatte, scherzte er, daß Frakes' Anwälte am nächsten Morgen von dem Vorfall erfahren würden. Ein Scherz, den Frakes nicht als solchen auffaßte, so daß Katsulas für den Rest der Dreharbeiten immer wieder darauf hinweisen mußte, daß er es nicht so gemeint hatte.[5]

Ein seltenes Ereignis bei der Produktion war die Tatsache, daß das Drehbuch sich als zu kurz erwies, so daß spontan eine Szene nachgeschoben wurde, um die Zeit aufzufüllen. Es handelt sich hierbei um die Szene mit Riker und seinem Sohn im Turbolift, wo er über seinen Vater redet.

Episode N83: Final Mission

(Die letzte Mission)

Kurz bevor Wesley zur Akademie wechseln kann, nimmt Picard ihn zu einer letzten gemeinsamen Reise mit, um in einem Minenarbeiterstreit auf Pentarus V zu vermitteln. Während die beiden an Bord des Shuttles Nenebek unter dem Kommando von Dirgo aufbrechen, fliegt die Enterprise Gamelan 5 an, um dort die Bewohner vor der Strahlung eines im Orbit kreisenden Raumschiffs zu schützen. Das Shuttle erleidet Havarie und stürzt auf Lambda Paz ab, einem Mond des Zielplaneten Pentarus 3. Dort herrscht jedoch Wüstenklima; da der Pilot Dirgo aber trotz seines nicht gerade vertrauenerweckenden Shuttles keine Schwierigkeiten einkalkuliert hat, haben die drei kein Wasser. Sie machen sich auf den Weg zu einer weit entfernten Gebirgskette, die als einzige Schutz vor der sengenden Hitze verspricht. Als sie das Gebirge endlich erreicht haben, entdecken sie in einer Höhle einen Brunnen. Ihre Freude ist aber nur von kurzer Dauer, da sie feststellen müssen, daß dieser Brunnen von einem undurchdringlichen Kraftfeld umgeben ist. Dirgos Versuch, mit einem Phaser das Feld zu zerstören, führt zu einer Erschütterung der Höhle, herabstürzende Steine verletzen Picard schwer. Sie bemühen sich, ihn am Leben zu erhalten, aber schon kurz darauf ist Wesley auf sich allein gestellt, da Dirgo bei einem weiteren Versuch, das Kraftfeld zu zerstören, ums Leben kommt. Allein schafft es Wesley schließlich, die Struktur des Feldes zu analysieren und es mit einem modifizierten Phaserschuß zu zerstören. Es gelingt ihm, Picard am Leben zu halten, bis ein Team der Enterprise eintrifft und sie rettet.

*

Kasey Arnold-Ince, die das Drehbuch geschrieben hatte, gab Wil Wheaton die Gelegenheit, *Star Trek – The Next Generation* zu verlassen. Einer der Gründe für Wheatons Entschluß war die Tatsache, daß er zahlreiche Filmangebote erhalten hatte, die er aber wegen seiner Rolle als Wesley Crusher aufgrund der wenigen verfügbaren Zeit ablehnen mußte. Ausschlaggebend war jedoch, daß Wheaton mit der Entwicklung zwischen Wesley und seiner Mutter nach ihrer Rückkehr in der dritten Season nicht zufrieden war. Er empfand es für seine Rolle als unpassend, daß Wesley plötzlich gegen seine Mutter agierte. Hinzu kam, daß die Autoren nach den frühen negativen Reaktionen der Fans auf Wesley in der Folgezeit Angst hatten, ihn zu intensiv einzusetzen. Seine Beteiligung war mit einem Mal sehr eingeschränkt, obwohl er bereits zur Brückencrew gehörte.[6]

Neben den oben angeführten Gründen war es auch ein Entschluß, der verhinderte, daß er am Ende der Serie keine Rollenangebote erhalten würde, da man ihn zu sehr mit Wesley Crusher identifiziert hätte. Sein Abschied aus der Serie war im Gegensatz zu Denise Crosby so gestaltet, daß er jederzeit problemlos zurückkehren konnte.[7] Zudem vermied man es erfreulicherweise, eine zu Tränen rührende Abschiedsszene einzubauen.

Mit Wesley Crusher verließ der zweite permanente Charakter die Serie (abgesehen von Dr. Pulaski, die ›nur‹ ein Jahr dabei war), dennoch hatte man in den folgenden Episoden selten das Gefühl, daß er fehlte. Das lag natürlich auch daran, daß man ihn zum Schluß ohnehin weitgehend ignoriert hatte, was den späten Sieg der Wesley-Gegner relativ unbedeutend machte.

Q auf der Brücke der Enterprise.

In der Rolle des Dirgo war Nick Tate zu sehen, der dem SF-Publikum vor allem aus der Serie ›Space: 1999‹ (dt. ›Mondbasis Alpha 1‹) bekannt war. Dirgo war zunächst nicht Bestandteil des Drehbuchs gewesen.

Gleichfalls wich die Umgebung vom ersten Drehbuch ab, in dem sich die Handlung noch auf einem Eisplaneten abspielte. Das hätte aber Dreharbeiten im Studio und somit den Bau von Kulissen bedeutet, die nicht so überzeugend gewirkt hätten. Die Szenerie wurde also geändert und konnte — wesentlich realistischer — im El Mirage Dry Lake Bed in San Bernardino County östlich von Los Angeles gefilmt werden.

Episode N84: The Loss

(Das kosmische Band)

Als die Enterprise einer Gruppe zweidimensionaler Lebensformen begegnet, wird das Schiff von der erhöhten Anziehungskraft dieses Phänomens in dessen Gewalt gebracht. Gleichzeitig verliert Troi ihre telepathischen Fähigkeiten und kann mit dem Verlust nicht zurechtkommen. Obwohl sie ohne ihre telepathischen Kräfte ihre Arbeit verrichten könnte, gibt sie ihre Position als Counselor auf. Erst als die Enterprise durch die zweidimensionalen Lebensformen in ernsthafte Gefahr gerät, kann Riker sie dazu bewegen, ihr Wissen bei der Lösung des Problems einzusetzen, da der fremden Lebensform nicht verständlich gemacht werden kann, daß das Schiff gefährdet ist. Sie erkennt, daß die Lebensform instinktiv handelt. Mit einem Ablenkungsmanöver kann sie lange genug irritiert werden, um der Enterprise Gelegenheit zu geben, sich zu befreien. Nachdem das Schiff sich von dem Phänomen entfernt hat, kehren auch Trois Fähigkeiten zurück. Die waren von den extrem starken Empfindungen der zweidimensionalen Lebensformen lediglich vorübergehend blockiert worden.

*

Zu Beginn der Episode schien es zwar so, als wolle man sich noch einmal auf das tränenreiche Niveau von ›The Bonding‹ (Ep. N53) begeben, glücklicherweise geschah das jedoch nicht. Statt dessen erlebte man eine ganz andere Deanna Troi, die auf ihre Fähigkeiten verzichten und dennoch ihre Arbeit verrichten mußte. Es gelang, glaubhaft einen Konflikt einzubauen, den Roddenberry vehement ablehnte, der hier aber durchkam, da der Zustand durch eine von außen einwirkende Kraft verursacht wurde und nicht charakteristisch für Deanna Troi war. Das zeigte aber wieder einmal, daß Roddenberrys Konzept einer völlig konfliktlosen Gruppe keineswegs ein Idealzustand war.

Bei der Planung dieser Episode hatte man sogar kurzzeitig mit dem Gedanken gespielt, Trois Fähigkeiten für immer verschwinden zu lassen, man entschied sich aber kurzfristig anders.

Episode N85: Data's Day
(Datas Tag)

Data zeichnet für Commander Maddox die Erlebnisse eines normalen Tages in seinem Leben auf. An diesem Tag will Miles Edward O'Brien seine Freundin Keiko Ishikawa heiraten. Währenddessen befördert die Enterprise die vulkanische Botschafterin T'Pel zur Neutralen Zone, da sie bei den Romulanern eine streng geheime Mission zu erledigen hat. Als die Enterprise mit dem romulanischen Schiff unter dem Kommando von Admiral Mendak zusammentrifft, wird T'Pel hinübergebeamt, kommt aber bei einer Fehlfunktion des Transporters ums Leben. Mendak bezweifelt, daß es sich um einen Unfall handelt, und vermutet hinter dem Vorfall eine Aktion der Sternenflotte, um die Beziehungen zwischen der Föderation und den Romulanern zu stören. Nach umfangreichen Untersuchungen stellt sich auf der Enterprise heraus, daß das Gewebe, das der Transporter zurück an Bord gebracht hat, nicht von der Vulkanierin stammen kann. Die Enterprise verfolgt das romulanische Schiff, da Grund zu der Annahme besteht, daß T'Pel in Gefangenschaft geraten sein könnte. Mit den Fakten konfrontiert, gesteht Mendak schließlich die Wahrheit. Die Vulkanierin T'Pel ist in Wirklichkeit die romulanische Agentin Selok, die sich von der Enterprise nach Hause hat bringen lassen. Datas Bericht über diesen ›ganz normalen‹ Tag, an dem er von Beverly Crusher Tanzen gelernt hat, endet mit der Hochzeit von Miles und Keiko O'Brien.

*

Wie ›Family‹ (Ep. N76) war auch ›Data's Day‹ eine Abkehr von den normalen Handlungsabläufen der Serie, die den alltäglichen Geschehnissen auf der Enterprise durch Datas Kommentare eine ganz neue Perspektive verlieh und zudem Data den Zuschauern näherbrachte. Im Rahmen der inneren Kontinuität, um die man sich bei *Star*

Trek — The Next Generation spürbar bemühte, fand hier Maddox aus ›The Measure of a Man‹ (Ep. N35) Erwähnung.

Ein neues Mannschaftsmitglied war ebenfalls zu erwähnen: Datas Katze, die aber erst in ›In Theory‹ (Ep. N99) ihren Namen bekommen sollte.

Erfreulich war, daß die Hochzeit im Gegensatz zu ›Balance of Terror‹ (Ep. C15) nicht in einem Desaster endete und mit O'Brien einen Charakter betraf, der regelmäßig zu sehen war. Daß einer festen Rolle eine so einschneidende Veränderung erlaubt wurde, war angesichts der sonst vorherrschenden Starre schon eine kleine Sensation. Der Text der Hochzeitsrede von Picard entsprach im Wortlaut der, die seinerzeit Kirk gehalten hatte.

Die parallel verlaufende Handlung um eine scheinbare Vulkanierin, die sich als Spion der Romulaner entpuppt, war interessant, bot aber genügend Stoff für eine eigene Episode, während sie hier die Handlung zu überlasten schien.

Rosalind Chao, die O'Briens Frau Keiko Ishikawa spielt, war zuvor in der Serie ›M*A*S*H‹ zu sehen gewesen.

Bei den Szenen, in denen Data von Dr. Crusher Tanzschritte lernt, war Gates McFadden für die Choreographie verantwortlich.

Episode N86: The Wounded

(Der Rachefeldzug)

Die U.S.S. Phoenix hat unter dem Kommando von Captain Benjamin Maxwell eine Forschungsstation der Cardassianer zerstört und ist danach in deren Hoheitsgebiet eingedrungen. Da diese Aktion das Abkommen zwischen der Föderation und den Cardassianern gefährdet, nimmt die Enterprise die Verfolgung der Phoenix auf. Die zerstört auf ihrem Weg noch ein Frachtschiff und ein Kriegsschiff der Cardassianer, erst dann gelingt es, mit Captain Maxwell Kontakt aufzunehmen, dessen Familie bei einem cardassianischen Angriff auf Setlik III ums Leben gekommen war. Maxwell behauptet, die angebliche Forschungsstation sei in Wirklichkeit ein militärischer Außenposten gewesen. Nach einer längeren Diskussion geht Maxwell scheinbar auf Picards Forderung ein, ihm zurück ins Föderationsterritorium zu folgen. Doch wenig später greift er erneut ein Frachtschiff an, woraufhin sich O'Brien auf die Phoenix beamen läßt. Da er lange Zeit unter Maxwell gedient hat, kann er ihn schließlich davon überzeugen, daß ein Angriff sinnlos ist. Er folgt ihm auf die Enterprise, wo Picard den Cardassianern erklärt, daß er Maxwells Geschichte von den militärischen Außenposten glaubt, er ihn aber nicht in Gefahr bringen wollte. Die Cardassianer wissen damit, daß die Föderation sie beobachten wird.

*

›The Wounded‹ war durchaus als Parallele auf das frühere Verhältnis der beiden Supermächte UdSSR und USA zu betrachten, zumal am Ende die möglicherweise guten Absichten der Cardassianer auch von Picard in Frage gestellt werden und er sich auf die Seite Maxwells stellt, eine für Picard untypische und damit zunächst unglaubwürdige Handlungsweise, die zudem nach dem Vorfall völlig fehl am Platz war, da er so Maxwell in dessen Glauben bestätigte, richtig gehandelt zu haben. Erst bei *Star Trek — Deep Space Nine* (s. S. 596) sollte man erkennen, daß die Cardassianer tatsächlich nicht vertrauenswürdig waren, was aber Picards uncharakteristische Reaktion auch nicht nachträglich rechtfertigen konnte. Erstaunlich ist, daß Patrick Stewart gegen diese Entwicklung nicht protestierte, da sie doch geeignet war, seiner Rolle und letztlich auch ihm zu schaden. Immerhin war *Star Trek — Deep Space Nine* zu diesem Zeitpunkt allenfalls in einem extrem frühen Planungsstadium, das wohl kaum eine so ausgefeilte Stufe erreicht haben konnte, daß man bereits in ›The Wounded‹ die Zuschauer auf die Cardassianer vorbereiten wollte.

Überraschend wurde nach einer bereits beachtlichen Berücksichtigung in ›Data's Day‹ (Ep. N85) Colm Meaney auch diesmal in die Handlung einbezogen und geriet noch stärker in den Mittelpunkt als eine Woche zuvor. Diesmal gestattete man ihm sogar zu singen.

Episode N87: Devil's Due

(Der Pakt mit dem Teufel)

Auf Ventax II ist die Bevölkerung in Panik ausgebrochen, da man glaubt, daß das Ende ihrer Welt gekommen ist. Die Enterprise trifft gerade noch rechtzeitig ein, um Dr. Clark, den Leiter einer wissenschaftlichen Station der Föderation auf dem Planeten, an Bord zu nehmen. Das restliche Team wird als Geiseln festgehalten. Clark berichtet, daß Ventax II noch vor rund eintausend Jahren eine technisch hochentwickelte Welt war, bis die Bewohner sich plötzlich der Landwirtschaft zuwandten. Dies geschah, nachdem die Ventaxier ihre Welt an den Rand des Abgrunds gebracht und dann ihre Seelen Ardra versprochen hatten, um im Gegenzug ein Jahrtausend des Friedens zu erhalten. Jared, Staatsoberhaupt des Planeten, glaubt genau wie sein Volk, daß Ardra nun wiederkommt und die Seelen der Bewohner holt. Tatsächlich erscheint kurz darauf eine mysteriöse Frau, die sich Ardra nennt und über scheinbar übermenschliche Kräfte verfügt, zumindest in den Augen der Ventaxier. Da sie nicht nur den Planeten, sondern auch die im Orbit befindliche Enterprise für sich beansprucht, muß Picard Jared davon überzeugen, daß Ardra sich lediglich bestimmter Techniken bedient, die sie den Ventaxiern übermenschlich erscheinen läßt. In einer Gerichtsverhandlung soll Picard den Planeten und damit auch sein Schiff verteidigen. Währenddessen entdeckt man von der Enterprise aus endlich Ardras Schiff, von dem aus sie ihre Energie bezieht. Die Verbindung wird unterbrochen und auf Picard umgeleitet. Da der nun über die gleichen Mächte verfügt wie Ardra, kann er Jared davon überzeugen, daß die Frau nur die Leichtgläubigkeit der Ventaxier ausnutzen wollte. Sie wird als Betrügerin festgenommen, auf Ventax II kehrt wieder Ruhe ein.

*

Diese Episode war ursprünglich für die Neuauflage der Serie geplant (s. Band 2, S. 490 f.), wurde aber wie ›The Child‹ für *Star Trek — The Next Generation* umgeschrieben. Während sich ›The Child‹ jedoch nahtlos in die Serie einfügt, wirkte ›Devil's Due‹ — ungeachtet der an sich guten Handlung — fehl am Platz. Picard verhielt sich viel zu sehr wie Kirk, auf den das eigentliche Drehbuch zugeschnitten war. Anstatt Ruhe zu bewahren, wie man es von ihm gewohnt war, geriet er nach der für die Rolle schon bedenklichen Episode ›The Wounded‹ (Ep. N86) erneut in eine für den Charakter untypische Anteilnahme.

Marta DuBois, die die Ardra spielte, war bekannt aus ›Magnum P.I.‹ und stand schon lange Zeit auf der Warteliste für eine Gastrolle in *Star Trek — The Next Generation.* Hier fand man sie als ideale Besetzung, nachdem sie sich gegen die Mitbewerberinnen Stella Stevens und Adrienne Barbeau durchgesetzt hatte.

Episode N88: Clues
(Beweise)

Als sich die Enterprise einem erdähnlichen Planeten nähert, gerät das Schiff in ein Wurmloch, die gesamte Besatzung außer Data fällt in Ohnmacht. Als sie erwachen, befindet sich die Enterprise Lichtjahre von ihrer letzten Po-

sition entfernt. Data berichtet, daß die Bewußtlosigkeit dreißig Sekunden gedauert habe. Bald werden jedoch alle Offiziere auf Widersprüche aufmerksam, können aber keine Erklärung finden. Besonderes Kopfzerbrechen bereitet Picard das seltsame Verhalten des Androiden, der zu allen Hinweisen eine Erklärung zu finden versucht. Picard befiehlt schließlich die Rückkehr zu dem erdähnlichen Planeten, da er glaubt, daß sie dort eine bessere Erklärung finden. Als sie den Planeten erreicht haben, nimmt ein Paxaner mit ihnen Kontakt auf, indem er über Deanna Troi zu ihnen spricht. Die Paxaner wollen mit keiner fremden Rasse Kontakt aufnehmen und haben zu diesem Zweck das Wurmloch konstruiert, das alle Schiffe, die sich dem Planeten absichtlich oder zufällig nähern, fernhalten soll. Ein Energiefeld versetzt die Besatzung des jeweiligen Schiffs in Tiefschlaf, dann übernehmen die Paxaner die Kontrolle über das Schiff und bringen es außer Reichweite des Planeten. Im Fall der Enterprise hat dieses Prinzip aber nicht funktionieren können, da Data gegen das Energiefeld immun ist. Noch bevor die Paxaner ihren Plan beginnen konnten, hatte der Android die Besatzung geweckt. Die Paxaner hatten daraufhin gedroht, das Schiff zu vernichten. Picard konnte sie jedoch dazu bewegen, die Erinnerung an diese Begegnung zu löschen. Data erteilte er zudem den Befehl, zu niemandem über den Vorfall zu sprechen. Jetzt sind sie an der gleichen Stelle angelangt, wieder beabsichtigen die Paxaner die Zerstörung der Enterprise. Picard kann eine zweite Chance erbitten, verbunden mit dem Versprechen, diesmal alles besser zu machen und keine Spuren zu hinterlassen, die ihnen als Rätsel erscheinen könnten, das um jeden Preis gelöst werden muß. Der Paxaner willigt ein, die Prozedur wird ein zweites Mal durchgeführt. Wieder erwacht die Besatzung aus einer dreißig Sekunden währenden Bewußtlosigkeit und ist weit von dem eigentlich angesteuerten Planeten entfernt. Bevor Picard jedoch den Befehl geben kann, dorthin zurückzukehren, rät Data genau davon ab. Riker empfiehlt, eine Sonde auf den Weg zu schicken, um den Sektor zu erforschen. Picard beschließt daraufhin, der Sternenflotte mitzuteilen, daß alle Schiffe dieses Gebiet meiden sollen.

*

›Clues‹ kennzeichnete eine weitere Abkehr von den konventionellen Handlungsmustern, da hier bereits etwas passiert war, was es nachträglich aufzuklären galt. Das Ergebnis war eine äußerst skurrile, aber exzellente Episode, deren beste Szene das Episodenende ist, als Datas Gesicht verrät, daß er befürchtet, Picard könne das Ganze noch einmal von vorne beginnen.

Episode N89: First Contact

(Erster Kontakt)

Die Föderation beobachtet die Entwicklung auf dem Planeten Malcor, dessen Bevölkerung kurz vor der Erforschung des Weltraums steht und daher als potentielles Mitglied der Föderation in Erwägung gezogen wird, obwohl die meisten Malcorier bei dem Gedanken an Besucher aus dem Weltall nahezu neurotisch reagieren. Einer dieser Beobachter ist Riker, der sich nach einer kosmetischen Operation unter die Malcorier gemischt hat, nach einer schweren Verletzung aber in ein Krankenhaus eingeliefert wird. Picard nimmt mittlerweile Kontakt auf mit der Forschungsministerin von Malcor, Mirasta Yale, die kurz vor der Entdeckung des Warpantriebs steht. Sie nimmt die Begegnung gefaßt auf und arrangiert ein Treffen mit Kanzler Avel Durken, der den Fremden aber mit Mißtrauen begegnet, da zu oft Eroberer sich mit den Worten »Wir sind Freunde« vorstellten. Das Vertrauen, das Durken Picard schließlich entgegenbringt, wird jäh zerstört, als der von der Anwesenheit Rikers auf dem Planeten erfährt. Riker kann noch rechtzeitig auf die Enterprise zurückgebracht werden, während Durken Picard mitteilt, daß sein Volk für diesen Kontakt noch nicht reif ist. Mirasta Yale bittet Picard, sie mitzunehmen, er willigt ein, dann verlassen sie gemeinsam den Planeten.

*

Das Reizvolle an ›First Contact‹ war, daß alle Bemühungen der Föderation letztlich vergebens waren. Das war um so angenehmer, da man es gewagt hatte, vom üblichen Schema abzuweichen und auch einmal einen Mißerfolg zu zeigen. Im Gegensatz zu anderen Episoden, in denen die Gastrollen im Vordergrund standen, gelang es hier, das Interesse der Zuschauer zu gewinnen.

Trotz der insgesamt düsteren Atmosphäre dieser Episode kann sie eine der amüsantesten Szenen der Serie vorweisen, als eine Malcorierin Riker verspricht, ihm bei der Flucht aus dem Krankenhaus zu helfen, wenn er mit ihr schläft. Als Begründung gibt sie an, daß sie schon immer einmal mit einem Nicht-Malcorier schlafen wollte. Nicht nur, daß diese Situation völlig unerwartet entstand, sie war zugleich ein unterhaltsamer Tausch der in dieser Situation normalerweise auf die Geschlechter verteilten Rollen. Für diesen Kurzauftritt wurde Bebe Neuwirth engagiert, die hauptsächlich bekannt ist aus der Sitcom ›Cheers‹.

Die Drehbuchvorlage stammte von Marc Scott Zicree, dem Autor des ›The Twilight Zone Companion‹[8]. Die Idee dafür basierte auf Zicrees Kindheitswunsch, einmal von der Enterprise besucht und an Bord genommen zu werden, um ihm das Universum zu zeigen. Er legte neben ›First Contact‹ auch eine Idee vor, die erklären sollte, warum sich das Aussehen der Klingonen seit *Star Trek* so massiv verändert hatte. Sein Pech war jedoch, daß er sie Burton Armus vorlegte, der zwar interessiert war, der aber kurz darauf *Star Trek — The Next Generation* verließ. Mit ihm geriet auch die Idee in Vergessenheit.

›First Contact‹ wurde mehrfach umgeschrieben, zeitweise wurde die Episode als Abschluß für diese Season in Erwägung gezogen, dann aber mit offenem Ende. Eine Zeitlang kursierte sie unter dem Titel ›Graduation‹ als Abschiedsepisode für Wesley Crusher, der auf Malcor bleiben und die Vorbereitungen für eine Aufnahme in die Föderation treffen sollte.

Episode N90: Galaxy's Child

(Die Begegnung im Weltraum)

Auf einem Routineflug nimmt die Enterpise Dr. Leah Brahms an Bord, die Frau, die LaForge bereits vor einiger Zeit als Holodeck-Kreation kennengelernt hat. Als die reale und zudem verheiratete Leah Brahms an Bord kommt, ist er zutiefst enttäuscht, da sie sich sehr abweisend ihm gegenüber verhält, während LaForge das Gefühl hat, einer guten Bekannten gegenüberzustehen. Zwischenzeitlich haben die Sensoren der Enterprise eine Lebensform entdeckt, die das Schiff überraschend angreift. Picard befiehlt einen Phaserschuß mit geringster Energie, um das Wesen zu warnen. Dennoch stirbt die Lebensform, aber aus dem toten Wesen schlüpft plötzlich ein weiteres Wesen, offensichtlich ein Neugeborenes, das die Enterprise als Muttertier betrachtet und sich an der Außenhülle festsetzt. Dort beginnt es, dem Schiff konstant Energie zu entziehen. Fieberhaft sucht man nach einer Möglichkeit, das Wesen von der Hülle zu entfernen, ohne es dabei zu töten. Data stellt den Kurs fest, den das Muttertier durchs All geflogen wäre, kurze Zeit später erreichen sie einen Asteroidengürtel, in dem sich weitere Exemplare dieser Lebensform befinden. Als die zielstrebig auf die Enterprise zusteuern – offensichtlich um das Jungtier zu retten –, verändern LaForge und Leah Brahms die Energiefrequenz. Das Wesen löst sich augenblicklich von der Außenhülle und schließt sich seinen Artgenossen an.

*

Daß das Treffen mit Dr. Leah Brahms nicht so verlaufen würde, wie LaForge sich das nach der Holodeck-Begegnung in ›Booby Trap‹ (Ep. N54) vorgestellt hatte, war eigentlich schon zu erwarten gewesen. Und daß sich das zunächst sehr distanzierte Verhältnis insbesondere von Leah Brahms' Seite im Verlauf der Episode bessern würde, war ebenfalls abzusehen. Außer dem originellen Konzept, daß die Enterprise hier einmal als Mutterersatz herhalten muß, bot ›Galaxy's Child‹ keine nennenswerten Geschehnisse und war eine Enttäuschung in der bis dahin weitgehend überdurchschnittlich guten vierten Season.

Episode N91: Night Terrors
(Augen in der Dunkelheit)

Die Enterprise entdeckt in einem unerforschten Doppelsternsystem das Forschungsschiff U.S.S. Brattain. Die Besatzung ist tot bis auf den Betazoiden Hagan, der sich jedoch völlig von seiner Außenwelt abgekapselt hat. Als LaForge und Data versuchen, den Antrieb der manövrierunfähigen Brattain zu reparieren, stellen sie überraschend fest, daß sämtliche Systeme voll funktionsfähig sind. Dennoch ist das Schiff nicht von der Stelle zu bewegen. Währenddessen stellt Dr. Crusher fest, daß die Besatzungsmitglieder der Brattain sich gegenseitig umgebracht haben. In der folgenden Zeit wird die Besatzung der Enterprise von Alpträumen und Halluzinationen geplagt, woraufhin Picard beschließt, den Sektor zu verlassen. Doch auch die Enterprise verharrt bewegungslos auf ihrer Position, zugleich wird ihr immer mehr Energie entzogen. Data gelangt zu der Schlußfolgerung, daß sie sich in einer Verwerfung befinden, aus der sie sich nur mit Hilfe einer Explosion befreien können. Für eine derartige Explosion reicht die Energie des Schiffs jedoch nicht mehr aus. Dr. Crusher findet in der Zwischenzeit heraus, daß seit dem Kontakt mit dem anderen Schiff die Tiefschlafphase der Besatzungsmitglieder der Enterprise gestört ist und niemand geträumt hat, was über kurz oder lang zu allgemeinem Wahnsinn führen wird. Nicht betroffen sind lediglich Data und Deanna Troi, letztere träumt sogar sehr intensiv. In diesen Träumen empfängt sie Botschaften, die sie jedoch nicht versteht. Als sie von dem sich nur langsam öffnenden Hagan endlich ein wenig mehr erfährt, stellt sich heraus, daß ein weiteres Schiff von dem Doppelstern gefangen ist, dessen Besatzung eine Nachricht aussendet, die zufälligerweise die Tiefschlafphase der Menschen stört. Da diese Nachricht der Fremden unter anderem ein Symbol für Wasserstoff enthält, setzt die Enterprise dieses Element in einer größeren Menge frei und löst damit die gewünschte Explosion in der Verwerfung aus. Beide Schiffe, die Enterprise und das der Fremden, sind befreit.

*

Wie ›The Most Toys‹ (Ep. N70) war auch ›Night Terrors‹ eine Idee von Shari Goodhartz, die aber einer erheblichen Überarbeitung unterzogen wurde. Da Goodhartz mit den Alpträumen etwas über die jeweilige Persönlichkeit aussagen wollte, paßte ihrer Ansicht nach die nachträglich eingefügte Szene, in der Riker in seinem Bett Schlangen findet, nicht in die Episode, da sie nichts über Riker aussagte, sie war vielmehr Effekthascherei, die sich insbesondere für die Vorschau auf diese Episode eignete. Picards Erlebnis im schrumpfenden Aufzug war dagegen von Goodhartz geschrieben worden, um seine unterschwellige Klaustrophobie zu symbolisieren.[9]

In ihrer Vorlage sollte das andere Schiff ein romulanisches sein, das wurde aber ebenso umgeschrieben wie ihre Idee, daß die Besatzung des anderen Schiffs nicht mit der Enterprise kommunizieren kann, sondern daß sie sich opfert, damit die Enterprise entkommen kann. Auch die in ihren Träumen sanft durch das All schwebende Deanna Troi entstammte nicht Goodhartz' Phantasie.

Bemerkenswert war trotz der Veränderungen ein unterschwelliger Horror, der der Episode die passende Atmosphäre gab. Ein Horror ganz anderer Art waren die Trickaufnahmen, die Marina Sirtis als Deanna Troi durch das All auf eine Lichtquelle zuschwebend zeigten. Die waren so unsagbar schlecht, daß es fast schon peinlich war, sie in der fertigen Episode zu sehen.

Die fertige Episode war neun Minuten zu lang, diverse Szenen fielen der Schere zum Opfer.

Als Ensign Kenny Lin war Brian Tochi zu sehen, der in ›And the Children Shall Lead‹ in der Rolle des Ray Tsingtao mitgewirkt hatte, eines der von Kirk und Co. geretteten Kinder.

Picard in Qs Gewalt.

Episode N92: Identity Crisis

(Der unbekannte Schatten)

Die Enterprise verfolgt ein Föderationsshuttle zum Planeten Tarchannen III. An Bord befindet sich Paul Hickman, der zu einem Landeteam gehörte, das schon einmal vor fünf Jahren den Planeten besucht hatte. Zwei Mitglieder des Teams, Mendez und Brevelle, sind bereits spurlos verschwunden, zwei weitere befinden sich auf der Enterprise – LaForge und Commander Susanna Leitjen. Als Hickman seine Verfolger bemerkt, fliegt er offensichtlich in Panik zu schnell in die Atmosphäre und verglüht. Auf dem Planeten findet ein Landeteam der Enterprise zwei weitere Shuttles und Fußspuren, von den Vermißten ist jedoch nichts zu sehen. Als Susanna Leitjen sich auffallend anders verhält, kann LaForge sie gerade noch zurückhalten und daran hindern, fortzulaufen. Sie kehren zurück auf die Enterprise, wo Leitjen sich allmählich zu verändern beginnt. Ihre Haut verfärbt sich, die Zellen der Haut sind identisch mit denen, die man auf Tarchannen

III gefunden hat. Dr. Crusher kommt zu dem Schluß, daß alle verschwundenen Mitglieder des Landeteams eine Mutation durchgemacht haben und einem inneren Zwang folgend auf den Planeten zurückgekehrt sind. Genau das will Leitjen auch, und Dr. Crusher entdeckt schließlich einen Parasiten, der die DNS-Kette des Infizierten seinen Existenzbedingungen entsprechend umbaut und dadurch die Metamorphose auslöst. Es gelingt ihr, den Parasiten zu entfernen und den Prozeß umzukehren. In der Zwischenzeit hat der Parasit aber bereits LaForge dazu veranlaßt, auf den Planeten zurückzukehren. Sein neues Erscheinungsbild macht ihn zu einer Art menschlichem Chamäleon, das für das menschliche Auge unsichtbar ist. Erst mit ultraviolettem Licht kann ein auf den Planeten gefolgtes Landeteam die Vermißten ausfindig machen. Leitjen schafft es, LaForge zurückzuholen, da seine Metamorphose noch nicht abgeschlossen ist. Für die anderen kommt die Hilfe zu spät, sie haben bereits alles Menschliche verloren und bleiben auf Tarchannen III zurück.

*

Daß man seit Tasha Yars Tod in der ersten Season nichts mehr mit völliger Gewißheit voraussagen kann, macht *Star Trek — The Next Generation* um Längen interessanter, als viele andere Serien, darunter auch *Star Trek*, bei denen fast nie drastische Veränderungen vorgenommen werden.

Es hätte also in ›Identity Crisis‹ durchaus passieren können, daß LaForge für immer auf Tarchannen III geblieben wäre.

Diese Episode erlaubte LeVar Burton, nach der enttäuschenden Episode ›Galaxy's Child‹ (Ep. N90) erneut in den Mittelpunkt der Handlung zu rücken, diesmal mit einem deutlich besseren Resultat.

Nach langer Zeit wurde in dieser Episode wieder einmal das Holodeck in die Handlung einbezogen, diesmal aber nicht zur Entspannung, sondern ähnlich (aber viel besser als dort) wie in ›A Matter of Perspective‹ (Ep. N62) zur Lösung eines Rätsels.

Der Autor der Episode, Timothy de Haas, zog sich unbeabsichtigt Marina Sirtis' Zorn zu, da seine Episode zu den wenigen in der Season gehörte, in denen sie nichts zu tun hatte. Tatsächlich hatte er sie sehr wohl berücksichtigt, aber man hatte sie kurzerhand wieder herausgenommen, da man statt der von de Haas entworfenen Riker-Geschichte eine LaForge-Episode haben wollte. Dadurch war für Marina Sirtis kein Platz mehr. So wie die nur wenig später folgende Episode ›The Mind's Eye‹ (Ep. N98) war auch ›Identity Crisis‹ in ihrer ursprünglichen Form von ›The Manchurian Candidate‹ inspiriert, aber die massiven Überarbeitungen ließen davon letztlich nichts mehr erkennen.

De Haas hatte bereits ›The Price of Admission‹ als Episodenidee vorgeschlagen, sie fand jedoch keine Zustimmung, da sie die Stammschauspieler zu wenig in die Handlung einbezog und außerdem zu teuer geworden wäre. DC griff seine Idee dann aber auf und veröffentlichte sie als Comic (s. Band 2, S. 360).

Episode N93: The Nth Degree

(Die Reise ins Ungewisse)

LaForge und Lt. Barclay untersuchen ein Subraumteleskop, dessen Computer sich abgeschaltet hat und dessen Kernreaktoren extrem instabil sind. Dabei wird Barclay von einem Licht getroffen, das von einer in der Nähe des Teleskops befindlichen, unbekannten Sonde ausgeht. Als die beiden auf die Enterprise zurückkehren, beginnt Barclay sich allmählich zu verändern. Die Sonde steuert plötzlich die Enterprise an, alle Ausweichmanöver werden von der Sonde sofort nachvollzogen. Barclay erhöht schließlich die Kraft der Schutzschilde um 300 Prozent, so daß die Enterprise die unter normalen Umständen viel zu nahe Sonde mit einem Photonentorpedo zerstören kann. Dr. Crusher stellt in der Zwischenzeit fest, daß Barclays Gehirnaktivität sich aus unerklärlichen Gründen rapide beschleunigt hat. Als die Reaktoren des Teleskops vollends außer Kontrolle geraten, schließt sich Barclay eigenmächtig an den Schiffscomputer an und bringt es so fertig, die Reaktoren abzuschalten, bevor sie dem Schiff gefährlich werden können. Barclays Geist geht schließlich in den Schiffscomputer über, während sein Körper bewegungslos verharrt. Er erklärt, daß er die Verbindung nicht unterbrechen kann, da er sonst sterben muß. Nach einiger Zeit läßt er einen Tunnel im Weltall entstehen, durch den die Enterprise gegen Picards Willen in wenigen Sekunden 30 000 Lichtjahre zurücklegt. Sie begegnen den Cytherianern, die die Sonde am Teleskop postiert hatten. Die Cytherianer erforschen genau wie die Föderation den Weltraum, allerdings mit dem Unterschied, daß sie ihren Planeten nicht verlassen, sondern die fremden Rassen zu sich kommen lassen. Da die Computersprache der Cytherianer mit der der Föderation nicht kompatibel ist, hat die Sonde kurzerhand Barclay umprogrammiert. Der hat nun seinen Zweck erfüllt und wird seiner neuen Fähigkeiten beraubt. Nach einem ausgedehnten Informationsaustausch kehrt die Enterprise auf gleichem Weg zurück in vertrautes Territorium.

*

›The Nth Degree‹ griff zwar nach ›Hollow Pursuits‹ (Ep. N69) erneut auf den skurrilen Lt. Barclay zurück und ließ Dwight Schultz zu *Star Trek — The Next Generation* zurückkehren, aber dieser zweite erreichte nicht ganz das Niveau von Barclays erstem Auftritt. Erfreulicherweise hatte man sich aber die Mühe gemacht, Barclay weiterzuentwickeln und ihn so von seinem ersten Auftritt spürbar abzuheben.

Eine Besonderheit dieser Episode war der Einsatz von echten Lasern in den Szenen, in denen Barclay mit dem Schiffscomputer verbunden war. Das erlaubte die Bewegung der Kamera und ergab einen wesentlich besseren Effekt, als bei sonst einkopierten Strahlen aller Art üblich.

Episode N94: Qpid

(Gefangen in der Vergangenheit)

Während Picard sich auf eine Rede vor dem Archäologischen Rat der Föderation vorbereiten will, erhält er überraschend Besuch von Vash, die er auf Risa kennengelernt und mit der er das Tox Uthat gesucht hatte. Wenig später folgt Q auf die Enterprise. Es kommt zu einem Streit zwischen Picard und Vash, da er nicht damit einverstanden ist, daß sie eine illegale Grabung vornehmen will, während sie sich darüber aufregt, daß er offensichtlich niemandem an Bord von ihr erzählt hat. Q beobachtet dies und beschließt, den beiden Gelegenheit zu geben, damit sie ihre Gefühle füreinander offenbaren können. Er schickt sie in den Sherwood Forest, wo Picard zu Robin Hood wird und die Enterprise-Offiziere ihn als seine Gefolgsleute begleiten. Vash spielt die Rolle der Marian, Robin Hoods Liebe, während Q als Sheriff von Nottingham auftritt. Er will den Captain testen, wie weit der gehen wird, um die Frau zu retten, die er liebt. Picard erklärt, daß er sie retten wird, macht Q jedoch klar, daß er dies für jeden tun würde. Als Picard auf Vash trifft, weigert die sich, vom Captain gerettet zu werden, der von Sir Guy, Vashs Entführer, gefangengenommen wird, um ihn später hinrichten zu lassen. Da Vash dem restlichen Enterprise-Team aber zu erkennen gibt, daß die ihr helfen sollen, fordert Q auch ihre Hinrichtung. Robin Hoods Gefolgsleute greifen noch rechtzeitig ein und befreien Picard und Vash, in einem anschließenden Duell besiegt Picard Sir Guy, Qs Spiel ist beendet. Nachdem sie gemeinsam auf die Enterprise zurückgekehrt sind, erklärt Vash, daß sie sich entschlossen hat, mit Q durch die Galaxis zu reisen. Picard läßt sie widerwillig mitgehen.

*

Auf die Rückkehr von Q hatten die Zuschauer recht lange warten müssen, um so größer war die Enttäuschung, da John DeLancie seiner Rolle diesmal nicht gerecht wurde. Aus einer ursprünglich guten Idee, die offensichtlich unter dem Eindruck der zu dieser Zeit um sich greifenden Robin-Hood-Welle entstanden war, schaffte man es nicht, eine typische Q-Episode zu machen. Viel zuviel geschah, ohne daß er in den Mittelpunkt rückte.

Schon interessanter ist die Rückkehr von Vash, die Picard in ›Captain's Holiday‹ (Ep. N67) kennengelernt hatte, wiederum gespielt von Jennifer Hetrick. Die hatte, anders als seinerzeit Riker, keine Skrupel, die ihr von Q gegebene Macht zu nutzen und sich ihm anzuschließen.

Die Außenaufnahmen, die den Sherwood Forest darstellten, wurden in Descanso Gardens nordöstlich von Los Angeles gefilmt.

Der Titel stellte wieder einmal ein Wortspiel dar: Qpid = Cupid = englisch für Cupido = römischer Liebesgott.

Episode N95: The Drumhead
(Das Standgericht)

Worf verdächtigt einen klingonischen Austauschoffizier, der Urheber einer Explosion in der Dilithium-Kammer der Enterprise zu sein. Admiral Norah Satie begibt sich auf das Schiff, um in der Sache zu ermitteln. Saties Assistent, der Betazoide Sabin, kommt jedoch zu dem Schluß, daß der verdächtige Klingone die Wahrheit sagt, als er sich für unschuldig erklärt. Satie läßt daraufhin weitere mögliche Beteiligte vernehmen, bis Sabin feststellt, daß der Techniker Simon Tarses bei seiner Aussage gelogen hat. Sofort vermutet Satie in ihm den für die Explosion Verantwortlichen. Nach einem intensiven Gespräch stellt sich Picard schützend vor den Mann, was Satie jedoch auf den Gedanken bringt, daß auch Picard in die Sache verwickelt ist. In der sich anschließenden Haßtirade gegen Picard verliert sie jedoch schon bald den roten Faden und beschuldigt den Captain schließlich, er habe gegen die Hauptdirektive verstoßen. Der anwesende Admiral Henry stellt schockiert fest, daß Satie eine moderne Art der Hexenverfolgung betreibt, und beendet die Anhörung augenblicklich.

*

Diese Episode, bei der Jonathan Frakes erneut Regie führte, kostete durch ein Minimum an Dekorationen und Masken rund 250 000 Dollar weniger, als das Budget erlaubt hatte. Das war ohnehin schon drastisch beschnitten worden, um Geld einzusparen, und sollte eigentlich für eine Episode im Stil von ›Shades of Grey‹ (Ep. N48) reichen. Glücklicherweise kam es nicht zu einer derartigen Rückblenden-Episode, statt dessen war sie zwar arm an Action, aber um so reicher an hervorragenden Dialogen.

›The Drumhead‹ basiert auf einer Idee von Ronald Moore mit dem Titel ›It Can't Happen here‹ und ist unschwer als Parabel auf die McCarthy-Ära mit ihren Kommunistenjagden und der Umkehr des Prinzips ›Im Zweifel für den Angeklagten‹ zu erkennen, einer Ära, in der jeder Verdächtige zunächst einmal als schuldig betrachtet wurde, bis seine Unschuld bewiesen war.

Jean Simmons, die als Admiral Satie in dieser Episode eine Gastrolle hatte, konnte auf eine beträchtliche Anzahl von Filmauftritten zurückblicken. So war sie unter anderem zu sehen in ›The Big Country‹, ›Great Expectations‹,

›The Robe‹ und ›Spartacus‹, außerdem in der Serie ›The Thornbirds‹ (dt. ›Dornenvögel‹). Außerdem gingen fünf Oscar-Nominierungen auf ihr Konto. Mit Jonathan Frakes hatte sie zuvor in ›North and South‹ gespielt.

Episode N96: Half a Life

(Die Auflösung)

Lwaxana Troi kehrt ein weiteres Mal auf die Enterprise zurück, diesmal verliebt sie sich in den ebenfalls an Bord befindlichen Dr. Timicin. Der erforscht die Möglichkeiten, die sterbende Sonne zu retten, um die seine Heimatwelt kreist. Als seine Forschungen aber zu keinem Ergebnis führen, ist er zutiefst enttäuscht, da er sein ganzes Leben mit dieser Arbeit verbracht hat. Lwaxana Troi ist erstaunt, da Timicin keinesfalls so alt zu sein scheint, daß sein Lebensende greifbar nahe sein könnte. Er erklärt ihr, daß er fast sechzig Jahre alt ist und ihm der rituelle Selbstmord bevorsteht. Auf diese Weise soll den Kindern die Last erspart werden, sich um ihre alten und möglicherweise hilflosen Eltern zu kümmern. Lwaxana ist entsetzt über diese herzlose Vorgehensweise und verlangt von Picard, sich in die Angelegenheit einzuschalten. Der weigert sich beharrlich, aber es gelingt Lwaxana schließlich, Timicin von der Sinnlosigkeit dieses Rituals zu überzeugen. Als er seinen Entschluß, sich dem Selbstmord zu verweigern, bekanntgibt, führt das zu Unruhen in der Bevölkerung seines Planeten. Seine Tochter Dara bittet ihn inständig, sich nicht zu verweigern. Schließlich gibt Timicin ihrem Drängen nach und erklärt, daß die Revolution von einem anderen gestartet werden muß. Lwaxana ist zwar nicht glücklich über seine Entscheidung, respektiert sie jedoch und folgt ihm auf den Planeten, um in seinen letzten Tagen bei ihm zu sein.

*

Der jüngste auf der Brücke: Wesley Crusher.

Eine angenehme Überraschung war, daß die Rückkehr von Lwaxana Troi in dieser Episode sie nicht so überdreht agieren ließ, wie man es bislang von ihr gewohnt war. Statt dessen war sie ausgesprochen gefühlvoll und keineswegs so selbstbezogen wie bei vorangegangenen Auftritten. Das Thema dieser Episode war gut gewählt und regte zum Nachdenken über den Stellenwert älterer Menschen in der Gesellschaft an.

Wieder konnte ein international bekannter Schauspieler für *Star Trek — The Next Generation* verpflichtet werden. In der Rolle des Timicin war David Ogden Stiers zu sehen. Stiers wurde am 31. Oktober 1942 in Peoria, Illinois, geboren, von 1962 bis 1969 war er Mitglied des California Shakespeare Festivals in Santa Clara, danach arbeitete er vorwiegend als Bühnenschauspieler in den verschiedensten Rollen, sein Filmdebüt hatte er 1972 in ›Drive, He Said‹ unter der Regie von Jack Nicholson, es folgten diverse Filmauftritte, z. T. wurde er auch als Sprecher in Zeichentrickfilmen engagiert.

Seinen ersten Fernsehauftritt hatte er in der Serie ›Kojak‹, feste Rollen hatte er in ›M*A*S*H‹ und in beiden Sechsteilern von ›North and South‹.

Als Fan von *Star Trek – The Next Generation* war er begeistert von dem Angebot, eine Gastrolle zu übernehmen. Zwar ist Stiers auch Fan von *Star Trek*, er hat jedoch das Gefühl, daß dort manche Themen von der moralischen Seite her zu dramatisch vorgetragen wurden. Er betrachtet *Star Trek – The Next Generation* als Weiterentwicklung, nicht als verbesserte Version von *Star Trek*.

Als Timicins Tochter Dara ist hier erstmals Michelle Forbes zu sehen, die schon bald in einer anderen Rolle wiederkehren sollte.

Episode N97: The Host

(Odan, der Sonderbotschafter)

Die Enterprise befördert den Vermittler Odan, einen Trill, zu einem Treffen mit Vertretern der peliarischen Monde Alpha und Beta, zwischen denen ein erbitterter Kampf ausgetragen wird. Dr. Crusher verliebt sich in Odan, der auf dem Weg zu einem ersten Treffen schwer verletzt und auf die Enterprise zurückgebracht wird. In der Krankenstation stellt Dr. Crusher erstaunt fest, daß sich in Odans Körper ein Parasit befindet. Odan erklärt ihr, daß die Trill seit Generationen so leben. Gastkörper und Trill gehen eine Symbiose ein, jedoch ist von Zeit zu Zeit ein neuer Gastkörper erforderlich, da die Trill eine deutlich längere Lebensspanne haben. Odans Leben steht auf dem Spiel, da der angeforderte neue Gastkörper noch nicht die Enterprise erreicht hat. Um Odan zu retten, stellt sich Riker zur Verfügung, der Trill wird in seinen Körper verpflanzt. Dr. Crusher kann sich zunächst nicht an den Gedanken gewöhnen, daß Riker nun in seinem Wesen Odan ist, den sie liebt, und hält sich von ihm fern. Während Odan/Riker die Friedensverhandlungen vorbereitet, macht sich Dr. Crusher mit dem Gedanken vertraut, daß Riker jetzt Odan ist. Als der auf die Enterprise zurückkehrt, verbringt sie die Nacht mit ihm. Dann kann Odan die verfeindeten Seiten in einer Marathonsitzung zu einer Übereinkunft bringen, aber Riker ist so sehr geschwächt, daß der Trill sofort in den mittlerweile angekommenen Gastkörper transplantiert werden muß. Als Dr. Crusher sieht, daß sich Odan diesmal in einem Frauenkörper befindet, erklärt sie ihm, daß sie die ständigen Wechsel nicht auf Dauer mitmachen kann. Odan verläßt sie, erklärt ihr aber, daß er sie immer noch liebt.

*

›The Host‹, die wie zuvor ›The Wounded‹ (Ep. N86) unwissentlich Elemente der später folgenden Serie *Star Trek — Deep Space Nine* enthielt (hier die Rasse der Trill), war an sich sehr gelungen und gab Beverly Crusher eine scheinbar aussichtsreichere Liebesbeziehung.

Erst ganz zum Schluß enttäuschte diese Episode, genau in dem Moment, da man glauben mochte, daß *Star Trek — The Next Generation* eindeutig Stellung zur Homosexualität bezieht, als Odan nach seiner Zwischenstation in Rikers Körper sich in einem Frauenkörper präsentiert. Anstatt darauf einzugehen und Crusher erklären zu lassen, daß sie persönlich Odan nicht mehr liebt und eine wie auch immer geartete Erklärung zu gleichgeschlechtlicher Liebe abgibt, stiehlt man sich mit dem Argument aus der Affäre, sie könne mit den ständigen Wechseln nicht schritthalten.

Gates McFadden stand nach langer Zeit wieder einmal im Mittelpunkt der Handlung, was dem Regisseur ausnahmsweise nicht recht war, da sie bei den Dreharbeiten schwanger war, was aber in die Episode nicht einbezogen werden sollte. Jede an sich unproblematische Aufnahme wurde dadurch zu einer komplexen Aufgabe, da McFadden vom Bauch an abwärts nicht mehr zu sehen sein durfte.

Das Kind wurde übrigens am 10. Juni 1991 in Los Angeles geboren, und sein Name ist James Cleveland McFadden-Talbot.

Episode N98: The Mind's Eye

(Verräterische Signale)

LaForge befindet sich auf dem Weg zum Planeten Risa, wo er an einem Seminar teilnehmen und Urlaub machen will. Er wird jedoch von Romulanern gekidnappt und wird Teil eines Plans, der die Allianz zwischen Föderation und Klingonen spalten soll, indem die Romulaner ihn einer Gehirnwäsche unterziehen und ihn für ihre Zwecke umprogrammicren. In der Zwischenzeit trifft der klingonische Botschafter Kell auf der Enterprise ein, um Vorwürfe zu untersuchen, denen zufolge die Sternenflotte Rebellen unterstützt, die auf seiner Kolonie für Unabhängigkeit kämpfen. Als LaForge zurückkehrt, ist er sicher, daß er auf Risa war. Gemeinsam mit Data untersucht er die Vorwürfe, sie stellen fest, daß die von dem klingonischen Gouverneur Vagh entdeckten Waffen in Wirklichkeit romulanische Kopien sind. Das ändert jedoch wenig an Vaghs Meinung, zumal in seiner Anwesenheit eine Waffenladung von Bord gebeamt wird. Dies hatte LaForge unwissentlich getan, da die Romulaner ihn so vorbereitet hatten. Seine nächste Aufgabe ist es, Vagh zu töten. Data bemerkt jedoch, daß es einen Datenfluß zwischen Kell und LaForge gibt, und informiert Picard. Der kann das Attentat auf Vagh in letzter Sekunde verhindern, Kell wird als Sympathisant der Romulaner entlarvt, der LaForge kontrolliert. Kells Versuch, sich dem Zorn

Vaghs zu entziehen, indem er um Asyl auf der Enterprise ersucht, wird von Picard durchkreuzt, der dieses Anliegen ablehnt. Vagh nimmt Kell mit, während Troi damit beschäftigt ist, LaForges Erinnerung wiederherzustellen.

*

Vorlage für ›The Mind's Eye‹ war John Frankenheimers Spielfilm ›The Manchurian Candidate‹ (1962; dt. ›Botschafter der Angst‹, mit Frank Sinatra und Laurence Harvey). In diesem Film wird eine Gruppe amerikanischer Soldaten in einem vietnamesischen Camp heimlich einer Gehirnwäsche unterzogen, um nach ihrer Rückkehr in die USA auf ein bestimmtes Zeichen hin zum Mörder zu werden.

Um ›The Mind's Eye‹ nicht nur zu einer Variation des Films zu machen, sondern ihn gleichzeitig auch als Hommage an ›The Manchurian Candidate‹ zu verstehen, versuchte man — vergeblich — einen der Originalschauspieler zu bekommen.

In der ersten Fassung sollte LaForge auf Picard angesetzt werden, aber Rene Echevarria, der die Episode umschrieb, fand keinen überzeugenden Grund, was damit erreicht werden sollte. Schließlich kam er auf die Idee eines Attentats auf den Klingonen, das ernsthafte politische Konsequenzen nach sich gezogen hätte.

Insgesamt betrachtet war ›The Mind's Eye‹ eine überzeugende Episode, die erfreulicherweise LaForge wieder einmal in den Mittelpunkt stellte. Das einzige Problem war die zur Verfügung stehende Zeit. Während der als Vorlage dienende Film gut zwei Stunden dauerte, stand hier nicht einmal die Hälfte der Zeit zur Verfügung. Das Ergebnis war ein zwar ausführlicher Beginn, zum Ende hin wirkte die Episode dann leider etwas überhastet.

In einer kurzen Szene tritt die zu diesem Zeitpunkt noch ungenannte Denise Crosby auf, ihre Rolle ist definitiv nicht eine Reinkarnation von Tasha Yar, wen sie allerdings darstellt, bleibt unklar, da man nur ihre Silhouette sieht und sie sprechen hört. Für *Star Trek — The Next Generation* war diese Vorgehensweise ungewöhnlich, da hier etwas vorbereitet wurde, was erst später wieder aufgegriffen und fortgeführt wurde. Bislang hatte man allenfalls auf Geschehnisse zurückgegriffen, die zu ihrer Zeit in einer früheren Folge nicht mit der Absicht enthalten waren, sie erst später zu erläutern. Daß dies mit einem Mal verwirklicht wurde, war ein sicheres Zeichen dafür, daß Roddenberry sich bereits nicht mehr so intensiv um seine Serie kümmerte.[10]

Episode N99: In Theory

(Datas erste Liebe)

Data sieht sich mit einer neuen Erfahrung konfrontiert, als Ensign Jenna D'Sora, ein weibliches Besatzungsmitglied, beginnt, in ihm mehr als einen Freund zu sehen. Seine Freunde geben ihm unterschiedliche Ratschläge, die Data zu dem Schluß bringen, die Beziehung zu vertiefen. Er entwirft ein Programm, das ihm in der Liebe helfen soll. Aber alle Bemühungen seinerseits führen zu nichts, da er kein echtes Gefühl zustandebringen kann. Währenddessen muß die Enterprise aus einem seltsamen Nebel manövriert werden, in dem sich Felder befinden, die alle damit in Berührung kommende Materie vorübergehend verschwinden läßt. Picard verläßt in einem Shuttle die Enterprise, um den ungefährlichen Raum zu sondieren und die Daten an sein Schiff zu übermitteln. Das gewagte Unternehmen gelingt, die Enterprise ist gerettet. Mittlerweile ist Jenna zu der Erkenntnis gekommen, daß ihre Beziehung zu Data zu nichts führen kann. Sie erklärt ihm das, er versteht sie und löscht alle Programme, die er entworfen hatte, um Jennas Gefühle erwidern zu können.

*

›In Theory‹ bewies wieder einmal, daß Episoden, die Data zur Hauptfigur machen, einfach nicht schiefgehen können. Das war Patrick Stewarts Vorteil, der hier erstmalig als Regisseur aktiv wird. Ihm war es wie zuvor Jonathan Frakes vergönnt, eine von vornherein als erfolgreich anzusehende Episode zu verwirklichen. Daß diese Art Episode so erfolgreich ist, ist nicht zuletzt Brent Spiner zu verdanken, der es versteht, aus Data immer noch etwas herauszuholen, selbst wenn das Drehbuch auf den ersten Blick dagegenspricht, so wie in diesem Fall. Das unglückliche Ende der Beziehung zwischen Jenna und Data war von Anfang an zu erwarten gewesen, dennoch war es interessant und bisweilen ausgesprochen unterhaltsam, wie Data mit dieser neuen Situation umging.

Datas Katze, die in ›Data's Day‹ (Ep. N85) erstmalig zu sehen war, erhält hier ihren Namen: Spot.

Episode N100: Redemption Part I

(Der Kampf um das klingonische Reich I)

Die Enterprise befindet sich auf dem Weg zur klingonischen Heimatwelt, wo Picard Gowron in sein Amt als Herrscher einführen soll. Picard hat Worf mittlerweile dazu bewegen können, mit Gowron über die Wiederherstellung der Ehre seiner Familie zu reden. Unerwartet kommt ihnen Gowron entgegen und erklärt, daß die Familie von Duras eine Rebellion starten will, um den Thron zu erobern. Picard weigert sich jedoch, sich in die Angelegenheiten einzumischen, da er die Föderation nicht in einen klingonischen Bürgerkrieg hineinziehen will. Gowron verweigert daraufhin Worfs Anliegen, da er nicht die Zeit dafür habe. Worf kann in der Zwischenzeit seinen Bruder Kurn dazu bewegen, sich entgegen seinen ursprünglichen Absichten doch hinter Gowron zu stellen. Als der uneheliche Sohn von Duras plötzlich den Thron für sich beansprucht, kann sich Picard seiner Aufgabe nicht entziehen und verweigert Duras' Sohn den Thron, da er die Verbindungen der Familie zu den Romulanern kennt. Gowron wird als Herrscher eingesetzt und stellt die Ehre von Worf und seiner Familie wieder her. Während sich Worf seiner Herkunft nicht verweigern kann und schließlich seinen Offiziersrang auf der Enterprise aufgibt, um sich Gowron anzuschließen, treffen Mitglieder von Duras' Familie mit den Romulanern zusammen, um sich angesichts der Niederlage in der Thronfolge mit ihnen zu besprechen.

*

›Redemption Part I‹ war eine weitere Klingonen-Episode, die die einstigen Nur-Gegner abermals vertiefend präsentierte. Daraus aber einen weiteren Zweiteiler zu machen, der in die fünfte Season überleitet, war dem Inhalt nicht unbedingt angemessen und deutete bereits auf die Probleme mit späteren auf die Klingonen konzentrierten Episoden hin, in denen man das Gefühl für ein richtiges Maß an kultureller Erklärung verlor. Einzige die Zuschauer interessierende Frage — neben der Möglichkeit, daß Worf nicht auf die Enterprise zurückkehren würde — war die mysteriöse Halbromulanerin Sela, die bereits in ›The Mind's Eye‹ im verborgenen ihre Fäden gesponnen hatte und die hier für wenige Augenblicke zu sehen war, um den Zuschauer mit der offensichtlichen Ähnlichkeit zu Tasha Yar zu ködern. Denise Crosby kam auf diesem Umweg, der in ›Redemption Part I‹ noch keine Erklärung fand, in die Serie zurück. Daß eine Verbindung zwischen ihren beiden Rollen, Tasha Yar und Sela, bestand, war offensichtlich, aber die Frage war, welche?

Auch wenn ›Redemption Part I‹ nicht zu den Höhepunkten der Season zählte, war durch sie eines sicher geworden: die fünfte Season.

In der vierten Season kostete jede Episode zwischen 1,2 Millionen und 1,6 Millionen Dollar. Rick Berman, der nach Gene Roddenberrys Tod nach der vierten Season sogar die Position des Ausführenden Produzenten übernahm, hatte in dieser Season einen großen Einfluß geltend gemacht, nachdem Roddenberry nicht mehr so intensiv am Geschehen beteiligt war. Er hat bewiesen, daß er nicht nur die Prinzipien versteht, die Roddenberry gesetzt hat, er ist darüber hinaus in der Lage, diese Prinzipien auszulegen und zu interpretieren. Das zeigt sich deutlich an so untypischen Episoden wie ›Family‹ (Ep. N76) und ›Data's Day‹ (Ep. N85). Wenn man auch die vierte Season im Rückblick als recht morbide bezeichnen muß, da viele Figuren sterben mußten, die einen weiteren Einsatz durchaus wert gewesen wären, so kann man die Season als noch ausgewogener einordnen als die Vorgängerseason.

Rick Berman hatte außerdem — seinem Ruf entsprechend — in der vierten Season vielen Neulingen eine Chance als Regisseur gegeben, da das aber zum Ende der vierten Season ausgeufert ist, will er langsam, aber sicher wieder verstärkt auf Profis zurückgreifen.

Die Zeit bis zur fünften Season nutzte Brent Spiner mit der Aufnahme einer Schallplatte, die unter dem beziehungsreichen Titel ›Ol' Yellow Eyes Is Back‹[11] veröffentlicht wurde. Spiner stellte eine Auswahl der Titel zusammen, die er aus seiner Jugend kannte. Im Hintergrund sind bei einem Titel The Sunspots zu hören, hinter denen sich niemand anders verbirgt als Patrick Stewart, Jonathan Frakes, Michael Dorn und LeVar Burton.

Bereits auf der halben Strecke der vierten Season, nämlich Ende 1990, hatte Jonathan Frakes einen Auftritt in der erfolgreichen und vielbeachteten Talkshow ›The Arsenio Hall Show‹[12]. Im Verlauf des Gesprächs — in dem er im übrigen auch äußert, daß ihm die Ironie zwischen McCoy und Spock aus *Star Trek* in *Star Trek — The Next Generation* fehlt — mit Arsenio Hall kommt er auf Shatners Szene in ›Saturday Night Live‹ zu sprechen, eine Parodie auf Conventions, in der Shatner die Fans aufruft, Star Trek als TV-Serie zu betrachten, nicht jedoch als Lebensphilosophie. Frakes teilt diese Meinung und sagt, daß er des Geldes wegen bei Conventions als Gast auftritt, das Ganze aber keineswegs so eng sieht wie viele Fans.

Wie nicht anders zu erwarten, wurde Frakes daraufhin hart kritisiert, was aber letztlich nur zeigt, daß manche Fans offensichtlich wirklich nicht mehr zwischen Realität und Fiktion unterscheiden können und es für wichtiger halten zu wissen, welche Uniform Shatner in welcher Episode getragen hat, anstatt sich mit echten Fakten zu befassen.

Anmerkungen:

1 Diese Idee wurde später in ›Remember Me‹, Ep. N79, verarbeitet.

2 So in Larry Nemecek, The Star Trek The Next Generation Companion, S. 143; zu *Star Trek V – The Final Frontier* siehe Band 2, S. 129 ff.

3 S. ›Descent‹ und ›Descent Part II‹, Ep. N152 und N153.

4 In der Serie übernahm Catherine Hicks (s. Band 2, S. 106 f.) die Rolle von Kim Cattrall (s. Band 2, S. 160 f.), die im Pilotfilm mitgespielt hatte.

5 So in Starlog, Nr. 188, S. 41.

6 So in einem Interview in Star Trek The Official Fan Club Official Magazine, Nr. 77, Dezember 1990/Januar 1991, in dem er außerdem gesteht, daß er sich in Marina Sirtis verliebt hatte.

7 Das tat er dann auch in ›The Game‹, Ep. N106, und ›The First Duty‹, Ep. N119.

8 Zicree benötigte fünf Jahre für dieses Buch zur Serie ›The Twilight Zone‹. Es ist zwar eine gute Arbeit, aber Zicree schafft nicht den Sprung vom Fan zum distanzierten Beobachter, da er sich nur mit wenigen Worten über die mehrfachen, unterschiedlich erfolgreichen Wiederbelebungsversuche der Serie in den achtziger Jahren äußert, obwohl ein Buch über die Serie auch diesen Bereich hätte abdecken sollen.

9 Das ist allerdings Auslegungssache. Picard eine – wenn auch nur unterschwellige – Klaustrophobie zu unterstellen, erscheint doch ein wenig an den Haaren herbeigezogen, da ein Raumschiff ähnlich wie ein U-Boot ein denkbar ungeeigneter Platz für eine solche Angst ist.

10 Ohne an dieser Stelle Roddenberrys Schöpfung und seinen Einfluß auf alle Aspekte zu kritisieren, muß man eingestehen, daß es für keinen Aspekt von Star Trek schädlich ist, wenn man ihn vielschichtiger und mit anderen Dingen in Zusammenhang stehend erscheinen läßt.

11 Der Titel allein macht die musikalische Nähe zu Frank Sinatra deutlich, der bestens bekannt ist als ›Ol' blue Eyes‹.

12 Es handelt sich um eine Paramount-Produktion, was dazu führt, daß dort immer wieder Schauspieler aus *Star Trek* und *Star Trek – The Next Generation* zu Gast sind.

Der Höhenflug

Wie schon im vorangegangenen Jahr verhinderte die unmittelbare Fortsetzung an die letzte Episode der letzten Season jegliche Veränderung in personeller Hinsicht. Damit konnte man zwar keine Verbesserungen vornehmen, man lief aber auch nicht Gefahr, mit einer eventuellen Veränderung die Zuschauer zu verärgern.

Überschattet wurde die fünfte Season von Roddenberrys Tod am 24. Oktober 1991. Bemerkenswert war, daß Roddenberrys Bedeutung für die Serie eigentlich erst in den Nachrufen einem breiten Publikum bekannt wurde. Die ›Daily Mail‹ verlieh ihm posthum den Titel ›Master of the Universe‹.[1]

Episode N101: Redemption Part II

(Der Kampf um das klingonische Reich II)

Worf vermutet zu Recht, daß Duras' Familie nach wie vor von den Romulanern unterstützt wird, da sie trotz des Verlustes zahlloser Waffen nach wie vor ungebrochen stark ist. Picard sichert seine Unterstützung in dieser Angelegenheit zu, da ein Sieg der Familie von Duras die Allianz mit den Klingonen gefährden würde. Er kann bei der Sternenflotte die Zustimmung für eine Blockade erreichen und stellt eine Flotte entlang der Neutralen Zone auf. Ein zwischen den Schiffen ›gespanntes‹ Tachyon-Netz soll es ihnen ermöglichen, die getarnten Romulaner zu entdecken. Data bekommt in diesem Zusammenhang sein erstes Kommando über ein Sternenschiff, das von dessen Crew aber mit Skepsis aufgenommen wird. Erst als er sich einem Befehl von Picard widersetzt und so ein Loch schließt, durch das die Romulaner unbemerkt hätten schlüpfen können, ist die Besatzung auf seiner Seite.

Die Romulaner ziehen sich daraufhin zurück, Duras' Familie ist ohne Unterstützung. Die beiden Duras-Schwestern Lursa und B'Etor, die maßgeblich den Umsturz hatten vorbereiten wollen, können fliehen, Gowrons Position ist gesichert. Worf kehrt auf die Enterprise zurück.

*

›Redemption Part II‹ machte deutlich, wie wenig ausgereift die Idee eines offenen Endes für den ersten Teil war. Da es keine wirklich fesselnde Schlußsituation gab, die hier hätte fortgeführt werden können, konnte die Fortsetzung auch nicht überzeugen.

Nach dieser Episode war klar, daß das eigentliche Thema mit einer einzigen Episode interessanter hätte realisiert werden können. Geklärt wurde das Rätsel der Romulanerin Sela, die auffallende Ähnlichkeit mit Tasha Yar besaß.

Sie ist die Tochter von Tasha Yar, die nach ihrer Rückkehr mit der C-Enterprise (in ›Yesterday's Enterprise‹, Ep. N63) von den Romulanern gefangengenommen wurde. Ihr Vater ist ein Romulaner, der Tasha tötete, als die mit ihrer inzwischen vierjährigen Tochter fliehen wollte. Seitdem ist Sela mit Haß auf diese verräterische Aktion ihrer Mutter erfüllt.

Die Idee, Tasha Yar in der Vergangenheit, in die Picard sie geschickt hatte, weiterleben zu lassen, war originell, wenngleich sich zahlreiche Fragen ergeben, die mangels wirklicher Erfahrung mit Zeitreisen nicht beantwortet werden können. So ist es zum Beispiel nicht unbedingt verständlich, wie Tasha Yar aus einer anders verlaufenden Zukunft zurückkehren kann, wenn diese Zeitlinie im Augenblick ihrer Rückkehr hinfällig wird und sie demnach in dieser Zukunft gar nicht existiert, aus der sie soeben zurückgekehrt ist. Ähnlich verwickelt sind auch verschiedene Elemente in *Star Trek IV – The Voyage Home* (s. Band 2, S. 114 ff.).

Trotz dieser mysteriösen und für die Enterprise-Besatzung unverständlichen Umstände (für die hatte die Handlung von ›Yesterday's Enterprise‹ nie stattgefunden) blieb Sela bei aller List und Tücke sehr farblos.

Möglicherweise war ein Grund für das schlechte Abschneiden von Sela, daß man in Denise Crosby nach wie vor Tasha Yar sah. In jedem Fall war es nicht die beste Entscheidung, Denise Crosby, die auf eigenen Wunsch die Serie seinerzeit verlassen hatte, eine neue Rolle zu geben.[2]

Restlos überladen wurde ›Redemption Part II‹ schließlich durch den parallel verlaufenden Handlungsfaden um Datas erstes Kommando, das der zwar, wie nicht anders zu erwarten, mit Bravour erledigte. Hier wäre man jedoch besser beraten gewesen, die Fähigkeiten des Androiden als Captain eines Raumschiffs in einer eigenständigen Episode zu behandeln.

Auch für den Beginn der fünften Season erklärte Rick Berman, daß die Lösung für den ersten Teil erst während der Drehpause zwischen den Seasons gesucht wurde. Es erschien nach wie vor zweifelhaft, daß diese Vorgehensweise den Tatsachen entsprach, auf der anderen Seite hätte es aber diesmal erklärt, warum der zweite Teil nicht so gut wurde wie der Anfang.

Episode N102: Darmok

(Darmok)

Zum achten Mal in einem Jahrhundert wird versucht, mit den Tamarianern Kontakt aufzunehmen, einer ausgesprochen friedliebenden Rasse, deren Sprache aber nach wie vor eine unüberwindbare Hürde darstellt und bisher jede Kommunikation unmöglich gemacht hat. Ihre Sprache scheint nur aus Namen von Personen und Orten zu bestehen, die für andere keinen Sinn ergeben. Auch bei diesem

Versuch versagt die Föderation, aber die Tamarianer beamen unerwartet Picard und ihren Captain Dathon auf den nahe gelegenen Planeten El-Adrel. Picard sieht ein, daß Dathon ihm zwar nichts tun will, er versteht aber nicht, was er tatsächlich beabsichtigt. Er weiß noch immer nicht, was der Tamarianer bezweckt, als sie beide sich plötzlich einer teilweise unsichtbaren Kreatur gegenübersehen, die sie gemeinsam bekämpfen müssen. Mitten in diesem Kampf wird versucht, Picard auf die Enterprise zurückzubeamen, aber der Versuch scheitert an einem den Transporterstrahl blockierenden Kraftfeld. Dathon wird in der Zwischenzeit von der Kreatur schwer verletzt. Erst als Picard sich um den sterbenden Dathon kümmert, versteht er, was einer von Dathons oft wiederholten Sätze bedeutet: »Darmok und Jalad auf Tenagra« ist eine Metapher. Sie beruht auf einem Ereignis der Vergangenheit, bei dem zwei Fremde lernten, einander zu verstehen, als sie einen gemeinsamen Feind bekämpfen mußten. Den gleichen Hintergrund hat jetzt die Formulierung »Picard und Dathon auf El-Adrel«. Die Sprache basiert weitestgehend auf solchen Ereignissen, die auf eine Minimalformel verkürzt werden und fortan in wenigen Worten einen komplexen Sachverhalt beschreiben. Dathon stirbt, Picard kann auf die Enterprise zurückgebracht werden. Dort kann er noch rechtzeitig einen Konflikt mit dem tamarianischen Schiff verhindern, als er Dathon in tamarianischen Formulierungen ehrt. Die Tamarianer erkennen, daß er ihre Sprache versteht, der Kontakt mit ihnen ist endlich verwirklicht worden.

*

Mit ›Darmok‹ konzentrierte sich *Star Trek — The Next Generation* endlich wieder auf nur ein Thema für eine Episode, die zu einem frühen Höhepunkt in der Fünften Season wurde. Die anfängliche Ähnlichkeit zu ›Arena‹, einer der herausragenden *Star Trek*-Episoden, schwand schnell und konfrontierte sowohl Picard als auch die hilflose Crew der Enterprise mit Verständigungsproblemen ganz anderer Art.

Eine interessante Kritik, die nicht durch die Engstirnigkeit eines Fans gekennzeichnet wurde, dem möglicherweise die in dieser Episode erstmals vorgestellte Uniformjacke des Captain nicht paßte, fand sich in einem in Starlog veröffentlichten Leserbrief: Wenn sie in Metaphern reden, die man nur verstehen kann, wenn man die jeweilige Entstehungsgeschichte dazu kennt, wie können sich die Tamarianer dann mit ihren Kindern verständigen?

Paul Winfield, Star Trek-Kennern bestens bekannt als Captain Terrell aus *Star Trek II — The Wrath of Khan* (s. Band 2, S. 49 f.), war in ›Darmok‹ unter seiner Maske zwar kaum zu erkennen, das rettete ihn aber auch diesmal nicht vor dem Drehbuchtod.

Die Außenaufnahmen zu ›Darmok‹ wurden in der Nähe des Bronson Canyon gefilmt, ganz in der Nähe waren kurz zuvor die Dreharbeiten der Szenen zu *Star Trek VI — The Undiscovered Country* beendet worden, die sich auf Rura Penthe abspielten (s. Band 2, S. 165 ff.). Die Nachtaufnahmen für ›Darmok‹ wurden im übrigen nicht im Canyon gefilmt, sondern im Studio, wobei der Unterschied erfreulicherweise nicht zu bemerken war.

Die ungewöhnlichen und daher noch wirkungsvolleren, weil beunruhigenderen Szenen, in denen das gemeinsam zu bekämpfende Monster zu sehen war, schienen von einem ähnlich erscheinenden Wesen in dem Spielfilm ›Predator‹ inspiriert.

›Darmok‹ markierte den ersten Auftritt von Ashley Judd als Ensign Robin Lefler, die in ›The Game‹ (Ep. N106) wieder in Erscheinung treten würde und eine vielversprechende Rolle hatte.

Episode N103: Ensign Ro

(Fähnrich Ro)

Die Bajoranerin Ensign Ro Laren wird auf die Enterprise versetzt, wo sie von der Besatzung mit Skepsis betrachtet wird, da sie sich vor einem Gericht hatte verantworten müssen, weil sie einen Befehl mißachtet und so den Tod von acht Mitgliedern eines Landeteams verschuldet hatte. Admiral Kennelly hat sie jedoch begnadigt, da er hofft, daß sie den militanten bajoranischen Führer Orta davon überzeugen kann, die Angriffe auf Föderationskolonien zu unterlassen. Nachdem Ensign Ro auch auf der Enterprise ihren eigenen Kopf durchsetzen will, geraten Mitglieder eines Landeteams in die Hände von Orta. Picard findet heraus, daß die Bajoraner mit einem ihnen vorgeworfenen Angriff nichts zu tun haben, von Ro Laren erfährt er dann Kennellys wahren Plan, über den sie im Gegenzug für ihre Freiheit Stillschweigen wahren sollte. Um den Frieden mit den Cardassianern zu wahren, soll Orta in eine Falle gelockt und getötet werden. Picard geht zum Schein darauf ein, jedoch gibt er den Cardassianern ein unbemanntes Raumschiff als Angriffsziel. Kennelly ist empört, als er von Picards Einmischung erfährt, muß seine Einstellung zu Orta aber grundlegend ändern, als Picard ihm mitteilt, daß der Angriff auf die Föderationskolonie von den Cardassianern verübt und den Bajoranern untergeschoben worden war, um auch die Föderation bei der Zerschlagung des bajoranischen Widerstands einzubeziehen. Picard hat mittlerweile seine Skepsis gegenüber Ensign Ro verloren und bietet ihr an, auf der Enterprise zu bleiben, was sie auch akzeptiert.

*

Mit ›Ensign Ro‹ griff *Star Trek — The Next Generation* ein politisches Thema auf, indem es die Bajoraner als eine Rasse vorstellte, die von einer anderen, einflußreicheren Macht aus ihrer Heimat vertrieben worden war und die

Picard im Gespräch mit Lutan.

kein richtiges Zuhause fand, so wie es auf der Erde mit zahllosen Bevölkerungsgruppen durch die Jahrtausende hindurch immer wieder geschehen ist und auch weiterhin geschieht.

Die Einführung von Ensign Ro Laren war eine willkommene Veränderung und machte erstmals deutlich, was bei *Star Trek — The Next Generation* bislang kaum behandelt worden war, nämlich Meinungsverschiedenheiten innerhalb der Mannschaft. Auch wenn selten Zeit für die Austragung von Konflikten war, so war es manchmal doch ein wenig störend, daß sich — eventuell nach einer kurzen Diskussion über einen Punkt — eigentlich alle über eine bestimmte Vorgehensweise einig waren. Die einzige Ausnahme hatte in der zweiten Season Diana Muldaur als Dr. Pulaski dargestellt, mit dem Ergebnis, daß man sie bereits nach einem Jahr wieder hinauskomplimentierte. Es war hier offensichtlich, daß Roddenberrys Kontrolle über seine Serie schon drastisch geschwunden war.

Michelle Forbes war bereits in ›Half a Life‹ (Ep. N96) als Dara zu sehen gewesen, hier kehrte sie zurück in der Rolle der widerspenstigen Bajoranerin Ro Laren. Zu dieser Zeit noch nicht einmal erdacht, sollte diese Episode in Verbindung mit ›The Wounded‹ (Ep. N86) die Grundlage für eine neue Serie werden: *Star Trek – Deep Space Nine* (s. S. 596).

Wie bei ›Darmok‹ (Ep. N102) wurde auch hier für die Außenaufnahmen von ›Ensign Ro‹ der Bronson Canyon benutzt.

In der skurrilen Eröffnungsszene wurde Picard beim Friseur gezeigt, den man zum ersten Mal zu Gesicht bekam: Mr. Mott.

Episode N104: Silicon Avatar

(Das Recht auf Leben)

Als Riker und ein Landeteam einer Gruppe von Kolonisten helfen, ihre neue Welt zu besiedeln, werden sie überraschend von dem gigantischen Kristall angegriffen, mit dem sie schon einmal zusammengetroffen waren, nachdem Datas Bruder Lore ihn zur Enterprise geholt hatte. Fast alle Kolonisten können gerettet werden, aber der Planet, der zuvor paradiesisch erschien, ist zu einer Wüste geworden. Dr. Kila Marr, die den Kristall verfolgt, seit er auf Omicron Theta ihren Sohn getötet hat, kommt auf die Enterprise und beteiligt sich an der Verfolgung. Sie gibt Data die Schuld am Tod ihres Sohnes, da sein Bruder Lore den Kristall bereits nach Omicron Theta gelockt hatte. Als sie jedoch erfährt, daß Data alle Erinnerungen jener Kolonisten gespeichert hat, läßt sie ihn die Erinnerungen ihres Sohnes wiedergeben. Während Marr sich rächen und den Kristall vernichten will, steht für Picard der Versuch der Kontaktaufnahme an erster Stelle, da es sich zweifellos um eine Lebensform handelt, die möglicherweise nicht weiß, welchen Schaden sie anrichtet. Nachdem der Kristall zur Enterprise gelockt worden ist, scheint sich eine Kommunikation zu ergeben. Marr verändert in diesem Augenblick die Frequenz, auf der man sich mit dem Kristall zu verständigen versucht, und zerstört ihn. Picard ist außer sich, aber Marr ist zufrieden und möchte noch einmal Data mit der Stimme ihres Sohnes sprechen hören. Er erklärt ihr jedoch, daß ihr Sohn sicherlich traurig wäre, wenn er wüßte, für wie wenig sie ihre Karriere geopfert hatte.

*

Mit ›Silicon Avatar‹ wurde die in ›DataLore‹ (Ep. N13) begonnene Geschichte der kristallinen Lebensform und ihrer todbringenden Kräfte fortgeführt und zu ihrem — für den gigantischen Kristall fatalen — Ende gebracht. Wenngleich es interessant war, mehr über Data zu erfahren (so zum Beispiel seine Fähigkeit, die Erinnerungen der in ihm gespeicherten Menschen in deren Stimme wiederzugeben), so war die von Ellen Geer gespielte Dr. Marr sehr strapaziös.

Wie bei vielen anderen Gelegenheiten stellte sich auch hier die Frage, ob wirklich niemandem die Besessenheit aufstoßen würde, mit der Personen wie Dr. Marr an ihre Arbeit gingen.

Die Vernichtung des Kristalls war ein so grausamer Akt, der kein Verständnis für Dr. Marr wecken konnte. Wieviel interessanter wäre es da doch gewesen, mit dem Kristall in Kontakt zu treten.

Beeindruckend und zugleich beklemmend war der Anblick des von dem Kristall zerstörten Planeten, auf dem die Föderationskolonie angesiedelt war. Diese Außenaufnahmen wurden auf der schon in zahllosen anderen Serien und Filmen verwendeten Golden Oaks Ranch, auch bekannt als Disney Ranch, gedreht. Dabei ist es ganz gleich, wie ähnlich die angeblich fremden Planeten der

Erde sind, die Außenaufnahmen lassen das Geschehen immer wesentlich glaubhafter erscheinen als jede noch so gut gearbeitete Studiokulisse.

Episode N105: Disaster

(Katastrophe auf der Enterprise)

Als Picard die drei jungen Gewinner eines wissenschaftlichen Wettbewerbs durch die Enterprise führt, gerät das Schiff in eine Katastrophe, in deren Folge die Energie an Bord ausfällt und die meisten Systeme abgeschaltet werden. Troi ist als die ranghöchste Offizierin auf der Brücke mit einem Mal Kommandantin und erfährt, daß aufgrund des Systemausfalls das Feld um die Antimateriekammern zusammenzubrechen droht und damit die Existenz der Enterprise auf dem Spiel steht. Außer ihr befinden sich noch Ensign Ro und Chief O'Brien auf der Brücke. Während Ro verlangt, daß die Untertassensektion abgetrennt wird, um der Besatzung das Überleben zu garantieren, hält O'Brien dagegen, daß sie wegen des Ausfalls des Kommunikationssystems nicht wissen, ob sich im Schiffsrumpf noch Überlebende befinden. Dr. Crusher und La-Forge sind währenddessen in einem Frachtraum gefangen, ihr Leben wird von einem Radioaktivität abgebenden Feuer bedroht. In Ten Forward befinden sich Riker, Data, Worf und die schwangere Keiko O'Brien, während Picard mit den drci Kindern in einem Turbolift gefangen ist und sich außerdem ein Bein gebrochen hat. Troi kann sich nicht entschließen, welchen Befehl sie geben soll. Riker und Data verlassen Ten Forward und begeben sich auf den Weg durch diverse Schächte, um in den Maschinenraum zu gelangen und die Systeme einzuschalten. Da ein plötzlich aktivierter Stromkreis aber Data am Weiterkommen hindert, demontiert Riker dessen Kopf und läßt den Körper zurück. Worf wird währenddessen mit der Tatsache konfrontiert, daß Keiko in den Wehen liegt und in kürzester Zeit ihr Kind zur Welt bringen wird. Picard

Picard auf Ligon II in ›Code of Honor‹.

gelingt es, die anfangs verzweifelten Kinder zu motivieren, schließlich können sie den Lift verlassen und zum nächsten Deck klettern. Dr. Crusher und LaForge öffnen in der Zwischenzeit für Sekunden die Luftschleuse des Frachtraums, um so das Feuer zu löschen. Riker erreicht mit Datas Kopf rechtzeitig den Maschinenraum, um das Schutzfeld um die Antimateriekammer zu reaktivieren. Die Energie kehrt zurück und rettet Troi vor einer möglicherweise folgenschweren Entscheidung. Für Worf kommt die Rettung aber zu spät, er durfte als Hebamme Keiko helfen, ein Mädchen — Molly — zur Welt zu bringen.

*

Die aus zahllosen Katastrophenfilmen altbekannte Standard-Handlung wurde in ›Disaster‹ (ursprünglicher Titel ›Space Quake‹) so untypisch auf die Charaktere verteilt, daß man die gängigen Klischees schnell vergaß. Picard meisterte überraschend die für ihn besonders unangenehme Anwesenheit von Kindern, mit denen er im Turbolift steckengeblieben war, Deanna Troi erwies sich als fähige Kommandantin, die auch der ihren völlig konträren Standpunkt vertretenden Ro Laren die Stirn bot (wenngleich Deanna Trois zeitweilige Ratlosigkeit zum Nachteil des Charakters wirkte), während Worf als Hebamme einspringen mußte, um das Kind von Keiko O'Brien zur Welt zu bringen.

Episode N106: The Game

(Gefährliche Spielsucht)

Während eines Besuchs auf der Enterprise verliebt sich Wesley Crusher in Ensign Robin Lefler. Irritiert nimmt er zur Kenntnis, daß fast die gesamte Besatzung sich einem Videospiel hingibt, das einer Brille gleicht, in der das Bild des Spiels projiziert wird. Kann der Spieler einen Punkt machen, belohnt ihn das Spiel mit einer äußerst angenehmen emotionalen Stimulation. Nachdem Riker dieses Spiel von einem Besuch auf Risa mitgebracht hat, scheint keiner an Bord einer anderen Tätigkeit mehr nachzugehen. Wesley stellt fest, daß das Spiel einen chemischen Vorgang im Gehirn auslöst, der zwangsläufig süchtig macht und eine immer höhere Dosis verlangt. Alle sind abhängig, außer Data, der sich seltsamerweise nach Rikers Rückkehr aufgrund einer Fehlfunktion abschaltete. Wesley und Robin entdecken den Androiden, können ihn aber nicht aktivieren. Wenig später kommt Etana Jol auf die Enterprise, die Frau, die Riker das Spiel auf Risa gegeben hatte. Sie befiehlt der Enterprise-Besatzung, auch anderen Schiffsbesatzungen dieses Spiel zukommen zu lassen. Das alles ist Teil eines Plans, die Föderation langsam, aber sicher zu erobern. Das erkennt jedoch fast niemand an Bord, die Besatzung bemerkt schließlich auch, daß Wesley und Robin ihre Begeisterung für das Spiel nur vorgetäuscht haben. Sie bekommen Robin in ihre Gewalt, kurz darauf finden sie auch Wesley. Bevor sie ihn jedoch zu dem Spiel zwingen können, tritt der heimlich von Wesley reaktivierte Data auf den Plan und neutralisiert den Effekt des Spiels, indem er die Besatzungsmitglieder mit einer Lampe in einem bestimmten Takt anstrahlt. Im letzten Moment kann der Invasionsplan vereitelt werden.

*

Es war durchaus zu begrüßen, daß Wil Wheaton die Gelegenheit zu einem Gastauftritt in seiner Rolle als Wesley Crusher bekam. Getrübt wurde dies aber ein wenig durch den Umstand, daß es ausgerechnet ihm zufiel, wieder einmal die Enterprise und ihre Crew zu retten, so wie es in der ersten Season mehrfach der Fall gewesen war.

Wil Wheaton war jedoch mit dieser Episode so zufrieden, daß er erklärte, er hätte *Star Trek — The Next Generation* nicht verlassen, wenn es mehr Episoden in der Art von ›The Game‹ und auch ›Final Mission‹ gegeben hätte. In der Zwischenzeit hatte er in ›Toy Soldiers‹ gespielt, einem ernsten Film, der aber beim Publikum durchfiel. In der TV-Produktion ›The Last Prostitute‹, einem Film mit Sonia Braga in der Hauptrolle, trat Wil Wheaton als potentieller Kunde auf, eine Rolle, die den Eindruck erweckt, daß er sich auf die radikalste Art von Wesley Crusher lösen wollte. Es folgte der Film ›December‹, in dem Wheaton Mitglied einer Gruppe Heranwachsender ist, die sich entschließen, Soldat zu werden, um im Zweiten Weltkrieg zu kämpfen. Auch ›December‹ war nicht von Erfolg gekrönt.

Bemerkenswert war Ashley Judds zweiter Auftritt als Ensign Robin Lefler, die sich offensichtlich sehr für Wesley interessierte. Obwohl sie nach einer nur geringen Beteiligung in ›Darmok‹ (Ep. N102) spätestens nach dieser Episode so vielversprechend geworden war, daß man sich eine Rückkehr zu einem späteren Zeitpunkt gewünscht hätte, fand sich bislang offenbar keine Gelegenheit zu einem weiteren Auftritt.

Die Episode an sich war gelungen und überzeugte. Das Spiel jedoch, das alle Akteure so sehr in seinen Bann zog, enttäuschte ein wenig, zumal der Eindruck bei den Spielenden der einer sexuellen Stimulation war. Im Zeitalter der allgegenwärtigen — und mittlerweile nicht mehr so kostenintensiven — Computeranimationen hätte man hier wesentlich mehr leisten können.

Episode N107: Unification Part I

(Wiedervereinigung? — Teil I)

Picard erfährt, daß Botschafter Spock unter dem Verdacht steht, zu den Romulanern übergelaufen zu sein. Während er sich nach Vulkan begibt, um mit Spocks Vater Sarek zusammenzutreffen, stellt sich heraus, daß Spock möglicherweise doch nicht übergelaufen ist, sondern an einer Zusammenführung von Vulkaniern und Romulanern arbeitet, nachdem die beiden Völker vor Ewigkeiten getrennte Wege gingen, da sich die Vulkanier der Logik verschrieben. Picard erreicht Vulkan noch rechtzeitig, um ein letztes Mal mit dem schwerkranken Sarek zusammenzutreffen. Da Sareks Krankheit ihm kaum noch einen klaren Gedanken ermöglicht, erfährt Picard nichts, was ihm bei seiner Mission hilfreich sein könnte. Nachdem er auf die Enterprise zurückgekehrt ist, erreicht ihn die Nachricht, daß Sarek gestorben ist. Picard und Data verkleiden sich als Romulaner und fliegen an Bord eines getarnten klingonischen Schiffs Romulus an, wo sie mit Pardek zusammentreffen wollen, der ihnen als Spocks Kontaktmann auf Romulus genannt wurde.

In der Zwischenzeit begibt sich die Enterprise unter Rikers Kommando zu einem Raumschiff-Friedhof, dessen Bewacher zu seinem großen Erstaunen feststellen muß, daß mehrere vulkanische, eigentlich schrottreife

Schiffe fehlen. Kurz darauf nähert sich dem Schrottplatz ein mysteriöses Schiff, das sich jedoch auf einen Warnschuß der Enterprise hin zerstört, bevor etwas über seine Herkunft und den Auftrag der Besatzung in Erfahrung gebracht werden kann. Währenddessen werden auf Romulus Picard und Data gefangengenommen, ihre Mission scheint gescheitert. Da erfahren sie, daß sie sich in Pardeks Gewalt befinden, der sie zu Spock bringt.

Episode N108: Unification Part II

(Wiedervereinigung? — Teil II)

Spock zeigt sich keineswegs erfreut darüber, daß die Föderation ihn bis nach Romulus verfolgt hat. Als jedoch Picard ihm vom Tode seines Vaters berichtet, bricht diese Nachricht das Eis zwischen Picard und Spock. Der Vulkanier erklärt, daß er tatsächlich inoffiziell versucht, eine Vereinigung der beiden Völker vorzubereiten. Inzwischen führt die Spur der vermißten vulkanischen Schiffe Riker zu einem als Schmuggler bekannten Ferengi, der ihm erklärt, daß die Romulaner dahinter stecken. Picard erfährt durch Riker von diesen Vorgängen, nur kurze Zeit später werden die Hintergründe verständlich. Die Halbromulanerin Sela hat ein Komplott vorbereitet, in dem sie die vulkanischen Schiffe wie trojanische Pferde benutzen will. Die Schiffe sollen mit Romulanern besetzt werden und Vulkan erobern. Sela nimmt Spock, Data und Picard gefangen. Da sie Spock nicht dazu bewegen kann, die falsche Friedensbotschaft zu verbreiten, um den scheinbar vulkanischen Schiffen die Landung auf Vulkan zu ermöglichen, präsentiert sie den dreien ein Hologramm von Spock, das die Botschaft verliest. Es gelingt Spock und Data, die Enterprise von der wahren Absicht Selas in Kenntnis zu setzen, dann programmmieren sie ein neues Hologramm und können die Wachen täuschen und entkommen. Bevor Riker auf der Enterprise etwas unternehmen kann, vernichten getarnte romulanische Schiffe die vulkanischen Schiffe, um jede Spur des Hinterhalts zu verwischen. Spock beschließt, auf Romulus zu bleiben, um weiter an der Vereinigung zu arbeiten, die er nach wie vor für realisierbar hält.

*

Spocks Rückkehr war von nahezu allen Fans mit Ungeduld erwartet worden. Bereits im Verlauf der ersten Season gab es Überlegungen, seine Rolle in eine Episode einzuarbeiten, sie scheiterten jedoch an Nimoys Regiearbeit für ›Three Men and a Baby‹. Eine andere Idee, nämlich Spock durch den Wächter der Ewigkeit in die Vergangenheit reisen zu lassen, wo er mit seinem damaligen Ich zusammentreffen sollte, war unter dem Titel ›Return to Forever‹ als Eröffnung der zweiten Season geplant, der Autorenstreik in dieser Zeit machte das aber zunichte. Daß es letztendlich doch noch dazu kam, war vor allem dem Vorsitzenden von Paramount, Frank Mancuso, zu verdanken, der Leonard Nimoy vorschlug, mit einem Auftritt in *Star Trek — The Next Generation* eine Verbindung zwischen alter und neuer Crew herzustellen. Die beste Gelegenheit ergab sich mit *Star Trek VI — The Undiscovered Country,* in dem Spock sich für den Frieden zwischen Föderation und Klingonen einsetzt (s. Band 2, S. 165 ff.). Die dort eingeleitete Entwicklung wurde konsequent fortgeführt, Spock durfte als Vermittler für eine Vereinigung zwischen Vulkaniern und Romulanern eintreten.

So weit, so gut.

Aber wie in dem Zweiteiler ›Redemption‹ (Ep. N100 und N101) konnte oder wollte man auch hier nicht auf zusätzliche Handlungsfäden verzichten, in diesem Fall die parallel verlaufende Geschichte des in Waffenschmuggeleien verstrickten Ferengi, die als solche noch nicht einmal als eigenständige Episode hätte dienen können.

Die hauptsächliche Handlung wäre ausreichend und durchaus überzeugend gewesen, wenngleich der Presserummel um Leonard Nimoy so groß geworden war, daß die Erwartungen an den Zweiteiler in Höhen geschraubt wurden, die kaum zu erfüllen waren.

Nimoy war natürlich auch eine Kostenfrage. Obwohl er ein ansehnliches Honorar verlangen konnte, bewegte es sich laut Rick Berman[3] nur knapp über dem Mindestlohn, andere Quellen sprachen dagegen von 1,5 Millionen Dollar. Ob das nun stimmte oder nicht, sei dahingestellt, in jedem Fall war die Kombination eine ideale Gelegenheit, durch die sich *Star Trek – The Next Generation* und *Star Trek VI – The Undiscovered Country* gegenseitig Zuschauer zuschieben konnten.

Erster Minuspunkt war Spocks Auftreten im ersten Teil, das sich auf ein paar Sekunden am Ende der Episode beschränkte. Grund für diesen Mini-Auftritt war Nimoys Bedingung, nur für fünf Tage zur Verfügung zu stehen. Für jede Episode sind aber üblicherweise sieben Drehtage vorgesehen, für ›Unification‹ bedeutete dies eine Gesamtzeit von zwei Wochen. Um den Zeitplan überhaupt erfüllen zu können, wurde Teil II vor Teil I gedreht.

Im zweiten Teil spielte Nimoy dann zwar eine angemessen große Rolle, die sowohl einen unmißverständlichen Vergleich zwischen Picard und Kirk enthielt (Spock erinnert sich an einen Captain, der sich als ähnlich stur wie Picard erwiesen hatte) als auch ein ›faszinierendes‹ Gespräch mit Data (eine kuriose Gegenüberstellung ihrer Ziele in der Hinsicht, daß Spock immer versucht hatte, so wenig menschlich zu sein wie möglich, während der Androide Data genau das Gegenteil erreichen wollte), jedoch war das Ende des zweiten Teils mehr als enttäuschend. Viel zu offensichtlich war hier die Hintertür, die man sich offenhielt, um irgendwann vielleicht doch noch einmal auf Spock zurückgreifen zu können. Dies geschah

möglicherweise auch mit Blick auf den zu erwartenden Kinofilm mit der Crew um Picard, der bei einer Mitwirkung von Leonard Nimoy auch in Ländern, in denen die neue Crew noch lange nicht die verdiente Anerkennung erhalten hat, höhere Besucherzahlen versprechen dürfte. Nimoy selber schloß nach dieser Doppelepisode nicht aus, daß er ein weiteres Mal in *Star Trek – The Next Generation* zu sehen sein würde.

Der erneute Auftritt von Denise Crosby als Romulanerin Sela war unnötig und wirkte zu konstruiert, um wirklich glaubwürdig zu sein.

Deutlich bemerkenswerter war da schon Malachi Thrones Auftritt als romulanischer Senator Pardek. Throne war in *Star Trek* in der seinerzeit einzigen Doppelepisode ›The Menagerie‹ (Ep. C12/C13) zu sehen gewesen. Throne war ursprünglich sogar für die Rolle des Schiffsarztes für ›The Cage‹ (Ep. C1) vorgesehen gewesen, lehnte jedoch ab, da er lieber Spock gespielt hätte. Da war die Rolle jedoch schon an Leonard Nimoy vergeben.

Auch der morbide Zug der vierten Season wurde fortgeführt, indem in dieser Episode Sarek sterben mußte. Hierbei eröffnet sich allerdings die Möglichkeit für ein Wiederaufleben im Stil von *Star Trek III – The Search for Spock,* schließlich muß Sarek jemandem seine Katra übertragen haben!

Alles in allem war ›Unification‹ längst nicht so überdurchschnittlich gut, wie die allgemeine Euphorie vermuten ließ.

Episode N109: A Matter of Time

(Der zeitreisende Historiker)

Die Enterprise befindet sich im Orbit um Penthara IV, einem Planeten, auf dem durch einen abgestürzten Asteroiden eine enorme Staubwolke aufgestiegen ist und den Himmel so verdunkelt hat, daß die Sonnenstrahlen kaum noch durchdringen können und auf dem Planeten eisige Temperaturen herrschen. Dabei bekommen sie Besuch von Berlingoff Rasmussen, der sich ihnen als zeitreisender Historiker aus dem 26. Jahrhundert vorstellt. Er erklärt, daß er gekommen ist, um der Enterprise-Besatzung bei ihrer Mission beizuwohnen. Zwar versteht er es, mit seiner unkonventionellen Art die Besatzung zu blenden, aber Troi merkt, daß er etwas verbirgt. Der erste Versuch, die Atmosphäre von Penthara IV zu reinigen, schlägt fehl. Der nächste Versuch könnte laut LaForge dazu führen, daß die gesamte Atmosphäre schlagartig verbrennt und alle Bewohner sofort ums Leben kommen. Als Picard Rasmussen um Rat fragt, erklärt Rasmussen, daß er sich nicht einmischen kann, um nicht den Verlauf der Geschichte zu verändern. Der zweite Versuch verläuft erfolgreich. Rasmussen hat damit seine Arbeit erledigt und will in seine Zeit zurückkehren, aber Picard besteht auf einer Durchsuchung des Shuttles, da seit Rasmussens erstem Auftritt auffallend viele Gebrauchsgegenstände als fehlend gemeldet werden. Er willigt ein, besteht aber darauf, daß ausschließlich Data das Shuttle betreten darf, da er als einziger wirklich den Befehl befolgen kann, nicht über die Technologie des 26. Jahrhunderts zu reden. Als die beiden sich im Shuttle befinden, bedroht er Data mit einem Phaser und erklärt ihm, daß er in Wirklichkeit aus dem 22. Jahrhundert kommt. Er hat lediglich einem echten Zeitreisenden aus dem 26. Jahrhundert das Shuttle abgenommen, um in die Zukunft zu reisen und dort Dinge zu sammeln, die er in seiner Zeit als eigene Erfindungen verkaufen will. Das gleiche hat er auch mit dem Androiden vor. Picard hatte aber bereits damit gerechnet und den Phaser deaktivieren lassen. Als Data mit ihm das Shuttle verläßt, startet das ohne ihn und läßt ihn in der Zukunft gestrandet zurück.

*

Ein weiteres Mal wurde die Zeitreise zu einem zentralen Thema in *Star Trek — The Next Generation,* wieder war das Resultat eine überzeugende Episode mit einem mehr als überraschenden Ende. Matt Frewer als scheinbarer Besucher aus der Zukunft spielte seine Rolle genau richtig, um als der zu scheinen, für den er sich ausgab.

Frewer ist bekannt als Edison Carter aus der Serie ›Max Headroom‹, deren Hauptrolle ein zum Teil computeranimierter TV-Moderator ist, der ebenfalls von Frewer gespielt wird. Er war sowohl im englischen Pilotfilm zu sehen als auch in der ihres erfrischenden Zynismus größtenteils beraubten US-Fernsehserie.

Für die Rolle war eigentlich nach ›The Outrageous Okona‹ (Ep. N30) zum zweiten Mal Robin Williams vorgesehen, der dann aber aus Zeitgründen (er hatte soeben die Arbeiten zu ›Hook‹ abgeschlossen und war mit einem neuen Projekt beschäftigt) nicht mehr zur Verfügung stand.

Nach der düsteren Atmosphäre der vorangegangenen Doppelepisode war ›A Matter of Time‹ neben der an sich schon originellen Idee eine willkommene Abwechslung hin zu einer unterhaltsamen Thematik.

Episode N110: New Ground

(Die Soliton-Welle)

Die Enterprise soll einen neuen Antrieb testen, die Soliton-Welle, die den Warpantrieb revolutionieren könnte. Während dazu die Vorbereitungen laufen, bringt Helena Rozhenko, Worfs Adoptivmutter, dessen Sohn Alexander auf die Enterprise, da sie nicht länger für ihn sorgen kann. Worf ist über diese Entwicklung nicht glücklich und muß wenig später erfahren, daß Alexander in der Schule ein sehr problematisches Kind ist, was Troi auf den frühen Tod der Mutter und die Ablehnung durch Worf zurückführt. Die Soliton-Welle wird unterdessen aktiviert, das Experiment schlägt dann jedoch fehl. Die Welle gerät außer Kontrolle und droht auf einem Planeten einzuschlagen, was verheerende Folgen mit sich bringen würde. Noch rechtzeitig kann die Enterprise die Welle mit einem Photonentorpedo aufhalten, das Schiff wird aber von einer immensen Schockwelle getroffen. In diesem Moment befindet sich Alexander in einem ungeschützten Teil des Schiffs und ist einen Augenblick später von einem Feuer eingeschlossen. Worf und Riker können ihn noch retten, woraufhin Worf klar wird, daß er seinen Sohn nicht mehr missen möchte, und er ihn schließlich an Bord behält.

*

Mit ›New Ground‹ wurden abermals zwei voneinander unabhängige Handlungsfäden zusammengebracht, die sich gegenseitig mehr störten als ergänzten. Anstatt wesentlich stärker auf das Verhältnis zwischen Worf und seinem Sohn einzugehen, wurde ein Teil der Aufmerksamkeit auf eine Weiterentwicklung in der Raumfahrt gelenkt, die allem Anschein nur dem Zweck diente, fehlzuschlagen und Alexander in Gefahr zu bringen. Daß das Experiment versagen würde, war zudem absehbar gewesen, da es in der Geschichte von Star Trek eigentlich noch nie eine Verbesserung gab, die nicht im Entwicklungsstadium in einem Desaster endete.

John Steuer, der zuerst Alexander gespielt hatte, wurde ersetzt durch den etwas älteren Brian Bonsall, der in ›Family Ties‹ eine permanente Rolle spielte als Michael J. Fox' kleiner Bruder. Zuvor war er in dem Horrorfilm ›Mikey‹, in dem er einen jungen Massenmörder darstellte, zu sehen. Bonsells kommender Film ist ›Father Hood‹ mit Patrick Swayze.

Episode N111: Hero Worship

(Der einzige Überlebende)

Auf dem Wrack der U.S.S. Vico entdeckt Data einen einzigen Überlebenden, den Jungen Timothy. Der berichtet von einem fremden Schiff, das die Vico angegriffen hat. Troi ist jedoch sicher, daß der Junge etwas verbirgt und die Geschichte über das fremde Schiff nicht der Wahrheit entspricht. Sie empfiehlt Data, der Timothy entdeckt hatte, sich eingehend mit dem Jungen zu beschäftigen, um so der Wahrheit auf die Spur zu kommen. Timothy ist von dem Androiden so beeindruckt, daß er beginnt, Datas Verhaltensweisen zu kopieren. Während die Enterprise von starken Schockwellen aus einem Sternenhaufen getroffen wird, erklärt Data dem Jungen, der weiter auf der Version eines angreifenden Schiffs beharrt, daß Androiden nicht lügen. Daraufhin erklärt der Junge, daß er allein für die Zerstörung des Schiffs verantwortlich ist, da er versehentlich eine Taste berührt hatte, die die Katastrophe auslöste. Data, Troi und verschiedene Besatzungsmitglieder versuchen, Timothy klarzumachen, daß es nicht an ihm gelegen haben kann. Währenddessen werden die Schockwellen immer stärker, bis Data zu dem Schluß kommt, daß es einen Zusammenhang zwischen den Schutzschilden und den Wellen gibt. Jede Verstärkung der Schilde zieht offensichtlich eine entsprechend stärkere Schockwelle nach sich. Auf Datas Entdeckung hin werden die Schilde abgeschaltet, augenblicklich kehrt Ruhe ein. Dieses Phänomen hat zu der schweren Beschädigung der U.S.S. Vico geführt, da man dort offensichtlich nicht den Zusammenhang erkannt hatte. Timothy sieht ein, daß er tatsächlich nichts mit der Zerstörung des Schiffes und mit dem Tod der Besatzung zu tun hatte, und beendet seine Phase als Android, bleibt aber Datas Freund.

*

Auf der Suche nach immer neuen Situationen, in denen Data mit menschlichen Verhaltensweisen konfrontiert wird, wurde er diesmal zur Vaterfigur. Diese Episode nahm aber einen wesentlich besseren Verlauf als ›In Theory‹ (N99), vor allem, weil Data nicht dazu vorbestimmt war, das Verhaltensmuster der Menschen zu kopieren, sondern einem Menschen begegnete, der sich wünschte, ein Android zu sein. Erfreulich war dabei auch, daß allzu Herzergreifendes im Stil von ›The Bonding‹ (Ep. N53) vermieden wurde.

Episode N112: Violations

(Geistige Gewalt)

Die Enterprise nimmt drei Ullianer an Bord, telepathisch äußerst begabte Historiker, die ihre Forschung betreiben, indem sie lange vergessene Erinnerungen ihrer Subjekte freilegen. Tarmin, der Anführer der Gruppe, zeigt sich erstaunt, daß die Besatzung der Enterprise diese Art Forschung nicht schätzt, während sein Sohn Jev von der penetranten Art seines Vaters scheinbar peinlich berührt ist.

Die telepathisch begabte Deanna Troi in Aktion.

In der folgenden Nacht erlebt Troi im Traum ein romantisches Treffen mit Riker, aber in ihrem Traum ist seine Rolle plötzlich von Jev besetzt, der sich an ihr vergehen will. Als Troi dieses Traumbild abwehren will, fällt sie in ein Koma. Das gleiche geschieht wenig später auch mit Riker und Dr. Crusher, deren Erinnerungen gleichfalls durch Jev verändert werden. Picard verdächtigt die Ullianer als Täter, aber die beteuern ihre Unschuld. Als Troi aus dem Koma erwacht, erklärt sie sich bereit, ihre Erinnerung von Jev durchforschen zu lassen, um herauszufinden, was in der Nacht passierte. Diesmal ist es jedoch Tarmin, der Rikers Platz einnimmt. Der wird daraufhin verhaftet, aber Troi kann sich plötzlich genau daran erinnern, daß es Jev war, der in ihren Traum eingedrungen war, nicht jedoch Tarmin. Jev kann festgenommen werden, da sich herausgestellt hat, daß er auch für zahlreiche ähnliche Fälle auf anderen Welten verantwortlich ist.

*

Wenn auch verschlüsselt, so war das Grundthema dieser Episode zweifellos Vergewaltigung, das durch eine Reduzierung auf die geistige Ebene jedoch nichts an Intensität verlor. ›Violations‹ war eine überzeugende Episode, die durch die Alptraumsequenzen noch an Qualität gewann, darunter eine, in der Patrick Stewart einen jüngeren Picard mit deutlich mehr Haupthaar spielte.[4]

›Violations‹ war eine weitere Idee von Shari Goodhartz, die diesmal in Zusammenarbeit mit T. Michael Gray entstand. Ursprünglich war sie als eine Geschichte über eine Counselor-Konferenz auf der Enterprise angelegt. Diese Version war aber nicht erwünscht. Eine Überarbeitung führte dazu, daß O'Brien das Opfer einer geistigen Vergewaltigung durch eine Frau sein sollte. Das hätte die Rollen auf eine für Star Trek typische Weise verkehrt, wurde aber auch nicht verwirklicht. Die endgültige Fassung hatte mit dem ersten Konzept nicht mehr viel zu tun, zumal für den Zuschauer damit schon früh der Übeltäter bekannt war, während die Enterprise-Crew noch suchen mußte. Goodhartz ist nur froh, daß die Traumsequenzen so gefilmt wurden, daß sie erfolgreich eine beunruhigende Atmosphäre erzeugten.

Episode N113: The Masterpiece Society

(Das künstliche Paradies)

Ein Bruchstück eines Neutronensterns bedroht eine bis dahin unbekannte Erdkolonie auf Moab IV. Als die Enterprise deren Bewohner darüber informiert, weigern die sich, ihre Heimat zu verlassen. Aaron Conor stellt sich als Führer der Kolonie vor und erklärt, daß es durch eine vollkommene genetische Überwachung gelungen ist, eine absolut perfekte Gesellschaft zu schaffen. Da der Kontakt mit Fremden als zerstörerisch eingeschätzt wird, erlaubt Conor nur widerwillig, daß eine Gruppe von Enterprise-

Offizieren auf den Planeten kommen darf, um die Bevölkerung auf die bevorstehende Katastrophe hinzuweisen. Währenddessen arbeitet LaForge mit der Wissenschaftlerin der Kolonie, Hannah Bates, an einem Traktorstrahl, der das Bruchstück ablenken soll. Troi ist dagegen fasziniert von Conor und verbringt schließlich eine Nacht mit ihm, was sie aber schon bald bereut, da sie weiß, daß ihre betazoiden genetischen Informationen nicht willkommen sind. Ironischerweise ist es ausgerechnet LaForges VISOR, der den Ausschlag gibt für die richtige Einstellung des Traktorstrahls. Der kann so eine Kolonie retten, obwohl er als der ›unvollkommene‹ Mensch, der er in den Augen der Kolonisten ist, nicht einmal geboren worden wäre. Um die Anlage installieren zu können, muß mehr Enterprise-Personal auf den Planeten gebracht werden, was Conor nur widerwillig duldet. Der Plan gelingt, aber die Begegnung mit dem Enterprise-Team war zu intensiv, als daß sie an den Kolonisten spurlos vorübergegangen wäre. 24 von ihnen beschließen, mit der Enterprise den Planeten zu verlassen. Conor kann sie nicht aufhalten, obwohl er weiß, daß damit die Perfektion dieser Gesellschaft verlorengeht.

*

Auch wenn bei *Star Trek — The Next Generation* stets mehr Wert auf eine qualitativ hochwertige Episode gelegt wird, so war ›The Masterpiece Society‹ zeitweise zu arm an Action. Die Beziehung zwischen Deanna Troi und dem Anführer der Kolonie war wohl gelungen, auch der Fatalismus, daß allem guten Willen zum Trotz doch etwas anders verlaufen kann als geplant, war nicht fehl am Platz. Dennoch schien die Handlung auf der Stelle zu treten.

Bemerkenswert war allerdings, daß in ›The Masterpiece Society‹ das heikle Thema der genetischen Manipulation behandelt wurde, das in seiner Konsequenz, Abweichungen als lebensunfähig aus der Welt zu schaffen, auch zur Euthanasie Stellung bezog.

Die Grundidee wurde von James Kahn in der Kurzfassung ›The Perfect Human‹ geliefert, Adam Belanoff überarbeitete diese Fassung.

Episode N114: Conundrum

(Mission ohne Gedächtnis)

Die Enterprise wird von einem fremden Schiff gescannt, woraufhin die Besatzungsmitglieder feststellen müssen, daß ihr Gedächtnis teilweise gelöscht worden ist. Weder kennen sie ihre Funktion noch ihren Namen, dennoch wissen sie, wie das Schiff zu bedienen ist. Während Worf sich mit seiner Schärpe allein optisch von allen anderen abhebt und als Commander betrachtet wird, begibt sich Data als Barkeeper nach Ten Forward. Zwischen Ro Laren und Troi entwickelt sich eine ungeahnte Rivalität, da sich beide zu Riker hingezogen fühlen und ihn für sich gewinnen wollen. Als es gelingt, zumindest teilweise Zugriff auf die Daten des Bordcomputers zu erlangen, erfahren die Brückenoffiziere ihren Namen und Rang, jedoch ist Captain Picards Erster Offizier ein Mann namens Kieran MacDuff. Auch die Mission der Enterprise wird klar. Sie ist Teil einer Flotte, die gegen die Lysianer kämpft, der gegenwärtige Auftrag lautet auf Vernichtung des Zentralen Kommandos der Lysianer. Als Picard jedoch die Zerstörung eines hoffnungslos unterlegenen lysianischen Schiffs zurückzieht, will MacDuff das Kommando an sich reißen. Worf betäubt den Tobenden mit einem Phaserschuß, und es stellt sich heraus, daß der ein Außerirdischer ist. Nachdem alle Gedächtnislücken erfolgreich geschlossen sind und jeder seinen alten Posten hat, wird MacDuff als Sartaarianer identifiziert. Diese Sartaarianer befinden sich im Krieg mit den Lysianern, sind aber hinsichtlich ihrer eigenen Waffen unterlegen. Ihre Stärke besteht in der Manipulation von Computern und des menschlichen Geistes.

*

›Conundrum‹ erinnerte zunächst an die skurrile Episode ›Clues‹ (Ep. N88), entwickelte sich dann aber schnell in eine andere, gleichermaßen beeindruckende Richtung. Amüsant war vor allen Dingen, wie nach dem Gedächtnisschwund jeder seinen Platz auf dem Schiff zu suchen begann und Worf das Kommando übernahm. In gleichem Maße unterhaltend war das plötzlich entstandene Dreiecksverhältnis zwischen Riker, Troi und Ro Laren.

Die Vorlage für diese Episode stammte aus der Vierten Season und mußte zahlreiche Überarbeitungen über sich ergehen lassen. Die ursprüngliche Idee war eine Geschichte über Menschen, die zu Soldaten gemacht wurden, nachdem man ihnen ein neues Gedächtnis gegeben hatte.

Episode N115: Power Play

(Ungebetene Gäste)

Die Enterprise folgt einem Notruf zu einem Mond des Planeten Mab-Bu VI, Riker, Data und Troi begeben sich mit einem Shuttle auf die Suche nach dem Sender des Signals, stürzen jedoch ab. O'Brien folgt ihnen per Transporter und errichtet Verstärker, damit sie gemeinsam auf die Enterprise zurückbeamen können. Kurz bevor das geschehen kann, werden Troi, Data und O'Brien von fremden Wesen in Besitz genommen, die nach der Rückkehr auf das Schiff Ten Forward besetzen und alle Anwesenden als Geiseln nehmen. Die drei fordern Picard auf, die Enterprise zum Südpol des Mondes zu steuern. Sie erklären ihm, daß sie die einstige Besatzung der U.S.S. Essex sind, die seit zweihundert Jahren als körperlose Wesen existieren und keine Ruhe finden können. Ihre Aussage, daß sie lediglich ein Begräbnis wollen, steht im Widerspruch zu der Gewalt, mit der sie vorgehen. Picard kommt dahinter, daß es sich bei ihnen in Wirklichkeit um Gefangene der Strafkolonie auf Mab-Bu VI handelt, die bereits ohne Erfolg versucht hatten, die U.S.S. Essex in ihre Gewalt zu bringen. Picard willigt angesichts dieser Erkenntnis zum Schein ein und läßt alle Wesen in einen Frachtraum der Enterprise beamen, wo er ihnen dann jedoch erklärt, daß er bereit ist, mit ihnen zu sterben, wenn er die Schleuse öffnet. Auf keinen Fall wird er aber zulassen, daß sie sich seiner Crew bemächtigen. Die körperlosen Wesen sehen ein, daß Picard nicht blufft, und lassen sich auf den Mond zurückbeamen.

*

Eine der besten Ideen in dieser ausgezeichneten Episode war die Einbeziehung von O'Brien in die Gruppe der Besessenen. Als einziger der wichtigeren Nebenrollen ist O'Brien verheiratet, und es konnte keine idealere Zuspitzung der Lage geben, als eine von ihm ausgehende Bedrohung für seine Frau und sein Kind.

Marina Sirtis bekam in ›Power Play‹ wieder einmal Gelegenheit, im Mittelpunkt zu stehen, zudem unterschied sich ihre Rolle hier deutlich von den sonst üblichen Einsätzen.

›Power Play‹ war in der ursprünglichen Fassung als reine ›Bottle Show‹ geplant, also eine Episode, die sich ausschließlich auf der Enterprise abspielt und durch die Verwendung der vorhandenen Dekorationen Geld einspart. Diese Episoden sind notwendig, um die Budgetüberschreitungen auszugleichen, die im Verlauf der Season durch Außenaufnahmen und den Bau neuer — und meist nur einmal benutzter — Dekorationen aufgetreten sind. ›Power Play‹ machte aber etwa 26 Überarbeitungen durch, davon einige noch während der Dreharbeiten und sogar in der Phase der Bearbeitung des gefilmten Materials. Damit und durch eine Reihe von Spezialeffekten wurde sie schließlich die teuerste Episode der fünften Season.[5]

Episode N116: Ethics

(Die Operation)

Nach einem Unfall ist Worf querschnittgelähmt. Die ihrer unkonventionellen Methoden wegen umstrittene Spezialistin Dr. Toby Russell kommt auf die Enterprise, um ihm zu helfen. Sie möchte an Worf eine Operationsmethode testen, bei der seine verletzte Wirbelsäule durch ein nach seinem genetischen Muster erzeugtes Duplikat ersetzt wird. Worf ist aber in der Zwischenzeit zu dem Entschluß gekommen, daß er sich umbringen muß, um nicht unehrenhaft zu sterben. Zum einen muß aber Alexander diesem Ritual beiwohnen, was Worf nicht möchte. Auf der anderen Seite stößt er bei keinem seiner Freunde auf Verständnis für den drastischen Entschluß. Russell gerät erneut in die Diskussion, als sie bei einer zwischenzeitlichen Rettungsmission erneut einen ihrer umstrittenen Versuche praktiziert und dabei ein Verletzter ums Leben kommt. Dr. Crusher kann Worf als Alternative jedoch lediglich Implantate anbieten, die ihn aber nicht völlig wiederherstellen werden. Schließlich erklärt er sich bereit, sich Russells Versuch zu unterziehen. Worf stirbt bei der Operation, da seine Körperfunktionen aber doppelt existieren, erwacht er einen Moment später wieder zum Leben. Der Eingriff ist erfolgreich verlaufen, Worf beginnt wenig später mit der Therapie.

*

Wie in ›Disaster‹ gelang es dank der Verteilung auf die richtigen Charaktere, aus einer dank zahlloser Arztfilme bekannte Klischees versprechenden Handlung eine recht gute Episode zu machen. ›Ethics‹ bot nicht nur verschiedene Standpunkte zum Thema Behinderung, ohne dabei Stellung zu beziehen, auch die Vorgehensweise der Ärztin Dr. Russell war mehr als fragwürdig. Wenngleich es ihr auch gelang, Worf zu retten, waren ihre Methoden der Erforschung neuer Behandlungswege umstritten.

Szenen, die wegen einer Überlänge dieser Episode von fast zehn Minuten der Schere im Schneideraum zum Opfer fielen, waren unter anderem Worfs Versuch, trotz einer Diagnose von Dr. Crusher zu gehen, was in einem schweren Sturz und für Worf in einem Schock angesichts seiner Hilflosigkeit gipfelte, sowie eine erfolgreiche Operation des Klingonen, die von Dr. Russell kurz vor der tatsächlichen Operation aber nur auf dem Holodeck durchgeführt wurde und für einen Moment die Zuschauer in die Irre führen sollte.

Episode N117: The Outcast

(Verbotene Liebe)

Die Enterprise folgt einer Bitte der J'naii, die ein Shuttle vermissen. In der Nähe ihres Planeten befindet sich ein Null-Raum, der mit dem Verschwinden des Shuttles zusammenhängen kann. Riker betreibt die Suche gemeinsam mit Soren, die beiden freunden sich an. Von Soren erfährt Riker, daß den geschlechtslosen J'naii jegliche sexuelle Vorliebe verboten ist. Wer von dieser Vorschrift abweicht, wird einer Gehirnwäsche unterzogen und ›normalisiert‹. Während der Suche erfährt Riker, daß Soren sich als dem weiblichen Geschlecht zugehörig fühlt, daß sie das aber noch nie zuvor ausgesprochen hat. Als Soren verletzt wird, erklärt sie ihre Gefühle für Riker, der ähnlich empfindet. Zwar wahrt er bei der Bergung des Shuttles den Schein der rein professionalen Zusammenarbeit. Als die beiden aber dabei beobachtet werden, wie sie sich

Tasha Yar kämpft um ihr Leben.

küssen, wird Soren sofort verhaftet. Riker versucht bei dem Verfahren gegen sie, sie zu verteidigen, aber er findet kein Gehör. Schließlich kehrt er eigenmächtig in Begleitung von Worf auf den Planeten zurück und will Soren befreien, aber sie ist bereits ›geheilt‹. Ihre Gefühle für ihn existieren nicht mehr, Riker kehrt verbittert auf die Enterprise zurück.

*

Nach ›The Host‹ (Ep. N97) begab man sich mit ›The Outcast‹ ein weiteres Mal auf das für TV-Serien nach wie vor gefährliche Terrain der Homosexualität, da es trotz aller bestehenden Toleranz in dieser Sache von einem Großteil der Zuschauer abgelehnt wird. Eine Festlegung der Serie auf einen Standpunkt könnte fatale Folgen in Form von massivem Zuschauerschwund haben.

Was in ›The Host‹ aber nur ansatzweise eingebracht wurde, erfuhr hier eine deutlich stärkere Behandlung. Wie Jonathan Frakes richtig bemerkt, ist man aber nicht konsequent genug vorgegangen, wohl aus Angst vor einer negativen Zuschauerreaktion. Soren, in die sich Riker verliebt, hätte nach Frakes' Ansicht deutlich maskuliner wirken müssen. Durch die Besetzung dieser Rolle mit der attraktiven Melinda Culea (vor allem bekannt aus ›The A-Team‹) fiel das geschlechtslose Wesen Soren auffallend feminin aus, so daß Rikers Kampf für eine Anerkennung von Sorens Empfindungen kaum wie ein Eintreten für Homosexualität erschien. Vielmehr wirkte diese Episode wie ein Appell an die Toleranz gegenüber anderen.

Ein wenig störte allerdings die Tatsache, daß Picard offensichtlich von Rikers Aktion wußte und ihn trotz des unübersehbaren Verstoßes gegen die Hauptdirektive gewähren ließ.

Episode N118: Cause and Effect

(Déjà Vu)

Dr. Crusher hat das eigenartige Gefühl, daß sie ein Déjà-vu-Erlebnis hat. Mehrfach erlebt sie Dinge, bei denen sie sicher ist, daß sie sie schon einmal mitgemacht hat. Während sie in ihrer Kabine unverständliche Stimmen hört, taucht vor der Enterprise urplötzlich ein anderes Raumschiff auf. Obwohl Data Picards Befehl ausführt und mit einem Traktorstrahl versucht, das andere Schiff von der Enterprise wegzudrücken, kollidieren beide Schiffe und werden vernichtet.

Nach und nach glauben immer mehr Besatzungsmitglieder, daß sie einen bestimmten Zeitablauf schon einmal erlebt haben. Nachdem Dr. Crusher die Stimmen, die in ihrem Quartier zu hören sind, aufgezeichnet hat, stellt Data fest, daß sie von der Enterprise-Besatzung stammen. Offensichtlich sind sie in eine sich endlos wiederholende Zeitschleife geraten. Nach weiteren Wiederholungen, die immer wieder in der Zerstörung der Enterprise enden, kann Data kurz vor der Kollision eine Nachricht an sich selber hinterlassen, es ist die Zahl drei. Bei dem folgenden Ablauf der Schleife kombiniert er im letzten Moment, daß die Zahl für die Rangabzeichen an Rikers Uniform steht. Der hatte den Vorschlag gemacht, die Hangarschleusen zu öffnen, um mit der explosionsartig entweichenden Luft den Kurs stärker zu ändern. Picard hatte diese Idee aber nicht befürwortet. Data führt bei diesem Durchlauf den Vorschlag Rikers aus, die Enterprise kann sich so weit genug von dem anderen Schiff entfernen, um der Kollision zu entkommen. Damit ist die Zeitschleife unterbrochen worden. Es stellt sich heraus, daß die Enterprise siebzehn Tage in dieser Schleife gefangen war. Das andere Schiff jedoch, die U.S.S. Bozeman, hat über 90 Jahre in der Schleife verbracht. Picard nimmt Kontakt mit der Bozeman auf, um den noch ahnungslosen Captain zu informieren.

*

Der mit leichten Veränderungen immer wiederkehrende Ablauf in der Zeitschleife wurde durch die extrem hohe Zahl an Wiederholungen auf Dauer ein wenig ermüdend und führte schließlich dazu, daß diese Episode weit weniger überzeugend war als andere, die sich ebenfalls mit Zeitreisen in der einen oder anderen Form befaßten.

Was bei der Kurzbeschreibung des Inhalts nicht deutlich wird, ist die Tatsache, daß ›Cause and Effect‹ für einen Zuschauer in den USA noch weit unübersichtlicher und verwirrender war, da der zwischen jedem Durchgang mehrere Minuten Werbung über sich ergehen lassen mußte.

Der ärgerlichste Moment in ›Cause and Effect‹ ist dabei noch immer der, als endlich der Kontakt mit dem anderen Schiff aufgenommen wird. Kaum hat man die Besucher aus der Vergangenheit über die tatsächliche Zeit aufgeklärt, endet die Episode. Dabei wäre es wünschenswert gewesen, mehr über die Folgen für die Besatzung des anderen Schiffs zu erfahren.

Daß das Ende so kurz ausfiel, war um so bedauerlicher, da man für die Rolle des Captains der U.S.S. Bozeman Kelsey Grammer hatte verpflichten können. Grammer war dem amerikanischen und englischen Publikum in erster Linie aus der Sitcom ›Cheers‹ bekannt, wo er den Psychiater Frazier Crane spielte, der mit der Psychiaterin Lilith Sternin-Crane verheiratet war, die wiederum von Bebe Neuwirth dargestellt wurde. Sie war in der Episode ›First Contact‹ (Ep. N89) zu sehen.

Geplant, aber aus Zeitgründen nicht realisierbar war ein Auftritt von Kirstie Alley als Erster Offizier der U.S.S. Bozeman. Da ›Cheers‹ ebenfalls eine Paramount-Produktion war und die Studios beider Serien nicht allzu weit voneinander entfernt waren, hatte ein Gastauftritt nahegelegen. Nach dem Ende von ›Cheers‹ 1993 sind die Chancen dafür aber drastisch gesunken.

Jonathan Frakes führte hier abermals Regie, aber es wirkte ein wenig wie der Versuch, seine Regisseur-Ambitionen ein für allemal abzustellen, indem er ein Drehbuch bekam, das mehr oder weniger unverfilmbar erschien.

Episode N119: The First Duty

(Ein mißglücktes Manöver)

Picard befindet sich auf dem Weg zur Akademie der Sternenflotte, als er von einem Unfall erfährt, der sich während der Proben für eine Flugshow im All ereignet hat. Dabei wurde ein Mitglied des Teams getötet, dem auch Wesley Crusher angehört. Bei einer Untersuchung des Vorfalls stellt sich heraus, daß die Aussagen der Kadetten und die Flugaufzeichnungen voneinander abweichen. Der Führer der Gruppe, Nicholas Locarno, erklärt jedoch, daß der Kadett Joshua Albert ums Leben kam, weil er in Panik geriet und einen Flugfehler machte, der dann den Unfall auslöste. Nach der Anhörung kommt es zu einem Streit, als Crusher Locarno beschuldigt, daß er gelogen und den toten Albert zum Schuldigen gemacht hat. Locarno versucht die Gruppe dazu zu bewegen, bei der falschen Darstellung zu bleiben, um die Karriere nicht zu gefährden. Während Wesley die Aussage verweigert, da eine Satellitenaufzeichnung den bisherigen Angaben widerspricht, bringt Picard in Erfahrung, daß die Gruppe den Kolvoord Starburst vorführen wollte, ein extrem gefährliches und daher verbotenes Manöver. Locarno wollte sich über die Vorschriften hinwegsetzen, um einen legendären Ruf zu bekommen. Picard trifft mit Wesley zusammen und konfrontiert ihn mit der Wahrheit. Er stellt ihn vor die Wahl, von sich aus die Wahrheit zu sagen oder es dem Captain zu überlassen, wenn Wesley sich weigert. Der sieht ein, daß er die Wahrheit sagen muß. Locarno wird von der Akademie ausgeschlossen, während die anderen aus der Gruppe das abgelaufene Jahr wiederholen müssen.

*

Ein zweites Mal bekam Wil Wheaton in der fünften Season einen Gastauftritt als Wesley Crusher. Im Gegensatz zu ›The Game‹ (Ep. N106) war sein Auftritt hier deutlich besser, da Wesley zumindest ansatzweise aus der erwarteten Richtung seiner Entwicklung ausscherte. Eine Zeitlang sah es so aus, als würde Wesley sich dem Druck der Gruppe beugen und lügen. Diese Handlungsweise wäre aber für Wesley untypisch und für Wil Wheaton nicht von Vorteil gewesen.

›The First Duty‹ war eine gelungene und überzeugende Episode, die in einer Nebenrolle Ray Walston (in Deutschland hauptsächlich bekannt aus der Serie ›My Favorite Martian‹; dt.: ›Mein Onkel vom Mars‹) als Boothby präsentierte, den Picard bereits in ›Final Mission‹ (Ep. N83) erwähnte.

Die Außenaufnahmen, die erstmals in der Star Trek-Geschichte einen Blick auf die vielzitierte Akademie der Sternenflotte gestatteten, wurden im Sepulveda-Bassin gedreht, die gleiche Umgebung hatte bereits für die Episode ›Justice‹ (Ep. N8) als Kulisse gedient.

Episode N120: Cost of Living

(Hochzeit mit Hindernissen)

Lwaxana Troi erweist der Enterprise-Besatzung die Ehre eines erneuten Besuchs, um bekanntzugeben, daß sie in Kürze heiraten wird, obwohl sie ihren zukünftigen Ehemann noch nie zuvor gesehen hat. Hauptgrund ist, daß sie an die Zukunft denkt und nicht unversorgt sein möchte, wenn sie älter ist. Währenddessen bemüht sich Deanna um Vermittlung zwischen Worf und seinem Sohn Alexander, der sich sehr aufsässig verhält. Sehr zum Ärger von Troi und Worf nimmt sich Lwaxana des Jungen an, die beide nicht für einen guten Einfluß auf Alexanders Entwicklung halten. Als Lwaxana später feststellen muß, daß ihr Zukünftiger, Campio, ein alter Mann ist, beschließt sie, der alten Tradition folgend nackt zu heiraten. In der Zwischenzeit haben sich Parasiten in den Schiffssystemen verbreitet, die auf die Enterprise übergewechselt sind, nachdem diese einen scheinbar unbewohnten Asteroiden und damit die Heimat dieser Parasiten zerstört hatte. Sie verursachen zahlreiche Fehlfunktionen, die im Totalausfall des Lebenserhaltungssystems gipfeln. Data ist schließlich als einziger bei Bewußtsein, er kann die Parasiten auf einem anderen Asteroiden aussetzen und Schiff und Besatzung retten. Nachdem diese Katastrophe überstanden ist, trifft Lwaxana ihre letzten Hochzeitsvorbereitungen und erscheint tatsächlich nackt zur Zeremonie. Campio ist schockiert und flieht erwartungsgemäß Hals über Kopf.

*

Wie verschiedene andere Episoden zuvor büßte auch ›Cost of Living‹ durch zwei nicht zusammenpassende Handlungsfäden ein wenig an Qualität ein. Die Beziehung zwischen Lwaxana Troi und Alexander wurde durch die willkürlich eingearbeitete Handlung der die Enterprise gefährdenden Parasiten nicht so gut dargestellt, wie sie es verdient hätte. Dennoch konnte diese Episode mit einigen gelungenen Szenen aufwarten, so zum Beispiel gegen Ende der Handlung mit Lwaxana Trois Nacktauftritt bei der Hochzeit, der aber praktisch nichts sehen und alles erahnen ließ, sowie als krönenden Abschluß Worfs Beteiligung an einem Schlammbad mit seinem Sohn sowie Mutter und Tochter Troi.

Lwaxana Troi bot hier ein ausgewogenes Verhältnis zwischen ernstem und ihrem üblichen exzentrischen Verhalten.

Episode N121: The Perfect Mate

(Eine hoffnungsvolle Romanze)

Die Enterprise transportiert das Friedensgeschenk der Kriosianer für den Alric, den Herrscher von Valt Minor, das von dem Botschafter Briam begleitet wird. Der erklärt, daß mit diesem Geschenk ein jahrelanger Krieg zwischen Krios und Valt Minor beendet werden wird. Das Geschenk, das sich in einem Stasisfeld befindet, wird in den Frachtraum gebeamt, über den Inhalt schweigt sich Briam aus. Auf dem Weiterflug nimmt die Enterprise zwei havarierte Ferengi auf, die in dem Geschenk ein wertvolles Objekt sehen. Als die beiden versuchen, es zu entwenden, wird das Stasisfeld beschädigt und gibt den Inhalt frei. Es handelt sich um Kamala, eine Frau von auffallender Schönheit. Sie ist ein empathischer Mesomorph, eine genetische Rarität ihrer Rasse, da nur alle sieben Generationen ein Mesomorph geboren wird. Kamala besitzt die Fähigkeit, alles zu sein, was ein Mann in ihr sehen will. Da sie ihr ganzes Leben lang nur darauf vorbereitet worden ist, Alrics Frau zu werden und so Frieden zu schaffen, besteht Briam darauf, sie in einem Quartier zu isolieren, bis Alric an Bord kommt. Picard ist zwar mit den Umständen nicht einverstanden, da er einen solchen Handel für entwürdigend hält, er beugt sich jedoch der Hauptdirektive und läßt den Botschafter gewähren. Als der jedoch versehentlich von den Ferengi verletzt wird, muß Picard einspringen, um Kamala auf ihre neue Rolle an der Seite von Alric weiter vorzubereiten. Da sie sich aber zu Picard hingezogen fühlt, der ihr klargemacht hat, daß sie auch eigene Werte hat und sich nicht bedingungslos an den Mann anzupassen hat, für den sie ausgesucht worden ist, bekommt der ernsthafte Probleme, die Distanz zu ihr zu wahren. Schließlich kommt Alric an Bord und gibt zu verstehen, daß er sich für die Verträge interessiert, sein ›Geschenk‹ ist für ihn zweitrangig. Kamala erklärt daraufhin Picard, daß sie zu dem Entschluß gekommen ist, Alrics Frau zu werden, auch wenn sie nicht mehr so pflegeleicht ist, wie der vermutet. Sie verläßt Picard, da sie genau wie er bestimmte Pflichten zu erfüllen hat, die Vorrang vor den privaten Wünschen haben.

*

Die über lange Zeit hinweg überzeugende Episode nahm ein Ende, das die Mehrzahl der an der Produktion Beteiligten wollte. Anders jedoch Michael Piller, der gemeinsam mit Reuben Leder die Vorlage in ein Drehbuch umgeschrieben hatte. Letzterer entschied sich aufgrund der Änderungen für das Pseudonym Gary Percante.

Für Piller gab es verschiedene Lösungen des Problems, die Picard durch den Kopf gehen sollten:

Da war die Möglichkeit, daß Picard die Übergabe von Kamala verhinderte und seine Liebe für sie erklärte, er sollte sie fragen, ob sie bei ihm auf der Enterprise bleiben wollte.

In einer anderen Variante erkannte Kamala, daß der für sie vorbestimmte Weg nicht der richtige war, sie verweigerte sich der Übergabe, wollte aber auch nicht bei Picard bleiben, sondern ging ihren eigenen Weg.

Jede dieser Variationen wäre zwar interessant anzusehen gewesen, die einzig konsequente war aber ausgerechnet die, die Piller nicht gefiel, nämlich die gefilmte. Nur in dieser Fassung verhielt sich Picard so, wie man es von ihm gewohnt war, indem er seine persönlichen Interessen in den Hintergrund stellte. Es wäre nur schwer vorstellbar gewesen, daß Picard für eine Frau, die ihm zugegebenermaßen den Kopf verdreht hatte, einem seit Jahrhunderten tobenden Krieg die einzige Chance auf ein Ende nahm, zumal er so gegen die Hauptdirektive verstoßen hätte.

Anfangs wurde mit dem Gedanken gespielt, aus Kamala ein Wesen zu machen, das sein Geschlecht je nach Partner ändern konnte, um noch anpassungsfähiger zu sein, die Idee wurde aber mit Blick auf ›The Outcast‹ (Ep. N117) fallengelassen, da das Geschlecht dort schon eine wesentliche Rolle gespielt hatte.

Unübersehbar waren allerdings hier die Parallelen zu ›Elaan of Troyius‹ (Ep. C69).

Episode N122: Imaginary Friend
(Die imaginäre Freundin)

Clara, die Tochter eines Enterprise-Offiziers, hat eine unsichtbare Freundin, was Troi als normale kindliche Reaktion auf die konstanten Veränderungen zurückführt, denen sie ausgesetzt ist. Als die Enterprise jedoch den Nebel FGC-47 untersucht, wird die zuvor lediglich in der Phantasie existierende Freundin Isabella mit einem Mal

real und bringt Clara fortwährend in Schwierigkeiten, indem sie sie in verbotene Bereiche der Enterprise lockt. Als Isabella ihr jedoch verkündet, daß alle an Bord sterben müssen, stellt sich heraus, daß Isabella eine Lebensform ist, die in dem Nebel existiert und die sich von der Energie der Enterprise ernährt. Isabella erklärt Picard, daß das Schiff zerstört werden muß, da Clara von den Erwachsenen schlecht behandelt wird. Erst als diese Isabella inständig bittet, das nicht zu tun, läßt sie sich umstimmen und verläßt die Enterprise.

*

Die Ähnlichkeiten mit ›And the Children Shall Lead‹ (Ep. C60) waren unübersehbar, auch wenn die Rahmenbedingungen andere waren. ›Imaginary Friend‹ unterschied sich vom Niveau her nur wenig von der die Tränendrüsen strapazierenden Episode ›The Bonding‹, war dabei aber noch vergleichsweise spannend. Für die Bedrohung, die das fremde Wesen für die Enterprise darstellte, verlief der Höhepunkt dieser Episode dann jedoch recht undramatisch.

Episode N123: I, Borg

(Ich bin Hugh)

Auf einem unbewohnten Planeten entdeckt ein Landeteam der Enterprise ein abgestürztes Borg-Shuttle sowie einen Überlebenden. Obwohl Picard beim Gedanken an das, was die Borg ihm angetan haben, den einen Vertreter dieser Rasse sterben lassen möchte, unterdrückt er seine Gefühle und folgt Dr. Crushers Wunsch, ihn an Bord zu nehmen und ärztlich zu versorgen. Entgegen allen Bedenken, daß diese Rettungsaktion die Borg auf sie aufmerksam machen könnte, holt Dr. Crusher ihn auf die Enterprise. Dort stellt sich heraus, daß er getrennt von dem Kollektivbewußtsein und unter dem Einfluß der Menschen, die ihn umgeben und ihm helfen, mehr und mehr ein Individuum wird. Schließlich gibt ihm LaForge den Namen Hugh. Hugh beginnt dann, von sich im Singular zu sprechen, nicht mehr im Plural des Borg-Kollektivs. Picard, der jeden Kontakt mit dem Borg gemieden hat, geht zu Hugh. Als er sich als Locutus ausgibt, bittet Hugh ihn, seine Freunde — darunter LaForge — zu verschonen. Angesichts dieser eigenständigen Persönlichkeit lehnt Picard den zunächst gefaßten Plan ab, Hugh mit einem Virus auszustatten, das die Borg nach seiner Rückkehr zum Kollektiv zerstören würde. Er glaubt vielmehr, daß die gewonnene Individualität ein ähnliches Ergebnis haben wird. Als sich ein Borg-Schiff nähert, wird Hugh auf den Planeten zurückgebracht, wo andere Borg ihn wenig später abholen. Sie nehmen ihn wieder auf in ihre Gemeinschaft, mit ihm verbreiten sich auch die Erinnerung an das Zusammentreffen mit den Menschen und die Individualität.

*

Die Rückkehr der Borg kam unerwartet und in ihrer Art sehr überraschend. Es gab kaum einen Weg, die Enterprise erneut mit ihnen zu konfrontieren, ohne ›The Best of Both Worlds Part I‹ und ›Part II‹ (Ep. N74 und N75) auch nur annähernd zu erreichen.

Eine drastische Veränderung war notwendig, wenn man eine unbefriedigende Wiederholung des Zweiteilers ausschließen wollte. Aus dem gesichtslosen zerstörerischen Kollektiv trat mit einem Mal ein Individuum hervor, das darüber hinaus Picard und Guinan dazu zwang, die eigenen unbewußten Vorurteile gegenüber den Borg neu zu überdenken. Für die Erkenntnis der beiden war die Zeit einer einzelnen Episode zwar knapp bemessen, dennoch konnten die Handlungsweisen der Charaktere überzeugen. Bemerkenswert war auch, daß diese Episode erstmals ohne Gewalt von seiten der Borg auskam.

Daß die Borg nach Hughs Weiterentwicklung nie wieder die alten sein würden, war offensichtlich, auch wenn eine Fortsetzung noch längere Zeit auf sich warten lassen sollte.

Episode N124: The Next Phase

(So nah und doch so fern)

Als Picard einem havarierten romulanischen Forschungsschiff hilft, kommen LaForge und Ensign Ro bei einem Transporterunfall ums Leben. Tatsächlich aber kehren sie auf die Enterprise zurück, scheinen jedoch für die Besatzung unsichtbar zu sein, während für die beiden Materie kein Hindernis mehr darstellt und sie durch Wände gehen können. Als sie feststellen, daß sie Chroniton-Partikel hinterlassen, kommen sie zu der Vermutung, daß ihr Zustand die Folge eines fehlgeschlagenen romulanischen Tarnexperiments ist, da die Tarnvorrichtung ihrer Schiffe die gleichen Partikel produziert. LaForge und Ro haben aber nur wenig Zeit, sich bemerkbar zu machen. Ein

Strahl zwischen der Enterprise und dem romulanischen Schiff, der es mit Energie versorgt, soll den Romulanern dazu dienen, die Enterprise zu zerstören. Es gelingt ihnen, bei ihrer eigenen Totenfeier eine so große Partikelmenge zu hinterlassen, daß Data sie schließlich entdeckt und wieder sichtbar werden läßt. Dies geschieht noch gerade rechtzeitig, um vor dem Plan der Romulaner zu warnen und die Enterprise zu retten.

*

Ro Laren und Geordi LaForge erwiesen sich als gutes Team und bewiesen zugleich, daß LeVar Burton doch viel zu oft unterschätzt wird.

Was schon für ›The Enemy‹ (Ep. N55) vorgesehen war, nämlich eine Episode, die sich auf Deanna Troi und LaForge konzentrierte, wurde auch hier nicht verwirklicht. Ihre Rolle wurde umgeschrieben und erlaubte Michelle Forbes als Ro Laren eine größere Beteiligung an der Episode.

›The Next Phase‹ war als kostensparende Bottle Show geplant, endete dann jedoch übermäßig teuer wegen der zeitaufwendigen Dreharbeiten.

Episode N125: The Inner Light

(Das zweite Leben)

Als die Enterprise einer unbekannten Sonde begegnet, richtet die plötzlich einen Strahl auf die Enterprise, der die Schilde durchdringt und Picard trifft. Der wird daraufhin bewußtlos. Während Dr. Crusher versucht, ihn aufzuwecken, gleitet Picard scheinbar in eine andere Realität ab, in der er sich auf dem von Dürre geplagten Planeten Kataan befindet. Er ist ein Weber mit Namen Kamin und mit einer jungen Frau namens Eline verheiratet. Was Picard zunächst wie ein Traum erscheint, erstreckt sich nach und nach über Tage und Monate. Als Jahre vergangen sind, hat Picard längst aufgehört, an einen Traum zu glauben, und betrachtet das völlig andere Leben als Realität. Er wird schließlich Vater von zwei Kindern. Die Dürre auf Kataan wird immer schlimmer, und die Leute lachen über Picards Lösungsvorschläge, die ihnen einfach nur phantastisch vorkommen. Auf der Enterprise, wo nur wenige Minuten vergangen sind, ordnet Riker an, den Strahl zu unterbrechen. Er muß den Befehl jedoch widerrufen, als bereits beim ersten Versuch Picard fast ums Leben kommt. Auf Kataan ist Picard inzwischen ein alter Mann, der in seiner Freizeit das Flötenspiel erlernt hat. Seine Frau ist schon lange tot, der Planet wird unaufhaltsam trockener. Dann endlich erfährt er die Wahrheit hinter dem mysteriösen Szenario. Da Kataans Sonne kurz vor ihrem Ende stand und zu explodieren drohte, die Bevölkerung jedoch keine Chance zur Evakuierung hatte, schickte man zahlreiche Sonden aus, die die Geschichte des Planeten an einen historisch Interessierten weitergeben sollten, um der Nachwelt von Kataan zu berichten. Picard erinnert sich beim Anblick der Sonde daran, daß er sie auf der Enterprise gesehen hatte, was ihm aber mittlerweile wie der eigentliche Traum vorkommt. Da die Sonde in ihm den Historiker gefunden hatte, den die Kataaner gesucht hatten, durfte er die Geschichte dieser Welt erfahren. Er erwacht aus der Aufzeichnung und findet sich auf der Enterprise wieder. Dort ist nicht einmal eine halbe Stunde vergangen, während Picard ein ganzes Leben erlebt hat. Erstaunt stellt er fest, daß er im Besitz der Flöte ist, die er auch auf Kataan besaß.

*

›The Inner Light‹ war eine ungewöhnliche und beeindruckende Geschichte, die für die darin verstreichende Zeit eigentlich viel zu kurz war. Die Handlung wurde dabei maßgeblich durch die Schnitte gestört, in denen Picards

tatsächliche Position auf der Brücke gezeigt wird. Ohne diese Szenen hätte bei den Zuschauern viel länger Unklarheit darüber bestanden, wo sich Picard wirklich befand.

Unter der Kürze der Episode litt auch das Ende, da Picard viel zu schnell das Erlebte verarbeitete, obwohl er in kürzester Zeit ein ganzes anderes Leben gelebt hatte.

Als Kamin hat Picard einen Sohn, Batai, der von Patrick Stewarts echtem Sohn Daniel Stewart gespielt wurde. Margot Rose, die Kamins Frau Eline spielte, war unter anderem auch in dem Film ›48 hrs.‹ (dt. ›Nur 48 Stunden‹) zu sehen gewesen, wo sie gemeinsam mit Denise Crosby einen Kurzauftritt als Prostituierte hatte.

Bis auf eine einzige Aufnahme wurden die Dreharbeiten zu ›The Inner Light‹ im Studio erledigt, was man aber erfreulicherweise nicht merkte. Für die Szenen auf der Enterprise hatte Patrick Stewart nichts anderes zu tun, als bewegungslos auf der Brücke zu liegen. Jonathan Frakes konnte da nicht umhin, eine Szene vorsätzlich zu verpatzen. Als Gates McFadden drehbuchgerecht darauf hinweist, daß eine Unterbrechung der Verbindung zu der Sonde, die für Picards Zustand verantwortlich ist, für den Captain lebensgefährlich enden könnte, erwidert Frakes überhaupt nicht drehbuchgerecht: »Laßt ihn sterben, dann kann ich seinen Platz einnehmen.«[6]

Episode N126: Time's Arrow Part I

(Gefahr aus dem 19. Jahrhundert Teil 1)

Nachdem bei unterirdischen Grabungen in San Francisco Anzeichen für außerirdische Besucher in der Vergangenheit der Erde gefunden worden sind, wird die Enterprise zur Erde beordert. Dort angekommen wird Picard mit dem kuriosesten Fundstück konfrontiert: Datas Kopf, der sich seit dem späten 18. Jahrhundert in der Höhle befunden hat. Da verschiedene gefundene Gegenstände auf den Planeten Devidia II als Herkunftsort hinweisen, nimmt die Enterprise Kurs auf den Planeten. Dort entdecken sie einen Riß im Zeitkontinuum sowie Spuren von Lebensformen, die für sie unsichtbar sind. Data stellt fest, daß die anderen Lebensformen leicht zeitlich versetzt existieren und daher nicht sichtbar sind. Er errichtet ein Kraftfeld, um die Verschiebung auszugleichen, und berichtet seine Beobachtungen. Als sich eine Zeitpforte öffnet, gerät Data ins San Francisco des späten 19. Jahrhunderts. Er paßt sich schnell an die Situation an und kann als Pokerspieler Geld genug gewinnen, um sich in einem Hotel einzuquartieren. Sofort beginnt er mit der Konstruktion eines Geräts, von dem er hofft, daß es ihm den Kontakt zur Enterprise durch Zeit und Raum ermöglicht. Zufällig begegnet er Guinan, die sich zwar nicht an ihn erinnern kann, die jedoch nicht überrascht ist, daß sie beide in der fernen Zukunft zusammenarbeiten werden. Dabei werden sie von dem Schriftsteller Samuel L. Clemens belauscht. In der Zwischenzeit folgt Picard mit Riker, Troi,

Dr. Crusher und LaForge durch die Zeitpforte, da sie feststellen müssen, ob die Außerirdischen eine Bedrohung für den Lauf der Geschichte bedeuten.

*

Wieder endete eine Season mit dem ersten Teil eines Zweiteilers, nach ›Redemption Part One‹ und ›Part Two‹ (Ep. N100 und N101) sowie ›Unification Part One‹ und ›Part Two‹ (Ep. N107 und N108, die allerdings nicht ein Seasonende markierte) mußte man sich allmählich fragen, ob der zweite Teil tatsächlich alles befriedigend abschließen konnte, was der erste begonnen hat, zumal der Cliffhanger sich aus der Handlung ergab, aber nicht zwangsläufig in der Mitte der gesamten Handlung liegen mußte. Das hatte dann zur Folge, daß je nach Bedarf der erste oder zweite Teil um einen oder mehrere Handlungsfäden bereichert wurde.

Michael Piller, der in der fünften Season die Drehbücher überwachte und mit Rick Berman Ausführender Produzent war, auf dessen Konto im übrigen auch die exzellente Doppelfolge ›The Best of Both Worlds Part I‹ und ›Part II‹ (Ep. N74 und N75) ging, wollte die fünfte Season zunächst nicht mit einem Cliffhanger beenden. Als aber die Vorbereitungen zum jüngsten Kind *Star Trek – Deep Space Nine* publik wurden, gab es sehr schnell Gerüchte über eine Einstellung von *Star Trek – The Next Generation.* Um diesen Gerüchten entgegenzutreten, entschlossen er und Rick Berman sich, die fünfte Season mit einem offenen Ende zu beschließen, um allen zu beweisen, daß es eine sechste Season geben würde. Datas weitere Existenz in der sechsten Season stand angesichts der Beliebtheit dieser Figur nicht ernsthaft zur Debatte, folglich konnte die einzige Frage, die die Zuschauer über die Sommerpause hinweg beschäftigen sollte, nur lauten: »*Wie* wird Data vor dem Ende seiner Existenz im 19. Jahrhundert bewahrt?«

Bei den Vorbereitungen zu ›Time's Arrow‹ bestand ähnlich wie bei *Star Trek IV – The Voyage Home* (s. Band 2, S. 102) zunächst Unklarheit darüber, in welche Ära der Erdgeschichte Data geraten sollte. Keine der Dekaden des zwanzigsten Jahrhunderts schien interessant genug. Die achtziger Jahre waren bereits mit *Star Trek IV – The Voyage Home* abgedeckt worden, die fünfziger Jahren waren in der Spielfilmtrilogie ›Back to the Future‹ so ausführlich behandelt und mit so vielen Zitaten aus dieser Ära gespickt worden, daß *Star Trek – The Next Generation* hier keine neuen Aspekte hätte aufzeigen können.

Der in dieser Episode auftauchende Samuel Longhorne Clemens war natürlich niemand anders als Mark Twain. Mark Twain war sein Künstlername.

Zieht man ein Fazit der fünften Season, so muß man feststellen, daß sie im Gegensatz zur vierten Season, in der die Serie zu Hochform aufgelaufen war, einige nicht so überzeugende Episoden bot. Es ist jedoch auch zu bemerken, daß es nicht so einfach ist, innerhalb kurzer Zeit 26 Episoden zu schreiben, die alle überdurchschnittlich gut sind.

Insgesamt kann man sagen, daß trotz einiger Längen die Qualität der Episoden kontinuierlich gesteigert worden ist, zumal man berücksichtigen muß, daß im Gegensatz zu konventionelleren Serien wie Krimis oder Western jede neue Episode eine neue Herausforderung darstellt.

Ein häufig geäußerter Kritikpunkt ist der, daß sich *Star Trek – The Next Generation* aufgrund der intensiven Beschäftigung mit den Charakteren und ihren persönlichen bzw. privaten Problemen auf einem Seifenoper-Niveau bewegt.[7] Diese Kritik ist bei isolierter Betrachtung mancher Episoden wohl gerechtfertigt, so zum Beispiel ›Ethics‹ (Ep. N116). Betrachtet man aber diese Episoden im Gesamtzusammenhang, so zeigt sich sehr schnell, daß sie vielmehr dem Zweck dienen, nach und nach jedem der Charaktere mehr Tiefe zu geben und hin und wieder sogar einen bis dahin nicht bekannten Charakterzug hinzuzufügen.

Jonathan Frakes vertritt zu dieser Kritik sogar die Ansicht, daß es keineswegs falsch ist, wenn *Star Trek – The Next Generation* in Seifenopern-Dimensionen vorstößt, da die sozialen Themen, die Star Trek immer wieder behandelt, besonders in den (scheinbar endlosen) Handlungssträngen der Seifenopern Berücksichtigung finden.

Marina Sirtis bekam in dieser Season als Counsellor Troi wesentlich mehr zu tun (und vor allem andere Einsatzmöglichkeiten, als lediglich die Gefühle anderer zu empfangen), während Gates McFadden als Beverly Crusher im Vergleich zur vierten Season – und hier insbesondere in ›The Host‹ (Ep. N97) und ›Remember Me‹ (Ep. N79) – kaum erwähnenswert in Erscheinung trat.

Was die Beziehung zwischen Riker und Deanna Troi betrifft, so erfuhr sie auch im Verlauf der fünften Season keine Änderung, wenn man einmal von der Episode ›Conundrum‹ absieht, in der sich Deanna deutlich eifersüchtig verhält.

LeVar Burton war mit der Entwicklung seiner Rolle auch nach Ablauf der fünften Season nicht zufrieden. Wenn auch sein Charakter Geordie LaForge um den einen oder anderen Aspekt bereichert wurde, so blieb seiner Ansicht nach seine Vergangenheit weitgehend unerforscht, während die meisten anderen Figuren in der Zwischenzeit einen reichhaltigen Hintergrund erhalten hatten.

Ein maßgeblicher Grund für diese Vernachlässigung mancher Charaktere mag darin liegen, daß nach der zweiten Season die Schauspieler nicht mehr zu den Drehbü-

Die S. S. Tsiolkovsky im Traktorstrahl der Enterprise.

chern bzw. Drehbuchideen gehört wurden. Statt dessen ging man dazu über, einzelne Schauspieler nur nach ihrer Meinung zu fragen, wenn über die Vorgehensweise des jeweiligen Charakters Unklarheit bestand. So wurde Patrick Stewart in die Entwicklung der Episoden ›Family‹ (Ep. N76) und ›The Perfect Mate‹ (Ep. N121) einbezogen, während für ›In Theory‹ (Ep. N99) Brent Spiner angehört wurde. Es war also von vornherein festgelegt, wem die Aufmerksamkeit der jeweiligen Episode galt, die übrigen Charaktere blieben unberücksichtigt.

Michelle Forbes erwies sich nach anfänglichen Zweifeln in ›Ensign Ro‹ als willkommene Erweiterung der Mannschaft. Mitte 1992 schloß sie neben *Star Trek – The Next Generation* die Dreharbeiten zu zwei Spielfilmen ab: ›Kalifornia‹ mit Juliette Lewis und Brad Pitt sowie ›The Reluctant Vampire‹ mit Adam Ant, kurzzeitig gefeierter Star der britischen New Romantics-Welle in den achtziger Jahren.

Während die Borg zurückkehrten, die Ferengi weiter aktiv waren, Worfs Sohn Alexander wieder mitspielen durfte und Lwaxana Troi ein weiteres Mal die Enterprise für ihre Zwecke benutzte, mußten Zuschauer in der fünften Season auf einen anderen wichtigen Charakter verzichten: Q.

Zwei Ideen für Q-Episoden lagen vor, die aber beide nicht zu rundum stimmigen Episoden ausgearbeitet werden konnten, was aber nicht bedeutet, daß sie nicht doch eines Tages das Licht der Welt erblicken werden. Eine dieser Ideen, in der Q die Enterprise verdoppelt, war zum Ende der fünften Season bereits so weit ausgearbeitet, daß sie in der sechsten Season zu einem recht frühen Zeitpunkt hätte fertiggestellt werden können: ›Q Makes Two‹. Q konfrontiert die Enterprise-Besatzung mit ihren Duplikaten, die alle negativen Emotionen besitzen, die den Originalen fehlen. Das Komplizierte daran war aber, daß sie nicht einfach schlecht waren, sondern daß diese unterdrückten Gefühle den Originalen abhanden kamen und sie sich ebenfalls veränderten, also im Grunde eine Variation des gespaltenen Kirk aus ›The Enemy Within‹.

Die andere Episode, ›Q-Olympics‹ erwies sich als wesentlich schwieriger zu realisieren. Q sollte – gemeinsam mit einem weiteren, in diesem Fall weiblichen Vertreter des Q-Kontinuums – galaktische Olympische Spiele abhalten, bei dcnen die Enterprise-Crew gegen andere Mannschaften antreten mußte, während die beiden Qs fortwährend die Spielregeln änderten oder in anderer Weise in die Handlung eingriffen. Herb Wright, der diese Episode vorschlug, wollte sogar Arnold Schwarzenegger engagieren, der als Gewichtheber für Qs Team antreten sollte. Erste Vorbereitungen für diesen Auftritt waren bereits getroffen, nachdem aber die Episode fallengelassen wurde, wurden die Versuche, Schwarzenegger zu bekommen, abgebrochen, da Wright ihn ausschließlich für diese Episode wollte.

Major Kira Nerys.

Die Station Deep Space Nine.

Die neuen Gegner: Cardassianer.

Der oberste Ferengi.

Jadzia Dax, zwei Wesen in einem.

Miles Edward O'Brien.

Odo, der Gestaltwandler.

Quark, Barkeeper auf Deep Space Nine.

Dr. Julian Bashir.

Jake Sisko, Sohn des Commanders.

Zum Abschluß der fünften Season ein paar Zahlen[8]: Die zahlreichen Wiederholungen von *Star Trek* haben Paramount bis 1991 rund eine Million Dollar pro Episode eingebracht, der gleiche Betrag wird für *Star Trek — The Next Generation* geschätzt, wobei zu berücksichtigen ist, daß diese Serie erst viereinhalb Jahre hinter sich hat. Das bedeutet zwar, daß bei momentanen Produktionskosten von durchschnittlich 1,7 Millionen Dollar pro Episode ein Verlust gemacht wird, der aber in kürzester Zeit wieder eingefahren werden wird, und nicht erst, wenn die Serie abgesetzt worden ist und die keine Kosten verursachenden Wiederholungen nur noch Gewinne einspielen. Grund für dieses rasche Erreichen der Gewinnzone sind die überwältigenden Einschaltquoten. Sieben der zwölf Minuten Werbung pro Episode werden von Paramount landesweit identisch verkauft, wobei ein Spot von dreißig Sekunden Dauer 100 000 Dollar kostet. Diese Summen werden nicht einmal bei Dauerbrenner-Spielsendungen wie ›Wheel of Fortune‹ und ›Jeopardy‹ verlangt. Die restlichen fünf Minuten werden von den privaten TV-Sendern verkauft, meist an regionale Händler.

Gerüchten zufolge sollen die 30-Sekunden-Preise beim Zweiteiler ›Unification Part I‹ und ›Part II‹ sogar auf 200 000 Dollar geklettert sein, was ein absoluter Rekord wäre.

Anmerkungen:

1 Daily Mail vom 26. Oktober 1991.

2 Diese unglückliche Entwicklung veranlaßte, laut Jonathan Frakes, Michael Dorn auf einer Convention zu einer sarkastischen Bemerkung: Da man den Schauspieler, der seinen Film-Sohn Alexander zuerst darstellte, nicht mehr habe verpflichten können, werde Denise Crosby im kommenden Jahr diese Rolle übernehmen.

3 In Larry Nemecek, The Star Trek The Next Generation Companion, S. 183.

4 Ist es Zufall oder Ironie des Schicksals, daß Patrick Stewart ausgerechnet mit Toupet Bestandteil der schlimmsten Erinnerung von Beverly Crusher ist?

5 Es ist anzunehmen, daß sie nicht die absolut teuerste Episode in dieser Season war, sondern lediglich die relativ teuerste. Über Nimoys Gage in ›Unification‹ wurde zwar Stillschweigen gewahrt, es ist aber mehr als unwahrscheinlich, daß er sich für einen Schleuderpreis hat engagieren lassen.

6 In Cinefantastique, Vol. 23, No. 2/3, S. 88.

7 So unter anderem David Gerrold in Cinefantastique, Vol. 23, No. 2/3, S. 51.

8 Alle aus Variety vom 2. Dezember 1991.

Das Ende naht: Season Nummer sechs

Die bereits zur Tradition gewordene Verbindung zwischen zwei Seasons durch einen Zweiteiler verhinderte auch diesmal jede Veränderung am Serienkonzept. Die Zuschauer konnten sich also nur überraschen lassen, wie das Mysterium der letzten Season gelöst werden konnte.

Episode N127: Time's Arrow Part II
(Gefahr aus dem 19. Jahrhundert Teil 2)

Picard und Co. besuchen ein Leichenschauhaus und stellen fest, daß die Verstorbenen keine Cholera-Opfer sind, sondern daß ihnen von den Fremden, den Devidianern, sämtliche Körperenergie entzogen worden ist. Während die Gruppe in ihre Unterkunft zurückkehrt, hat Samuel Clemens den Pagen, der Jack London heißt, überreden können, ihn in Datas Zimmer zu lassen. Dort sabotiert er Datas Gerät, mit dem der die Enterprise erreichen will, wird jedoch von Data entdeckt, der in Begleitung von Guinan in sein Hotelzimmer zurückkehrt. Clemens geht unerwartet in die Offensive und beschuldigt die beiden, Zeitreisende zu sein, die die Vergangenheit verändern wollen, was er um jeden Preis verhindern will. In der Zwischenzeit besuchen Picard und seine Gruppe in einem Krankenhaus an Cholera Erkrankte, die von einem seltsamen Doktor und einer ihn begleitenden Krankenschwester berichten. Die beiden treffen mit der Gruppe zusammen, können aber noch rechtzeitig entkommen, indem sie einen Zeitsprung machen. Datas mittlerweile reparierter Detektor registriert die Zeitverschiebungen und er trifft auf Picard und Co. Gemeinsam mit Guinan begeben sie sich zu einer Militärbasis, die in ferner Zukunft nur eine Höhle sein wird, in der Datas Kopf entdeckt wird. Clemens folgt ihnen, als plötzlich die Fremden erscheinen. Es kommt zu einer Explosion, bei der Datas Kopf abgerissen wird und in der Höhle zurückbleibt, während sein Körper in die Zukunft mitgerissen wird. Der männliche Devidianer kann durch die Zeitpforte entkommen, Picard befiehlt seinen Leuten, ihm zu folgen, während er bei der durch die Explosion schwerverletzten Guinan bleibt. Unerwartet folgt Clemens der Gruppe, dann schließt sich der Durchgang zur Zukunft. Während auf der Enterprise LaForge versucht, den kopflosen Data mit dem 500 Jahre alten Kopf zu verbinden, erfährt Picard von der Devidianerin, daß ihre Rasse sich ausschließlich von der Energie des menschlichen Nervensystem ernährt, eine andere Nahrung existiert nicht. Picard droht, im 24. Jahrhundert die Höhle zu zerstören, um dem Treiben der Devidianer ein Ende zu setzen. Er erfährt aber, daß dadurch die Zeitstörung nur noch verstärkt und in der Folge die Erde des 19. Jahrhunderts vernichtet werden wird. Die Vorbereitungen für diesen Schlag laufen bereits, da bemerkt LaForge, daß sich in einem Speicher des Androiden eine Nachricht befindet, die Picard 500 Jahre zuvor in der Höhle in den dort gerade erst abgetrennten Kopf im Binärcode eingegeben hat. LaForge entziffert diese Nachricht und kann Riker daran hindern, die Höhle zu vernichten. Sie müssen zunächst die Systeme modifizieren, um die Explosion im Zeitkontinuum der Devidianer stattfinden zu lassen. Als sich erneut eine Pforte in die Vergangenheit öffnet, den aber nur eine Person benutzen kann, kehrt Clemens zurück und gibt Picard die Möglichkeit, auf die Enterprise zurückzukehren. Guinan ist bei Clemens gut aufgehoben, während Picard sich auf die Enterprise begibt. Ein unmittelbarer neuer Transport der Devidianer kann verhindert werden, indem die Höhle erfolgreich zerstört wird.

*

Eine unklare Beziehung: Deanna Troi und William Riker.

Wie beim Wechsel von der vierten zur fünften Season, so war auch hier der Abschluß der in der letzten Season begonnenen Episode nicht überzeugend. Hier bekam man das Gefühl, daß an der Aussage, nach dem ersten Teil habe man keine Ahnung gehabt, wie es weitergehen würde, zumindest in diesem Fall einiges stimmt. Man bekam den Eindruck, daß die neue Season begonnen wurde, ohne mit den Vorgaben des ersten Teils wirklich etwas anfangen zu können.

Hinzu kommt, daß mit der Zerstörung der Höhle und der damit verbundenen Vernichtung einer fremden Rasse ein für Star Trek untypischer Weg aus der Situation gewählt wurde, der die Vermutung, daß man aus der guten Idee des ersten Teils nichts hatte verwerten können, nur noch verstärkte.

Dennoch gab es gute Szenen in der Fortsetzung, so zum Beispiel, als Picard der neugierigen Vermieterin weiszumachen versucht, er und seine Leute seien eine Theatergruppe. Er rezitiert spontan aus Shakespeares ›A Midsummer's Night Dream‹, was für Patrick Stewart eine Leichtigkeit war.

In ›Time's Arrow Part II‹ scheint sich auch die Erklärung für Guinans Bemerkung über kahlköpfige Männer aus ›Booby Trap‹ (Ep. N54) zu finden, da Picard in die Situation gerät, ihr zu helfen. Eine Bestätigung findet sich allerdings nicht, wohl auch in weiser Voraussicht auf eine möglicherweise bessere Erklärung.

Die Dreharbeiten wurden aufgrund des gestiegenen Bedarfs an Straßenzügen in die Universal Studios verlegt, obwohl Paramount auf eine New York Street auf dem eigenen Gelände verwies, die erst kurz zuvor für 10 Millionen Dollar gebaut worden war. Sie konnte aber nicht genutzt werden, da sie New York zu einer Zeit darstellte, die deutlich nach der von ›Time's Arrow Part I‹ und ›Part II‹ lag. Hinsichtlich der Tatsache, daß die Episode in San Francisco spielte, bestanden keine Probleme, um aber die Straße auf ein älteres Datum umzudekorieren, hätte man zuviel Zeit und Geld benötigt.

Episode N128: Realm of Fear

(Todesangst beim Beamen)

Die U.S.S. Yosemite ist im Plasmafluß zwischen zwei Sternen gefangen, kann aber von der Enterprise weder mit Scannern noch mit einem Traktorstrahl erreicht werden. Da der Einsatz eines Shuttles gleichfalls als zu gefährlich gilt, schlägt Reginald Barclay vor, den Transporter zu benutzen, um ein Team auf die Yosemite zu schicken. Der Vorschlag wird angenommen, aber Barclay weigert sich, selber den Transporter zu benutzen. Troi erklärt ihm eine Akupressurmethode, die ihm helfen kann, diese Angst zu überwinden, der anschließende Transport erfolgt reibungslos. Auf der Yosemite hat man mittlerweile einen Toten entdeckt, von den vier anderen Besatzungsmitgliedern fehlt jede Spur. Als Barclay zurück auf die Enterprise gebeamt wird, bemerkt er im Transporterstrahl eine Energieform, die scheinbar in seinen Körper eindringt. Ein Fehler im Transporter kann jedoch bei der seinem Bericht folgenden Suche nicht festgestellt werden. Der anfängliche Verdacht einer Psychose bei Barclay bestätigt sich nicht, aber LaForge und Data kommen zu dem Schluß, daß bislang unentdeckte Mikroben in dem Plasmafluß existieren. Um sie aus Barclays Körper herauszufiltern, muß der längere Zeit im Transporterstrahl bleiben. Dabei materialisiert aber überraschend ein lebendiges Besatzungsmitglied der Yosemite. Von ihm erfahren sie, daß sie auch auf der Yosemite versucht hatten, die Mikroben herauszufiltern. Dabei hatte sich die Struktur der Besatzungsmitglieder aufgelöst, blieb jedoch durch den Plasmafluß erhalten. Die drei anderen Überlebenden können ebenfalls gerettet werden.

*

Wieder einmal trat Dwight Schultz als Barclay auf und zeigte einen weiteren unbekannten Charakterzug, der seine Persönlichkeit noch komplexer machte. Die Kritiker forderte dies allerdings zu der überheblichen Bemerkung heraus, daß ein Mann mit solchen persönlichen Problemen auf einem Raumschiff nichts zu suchen habe, vergaßen aber darüber völlig, daß er nicht dort wäre, wenn er nicht fachlich kompetent wäre. Mit seinen Schwächen stellte Barclay immerhin eine Figur dar, die zum einen ein wenig glaubhafter war, als manch anderer Charakter, und die zum anderen vielen Zuschauer erlaubte, sich mit ihm zu identifizieren.

Erstmalig konnte man hier den Transportereffekt aus der Sicht des Transportierten sehen. Obwohl der Transporter schon unzählige Male eingesetzt worden war, hatte man zuvor nie daran gedacht, auch einmal diese Seite darzustellen.

Episode N129: Man of the People

(Der unmoralische Friedensvermittler)

Da Feindseligkeiten zwischen zwei Gruppen auf dem Planeten Rekag-Seronia Flugrouten der Föderation gefährden, sieht die sich gezwungen, vermittelnd einzugreifen. Die Enterprise-Besatzung holt von einem in Gefahr geratenen Transportschiff den lumerianischen Botschafter Ves Alkar an Bord, der in Begleitung seiner Mutter Maylor auf dem Weg nach Rekag-Seronia ist, um bei der Beilegung des Konflikts zu helfen. Alkar bittet Troi, ihm bei den Verhandlungen behilflich zu sein, da ihre telepathischen Fähigkeiten von Vorteil sein können. Als überraschend seine Mutter stirbt, bittet er Troi außerdem, bei einem Totenritual beizuwohnen. Während Dr. Crusher vergeblich nach Maylors Todesursache sucht, beginnt Troi, sich seltsam zu verhalten. Sie wird immer unberechenbarer und scheint ungewöhnlich schnell zu altern. Als die Enterprise Rekag-Seronia erreicht, steht ein Krieg zwischen den verfeindeten Parteien kurz bevor. Alkar kann zunächst erfolgreich vermitteln, als Trois Veränderung aber offensichtlich ist, erklärt er, daß er immer eine Begleiterin hat, der er alle seine negativen Emotionen überträgt, um seine Vermittlerrolle so ausgeglichen wie nur möglich auszuüben. Um Troi zu retten und Alkars Spiel zu beenden, täuscht Dr. Crusher ihren Tod vor. Alkar gerät in Panik, da alle seine negativen Emotionen und seine dunkelsten Ängste mit einem Mal auf ihn einstürmen, und stirbt. Troi kann gerettet und der Alterungsprozeß umgekehrt werden.

*

Da James Doohan wider Erwarten für seinen Gastauftritt in ›Relics‹ (Ep. N130) noch nicht verfügbar war, entstand aus der Not, eine Episode produzieren zu müssen, ›Man of the People‹. Die Folge entwickelte sich schon im Vorfeld zu einem mittleren Desaster, da kein anderes Dreh-

Riker, Picard und Troi.

buch zur Verfügung stand und außerdem die Zeit zu knapp für eine sorgfältige Vorbereitung war. Das Drehbuch wurde in mehrere Abschnitte aufgeteilt und auf den Autorenstab verteilt, so daß jeder von ihnen an einem anderen Teil arbeitete und dabei zwangsläufig andere Schwerpunkte für die Handlung setzte.

Diese Notlösung gab zumindest Marina Sirtis einen ersten großen Auftritt in der sechsten Season. Sie war es auch, die die Episode rettete, indem sie eine glaubhafte Verwandlung in ein ›Sexkätzchen‹ durchmachte und in einer Reihe (zumindest für amerikanische Verhältnisse) gewagter Kostüme auftrat.

Amüsant war Rikers irritierte Reaktion, als er sah, daß sie einen jungen Ensign verführt hatte — ein Zeichen dafür, daß trotz der offensichtlichen Funkstille zwischen beiden das Verhältnis nicht so zu den Akten gelegt worden war, wie man in anderen Episoden glauben mochte.

Episode N130: Relics

(Besuch von der alten Enterprise)

Die Enterprise folgt dem Notsignal der seit 75 Jahren als vermißt geltenden U.S.S. Jenolan und entdeckt sie schließlich auf der Oberfläche einer Dyson-Sphäre, der künstlichen Ummantelung eines ganzen Sonnensystems, die sämtliche von der Sonne abgegebene Energie auffängt und verwertet. Als sich ein Landeteam auf das Schiff begibt, stellt LaForge fest, daß der Transporter immer noch aktiv ist, aber in eine seltsame Schleife geschaltet wurde. Er aktiviert ihn, woraufhin auf der Transporterplattform eine Figur materialisiert: Captain Montgomery Scott. Ein zweites Besatzungsmitglied der Jenolan, das sich ebenfalls in einer Transporterschleife befand, ist jedoch nicht mehr zu retten. Als Scotty hört, daß das Landeteam von der Enterprise kommt, glaubt er zunächst, daß Kirk gekommen ist, um ihn zu retten. Der erste Schock ereilt ihn, als er von der mittlerweile verstrichenen Zeit erfährt, der zweite folgt, als er Worf auf der Enterprise entdeckt. Sein Angebot, im Maschinenraum zu helfen, wird von LaForge abgelehnt, während Dr. Crusher ihn noch in der Krankenstation behalten will. Schließlich wird er von einem Ensign zu seinem Quartier gebracht, der sich für Scottys Geschichten aus der guten alten Zeit nicht interessiert. Auch LaForge ist kurz darauf weder an seiner Mitarbeit noch an seinen Ratschlägen interessiert, woraufhin Scotty sich nach Ten Forward begibt und nach der enttäuschenden ersten Begegnung mit synthetischen, alkoholfreien Spirituosen von Data eine Flasche mit echtem Alkohol aus Guinans Spezialvorrat erhält. Leicht angetrunken begibt sich Scotty auf das Holodeck, wo er vom Computer die Brücke der alten Enterprise darstellen läßt. Picard stattet ihm dort einen Besuch ab und bemerkt, daß sich Scotty überflüssig vorkommt. Kurz darauf beauftragt er LaForge, mit Scotty auf die Jenolan zurückzukehren, um die dort gespeicherten Informationen über die Dyson-Sphäre abzurufen und zur Enterprise zu bringen. Nachdem die beiden zur Jenolan zurückgekehrt sind, entdeckt Data ein Portal in der Sphäre. Ein versehentlich aktivierter Traktorstrahl zieht das Schiff in die Sphäre, wo der Antrieb ausfällt und die Enterprise in die Sonne zu stürzen droht. LaForge und Scotty reaktivieren die Jenolan und starten, um nach der Enterprise zu suchen, die sich nicht mehr meldet. Sie entdecken das Portal, können aber dem Traktorstrahl ausweichen und positionieren die Jenolan mit aktiviertem Schutzschirm in der Öffnung und halten somit das Portal geöffnet. Die mittlerweile wieder manövrierfähige Enterprise erreicht den Ausgang aus der Sphäre, beamt LaForge und Scotty an Bord und zerstört die Jenolan mit einer Photonentorpedosalve. Dann kann sie im letzten Augenblick durch das sich schließende Portal entkommen. Scotty bekommt von Picard ein Shuttle ›geliehen‹, mit dem er sein eigentliches Ziel, die Pensionärskolonie Norpin V erreichen kann. Scotty nimmt das Geschenk an und vermutet, daß er möglicherweise eines Tages wirklich dort ankommt. Dann verläßt er die Enterprise.

*

›Relics‹ entstand nach einer Idee von Michael Rupert, dessen Geschichte aber lediglich das später verwendete Element des in einem Transporterstrahl am Leben gehaltenen Mannes enthielt. Die Idee der Dyson-Sphäre machte schon seit Jahren die Runde, um als zweiter Handlungsfaden verwendet zu werden, aber es hatte sich bis dahin keine Verwendungsmöglichkeit geboten. Michael Piller schlug dann Scotty als Hauptfigur vor. Ronald D. Moore sagte dazu: »… Es schien so, als sei Scotty die beste Entscheidung. Wir hatten Spock gesehen und dann sieht man sich um und erkennt, daß Scotty der Charakter war, mit dem man den meisten Spaß haben konnte, da man eine Menge über ihn wußte. Sulu, Chekov und Uhura sind gute Charaktere, aber sie besitzen nicht so viele Qualitäten wie Scotty: die Besessenheit mit den Maschinen, [der

Alkoholkonsum]. Wir wußten, daß wir eine Beziehung zwischen ihm und Geordi herstellen konnten ...«[1]

Alles was bei Nimoys Gastauftritt in ›Unification Part I‹ und ›Part II‹ (Ep. N107 und N108) fehlgeschlagen war, wurde in ›Relics‹ nachgeholt. James Doohan lieferte eine hervorragende Darstellung seines Charakters Scotty, die auch Kelleys Kurzauftritt im Pilotfilm in den Schatten stellte. Obwohl es keine betont lustige Episode war, steckte sie voller Humor, etwas, was man bei Nimoys Auftritt vermißt hatte. Dort hatte man nicht die Möglichkeiten an Situationskomik erkannt, die ein solches Zusammentreffen bieten konnte, statt dessen hatte man eine extrem düstere Atmosphäre geschaffen, die wenig Platz für Seitenhiebe auf *Star Trek* ließ.

In ›Relics‹ nahm man die Gelegenheit wahr und ließ Scotty auf verschiedene *Star Trek*-Episoden verweisen. So erwähnte er ›Elaan of Troyius‹ (Ep. C69) und ›Wolf in the Fold‹ (Ep. C44). Von ›By Any Other Name‹ (Ep. C52) borgte man den seinerzeit von Scotty beim Anblick eines alkoholischen Getränks, dessen Namen er vergessen hatte, gesprochenen Satz: »Es ist grün.« Hier ist es Data, der diesen Satz von sich gibt, als er Scotty in Ten Forward ein alkoholisches Getränk anbietet, dessen Name ihm unbekannt ist.

Während man sich bei Nimoy die Zeit für einen Zweiteiler nahm, obwohl der nicht soviel Material hergegeben hatte, verfuhr man bei Doohan umgekehrt, hier ebenfalls zum Nachteil der Episode, bei der durch die Kürze der Zeit zahlreiche Szenen verlorengingen.

So wurde eine längere Unterhaltung zwischen Scotty und Deanna Troi geschnitten. Unter anderem geht sie zu Scotty und begrüßt ihn: »Hi, ich bin der Counsellor.« Scotty erwidert: »O ja? Was kann ich für Sie tun?« Troi: »Nun, ich möchte sehen, wie es Ihnen geht.« Scotty: »Gut, der Replikator funktioniert.« Er hält sie für eine Art Bedienung oder Zimmermädchen. Als er erfährt, daß sie

Psychiaterin ist, rastet er aus und glaubt, LaForge hätte sie zu ihm geschickt. In der dann folgenden Unterhaltung sollte er zu verstehen geben, wie sehr er sich fehl am Platz fühlte.[2]

Auch ein anderer Dialog ging dabei verloren. Troi fragt ihn: »Würden Sie gerne wissen, was mit all Ihren Freunden und mit Ihrer Familie geschehen ist?« Scotty erwidert darauf: »Nein, ich bin noch nicht soweit, um das zu hören.«[3]

Damit hätte man sich erspart, auf einen der alten Charaktere einzugehen, zugleich wäre damit aber auch verständlich geworden, warum Scotty sich scheinbar nicht dafür interessierte, was in der fertigen Episode für den Zuschauer unverständlich blieb, zumal Scotty zu Beginn glaubte, Kirk sei gekommen, um ihn zu retten.[4]

Der komplizierteste Effekt in ›Relics‹ war die Szene, in der Scotty die auf dem Holodeck vom Computer geschaffene Brücke der alten Enterprise betritt. Die Idee schien im ersten Anlauf am Geld zu scheitern, da es zu teuer war, die komplette Brücke neu zu bauen, um sie nur ein einziges Mal zu verwenden. Die alte Brücke existierte natürlich längst nicht mehr, und mit ihr waren auch alle Pläne verschwunden, es gab keine Notizen über die Maße der Dekoration.

Kurzzeitig spielte man mit dem Gedanken, die noch existierende Brücke aus *Star Trek VI — The Undiscovered Country* zu verwenden. Das scheiterte aber ebenfalls am Geld, da die Brücke erst ins Studio hätte transportiert werden müssen.

Eine andere Idee war die Verwendung alter Aufnahmen aus der Serie, in die Doohan einkopiert werden sollte, wobei die Szenen so geschnitten werden sollten, daß er sich mit den anderen unterhielt. Das scheiterte aber nicht nur an der Tatsache, daß diese Lösung viel zu teuer gekommen wäre, es schien auch der Situation nicht angemessen.

Lwaxana Trois erster Auftritt in ›Haven‹ wird angekündigt.

Über Bjo Trimble kam man schließlich an Steve Horch, einen langjährigen Star Trek-Fan. Der hatte seinerzeit die komplette Brücke in mühevoller Kleinarbeit nachgebaut, im Lauf der Jahre war aber aus Platzgründen nur noch die Seite erhalten, auf der sich üblicherweise Scotty aufhielt, außerdem existierten noch Kirks Sessel und die Navigationskonsole. Mit diesen Stücken konnte man arbeiten, sie bildeten letztlich sogar die Grundlage für die gesamte Bühne. Für einen Wechsel der Perspektive wurde ein Teil der Wand umgestellt und mußte als die Seite herhalten, auf der sich seinerzeit Uhura und Spock aufgehalten hatten.

In ›This Side of Paradise‹ (Ep. C25) entdeckte man dann schließlich eine Szene von unschätzbarem Wert, ein zwei Sekunden dauernder Blick auf die leere Brücke der Enterprise. Diese Szene wurde auf Digitalband kopiert und zu einer Art Schleife gearbeitet, um die rund zehn Sekunden Film zu bekommen, die notwendig waren, als Scotty die Brücke durch das Tor des Holodecks betrat. In den Ausschnitt des geöffneten Eingangs wurde dann diese Szene einkopiert. Um ein möglichst genaues Bild zusammensetzen zu können, stellten Dan Curry, der die optischen Effekte überwachte, und David Stipes und Jonathan West, beide Kameraleute, fest, aus welchem Winkel und mit welcher Linse die damalige Szene aufgenommen worden war, in welcher Höhe sich die Kamera befand, von wo das Licht kam. Damit wurde Doohan exakt so gefilmt, wie es vor 25 Jahren auch geschehen wäre, hätte er seinerzeit die Brücke aus dieser Ecke betreten. Die Mühe lohnte sich, da man beim Anblick der fertigen Episode zu keiner Zeit das Gefühl bekam, daß es sich um ein unvollständiges Modell oder gar um ein einkopiertes Bild handelte.

Regisseur Alex Singer war die ideale Wahl für diese Episode, da er Mitglied des Komitees der National Academy of Sciences ist, wo er mit der Computerexpertin Esther Dyson zusammenarbeitet, die die Tochter von Freeman Dyson ist, auf den wiederum die Theorie über die Dyson-Sphäre zurückgeht.

Episode N131: Schisms

(In den Subraum entführt)

LaForge arbeitet an einem verbesserten Scanner, der Katalogisierungsarbeiten drastisch beschleunigen soll. Zur gleichen Zeit fühlt sich Riker ungewöhnlich unausgeschlafen, bei einer Dichterlesung von Data schläft er dann sogar ein. Dr. Crusher kann aber keine Ursache für seinen Zustand erkennen. Während Worf bei einem Besuch bei Mr. Mott, dem Bordfriseur, sich an etwas erinnert, was ihm sehr unbehaglich ist, die Umstände aber nicht erklären kann, häufen sich Fälle von Übermüdung an Bord. An LaForges Visor machen sich Fehlfunktionen bemerkbar, Data fehlen über 90 Minuten, für die er keine Erklärung hat. In einem Frachtraum wird dann eine Stelle entdeckt, die eine Art Verbindung zwischen Normalraum und Subraum darstellt. Auf dem Holodeck tragen später die von Übermüdung betroffenen Besatzungsmitglieder ihre bruchstückhafte Erinnerung an etwas Unerklärliches zusammen, bis sie sich alle an einen Operationstisch erinnern. Offensichtlich haben sie alle eine gewisse Zeit auf diesem Tisch verbracht, von dem jedoch unklar ist, wo er sich befinden soll. Als der Schnittpunkt zum Subraum größer wird und die Hülle der Enterprise zu zerstören droht und der Zusammenhang zu den seltsamen Vorkommnissen offensichtlich wird, erklärt sich Riker bereit, in der folgenden Nacht einen Sender mitzunehmen, damit LaForge feststellen kann, von wo die Störungen ausgehen. In der Nacht wird Riker durch ein Dimensionsportal gezogen, das in seinem Quartier entsteht, und findet sich in einer beängstigenden Umgebung wieder. Er liegt auf dem schon auf der Enterprise rekonstruierten Operationstisch, auf einem zweiten Tisch befindet sich Ensign Rager, ein weiteres Besatzungsmitglied der Enterprise. Er beobachtet seltsame Gestalten, die scheinbar Experimente vorbereiten. LaForge kennt mittlerweile Rikers Position, der kann Rager befreien und mit ihr auf die Enterprise zurückkehren. Die Schnittstelle kann verschlossen werden, die Fremden haben keinen Zugang mehr zur Enterprise, die Motive für ihre Taten bleiben jedoch ungeklärt.

*

In ihrer Art erinnerte ›Schisms‹ an ›Night Terrors‹ (Ep. N91), da sie auf ähnliche Weise einen unterschwelligen Horror-Effekt enthielt. In der Ausführung war sie deutlich besser und konnte daher überzeugen, wenn auch die Holodeck-Nachbildung des alle Betroffenen unterbewußt verfolgenden Untersuchungstischs viel zu schnell ablief und viel zu exakt das Vorbild traf.

Die Episode eröffnete mit einer Dichterlesung von Data, dessen Stil verblüffend an die ›beeindruckenden‹ dichterischen Fähigkeiten der Vogonen in Douglas Adams' ›Hitchhiker's Guide to the Galaxy‹ erinnerte.

Episode N132: True Q

(Eine echte ›Q‹)

Auf dem Weg zum Argolis-Sternhaufen nimmt die Enterprise Amanda Rogers an Bord, die als Gewinnerin eines Studentenwettbewerbs auf dem Schiff in allen wichtigen Abteilungen mitarbeiten darf, um ihre Kenntnisse zu vertiefen. Als sie mit Dr. Crusher in der Krankenstation arbeitet, erzählt sie, daß ihre Eltern starben, als sie noch ein Kind war. Als sie aber wenig später den aufgrund einer unerklärlichen Fehlfunktion explodierenden Warpantrieb bezwingt und die Explosion rückgängig macht, lenkt sie die Aufmerksamkeit aller auf sich. Bei der sich anschließenden Besprechung über Amandas bemerkenswerte Fähigkeiten taucht plötzlich Q auf. Er erklärt, daß Amandas Eltern aus dem Q-Kontinuum stammten, die in die menschliche Form wechselten, um ein Kind zu bekommen, daß sie später aber bei einem ›Unfall‹ umkamen, der sich bei einer Nachforschung als Tornado an einem sonnigen Tag entpuppt. Er ist geschickt worden, um festzustellen, ob ihre Fähigkeiten tatsächlich Q-gemäß sind, und um sie dann mitzunehmen. Picard fordert, daß Amanda frei entscheiden darf. Als sie mit Q zusammentrifft, ist sie an der Macht als Q nicht interessiert und möchte lieber ein normales Leben als Mensch führen, aber Q fordert sie immer wieder heraus. Währenddessen hat die Enterprise Tagra IV erreicht, einen Planeten, dessen Atmosphäre so stark verschmutzt ist, daß sie permanent mit gigantischen Filtern gereinigt werden muß. Picard stellt Q unterdessen zur Rede und erklärt ihm, daß er Amanda nicht töten darf, auch wenn sie sich gegen ihn entscheidet. Q erwidert, daß sie ihre Macht aufgeben muß, wenn sie bei den Menschen bleiben will, da ein lediglich ausgesprochener Verzicht nicht reicht. Amanda wird vor die Wahl gestellt. In diesem Moment bahnt sich auf Tagra IV eine Katastrophe an, die Tausende in Lebensgefahr bringt. Amanda beseitigt die Gefahr und hat damit die Entscheidung für das Q-Kontinuum getroffen.

*

›True Q‹ war eigentlich nur eine überarbeitete Version von ›Hide and Q‹ (Ep. N10), das Resultat war aber deutlich besser, da Rikers seinerzeitige noble Ablehnung der enormen Kräfte keineswegs so glaubhaft war.

Amanda Rogers wurde gespielt von Olivia D'Abo, die aus der Serie ›The Wonder Years‹ bekannt war und in ›Conan the Destroyer‹ (dt. ›Conan der Zerstörer‹) in einer kleinen Rolle mitgewirkt hatte. Sie ist die jüngere Schwester von Maryam D'Abo, die in ›The Living Daylights‹ aus der James Bond-Reihe eine größere Rolle hatte.

John DeLancie war wieder einmal in Höchstform, wenn er auch diesmal ein wenig zu brutal erschien. Qs Absicht, Amanda töten zu wollen, entstand erst während der Dreharbeiten, so daß dieser Aspekt nachträglich eingearbeitet werden mußte, was aber angesichts der fortgeschrittenen Zeit schwierig war und nicht konsequent verwirklicht werden konnte.

Episode N133: Rascals
(Erwachsene Kinder)

Picard, Ensign Ro, Keiko O'Brien und Guinan befinden sich in einem Shuttle auf dem Rückflug zur Enterprise, als ihr Schiff von einer Energiewolke getroffen und zerstört wird. O'Brien kann die vier noch rechtzeitig an Bord beamen, sie materialisieren jedoch als Zwölfjährige. Zwar stellt Dr. Crusher fest, daß sie sich nur körperlich verän-

Wesley Crusher und der Reisende.

dert haben, eine Untersuchung der Wolke muß aber warten, da ein Notruf die Enterprise zum Aufbruch zwingt. Die Shuttleüberreste und eine Probe der Wolke werden an Bord gebracht, dann startet die Enterprise. Dr. Crusher findet heraus, daß in ihren Zellen der Stoff fehlt, der sie erwachsen werden läßt. Noch bevor ein Versuch unternommen werden kann, diesen Stoff mit der Hilfe des Transporters in die Körper zu beamen, können Ferengi unter dem Kommando von Damon Lurin die Enterprise besetzen und alle erwachsenen Besatzungsmitglieder auf den Planeten beamen, um sie dort als Sklaven in den Minen des Planeten für die Ferengi arbeiten zu lassen. Die Enterprise soll an die Romulaner verkauft werden. Gemeinsam mit Alexander gelingt es Picard und Co. Lurin und seine Leute zu überwältigen. Die Ferengi werden festgenommen, die Crew wird zurückgeholt. Nachdem Dr. Crusher die vier erfolgreich durch den Transporter geschickt hat, haben sie ihr ursprüngliches Aussehen zurückbekommen.

*

Diese Episode war insgesamt unterhaltsam und überzeugte durch gut ausgesuchte Schauspieler, die die jüngere Version der jeweiligen Rolle darstellten. Bemerkenswert war dabei vor allen Dingen, wie gut die Jungakteure in die Rollen ihrer großen Vorbilder schlüpften und dadurch tatsächlich wie verjüngte Erwachsene wirkten.

Bei ›Rascals‹ führte erstmals Adam Nimoy, Sohn von Leonard Nimoy, Regie, der zwar Rechtsanwalt war, sich aber dann für eine andere Karriere entschieden hatte. Bei *Star Trek VI – The Undiscovered Country* arbeitete er als Assistent von Nicholas Meyer, während der fünften Season wohnte er den Dreharbeiten regelmäßig als Beobachter bei.

›Rascals‹ war bereits für die fünfte Season geschrieben. Da es dort aber bereits mehrere Episoden gab, in denen Kinder eine wichtige Rolle spielten, ließ man sie zunächst liegen.

Der junge Picard wurde von David Tristan Birkin gespielt, der bereits in ›Family‹ (Ep. N76) zu sehen gewesen war, dort allerdings als Jean-Luc Picards Neffe René.

Für Michelle Forbes markierte ›Rascals‹ ihren letzten Auftritt als Ensign Ro Laren, danach verließ sie *Star Trek – The Next Generation,* um einer Filmkarriere nachzugehen. Der Ausstieg bedeutete zugleich, daß sie für die zu der Zeit in Planung befindliche Serie *Star Trek – Deep Space Nine* (s. S. 599 f.) nicht mehr wie geplant zur Verfügung stehen würde.

Episode N134: A Fistful of Datas

(Eine Handvoll Datas)

Worf begibt sich mit Alexander auf das Holodeck in die Zeit des Wilden Westens. Worf ist der neue Sheriff von Deadwood, South Dakota, Alexander sein Deputy. Im Saloon entdecken sie Eli Hollander, einen steckbrieflich gesuchten Kriminellen, und nehmen ihn gefangen. Alexander findet das jedoch zu einfach und erhöht den Schwierigkeitsgrad des Szenarios. Im zweiten Anlauf geht der Festnahme eine Schlägerei voraus, Worf wird von Hollander mit einer Waffe bedroht. Er wird aber von Durango außer Gefecht gesetzt, einem mysteriösen Scharfschützen, der sich als Deanna Troi entpuppt. Zur gleichen Zeit testen Data und LaForge die Möglichkeit, den Androiden mit dem Bordcomputer zu vernetzen, um ihn im Notfall als Reservesystem nutzen zu können. Dabei verläuft aber nicht alles so wie geplant. Zuerst zeigt Data untypische Verhaltensweisen, dann zeigen sich auch beim Bordcomputer Fehlfunktionen. Davon betroffen ist auch das Holodeck, auf dem Alexander außerplanmäßig entführt wird, um den im Gefängnis sitzenden Hollander freizupressen. Der Computer reagiert nicht auf die Befehle, die das Programm beenden sollen, gleichzeitig sehen die meisten Beteiligten plötzlich so aus wie Data. LaForge und Data haben inzwischen festgestellt, daß bei dem Experiment Teile des Computerprogramms durch Datas Programme ersetzt worden sind, was die ungewöhnlichen Reaktionen des Bordcomputers erklärt. Auf dem Holodeck stellt man mittlerweile fest, daß der computererzeugte Data nicht nur so aussieht, sondern auch so agiert wie der Android. Damit sehen sich Worf und Troi einem praktisch übermächtigen Schützen gegenüber. Mit einem modifizierten Communicator kann Worf einen Schutzschild aufbauen, der Hollander und seine Leute zum Rückzug veranlaßt. Alexander befindet sich wieder in Sicherheit, das Programm ist beendet, die drei können das Holodeck verlassen.

*

Wieder hatte Patrick Stewart das Glück, bei einer Episode Regie zu führen, in der Data eine maßgebliche Rolle spielte. Bemerkenswert war dabei, daß man ihm als Engländer ein uramerikanisches Thema, einen Western, gab. Hinzu kam, daß das Holodeck nach längerer Abwesenheit wieder zum Vorteil der Episode einbezogen wurde.

Die gezeigte Episode unterschied sich von der geplanten ganz beträchtlich. Alexander wollte auf dem Holodeck eine Liebesgeschichte zwischen seinem Vater und Deanna Troi programmieren. Sie sollte eine Bardame im Saloon spielen und sich in Worf verlieben. Als sie das Holodeck betritt, erfährt sie davon, weigert sich mitzuspielen und wird statt dessen zum Revolverhelden. Diese Idee sollte eine Romanze zwischen den beiden vorbereiten, die je nach Bedarf in einer späteren Folge hätte weiterbehandelt werden können. Es wäre ein interessanter und vor allem unerwarteter Aspekt geworden, der aber nicht unglaubwürdig oder für die Charaktere unpassend gewesen wäre.

Aber auch in der fertigen Version überzeugte Marina Sirtis in ihrer Rolle als Held Durango, während Brent Spiner nach ›Brothers‹ (Ep. N77) in mehreren Rollen zu sehen war, zum Schluß zu allem Überfluß auch noch als Bardame.

Die Schlußszene ist eine Parodie auf das Westerngenre, indem statt eines Cowboys auf seinem Pferd die Enterprise in die untergehende Sonne ›reitet‹.

Genauso ist der Titel eine ironische Verfremdung, in diesem Fall ›A Fistful of Dollars‹, 1964 unter der Regie von Sergio Leonc entstanden. Frühere Titel waren ›Western Story‹ und — gleichfalls ein Zitat — ›The Good, the Bad and the Klingon‹. Brent Spiner spielte nach dieser Episode scherzhaft mit dem Gedanken einer Fortsetzung in der nächsten Season, die den Titel tragen sollte ›For a Few Datas More‹!

Episode N135: The Quality of Life

(Datas Hypothese)

Auf einer Raumstation im Orbit um Tyrus-VII-A arbeitet die Wissenschaftlerin Dr. Farallon an der Perfektionierung des Tyran-Partikelflusses, der Minenarbeit revolutionieren soll. Als ein Landeteam der Enterprise auf die Station kommt, stellt sie ihnen die Exocomps vor, kleine Roboter, die in der Lage sind, bei einem Einsatz zu analysieren, welches Werkzeug benötigt wird, und zu replizieren. Bei einem der Einsätze erledigt ein Exocomp seinen Auftrag nicht und kehrt vorzeitig zurück, im nächsten Moment ereignet sich in dem Tunnel, in dem er eingesetzt worden war, eine Explosion. Data folgert aus dieser Vorgehensweise, daß die Exocomps Lebensformen sind, und fordert Dr. Farallon auf, sie nicht weiter einzusetzen. Picard stimmt einem Test zu, in dem Data eine gefährliche Situation simuliert. Zunächst scheint es so, als habe sich Data geirrt, dann aber stellt sich heraus, daß der Exocomp die Simulation als solche erkannt und abgeschaltet hat. Währenddessen ereignet sich auf der Raumstation eine Explosion, LaForge und Picard werden nur von einem schwachen Kraftfeld vor der tödlichen Strahlung geschützt. Auf der Enterprise kommt es daraufhin zu einem Konflikt, da Dr. Farallon die beiden mit Hilfe der Exocomps retten will, Data aber die offensichtliche Lebensform beschützen will, die seiner Ansicht nach keine Wahl hat, wenn sie auf die Station zurückgebeamt wird. Riker versteht Datas Standpunkt und läßt die Exocomps entscheiden. Sie akzeptieren den Transport zur Station und geben Picard und LaForge die Möglichkeit, auf die Enterprise zurückzukehren. Um zwei seiner Artgenossen zu retten, opfert sich ein Exocomp. Dr. Farallon kehrt später auf die Station zurück und betrachtet die Exocomps nun mit anderen Augen als zuvor.

*

Diese Episode griff auf ein altbekanntes Klischee zurück, als Dr. Farallon sich nahtlos einfügte in eine lange Reihe unsympathischer Charaktere. Ellen Bry verkörperte diese undankbare Rolle.

Abgesehen von diesem negativen Aspekt erinnerte ›The Quality of Life‹ doch sehr an ›The Measure of a Man‹ (Ep. N35), woran Jonathan Frakes' souveräne Regiearbeit auch nicht viel retten konnte.

Die Eröffnungsszene zeigte erstmals einen bärtigen Geordi, der gemeinsam mit Worf und Riker in einem Pokerspiel gegen Dr. Crusher seinen Bart verwettet. Verliert Crusher, will sie sich ihre Haare blond färben. Keiner muß jedoch seine Wette einlösen, da Picard zur allgemeinen Erleichterung das Spiel unterbricht.

Die Exocomps hießen zunächst Metacomps, ihr Name wurde aber geändert, da ein Unternehmen gleichen Namens existiert, mit dem es zweifellos rechtliche Schwierigkeiten gegeben hätte.[5]

Episode N136: Chain of Command Part I

(Geheime Mission auf Seltris Teil 1)

Picard, Dr. Crusher und Worf werden auf eine geheime Mission geschickt, um auf Celtris III, einem cardassianischen Planeten, nach einem geheimen Labor zu suchen, in dem die Cardassianer an einem genetisch veränderten Virus arbeiten, der bei einem Einsatz im Krieg verheerende Folgen haben würde. Das Kommando über die Enterprise übernimmt Captain Edward Jellico, der bereits Verhandlungserfahrung mit den Cardassianern hat, um mit ihnen über die vermutete Einnahme eines grenznahen Systems zu sprechen. Jellico verlangt von der Besatzung immer bessere Leistungen, die Moral beginnt unter diesem plötzlichen Streß zu leiden, Jellico interessiert das nicht und weist statt dessen Troi an, sich um die Besatzung zu kümmern. Als es zu dem Treffen mit den Cardassianern kommt, führt Jellico die Verhandlung mit Gul Lemec in extrem aggressiver Weise. Währenddessen haben Picard und Co. den Planeten erreicht und finden den Eingang zum Labor. Dort müssen sie aber feststellen, daß sie in eine Falle geraten sind. Dr. Crusher und Worf können noch fliehen, Picard jedoch wird von Cardassianern festgenommen und Gul Madred vorgeführt. Der erklärt ihm, daß er ihn einem Verhör unterziehen will. Sollten Madred die Antworten nicht gefallen, wird Picard sterben.

Episode N137: Chain of Command Part II

(Geheime Mission auf Seltris Teil 2)

Mitten in den Verhandlungen mit den Cardassianern berichten die von Picards Gefangennahme und bringen Jellico in die schlechtere Position. Gul Madred foltert und erniedrigt währenddessen Picard, da er nicht bereit ist, ihm zu antworten. Am nächsten Morgen wird Picard ein Empfänger implantiert, der unvorstellbare Schmerzen in jedem beliebigen Teil seines Körpers auslöst, wenn Madred seinen Sender aktiviert. Aber Picard weigert sich auch, nachdem Madred die Wirkung des Senders demonstriert hat. Riker gelingt es inzwischen, Dr. Crusher und Worf an Bord zurückzuholen, eine Rettungsmission für Picard wird von Jellico abgelehnt, dem die Cardassianer vorhalten, daß diese Spionage-Aktion ein kriegerischer Akt sei. Da Jellico bestreitet, daß die Föderation damit etwas zu tun habe, wird Picard wie ein Terrorist behandelt, der von keiner Konvention vor Folter bewahrt werden kann. Die Verhandlungen werden schließlich abgebrochen, während auf Celtris III Madred noch immer erfolglos versucht, Picards Willen zu brechen. In der Zwischenzeit steuert die Enterprise die Kolonie auf Minos Korva an, in deren Nähe sich der McAllister-Nebel befindet, da ein Angriff der Cardassianer vermutlich dort starten wird. Die haben ihre Schiffe in diesem Nebel versteckt, um überraschend zuschlagen zu können. Riker und LaForge fliegen mit einem Shuttle in den Nebel und befestigen Minen an den feindlichen Schiffen, nach getaner Arbeit setzt sich Jellico mit Gul Lemec in Verbindung. Der sieht ein, daß er keine Chance hat, der Enterprise zu entkommen, und willigt in Jellicos Forderung ein, Picard freizulassen. Der ist unterdessen von Gul Madred weiter gefoltert worden, wird aber von Gul Lemec abgeholt und zur Enterprise zurückgebracht. Jellico verläßt das Schiff und überläßt Picard seinen Platz an Bord.

*

Selten wurde ein Thema in *Star Trek — The Next Generation* so drastisch und ausführlich dargestellt, wie es in dieser Doppelepisode mit der Folter geschah. Bemerkenswert war dabei auch noch, daß diese extrem lange Qual, der Picard ausgesetzt war, in der Weihnachtszeit ausgestrahlt wurde. Die Episode ging bisweilen hart an die Grenzen dessen, was man dem Publikum einer Fernsehserie vorsetzen konnte.

Patrick Stewart, selbst ein Mitglied von Amnesty International, ließ sich für diese Episode Videobänder über Folterungen und über einen Folterer, der über seine ›Arbeit‹ berichtet, schicken, um sich auf das Thema vorzubereiten.

Im Verlauf der Season gab es zahlreiche Gerüchte, Stewart wolle in der siebten Season nicht mehr mitwirken, ›Chain of Command‹ bot da die Gelegenheit, einen neuen Captain vorzustellen. Man spielte anfangs sogar mit dem Gedanken, eine Frau die Rolle übernehmen zu lassen. Die Möglichkeit von Stewarts Ausstieg rief aber keine Panik hervor, da seine Rolle viel leichter zu ersetzen war. Viel schwieriger war es dagegen bei Brent Spiner, da man nicht einfach einen neuen Androiden einsetzen konnte, zumal man Data stets als einzigartig bezeichnete (wenn man von seinem Bruder Lore absah). Die Vertragsver-

Commander Riker und Lieutenant Data.

handlungen mit Patrick Stewart für die siebte Season erwiesen sich tatsächlich als recht schwierig, im ersten Moment sah es wirklich so aus, als würde er nicht zurückkehren.

Daß es auch mit einem anderen Captain funktionieren konnte, bewies der zugegeben unsympathisch wirkende Ronny Cox als Captain Edward Jellico, den man sich trotz seiner Probleme mit der Crew als Nachfolger von Picard vorstellen konnte. Immerhin war Picard zu Beginn von *Star Trek – The Next Generation* ebenfalls als nicht allzu sympathisch aufgetreten.

Eine Nebenwirkung von Jellicos Gastkommando machte sich bei Deanna Troi bemerkbar, die seit Jellicos Aufforderung, ihre Uniform zu tragen, das auch beibehielt. Marina Sirtis sagte dazu: »Ich trug die Uniform nicht von Anfang an, weil ich zu fett [sic!] war und sie [die Uniform] nicht gut aussah ... Ich nahm ab, aber wir stellten die Verbindung nie wieder her. Mit diesem einen Satz in ›Chain of Command‹ war es wieder da. Die Produzenten saßen da und sagten: ›Sie sieht darin gut aus, warum trägt sie keine Uniform?‹ Ich habe sie seitdem grundsätzlich getragen.«[6] Der für sie erfreuliche Wandel stieß aber einige – chauvinistische – Fans vor den Kopf, da die Uniform ihnen keinen Blick mehr auf Sirtis' Busenansatz gewährte. Sie versicherte ihnen, daß sie mehr zu sehen bekommen würden, sobald sie als Counsellor nicht im Dienst sei und dann andere Kleidung tragen würde. Sie gibt aber auch zu: »Um ehrlich zu sein, macht es mir nichts aus, ein Sexobjekt zu sein ...«[7]

Als Captain Jellico war Ronny Cox zu sehen, der bekannt war aus Filmen wie ›Bound for Glory‹, ›The Beast Within‹, ›Beverly Hills Cop‹, ›Robocop‹, ›Total Recall‹, ›Loose Cannons‹ und ›Scissors‹.

Daneben gab es auch ein Wiedersehen mit David Warner, der nach seiner Rolle als Föderationsbeauftragter in *Star*

Trek V — The Final Frontier und als Klingone in *Star Trek VI — The Undiscovered Country* in dieser Episode in der Maske des Cardassianers Gul Madred zu sehen war.

›Chain of Command‹ war als Einteiler geplant. Da man aber in der sechsten Season Geld sparen mußte, bot sich diese Episode für einen Zweiteiler an, da ein großer Teil nur aus den Szenen mit David Warner und Patrick Stewart bestand. So konnte man mit dem Budget für Dekorationen und Masken aus dem ersten Teil auch den zweiten Teil bestreiten.

Es war vorgesehen, eine Überschneidung von *Star Trek — The Next Generation* und *Star Trek — Deep Space Nine* einzuarbeiten. Die Enterprise sollte die Station Deep Space Nine anfliegen, von dort aus sollten Picard und Co. auf ein anderes Schiff wechseln und ihre Mission beginnen. Das wurde jedoch nicht verwirklicht, da man mindestens einen der Stammschauspieler aus *Star Trek — Deep Space Nine* hätte einbauen müssen, was wiederum zu deutlich höheren Kosten geführt hätte. Statt dessen nutzte man umgebaute Dekorationen aus der neuen Serie für Aufnahmen in *Star Trek — The Next Generation.*

Als Gul Madred Picard seiner Kleidung beraubte, um ihn noch mehr zu erniedrigen, erklärte sich Patrick Stewart im übrigen bereit, diese Szenen als echte Nacktszenen zu drehen.

Episode N138: Ship in a Bottle

(Das Schiff in der Flasche)

Als Data und LaForge wieder einmal als Sherlock Holmes und Dr. Watson auf dem Holodeck aktiv werden, stellen sie eine Fehlfunktion fest und beauftragen Barclay, sich mit dem Problem zu befassen. Er aktiviert dabei unwissentlich den gespeicherten Professor Moriarty, der verlangt, sofort Picard zu sprechen. Barclay informiert Picard, der zum Holodeck kommt. Obwohl der Captain ihm demonstriert, daß ein Verlassen des Holodecks für Computerkreationen unmöglich ist, beweist Moriarty ihm das Gegenteil und verläßt erfolgreich das Holodeck. Moriaty bittet Picard, daß auch seine Geliebte, Countess Regina Bartholomew, zum Leben erweckt wird. Als Picard feststellt, daß kein System der Enterprise mehr auf die Stimmen der Crew reagiert, erklärt ihm Moriarty, daß er das Schiff übernommen hat. Countess Bartholomew wird seinem Wunsch entsprechend ins Leben gerufen, da bemerkt Data, daß er, Picard und Barclay das Holodeck nie verlassen haben. Sie befinden sich vielmehr in einer von Moriarty geschaffenen Simulation der Enterprise im Holodeck. Da Picard aber unabsichtlich seinen persönlichen Code für die Zugangsberechtigung ausgesprochen hat, kann Moriarty die reale Enterprise in seine Gewalt bringen. Die Countess wird so wie er aus dem Holodeck geholt, die beiden erhalten das gewünschte Shuttle, Moriarty gibt die Enterprise frei, und zusammen verlassen sie das Schiff. Dann beendet Picard das in der Zwischenzeit geschaffene Unterprogramm, das ein Holodeck im Holodeck simuliert hat, es wird jedoch im aktiven Speicher belassen, der Platz genug bietet, um Moriarty und seiner Begleiterin das Gefühl zu geben, daß sie wirklich die Enterprise verlassen haben. Sie beenden das Hauptprogramm und können das Holodeck verlassen.

*

Die Probleme mit den Rechten an Sherlock Holmes, die seit ›Elementary, Dear Data‹ (Ep. N29) alle weiteren Variationen des Themas scheitern ließen, da es erhebliche Differenzen zwischen den Nachlaßverwaltern Arthur Conan Doyles und Paramount gab, klärten sich nach jahrelanger Unsicherheit auf völlig unspektakuläre Weise. Ursache für den Streit war die Serie ›Young Sherlock Holmes‹

gewesen, die die Nachlaßverwalter auf den Plan hatte treten lassen, da in ihr die Charaktere auf unpassende Weise verwendet worden waren. Jeri Taylor ließ die Bestimmungen noch einmal überprüfen und stellte fest, daß die Verwalter gegen eine entsprechende Gebühr die Verwendung von Holmes-Charakteren erlaubten, solange sie im Rahmen des Vertretbaren in die Handlung einbezogen wurden.

›Ship in a Bottle‹ erlaubte Daniel Davis nach langer Pause ein weiteres Mal, als Idealbesetzung des Professor Moriarty aufzutreten, an seiner Seite hatte er in der Rolle der Countess Regina Bartholomew die gleichfalls bestens ausgesuchte Stephanie Beacham.

Als dritter im Bunde der Gäste war ein weiteres Mal Dwight Schultz als Barclay zu sehen, der diesmal keine neue Schwäche offenbarte.

Ebenfalls neue Verwendung fand das Holodeck, das diesmal so verwirrend eingesetzt wurde, daß sich sogar der Regisseur als Idealbesetzung erwies. Alexander Singer hatte bereits bei ›Mission: Impossible‹ Regie geführt, einer Serie, die oft ähnlich schwer durchschaubare Handlungen präsentierte.

›Ship in a Bottle‹ bot nicht nur eine perfekt inszenierte Episode mit hervorragender Besetzung, sie enthielt auch die selbstironischste Szene seit ›Bread and Circuses‹ (Ep. C55), in der Roddenberry einen unbemerkten Seitenhieb auf das Fernsehen vollzog. Bei *Star Trek — The Next Generation* ist es der Schluß dieser Episode, in der Picard angesichts des kleinen Würfels, in dem Moriarty weiterexistiert, die Frage aufwirft, ob die Wirklichkeit (die, in der sich *Star Trek — The Next Generation* abspielt, also eine fiktive Wirklichkeit) nicht vielleicht auch nur eine Simulation ist, die in einem ähnlichen Würfel abläuft.

Episode N139: Aquiel

(Aquiel)

Die Enterprise fliegt eine Relaisstation an der Grenze zum Klingonischen Imperium an. Die ist aber verlassen, ein Shuttle fehlt, ein Landeteam entdeckt die spärlichen Überreste eines der beiden Besatzungsmitglieder, eine Identifikation erweist sich jedoch als unmöglich. Lediglich der Hund von Lieutenant Aquiel Uhnari, einer Hahliianerin, ist lebendig und schließt sich LaForge an. Da sich an Bord der Station Spuren von klingonischer DNS finden, wird der klingonische Gouverneur informiert, der zur Überraschung der Enterprise-Crew Aquiel Uhnari mitbringt. Die kann zu den Vorgängen auf der Station keine verwertbaren Angaben machen und steht zudem im Verdacht, das andere Besatzungsmitglied, Keith Rocha, getötet zu haben. LaForge kümmert sich um sie und ist von ihrer Unschuld überzeugt. Dr. Crusher stellt währenddessen fest, daß es bei den Überresten von Rocha Spuren einer anderen Lebensform gibt, die andere Lebewesen in sich aufsaugt, um sich von ihnen zu ernähren, und dabei deren Aussehen annimmt. Aquiel könnte also durchaus nicht die sein, für die sie gehalten wird. Tatsächlich jedoch hat diese Lebensform die Gestalt des Hundes angenommen und will LaForge angreifen, um in ihn überzuwechseln. Im letzten Moment kann sie aber getötet und LaForge gerettet werden.

*

Was zunächst wie ein großes Mysterium begann und dementsprechende Spannung versprach, endete als eine der schwächsten Episoden seit langem und insbesondere der sechsten Season. In der Thematik erinnert sie sehr an ›The Thing‹ (dt. ›Das Ding aus einer anderen Welt‹) in der Originalfassung von 1951, in der Ausführung an dessen Neuverfilmung von 1981. Das Ganze wurde in ›Aquiel‹ aber weder besonders spannend noch sonderlich originell verarbeitet. Hinzu kam, daß Renee Jones als Aquiel nicht sehr überzeugend wirkte.

Beabsichtigt war mit dieser Episode, die zunächst ›Murder, My Pet‹ heißen sollte, eine Liebesgeschichte für Geordi LaForge, die Raum für Weiterentwicklung gelassen hätte.

Episode N140: Face of the Enemy

(Das Gesicht des Feindes)

Deanna Troi erwacht zu ihrem Entsetzen als Romulanerin, sie befindet sich auf dem Kriegsschiff Khazara, Subcommander N'Vek erklärt ihr, daß man sie entführt und operiert hat, ihre neue Identität ist Major Rakal vom romulanischen Geheimdienst Tal Shiar. Ihre Aufgabe ist es, eine mysteriöse Fracht zu begleiten. Währenddessen erhält Picard eine Nachricht von Botschafter Spock, derzufolge die Enterprise mit einem corvallenischen Frachter im Kaleb-Sektor zusammentreffen und dessen Fracht an Bord beamen soll, und läßt den Kurs ändern. In der Zwischenzeit erfährt Troi, daß es sich bei der ›Fracht‹ um M'ret handelt, den Vize-Prokonsul des Imperialen Senats der Romulaner, der Spocks Untergrundbewegung angehört. Er soll einem corvallenischen Frachter übergeben werden und später einen Fluchtweg für Tausende von Romulanern errichten, die auf ihrer Heimatwelt wegen ihrer fortschrittlichen Ansichten verfolgt werden. Als die Khazara planmäßig mit dem corvallenischen Frachtschiff zusammentrifft, spürt Troi, daß dessen Captain lügt, als er für die Sicherheit der Fracht bürgt. N'Vek zerstört das Schiff und erklärt, daß dies Rakals Befehl gewesen sei. In der Zwischenzeit hat die Enterprise den Treffpunkt mit dem Frachter erreicht, kann aber nur noch dessen Überreste antreffen. Troi enthebt Toreth ihres Kommandos und enttarnt das Schiff, dann nimmt sie mit Picard Kontakt auf, um mit ihm auf der Enterprise zusammenzutreffen und die Lage zu besprechen. Als Picard darauf eingeht und die Schilde abschalten läßt, befiehlt Troi, auf die Enterprise zu feuern. Der Schuß ist aber so schwach, daß er der Enterprise keinen Schaden zufügt. N'Vek hat das Waffensystem sabotiert und mit dem Transporter gekoppelt, so daß die ›Fracht‹ sich bereits auf der Enterprise befindet. Toreth läßt N'Vek töten und befiehlt den Rückzug, Troi kann aber noch rechtzeitig auf die Enterprise gebeamt werden.

*

Marina Sirtis bewies hier endgültig, daß Deanna Troi keineswegs ein Charakter der zweiten Reihe war und ohne Probleme allein eine Episode tragen konnte. Bemerkenswert war hierbei schon, zu welcher regelrechten Statistenrolle die übrigen Stammschauspieler verdammt worden waren. Inhaltlich konnte ›Face of the Enemy‹ gleichfalls überzeugen, wenngleich auch hier ein Zweiteiler besser gewesen wäre, der durch die Tatsache, daß Deanna Troi nicht auf die Enterprise zurückgekehrt wäre, ein perfektes offenes Ende geboten hätte.

Carolyn Seymour, die hier als romulanische Commanderin Toreth zu sehen war, war bereits in ›Contagion‹ (Ep. N37) zu sehen gewesen. Außerdem hatte sie als Mirasta Yale einen Auftritt in ›First Contact‹ (Ep. N89).

Die Rolle der Toreth sollte eigentlich Joanne Linville spielen, die in ›The Enterprise Incident‹ (Ep. C58) die erste Romulanerin in *Star Trek* dargestellt hatte. Sie konnte aber aus Zeitgründen nicht zur Verfügung stehen.

Scott MacDonald, der in ›Face of the Enemy‹ als N'Vek mitwirkte, war auch in *Star Trek – Deep Space Nine* in der Episode ›Captive Pursuit‹ (Ep. D6) zu sehen gewesen.

Die Erwähnung von Spock im Verlauf dieser Episode schien darauf hinzudeuten, daß man ihn in *Star Trek – The Next Generation* noch einmal wiedersehen würde.

Episode N141: Tapestry

(Willkommen im Leben nach dem Tode)

Dr. Crusher kämpft um das Leben des bei einem Landgang schwerverletzten Picard, aber alle Bemühungen scheinen sinnlos. Picard findet sich derweil im Leben nach dem Tode wieder und wird zu seiner Überraschung von Q begrüßt, der ihm erklärt, daß Picard gestorben ist, da sein künstliches Herz versagte. Picard gibt schließlich zu, daß er aus heutiger Sicht den Kampf mit den Nausicaanern vermeiden würde, der seinerzeit zum Verlust seines echten Herzens geführt hatte. Q ist begeistert von dieser Entscheidung und versetzt Picard zurück in seine Zeit als junger Ensign. Er gibt ihm eine zweite Chance, die Fehler zu vermeiden, die er begangen hatte. Tatsächlich kann er im zweiten Anlauf die für ihn fatal verlaufende Schlägerei vermeiden, außerdem beginnt er, in seiner Kollegin Marta mehr zu sehen als eine Kameradin. Beide Entscheidungen führen aber dazu, daß die Beteiligten die Freundschaft zu ihm aufkündigen. Q ist erfreut, daß Picard es geschafft hat, seine zweite Chance zu nutzen, und bringt ihn zurück in seine Gegenwart. Aber Picard ist nicht mehr Captain, sondern ein Lieutenant in der Astrophysik, ein nichtssagender Job, der ihn aber von jeglicher Gefahr fernhält. Von Troi erfährt er, daß er nicht für ein Kommando geeignet ist, da er nichts tut, um sich von der Menge abzuheben. Als Picard sich bei Q beschwert, ist der überrascht, da er ihm eine zweite Chance gegeben hat. Picard erklärt ihm, daß er lieber als der Mann sterben möchte, der er vor dieser zweiten Chance war, anstatt als Lieutenant der Astrophysik zu enden. Q schickt Picard ein zweites Mal in die Vergangenheit zurück, er wird verletzt, der Lauf der Geschichte ist korrigiert. Daraufhin findet Picard sich erneut auf der Enterprise wieder, sein Gesundheitszustand hat sich überraschend stabilisiert, er überlebt.

*

Nach ›True Q‹ (Ep. N132) war John DeLancie in der sechsten Season zum zweiten Mal zu sehen, ein Auftritt, in dem er alle Register seines Könnens zog. ›Tapestry‹ (abgesehen vom Pilotfilm die einzige Episode, in der Q im Titel nicht erwähnt wird) war die bis dahin beste Q-Episode in *Star Trek — The Next Generation.*

Nie zuvor war DeLancie besser als in dieser Episode, in der sein Charakter Q als zynischer ›Gott‹ auftrat, der Picard im Leben nach dem Tode begrüßte. Auch die Texte für Picard waren von ähnlichem Zynismus geprägt, als er erwiderte, daß das Universum so schlecht nicht sein könne, als daß das Leben nach dem Tode von Q kontrolliert werden könnte.

Die fraglos beste Szene ist aber die, in der Picard nach einer Nacht mit seiner Kameradin Marta erwartet, neben ihr aufzuwachen, statt dessen aber von Q mit einem liebevollen ›Morning, Darling‹ begrüßt wird.

Entstanden war ›Tapestry‹ aus dem Drehbuchentwurf ›A Q Carol‹ von Ronald Moore, das eine Analogie zu Charles Dickens' ›A Christmas Carol‹ sein sollte, in dem der Protagonist Scrooge von Geistern sein Leben vorgeführt bekommt. Die Ironie am Rande war, daß Stewart zu dieser Zeit schon mehrfach in der Rolle des Scrooge (und in allen anderen Rollen) in seinem Einmannbühnenstück aufgetreten war.

Q sollte Picard zu mehreren Stationen in dessen Leben mitnehmen, was sich jedoch als zu teuer erwies. Moore besann sich auf die Episode ›Samaritan Snare‹ (Ep. N43), in der erstmals Picards künstliches Herz erwähnt wird und er die Umstände darlegt, wie er sein echtes verlor.

Der Schluß sollte noch besser sein, es sollte nicht nur angedeutet werden, daß Picard noch vieles aus seiner Jugend zu erzählen hatte, was er Riker mitteilen wollte. Es sollte eine Aufnahme von außen sein, in der man Picard reden sehen sollte, während die Enterprise langsam entschwand, um so zu verdeutlichen, daß Picard sehr viel zu erzählen hatte. Die geschätzten 11 000 Dollar, die dieser einmalige Effekt benötigt hätte, standen dann jedoch nicht mehr bereit.

Episode N142: Birthright Part I

(Der Moment der Erkenntnis Teil 1)

Als die Enterprise an der Raumstation Deep Space Nine andockt, nutzt Dr. Bashir die Gelegenheit, um an Bord des Schiffs ein mysteriöses Instrument aus dem Gamma-Quadranten zu analysieren, da die Einrichtungen der Station dessen Funktion nicht definieren können. Er findet Unterstützung von Data. Gemeinsam mit LaForge testen sie das Gerät an dem Androiden aus, der daraufhin zum ersten Mal in seiner Existenz einen Traum erlebt. Da er in diesem Traum den jungen Dr. Noonian Soong sieht, versucht er anschließend, mit Bashirs Hilfe die Bedeutung dieses Traums zu erforschen. Schließlich finden sie heraus, daß sein Schöpfer ihm ein Traumprogramm eingebaut hatte, das sich aber erst aktivieren sollte, wenn Data einen bestimmten Entwicklungsstand erreicht hat. Während der Android beschließt, künftig regelmäßig zu träumen, kehrt Bashir auf die Station zurück. Dort hat Worf von dem zwielichtigen Jaglom Shrek mittlerweile erfahren, daß sein Vater Mogh nicht tot ist, sondern auf einem fernen romulanischen Gefängnisplaneten lebt. Die Zweifel an der Richtigkeit dieser Aussage werden immer geringer, und Worf läßt sich schließlich zu diesem Planeten bringen, Shrek wird ihn zu einer vereinbarten Zeit wieder abholen. Auf dem Planeten entdeckt Worf tatsächlich ein Lager, in dem sich Klingonen befinden. Von L'Kor, dem Ältesten, erfährt er, daß sein Vater tot ist. Worf will die anwesenden Klingonen befreien, aber L'Kor erklärt, daß sie nicht gehen werden. Da betreten zwei Romulaner den Raum und nehmen Worf gefangen.

Aus der Episode ›Lonely Among Us‹.

Episode N143: Birthright Part II

(Der Moment der Erkenntnis Teil 2)

L'Kor erklärt dem überraschten Worf, daß die Romulaner sie unter dem Kommando von Tokath auf einem Außenposten von Khitomer überwältigen und gefangennehmen konnten. Tokath wollte sie später als wertvolles Tauschobjekt einsetzen, dabei mußte er aber feststellen, daß die Gruppe aufgrund der entehrenden Umstände für tot erklärt worden war. Das Gefängnis, in dem sie leben, gleicht aber mehr einem Kloster, in dem beide Rassen friedlich koexistieren. Worf ist entsetzt über das phlegmatische Verhalten der Klingonen, zumal die in Gefangenschaft Geborenen nichts von den klingonischen Ritualen wissen. Nicht einmal die wahren Gründe für das Leben auf diesem Planeten sind ihnen bekannt. Tokath erklärt, daß er seine militärische Karriere aufgeben mußte, als er sich für die Klingonen einsetzte, um deren Hinrichtung zu verhindern. Er kann nicht zulassen, daß Worf den Frieden stört. Ein Fluchtversuch scheitert, Shrek verläßt den Plancten, da die vereinbarte Zeit verstrichen ist. Trotz Tokaths Warnung beginnt Worf, den jungen Klingonen klingonische Kultur und Rituale zu vermitteln, und weigert sich einzusehen, daß Klingonen und Romulaner friedlich zusammenleben können. Seine Bemühungen, den Kriegergeist der Jungen zu wecken, tragen erste Früchte, und sie werden rebellisch. Tokath stellt Worf vor die Wahl, mit ihnen zu leben oder zu sterben. Worf entscheidet sich für den Tod, um ehrenvoll zu sterben. Als er hingerichtet werden soll, begeben sich viele Klingonen auf seine Seite. Tokath wird von den Eltern dieser Klingonen dazu überredet, sie gehen zu lassen. Worf erklärt ihnen, daß sie niemandem von diesem Lager berichten dürfen.

An Bord eines romulanischen Schiffs werden er und die Jugendlichen zur Enterprise gebracht, wo Worf erklärt, daß es sich bei seinen Begleitern um Überlebende eines abgestürzten Raumschiffs handelt. Er leugnet das Gefängnis und die Überlebenden von Khitomer.

*

›Birthright Part I‹ und ›Part II‹ markierte den Anfang vom Ende der interessanten Klingonen-Episoden. Das Mysteriöse, das die Klingonen seither umgeben hatte, wurde hier zur Besessenheit, immer tiefer in eine fiktive Kultur vorzudringen und immer neue Besonderheiten ans Licht zu bringen. So interessant das bisher sein mochte, so wenig vermochte diese Doppelepisode zu überzeugen. Bereits ›Redemption Part I‹ und ›Part II‹ hatte gezeigt, daß die Klingonen trotz aller Eigenarten längst nicht einer so intensiven Behandlung bedurften, wie es hier vorgeführt wurde.

Während man sich im ersten Teil zuviel Zeit läßt, bevor Worf sich entscheidet, seinen Vater zu suchen, war der zweite Teil von klingonischen Angelegenheiten in Sache Ehre restlos überladen.

Hinzu kam, daß der interessantere Aspekt aus dem ersten Teil, der sich mit Datas Traum befaßte und der Brent Spiner wieder in einer Doppelrolle zeigte — er verkörpert abermals nach ›Brothers‹ (Ep. N77) seinen Schöpfer Dr. Noonian Soong, jetzt aber ein junger Mann –, im zweiten Teil ganz übersehen wurde, so als habe man plötzlich die Lust verloren, die Idee zum Ende zu führen.

Aber das war nicht das einzige Problem dieser Doppelepisode: Nach Michael Pillers Ansicht war die reine Worf-Handlung zu komplex, um sie in einer Episode zu behandeln; aus diesem Grund wurde der zweite Handlungsfaden hinzugenommen, der sich um Data drehte. Allein die Anreise zu dem Gefängnisplaneten hätte zuviel Zeit erfordert, um sie in einer einzigen Episode passend zu verarbeiten.

Der zweite Teil war dann auch noch zwölf Minuten zu lang und mußte dementsprechend gekürzt werden. Dabei fiel noch vor dem Beginn der Dreharbeiten unter den Tisch, was Jaglom Shrek dazu brachte, mit Worf Kontakt aufzunehmen: Er war selber ein ehemaliger Kriegsgefangener.

Erschwerend kam hinzu, daß James Cromwell, der diese Rolle verkörperte, sich zwischen beiden Episoden ein Bein brach und dadurch kaum noch verfügbar war. Da die Situation auf dem Gefängnisplaneten zeitraubend genug war und zudem den Produzenten interessanter erschien, verzichtete man auch auf eine Szene, in der Shrek Opfer eines klingonischen Anschlags wird, als er von Picard über Worfs Verbleiben befragt wird. Andere Aspekte, die die klingonische Kultur betrafen, wurden ebenfalls weggelassen, fanden aber kurz darauf in ›Rightful Heir‹ Verwendung.

Richard Herd, vielen bekannt aus ›T. J. Hooker‹, war hier als L'Kor zu sehen.

Einzig erwähnenswert waren ein längerer Auftritt von Siddig El Fadil als Dr. Julian Bashir aus *Star Trek – Deep Space Nine* (s. S. 605) sowie der Aufenthalt der Enterprise-Mannschaft auf dieser Station.

Episode N144: Starship Mine

(In der Hand von Terroristen)

Die Enterprise wird in eine Art Raumschiffwaschanlage gebracht, um sie von abgelagerten Baryon-Partikeln zu reinigen. Die Mannschaft muß das Schiff vollständig verlassen und sich auf die Arkaria-Basis begeben, wo die Offiziere mit Commander Hutchinson zusammentreffen, der als Meister der sinnlosen Konversation gefürchtet ist, in Data aber einen perfekten Gesprächspartner findet. Als Picard von der Station noch einmal auf die Enterprise zurückkehrt, beobachtet er einen der Techniker und ist sicher, daß etwas nicht stimmen kann. Nach einem Kampf erreicht er den Transporter zu spät, da sämtliche Energie abgeschaltet worden ist. Auf dem Weg in den Maschinenraum wird Picard von Piros, einem der Techniker, gefangengenommen und zu Kelsey, der Leiterin der Gruppe, gebracht. Während auf der Basis die Enterprise-Offiziere als Geiseln genommen werden, Geordi bewußtlos geschossen und Hutchinson getötet wird, gibt sich Picard als Bordfriseur Mr. Mott aus. Da er offensichtlich harmlos ist, kann er bei der Gruppe bleiben und sie beobachten. Dabei stellt er fest, daß sie dem Warpantrieb Trilithium entziehen, den Maschinenraum haben sie in ein Schutzfeld eingeschlossen, das sie vor dem Reinigungsstrahl schützt. Es gelingt Picard, das Feld abzuschalten und zu entkommen. Kelsey und ihre Leute müssen vor dem tödlichen Reinigungsstrahl fliehen, das abgezapfte Trilithium transportieren sie in einem ungeeigneten Behälter. Picard wird erneut gefangengenommen, Kelsey begibt sich nach Ten Forward. Dort gibt der Captain seine wahre Identität preis, da er hofft, daß sie das Trilithium zurückläßt und ihn als Geisel nimmt. Aber Kelsey ist nicht interessiert und kann sich auf ein planmäßig ankommendes Schiff beamen lassen, während für Picard das Ende gekommen zu sein scheint. In der Zwischenzeit ist es auf der Basis Dr. Crusher gelungen, LaForges Visor zu manipulieren und einen Ton zu senden, der alle außer Data bewußtlos werden läßt. Der kann den Reinigungsstrahl in letzter Sekunde abschalten. Einen Moment später explodiert das Schiff, mit dem Kelsey fliehen wollte. Picard hatte unbemerkt eine Sicherung von dem Container entfernen können, so daß das Trilithium nicht länger unter Kontrolle war.

*

Nach der enttäuschenden vorangegangenen Doppelepisode bot ›Starship Mine‹ eine abwechslungsreiche Handlung, in der Picard ungewohnt action-orientiert eingesetzt wurde, was schnell den Vergleich mit Bruce Willis und dessen ›Die Hard‹-Spielfilmen herausforderte. Dieser Vergleich war aber auch nicht so abwegig, da Picard seine Befreiungsaktion der Enterprise ebenfalls weitgehend im Alleingang erledigte.

Ein weiteres, unterhaltsames Element waren Datas erfolgreiche erste Schritte in ›Konversation‹, also im Austausch belangloser Floskeln.

Episode N145: Lessons

(Der Feuersturm)

Picard begegnet einem neuen Besatzungsmitglied, Lt. Commander Nella Daren, die sich überraschend als begabte Pianistin entpuppt. Als sie erfährt, daß er Flöte spielt, kann sie ihn zu einem Duett in dessen Quartier überreden. Es ist mittlerweile offensichtlich, daß Picard sich in Daren verliebt hat. Während die Enterprise Bersallis III anfliegt, um dort einen Feuersturm zu beobachten, läßt sich Picard von Troi beraten und kommt zu dem Entschluß, seine Beziehung zu Daren nicht länger geheimzuhalten. Als Picard erfährt, daß der Feuersturm eine Föderationskolonie bedroht und Deflektoren aufgestellt werden müssen, da die Zeit für eine vollständige Evakuierung nicht reicht, überträgt Riker Daren die Leitung dieser Aktion. Picard ist davon nicht begeistert, aber sie will ihre Arbeit so verrichten wie jeder andere an Bord auch. Auf Bersallis III stellt sich heraus, daß die Deflektoren manuell eingestellt werden müssen, was eine erhebliche Gefahr für die dazu eingeteilten Besatzungsmitglieder bedeutet. Picard befürchtet, daß er damit das Todesurteil für Daren gesprochen hat. Wider Erwarten kann sie gerettet werden, doch sie beschließt, die Enterprise zu verlassen, da sie weder sich noch Picard wieder in eine solche Situation bringen möchte.

*

›Lessons‹ war eine rundum gelungene Episode, da die Beziehung zwischen Picard und Daren nicht von vornherein als zum Scheitern verurteilt schien. Wendy Hughes, die Daren spielte, verkörperte ihre Rolle überzeugend.

Darüber hinaus enthielt ›Lessons‹ einen sehr starken Bezug auf ›The Inner Light‹ (Ep. N125), da Picard erstmals ausführlich über dieses Erlebnis sprach, was seinerzeit in der Episode selber nicht geschah, obwohl es unglaubwürdig war, daß Picard nach dieser Erfahrung einfach aufstehen und seine Arbeit tun würde, ohne darüber nachzudenken.

Episode N146: The Chase

(Das fehlende Fragment)

Professor Galen, ein alter Freund und Mentor Picards, besucht die Enterprise und bietet Picard an, ihn für ein Jahr auf einer Forschungsreise zu begleiten, da er dessen Hilfe bei einer bahnbrechenden Entdeckung benötigt. Picard widersteht der Versuchung, Galen verläßt beleidigt mit seinem Shuttle das Schiff, kommt aber kurz darauf bei einem Angriff der Yridianer ums Leben. Picard läßt die von Galen zusammengetragenen Informationen auswerten, aber die einzige verständliche Angabe ist die, daß

Galen zuletzt das Ruah-System besucht hat. Im Orbit um Ruah IV kommen sie dem Rätsel nicht näher, die Enterprise nimmt Kurs auf Indri VIII, Galens nächstes Ziel. Sie kommen aber zu spät, da jemand die Atmosphäre und damit alles Leben auf dem Planeten zerstört hat. Mittlerweile ist in Galens Aufzeichnungen ein System gefunden worden. Es handelt sich um Zahlenreihen für DNS-Ketten von 19 verschiedenen Welten, die trotz der unterschiedlichen Lebensformen bestimmte Gemeinsamkeiten besitzen und die eine Art Codierung ergeben, die aber noch unvollständig ist. Dr. Crusher kommt zu dem Schluß, daß alle DNS-Ketten vor Milliarden von Jahren von einer einzigen Lebensform entworfen und über das Universum verteilt worden waren. Nach einem Zusammentreffen mit Cardassianern und Klingonen führt die Spur zu einem Planeten im Vilmoran-System. Auf diesem Planeten treffen sich ›zufällig‹ Landeteams von der Enterprise, von einem cardassianischen sowie einem romulanischen Schiff. Während sie sich darüber streiten, wem die Entdeckung gehört, hinter der sie alle etwas Spektakuläres erwarten, können Picard und Dr. Crusher ein altes Programm aktivieren. Ein Hologramm einer humanoiden Frau entsteht vor der Gruppe, sie spricht zu ihnen. Sie erklärt, daß sie zur ersten humanoiden Lebensform gehörte. Da es nirgendwo anders ähnliches Leben gab, setzten sie auf vielen Welten die genetischen Informationen für die Entstehung humanoiden Lebens aus, in der Hoffnung, daß diese Lebensformen von all den verschiedenen Welten sich zusammenfinden und herkommen würden, um von ihrem Ursprung zu erfahren. Sie macht der Gruppe klar, daß sie alle von ihnen abstammen und alle etwas gemeinsam haben, dann endet die Botschaft. Enttäuscht bis peinlich berührt kehren die meisten auf ihre Schiffe zurück. Nur Picard ist froh, daß er Galens Traum erfüllen konnte, er hätte sich nur gewünscht, daß die Botschaft nicht auf dermaßen taube Ohren gestoßen wäre.

*

Keine andere Episode kam jemals so nahe an Gene Roddenberrys Grundlage für seine Serie heran, hier wird erstmals geklärt, warum die Außerirdischen in seinem Universum immer die gleichen Merkmale haben und nur in Details abweichen: Sie haben alle die gleichen Vorfahren. Diese Erklärung war zwar für den Zuschauer nach einer temporeichen Jagd eine Enttäuschung, aber sie gab ihm die Gelegenheit, die Enttäuschung der Beteiligten dieser Episode nachzuempfinden, da sie alle nach etwas scheinbar viel Interessanterem gesucht hatten. Die Antwort, die sie jetzt erhalten hatten, war zum einen für sie beschämend, da ihre ursprünglichen Vorfahren der Ansicht waren, daß sie sie nur finden konnten, wenn sie vereint gesucht hätten, obwohl sie alle versucht hatten, als erster ans Ziel zu kommen. Zum anderen war mit der Erkenntnis die Grundlage für alle weiteren kriegerischen Auseinandersetzungen entzogen, was sie aber zukünftig nicht von derartigen Aktionen abhalten würde.

Wieder konnte Jonathan Frakes seine Fähigkeiten als Regisseur unter Beweis stellen, da er stets das richtige Tempo für die Erzählweise fand.

›The Chase‹ war bereits für die fünfte Season geschrieben worden, konnte aber erst in der sechsten Season endlich Verwendung finden, was wohl auch damit zusammenhing, daß die Drehbücher für die sechste Season zeitweise rar gesät waren.

Episode N147: Frame of Mind

(Phantasie oder Wahrheit)

Riker studiert das von Dr. Crusher geschriebene Bühnenstück ›Frame of Mind‹ ein, in dem er den Insassen einer Nervenheilanstalt spielt, der ein Verbrechen begangen hat und sich nun in Behandlung befindet. Später erklärt ihm Picard, daß die Enterprise ein Forschungsteam von Tilonus IV abholen soll, da dort nach dem Sturz der Regierung Bürgerkrieg herrscht. Riker soll sich inkognito auf den Planeten begeben, um nicht als Offizier der Sternenflotte erkannt zu werden. Dann gibt er seine erste Vorstellung von ›Frame of Mind‹, das Publikum ist begeistert, nur ein Lieutenant nicht, der Riker schon zuvor unangenehm aufgefallen war. Plötzlich ist das Publikum verschwunden, Riker ist in einer Zelle und wirklich in Behandlung. Dr. Syrus erklärt ihm, daß er sich im Tilonischen Institut für Geistesgestörte befindet und daß die Sternenflotte niemanden kennt, auf den Rikers Personenbeschreibung paßt. Riker erfährt, daß er sich im Institut befindet, weil er einen Mann erstochen haben soll. Plötzlich befindet er sich wieder auf der Enterprise, die Premiere von ›Frame of Mind‹ steht noch bevor. Die Realitätsebenen wechseln immer öfter, bis Riker sich schließlich in sein Quartier zurückzieht, sich aber erneut in der Zelle befindet. Er beginnt das Institut als Realität zu betrachten, die Enterprise hält er nur noch für eine Illusion. Als Worf und Data ihn aus dem Institut entführen und auf die Enterprise bringen, kann er in den Besitz eines Phasers gelangen. Er richtet ihn auf sich, bevor er jedoch feuern kann, zerfällt das Bild der Enterprise und er befindet sich wieder in der Zelle. Da er aber nach wie vor den Phaser in seinen Händen hält, erkennt er, daß auch diese Umgebung nicht real sein kann. Nach weiteren Wechseln der Realitätsebenen findet er sich auf einem Operationstisch wieder, eine Sonde ist an seine Schläfe angeschlossen. Riker kann sich befreien und auf die Enterprise zurückgebracht werden. Dort behandelt Dr. Crusher den Schaden an Rikers Langzeitgedächtnis, den man auf Tilonus IV angerichtet hat, um ihn zu verhören.

*

›Frame of Mind‹ war eine weitere verwirrende Episode, die ähnlich wie ›Future Imperfect‹ (Ep. N82) die Lösung bis zum letztmöglichen Moment hinauszögerte. Ihr düsterer Ton entsprach nicht dem Standard von *Star Trek – The Next Generation,* den Roddenberry sich immer vorgestellt hatte, war aber wohl gerade aus diesem Grund so überzeugend.

Episode N148: Suspicions

(Verdächtigungen)

Nachdem Dr. Crusher dem Ferengi-Wissenschaftler Dr. Reyga die Gelegenheit gegeben hat, auf der Enterprise ein Experiment durchzuführen, sieht sie sich mit schweren Vorwürfen konfrontiert. Reyga hatte beweisen wollen, daß er einen Schutzschild entwickelt hat, mit dem man in die Korona einer Sonne fliegen kann, ohne zu verglühen. Die vier eingeladenen Wissenschaftler waren skeptisch, der Takaraner Jo'Bril erklärte sich jedoch bereit, ein Shuttle in die Sonne zu steuern. Bei dem Versuch kam Jo'Bril ums Leben, dessen Todesursache jedoch ein Rätsel darstellte. Dann wurde Dr. Reyga tot aufgefunden, der viel zu offensichtliche Selbstmord ließ Dr. Crusher jedoch zweifeln, so daß sie gegen den Willen von Reygas Familie eine Autopsie durchführte. Da sie kein Ergebnis vorweisen konnte, wurde sie von Picard bis auf weiteres suspendiert.

Dr. Crusher ist der Ansicht, daß sie nichts mehr tun kann, wird aber von Guinan überzeugt, daß sie nichts mehr zu verlieren hat. Um zu beweisen, daß Reyga ermordet und sein Experiment sabotiert wurde, verläßt sie die Enterprise mit einem Shuttle und steuert die Sonne an. Plötzlich steht ihr Jo'Bril gegenüber, der ihr erklärt, daß er seinen Tod nur simuliert hat. Er will das Shuttle nach Hause bringen und Reygas Erfindung in eine Waffe einarbeiten. Dr. Crusher kann Jo'Bril überwältigen und tötet ihn in Notwehr. Sie kann das Shuttle zur Enterprise zurückbringen und ihre Arbeit wieder aufnehmen.

*

Nach längerer Zeit wurde in ›Suspicions‹ wieder einmal der konventionelle Handlungsablauf auf den Kopf gestellt und die für Star Trek neue Methode der Rückblende vorgestellt. Die erwies sich allerdings auch als dramaturgisch notwendig, um das Interesse der Zuschauer zu ködern, die zuerst erfuhren, daß Dr. Crusher die Enterprise verläßt. Diese Umstellung war Michael Pillers Idee, die zugleich sein einziger großer Eingriff in die Arbeit des Autorenteams von *Star Trek – The Next Generation* war.

Arbeitstitel dieser Episode war ›Limits‹, sie war in Erwägung gezogen für das Ende der fünften Season und als Überleitung zur sechsten Season. In dieser Episode sollte man feststellen, daß der Warpantrieb die Struktur von Raum und Zeit aufzulösen beginnt. Dies sollte die Haupthandlung sein, die Handlung um Dr. Crusher sollte parallel dazu verlaufen. Die Haupthandlung wurde dann aber fallengelassen, verbunden mit der Aussicht, sie als ersten Teil eines auf die siebte Season übergreifenden Zweiteilers zu verwenden, was aber dann doch nicht geschehen sollte.

Das in dieser Episode benutzte Shuttle trägt den Namen Justman, benannt nach Robert Justman, dem Produzenten der Ersten Season.

Episode N149: Rightful Heir

(Der rechtmäßige Erbe)

Worf hat erkannt, daß sein Glaube an Kahless, das Vorbild aller Klingonen, an Intensität eingebüßt hat. Er begibt sich auf den Planeten Boreth, wo er schon bald eine Vision hat. Kahless steht vor ihm und entpuppt sich als real. Gowron hört davon und bittet Picard, Kahless an Bord zu nehmen und sich mit ihm im Gebiet der Föderation zu treffen. Da Kahless' Rückkehr Unruhe auslösen könnte, will Gowron feststellen, wer Kahless wirklich ist. Da seine Erzählungen so vage sind wie die Legenden, die sich um ihn ranken, wird Gowron mißtrauisch. Auf hartnäckiges Befragen hin stellt sich heraus, daß man ihn nach der genetischen Information von Blutresten des wahren Kahless geklont hat und ihm alle Legenden gelehrt hat. Die Echtheit Kahless' ist aber längst kein Thema, seine Existenz an sich hält Gowron schon für bedenklich. Worf schlägt vor, Kahless zum Emperor zu ernennen, der lediglich die moralische Führung erhält, während die politische und tatsächliche Macht bei Gowron bleibt. Der akzeptiert und kehrt mit Kahless in das klingonische Imperium zurück.

*

Nach ›Birthright Part I‹ und ›Part II‹ (Ep. N142 und N143) wurde mit ›Rightful Heir‹ das Thema ›Klingonen‹ ein weiteres Mal viel zu ausführlich behandelt. Erläuterungen der klingonischen Kultur haben längst ihre Funktion verloren, die Klingonen facettenreicher zu machen, und sind inzwischen mehr Selbstzweck geworden. Zwar ist auch mit ›Rightful Heir‹ die Beschäftigung mit den Klingonen nicht abgeschlossen, aber es beginnt zunehmend langweiliger zu werden, da die Hauptcharaktere dadurch immer stärker in den Hintergrund treten und auch Worf längst nicht die Berücksichtigung findet, um für die Zuschauer noch interessant zu sein.

Episode N150: Second Chances

(Riker : 2 = ?)

Die Enterprise befindet sich im Orbit um Nervala IV, auf dem sich eine vor acht Jahren evakuierte Forschungsstation der Föderation befindet. Da nur alle acht Jahre eine Art Fenster in der Atmosphäre entsteht, die Zugang zu dem Planeten ermöglicht, sollen die Computeraufzeichnungen der Station auf die Enterprise überspielt werden. Riker, der bereits vor acht Jahren die Evakuierung auf die U.S.S. Potemkin geleitet hatte, führt das Landeteam an.

Überrascht finden sie die verwüstet zurückgelassene Station aufgeräumt vor, dann begegnet ihnen Lieutenant Riker. Er wird auf die Enterprise gebracht und von Dr. Crusher untersucht, die zu dem Schluß kommt, daß er identisch ist mit Commander Riker. Bei der damaligen Evakuierung wurde der Transporterstrahl, der Riker auf die Potemkin zurückbringen sollte, reflektiert und ließ Lt. Riker zugleich auf dem Schiff und auf dem Planeten rematerialisieren. Als Lt. Riker mit Deanna Troi zusammentrifft, muß sie feststellen, daß er sie immer noch so liebt, wie sein Ebenbild es vor Jahren getan hatte. Commander Riker hatte dann seiner Karriere den Vorzug gegeben. Deanna Troi verliebt sich erneut in Lt. Riker. Gemeinsam können die beiden Rikers den Computer reaktivieren und Daten überspielen. Picard hat in der Zwischenzeit dafür gesorgt, daß Lt. Riker einen Posten auf der U.S.S. Gandhi bekommt. Er will Deanna mitnehmen, aber sie möchte die Enterprise noch nicht verlassen. William Riker gibt seinem Zwilling seine Trombone als Abschiedsgeschenk mit, der erklärt ihm, daß er, um Verwechslungen zu vermeiden, seinen zweiten Namen Thomas benutzen wird.

*

›Second Chances‹ bot eine erfreulich originelle Idee für einen Doppelgänger an, von dem diesmal Riker betroffen war. Bei dieser Gelegenheit wurde auch erstmals geklärt, für welchen Namen das T. in William T. Riker stand: Thomas.

LeVar Burton hatte mit dieser Episode sein Regiedebüt, das er souverän meisterte.

Der Autorenstab kam auf die Idee, im Rahmen dieser Episode Commander Riker sterben und seinen Doppelgänger als Lieutenant auf der Enterprise seinen Dienst verrichten zu lassen, wo er praktisch von vorne anfangen mußte und aufgrund seiner Andersartigkeit mit den ande-

Picard, Dr. Crusher und LaForge.

ren in Konflikt geraten konnte. Berman lehnte diese Entwicklung im ersten Moment ab, schwankte dann aber eine Zeitlang. Letztlich fand er es aber zu problematisch, einen völlig anderen Riker zu etablieren, und lehnte ab. Wäre es zu dieser Entwicklung gekommen, hätte man mit ›Second Chances‹ die Season beendet, an deren Schluß Commander Riker sterben würde. Die siebte Season hätte dann mit Lieutenant Riker die Handlung aufgenommen. Interessant ist auch, daß Jonathan Frakes von dem Gedanken nicht einmal abgeneigt war.

Diese Episode stellte auch klar, daß das Verhältnis zwischen Riker und Troi nicht so sehr in beiderseitigem Einverständnis stillgelegt wurde, wie man es bis dahin hatte glauben wollen. Ihre Reaktion auf den ›alten‹ Riker, der sie noch so liebte wie vor acht Jahren, war mehr als deutlich. Diese kurzen Szenen machten klar, daß es ein großer Fehler war, nicht von Anfang an dieses Verhältnis auszuarbeiten, sondern völlig einschlafen zu lassen.

Das Ende von ›Second Chances‹ ist offen genug, um eine Fortsetzung zu ermöglichen oder sogar den Weg zu einer neuen Serie um Deanna Troi und Lieutenant Riker nach dem Ende von *Star Trek – The Next Generation* zu ebnen.

Eine kleine Rolle als Ensign Palmer hatte die echte Astronautin Dr. Mae Jamison, die Mitglied des 53. Shuttlefluges war – der Endeavor, die am 13. Januar 1993 startete.

Episode N151: Timescape

(Gefangen in einem temporären Fragment)

Als die Enterprise den Notruf eines romulanischen Schiffes empfängt, läßt Riker den Kurs ändern, das anstehende Zusammentreffen mit einem Shuttle des Captain muß verlegt werden. Picard befindet sich in Begleitung von Troi, LaForge und Data auf dem Rückflug von einer Konferenz. Sie erleben mehrere Störungen des Zeitablaufs und stellen fest, daß sie sich in einem Gebiet befinden, das Zeitstörungen von unterschiedlicher Ausdehnung aufweist, in denen die Zeit mit anderen Geschwindigkeiten abläuft. Sie schaffen es, die Störungen zu umfliegen, und treffen auf die Enterprise, die sich im Gefecht mit einem romulanischen Schiff zu befinden scheint. Beide Schiffe sind aber offensichtlich in ihrer Bewegung eingefroren. Als sie sich mit Schutzschilden ausgerüstet auf die Enterprise beamen, finden sie dort Anzeichen für eine Besetzung des Schiffes durch Romulaner. Data bemerkt, daß der Warpantrieb im Begriff ist zu explodieren, außerdem stellt er fest, daß die Zeit nicht stillsteht, sondern extrem langsam verläuft. In neun Stunden wird die Enterprise zerstört werden. Sie begeben sich auf das romulanische Schiff, das offensichtlich evakuiert werden sollte. Die Romulaner haben außerdem versucht, die Überladung zu stoppen, die den Warpantrieb der Enterprise zur Explosion bringen wird. Im Antriebssystem entdeckt die Gruppe die Ursache für die massiven Zeitstörungen, es handelt sich um einen Riß im Raum-Zeit-Kontinuum, in dem Data organische Lebensformen entdeckt. Nachdem die Zeit kurzzeitig mit normaler Geschwindigkeit läuft und die Enterprise explodiert, kehrt die Zeit um und bleibt erneut kurz vor der Explosion stehen. LaForge bemerkt einen Romulaner, der zuvor nicht da war, und wird von ihm angegriffen und verletzt. Troi deaktiviert seinen Schutzschild und friert LaForge in der Zeit ein, damit ihm geholfen werden kann, wenn die Normalzeit zurückkehrt. Der Romulaner wird mit auf das Shuttle genommen, von ihm erfahren sie, daß seine Jungen im romulanischen Antrieb gefangen sind. Die unbekannte Spezies, der der scheinbare Romulaner angehört, benutzt Schwarze Löcher als Nester für ihre Nachkommen, die künstliche Schwerkraftquelle hat sie irritiert. Um sie aus dieser Falle zu holen, muß die Enterprise zerstört werden. Dann verschwindet der Fremde. Picard und Co. arbeiten einen Plan aus, wie sie den bereits beobachteten Zeitablauf abwenden können. Als sie diesen Plan in die Tat umsetzen wollen, wird Data von einem zweiten Fremden daran gehindert, den Energietransfer zu stoppen. Picard steuert das Shuttle per Fernbedienung in den Energiefluß und unterbricht ihn. Das romulanische Schiff explodiert, die Besatzung kann vollständig auf die Enterprise geholt werden. Durch diese Explosion sind die fremden Lebensformen befreit worden.

*

Wie auch in vorangegangenen Episoden, die sich um Störungen im normalen Zeitablauf drehten, konnte auch ›Timescape‹ überzeugen. Unter der Regie von Adam Nimoy entstand eine beeindruckende Episode, die neben Picard und Data mit Deanna Troi und LaForge auch zwei der seltener einbezogenen Charaktere berücksichtigte.

Episode N152: Descent

(Angriff auf Borg Teil 1)

Als ein Landeteam den Föderationsaußenposten im Orbit um Ohnakia III untersucht, um die Ermordung der gesamten Besatzung zu klären, wird dieses Team von den Borg angegriffen, die sich aber deutlich verändert haben. Ihr Kollektivbewußtsein ist einer gefährlichen Individualität gewichen. Als Data im Verlauf des Kampfes einen Borg tötet, empfindet er erstmals ein echtes Gefühl: Wut. Die Borg ziehen sich zurück auf ihr Schiff und entkommen durch eine Subraumanomalie. Picard erfährt von der veränderten Verhaltensweise der Borg, und man kommt zu dem Schluß, daß der Borg Hugh durch seine Rückkehr die anderen verändert hat. Bei einer zweiten Attacke der Borg kann die Enterprise durch die Anomalie folgen. Die Borg greifen erneut an, zwei von ihnen kommen auf die Enterprise, einer wird getötet, der andere verletzt. Er nennt sich Crosis und erklärt, daß der Eine die Föderation zerstören wird. Als er mit Data allein ist, aktiviert er eine Art Sender, der den Androiden in seine Kontrolle bringt. Gemeinsam verlassen sie in einem Shuttle die Enterprise und verschwinden in einer weiteren Anomalie, die zweifellos künstlich erzeugt wird. Die Enterprise kann abermals folgen und stößt auf einen Planeten, dessen starke elektromagnetische Aktivität alle Sensoren nutzlos macht. Mehrere Landeteams werden auf den Planeten gebracht, um Data zu suchen. Eine Gruppe, bestehend aus Picard, Troi und LaForge, entdeckt ein Gebäude. Als die drei eintreten, werden sie von den Borg angegriffen, die ihre Attacke abrupt beenden, als eine Stimme ertönt und sie stoppt. Es ist Lore, Datas Bruder, der sich zum Führer der Borg ernannt hat und Data in seine Gewalt gebracht hat. Er verkündet, daß sie beide die Föderation zerstören werden.

*

Fortsetzung folgt. Nach diesem zur lieben Gewohnheit gewordenen Prinzip endete auch die sechste Season, vorgeblich, um Spekulationen über ein mögliches Ende der Serie entgegenzutreten. Dennoch war dieses Ende vielversprechender als in der vierten Season, was aber angesichts der guten letzten Episode der fünften Season nicht eine ebenso qualitativ gute Fortsetzung garantieren konnte.

›Descent‹ enthielt aber mit Datas Bruder Lore und den Borg zwei sehr gute Handlungselemente, die in der Vergangenheit für sich allein schon eine Episode hatten bestreiten können. Interessant ist, daß die Borg ursprünglich nicht einmal in der Episode vorgesehen waren, sondern eine neue Rasse vorgestellt werden sollte, die für Lore arbeitete.

Die Borg erneut als Spannung erzeugenden Faktor zu verwenden, um das Publikum auf die nächste Season neugierig zu machen, war nur möglich geworden, nachdem sich in ›I, Borg‹ (Ep. N123) ein Wandel angekündigt hatte.

Michael Piller wollte ›Descent‹ mit einem parallelen offenen Ende in *Star Trek — Deep Space Nine* kombinieren, traf aber auf Rick Bermans entschlossenen Widerstand.

›Descent‹ präsentierte neben einer gut ausgearbeiteten Handlung einen ganz besonderen Gaststar, den Wissenschaftler Professor Stephen Hawking. Hawking ist aufgrund einer Funktionsstörung des Nervensystems fast völlig gelähmt, hat seine Stimme verloren und sitzt im Rollstuhl mit integriertem Stimmensynthesizer, der Wortgruppen enthält und Hawking mittels Tastendruck ermöglicht, relativ schnell komplette Sätze zu formulieren, die der Synthesizer dann spricht. Hawking, der Professor der Mathematik an der Universität Cambridge ist, besuchte die Paramount-Studios, da ›A Brief History of Time‹ als Videocassette veröffentlicht wurde und er für diese Produktion werben sollte. Es handelt sich um eine von Errol Morris verwirklichte Dokumentation über

Hawkings Leben und Werk, der Titel stammt von Hawkings Sachbuch über Zeit, dessen Titel schon andeutet, wie selbstverständlich für Hawking ein derart komplexes Thema ist.

Er nutzte die Gelegenheit, um Zutritt zu den Dekorationen von *Star Trek — The Next Generation* zu erfragen. Sein Wunsch an Rick Berman, der ihn daraufhin durch die Studios führte, war, einmal im Sessel des Captain zu sitzen, ein Wunsch, den Berman, der von dieser Bitte gerührt war, ihm nicht abschlagen konnte.

Kurz darauf erfuhr Berman über Leonard Nimoy, daß Hawking den Wunsch geäußert hatte, einmal bei *Star Trek — The Next Generation* mitzuspielen. Die Idee wurde gemeinsam mit Hawking ausgearbeitet und endete als die diese Episode eröffnende Holodeck-Szene, in der Hawking, Albert Einstein, Isaac Newton und Data Poker spielen und Newton alle mit der Geschichte des Apfels und seiner Entdeckung der Schwerkraft langweilt.

Der Blick zurück auf die abgelaufene Season offenbarte diesmal eine kleine Sensation, was die vorgelegten Drehbücher betraf. Nicht einmal mußte man auf einen Ausfall eines Systems oder gleich der ganzen Enterprise zurückgreifen, um Spannung zu erzeugen. Das war ein deutliches Zeichen, daß diese Season zumindest im Ansatz die bisher beste war. Zugleich war diese Besonderheit jedoch kein Garant für ausschließlich gute Episoden. ›Aquiel‹ (Ep. N139), ›Birthright Part I‹ und ›Part II‹ (Ep. N142 und N143) sowie ›Rightful Heir‹ (Ep. N149) sprachen entschieden dagegen und ließen die sechste Season so uneinheitlich werden wie zuvor die fünfte. Daraus folgte, daß die vierte Season der schöpferische Höhepunkt der Serie war, daß sie es aber verstand, sich in der Folgezeit auf diesem Niveau zu halten, was man von vielen anderen Serien nicht behaupten kann, bei denen es nach der besten Season im Regelfall steil bergab geht.

Die Enterprise-Crew und Riva, der stumme Vermittler.

Einer der Vorschläge, die in dieser Season nicht realisiert wurden, war LaForges Entdeckung, daß sein Vater kein Mensch ist, sondern ein Außerirdischer. Unerwartet sollten Vertreter seiner Rasse mit ihm Kontakt aufnehmen, um ihn mitzunehmen.

Patrick Stewart und Whoopi Goldberg wirkten im Verlauf der sechsten Season als Sprecher in ›Pagemaster‹ mit, einer Mischung aus Real- und Zeichentrickfilm, der als weitere Sprecher unter anderem Christopher Lloyd, Macaulay Culkin und Leonard Nimoy vorweisen konnte.

Parallel zur sechsten Season kam ›Sister Act‹ in die Kinos, eine Komödie mit Whoopi Goldberg, die als Zeugin eines Mordes in einem Kloster als falsche Nonne untertaucht. ›Sister Act‹ wurde weltweit zu einem immensen Erfolg, der erahnen läßt, daß ihre sporadische Mitwirkung in *Star Trek — The Next Generation* ein unschätzbarer Werbefaktor für die Serie ist. Umgekehrt kann sie seitdem zweifellos auch eine beträchtliche Anzahl Star Trek-Fans in die Kinos holen, die sich ohne die Rolle der Guinan möglicherweise nie einen Film mit ihr in der Hauptrolle angesehen hätten.

Anmerkungen:

1 Moore über Michael Piller in: Cinefantastique, Vol. 24, No. 3/4, Oktober 1993, S. 22.
2 Ebenda, S. 27.
3 Ebenda.
4 Da später nach dem Pilotfilm zu *Star Trek — Deep Space Nine* bekannt wurde, daß der deutlich länger war als die gezeigte Version und daß man darauf hoffe, das geschnittene Material später einmal als Episode in voller Länge als Videokaufcassette zu veröffentlichen, läßt vermuten, daß bei einem Erfolg dort ein ähnlicher Versuch hier unternommen werden wird.
5 Cinefantastique, Vol. 24, No. 3/4, Oktober 1993, S. 46.
6 Ebenda, S. 64.
7 Ebenda.

Letzter Aufruf für Picard?

So gut, wie die sechste Season geendet hatte, begann die siebte Season. Die Vorgaben von ›Descent‹ (Ep. N152) verhinderten zwar erneut jegliche Veränderung, die Fortsetzung erwies sich jedoch als rundum gelungen, was man in den Vorjahren nicht immer hatte behaupten können.

Episode N153: Descent Part II

(Angriff auf Borg Teil 2)

Picard und seine Leute stellen fest, daß Data nicht aus freien Stücken handelt, sondern von Lore kontrolliert wird. Währenddessen begegnen Riker und sein Team Hugh, der ihnen berichtet, daß nach seiner Rückkehr die Borg in tiefe Verwirrung und Orientierungslosigkeit stürzten, aus der sie Lore herausführte. Währenddessen lockt die auf der Enterprise verbliebene Dr. Crusher als Captain ein Borgschiff nahe genug an eine Sonne, wo es von einer Sonneneruption zerstört wird. Es gelingt, Lore zu überwältigen und Data zurückzuholen. Die Borg sind erneut führerlos, aber Picard glaubt, daß sie lernen werden, aus eigener Kraft zu handeln.

*

›Descent Part II‹ konnte in jeder Hinsicht überzeugen und das Tempo und die Spannung des ersten Teils fortführen. Es gelang zudem, die Handlung zu einem befriedigenden Ende zu führen. Was allerdings ungewiß bleibt, ist die Frage, wie Data seinen Bruder Lore deaktivierte. Da man nicht sah, daß er ihn wirklich vernichtete, ist eine Rückkehr durchaus möglich.

Als Hugh war in dieser Episode erneut Jonathan Del Arco zu sehen, der diese Rolle bereits in ›I, Borg‹ (Ep. N123) gespielt hatte.

Episode N154: Liaisons

(Indiskretionen)

Auf einer diplomatischen Mission stürzt Picard mit einem Shuttle auf einem unwirtlichen Planeten ab, wo ihm eine Frau begegnet, die seit Jahren dort lebt und die sich sofort in Picard verliebt. Es stellt sich jedoch heraus, daß alles von der Rasse inszeniert wurde, mit der der Kontakt aufgenommen werden soll. Deren Vertreter wollen auf diese radikale Weise die ihnen unbekannten menschlichen Gefühle kennenlernen.

*

Was zunächst wie ein weiteres Zusammentreffen mit einer neuen Rasse anfing, entwickelte sich sehr schnell zu einer äußerst ungewöhnlichen Episode, die bis zum Schluß den Zuschauer rätseln ließ, was sich wirklich abspielte. Ursprünglicher Titel war ›The Journey‹.

Episode N155: Interface

(Interface)

LaForge erfährt, daß das Schiff unter dem Kommando seiner Mutter spurlos verschwunden ist. Während eines Experiments, bei dem die Visor-Sensoren mit einer Sonde gekoppelt werden, glaubt er jedoch, daß sie noch lebt. Tatsächlich handelt es sich aber um eine unbekannte Lebensform, die in Gefahr ist und die auf diese Weise LaForges Aufmerksamkeit und Hilfe bekommt.

*

Nachdem man bereits mit dem Gedanken gespielt hatte, LaForge außerirdische Eltern zuzuschreiben, gab man dem Charakter in dieser Episode endlich einen Hintergrund, über den man sich die vergangenen sechs Jahre ausgeschwiegen hatte. Der Gastauftritt von Ben Vereen als LaForges Vater hatte große Erwartungen geweckt, enttäuschte jedoch, da seine Beteiligung an der Episode extrem gering war.

Episode N156: Gambit Part I

(Der Schachzug Teil 1)

Picard ist ermordet worden. Auf der Suche nach den Tätern wird Riker auf ein fremdes Raumschiff entführt, wo er überraschend den lebenden Picard antrifft. Der scheint jedoch ein ganz anderer Mensch geworden zu sein.

*

›Gambit Part I‹ startete mit einer guten Episodeneröffnung, die tatsächlich den Eindruck erweckte, Picard sei ums Leben gekommen. Leider war man bei der Vorschau auf diese Episode unachtsam, indem man dort Szenen aufnahm, die Picard lebend zeigten. Ein deutliches Mehr an Spannung wäre aufgekommen, wenn bei den Zuschauern von vornherein der Eindruck entstanden wäre, Picard sei wirklich tot.

Einen ganz besonderen Gaststar konnte ›Gambit Part I‹ außerdem vorweisen: Robin Curtis, die dem mit Star Trek vertrauten Publikum bestens bekannt war als Vulkanierin Saavik aus *Star Trek III — The Search for Spock* und *Star Trek IV — The Voyage Home.* In dieser Episode war sie als Romulanerin zu sehen.

Währenddessen war auf der Brücke der Enterprise ein neues Gesicht zu sehen: Sabrina Lebeauf, die durch ihre Rolle als Sondra Huxtable in ›The Bill Cosby Show‹ einem breiten Publikum bekannt war.

Diese Episode wird mit ›Gambit Part II‹ (Ep. N157) fortgesetzt. Über den Inhalt war bei Redaktionsschluß noch nichts bekannt.

Glaubt man den offiziellen Verlautbarungen, so wird *Star Trek — The Next Generation* nach der siebten Season eingestellt. Daß dem so sein wird, ist nach dem augenblicklichen Stand wahrscheinlich. Da ist zum einen das Problem einer Vertragsverlängerung für die Schauspieler. Patrick Stewart hat in mehreren Interviews zu verstehen gegeben, daß er an einer Fortsetzung der Fernsehserie nicht interessiert ist. An einer Rolle als Picard in dem kommenden Kinofilm mit der Mannschaft aus *Star Trek — The Next Generation* (s. Band 2, S. 189 ff.) hat er dagegen nichts auszusetzen. Über die Laufzeit der ursprünglichen Verträge wurden zwar immer wieder unterschiedliche Angaben gemacht, die sich meistens zwischen fünf und sechs Jahren bewegten. Eine siebenjährige Dauer ist aber wahrscheinlicher, da Paramount sich nach Ablauf der Verträge kaum die Mühe gemacht hätte, sie nur um eine weitere Season zu verlängern. Dies ist nämlich regelmäßig mit neuen Gagenforderungen der Schauspieler verbunden, auf die man sich für ein Jahr vermutlich nicht eingelassen hätte.

Hinzu kommt, daß erst mit dem Ende der Serie ein Gewinn erzielt werden kann, da den laufenden Einnahmen aus den Wiederholungen keine Produktionskosten für neue Episoden mehr gegenüberstehen. Aber wie so oft kann über die weitere Entwicklung nur spekuliert werden, möglicherweise kommt alles völlig anders.[1]

Anmerkung:

1 Was die allgemeinen Zukunftsaussichten von Star Trek betrifft, s. Band 2, S. 461 ff.

Nächste Station: Die letzte Grenze

Lange vor der Entscheidung für *Star Trek — Deep Space Nine* gab es bei Paramount bereits Überlegungen, eine Ablegerserie zu starten. Eine dieser Überlegungen war eine Vorläuferserie, die die Lücke zwischen *Star Trek* und *Star Trek — The Next Generation* schließen sollte, eine andere war eine parallel laufende Serie, um Gaststars wechselseitig auftreten zu lassen. Die zu dieser Zeit noch interessanteste, zugleich aber auch unwahrscheinlichste Version war *The Klingon Empire.*[1]

Die vierte Idee war eine SF-Sitcom mit Majel Barrett als Lwaxana Troi. Diese Idee kam von Majel Barrett und Gene Roddenberry und sollte auf dem Sci-Fi-Channel ausgestrahlt werden, einem Kabelsender, der ausschließlich SF-Serien und -Filme ausstrahlt. Durch Roddenberrys Tod und erhebliche Verzögerungen für die Premiere des neuen Kanals ist ein Start der Serie unwahrscheinlich geworden.

Produzenten der neuen Serie sollten die schon für *Star Trek — The Next Generation* aktiven Rick Berman und Michael Piller werden. Berman wurde 1984 Programmdirektor bei Paramount, 1986 Vizepräsident von Paramount Network Television und war seit Beginn von *Star Trek — The Next Generation* mit dabei, fungierte aber zunächst als Wachhund für Gene Roddenberry, den Paramount nach dem finanziellen Desaster von *Star Trek — The Motion Picture* nach wie vor mit Argusaugen bewachte. Dies mußte natürlich unauffällig geschehen, da man zwar Angst hatte vor der Entscheidungsfreiheit, die

Roddenberry sich für seine neue Serie ausbedungen hatte, andererseits ohne ihn jedoch das so lukrativ erscheinende Projekt nicht in die Tat umgesetzt werden konnte. Ab der zweiten Season wurde Berman Ausführender Produzent, die Folge sowohl eines angeblichen Coups[2], in dessen Verlauf der für Roddenberry tätige und die Arbeit konstant behindernde Anwalt Leonard Maizlish kaltgestellt wurde, als auch Roddenberrys sich verschlechternden Gesundheitszustandes. Rick Berman war seitdem der Mann, der *Star Trek – The Next Generation* kontrollierte.

Michael Piller, mit einem Emmy Award ausgezeichneter Journalist, arbeitete bei *Star Trek – The Next Generation* seit der dritten Season als Ausführender Produzent und Drehbuchüberwacher. Anfang 1991 hatten sie bereits eine konkrete Idee für eine Serie mit dem Titel *Star Trek – Deep Space Nine.* Zuvor war als Arbeitstitel *The Final Frontier* im Gespräch, die Serie sollte auf einer Raumstation mit Namen Starbase 362 spielen.

Im Oktober 1991 fiel dann die Entscheidung für eine Serie parallel zu *Star Trek – The Next Generation,* nachdem der neue Vorsitzende von Paramount Pictures, Brandon Tartikoff, hatte verlauten lassen, daß bei Paramount Interesse an einer weiteren Star Trek-Serie bestehe.

Aufgrund dieser Entscheidung arbeiteten Berman und Piller ihr Konzept aus und legten es im Dezember 1991 vor, Paramount akzeptierte die Idee und gab grünes Licht.

Relativ kurz vor seinem Tod hatte Roddenberry von dem Konzept[3] erfahren und zeigte sich nicht abgeneigt. Berman erklärte später jedoch, daß er mit Roddenberry nie *Star Trek – Deep Space Nine* besprochen hat, da der sich zu dieser Zeit schon nicht mehr gut fühlte.[4] Er wußte, daß Berman etwas plante, wußte aber nicht, was. Zwei der vielen neuen Charaktere, die mit *Star Trek – Deep Space Nine* auf die Zuschauergemeinde losgelassen werden soll-

ten, waren alte Bekannte. Colm Meaney als Miles Edward O'Brien sowie Michelle Forbes als Ro Laren: Beide sollten feste Rollen erhalten. Aufgrund der zeitlich parallel zu *Star Trek – The Next Generation* verlaufenden neuen Serie war von vornherein klar, daß man so die Gelegenheit nutzen wollte, die Charaktere beider Serien wechselseitig zu Gastauftritten heranzuziehen. Damit war gewährleistet, daß auch die Zuschauer beiden Serien ihre Aufmerksamkeit schenken würden.

Die offizielle Bekanntgabe erfolgte aber erst im April 1992, die Dreharbeiten begannen am 24. August 1992, sechs Tage später als geplant, da zum eigentlichen Termin verschiedene Rollen noch nicht besetzt waren.

Im Sommer 1992 erklärten sich Colm Meaney (als Miles Edward O'Brien) und Rosalind Chao (als dessen Frau Keiko) bereit, von ihrer bisherigen sporadischen Mitwirkung in *Star Trek – The Next Generation* auf wöchentliche Arbeit in *Star Trek – Deep Space Nine* umzusteigen. Damit war klar, daß man diese beiden Charaktere in naher Zukunft aus *Star Trek – The Next Generation* streichen mußte, um sie auf die Station transferieren zu können. Während Colm Meaney eine feste Rolle bekam, sollte Rosalind Chao nach wie vor nur eine wiederkehrende Rolle spielen.

Michelle Forbes entschied sich jedoch dagegen, da sie bereits ihren Ausstieg aus *Star Trek – The Next Generation* vorbereitete.

Frühzeitig wurde angekündigt, daß Patrick Stewart im Pilotfilm einen Gastauftritt bekommen würde, um so das Publikum lange im voraus einzustimmen. Die vorgeblich im Vordergrund stehende Verflechtung beider Serien war bei distanzierter Betrachtung allerdings nicht viel mehr als ein geschickter Schachzug, um Zuschauer zu ködern. Daß man sich zu einer weiteren Serie entschloß, war gleichfalls nicht etwa ein Geschenk an die treuen Fans, es erschien ganz einfach lukrativ genug, da *Star Trek — The Next Generation* so gut lief wie nie zuvor.

Wie erfolgversprechend *Star Trek — Deep Space Nine* bereits in der Produktionsphase war, zeigte sich spätestens daran, daß es erstmals Nebenprodukte gab zu einer Serie, die noch niemand gesehen hatte. Mutter dieses Gedankens war offensichtlich die Hoffnung, daß die Fans bereits zu diesem Zeitpunkt eifrig kaufen würden, da ja immerhin die Möglichkeit bestand, daß der neue Anlauf scheiterte und die Produkte aufgrund ihrer Seltenheit im Wert steigen würden. Zudem konnte man so eine Käuferschaft gewinnen, die nur auf Verdacht kaufte und die womöglich von der Serie enttäuscht sein würde.[5]

Das Budget für den Pilotfilm betrug zwischen 10 und 12 Millionen Dollar, ein Betrag, von dem man schon bequem einen Kinofilm drehen konnte. Allein die Dekorationen kosteten 2 Millionen Dollar, mehr als man für die Dekorationen von *Star Trek VI — The Undiscovered Country* veranschlagt hatte. Für die Episoden der ersten Season wurden jeweils rund 1,9 Millionen Dollar kalkuliert.

Bedenken, daß zwei thematisch ähnliche Serien nebeneinander existieren konnten, wurden von Rick Berman mit einem treffenden Vergleich ausgeräumt: »In der gleichen Art, wie ›Rauchende Colts‹ zür gleichen Zeit im Programm sein konnte wie ›Bonanza‹, glaube ich, daß *Star Trek — The Next Generation* und *Star Trek — Deep Space Nine* zur gleichen Zeit im Programm sein können und daß sie beide sehr erfolgreich sein können.«[6]

Dieser Vergleich zum Western paßte im übrigen auch in einem anderen Punkt. Während *Star Trek* und *Star Trek — The Next Generation* die Herausforderung der letzten zu erforschenden Grenze darstellten, war *Star Trek — Deep Space Nine* die konsequente Fortsetzung, da sie sich mit dem befaßte, was in den bereits eroberten ›Ländereien‹ geschah. Sie war ähnlich statisch wie Westernserien, die in einer stets gleichen Umgebung spielten, und glich so zum Beispiel ›Bonanza‹.

Anders als vorangegangene Star Trek-Serien spielte *Star Trek — Deep Space Nine* auf einer Raumstation, nämlich Deep Space Nine. Damit entfernte man sich bereits deutlich von Roddenberrys Idee, was sich auch in der Verteilung der Rollen widerspiegeln sollte.

Diese Station befand sich in der Nähe des Planeten Bajor, der bereits in der Episode ›Ensign Ro‹ (Ep. N103) in *Star Trek — The Next Generation* erwähnt worden war, und war von den Cardassianern gebaut worden. Die hatten einen langen Krieg mit den Bajoranern geführt und ihren Planeten besetzt, dessen Rohstoffe sie systematisch ausgebeutet hatten. Nach ihrem überraschenden Abzug hinterließen sie Bajor nahezu zerstört und die Raumstation kaum noch funktionsfähig. Die Bajoraner versuchten sofort, in die Föderation aufgenommen zu werden, weil sie sich hiervon Schutz vor den Cardassianern erhofften. Die Föderation entsandte daraufhin Personal der Sternenflotte, um die Situation auf dem Planeten und der Station zu stabilisieren.

Das war die Ausgangssituation. Berman und Piller hatten aus *Star Trek — The Next Generation* gelernt und wußten, welche Fehler es zu vermeiden galt, um *Star Trek — Deep Space Nine* ein eigenes Gesicht zu geben. Was bei *Star Trek — The Next Generation* stets gefehlt hatte, war eine gewisse Spannung zwischen den Charakteren. Roddenberry wollte ein harmonisches Verhältnis zwischen den Personen, ein Aspekt, der für die Menschen der Zukunft (und natürlich auch der Gegenwart) zwar äußerst wünschenswert, für die Autoren aber sehr schwierig zu realisieren war. Berman und Piller schafften es, diese Spannung hineinzubringen, ohne gegen Roddenberrys Prinzipien zu verstoßen. Die Lösung war recht simpel. Zum einen setzten sie die Charaktere einer Umgebung aus, die nicht dem gewohnten Standard eines Raumschiffs

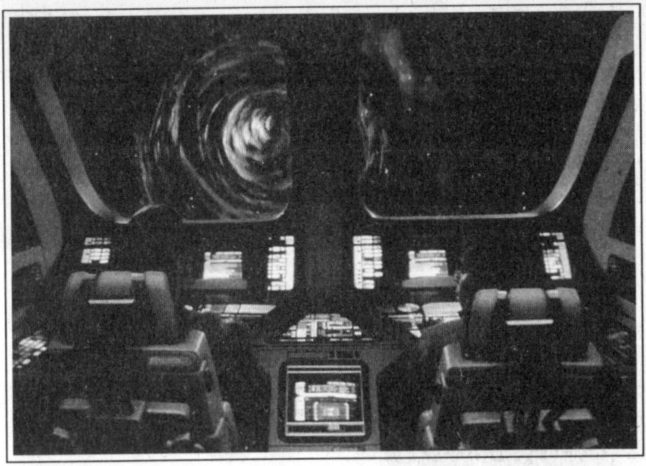

der Föderation entsprach. Die Raumstation war fremd und bisweilen unangenehm.

Ein zweiter konfliktträchtiger Aspekt war die Tatsache, daß nur ein Teil der Positionen auf der Station von Personal der Sternenflotte besetzt wurde. Die übrigen Stellen wurden von Leuten beansprucht, die sich nicht um das Personal der Sternenflotte kümmerten oder die ihm sogar feindlich gegenüberstanden. Eine gewisse Spannung konnte so auf beiden Seiten entstehen, ohne daß Roddenberrys Vision dadurch Schaden nehmen konnte, da sich die ja nur auf das Raumschiff-Personal bezog, das ausnahmslos aus Mitgliedern der Sternenflotte bestand und daher — seiner Ansicht nach — nicht in Konflikt geraten konnte und durfte. Diese scheinbar kleine Änderung entwickelte sich in der fertigen Serie zu einem wohltuenden Unterschied zu *Star Trek — The Next Generation.* Der hatte sich bei eben dieser Serie erstmals in der bereits erwähnten Episode ›Ensign Ro‹ (Ep. N103) herauskristallisiert, in der eine Konfliktsituation auf der Brücke durch die Anwesenheit der Bajoranerin entstand.

Eine mehr zufällige Entdeckung sollte das stabile Wurmloch[7] sein, das von den Cardassianern nicht bemerkt worden war. Dieses Wurmloch verband den Raumsektor, in dem sich die Station befand, mit dem weit entfernten und bis dahin unerforschten Gamma-Quadranten. Die Entdeckung sollte die Cardassianer zwar schon bald wieder auf den Plan rufen, die in ihm einen strategisch wichtigen Punkt sahen. Abgesehen von diesen zu erwartenden Versuchen ihrerseits, die voreilig verlassene Station wieder unter ihre Kontrolle zu bringen, versprach der unerforschte Sektor eine Vielzahl skurriler Rassen.

Als weiterer vielversprechender und von der klinischen Reinheit von *Star Trek – The Next Generation* abweichender Aspekt wurde in der Anlaufphase ein von Ferengis betriebenes Holodeck-Bordell angekündigt, das Bestandteil einer Bar auf der Promenade — einer Art Geschäftsstraße in der Station — sein sollte.[8]

Damit war auch klar, daß die Ferengi eine feste Rolle in dieser Serie spielen würden.

Neben den Rahmenbedingungen der Serie mußte natürlich auch eine Vielzahl interessanter Charaktere entwikkelt werden.

Da war zunächst einmal Commander Benjamin Sisko, den die Sternenflotte auf die Station versetzt hatte, um die Föderation zu vertreten. Sisko war von dieser Versetzung angesichts des desolaten Zustands der Station nicht erfreut, da er als alleinerziehender Vater die Umstände nicht für seinen Sohn Jake für geeignet hielt. Hinzu kam, daß ihn immer noch die Erinnerung an den Tod seiner Frau plagte, die bei dem Angriff des Borg-Schiffes ums Leben gekommen war, das unter dem Kommando des von den Borg entführten und gefügig gemachten Captains der U.S.S. Enterprise, Jean-Luc Picard, stand. Dieser Bezug erforderte — trotz einer entsprechenden Einleitung im Pilotfilm — ein Mindestmaß an Hintergrundwissen aus *Star Trek — The Next Generation*, da hier Bezug genommen wurde auf ›The Best of Both Worlds Part I‹ und ›Part II‹ (Ep. N74 und N75).

Jake Sisko, 14jähriger Sohn von Benjamin Sisko, fühlte sich auf der Station ebenfalls nicht besonders wohl, für ihn war sie aber einfach nur langweilig, da er nach längeren Aufenthalten auf insgesamt vier verschiedenen Raumschiffen und zwei Planeten zurück zur Erde wollte, obwohl er sich nicht an sie erinnern konnte, da er zu der Zeit noch zu jung gewesen war.

Benjamin Sisko wurde dieser Sohn nicht gegeben, um auch in dieser Serie einen Wesley Crusher zu etablieren, vielmehr sollte er Sisko eine andere Vorgeschichte geben als seinen ›Kollegen‹ Kirk und Picard.

Mit Odo wurde eine Figur eingeführt, die vor der Zeit der Computergrafik nicht in dieser vollendeten Darstellung möglich gewesen wäre, ein Gestaltwandler, wie man ihn in möglicherweise weiblicher Form in *Star Trek VI — The Undiscovered Country* vorgestellt hatte. Odo wurde als Jugendlicher in einem durchs All treibenden Raumschiff entdeckt, er war ohne Erinnerung an seine Herkunft und ohne Gestalt, menschliches Aussehen nahm er an, weil er so von den anderen leichter akzeptiert werden würde. Odo war als Sicherheitschef auf Deep Space Nine tätig, er galt als genau und gerecht, war aber zu Beginn nicht von der Anwesenheit der Föderation begeistert.

Major Kira Nerys war eine Bajoranerin, eine Ex-Terroristin, die sich — oft mit fragwürdigen Methoden — für die Freiheit ihrer besetzten Heimat eingesetzt hatte. Ihre Funktion als Erster Offizier der Station erlaubte es ihr, mehr für ihr Volk zu tun als zuvor. Da sie nicht daran gewöhnt war, Befehle zu erhalten, nun aber mit Sisko zusammenarbeiten mußte, sollte sie bei mancher Gelegenheit vor die Wahl gestellt werden, einen Befehl auszuführen oder ihren Posten aufzugeben.

Da zunächst Ro Laren als Charakter aus *Star Trek —*

The Next Generation in diese Serie übernommen werden sollte, die Darstellerin Michelle Forbes aber keine feste Serienrolle annehmen wollte, mußte die Rolle in *Star Trek — Deep Space Nine* zwangsläufig umbenannt werden. Was zu dieser Zeit niemand ahnte, was sich aber im Lauf der Zeit herausstellen sollte: mit einer Umbenennung und Neubesetzung der Rolle wurde sie deutlich glaubhafter, da man sich entschloß, die neue Bajoranerin nicht länger Mitglied der Sternenflotte sein zu lassen. Dadurch wurde erst die konfliktträchtige Situation geschaffen, die mit Ro Laren kaum entstanden wäre.

Mit Jadzia Dax wurde eine weitere bekannte Rasse in die Serie aufgenommen, in diesem Fall ein Trill, wie man ihn bei *Star Trek — The Next Generation* bereits in ›The Host‹ (Ep. N97) hatte sehen können. Hier war es ein etwa 300 Jahre alter Symbiont, der im Körpcr einer 28jährigen lebte.

Aufgrund der Langlebigkeit dieser Symbionten müssen sie immer wieder verpflanzt werden. Dax war in der vorangegangenen Inkarnation ein alter Mann gewesen, der für Sisko ein Mentor gewesen war. Im Körper einer jungen Frau stellte er nicht nur für Sisko eine Umstellung dar, hinzu kam, daß der junge und unerfahrene Dr. Bashir (s. unten) diesen Hintergrund nicht verstand und immer wieder mit ihr anzubandeln versuchte.

Während der Trill in ›The Host‹ aber noch eine aufwendige Maske gebraucht hatte, wurde das Trill-Erscheinungsbild hier auf eine Art Masern seitlich am Kopf reduziert, was für den Maskenbildner eine beträchtliche Erleichterung bedeutete. (Da man aber bereits einige Szenen mit der ursprünglichen Maske fertiggestellt hatte, mußten die nach der Änderung noch einmal gedreht werden.)

Mit Dr. Julian Bashir wurde ein völlig anderer Arzttyp als bisher eingeführt. Er hatte soeben sein Studium abgeschlossen und betrachtete die Arbeit auf der Station als aufregendes Abenteuer. Seinen Enthusiasmus paarte man mit einer kräftigen Portion Naivität, was Schwierigkeiten vorprogrammierte.

Der Ferengi Quark war nicht nur Barkeeper, er leitete auch das Casino und die Holosuiten, die nach ersten unmißverständlichen Berichten zunehmend inoffiziell und nach Möglichkeit überhaupt nicht mehr als Holodeck-Bordelle bezeichnet wurden. Obwohl Quark sich den Gesetzen der Sternenflotte beugen mußte, handelte er wie ein richtiger Ferengi profitorientiert und nicht immer ganz legal.

Wie bereits erwähnt, wurde Miles Edward O'Brien als feste Rolle in die Serie eingearbeitet, seine Figur war aber schon von *Star Trek — The Next Generation* vorgegeben, so wie die seiner Frau Keiko. Aus dem bisherigen Transporter Chief wurde für *Star Trek — Deep Space Nine* der Chief of Operations.

Nach dieser Festlegung der Charaktere, die im übrigen keine maßgebliche Veränderung erfuhr, galt es, die idealen Schauspieler zu finden. Ausgesucht wurden sie von David Carson, der auch im Pilotfilm Regie führen sollte. Diese Besetzung war eine der Hauptsorgen, die Berman und Piller quälte, da zuvor stets Roddenberry die Schauspieler ausgesucht hatte und damit in aller Regel eine gute Auswahl getroffen hatte. Das Erbe, das die beiden antraten, war also nicht nur, eine würdige neue Serie auf die Beine zu stellen, sondern sie, so wie Roddenberry es getan hätte, mit dem richtigen Leben zu füllen.

Für die Rolle des Benjamin Sisko wurde Avery Brooks unter Vertrag genommen, der am 2. Oktober 1950 in Indiana geboren wurde und dort aufwuchs. Brooks war von 1972 bis 1985 als Professor für Theaterwissenschaften an der Rutgers Universität in New Jersey tätig, wo er noch heute — ebenso wie am Case Western College — ab und zu Unterricht erteilt. Seit den siebziger Jahren trat Brooks

in zahlreichen Bühnenstücken auf, so auch am Broadway. In Washington bekam er die Hauptrolle in Shakespeares ›Othello‹, ferner war er in dem Musical ›X: The Life and Times of Malcolm X‹ zu sehen. Ab 1985 spielte er eine feste Rolle als Hawk in der Kriminalserie ›Spenser: For Hire‹ mit Robert Urich. Eine Hauptrolle hatte er dann in dem kurzlebigen Ableger ›A Man Called Hawk‹. Im Dezember 1988 war er als Cletus mit LeVar Burton in der Weihnachtssonderausgabe von ›Roots‹, ›The Gift‹, zu sehen.

Obwohl Berman und Piller bei der Besetzung der Rolle nicht festgelegt waren und eine Zeitlang sogar mit dem Gedanken gespielt hatten, eine Frau diese Rolle übernehmen zu lassen, schafften sie es, Roddenberrys rassenübergreifendes Konzept bei der Besetzung zu verwirklichen, indem sie einem Farbigen die zentrale Rolle gaben. Für die männliche Besetzung war Avery Brooks die erste Wahl, beworben hatte sich aber auch Tony Todd, der in *Star Trek — The Next Generation* bereits als Worfs Bruder zu sehen gewesen war. Als Ausweichmöglichkeiten hatte man James Earl Jones und Carl Wheaters vorgesehen.

René Auberjonois wurde für die Rolle des Odo verpflichtet. Auberjonois wurde 1940 in New York geboren, sein Großvater war ein Schweizer Maler, sein Vater ein Schriftsteller. Nach dem zweiten Weltkrieg zog die Familie aus den USA nach Paris, um aber schon wenige Jahre später in die USA zurückzukehren. Mit 16 Jahren hatte er seine erste Theaterrolle. Sein erstes Musical, ›Coco‹, brachte ihm direkt einen Tony Award ein.

Zu seinen Filmrollen zählen Auftritte in ›M*A*S*H‹, in der Neuverfilmung von ›King Kong‹ (1976), 1978 in ›The Eyes of Laura Mars‹, 1988 in ›Police Academy 5‹ und in ›Walker‹.

Als Sprecher war er zu hören in Disneys ›The Little Mermaid‹ (sowohl im Film als auch in der nachfolgenden TV-Serie), in der Serie ›Aladdin‹ sowie in ›Little Nemo:

Adventures in Slumberland‹. Von 1980 bis 1986 spielte er in der Sitcom ›Benson‹, einem Ableger von ›Soap‹, und erhielt einen Emmy Award für seine Rolle. Er hatte eine kleine Rolle in *Star Trek VI – The Undiscovered Country,* die in der Kinofassung fehlte, in der englischsprachigen Videoveröffentlichung jedoch wieder eingefügt worden war.

Nana Visitor, die die Rolle der Kira Nerys bekam, wurde in New York City geboren, wo sie auch aufwuchs. Ihr Vater war Choreograph am Broadway, ihre Mutter Ballettlehrerin und Leiterin einer Tanzschule. Sie machte Musicalerfahrung und spielte in New Yorker Soap Operas mit (›Ryan's Hope‹ und ›One Life to live‹), 1977 spielte sie in ›The Sentinel‹ mit Ava Gardner, 1985 zog sie nach Los Angeles, wo sie eine Reihe von Gastauftritten erhielt, darunter in Serien wie ›Jake and McCabe‹, ›Murder, She Wrote‹, ›L.A. Law‹ und ›Working Girl‹, einer kurzlebigen Serie, die auf dem gleichnamigen Film mit Melanie Griffith und Sigourney Weaver basierte. Dann bekam sie ihr Engagement für *Star Trek – Deep Space Nine,* jedoch nur gegen den Willen ihrer Manager, die sie nicht für so lange Zeit in einer Fernsehserie gebunden sehen wollten.

Als letzte Rolle wurde Jadzia Dax besetzt. Vorgesehen war zunächst Famke Janssen, die in *Star Trek – The Next Generation* in der Episode ›The Perfect Mate‹ (Ep. N121) zu sehen gewesen war. Den ihr angebotenen Vertrag, der sie für fünf Jahre verpflichten sollte, lehnte sie aber ab, da sie sich nicht für eine solche Zeitspanne auf eine Serienrolle festlegen lassen wollte. Man entschied sich letztlich für Terry Farrell, die 1963 in Cedar Rapids, Iowa, geboren wurde. Sie begann ihre Karriere mit 16 Jahren als Modell für ›Vogue‹ und ›Mademoiselle‹, 1984 wirkte sie in der Mini-Serie ›Paper Dolls‹ mit, in der auch Jonathan Frakes aus *Star Trek – The Next Generation* mitspielte, Es folgten Gastauftritte in ›The Bill Cosby Show‹, ›Family Ties‹ und ›The Twilight Zone‹. Sie war im Pilotfilm in der

US-Version der englischen Serie ›Red Dwarf‹ zu sehen sowie in den Filmen ›Back to School‹, ›Beverly Hills Madam‹, ›Hellraiser III: Hell on Earth‹.

Siddig El Fadil wurde zunächst für die Rolle des Commanders Sisko in Erwägung gezogen, da er aber erst Mitte 20 war, hielt man ihn berechtigterweise für zu jung, um diese zentrale Rolle zu übernehmen. Statt dessen bekam er den Part des Dr. Julian Bashir. Fadil wurde als Sohn britischer Eltern im Sudan geboren und wuchs in England auf. Er machte erste Schauspielerfahrung als Student an der London Academy of Music and Dramatic Arts, wandte sich dann aber der Theaterregiearbeit zu, bis er 1991 erneut als Schauspieler arbeitete, diesmal jedoch für das Fernsehen in dem britischen Sechsteiler ›Big Battalions‹ sowie in ›A Dangerous Man, Lawrence after Arabia‹. In dieser Produktion sah ihn Rick Berman, er begab sich auf die Suche nach ihm, da er ihm für eine Rolle in *Star Trek – Deep Space Nine* geeignet schien.

Armin Shimerman war für Star Trek kein Fremder. In *Star Trek – The Next Generation* war er mehrfach zu sehen, so als das Gesicht der die Hochzeit von Deanna Troi ankündigenden Box in ›Haven‹ (Ep. N11), außerdem war er als erster Ferengi der Serie in ›The Last Outpost‹ (Ep. N5) zu sehen und hatte einen weiteren Auftritt gleichfalls als Ferengi in ›Peak Performance‹ (Ep. N47). Für *Star Trek – Deep Space Nine* hatte er damit bereits genug Erfahrung gesammelt, um die Rolle des Barbesitzers Quark zu erhalten.

Shimerman wurde in Lakewood, New Jersey, geboren, mit 17 Jahren kam er mit seiner Familie nach Los Angeles.

Er entdeckte seine Begeisterung für die Schauspielerei, am Broadway war er unter anderem in Bertolt Brechts ›Dreigroschenoper‹ zu sehen. Neben Gastauftritten in Serien wie ›Alien Nation‹, ›Who's the Boss?‹, ›Married with Children‹, ›L.A. Law‹ und ›Brooklyn Bridge‹ war er in einer wiederkehrenden Rolle als Pascal in ›Beauty and the Beast‹ zu sehen.

Filmauftritte verzeichnete er in ›Blind Date‹, ›Like Father, Like Son‹, ›Death Warrant‹ sowie in der italienischen SF-Produktion ›Arena‹.

Für die Rolle des Quark war ebenfalls Max Grodenchik vorgesehen, der so gut im Rennen lag, daß man ihn zwar nicht für die vorgesehene Rolle nahm, sondern einen neuen Charakter schuf, Rom, Quarks Bruder. Grodenchik war neben Whoopi Goldberg in ›Sister Act‹ zu sehen gewesen.

Der 14jährige Cirroc Lofton konnte sich gegen mehr als 200 Bewerber durchsetzen und wurde als Jake Sisko engagiert. Lofton war bereits im Alter von 6 Jahren in Werbespots und in Lehrvideos zu sehen. Eine kleine Rolle hatte er 1990 in ›Beethoven‹, einer Komödie um einen Bernhardiner.

Andreas Katsulas, der in *Star Trek — The Next Generation* mehrfach als Romulaner Tomalak zu sehen war, hatte man in Erwägung gezogen für eine feste Rolle in *Star Trek — Deep Space Nine.* Man entschied sich dann gegen ihn, möglicherweise, weil sein Erscheinungsbild ihm zu schnell das Klischee eines typischen Serien-Bösewichts gab, obwohl gerade dies ein guter Ansatz gewesen wäre, solche Klischees bloßzustellen.

Für das Make-up zeichnete wie bei *Star Trek — The Next Generation* Michael Westmore verantwortlich, der bereits für diese Arbeit Emmy Awards erhalten hatte. So konnte eine einheitliche Qualität beider Serien gewährleistet werden. Die Beschäftigung für beide Serien wurde für ihn zu mehr als einer Doppelbelastung, da er in *Star Trek — Deep Space Nine* gleich drei feste Charaktere hatte, die Masken erforderten: Kira Nerys — wenn auch in geringem Umfang —, Odo und Quark dafür um so extensiver.

Das Design von *Star Trek – The Next Generation* war von Herman Zimmerman entworfen worden, auch er wurde für *Star Trek – Deep Space Nine* eingespannt, um für ein einheitliches Aussehen beider Serien zu sorgen. Beim Entwurf der Raumstation wurde angenommen, daß die Cardassianer Ellipsen anstelle von Kreisen bevorzugten und spitze bzw. stumpfe Winkel statt rechter Winkel. Von dieser Grundvoraussetzung ausgehend, konnte eine Station entworfen werden, die tatsächlich fremd wirkte im Gegensatz zu dem, was man von den Föderationskonstruktionen her kannte.

Zwei Charaktere kamen nicht über das Planungsstadium hinaus. Da war zum einen ein Offizier, der von einem Planeten mit geringer Schwerkraft kam und der auf der Raumstation an den Rollstuhl gefesselt war, da die Schwerkraft für ihn zu groß war und er sich ohne Hilfe nicht fortbewegen konnte. Im Verlauf der Serie sollte Kira Nerys für ihn einen Raum bauen, in dem er sich zum Ausgleich in der Schwerelosigkeit bewegen konnte. Diese Idee wurde jedoch auch aus Kostengründen verworfen.

Außerdem war eine Art Doppelcharakter geplant, ein Mann und eine Frau, die siamesischen Zwillingen gleich nur zusammen arbeiten konnten und die nur gemeinsam eine Persönlichkeit bildeten. Damit kamen sie den Binären aus ›11001001‹ (Ep. N15) gleich.

Von Beginn fest eingeplant waren Gastauftritte von Lwaxana Troi und Q, die parallel zu *Star Trek – The Next Generation* laufende Handlung ließ weitere Gäste erwarten, auch in der umgekehrten Richtung.

Die Dreharbeiten waren trotz sorgfältiger Vorbereitung problematisch, da unter anderem mehrere Szenen mit Avery Brooks neu gedreht wurden. In der ersten Fassung hatte man ihn zu extrem dargestellt, so daß er unnahbar wirkte und dadurch leicht als unsympathisch empfunden werden konnte, was der Serie nicht gut bekommen wäre.

Die Crew taufte *Star Trek – Deep Space Nine* während der hektischen Startphase in Deep Shit Nine um. Die Dreharbeiten wurden aber aufgelockert durch einen Überraschungsauftritt von Patrick Stewart, Jonathan Frakes und Brent Spiner, die in das Studio kamen, zur allgemeinen Erheiterung tanzten und sangen und so schnell verschwanden, wie sie gekommen waren.[9]

Im Januar 1993 startete *Star Trek – Deep Space Nine* in eine verkürzte Season.

Anmerkungen:

1 Zu dieser Zeit war noch nicht abzusehen, daß in *Star Trek – The Next Generation* die Klingonen in der sechsten Season ganz erheblich überstrapaziert wurden.
2 So in Cinefantastique, Vol. 23, No. 2/3, S. 37.
3 Inwieweit das Konzept, das verfilmt wird, dem entspricht, das Roddenberry relativ kurz vor seinem Tod vorgelegen hat, ist nicht mit Sicherheit zu beurteilen.
4 In Starlog, Februar 1993.
5 Dies ist allerdings nicht als Vorwurf an die Adresse von Paramount gerichtet, es sind im Grunde nur nüchterne Fakten, mit denen ein gewinnorientiertes Unternehmen nun einmal arbeiten muß. Die Bemerkung soll vielmehr verdeutlichen, daß Paramount nicht selbstlos handelt und den hartgesottenen Fans von Star Trek eine neue Serie schenkt, um ihnen zu gefallen. Star Trek ist eine der wichtigsten Einnahmequellen für Paramount, und wenn das eines Tages nicht mehr der Fall sein sollte, dann wird Star Trek sehr schnell von der Bildfläche verschwinden müssen.
6 In Starlog Deep Space Nine, No. 2.
7 Ein stabiles Wurmloch taucht lange vor *Star Trek – Deep Space Nine* in DC-Comic Nr. 1 aus dem Jahre 1984 auf. S. hierzu Band 2, S. 315.
8 Mittlerweile legt aber Paramount offensichtlich Wert darauf, daß der Begriff Bordell vermieden wird, so jedenfalls Cinefantastique, Vol. 23, No. 6, S. 16.
9 In Cinefantastique, Vol. 24, No. 3/4, Oktober 1993, S. 88.

Die erste Runde

Episode D1/2: Emissary

(Der Abgesandte)

Im System Wolf 359 hat sich eine große Zahl von Schiffen der Sternenflotte versammelt, um die nahenden Borg unter dem Kommando von Picard/Locutus zu stoppen. Dieser Versuch endet jedoch in einem Desaster, unter vielen anderen Schiffen muß auch die U.S.S. Saratoga evakuiert werden, deren erster Offizier Benjamin Sisko nur seinen Sohn Jake retten kann, da seine Frau Jennifer bei dem Gefecht ums Leben gekommen ist.

Drei Jahre später wird Commander Benjamin Sisko als Passagier der Enterprise auf die von den Cardassianern verlassene Raumstation Deep Space Nine im Orbit um Bajor versetzt. Er soll dort für Ordnung sorgen und den Bajoranern den Schutz der Föderation bieten. Miles O'Brien, der von der Enterprise auf die Station versetzt wurde, versucht die notdürftigsten Funktionen der Station wiederherzustellen, nachdem die Cardassianer alles mitgenommen haben, was sie noch gebrauchen konnten. Jake Sisko ist von der Station nicht begeistert, sein Vater Benjamin trifft unterdessen mit der Bajoranerin Major Kira Nerys zusammen, die sein Erster Offizier und zugleich ein Bindeglied zwischen Föderation und Bajoranern sein soll. Sie treffen sich mit dem Sicherheitsoffizier Odo, als dieser einen Alien und einen jungen Ferengi stellt, die sich als Diebe betätigen wollten. Quark, ein Ferengi, der die Bar auf Deep Space Nine betreibt, stößt zu ihnen und will seinen Neffen Nog mitnehmen, da er ohnehin in Kürze die Station verlassen wird. Sisko weiß, daß die Station nicht lange existieren wird, wenn alle fortlaufen. Geschäfte und Treffpunkte werden benötigt. Quark entscheidet sich dafür, die Bar doch nicht zu schließen, da

Sisko ihm als andere Alternative die Inhaftierung Nogs in einem bajoranischen Gefängnis in Aussicht stellt. Odo ist angesichts dieses Handels angenehm von Sisko überrascht. Es kommt zu einer Begegnung zwischen Sisko und Picard, letzterer wünscht, daß Sisko die streitenden Parteien auf Bajor dazu bewegen kann, der Föderation beizutreten. Sisko äußert seinerseits den Wunsch, bald versetzt zu werden, da er als alleinerziehender Vater diese Umgebung für seinen Sohn nicht als geeignet betrachtet. Picard nimmt dieses Anliegen mit Verärgerung zur Kenntnis und sagt zu, sich darum zu kümmern. Von Major Kira erfährt Sisko später, daß die Bajoraner nur zusammenfinden können, wenn die geistige Führerin Kai Opaka zur Einheit aufruft. Sisko trifft sich daraufhin mit ihr und erfährt, daß sie ihn als den Botschafter betrachtet. Dann präsentiert sie ihm ein Orb, die Träne des Propheten, und Sisko wird von dem leuchtenden Kraftfeld umschlossen. Nach einer Vision, in der ihm seine Frau Jennifer wiederbegegnet, erklärt Kai Opaka ihm, daß dieses Orb nur eines von neun bekannten ist, die übrigen acht haben die Cardassianer gestohlen, um hinter ihr Geheimnis zu kommen. Wenn es ihnen gelingt, werden sie den geistigen Tempel zerstören und so den moralischen und religiösen Zerfall Bajors auslösen. Sie gibt ihm das Orb mit, damit er den Tempel finden und die Propheten vor den Cardassianern warnen kann.

Auf Deep Space Nine sind zwei weitere Neuzugänge zu vermelden, Dr. Julian Bashir und Wissenschaftsoffizier Lt. Jadzia Dax. Sie ist eine alte Freundin von Sisko, ein Trill. Sisko hatte sie kennengelernt, als sie den Körper eines alten Mannes hatte. Dax beginnt mit der Untersuchung des Orb. Am nächsten Tag nähert sich ein cardassianisches Kriegsschiff der Station. Der ehemalige Präfekt von Deep Space Nine, Gul Dukat, trifft mit Sisko zusammen und schlägt vor, die Informationen über die Orbs zusammenzutragen, um gemeinsam hinter das Rätsel zu kommen. Da Sisko aber vorgibt, nichts von einem Orb zu wissen, verläßt Dukat ergebnislos die Station. Von Dax erfährt Sisko, daß die meisten Orbs im Denorios-Gürtel gefunden wurden, der wegen eines Plasmafeldes aber von allen Raumschiffen gemieden wird. Dort könnte sich möglicherweise der sagenumwobene Tempel der Bajoraner befinden. In der Zwischenzeit haben Mitglieder des cardassianischen Schiffs in Quarks Bar bei diversen Spielen hohe Summen gewonnen, als Major Kira plötzlich die Bar schließt. Die Cardassianer packen ihre Gewinne in einen Sack, der sich auf ihrem Schiff als der verwandelte Odo entpuppt, der das Schiff lahmlegt, während Sisko und Dax das Plasmafeld mit einem Runabout, einem größeren Shuttle, ansteuern. Dort angekommen werden sie in ein Wurmloch gezogen, das sie 70 000 Lichtjahre entfernt in den Gamma-Quadranten entläßt. Auf dem Rückweg durch das offensichtlich stabile Wurmloch wird ihr Runabout gestoppt. Während Dax von einem Orb erfaßt und wohlbehalten zur Station zurückgebracht wird, bleibt Sisko zurück und wird mit Visionen seiner Vergangenheit konfrontiert, die eine fremde Spezies benutzt, um mehr über ihn und die Menschen zu erfahren. Auf Deep Space Nine vermutet man, daß es sich um ein künstlich erzeugtes Wurmloch handelt. Als die Cardassianer Kurs auf das Wurmloch nehmen, wird die Station ebenfalls dorthin manövriert, um es für die Bajoraner zu reklamieren. Dieses gefährliche Unternehmen gelingt, aber Gul Dukat steuert dennoch in das Wurmloch. Sein Verschwinden führt zu einer Eskalation der Situation, da drei weitere cardassianische Schiffe die Station anfliegen und Gul Jasad die Geschichte von dem Wurmloch nicht glaubt und die Kapitulation fordert. Major Kira befiehlt, die letzten sechs Photonentorpedos abzufeuern, um die Cardassianer glauben zu lassen, daß die Station sich doch verteidigen kann. Der Bluff gelingt zunächst, dann greifen die Cardassianer aber doch an und verursachen schwere Schäden auf Deep Space Nine. Gerade will Major Kira die Kapitulation senden, da öffnet sich das Wurmloch und bringt

Sisko zurück, den die Fremden wieder haben gehen lassen, nachdem sie offensichtlich genug über ihn erfahren und die Nutzung des Wurmlochs für Flüge in den Gamma-Quadranten gestattet haben. Im Schlepp hat er das cardassianische Schiff. Die Angreifer ziehen sich daraufhin zurück. Als die Enterprise ein weiteres Mal die Station anfliegt, erklärt Sisko, daß er seinen Versetzungswunsch zurückzieht.

*

Einer der wichtigsten Kritiker, die Zeitschrift ›Variety‹[1], hielt zwar das Drehbuch für zu komplex und zeitweise zu ambitioniert, ›Emissary‹ kam aber in der Gesamtbetrachtung gut weg. Schwachpunkt war die von Avery Brooks zeitweise zur Schau getragene Gelassenheit seines Charakters Commander Sisko, die die — ohnehin zeitweise zu langsame — Handlung noch stärker zur Bewegungslosigkeit tendieren ließ.

Zuzustimmen ist dieser Kritik in dem Punkt, daß die Handlung bisweilen zu langsam voranschreitet. Das liegt aber weniger an Avery Brooks, der seine Rolle mit der richtigen Distanz spielte, da sein Charakter über die Versetzung auf die Station nicht glücklich war. Die extremste Szene, die diese Langsamkeit am besten verdeutlichte, war Siskos Unterhaltung mit den Lebensformen im Wurmloch, während der er die meiste Zeit in einer Art Milchsuppe trieb.

Unter der Regie von David Carson, der schon bei *Star Trek — The Next Generation* tätig geworden war, entstand ein Pilotfilm, der manche Schwäche aus ›Encounter at Farpoint‹ (Ep. N1/N2) beseitigte. Trotzdem hatte man — bezogen auf die bereits erwähnte Szene mit Sisko — nicht aus allen früheren Fehlern gelernt und in ›Emissary‹ diese unerträglich lange und wenig hilfreiche Szene eingearbeitet.

Andeutung fand hier bereits das kommende Verhältnis zwischen Odo und Quark, die sich zwar ihren Unterhaltungen nach nicht zu verstehen schienen, die sich aber, wenn es hart auf hart kam, gegenseitig helfen sollten.

Die Dreharbeiten für den Pilotfilm dauerten 25 Tage, doppelt so lange wie veranschlagt, seine Kosten beliefen sich auf 12 Millionen Dollar. Nach der Fertigstellung war ›Emissary‹ rund 20 Minuten zu lang, viele Szenen mußten geschnitten werden, die möglicherweise in einer besonderen Videoveröffentlichung enthalten sein werden.

Episode D3: Past Prologue
(Die Khon-Ma)

Dr. Bashir glaubt in seiner Naivität, daß der einzige verbliebene Cardassianer auf der Station, der Schneider Garak, ein Spion ist. Er will diese Erkenntnis Sisko mitteilen, da wird er von einem cardassianischen Kriegsschiff unterbrochen, das ein bajoranisches Scoutschiff jagt. Kurz vor der Zerstörung des Schiffes kann O'Brien den Piloten an Bord beamen, der sich als bajoranischer Terrorist Tahna Los entpuppt, Angehöriger des Khon-Ma, einer gewalttätigen Widerstandsgruppe. Während er um Asyl auf Deep Space Nine ersucht und erklärt, daß er nicht länger dem Khon-Ma angehört, fordert der Cardassianer Gul Danar Tahnas Auslieferung. Major Kira kann kein Verständnis dafür aufbringen, daß Sisko ihm nicht sofort Asyl gewährt, sondern sich zunächst Bedenkzeit erbittet. Mittlerweile haben sich auf der Station die klingonischen Schwestern Lursa und B'Etor aus Duras' Familie eingefunden. Sie treffen sich heimlich mit Tahna und fordern von ihm die Bezahlung für etwas, was sie für ihn haben. Odo, der sich in eine Ratte verwandelt hat, belauscht sie heimlich. Wenig später wollen die beiden Frauen mit dem Schneider Garak einen Preis für die Auslieferung von Tahna ausmachen, der seinerseits Major Kira gesteht, daß er doch dem Khon-Ma angehört. Er versichert ihr, daß sein Plan niemanden töten wird, aber daß er alles zum Vorteil der Bajoraner verändern wird. Garak bestellt Bashir in sein Geschäft, kurz darauf erscheinen die beiden Klingoninnen und erklären, daß sie Tahna einen Behälter Bilithium überreichen sollen. Sobald sie ihre Bezahlung erhalten haben, gehört Tahna den Cardassianern. Major Kira fliegt Tahna zu dem Treffpunkt, wird aber von Sisko und O'Brien verfolgt. Nach erfolgtem Austausch erklärt Tahna, daß er das Bilithium benötigt, um das Wurmloch zu zerstören, damit die Föderation sich zurückzieht. Major Kira kann ihn jedoch überrumpeln, als sie entgegen seinem Wunsch in das Wurmloch steuert und ihm die Bilithium-Bombe entreißt, um sie im Gamma-Quadranten detonieren zu lassen, wo sie keinen Schaden anrichtet. Tahna stellt sich Sisko, um nicht an die Cardassianer ausgeliefert zu werden.

*

Zu einem frühen Zeitpunkt wurde deutlich, welch gespaltene Gefühle Kira Nerys in sich barg. Der zutage tretende Konflikt zwischen ihrer Loyalität zu Bajor und ihrer Pflicht gegenüber der Föderation machte klar, wie sehr sich *Star Trek — Deep Space Nine* von allen anderen bisherigen Star Trek-Produktionen unterschied. Was von vielen übervorsichtigen Fans von Star Trek als völlige Abkehr von Roddenberrys Idee erwartet worden war und damit bei ihnen zu einem großen Teil auf Ablehnung stieß, erwies sich als willkommene Ergänzung zur bis dahin herrschenden Friedfertigkeit aller Beteiligten.

Nach Picards Anwesenheit kamen schon in der zweiten Episode zwei weitere Charaktere aus *Star Trek — The Next Generation* zum Einsatz, die Klingoninnen Lursa und B'Etor, die bereits in ›Redemption Part I‹ und ›Part II‹ zu sehen waren.

Der Cardassianer Garak wurde gespielt von Andy Robinson, der bereits in ›Hellraiser‹ und ›Dirty Harry‹ mitgewirkt hatte.

Nana Visitor war ab dieser Episode mit deutlich kürzeren Haaren als im Pilotfilm zu sehen.

Episode D4: A Man Alone

(Unter Verdacht)

Odo verweist den Bajoraner Ibudan von der Station, da der in der Besatzungszeit einen regen Schwarzhandel betrieben hatte. Zwar geht auf sein Konto auch ein Mord an einem Cardassianer, aber die Übergangsregierung auf Bajor hat diese Tat ungesühnt gelassen. Kurze Zeit später wird Ibudan ermordet in einer Holosuite aufgefunden, eine Erklärung, wie der Mörder in die Kabine kommen konnte, gibt es nicht. Da Odo sich zur Zeit des Mordes in flüssigem Zustand befand, in den er regelmäßig nach 18 Stunden wechseln muß, um sich zu regenerieren, hat er kein Alibi. Mittlerweile beginnt sich eine Gruppe zu formieren, die Odo des Mordes an Ibudan beschuldigt. Bashir entdeckt in Ibudans Quartier Biomaterie, die DNS-Fragmente enthält. Er läßt sie im Labor in einem biogenerativen Feld wachsen, bis sie humanoide Form annimmt. Währenddessen versucht eine aufgebrachte Menge, Selbstjustiz zu üben und Odo zu töten. Sisko kann den Mob nur mit Mühe stoppen. Von Bashir erfährt er, daß der Tote nicht Ibudan ist. Die Biomaterie hat sich zu einem Duplikat von Ibudan entwickelt, das heißt, daß Ibudan sich geklont und diesen Klon getötet hat, um Odo in Verdacht zu bringen. Auf dem Schiff, mit dem Ibudan angekommen war, stellt Odo daraufhin einen alten Mann zur Rede, der sich als Lamonay ausgibt, dessen Name jedoch auf keiner Liste zu finden ist. Er entpuppt sich als Ibudan, der von Odo festgenommen wird, da er mit der

Ermordung seines eigenen Klons ein Verbrechen begangen hat.

*

›A Man Alone‹ machte deutlich, daß Odo für *Star Trek — Deep Space Nine* das darstellte, was Spock für *Star Trek* und Data für *Star Trek — The Next Generation* war: der Außenseiter, der durch seine Andersartigkeit das Verhalten der ihn umgebenden Menschen kommentierte.

Das in ›Emissary‹ (Ep. D1/2) bereits angedeutete Verhältnis zwischen Odo und Quark wurde hier weiter ausgebaut und sollte schon im Zeitraum weniger Episoden völlig überzeugend sein.

Obwohl diese Episode eine Bottle Show war, also eine Episode, die sich praktisch nur auf der Station abspielte und keine Kosten für zusätzliche Spezialeffekte verursachte, und eine Kosteneinsparung von rund 100 000 Dollar erwartet wurde, lag sie nachher 200 000 Dollar über dem Budget.

Insgesamt überschritten die Produktionskosten das Budget pro Episode um rund 60 000 Dollar, da sowohl die Vielzahl der Masken nicht richtig kalkuliert worden war, als auch die Zahl der Statisten zunächst zu gering angesetzt war, als man sie für eine glaubhaft wirkende Promenade mit Besuchern von vielen Raumschiffen benötigt.

Episode D5: Babel

(Babel)

Bei der Reparatur der verschiedenen permanent ausfallenden Systeme übersieht O'Brien einen aktivierten Schaltkreis, der von Unbekannten installiert worden ist. Während Odo feststellt, daß Quark unerlaubt die funktionierenden Replikatoren leerstehender Mannschaftsquartiere benutzt, beginnt zunächst O'Brien in unverständlichem Kauderwelsch zu reden. Bashir entdeckt ein Virus, das die Koordination im Gehirn lahmlegt. Immer mehr Personen auf der Station werden von dem Virus befallen, bis Sisko schließlich Deep Space Nine unter Quarantäne stellt. Das Virus hat sich ausschließlich über die Mannschaftsreplikatoren ausgebreitet und somit auch die Gäste in Quarks Bar befallen. Seitdem ist das Virus mutiert und verbreitet sich in der Luft. Major Kira entdeckt inzwischen den Schaltkreis, es stellt sich heraus, daß er von Bajoranern während der Besatzungszeit installiert worden war, wohl um die zu dieser Zeit von den Cardassianern kontrollierte Station zu sabotieren, jedoch wurde er nicht mehr aktiviert. Der Krankheitsverlauf gestaltet sich immer dramatischer, als das Virus auch auf das Nervensystem übergreift und mit ersten Todesfällen in etwa 12 Stunden zu rechnen ist. Major Kira nimmt Kontakt auf mit Surmak Ren, einem bajoranischen Arzt, der Zeuge des Todes von Dekon Elig war, der seinerseits das Virus erschaffen hatte. Obwohl er sich weigert, ihr zu helfen, fliegt sie mit einem Runabout nach Bajor und entführt ihn. Auf der Station angekommen, muß sie nicht viel tun, um ihn zur Suche nach einem Gegenmittel zu bewegen, da auch er nun infiziert ist. Sisko überträgt Odo das Kommando über die Station, da der als einziger immun zu sein scheint. Bashir zeigt mittlerweile erste Anzeichen der Krankheit, aber Surmak stellt fest, daß er dem Gegenmittel bereits sehr nahe war. Er kann ohne Probleme die Arbeit beenden und ein Gegenmittel verteilen. Besatzung und Besucher der Station sind gerettet.

*

›Babel‹ war bereits jahrelang als Episode für *Star Trek — The Next Generation* beabsichtigt gewesen, jedoch fand sich niemand, der sie bearbeiten wollte. Da es für *Star Trek — Deep Space Nine* aber an Drehbüchern mangelte, fand sie endlich Verwendung. Inhaltlich erinnerte sie zwar ein wenig an die Episode ›Word Play‹ aus der Serie ›The Twilight Zone‹, für *Star Trek — Deep Space Nine* war sie dennoch gut geeignet.

Major Kiras Aktion, den Arzt zu entführen, hätte nicht drastischer die Eigenständigkeit dieser Serie beweisen können. Eine ähnliche Handlungsweise wäre bei *Star Trek — The Next Generation* mit keinem der Charaktere möglich gewesen.

Episode D6: Captive Pursuit

(Tosk, der Gejagte)

Ein beschädigtes fremdes Schiff steuert aus dem Wurmloch auf die Station zu, dessen Pilot, ein sehr nervöses, reptilienartiges Wesen, von Sisko dazu überredet werden kann, sein Schiff anzudocken, um es zu reparieren. O'Brien soll sich um diese Reparatur kümmern, die sich als nicht sehr schwierig erweist, die jedoch erst ausgeführt werden kann, wenn die Maschinen des Schiffs abgekühlt

sind. Der Pilot stellt sich ihm als Tosk vor, macht aber keine genauen Angaben über seine Herkunft, auch scheint er Angst vor möglichen Verfolgern aus dem Gamma-Quadranten zu haben. Tosk schließt mit O'Brien Freundschaft, wird aber von Odo festgenommen, als er verschiedene Sicherheitseinrichtungen der Station deaktivieren will. Er erklärt dazu lediglich, daß er ehrenvoll sterben möchte. Kurz darauf folgt ein ähnliches Schiff aus dem Wurmloch, drei schwerbewaffnete Fremde dringen in die Station ein, ohne sich um die Besatzung zu kümmern. Statt dessen beginnen sie mit ihnen eine Schießerei. Als der Anführer der Gruppe Tosk findet, ist er enttäuscht, daß es so einfach verläuft. Erst dann erklärt der Anführer, daß Tosk eine Beute ist, die gejagt wird und deren größte Ehre es ist, bei dieser Jagd zu sterben. Er will Tosk mitnehmen, Sisko muß mit Rücksicht auf die Hauptdirektive zustimmen, zumal Tosk sich auch nicht auf der Station verstecken will. O'Brien begleitet Tosk zum Schiff der Jäger, aber er hat dessen Flucht insgeheim vorbereitet, damit Tosk ehrenvoll sterben kann. Tosk ist ihm zutiefst dankbar und verläßt die Station, die Jagd kann fortgesetzt werden.

*

›Captive Pursuit‹ war eine weitere gute Episode, die O'Brien in den Mittelpunkt der Handlung stellte und ihn von einer ganz anderen Seite zeigte, die man ihm auf der Enterprise nicht zugemutet hätte. Fast schien es so, als färbten bajoranische Verhaltensweisen ab, was aber diesen Charakter um so glaubhafter machte.

Gerritt Graham, der in ›Captive Pursuit‹ den Verfolger von Tosk spielte, war eine Zeitlang für die Rolle des Odo vorgesehen.

Tosk wurde von Scott MacDonald gespielt, der in *Star Trek — The Next Generation* in ›Face of the Enemy‹ (Ep. N140) als Romulaner zu sehen war.

Episode D7: Q-Less

(›Q‹ — unerwünscht)

Ein Runabout unter Dax' Kommando hat die geschäftstüchtige Archäologin Vash aufgegriffen, die sich zur allgemeinen Verwunderung seit gut zwei Jahren im Gamma-Quadranten befand. Sie macht aber keine Angaben über die Art und Weise, wie sie dorthin gekommen ist, obwohl das Wurmloch noch nicht entdeckt war. Wenig später begegnet sie in ihrem Quartier ihrem alten ›Freund‹ Q. Er will weiter mit ihr durch die Galaxien ziehen, aber sie will nichts mehr von ihm wissen. O'Brien entdeckt Q und berichtet Sisko von dessen Anwesenheit. Als Sisko ihn zur Rede stellt, behandelt Q ihn so wie Picard. Q inszeniert einen Boxkampf, bei dem Sisko zunächst versucht, sein Gegenüber zu ignorieren. Dann jedoch schlägt er zu und schickt den völlig überraschten Q zu Boden. Quark arrangiert in der Zwischenzeit eine Auktion, auf der auch

Artefakte versteigert werden sollen, die Vash aus dem Gamma-Quadranten mitgebracht hat. Das Prunkstück der Versteigerung ist ihr in allen Farben des Spektrums leuchtender Stein. Während Q eine Million Barren Latinum bietet und unter den Bietern Unruhe auslöst, haben Sisko und seine Leute eben diesen Stein als Ursache für massive Störungen und Energieschwankungen auf der Station ausgemacht. Er wird von Bord gebeamt und explodiert, eine geflügelte Energieform entsteht aus ihm und verschwindet im Wurmloch. Vash will daraufhin zur Erde zurückkehren, obwohl Quark ihr eine Reise nach Tartaras V schmackhaft machen möchte, damit sie dort Ausgrabungen vornehmen kann. Q sieht ein, daß sie nicht mehr an ihm interessiert ist, und verläßt sie. Erst dann beginnt sie mit Quark, die Route nach Tartaras V zu planen.

*

Ein Gastauftritt von Q in *Star Trek — Deep Space Nine* war bereits angekündigt worden, er fiel um so besser aus, da Q mit Sisko einen Gegenspieler ganz anderer Art bekam, als dies bei Picard der Fall war.

Während er Picard ›nur‹ mit dem Vornamen ansprach, ging er bei Sisko weiter und verkürzte Benjamin zu Benji!

Eine der besten Szenen ist dabei der Boxkampf zwischen beiden, den Sisko — ganz anders als Picard — mit einem gezielten Haken beendete, sehr zu Qs Verwunderung, der nur entgegnen konnte, daß Picard ihn nie geschlagen hätte.

›Q-Less‹ war die Fortsetzung von ›Qpid‹ (Ep. N94), in der Q zusammen mit Vash auf Reisen gegangen war.

Die Autoren ließen Q eine selbstironische Bemerkung machen, als er sagte: »Picard would have solved this technobabble.« (Picard hätte diesen Technobabble gelöst.)

Technobabble ist ein Insiderbegriff der Drehbuchautoren für die Szenen, in denen die Charaktere sich über die fiktive Technik unterhalten.

Episode D8: Dax

(Der Fall ›Dax‹)

Dax wird von drei Fremden entführt, Bashir, der ihr zur Hilfe eilen will, wird zwar außer Gefecht gesetzt, kann aber noch rechtzeitig Sisko alarmieren. In letzter Sekunde kann das Schiff der Fremden mit dem Traktorstrahl aufgehalten werden. Der Anführer der Gruppe, Ilon Tandro vom Planeten Klaestron IV, erklärt, daß er Dax zurückbringen sollte, um sie des Mordes an seinem Vater General Ardelon Tandro vor dreißig Jahren anzuklagen. In ihrem vorangegangen Körper als Curzon Dax war sie Vermittler in einem Bürgerkrieg auf Klaestron. Obwohl Sisko die Vorwürfe nicht glauben kann, schweigt Dax. Da die Rechtslage eine Auslieferung verbietet, muß die Anhörung auf der Station stattfinden. Während der Vorbereitungen reist Odo in Siskos Auftrag nach Klaestron V. Die Anhörung beginnt, Sisko erklärt seinen Standpunkt in der Sache und sagt, daß der Mord, wenn überhaupt, durch Curzon Dax geschah, einen alten Mann, der mit Jadzia Dax außer dem Symbionten nichts gemeinsam hat. Odo hat mittlerweile Klaestron V erreicht und festgestellt, daß der General dort als Volksheld gilt, da die Truppen nach seiner Ermordung so in Wut geraten waren, daß sie auszogen und den Krieg gewannen. Auch Enina Tandro, die Witwe, ist überzeugt, daß Curzon nicht den Tod verschuldete. Auf Deep Space Nine erklärt mittlerweile der Vertreter der Trill, Selin Peers, daß der neue Wirtskörper nicht von dem Symbionten vereinnahmt wird und daß eine völlig neue Verbindung entsteht. Auf Klaestron V hat Odo mittlerweile herausgefunden, daß Curzon Dax und Enina Tandro ein Verhältnis hatten. Als Sisko davon erfährt, wird ihm klar, daß Dax schweigt, um Enina und den General nicht bloßzustellen. Odo kann Enina dazu bewegen, ihn zur Station zu begleiten. Dort erklärt sie, daß sie mit Curzon Dax zusammen war, als ihr Mann starb. In Wahrheit wollte der General seine Leute hintergehen und wurde von Rebellen getötet. Um jedoch seinen Ruf nicht

zu schädigen, wurde diese Tatsache geheimgehalten. Die Anklage gegen Jadzia Dax wird fallengelassen.

*

Die erste Fassung dieser Episode hatte D. C. Fontana geschrieben. ›Dax‹ war – rückblickend – die einzige Episode, die sich eingehender mit Jadzia Dax befaßte, die aber zugleich den Anschein erweckte, als seien Terry Farrells schauspielerische Fähigkeiten bei weitem nicht so gut, wie man es bei den Vorstellungsgesprächen erwartet hatte. Möglicherweise war die Entscheidung für sie die falsche gewesen, die getroffen wurde, da die Zeit zu knapp war.

Episode D9: The Passenger
(Der Parasit)

Auf dem Rückflug von einem medizinischen Einsatz empfangen Major Kira und Dr. Bashir einen Notruf von einem kobliadischen Transportschiff. Sie finden das schwer beschädigte Schiff, dessen Pilot tot ist. Eine schwerverletzte Frau will Kira und Bashir daran hindern, die Zelle eines Gefangenen zu öffnen, aber es ist zu spät. Der lebensgefährlich verwundete Gefangene umfaßt Bashirs Hals, dann stirbt er. Auf Deep Space Nine identifiziert die Frau sich als Ty Kajada vom kobliadischen Sicherheitsdienst, ihr Gefangener war Rao Vantika, ein kaltblütiger Mörder, der mehr als einmal seinen Tod simuliert hatte und so immer wieder entkommen konnte. Das havarierte Schiff wird daraufhin untersucht, es finden sich aber keine Hinweise, daß Vantika überlebt haben könnte. Kajada erklärt, daß Vantika auf dem Weg zur Station war, um einen Deuridium-Frachter zu stehlen. Deuridium ist ein von den Kobliadern dringend benötigtes Element, das ihre Zellen stabilisiert. Als kurz darauf alle aktiven Arbeitsspeicher der Station gelöscht sind, wertet Kajada das als ein Anzeichen für Vantikas Präsenz. Bashir bestätigt nochmals, daß Vantika tot ist, aber Dax kommt zu dem Schluß, daß er mit einem Experiment beschäftigt war, das es ihm ermöglicht hätte, seinen Geist in den ungenutzten Hirnzellen einer anderen Person zwischenzulagern. Als Kajada das Treffen der Söldner beobachtet, die mit Vantika hatten zusammentreffen sollen, um die Entführung des Schiffs zu besprechen, wird sie von der Empore gestoßen. In der Zwischenzeit hat Dax Vantikas Fingernägel untersucht und dabei entdeckt, daß er eine codierte Nachricht seiner DNS darunter verborgen hatte, die er mit Hilfe eines mikroskopisch kleinen Generators in die Haut seines Opfers eindringen lassen konnte.

Als die drei Söldner und Quark mit Vantika zusammentreffen, stehen sie Bashir gegenüber, der von Vantika übernommen worden ist. Sie entern den Frachter und wollen fliehen, aber das Schiff wird mit einem Traktorstrahl festgehalten. Dax kann einen Impuls senden, der Vantikas Einfluß auf Bashir für einen Moment unterbricht, dann wird der Doktor auf die Station gebeamt, nachdem man durch den Transporter alle Zellen mit Vantikas Muster aus seinem Körper gefiltert und in einem kleinen Behälter gesammelt hat, den Kajada mit einem gezielten Phaserschuß zerstört und damit Vantika für immer unschädlich macht.

*

Der auch in der Folgezeit zu Unrecht oft als überflüssig kritisierte Dr. Bashir wurde hier von einer deutlich ernsteren Seite gezeigt, was seinen vielversprechenden Eindruck nur verstärken konnte.

Colm Meaney fehlte in dieser und der nächsten Episode, da er sich für Dreharbeiten in Irland aufhielt. Um die entstandene Lücke zu schließen wurde der Sicherheitsoffizier der Sternenflotte, Primnin, vorgestellt. Der erschien

Der Eingang zum Gamma-Quadranten.

zwar ein wenig dümmlich, später arbeiteten er und der skeptische Odo aber zusammen.

Interessant ist in ›The Passenger‹ ein kleiner Verweis auf *Star Trek II — The Wrath of Khan* und *Star Trek III — The Search for Spock,* als Bashir von einem einzigen bekannten Fall berichtete, in dem in eine Bewußtseinsübertragung ein Nichtvulkanier verwickelt war. Ohne Namen zu nennen, waren hier zweifellos Spock und McCoy gemeint (siehe hierzu Band 2, S. 86).

Episode D10: Move Along Home

(Chula — Das Spiel)

Die Wadi, eine Rasse aus dem Gamma-Quadranten, kommen zu einem ersten Besuch nach Deep Space Nine. Als Sisko sie mit einer Delegation empfangen will, möchte Falow, der Anführer der Gruppe, zu Quark gebracht werden, um dort zu spielen. Als Falow nach einiger Zeit bemerkt, daß Quark den Spieltisch manipuliert hat, zwingt er ihn, mit ihnen eine Partie Chula zu spielen, eine Art Brettspiel. Während Quark zu spielen beginnt, finden sich Sisko, Bashir, Kira und Dax in einer seltsamen Umgebung wieder. Sie stellen fest, daß ihr unfreiwilliger Ausflug offensichtlich von den Wadi inszeniert worden ist, und begeben sich auf die Suche nach einem Ausweg. Mittlerweile werden sie auf der Station vermißt, während sich Quark weiter durch das Spiel kämpft, dessen Regeln ihm nach wie vor unverständlich sind. Odo läßt sich in der Zwischenzeit auf das Wadi-Schiff beamen, da er bei der Suche nach Sisko und den anderen einen ungewöhnlichen Energiefluß bemerkt hat. Er entdeckt dessen Quelle, und als er ein Portal durchschreitet, findet er sich in Quarks Bar wieder. Odo erkennt die Zusammenhänge und fordert das sofortige Ende des Spiels, aber Quark macht weiter. Als die Gruppe um Sisko auf ihrem Weg ein Hindernis umgeht, materialisieren sie alle — einschließlich Bashir, der bereits ausgeschieden war — in der Bar. Falow erklärt, daß es ja nur ein Spiel war, dann verlassen er und seine Leute die Station.

*

›Move Along Home‹, die zunächst ›Sore Losers‹ heißen sollte, war eine skurrile und zugleich exzellente Episode, die deutlich anders verlief, als man in den ersten Minuten erwartet hätte. Das Verhalten der Besucher war überraschend angenehm und bedeutete eine erfreuliche Abwechslung in der langen Reihe ernsthafter Kontakte mit anderen Lebensformen.

Episode D11: The Nagus
(Die Nachfolge)

Der Grand Nagus Zek, oberster Ferengi, kommt auf die Station und hält in Quarks Bar eine Ferengi-Versamm-

lung ab, in deren Verlauf er zum Erstaunen und zur Verärgerung der anderen Teilnehmer Quark als seinen Nachfolger benennt. Ihm soll die Aufgabe zufallen, die Ferengi in den Gamma-Quadranten zu führen. Kurz darauf stirbt der Nagus. Schon bald gibt es einen ersten Anschlag auf Quarks Leben, an dem auch sein Bruder Rom beteiligt ist. Als Quark schließlich seine erste Reise durch das Wurmloch unternehmen will, gerät er in eine Falle, die von Rom und Krax, dem Sohn des Nagus, gestellt wurde. Quark kann jedoch gerettet werden. Dann stellt sich heraus, daß Zek nicht gestorben ist. Er hatte Quark als seinen Nachfolger ausgewählt und seinen eigenen Tod nur vorgetäuscht, um die Loyalität seines Sohnes Krax zu testen. Er ist von dessen Aktionen schwer enttäuscht, dann verlassen sie die Station. Quark bleibt als Besitzer der Bar zurück, der Traum vom Nagus hat sich nicht erfüllt.

*

O'Brien kehrte mit dieser Episode zurück, da aber Rosalind Chao noch nicht verfügbar war, gestaltete man das

Drehbuch so, daß ihm die Aufgabe zufiel, seine Frau Keiko in der Schule vertreten.

Zek wurde gespielt von Wallace Shawn, der bekannt war aus ›My Dinner with Andre‹, ›The Princess Bride‹ und aus ›Manhattan‹.

Eine gelungene Nebenhandlung war Jake Siskos Privatunterricht für Nog, da der nicht mehr die Schule besuchen durfte, während Jakes Vater der Ansicht war, er treibe sich herum.

Inhaltlich orientierte sich die gelungene Episode ›The Nagus‹ unübersehbar an bekannten Mafiamethoden. Daß den Ferengi eine gesamte Episode gewidmet wurde, zeigte deutlich, daß sie sich nach den Startschwierigkeiten in *Star Trek — The Next Generation* endgültig etabliert hatten.

Erste Arbeitstitel für ›The Nagus‹ waren ›Friend Like Me‹ und ›Friends and Foes‹.

Episode D12: Vortex

(Der Steinwandler)

Nachdem einer der Besucher auf Deep Space Nine, Croden, einen Mord begeht, wird er von Odo inhaftiert und verhört. Er berichtet Odo von der Existenz anderer Gestaltwandler, äußert sich aber nicht über deren Aufenthaltsort. Diese Information will er Odo nur geben, wenn der ihn freiläßt. Um seine Behauptungen zu belegen, zeigt er Odo den Anhänger seiner Halskette, der gleichfalls die Gestalt verändert. Sisko erfährt mittlerweile, daß von Rakhar, Crodens Heimatplanet, dessen Auslieferung gefordert wird, weiterer Kontakt ist nicht gewünscht. Sisko beauftragt Odo, Croden unbemerkt nach Rakhar zu bringen, ohne daß Ah-Kel, Bruder des Getöteten, das bemerkt, da der sich an Croden rächen will. Croden erzählt, daß sich die mysteriöse Gestaltwandler-Kolonie auf einem Asteroiden im Chamra-Wirbel befindet. Als sie die Station verlassen, folgt ihnen Ah-Kel doch, Odo steuert das Schiff in den Wirbel und landet auf besagtem Asteroiden, aber die Kolonie befindet sich nicht dort. Croden gesteht ihm, daß er über die Kolonie nur Gerüchte gehört hatte, der Anhänger ist in Wahrheit der Schlüssel zu einer Kälteschlafkammer, in der Crodens Tochter Yareth in Tiefschlaf liegt. Sie ist die einzige Überlebende seiner Familie, die ermordet wurde, nachdem man ihn auf seiner Welt zum Volksfeind erklärt hatte. Sie können mit Yareth auf ihr Schiff zurückkehren und Ah-Kel in eine tödliche Falle locken. Als sie den Wirbel verlassen, begegnet ihnen ein vulkanisches Schiff, Odo nimmt Kontakt auf und bittet darum, zwei auf seinem Schiff befindliche Überlebende eines Raumschiffunglücks nach Vulkan mitzunehmen. Dann erklärt er Croden, daß er offiziell erklären wird, daß der auf dem Asteroiden ums Leben gekommen ist. Croden schenkt ihm zum Abschied den Anhänger, dann trennen sich ihre Wege.

*

Ein wenig enttäuschend war schon, daß Odo in ›Vortex‹ in die Irre geführt wurde und nicht mit anderen Vertretern seiner Rasse zusammentraf. Bemerkenswert war allerdings, daß der sonst so korrekte und gesetzestreue Odo hier eine Lüge vor der Auslieferung vorzog. Das verstärkte zwar die Distanz zu Roddenberrys Idee, ließ aber gleichzeitig die Kritiker noch lauter rufen, die Berman und Piller des Verrats an Roddenberry bezichtigten.

Episode D13: Battle Lines

(Die Prophezeiung)

Kai Opaka besucht überraschend die Station und wünscht einen Flug durch das Wurmloch. Sisko, Bashir und Kira begleiten sie in einem Runabout. Als sie im Gamma-Quadranten einem unbekannten Signal folgen, entdecken sie einen Mond, auf dem sie Lebensformen registrieren. Einer der Satelliten, die den Mond umkreisen, attackiert das Runabout, das daraufhin abstürzt. Kai Opaka stirbt dabei, die Gruppe wird von den Ennis gefangengenommen, deren Führer Golin Shel-La ihnen erklärt, daß sie sich im Krieg mit den Nol-Ennis befinden. Nach einem Überraschungsangriff der Nol-Ennis werden Shel-La und viele andere getötet, um kurz darauf wieder aufzuerstehen. Auch Kai Opaka lebt plötzlich wieder. Shel-La erklärt, daß die beiden Parteien sich seit ewigen Zeiten bekämpfen, die beiden Gruppen sind die letzten Überlebenden, die den Krieg als Mahnmal für alle Zivilisationen für immer weiterführen müssen. Ihre Körper sind so verändert worden, das sie nicht sterben können. Sie können den Mond aber nicht verlassen, da die Satelliten das verhindern, außerdem würden sie sofort sterben. Sisko versucht, die beiden Gruppen zu einem Gespräch zu bewegen, aber es kommt zu einem weiteren Gefecht. Inzwischen haben O'Brien und Dax die Position der überfälligen Gruppe geortet und finden eine Lücke in dem Satellitennetz. Sie können Sisko, Kira und Bashir heraufbeamen, Kai Opaka muß zurückbleiben, da mit ihrer Auferstehung auch ihr Körper verändert wurde und ein Verlassen des Mondes unmöglich geworden ist. Sie will versuchen, die Ennis und die Nol-Ennis zu verbrüdern.

*

›Battle Lines‹ war eine durchschnittliche Episode, die zwar von der Idee her gut, aber nicht konsequent ausgearbeitet war. Hinzu kam ein Aspekt, der an die übermäßige

Beschäftigung mit den Klingonen in der sechsten Season von *Star Trek – The Next Generation* erinnerte. Hier war es die Religion der Bajoraner, die zwar fremdartig war und vielschichtig zu sein schien, die aber die Befürchtung aufkommen ließ, daß man auch sie bis zum äußersten auskosten wollte.

Episode D14: The Storyteller

(Die Legende von Dal'Rok)

Während Sisko auf Deep Space Nine in einem Streit zwischen zwei zerstrittenen bajoranischen Parteien über einen Streifen Land vermitteln soll, bringt O'Brien Bashir zu einem medizinischen Notfall auf Bajor. Dort angekommen untersucht er den alten Sirah, der beim Anblick O'Briens seltsam beruhigt erscheint. Der Sirah wird von den Bewohnern der Stadt dringend gebraucht, da die Ankunft des Dal'Rok bevorsteht, einer Kreatur, die die Stadt zerstören will und die nur der Sirah aufhalten kann. Gegen Bashirs Protest begibt er sich zum Dorfplatz und erzählt die Geschichte vom Krieg, den Dal'Rok gegen die Stadt führt, und von der Macht der Bewohner, den Dal'Rok zu schlagen. Daraufhin nähert sich eine Wolke der Stadt, auf Sirahs Worte hin schaffen die Bewohner einen Energiefluß, der die Wolke zurücktreibt. Da bricht der Sirah zusammen und läßt den überrumpelten O'Brien die Geschichte weitererzählen. Zu seiner eigenen Überraschung zieht sich der Dal'Rok zurück. Von Hovath, dem zunächst vorgesehenen Nachfolger des Sirah, erfährt O'Brien, daß der Dal'Rok eine Schöpfung des ersten Sirah war, der mit einer alle betreffenden Gefahr die damals zerstrittenen Bewohner zusammenbrachte. Ohne es zu wissen, rufen die Bewohner den Dal'Rok selber ins Leben und besiegen ihn auch wieder. Hovaths erster Versuch, die Bewohner gegen den Dal'Rok anzuspornen, war gescheitert, nun fehlt ihnen das Vertrauen in ihn. Als

O'Brien am zweiten Abend ebenfalls scheitert, die Bewohner gegen den Dal'Rok zu motivieren, bekommt Hovath seine zweite Chance. Ihm gelingt es diesmal, O'Brien kann, von seinen Pflichten befreit, mit Bashir auf die Station zurückkehren, wo Sisko mit der Hilfe von Jake und Nog den Streit um ein Stück Land lösen konnte.

*

Nach ›Q-Less‹ (Ep. D7) war ›The Storyteller‹ die amüsanteste Episode der ersten Season, die ein weiteres Mal O'Brien in den Mittelpunkt der Handlung stellte.

Die Idee für die Episode stammte von Kurt Michael Bensmiller, der diese Geschichte schon für die zweite Season von *Star Trek – The Next Generation* vorlegte, die aber dort keine Verwendung fand.

Wie schon zuvor wurden Jake Sisko und Nog erneut gelungen in eine Nebenhandlung eingebaut, eine Tatsache, die zu denken gab, wenn man bedachte, wie wenig man Wesley Crusher in *Star Trek – The Next Generation* seinem Alter entsprechend behandelt hatte.

Episode D15: Progress
(Mulliboks Mond)

Um Bajors Energieversorgung zu verbessern, soll der Kern des Mondes Jerrado angezapft werden. Kira und Dax wollen feststellen, ob alle Bewohner von dort evakuiert worden sind, und stoßen überraschend auf den Landwirt Mullibok und seine stummen Partner Baltrim und Keena. Mullibok lebt seit 40 Jahren hier und will nicht fortgehen, da er sicher ist, daß er sonst sterben wird. Kira sorgt schließlich dafür, daß seine Partner mitgenommen werden, und bleibt bei Mullibok. Sisko besucht die beiden und macht Kira klar, daß er sie auf der Station braucht. Als Mullibok schließlich sagt, daß er den Mond nicht ver-

Ein Schiff der Cardassianer.

lassen wird, solange sein Haus steht, setzt Kira es kurzentschlossen in Brand und zwingt ihn so mitzukommen. Sie verspricht, sich um ihn zu kümmern, dann verlassen sie den Mond.

*

›Progress‹ brachte eine neue Seite von Major Kira ans Licht, die beträchtlich von ihrem bis dahin gezeigten Charakter abwich und sie damit noch überzeugender machte.

Die Atmosphäre dieser Episode war nachdenklich und brachte einen neuen Aspekt in den düsteren Ton der Serie.

Als Mullibok war Brian Keith zu sehen. Keith wurde am 14. November 1921 in Bayonne, New Jersey, geboren, dem Publikum wurde er vor allem durch seine Serien ›Family Affair‹ und ›Hardcastle & McCormick‹ bekannt.

Auch ›Progress‹ zeigte, daß die Drehbuchautoren es wirklich verstanden, auf Siskos Sohn und Quarks Neffen einzugehen. Hier versuchten beide sich als geschickte Händler, die eine Ladung Yamok-Sauce, eine Spezialität für Cardassianer, die aber niemanden sonst interessierte, über zahlreiche scheinbar aussichtslose Umwege schließlich gegen ein Stück Land tauschen konnten, das wegen eines ungeahnten Bauvorhabens plötzlich enorm an Wert gewann.

Episode D16: If Wishes Were Horses

(Macht der Phantasie)

Ohne erkennbaren Grund werden auf Deep Space Nine plötzlich Gedanken real. In O'Briens Quartier erscheint Rumpelstilzchen, nachdem er seiner Tochter Molly das Märchen vorgelesen hat. Jake Sisko bringt Buck Bokai mit, einen seit 200 Jahren toten Baseball-Spieler, Bashirs Wunsch einer ihn vergötternden Jadzia Dax wird Wirklichkeit. Alle diese Erscheinungen sind real. Da entdeckt die echte Dax einen Riß im All, der sich allmählich ausdehnt. Eine ähnliche Erscheinung hatte im vergangenen Jahrhundert zur Zerstörung eines kompletten Sonnensystems geführt. Sie unternehmen einen Versuch, den Riß zu schließen, aber es tritt ein, was sie alle befürchten: er wird noch größer. Da bemerkt Sisko, daß Dax den Riß zur gleichen Zeit entdeckte, als die Gedanken der anderen Wirklichkeit wurden. Da sie offensichtlich nur mit dem Gedanken an den Riß ihn überhaupt hat entstehen lassen, befiehlt Sisko, fest daran zu glauben, daß keine Gefahr besteht. Auch die anderen beginnen ihre Gedanken zu ignorieren, bis alle Erscheinungen verschwunden sind. Lediglich Buck Bokai taucht noch einmal in Siskos Büro auf und erklärt ihm, daß er einer fremden Rasse angehört, die aus dem Gamma-Quadranten stammt. Er und seinesgleichen hatten geglaubt, daß sie den Leuten auf der Station einen Gefallen erweisen könnten, indem sie ihre Gedanken in die Wirklichkeit umsetzten. Da sie aber das Gegenteil erfahren haben, gehen sie wieder, um möglicherweise später wiederzukehren.

*

In dieser Episode wurde Terry Farrell erstmalig gefordert, um die von Bashir gewünschte Version ihrer Rolle zu verkörpern. Das war aber leider auch schon alles, was es an dieser Episode zu bemerken gab. ›If Wishes Were Horses‹ war zwar keine schlechte Episode, aber ihre Durchschnittlichkeit machte deutlich, daß die Auswahl an Drehbüchern für *Star Trek – Deep Space Nine* nicht so groß war, daß man sich Zeit lassen konnte, um auf bessere Geschichten zu warten.

Episode D17: The Forsaken
(Persönlichkeiten)

Mit einer Gruppe von Botschaftern, die sich für das Wurmloch interessieren, ist auch Lwaxana Troi auf Deep Space Nine eingetroffen und zeigt sich von Odo zutiefst beeindruckt, als der eine Brosche wiederfindet, die ihr in Quarks Bar gestohlen wurde. Während O'Brien einmal mehr mit Fehlfunktionen des Stationscomputers zu kämpfen hat, nähert sich ein unbemanntes Schiff der Station. O'Brien stellt eine Verbindung zum Bordcomputer her, um Informationen über die Herkunft zu bekommen. Lwaxana versucht in der Zwischenzeit, Odo zu verführen, aber er kann ihr entkommen, bis sie bei einem Ausfall aller Systeme gemeinsam in einem Lift gefangen sind. O'Brien kann keine Fehlfunktion feststellen, bemerkt jedoch, daß der Computer jedesmal versagt, wenn O'Brien sich anderen Dingen zuwendet. Für Odo nähert sich mittlerweile der Zeitpunkt, an dem er sich für ein paar Stunden in eine Flüssigkeit zurückverwandeln muß, um sich zu regenerieren. Die ihn zuvor penetrant verfolgende Lwaxana hat Verständnis für Odo und gesteht ihm, daß sie stets Perücken trägt. Nur für ihn nimmt sie ihre Perükke ab. Als Odo nicht länger seine Form aufrechterhalten kann, hält sie den Stoff ihres Kleides so, daß sie ihn aufnehmen kann. Odo, der Lwaxana völlig anders eingeschätzt hatte, ist angenehm überrascht und verflüssigt sich schließlich. O'Brien findet heraus, daß ein ungefährliches Bewußtsein vom Computer Besitz ergriffen hat, das wie ein junger Hund ständig beachtet werden will. Er erstellt ein Unterprogramm, das den Gast beschäftigt und davon abbringt, den Computer weiter zu blockieren. Der inzwischen regenerierte Odo und Lwaxana verlassen den Lift, von den Vorgängen während ihrer ›Gefangenschaft‹ erfährt niemand etwas.

*

Der angekündigte Auftritt von Majel Barrett hatte zwar recht lange auf sich warten lassen, die Geduld wurde aber belohnt. Noch stärker als in ›Half a Life‹ (Ep. N96) zeigte ›The Forsaken‹ Lwaxana Troi von einer noch ernsteren Seite, die man ihr nicht zugetraut hätte.

In Anspielung auf die Idee eines im Computer lebenden Wesens hieß ›The Forsaken‹ zunächst ›Ghost in the Machine‹.

Episode D18: Dramatis Personae

(Meuterei)

Ein klingonisches Schiff verläßt das Wurmloch und explodiert, ein Offizier kann von diesem Schiff noch an Bord geholt werden, aber er stirbt wenige Augenblicke später. Kurz darauf beginnen sich die Verhaltensweisen des Personals drastisch zu verändern, lediglich Odo ist nicht betroffen. O'Brien und Dax verlassen die Station, um den Flugrecorder des klingonischen Schiffs zu suchen. Während des Flugs äußert er den Verdacht, daß Major Kira sich gegen Sisko stellen wird, um die Station zu übernehmen. Die will Sisko von der Fracht eines valerianischen Schiffes berichten, dessen Andockmanöver sie hatte verhindern wollen, da die Valerianer seinerzeit mit den Cardassianern zusammengearbeitet hatten, aber Sisko ist kaum daran interessiert. Schließlich versucht auch Kira, die Mannschaft gegen Sisko zu mobilisieren. Der mittlerweile gefundene Flugrecorder bringt die Erkenntnis, daß es auf dem klingonischen Schiff eine Meuterei gab, nachdem man Objekte von einem Planeten im Gamma-Quadranten mitgenommen und geöffnet hatte. Odos Nachforschungen ergeben, daß es sich bei diesen Objekten um eine Art telepathisches Archiv handelt, das von einem alten Kampf berichtet, bei dem die Rasse der Saltah'na vernichtet wurde. Während O'Brien versucht, Sisko dazu zu bewegen, das valerianische Schiff zu kapern und die Station anzugreifen, kann Odo Bashir auf eine falsche Fährte locken und läßt ihn ein Signal entwickeln, das die zerstörerischen Folgen der Objekte neutralisiert. Dann lockt er Sisko und O'Brien in eine Falle und sendet das Signal. Das fremde Bewußtsein entweicht und bildet eine violette Wolke, die Odo durch eine Schleuse ins All entweichen läßt.

*

Die Ähnlichkeit Odos zu Spock und Data wurde nach ›A Man Alone‹ (Ep. D4) hier ein weiteres Mal deutlich gemacht, indem auch er der einzige war, der von den Veränderungen nicht betroffen war.

Die Veränderungen in den Verhaltensweisen der Charaktere machten die Episode um so interessanter, da sie die Beteiligten von einer neuen Seite zeigten, die aber keineswegs so unpassend war, sondern vielmehr eine extreme Verstärkung unterschwelliger Verhaltensmuster darstellte.

Episode D19: Duet

(Der undurchschaubare Marritza)

Ein kobherrianischer Frachter dockt an der Station an und liefert einen Passagier ab, der am Kalla-Nohra-Syndrom leidet. Kira informiert Sisko, daß Kalla-Nohra nur ein einziges Mal aufgetreten ist, als sich in Gallitep, einem berüchtigten Arbeitslager der Cardassianer, ein Grubenunglück ereignete. Als sie sieht, daß es sich bei dem Erkrankten um einen Cardassianer handelt, läßt sie ihn sofort festnehmen, da er ein Kriegsverbrecher sein muß. Er nennt sich Aamin Marritza und erklärt, daß er tatsächlich am Pottrik-Syndrom leide. Als Mitarbeiter der cardassianischen Verwaltung war er nie im Lager Gallitep gewesen. Bashir diagnostiziert aber Kalla-Nohra, woraufhin Marritza zugibt, daß er in Gallitep war. Er beharrt aber darauf, daß er nur in der Verwaltung tätig war. Als sich dann jedoch ein Foto von Marritza findet, stellt sich heraus, daß er dem brutalen Leiter des Lagers, Gul Darhe'el, ähnlich sieht. Marritza erscheint erleichtert, als Kira ihn mit der Wahrheit konfrontiert. Er gibt sich als Gul Darhe'el zu erkennen und gesteht alle Greueltaten ein. Er ist stolz auf die Morde, die auf sein Konto gehen, und er macht sich einen Spaß daraus, Kira zu erniedrigen, indem er ihr von dem Vergnügen berichtet, das er bei seinen Grausamkeiten empfand. Odo stellt aber fest, daß der echte Gul Darhe'el vor sechs Jahren starb, ohne je an Kalla-Nohra zu erkranken. Bashir findet gleichzeitig heraus, daß Marritza ein Mittel genommen hat, um sein Aussehen zu verändern. Mit der endgültigen Wahrheit konfrontiert, gesteht er, daß er tatsächlich Marritza ist. Er wollte

Dauergegner Gul Dukat.

dafür bestraft werden, daß er seinerzeit tatenlos den Greueln zugesehen hat, und er wollte sich opfern, um so die Cardassianer dazu zu bringen, endlich ihre Grausamkeiten einzugestehen. Kira entläßt den enttäuschten Marritza aus seiner Zelle und begleitet ihn zu seinem Schiff, damit er auf den Planeten zurückkehren kann, von dem er hergekommen ist. In diesem Moment stürmt ein wütender Bajoraner auf Marritza zu und ersticht ihn, bevor Major Kira eingreifen kann, die entsetzt ist über die sinnlose Tat.

*

›Duet‹ war nicht nur der unbestrittene Höhepunkt der ersten Season, diese Episode zählt auch zweifellos zu den besten Star Trek-Episoden überhaupt. Die Cardassianer wurden hier recht unmißverständlich mit den Nazis des Dritten Reichs gleichgesetzt, die Parallelen zwischen dem cardassianischen Arbeitslager und den Konzentrationslagern des Dritten Reichs waren unübersehbar. Diese Wesensgleichheit, die sich auch im Zynismus des Marritza seinen Opfern gegenüber manifestierte, mochte manchem Zuschauer zu unpassend für Star Trek sein, weil es eine bisweilen grausame Kälte war, die Marritza ausstrahlte, aber sie machte ein wenig den massiven Fehltritt Roddenberrys in ›Patterns of Force‹ (Ep. C51) wett.

Diese dialogreiche Episode, die ohne Spezialeffekte auskam und damit extrem kostengünstig war, bewies einmal mehr, wann Star Trek seine besten Momente hatte: wenn auf das technische Drumherum verzichtet wurde und man sich ausschließlich auf die Charaktere konzentrierte.

Besonders bemerkenswert war hierbei, daß es ein weitgehend Unschuldiger, nämlich Marritza, war, der die Schuld der anderen auf sich nehmen wollte, um die Wahrheit über die Besatzungszeit ans Licht zu bringen. Bedauerlich und der Episode unangemessen war der Schluß, als Marritza ermordet wurde.

Als Marritza lieferte Harris Yulin eine beeindruckende und bisweilen beängstigende Vorstellung. Der 1937 geborene Schauspieler war zuvor hauptsächlich auf der Theaterbühne zu sehen, was in der Originalversion dieser Episode besonders deutlich wird, außerdem spielte er in einer Reihe von Filmen mit, darunter in ›Scarface‹ (1983) und in ›Victory at Entebbe‹ (1976).

Episode D20: In the Hands of the Prophets
(Blasphemie)

Als Keiko O'Brien in der von ihr gegründeten Schule über das Wurmloch erzählt, betritt Vedek Winn, eine strenggläubige Bajoranerin, den Raum und verlangt, daß den jungen Bajoranern nicht die Fakten über das Wurmloch gelehrt werden, sondern daß Keiko O'Brien ihnen von den Propheten berichtet, die das Wurmloch geschaffen haben. Als die sich weigert, etwas anderes als die belegbaren Fakten zu vermitteln, beschuldigt Vedek Winn sie der Blasphemie. Als Sisko später mit Vedek Winn zusammentrifft, rückt sie von ihrem Standpunkt nicht ab. Da sich aufgrund ihrer Anwesenheit die Fronten zwischen Bajoranern und Föderationspersonal zu verhärten beginnen, sucht Sisko auf Bajor Vedek Bareil auf, der genau wie Winn ein aussichtsreicher Kandidat für den nächsten Kai, also den geistigen Führer der Bajoraner, ist. Der kann ihm zwar auch nicht helfen, als die Situation auf der Station aber zu eskalieren droht, kündigt er seinen Besuch auf der Station an. Als er und Vedek Winn auf Deep Space Nine zusammentreffen, kann Sisko im letzten Moment verhindern, daß Neela, eine Assistentin O'Briens, Bareil tötet. Vedek Winns unausgesprochener Plan, Bareil unter allen Umständen auf die Station zu locken und dort zu töten, um ihre eigenen Aussichten auf die Position des

Kai zu verbessern, wird offensichtlich. Die Lage auf Deep Space Nine normalisiert sich daraufhin wieder.

*

Vielleicht lag es auch nur an der vorangegangenen, alles in den Schatten stellenden Episode ›Duet‹, daß ›In the Hands of the Prophets‹ so schwach wirkte. Ließ man ›Duet‹ außer Betracht, so konnte es nur an der für den Zuschauer keineswegs so interessanten Beschäftigung mit der bajoranischen Religion liegen, daß diese Episode keinen würdigen Abschluß der ersten Season bildete.

Als ausgesprochen unpassend, weil unrealistisch, waren die Zeitlupenaufnahmen, mit denen das Attentat und seine Abwendung gezeigt wurden. Diese Technik wird zwar gerne eingesetzt, dient aber entweder dazu, einen spektakulären Stunt auszukosten, oder ein höheres Maß an Spannung zu erzeugen, obwohl das nicht vorhanden ist. Letzteres war hier der Fall und machte die Szene zur überflüssigsten überhaupt, da nie zuvor die Zeitlupe eingesetzt worden war.

Gaststar dieser Episode war Louise Fletcher als Vedek Winn.

Rick Berman war nach der ersten Season mit *Star Trek — Deep Space Nine* und den Arbeitsbedingungen sehr zufrieden. Sein erstes Jahr bei *Star Trek — The Next Generation* war im Vergleich regelrecht chaotisch verlaufen, da alles in größter Eile erledigt werden mußte. *Star Trek — Deep Space Nine* kam zu einer Zeit, da *Star Trek — The Next Generation* bestens lief, die Erfahrung aus dieser Serie konnte für den Ableger genutzt werden.

Diese Routine bei der Arbeit erklärte auch, warum die erste Season wesentlich harmonischer war als bei *Star Trek — The Next Generation.*

Wesentlich deutlicher trat auch hier der humoristische Aspekt hervor, so zum Beispiel in ›The Storyteller‹ (Ep. D14).

Der im Pilotfilm schon ein wenig störende Aspekt der Religion Bajors, der die Handlung bisweilen ins Stocken brachte, erwies sich auch bei späteren Anläufen (›Battle Lines‹, Ep. D13; ›In the Hands of the Prophets‹, Ep. D20) als wenig geeignet, eine ganze Episode zu tragen.

Überdurchschnittlich gute Episoden überwogen diese erste Season, mit ›Duet‹ (Ep. D19) hatte man aber ein Drama von solcher Intensität geschaffen, daß es schwer sein würde, dies zu übertreffen oder wieder zu erreichen.

Bemerkenswert war auch, daß es eigentlich keine Figur gab, die permanent im Handlungsmittelpunkt stand. Eher das Gegenteil war der Fall, da zum einen Jadzia Dax, die in der Vorgabe zur Serienentwicklung recht vielversprechend war, kaum Berücksichtigung fand und als einziger der Charaktere nach der ersten Season entbehrlich erschien. Zum anderen hatten die Drehbuchschreiber lange gebraucht, um Siskos Sohn Jake in die Handlung einzuarbeiten. Nachdem man den Weg gefunden hatte, gab es in dieser Hinsicht keine Probleme mehr.

Im März 1993 ereignete sich eine kuriose Begebenheit, als sich Nana Visitor (die erst kurz vor ihrem Engagement in *Star Trek — Deep Space Nine* Mutter eines Sohnes geworden war) verletzte, als sie von einer Stahltreppe abrutschte. Da sie in vollem Make-up eingeliefert wurde, wollte der behandelnde Arzt im Krankenhaus ihre Nase röntgen, die er nach einem ersten Blick auf die Maske für gebrochen hielt!

Für die zweite Season standen verschiedene Ideen[2] in Aussicht. So sollte der Charakter, der an eine geringere Schwerkraft gewöhnt war, nunmehr eine Frau sein, die eventuell als Gaststar oder als wiederkehrende Figur eingeführt werden sollte.[3]

In Planung befand sich ebenfalls die Episode ›Playing God‹, in der ein eiförmiges Objekt gefunden wurde, das sich als Miniaturuniversum entpuppte, das im Begriff war, sich auszudehnen.

Eines sollte sich aber laut Michael Piller[4] nicht ändern: der düstere Tonfall der Serie, der trotz allem einige von *Star Trek — The Next Generation* gefolgte Fans verstört hatte, obwohl er realistischer war als die klinische Reinheit von *Star Trek* und *Star Trek — The Next Generation.*

Anmerkungen:

1 In Variety, Nr. 1/93.
2 Inwieweit diese Absichten verwirklicht werden können, war bei Redaktionsschluß nicht bekannt.
3 Cinefantastique, Vol. 24, No. 3/4, Oktober 1993, S. 109.
4 In Starlog, Nr. 193, Oktober 1993.

Ein neues Jahr, ein neues Glück

Die zweite Season von *Star Trek – Deep Space Nine* startete im Herbst 1993 mit einem weiteren Novum für Star Trek, mit einem Dreiteiler, der jedoch erstmalig nicht einen gemeinsamen Titel trägt. An optischen und personellen Veränderungen war zu Beginn dieser Season nichts zu vermelden.

Episode D21: The Homecoming
Major Kira rettet einen Widerstandskämpfer aus einem cardassianischen Arbeitslager, der von Bajors Minister zum neuen Verbindungsoffizier für Sisko bestimmt wird. Kira muß ihren Posten räumen. Gleichzeitig werden die Aktionen des ›Kreises‹, einer Widerstandsgruppe auf Bajor, die sich dafür einsetzt, daß alle Nichtbajoraner die Station verlassen, immer radikaler.

Episode D22: The Circle
Während Kira Nerys sich auf Bajor ins Kloster zurückzieht, kommen Sisko und seine Leute dahinter, daß der ›Kreis‹ über einen Umweg unwissentlich von den Cardassianern mit Waffen beliefert wird, die den Planeten sofort wieder besetzen werden, sobald sich die Föderation dem Druck gebeugt und sich zurückgezogen hat. Der Minister von Bajor erweist sich zugleich als Führer des ›Kreises‹.

Episode D23: The Siege
Nachdem die Föderation sich offiziell von der Station zurückzieht, gelingt es Sisko und seinen Leuten, Deep Space Nine zurückzuerobern und dem Militär zu beweisen, daß die Cardassianer hinter den Waffenlieferungen stekken. Nachdem die Hintergründe geklärt sind, kehrt die Föderation offiziell zurück auf die Station, der Minister wird festgenommen. Da der neue Verbindungsoffizier getötet wird, kann Major Kira ihren Platz auf Deep Space Nine wieder einnehmen.

*

Obwohl dieser Dreiteiler ähnlich wie ›In the Hands of the Prophets‹ (Ep. D20) viele religiöse Aspekte der bajoranischen Kultur enthielt, war er deutlich spannender gestaltet und gab zudem Terry Farrell einige gute Szenen, die darauf hoffen lassen, daß ihr Charakter Dax in dieser Season eine stärkere Berücksichtigung findet.

Die weiteren Planungen für die zweite Season von *Star Trek — Deep Space Nine* waren bei Redaktionsschluß noch nicht bekannt, hinsichtlich der erwarteten Laufzeit der Serie läßt sich sagen, daß Paramount von insgesamt fünf Seasons ausgeht. Ob es soweit kommen wird, steht zwar nach den ersten Episoden der zweiten Season eigentlich nicht zur Debatte. Das Medium Fernsehen ist auf der anderen Seite jedoch so extremen Schwankungen unterworfen, daß niemand mit Sicherheit sagen kann, wie lange eine Serie in der Publikumsgunst bestehen kann. Daß Platz für zwei Star Trek-Serien ist, hat *Star Trek — The Next Generation* bewiesen. Ob das Publikum jedoch bereit ist, eine weitere Serie (s. Band 2, S. 461 ff.) anzunehmen, steht im wahrsten Sinn des Wortes in den Sternen.

HEYNE BÜCHER

HEYNE SCIENCE FICTION UND FANTASY

STAR TREK™

Die erfolgreichste Filmserie der Welt

06/4830

06/4771

06/4787

06/4793

06/4814

06/4837

Wilhelm Heyne Verlag
München

HEYNE BÜCHER

HEYNE SCIENCE FICTION UND FANTASY

STAR TREK™

Die erfolgreichste Filmserie der Welt

06/3988

06/4035

06/4762

06/4776

06/4804

06/4819

Wilhelm Heyne Verlag
München